Jørn Riel

Das Haus
meiner Väter

Zu diesem Buch

Dies ist die Geschichte des Inuit-Jungen Agorajaq, seiner zwei weißen Väter, seiner drei Onkel und ihrem Haus am Fuß des Berges, der Miss Molly genannt wurde.

Sechzehn Jahre lebte Jørn Riel als Forscher und Abenteurer im unzugänglichen Nordosten Grönlands. Als die Einsamkeit ihn zu überwältigen drohte, begann er, der nie an Literatur gedacht hatte, seinen Gefährten Geschichten zu erzählen. Er spinnt seine Romane wie Seemannsgarn. Sie sind so wahr wie die Legenden, die sich die Trapper, Jäger und Fischer, die Abenteurer, Ausgestoßenen und Ausgebrochenen in den ewigen Winternächten erzählen.

Jørn Riels Romane werden in Dänemark in Hunderttausender-Auflagen gelesen und wurden in zahlreiche Sprachen übersetzt. Im Fernsehen erzählt er seine Geschichten bei höchsten Einschaltquoten in Fortsetzungen.

»Mit diesem Buch reiht sich Riel in die großen Erzähler der Arktis ein.«
Rheinischer Merkur

»Beste, intelligente Unterhaltung.« *Kleine Zeitung, Graz*

Der Autor

Jørn Riel, geboren 1931 in Dänemark, lebte viele Jahre in Grönland. Von 1962 bis 1965 reiste er durch Westindien, Nordafrika und Südostasien und arbeitete später im Dienst der UNO im Vorderen Orient. Heute pendelt er zwischen Malaysia und Skandinavien. 1995 wurde ihm vom Dänischen Buchhändlerverband als Autor des Jahres der »Goldene Lorbeer« verliehen.

Jørn Riel

Das Haus meiner Väter

Aus dem Dänischen von
Friedrich Waschnitius

Unionsverlag
Zürich

Die Originalausgabe erschien 1970
unter dem Titel *Mine fædres hus*
im Verlag Lademann, Kopenhagen.

Auf Internet
Aktuelle Informationen
Dokumente, Materialien
www.unionsverlag.ch

Unionsverlag Taschenbuch 183

Rieterstrasse 18, CH-8027 Zürich
Telefon 0041-1 281 14 00, Fax 0041-1 281 14 40
mail@unionsverlag.ch

Umschlaggestaltung: Heinz Unternährer, Zürich
Umschlagbild: Y. C. Fung
Druck und Bindung: Clausen & Bosse, Leck
ISBN 3-293-20183-0

Die äußersten Zahlen geben die aktuelle Auflage
und deren Erscheinungsjahr an:

1 2 3 4 5 - 03 02 01 00

Ein tolles Leben verspricht ein schönes Gesicht

Des Herrgotts Fuchsfalle

Wieder daheim

Ein tolles Leben
verspricht ein schönes Gesicht

Onkel Samuels Erklärung

Ich habe zwei Väter. In Wahrheit hätte ich fünf haben müssen, doch die Kameraden kamen überein, Pete und Jeobald als meine Väter anzuerkennen und mir Samuel, Gilbert und Small Johnson als eine Art Onkel beizugeben.

Meine Mutter war ein wankelmütiges Mädchen aus dem Volk der Tununerkiut, man könnte aber auch – wie Onkel Samuel es später auslegte – sagen, sie hätte ein großes und sehr warmes Herz gehabt, in dem es für die ganze Familie reichlich Platz gab.

Ich kam an einem Sommertag in den dreißiger Jahren zur Welt. Meine Mutter stillte mich sieben Wochen lang, dann nahm sie ihr großes, freigebiges Herz in beide Hände und schenkte es einem Fellhändler namens Mosise, der gerade zu diesem Zeitpunkt den Distrikt der Kameraden bereiste. Die Kamikpost berichtete, das Paar hätte sich in das Nordwestterritorium begeben, um mit den Netsilik-Eskimo weiterzuziehen, was gar nicht unwahrscheinlich klang, da Mosise von etlichen rechtschaffenen Männern der Handelsstation in Warwick-Bay gezeugt und von einer Netsilik-Frau geboren worden war.

Meine Mutter wurde in Petes Haus nie erwähnt, und ich, der keine Ahnung von der Notwendigkeit eines solchen Geschöpfes hatte, vermißte sie deshalb auch nicht. Mir genügte meine Pflegemutter Aviaja vollauf, eine freundliche alte Eskimofrau, die die Männer bald nach meiner Geburt in ihr Haus aufgenommen hatten. Erst als ich zehn Jahre alt war und unterhalb meines Hosenriemens lange schon etwas Neues wonnig verspüren konnte, fing ich an, mir über das Mysterium der Empfängnis Gedanken zu machen. Eines Abends ging ich zu Onkel Sam, um meine Neugier zu stillen.

Es war ein schöner Frühlingsabend. Sam saß am Fluß und wusch. Zu Aviajas großem Verdruß gehörte es seit je zu seinen Obliegenheiten, für die Reinigung der Wäsche zu sorgen, und er hatte, erfinderisch wie er war, eine Vorrichtung konstruiert, ein Verholsystem, bei dessen Verwendung die Wäsche zwar nicht ordentlich rein wurde, aber immerhin eine gewisse Frische bekam. Mitten im Flußbett befand sich, fest in den

Boden eingelassen, ein alter Schiffsanker, den ein doppeltes Kupferdrahtseil mit dem Ufer verband. Dieses Seil hatte in Abständen von je einem halben Meter Schlingen, an denen die Hemden, Unterhosen, Socken und was sonst noch der Reinigung bedurfte, befestigt wurden. Dann hievte Sam die ganze Herrlichkeit in den Fluß hinaus, wo sie während der ganzen Nacht oder, falls Onkel Sam das für nötig befand, auch noch länger vom Wasser durchspült wurde. Nach einem solchen Reinigungsprozeß wurde alles patschnaß hinter dem Haus auf der Heide ausgebreitet, und die Mitternachtssonne sorgte für schnelles Trocknen. Im Winter jedoch ließ man Hosen und Hemden in voller Größe steif frieren und stellte sie dann an der Hauswand auf, damit der Wind sie allmählich trocknen konnte.

Onkel Sam verwendete für diese Reinigung stets nur Wasser. »Seife«, sagte er, »ist eine scheußliche Sache, mit der man nur die Haut und die Kleidung ruiniert.« Onkel Sam war ein gelehrter Mann. Er hatte an einer Universität studiert, war Doktor der Philosophie und benutzte eine Halbbrille mit sehr dicken Gläsern.

Ich setzte mich neben den Draht, stützte mein Hinterteil auf die Fersen und schlang meine Arme um die Knie. »Onkel Sam«, fragte ich. »Wie kriegen die Hündinnen ihre Welpen?«

»Von hinten, mein Junge. Immer von hinten.«

Diese Antwort ließ ich als befriedigend gelten, ich hatte ja schon mehrmals eine Hündin werfen sehen. »Aber Pete und Jeobald«, fuhr ich fort, »wie haben die mich denn gekriegt? Wie haben die das angestellt, Onkel Sam?«

Sam hievte mit einem erschrockenen Ruck die letzte Schlinge in die Strömung hinaus. Er sicherte das Seil sorgfältig, ehe er sich mir zuwandte und mich mit seinen blaßblauen Augen über die Halbbrille hinweg ansah.

»Du hattest eine Mutter, mein Junge.«

»Was hatte ich?«

»Eine Mutter. Eine, aus der du herauskamst.«

»Wie denn das, Onkel Sam?«

»Tja, das läßt sich nicht so einfach erklären.« Er neigte den Kopf zur Seite und saß eine Weile da, als wollte er sich Wasser aus den Ohren schütteln. »Hör mal, Junge, frag lieber einen deiner Väter. Versuch's mit Jeobald, er kann dir solche Sachen sicher besser erklären als ich.«

»Den habe ich schon gefragt«, sagte ich, »aber er wollte nichts sagen. Er streckte nur die Arme in die Höhe in Richtung auf Miss Molly und schrie: ›Mein Gott, gib mir die Kraft dazu!‹ Dann rannte er wie wild den Berg hinauf und bewarf seinen eigenen Kopf mit Steinen. Wahrscheinlich weiß er nichts von solchen Sachen. Glaubst du nicht auch, Onkel Sam?« Ich rückte näher an ihn heran. »Und als ich Pete fragte, hat der gesagt, daß du einer bist, der alles weiß. Er sagte, du bist imstande, mir, wenn es sein muß, auch eine Jungfrauengeburt – so ein komisches Wort hat er gebraucht – zu erklären. Was ist also eine Mutter?«

Onkel Sam seufzte tief. »So? Wirklich? Das hat Pete also gesagt? Ja, dann muß ich es wohl versuchen.« Er legte einen Arm um meine Schultern und zog mich zu sich heran. »Sieh mal, mein Junge, wir Menschen sind gar nicht so sehr verschieden von den übrigen Säugetieren, wie wir so gern glauben möchten. Letzten Endes haben wir uns, weiß Gott, auch nur ein paar kleine Schritte von den Urwaldbäumen entfernt. Du hast doch sicher schon gesehen, wie Angut ab und zu auf Qaqataq springt, nicht wahr?« Angut und Qaqataq waren zwei von unseren Schlittenhunden, die wegen ihrer guten Nachkommenschaft oft gepaart wurden.

»Die spielen ja bloß, sagt Pete. Aviaja aber sagt, daß sie zusammen lachen. Das ist sicher dasselbe, wie wenn ich über Small Johnson bockspringe.«

Onkel Sam nahm den Arm von meiner Schulter und fing an, seine Brillengläser zu putzen. Ich hockte mich vor ihn hin und fuhr triumphierend fort: »Aber ich bin viel tüchtiger als Angut. Der steht nur immer hinter Qaqataq und bringt es nicht fertig, über sie hinwegzuspringen. Aber ich, ich komme immer über Small Johnson, sogar wenn er mit gestreckten Knien dasteht.«

Onkel Sam schüttelte den Kopf. »Das sieht zwar so aus wie deine Bockspringerei, aber es ist doch ganz was anderes. Die Hunde, weißt du, haben nämlich gar keine Lust, übereinander wegzuspringen. Die erwachsenen Menschen übrigens auch nicht. Wenn du aber Angut und Qaqataq genau beobachtest und gut aufpaßt, wenn er das nächste Mal hinter ihr her ist, dann wirst du sehen, was sie miteinander treiben. Und wenn du von da an die Tage zählst, bis Qaqatoq Welpen kriegt, wirst du auch verstehen, wie Pete und Jeobald es anstellten, damit deine Mutter dich kriegen konnte.«

»Ach so«, sagte ich, einigermaßen enttäuscht. »Das habe ich schon längst gewußt. Pete und Jeobald sind also auch nur so auf diese komische Art über dieselbe Hündin gesprungen, und ich bin dann nach einiger Zeit dort aus ihr herausgekommen, wo sie auch pinkelt, nicht wahr?«

»Ja, mein Junge, gewissermaßen. So etwa war es wohl.«

»Und wo ist die Hündin jetzt, die meine Mutter wurde?« fragte ich.

»Tja, die ist mit einem jungen Mann davongezogen, weil sie lieber mit ihm bockspringen wollte.«

»Und glaubst du, Onkel Sam, daß sie immer noch Welpen kriegt?«

»Sicherlich, mein Freund, sicherlich. Sie ist ja noch eine junge Frau.« Onkel Sam schwitzte, obwohl der Abend recht kühl war.

»Bist du auch bockgesprungen, Onkel Sam?«

»Ja, freilich habe ich das auch getan. Aber das ist schon recht lange her.«

»Eigentlich habe ich nichts dagegen, es auch einmal zu probieren«, sagte ich.

Wir saßen da und schauten still auf den Fluß hinaus. Die Wäsche schaukelte in der Strömung hin und her, und das Seil war so straff gespannt, daß ich aus ihm Töne hervorzaubern konnte, wenn ich mit dem Finger daran zupfte. Die Abendsonne kroch an den Bergspitzen entlang, und vom Fjord hörte man das scharfe Knallen des Eises, das seinen Kampf mit den Gezeiten ausfocht.

»Onkel Sam«, flüsterte ich. »Konnte meine Mutter auch ordentliche Bogen spucken?«

»Sie hat, soweit ich mich erinnere, nicht gepriemt.«

»Aber konnte sie es?«

»Das glaube ich nicht.«

»Aviaja kann's aber«, verkündete ich ihm glückstrahlend.

Pete und Petes Haus

Hundert Meter vom Fluß lag das Haus auf einem Stück Heideland am Fuß des Berges, der Miss Molly genannt wurde, weil ihn niemand besteigen mochte.

Es war ein gutes Haus, ein Haus mit schöner Stimme und vertrautem Geruch. Es war warm und trocken, ein Haus des Friedens, ein Tempel der Liebe und Freundschaft, ein Haus vereinter Nationen – oder richtiger: ein Haus, das etliche Nationen vereinte –, ein Haus für Bacchus, ein Gerichtsgebäude und Regierungssitz, ein Haus für Wissenschaft und allerhand Künste, ein Lagerhaus für Fang und Fanggeräte, ein Haus des Herrn, Petes und der Kameraden Haus, vor allem aber das Haus des seligen Patric McHuges.

Patric McHuges war ein schwermütiger Mann aus Downty City, der Stadt, die vor nicht allzu vielen Jahren noch der nördliche Vorposten der Zivilisation war. Aus Gründen, die längst schon Vergangenheit sind, war McHuges genötigt, sich über jene Grenze zu begeben, bis zu der der lange Arm des Gesetzes reicht. Als er auf der Suche nach guten Fangmöglichkeiten in das Tal am Fynes-Fjord kam, durch den Gänsepaß zog und schließlich am Fuß von Miss Molly stand, offenbarte sich ihm die Natur in einer Pracht, die er nicht fassen konnte, die er aber in der Tiefe seiner Seele empfand, einer Tiefe, von der er bislang nichts bemerkt hatte. Er kniff die Augen zusammen, um diese Schönheitseindrücke in kleinen Portionen in sich aufzunehmen: das sonnenfunkelnde Wasser mit den blauvioletten Eisbergen, im Osten die heidebestandene Ebene, das weite Gewoge des wilden Mohns rings um die fünf kleinen Seen und den Fluß, der sich sommerträge durch das sonnenbraune Heidekraut schlängelte. Patric McHuges fühlte, wie ihm diese überwältigende Schönheit sein schweres Gemüt öffnete und in ihm eine so helle und freundliche Stimmung wachrief, als hätte er eine halbe Flasche Whisky getrunken. Es mußte wohl des Schöpfers Absicht sein, daß er sich hier niederließ.

McHuges begab sich wieder nach Downty, wo er in aller Stille seine wenigen Habseligkeiten in Proviant, Geräte und einen schön angefertigten Destillierapparat umsetzte. Er feierte mit guten Freunden Abschied und zog voll Erwartung wieder gen Miss Molly und den Fynes-Fjord. Außer einem Zugkarren mit seinen Siebensachen führte er vier interessante Hunde – verschiedener Rasse, denn sie waren in aller Eile auf den Straßen Downtys eingefangen worden –, einen Remington Hinterlader mit Hahn und eine Frau mit sich.

In der Arktis erlebte er glückliche Jahre. Er liebte seine Hunde, sein selbsterbautes Haus und das Getränk, das regelmäßig wie das Ticken einer Uhr Tag und Nacht in den Kolben des Destillierapparates tropfte.

Patric McHuges starb im Jahr 1897. Seine Leber war nicht widerstandsfähig. Die Frau, die sein enormes Lager an hausgebranntem Whisky erbte, folgte ihm nach wenigen Monaten. Ihre Leber war ganz in Ordnung, aber sie wußte nicht, was Maßhalten hieß.

Jäger aus der Umgebung begruben die Toten, teilten den häuslichen Vorrat an Flaschen unter sich, töteten McHuges' sonderbare Hunde und verschlossen sorgfältig Fenster und Türen des Hauses, das in malerischem Verfall dastand, bis sich 1915 neue Bewohner dort einfanden.

Pete kam von der Totenmännerbucht über die Willsonhills und durch den schmalen Gänsepaß hierher. Als er auf dem kleinen heidebewachsenen Fleck zwischen dem Fluß und dem Haus stand, ging es ihm genauso wie seinerzeit McHuges. Das Blut pulste ihm gewaltig durch die Adern, und ein seltsames Gefühl machte sich in seiner Kehle breit, so daß er nicht wußte, ob er weinen oder lachen sollte. Und er hatte ein unbändiges Verlangen, etwas Passendes, etwas Geistvolles von sich zu geben. Nach langem Überlegen drückte er seine Gefühle folgendermaßen aus: »Man muß schon sagen: Verdammt noch mal!«

Pete nahm den Ort in Besitz. Da das Haus allem Anschein nach seit vielen Jahren nicht mehr bewohnt wurde, ließ er sich ohne Skrupel darin nieder. Die Fänger der benachbarten Distrikte, von denen etliche mitgeholfen hatten, McHuges' Anwesen abzuschließen, akzeptierten Pete schnell. Sie fanden, daß sich der ehemalige und der gegenwärtige Besitzer des Hauses in vielem glichen, etwa in ihrer Liebe zu Hunden, zur Jagd, zum Selbstdestillierten und zu Frauen. Überdies war Pete immer bereit, sein Recht auf diesen Ort mit überaus schlagenden Argumenten zu behaupten.

Als die Fensterläden wieder geöffnet waren und abermals Rauch im

Schornstein bullerte, begannen Eskimo und Halbblutjäger sich bald in Mengen einzufinden. Pete nahm sie herzlich auf und bewirtete sie überwältigend. Diese vielen Freunde führten dem Haus Frauen zu, die sie mit der ihnen eigentümlichen Freigebigkeit Pete überließen. Die Frauen hielten sich nach einem komplizierten Bedarfs- und Umstandsturnus in seinem Hause auf.

Die ersten zehn Jahre waren Petes Reisejahre. Das Haus war der Ausgangspunkt seiner weiten Streifzüge in dem wilden Land, die er bald mit Netsiliks, dann wieder mit Baffinländern unternahm, meistens aber mit Odoniarssuaq, einem Vollbluteskimo und Vetter Aviajas, der Haushälterin der Kameraden, von der noch manchmal die Rede sein wird.

Erst als er Mitte Dreißig war, nahm Petes Interesse für lange Schlittenreisen und reizvolle Frauenaffären ab, was Tränenströme bei den gastfreien Mädchen auslöste und Odoniarssuaq solchen Kummer bereitete, daß er sich ins Karibuland begab, um mit seinem Volk wieder umherzuwandern.

Um diese Zeit hatten sich Freunde zu Pete gesellt, die zum festen Bestand seines Hauses gehörten, treue Kameraden, mit denen er die mannigfaltigen Freuden des Alltags teilen konnte. Pete war der Älteste unter ihnen, was man respektierte, und er war der Stärkste, was die Hausgenossen in noch höherem Grad anzuerkennen wußten. Sie hießen Gilbert, Jeobald, Samuel und Small Johnson, und Freunde wie sie gab es in diesem Teil der Welt kein zweites Mal. Mitte der dreißiger Jahre wurde auch ich diesem Hausstand einverleibt und bald darauf auch noch die Eskimofrau Aviaja.

Im folgenden Kapitel will ich von meinen Onkeln Gill, Small Johnson und Samuel berichten.

Von Onkel Gill, Small Johnson und Sam

Von meinen drei Onkeln war Gilbert ohne allen Zweifel der empfindsamste. Er war ein Träumer und setzte seine Träume in Musik und Poesie um. Als ich ihn zum Beispiel einmal nach meiner Entstehung fragte, richtete er seinen Blick himmelwärts und antwortete mit fester Stimme:

»Noch ungeboren,
noch in den Lenden
ein Brennen,
noch eine Umarmung,
ein Zittern,
ein Kreisen,
eine Glut!
Noch ein Plasma
aus Lust ...«

Welche Antwort natürlich ein Wohllaut fürs Ohr, mir aber durchaus unverständlich war. Onkel Gill drückte sich übrigens besser im spätromantischen Stil aus, und seine Gedichte waren nur selten von so moderner Machart wie das oben angeführte.

Onkel Gill wurde in San Francisco als Sohn eines arbeitsscheuen Schlachthausarbeiters geboren, der seine Mannesjahre im Wirtshaus »Zum munteren Albatros« verbrachte. Die Mutter war ein wortkarges, starkes Weib, das seine Zeit gleicherweise zwischen dem Reinemachen »für die Feinen« und dem Biertrinken mit dem Ehegespons im »Albatros« teilte. Das Elternpaar betrachtete den Sohn Gilbert als einen ausgesprochenen Mißwuchs, einen jener unausrottbaren Wildtriebe, die die Natur bisweilen in den Gärten rechtschaffener Leute hervorsprießen läßt und mit denen zusammen zu leben es viel Demut braucht.

Der Vater drückte dies unter Freunden so aus: es gebe in seinem Leben nur zwei Dinge, die ihn wirklich plagten – Hämorrhoiden und Gill.

Der Junge hatte nur höchst selten verbalen Umgang mit seinen Eltern. Kam es indessen doch dazu, dann geschah dies nur mit Worten und Sätzen, die ihnen ebenso unverständlich waren wie Hebräisch oder die Sprache der Bantu. Der Junge lebte in einer Traumwelt, die voll von Fabeltieren, guten Feen, unwirklichen Farben und seltsamsten Tönen war. Noch ehe er schreiben gelernt hatte, dichtete er lange Balladen, die er sich murmelnd selber vortrug. War er nicht mit Poesie beschäftigt, dann spielte er auf selbstverfertigten Flöten nach einem Notensystem, das er sich mittels eines karierten Rechenheftes und der Zahlen von eins bis zwölf zurechtgelegt hatte. Er wurde zur großen Erleichterung seiner Lehrer frühzeitig aus der Schule genommen. Der Vater, der – wie so viele Väter vor ihm – die literarischen und musikalischen Talente des Jungen nicht beachtete, hielt Schulbesuch für eine lächerliche Zeitvergeudung und konnte dank seiner Verbindungen im »Albatros« seinen seltsamen Sohn in einer Fabrik unterbringen, wo man für die Frontsoldaten in Europa Frühstückskonserven herstellte.

Gill, den die Natur mit einem freundlichen und umgänglichen Gemüt beschenkt hatte, fand sich geduldig in sein Geschick und bediente seine stationäre Gulaschkanone fast mit dem gleichen Enthusiasmus, wie andere junge Amerikaner in der Fremde ihre Waffen bedienten. Seine Freizeit brachte er mit den Eltern im »Albatros« zu, wo er auf dem verstimmten Klavier Getränke für die Familie zusammenspielte. An einem solchen Abend begegnete er Small Johnson. Der Krieg war vorüber, und die Neue Welt wurde wie die Alte nach dem gewaltigen Siegesrausch vom Katzenjammer heimgesucht. Drei Jahre lang hatte Gill Konservendosen mit einer unbestimmbaren Substanz gefüllt, drei Jahre hatte er an dem gleichen Platz gestanden, hatte den gleichen sauren Dunst eingeatmet, die gleichen Handgriffe ausgeführt – drei tote Jahre. Gill war reif zum Aufbruch.

Small Johnsons Start vollzog sich in umgekehrter Richtung. Er begann oben auf der sozialen Stufenleiter mit einem adeligen Vater. Dieser vornehme Vater vermachte Small Johnsons Mutter, einer sogenannten Kuchenjungfer im Hotel »Longfeather«, eine erkleckliche Summe Geld, die es ihr ermöglichte, außer Small Johnson eine wachsende Kinderschar und noch einen oder zwei Liebhaber zu versorgen.

Der adelige Einschlag sicherte Small Johnson unter den vielen Geschwistern einen gewissen Vorrang. Schon als Kind war er sich darüber im klaren, daß es seine Umgebung war, die ihm zu dienen hatte, und nicht umgekehrt. Als er fünfzehn war, zog die Mutter mit der Geschwisterschar und einem französischen Prediger in den Süden, weil nach dessen Ansicht die mexikanische Grenzstadt Derio der Ort war, wo Jesu bevorstehende Wiederkunft vollzogen würde. Während also Small Johnsons Familie und der Prediger in heiliger Geduld den großen Tag abwarteten, versuchte er sich als Lebemann, doch hatte er nicht das Format seines Vaters. Zweimal stattete er dem Gefängnis des Ortes einen Besuch ab, bis er schließlich als Tellerwäscher an seinem Startplatz, dem Hotel »Longfeather«, einigermaßen zur Ruhe kam. Hier begegnete er der Liebe seines Lebens. Sie arbeitete untertags als Hilfskraft in einem Spital und verdiente sich nachts das Nötige zur Würze des Lebens. Leider zog sich das Mädchen eine Krankheit zu, deren Erwähnung ihre vielen Freunde nicht eben schätzten. Small Johnson und ein halbes Hundert anderer ehrwürdiger Bürger hatten ihr eine recht schmerzhafte Verarztung und ein fiebervolles Krankenlager zu verdanken.

Nach solchem Kummer streifte Small Johnson ein paar Jahre im Land umher. Er erwarb sich gründliche Kenntnisse in der schwierigen Kunst des häuslichen Branntweinbrennens und entwickelte im Laufe dieser Zeit seine Geschmacksnerven zu wahrer Vollkommenheit. Seine Kunst reichte vom Agavenschnaps, von Tequila und Mescal über den aus Rosinen destillierten Imiaq bis zu dem sinnbetörenden chinesischen Sam-Su. Diese seine Begabung führte ihn nach San Francisco, wo gerade in jenen Tagen großer Bedarf an tüchtigen Leuten war. Das Zusammentreffen mit Gill entsprang einer Sauferei im »Albatros«, einem Gelage, von dem man noch heute spricht, wenn die Sonne im Sacramento-Tal die Zungen zu Sandpapier brennt.

Gill und Small Johnson kamen überein, sich auf Reise durch das durstende Amerika zu begeben. Es ging durch die Wüsten Nevadas, den toten Salzsee entlang, über die Berge von Montana und weiter nach Norden. Gill spielte, und Small Johnson brannte. Sie überschritten die Grenze südlich von Medicinhill und folgten dem Saskatchewan-River nach Prince Albert. Hier begann die lange Reise durch das Nordwestterritorium.

Ein Zufall brachte sie zu Petes Haus. Soweit erinnerlich, handelte es sich dabei um eine kleinere Meinungsverschiedenheit mit dem Polizisten in Downty City nach einer munteren Zecherei in Ernesto Whitecooks Bar »Singapore«. Um die Behörde zu beruhigen und Ernesto Gelegenheit zu geben, sein Etablissement sozusagen von Grund auf neu zu erstellen, zogen sie, wie so manche Männer vor ihnen, weiter nordwärts.

Hier endete mit einem Schlag ihre Reise, sie waren von Patric McHuges' Hütte, von Pete und von dem wundervollen Frieden, den dieser Erdenfleck ausstrahlte, zutiefst angetan. Vor allem das letzte empfanden sie nach den unruhigen Wanderjahren wie heilenden Balsam. Sie fügten sich schnell in den täglichen Turnus ein, der einem so wenig abverlangte, dafür aber alles Erdenkliche gab.

Von Onkel Sams Herkunft weiß ich erstaunlich wenig. Er kam irgendwo in Polen zur Welt, legte an der Warschauer Universität sein Staatsexamen in Anthropologie ab und emigrierte aus seinem Vaterland, fünfzehn Jahre bevor ein gewisser Anstreicher sich im Nachbarstaat zu rühren begann. Seine Wissenschaft führte ihn weit umher. Er entschied sich bald für die Eskimologie als Spezialgebiet und bereiste, von freundlichen Eskimo unterstützt, große Gebiete der Arktis. Er besuchte auch Teile Süd- und Mittelamerikas, da er dies als wichtig für seine Studien ansah. Er war nämlich ein begeisterter Anhänger einer neuen Theorie, derzufolge die Eskimo als ein stabilisiertes Mischvolk, eine Kreuzung der Lagao-Santa-Rasse mit asiatischen Mongolen, angesehen wurden. Onkel Sam hat von Brasilien im Süden über Mittelamerika und die USA bis weit hinauf in die arktischen Einöden schwer gebaute Schädel mit hohen, schmalen Scheitelpartien gemessen.

Man kann wohl sagen, daß Onkel Sam sich voll und ganz mit seiner Wissenschaft und seinen Studienobjekten identifiziert hat. Er ist weitgehend vertraut mit der Sprache und der Lebensweise der Eskimo und hat ganz wie ein echter Eskimo das lebendigste Interesse an der Sagen- und Mythenwelt der Polarländer. Ausdrucksformen der Eskimo haben seine Redeweise nicht wenig beeinflußt, so daß seine Alltagssprache oft etwas konstruiert oder gekünstelt klingt.

Onkel Sam kam vor das Haus gerollt. Das geschah ein paar Jahre vor meiner Geburt. Er war über die steilen Hänge der Willsonhills, durch den Gänsepaß und über das kleine Plateau gestapft und landete jäh an der Südwand unseres Hauses. Hinter ihm trafen ein stumpfnäsiger Zugschlitten, ein vom Wind zerfranstes Zelt und schließlich eine Kiste voller Landkarten und anthropologischer Handbücher ein. Er kam zusammen mit einem Unwetter angefegt, was seiner Natur durchaus nicht entsprach. Er hätte eigentlich an einem freundlichen, windstillen Abend im Licht der niedrig stehenden rotgoldenen Sonne leicht vor sich hin murmelnd den Berg herabkommen müssen.

Pete und Small Johnson hörten den Bums, als er an die Wand knallte. Sie liefen hinaus, um zu sehen, was los war. In dem heftigen Schneegestöber erkannten sie einen kleinen, stämmigen Mann, der halb betäubt dalag und nach etwas umhertastete.

Pete fand das Gesuchte, die Brille, half dem Fremden auf die Beine und forderte ihn auf, ins warme Haus hineinzukommen. Small Johnson nahm sich der Sachen des Mannes an, die er nach sorgfältiger Untersuchung in einem der angebauten Schuppen unterbrachte.

Man ließ Sam an dem langen Tisch Platz nehmen, wo er mit einem Zipfel seines Hemdes seine Brille zu putzen begann.

»Man hat wohl zu weit oben gezeltet.« Er lachte leicht verlegen. »Man hatte ja eine ordentliche Rutschpartie!«

»Und ob! Die muß verdammt hoch oben angefangen haben«, nickte Small Johnson. »Wo hattest du denn dein Zelt aufgeschlagen?«

Sam setzte die Brille auf die Nase. »In einem kleinen Einschnitt zwischen den ›Jungfernbrüsten‹, wie es auf der Landkarte heißt.«

Erstauntes Gemurmel erhob sich von den Männern am Tisch, die ihn mit großen, verblüfften Augen ansahen. Die »Jungfernbrüste« oder »Geltings Arsch«, wie die Kuppen zur Erinnerung an einen übergewichtigen Trapper auch genannt wurden, waren zwei sanfte Rundungen auf den Höhen der Willsonhills. Jedermann wußte, daß diese zwei Buckel im Herbst eisblank wurden, und kein Fänger, der seine fünf Sinne beisammen hatte, würde es sich auch nur im Traum einfallen lassen, dort zu zelten. Nicht einmal bei ruhigem Wetter. Pete räusperte sich verlegen. Es war verdammt schwer, bei dieser Lage der Dinge etwas Gescheites zu sagen.

»Soso … hm … hm. Sagtest du ›Jungfernbrüste‹? Wir nennen sie ›Geltings Arsch‹, aber das ist sicher der gleiche Ort, möchte ich annehmen. Und du hast da oben kampiert, sagst du? Hm. Du warst vielleicht krank«, schlug er vor, »oder konntest vor Erschöpfung nicht weiter? Davon, Kamerad, können wir ein Lied singen. Die Augen voller Schnee und die Stiefel schwerer als Blei. Jaja, dann ist es einem ganz gleich, wo man sein Lager aufschlägt … Aber auf ›Geltings Arsch‹…?«

Sam betrachtete seinen Wirt mit erstauntem Gesicht. »Ich möchte nicht behaupten, daß ich besonders müde war, und es ging auch kaum ein Wind, als ich das Zelt aufschlug. Aber ich wollte oben bleiben, weil ich dort seltene Fossilien sah. Ich stellte mein Zelt über ihnen auf und wollte sie dann im Lauf der Nacht heraushauen.«

Gill, der mit dem Wort »fossil« nicht vertraut war, rückte unmerkbar ein Stück von Samuel ab. Vorsicht war in diesem Falle wohl angebracht. »Fossilien?« fragte er. »Von solchen Tieren habe ich noch nie was gehört. Haben sie langes oder kurzes Fell?«

»Sie haben überhaupt kein Fell«, antwortete Sam. »Fossilien sind urweltliche Tiere oder Pflanzen, von denen jetzt nur noch Versteinerungen geblieben sind.«

Gill nickte beruhigt. »Ich hab auch nicht begriffen, was du meintest, daß du sie heraushauen wolltest«, sagte er, um seine Frage zu beschönigen. »Hatte ja nie was gehört, daß man Fangtiere aus dem Felsen haut. Deshalb hab ich gefragt.«

Small Johnson blinzelte den Kameraden zu. »Sagtest du was von urweltlich, Sam?« Der Fremde schien eine Fundgrube seltsamster Geschichten zu sein. »Sag mal, wenn man Schwein hat, kann man dann auch urweltliche Füchse und Bären aus Stein finden?«

»Natürlich, mein Freund. Es gibt Versteinerungen von Füchsen und Bären und vielen anderen Landsäugetieren. Das ist höchst interessant, die Versteinerungen beweisen nämlich unter anderem, daß viele dieser Tiere in mehreren Erdteilen gelebt haben. So hat man zum Beispiel Moschusochsen als Fossilien in europäischen Diluvialschichten gefunden, und man hat Versteinerungen von Riesenechsen gefunden, die viel größer waren als der größte Wal, den ihr kennt.«

Dieser Vergleich machte die Kameraden verlegen. Sie waren großsprecherische Leute gewohnt. Die gewaltige Natur hier oben, die wilde Landschaft aus Felsen und Eismassen, die endlosen Tundren und die himmelhohen Berge forderten die Menschen gleichsam auf, in doppelten oder dreifachen Größenordnungen zu reden. Aber von Tieren zu erzählen, die größer als Wale waren, hieß denn doch, die Grenzen des Schicklichen zu überschreiten. Andererseits aber mußten sie zugeben, daß Samuel ein einmaliger Erzähler war.

Small Johnson unterbrach als erster die allgemeine Stille. Etwas taktlos fragte er: »Ist es dein Job, Sam, Steintiere und solches Zeug aufzukaufen?«

»Nee, ich bin ein schlichter Anthropologe«, antwortete Sam. Die

Brille kam wieder von der Nase und wurde abermals mit dem Hemdzipfel bearbeitet. »Geologie ist bloß ein kleines Hobby von mir, mit dem ich mich gelegentlich abgebe.«

Pete legte seine großen Hände vor sich auf den Tisch und kehrte ihre Innenseite nach oben. »Na ja, so hat eben ein jeder seinen Job. Die Kameraden und ich interessieren uns aber mehr für das Lebende. Wir jagen See- und Landtiere, verstehst du. Aber die Menschen haben ja, Gott sei Dank, die verschiedensten Interessen. Darf man fragen, um Small Johnsons Neugier zu befriedigen, was dich in diese Gegenden geführt hat?«

Sam hauchte die Brillengläser an und rieb fleißig an ihnen herum. »Anthropologische Studien, mein Freund. Diesmal sollen die Netsilik-Eskimo untersucht werden. Außerdem hat man die Absicht, nach Spuren der Sadlermiutter zu suchen, die um die Jahrhundertwende ausstarben. Ich will noch vor Einsetzen des Winters bis an die Nordspitze von Baffin kommen.«

Pete sah nachdenklich auf seine Handteller. »Ach so. Ja, so was kann man hier im Haus verstehen. Aber anthropologische Studien? Ich hab schon mal von so was läuten hören, aber man wird zu alt, als daß man sich merken könnte, was alle diese schwierigen Worte bedeuten.«

Sam antwortete taktvoll: »Die Anthropologie beschäftigt sich, wie du weißt, mit der Abstammung der Menschen und mit ihren verschiedenen Arten.«

»Ja, da haben wir's«, erwiderte Pete lebhaft. »Mir war's ja gleich so, als hätte ich von solchem Zeug schon gehört. Wart mal, du bist also einer von denen, die man Anthropophagen nennt, ja?«

Sam nickte und lächelte in die Runde. »In geistiger und auch übertragener Bedeutung bin ich das wohl, aber im täglichen Umgang wird man einfach Anthropologe genannt.«

Small Johnson lehnte sich über den Tisch und tippte mit einem Finger an Sams Schulter. »Du, Sam, davon weiß ich eine Menge«, sagte er. »Das hat was mit Schädeln zu tun, nicht wahr?«

»Richtig.« Sam brachte seine Brille auf der unteren Hälfte der Nase unter. »Schädel sind in meinem Fach unentbehrlich.«

»Ich hab mal einen Aufkäufer aus Brasilien gekannt«, fuhr Small Johnson fort, »der war das gleiche wie du. Er war auch ganz verrückt nach Köpfen, und zwar von Tucano-Indianern. Die hättest du sehen sollen, Sam. Das war Arbeit, kann ich dir sagen. Direkt Kunsthandwerk. Und die waren echt. In dem Fach wird ja, das mußt du doch zugeben, Sam, so viel geschwindelt, mit Affenköpfen und schlechtem Absud und all dem Kram.«

»Jaja, es ist sicher so«, stimmte Sam ihm bei, »aber ich möchte meinen, daß die Wissenschaft deines Freundes anderer Art war als die meine.«

Small Johnson ballte eine Faust und hielt sie Sam unter die Nase. »Die waren ungefähr so groß«, erklärte er, »und an den Augen und Lippen verdammt fein zusammengenäht. Das war bestimmt die gleiche Wissenschaft wie die deine, Sam. Ich kannte den Burschen recht gut, muß ich schon sagen. Wir haben zusammen eine Menge Geschäfte gemacht. Und«, Small Johnson trumpfte mit einem unumstößlichen Beweis auf, »er hatte genau die gleiche Brille wie du.«

»Ich will nicht leugnen, daß dein Freund gewisse anthropologische Interessen hatte«, räumte Sam freundlich ein, »aber man muß doch vermuten, daß sein Hauptinteresse der Handel war.«

»Du hast's erfaßt, Sam. Er schmuggelte die Köpfe über Kuba ein und verkaufte sie in Florida an reiche Touristen.«

Alle waren sich also einig, und eine behagliche Atmosphäre breitete sich unter den Männern am Tisch aus. Gill kochte Robbenfleisch, und Small Johnson servierte Sam-Su. Sam wurde so eifrig zum Essen genötigt, daß seine Zunge, wie er sich ausdrückte, fast hochkant stand. Als sie nach der Mahlzeit beim Abendtrunk saßen, fragte Gill: »Sag mal, Sam, hast du wirklich die Absicht, in diesem Jahr noch bis an die Nordspitze der Insel zu reisen?«

Sam stellte sein Glas behutsam auf den Tisch und lehnte sich in seinem Stuhl zurück. »Man wünscht, etwas über die Sadlermiutter zu erfahren, die, wie man gehört hat, ein ganz unwahrscheinliches Volk waren. Sie sollen außerordentlich dreckig, wahrscheinlich die größten Schweine der Arktis gewesen sein. Ihre Häuser waren angeblich schwarz vor Ruß, weil ihre Frauen die Lampen nicht in Ordnung halten konnten, und ihre Wände und Pritschen klebten und stanken vor Speck. Ein sonderbares Volk mit sonderbaren Gewohnheiten. Es wird erzählt, daß sie den Speck von den Fangplätzen auf die Weise transportierten, daß sie mitten im Speck ein Loch ausschnitten und die Speckstücke dann wie eine Halskrause über den Kopf stülpten. Aber wenn sie inzwischen auch verschwunden sind, so muß es doch Baffinländer geben, die sich noch an dieses Volk erinnern können.«

Pete schaute voll Bewunderung auf diesen kleinen, klobigen Kerl. »Du weißt sicher eine ganze Menge und bist schon viel herumgereist. Mir könnte es nicht im Traum einfallen, mich jetzt im Herbst so weit nach Norden zu begeben. Ist es nicht riskant, in diesen Breitengraden um die Zeit und mit der Ausrüstung, die du hast, allein zu reisen?«

»In meinem Fall geht es nicht so sehr um Ausrüstung wie um Reisegefährten«, antwortete Sam. »Ich habe, wie ihr richtig bemerkt habt, eine armselige Ausrüstung und bin in jeder Weise ein kümmerlicher Reisender. Aber man spricht vier Eskimosprachen und hat ja ein ganz freundliches Wesen.«

Pete nickte: »Es ist natürlich ganz was anderes, wenn man mit Eskimo reist. Es gibt keine besseren Reisegefährten. Man muß sie bloß aufspüren, das ist die Schwierigkeit. Ich meine, du hättest schon früher starten müssen, Sam. Die nächste Station liegt viele Tagesreisen von hier, und der Herrgott mag wissen, wo sich die Nomaden um diese Zeit aufhalten. Jetzt ist schon Herbst, Sam, und du hast das ja selbst zu spüren bekommen, als du von ›Geltings Arsch‹ heruntergeweht wurdest.« Petes Zeigefinger zeichnete auf der Tischplatte Figuren, und Small Johnson konnte merken, daß er gehemmt war und nicht die rechten Worte finden konnte. Schließlich brachte er sie aber doch zuwege: »Wir haben hier im Haus ja nicht übermäßig viel Platz, und ich kann es gut verstehen, daß du mit deinen Aufgaben möglichst schnell in Gang kommen möchtest. Und unsere Gesellschaft muß für dich sicher recht langweilig sein, denn man kann ja nicht gerade behaupten, daß wir von Wissenschaft viel verstehen, wenn wir auch über das eine oder andere Bescheid wissen. Aber falls du Lust hast, eine Pause einzuschalten und in aller Ruhe die Fossilien hier in der Gegend zu studieren, dann möchten wir dich sehr gern bei uns behalten. Sowie es ordentliches Eis gibt, können wir dich dann nach Ukusik, dem nächsten Wohnplatz von hier, bringen.«

Sam schüttelte den Kopf. »Das ist sehr freundlich von euch, aber es würde bloß zu große Ungelegenheiten bereiten. Es würde euch bald verdrießen, einen alten Dummkopf, der zu nichts taugt, in eurem Haus zu haben. Ich kann ja weder fangen noch Häute bearbeiten.«

»Du würdest uns einen Dienst erweisen, wenn du bleibst«, sagte Pete beinahe flehentlich. Er dachte daran, welchen gesellschaftlichen Gewinn Sams Anwesenheit bedeuten würde und wie schrecklich es wäre, wenn einer der Nachbarn sich Sam für längere Zeit sichern könnte. Er starrte gespannt den Gast an.

Da breitete sich ein großes Lächeln über Samuels faltenreiches Gesicht. »Es kommt manchmal vor, daß ein Mensch von freudigen Gefühlen überwältigt wird und deshalb dumm dasitzt und keine Worte findet«, sagte er. »Aber jedenfalls schönen Dank! Man bleibt!«

Sam kam nie an die Nordspitze von Baffinland. Der Ordnung halber und um nicht völlig am Fuß von Miss Molly festzuwachsen, sprach er aber jedes Jahr davon, daß er sich auf den Weg machen müsse. Er achtete jedoch sehr sorgfältig darauf, seine Reiseabsichten zu einem Zeitpunkt vorzubringen, wo der im Anzug befindliche Winter einem derartigen Unternehmen einen Riegel vorschob. Samuel fand hier gute Freunde, einen Ort, wo er in Ruhe studieren konnte, und schließlich, als ich zur Welt kam – auch eine Familie.

Im folgenden will ich von Jeobald und von seiner Begegnung mit Pete auf der Allen-Ebene im Sommer 1933 erzählen.

Petes und Jeobalds Begegnung auf der Allen-Ebene

Jeobald wurde während einer Reise geboren. Auf einer Schute mit dem Namen »Onze Lieve Vrouwes Wil« irgendwo zwischen Brügge und Gent. Alle seine Verwandten waren schon seit Generationen Flußschiffer gewesen, und er selbst verlebte seine Kindheit und erste Jugend auf den Wasserstraßen Europas.

Jeobald ist religiös, fühlt sich aber keiner Kirche oder Sekte zugehörig. Er ist, wie wohl die meisten Menschen, eine Mischung aus Gut und Böse, und er hat versucht, seinen Glauben mit dieser Tatsache in Einklang zu bringen. Sein Glaube stimmt im großen und ganzen mit dem der Eskimo überein, jedoch mit dem kleinen Unterschied, daß der Eskimo sich auf die vielen allgegenwärtigen Seelen einstellt, während Jeobald dies nur mit einer einzigen, seiner eigenen, Seele versucht. Wie der Eskimo schenkt er dem Guten wenig Beachtung. Es ist nun einmal da, und man soll es nicht ändern wollen. Dagegen hat er ein wachsames Auge für die weniger erfreulichen Seiten seiner Seele, und wenn sich ihm eine der dunklen Taten seiner Vergangenheit aus der Tiefe der Erinnerung auch nur andeutungsweise ins Bewußtsein drängt, dann beginnt er unverzüglich einen oft schmerzvollen Kampf, um sich zu reinigen. Er hält sich selbst für einen überaus großen Sünder, und sein Reinigungsprozeß könnte Fremden grotesk, vielleicht sogar lächerlich vorkommen.

Seine Bekehrung fand an einem regnerischen Wintertag in einer kleinen Kapelle des Grubenortes Jumet statt. Die vom schmalen Gehsteig bescheiden zurückliegende Kapelle war eingeklemmt zwischen zwei stattlichen Bürgerhäusern. Jeobald fühlte sich von einem schwachen gelben Lichtschein angezogen, der durch das Fenster der Eingangstür sickerte, und er ging, auch um nicht ganz durchnäßt zu werden, hinein.

Was ihn dort so ergriff, ist nicht zu sagen. Vielleicht war es einfach die Stimmung in dem halbdunklen Raum, der bloß von zwei Wachskerzen am Altar erleuchtet wurde, vielleicht war es der herabströmende Regen, der auf dem Blechdach das Donnergetöse des Jüngsten Gerichtes zuwege brachte, vielleicht aber war es auch nur ein zufälliger Gedanke, der ihm kam und sich verzweigte und zu Reflexionen über das Dasein entwickelte. Das ist, wie gesagt, schwer auszumachen. Das eine ist jedoch sicher: Als er nach vielen Stunden die Kapelle verließ und der Regen längst aufgehört hatte, war er von irgend etwas tief ergriffen. Er verstand sich selbst als großen Sünder und baute auf diesem Fundament eine neue und beschwerliche Lebensform für sich auf. Die vielen Sünden, an die seinerzeit nicht viele Gedanken verschwendet worden waren, wurden nun groß und nahmen ungeheure Dimensionen an. Es soll jedoch der Ordnung halber bemerkt werden, daß sich Jeobald um die Sünden anderer nicht kümmerte.

In dem Jahr nach seiner Bekehrung ließ er sich von einem holländischen Schiff, der »Hoop van Scheveningen«, anheuern und war zu diesem Zeitpunkt in seiner Einbildung der größte lebende Sünder der

Welt, ein Gedanke, der ihn manchmal begeistert nach Luft schnappen ließ.

Mit der »Hoop van Scheveningen« kam er zu den riesigen Wäldern, die weit südlich des Fynes-Fjords liegen. Er riß von der »Scheveninger Hoffnung« aus und drang durch die Wälder immer weiter nordwärts. Bei dieser Wanderung schwebte ihm kein eigentliches Ziel vor, er wollte nur einen ruhigen Ort finden, wo er seinen verwirrten Gedanken nachgehen konnte.

Pete traf ihn auf der Allen-Ebene. Seit jener denkwürdigen Begegnung meiner beiden Väter sind nun fünfundzwanzig Jahre vergangen. Während seiner Wanderung über die Ebene fiel Jeobald wieder eine Episode ein, die sich zugetragen hatte, als er noch an Bord der Familienschute war. Damals, in seiner Kindheit, gab es auf den Booten noch keine Aborte. Man beförderte alles von der Reling aus direkt in den Fluß. Jeobald und seine Schwester Gerd saßen eines Abends auf dem Lukendeckel und sahen, wie sich die Schiffersfrau von der benachbarten Schute prustend zurechtsetzte, um ein reichlich genossenes Abendessen in den Fluß zu leiten. Der riesige Hintern erschien leuchtend wie der aufgehende Mond, und Gerd, die Verführerin, stichelte flüsternd, daß er sich wohl nicht traute. Aber er traute sich. Blitzschnell holte er aus seiner Hosentasche die Schleuder hervor, in deren Leder schon ein schöner, runder Stein bereitlag – und, tsch, schon schnellte dieser wie ein pfeifendes Geschoß davon.

Oh, wie die Getroffene aufschrie und heulte! Sie schlug mit den Armen um sich und fiel hintenüber. Und erst als das Wasser über ihrem Kopf zusammenschlug, verstummte ihr gräßliches Geschrei. Diese unmenschlichen Laute tauchten damals, als Jeobald die Allen-Ebene überquerte, in seiner Erinnerung mit voller Stärke wieder auf. Und weil ihm schon lange keine ordentliche schwarze Sünde einfallen wollte, nahm er diese kleine Untat aus der Kindheit zum willkommenen Vorwand, um sich einer exorzierenden Bußübung hinzugeben. Er fand einen passend großen Stein, ergriff ihn mit beiden Händen, schleuderte ihn hoch in die Luft und begab sich in größter Eile an die Stelle, wo er vermutlich herabfallen würde. Dort wartete er dann mit zugekniffenen Augen und bis an die Ohren hochgezogenen Schultern auf das erhoffte Ereignis. Jedoch mußte dieses Manöver mehrere Male wiederholt werden, bis der Brocken endlich mit lautem Klatsch auf seinem Kopf landete.

Leider erwies sich der Stein gewichtiger, als Jeobald es in seinem heiligen Wahnsinn angenommen hatte, und er fiel, vom Zorn des Herrn schwer getroffen, der Länge nach ins Heidekraut. Dort fand Pete den Schwerverletzten.

Es kommt nicht oft vor, daß man in dem Distrikt der Kameraden Fremde antrifft, und es ist ganz ungewöhnlich, daß man sie bewußtlos auffindet. Pete beeilte sich, aus einem Schmelzwassersee kaltes Wasser zu holen und es dem Fremden übers Gesicht zu gießen. Dann bearbeitete er mit leichtem Tätscheln die bleichen Wangen und legte ein saftiges Mooskissen auf die blutende Stirn.

Jeobald schlug nach kurzer Zeit die Augen auf, sah über sich ein großes, bärtiges Gesicht mit einem Paar sehr blauer, verwunderter Augen und flüsterte: »Jesus! Bist du Jesus?«

»Nicht gerade Jesus«, antwortete Pete geschmeichelt. »Hier oben nennt man mich Pete.«

»Natürlich bist du Jesus«, sagte der Verletzte gereizt. Er stemmte sich stöhnend auf einem Ellbogen hoch. »Geh mal ein paar Schritte von mir weg, damit ich dich ordentlich ansehen kann.«

Pete in seiner Langmut tat wie geheißen. Er stand auf und entfernte sich ein Stück weit.

Jeobald betrachtete ihn forschend und sah eine grobschlächtige Gestalt in Segeltuchhosen und einem Pelzanorak. Er setzte sich vollends auf und rieb sich seine große Nase. Was er da sah, war nun nicht gerade eine Kopie jenes Jesus, der in der engen Kajüte der Kindheitsschute an einem Holzkreuz gehangen hatte. Und es war ihm auch jetzt, wo seine Augen wieder so weit funktionierten, daß er klar mit ihnen sehen konnte, völlig unmöglich, sich vorzustellen, daß dieses Wesen einmal ein kleines, süß duftendes Jesuskind auf Marias Schoß gewesen sein sollte.

»Du hast sicher recht, Kamerad«, sagte er schließlich. »Jesus bist du nicht. Aber dieser Steinbrocken muß verdammt groß gewesen sein.«

Pete lächelte. »Ein ganzes Gebirge, Kamerad. Kein Wunder, daß du leicht benebelt bist. Und in gewisser Weise, rein theoretisch, hätte ich schon Jesus sein können. Aber wenn wir uns an die Tatsachen halten, dann bin ich also Pete von Miss Molly. Wenn du aus dem Süden kommst, hast du sicher eine Menge über mich und die Kameraden gehört.«

Jeobald befühlte vorsichtig seine anschwellende Beule. »Verdammt noch mal, wie die wächst!« murmelte er. Dann richtete er seinen schmerzgequälten Blick auf Pete. »Ich heiße Jeobald, aber von dir habe ich nie jemanden erzählen gehört. Wahrscheinlich, weil ich den Menschen soviel wie möglich aus dem Weg gehe.«

»Ach so.« Pete zupfte sich an einem Ohrläppchen. »An der Bananenküste unten gibt's nämlich 'ne Menge lustiger Burschen. Aber ein jeder hat natürlich seine Gründe, weshalb er so lebt, wie er eben lebt, und ich bin keiner von denen, die fragen.«

Jeobald wies mit einem steifen Zeigefinger auf seine Brust. »Hier, Pete, siehst du einen Menschen, der keine Zeit für lustige Saufereien hat. Ich bin nämlich ganz schwarz vor Sünde. Wahrscheinlich bin ich der größte Sünder unserer Zeit.«

»Teufel noch mal, da bleibt einem ja die Spucke weg!« meinte Pete. »Mitten auf der Allen-Ebene über den größten Sünder unserer Zeit zu stolpern, dazu muß man schon Riesenschwein haben. Es geht mich zwar nichts an, Jeobald, aber was hast du denn bloß angestellt?«

»Frag mich lieber, was ich nicht verbrochen habe, das könnte ich dir viel leichter sagen«, antwortete Jeobald finster. »Eine verdammte innere Stimme hört nicht auf, in einem fort neue Sünden, die ich begangen und vergessen habe, auszugraben und mir vorzuhalten.«

»Da mußt du aber allerhand unglaubliche Sachen ausgefressen haben, wenn deine Stimme einfach so weitermachen kann«, fand Pete. »Bei uns oben kenne ich zum Beispiel manche Mörder, aber die haben nie was von einer inneren Stimme gesagt. Vielleicht ist Mord aber auch keine richtige Sünde, unter Umständen kann er ja sogar eine Wohltat sein. Und ich selbst habe mehr Lumpereien begangen, als das Leben eines Greises Tage zählt, aber auch mir ist von einer inneren Stimme nichts bekannt.«

»Wie viele Sünden man begangen hat, spielt keine Rolle«, erklärte Jeobald. »Die Sünden allein machen ja nicht den Sünder. Um ein rechter Sünder zu werden, muß man sich lange anstrengen. So einfach geht das nicht. Fleiß und gute Gesundheit sind dafür zwei wichtige Voraussetzungen, und dabei ist es nicht einmal sicher, daß es dann auch gelingt.

Es muß sozusagen in einem liegen, und man muß lange suchen, bis man findet.«

»So wie du das erzählst, scheint es nicht gerade leicht zu sein«, mußte Pete zugeben. »Man braucht dazu sicher verdammt viel Geduld.« Er legte sich hin, lehnte sich an seinen Ranzen und richtete sich auf eine lange und nutzbringende Diskussion ein. »Und was hast du gefunden, Jeobald?«

»Ja, siehst du, ich habe eben gefunden, daß Jeobald Gerrit Oegeest der größte Sünder ist, der jetzt auf Erden lebt. Ich bin so weit gekommen, daß ich mich zu jeder Sünde bekenne, wie sie mir, eine nach der andern, aus der Tiefe meiner Seele hervorgeholt werden. Ich gebe mich ernstlich mit ihnen ab und pflege sie, wie man in einem Garten kleine Blumen pflegt. Und sie entfalten sich, werden groß und stark, bis ich zupacke und sie mit der Wurzel ausreiße.«

»Das mit den Blumen habe ich nicht ganz kapiert, Kamerad. Das ist mir zu hoch«, sagte Pete. »Aber ich hab so 'ne Ahnung, wo du hinauswillst. Sagen wir mal, daß ich mir aus der Falle meines Nachbarn einen Fuchs hole und daß ich mich dann auch so richtig eingehend mit dieser Sünde beschäftige, glaubst du, daß sie dann auch bei mir in einem fort weiterwächst und am Ende ebenso groß wird, wie wenn ich ihm einen Hund gestohlen hätte?«

»Absolut«, sagte Jeobald entschieden. »Und sie kann sogar noch größer werden als die anderen, wenn du dich ganz dafür einsetzt.«

»Hunde stehlen ist aber das Allerärgste«, sagte Pete voll Ernst.

»Schön, dann begnügen wir uns halt mit den Hunden«, sagte Jeobald fügsam. »Ich glaube ohnehin, daß es dir schwer genug fallen würde, die Sünde bis zu solcher Hundegröße wachsen zu lassen. Aber ich will dir bloß das eine sagen, Pete, es gibt nichts Schwierigeres als die Arbeit an einer Sünde. Wir Menschen haben ja immer so viele Entschuldigungen parat. Aber halte dich bloß einzig und allein an die Tat. Versuche, in Bildern zu denken, dir alles ganz lebendig vorzustellen: wie du dich an die Falle heranschleichst, wie du vorsichtig den Fuchs aus der Steingrube herausholst, wie du dich mit der Beute davonmachst und dabei schmunzelst, weil es schneit und die Spuren deiner Schneeschuhe schnell verwischt sein werden. Stell dir das alles nur immer wieder vor, und du wirst sehen, wie die Sünde wächst, so daß dein Gehirn zu guter Letzt von ihr bis zum Platzen voll ist und nichts mehr sonst darin Platz hat. Das ist schön, sag ich dir, wunderbar schön. Jetzt kannst du nämlich mit der Reinigung anfangen, Pete. Du hast jetzt ein Gleichheitszeichen zwischen Tat und Sünde gesetzt, du bist jetzt mit Sünde ganz schwanger, und du mußt erlöst werden. Manche Leute sind stark und können sich durch die Anrufung des guten Gottes selbst erlösen. Andere müssen beim Schlimmen und Schmerzvollen Hilfe suchen. Ich kann die Sünde allein nicht tragen, darum ist das Schlimme wohl eher mein Gott als das Gute. Dort finde ich Hilfe. Und du wirst sehen, daß es zu mehreren leichter ist, das Kreuz zu tragen, das so schwer ist, daß man gar nicht darauf achtet, von welcher Sorte die Kameraden sind, die einem da helfen. Versuch es selbst, Pete, stell dir so einen Fuchsdiebstahl ganz lebhaft vor. Leg dich bequem hin, und denke dann ausschließlich an den Fuchs, den du gestohlen hast.«

Pete rückte sich auf seinem Ranzen zurecht. Er starrte auf die grauweißen Stratuswolken, die wie fette Zigarren in dem saphirblauen Himmel lagen. »Stell dir den Fuchs jetzt ganz lebhaft vor«, sagte Jeobald leise. »Der Kerl liegt dort unterm Fallbrett mit zermalmtem Rücken. Kannst du seine Rute sehen, die dort hervorschaut? Ja, und jetzt nimmst du den Stein weg, aber vorsichtig, Pete. Und dann hebst du das Fallbrett auf, ja, so, und jetzt den Kerl herausgeholt. Sieh ihn dir nur ordentlich an, du hast genügend Zeit. Ein feines Fell, was? Die Raben hatten noch keine Gelegenheit, an ihm herumzuhacken. Er ist ja eben erst in die Falle gegangen. Und nun machst du deinen Rucksack auf und läßt ihn dort im Dunkeln verschwinden. Und jetzt muß die Falle wieder aufgestellt werden. Die Stutzen müssen wieder an ihren Platz und die Steine obendrauf. Aber so, wie sie gelegen haben, alle Steine, Pete, keine Hudelei. Und vergiß nicht, am Köderarm wieder Fleisch anzubringen. Schön. Jetzt ist alles genauso wie früher, ehe der Fuchs in die Falle ging. Siehst du das alles vor dir? Wachsen die Bilder? Konzentriere dich nur richtig, führ dir das Ganze einmal, zweimal, immer wieder vor Augen. Spürst du die Sünde jetzt? Merkst du, wie sie durch dich hinkriecht, wie eine Giftschlange? Wie sie dich beißt, und wie sie mit ihrem Gift deinen Widerstand gegen den Diebstahl lähmt? Und jetzt hörst du die innere Stimme. Jetzt spricht sie zu dir, Pete! Hörst du sie?«

»Ja, ich höre sie«, sagte Pete abwesend.

Jeobald wagte vor lauter Spannung kaum zu atmen. »Und was sagt sie dir?« flüsterte er leise.

Ohne die Augen von den Wolken am Himmel abzuwenden, sagte Pete mit ergriffener Stimme: »Sie sagt, bei der Frühjahrsauktion wird dieses Fell einen Spitzenpreis erzielen. Es ist ja verdammt fein, dieses Fell.«

Jeobald seufzte tief. Er legte sich schwer neben Pete. »Du bist unbegabt«, sagte er enttäuscht. »Aus dir wird nie etwas, nicht einmal ein mittelmäßiger Sünder, Pete. Du hast dazu keine Anlage.«

»Ich habe mich aber wirklich angestrengt«, antwortete Pete. Seine Gedanken hielten sich noch bei dem schönen Fuchsfell auf. »Jeder hat halt nicht so reiche Anlagen wie du.«

Jeobald seufzte abermals. »Ja, zum größten lebenden Sünder der Welt«, murmelte er, und es lief ihm vor Ergriffenheit kalt über den Rücken.

»Es muß ein schweres Kreuz sein«, sagte Pete voll Mitgefühl.

»Enorm schwer.« Jeobald befühlte vorsichtig seine Beule. »Und es kann so verflucht weh tun.«

Meine Väter in spe blickten von ihrem Lager auf die weite Ebene hinaus. Sie stützten ihre Nacken auf die Ranzen und hielten die Hände über dem Bauch gefaltet. So lagen sie lange, ohne ein Wort zu wechseln, und ein jeder befühlte sozusagen des anderen Schweigen. Dann und wann sah der eine nach dem andern hin, und wenn sich ihre Blicke dabei trafen, lächelten beide leicht verlegen.

Plötzlich sagte Pete: »Ich wohne mit ein paar Jungs hinter den Willsonhills. Wir haben uns dort zusammengefunden.« Er deutete mit einem Daumen über die Schulter in Richtung des Gänsepasses. »Am Fuß von Miss Molly«, fügte er hinzu.

»Miss Molly?« Jeobald sah ihn fragend an.

»Ja, so heißt der Berg. Den Namen hat er nach einer Frauensperson aus Downty, die in den neunziger Jahren herkam, als unten alle hinterm Gold herliefen. Sie hatte mächtig viel Mut, du verstehst schon. Das hatte aber bloß den Haken, daß es in diesem Teil des Landes keinen einzigen Mann gab, der Lust hatte, sie zu besteigen.«

»Traurig, traurig!« sagte Jeobald. »Es ist ja immer schade, wenn ein

Frauenzimmer mit Mut und Lust keinen kriegt und sitzenbleibt. Ich werde den Berg zu Ehren von Miss Molly einmal besteigen.«

»Das wird der Seele des alten Mädchens, ob sie nun im Himmel oder in der Hölle steckt, guttun. Bisher hat sicher noch kein Mann etwas zu ihren Ehren getan.«

»Eine solche Besteigung muß natürlich sorgfältig vorbereitet werden«, erklärte Jeobald. »Man kann den Berg ja wohl nicht einfach hinauflaufen?«

»Nein, das geht nicht. Er ist durch und durch verrottet«, erklärte Pete. »Und es ist auch kein so schöner Berg, daß sich das Hinaufklettern lohnen würde.«

»Was die Schönheit anlangt«, sagte Jeobald, »so hat sie nichts zu bedeuten, solange man mit dem Besteigen beschäftigt ist. Und ich bin überzeugt, daß die Aussicht von Miss Molly aus nicht zu verachten ist. In dieser Hinsicht gibt's, glaube ich, bei Bergen und bei Weibern kaum einen Unterschied. Ist man erst mal ganz oben, kriegt man seine Belohnung und alles Schöne, was man sich wünschen kann.«

»Du hast da, meine ich, mehr Erfahrung als ich.« Pete deutete wieder über die Schulter. »Wenn du wirklich vorhast, die Besteigung von Miss Molly vorzubereiten, dann kannst du gern so lange bei uns wohnen. Wir werden dich dabei genausowenig stören, wie wenn du mit dem Sündenaustreiben oder anderen schwierigen Aufgaben beschäftigt bist.«

Jeobald wandte den Kopf und sah in Richtung von Miss Molly. »Ich könnte mir schon denken, euch eine Zeitlang zu besuchen«, antwortete er. »Ich glaube, ich habe etwas Ruhe nötig, und ich muß auch wieder mal Freunde finden. Außerdem habe ich ja jetzt versprochen, Miss Molly zu besteigen.«

Und so geschah es auch. Zur großen Freude der Bewohner des Hauses und zu Nutz und Frommen des seltsamen Gastes, der am Fuß von Miss Molly – die er nach einjähriger Vorbereitung im Frühjahr 1934 bestieg – einen Ruheplatz für seine vielen sündhaften Gedanken fand. Seit dem oben geschilderten Tag auf der Allen-Ebene teilte Jeobald das Leben seiner Freunde, von der täglichen Gemeinschaft bis zur halben Vaterschaft, als ich geboren wurde.

Im folgenden will ich erzählen, wie Aviaja ins Haus kam.

Man findet Aviaja

In den ersten paar Monaten nach meiner Geburt wurde ich recht kümmerlich von meinen Vätern und von Onkel Sam betreut. Small Johnson behauptete, gegen Kleinkinder allergisch zu sein, ich bin aber der Meinung, daß ihm vor allem die Exkremente der Säuglinge Atemnot und Brechreiz bereiteten. Auch Onkel Sam nahm nur unwesentlich an der Babypflege teil. Er stellte sich dabei, nach dem Urteil meiner Väter, zu wissenschaftlich an und durfte erst nach dem Einzug Aviajas seine Talente entfalten. Er hatte jedoch an mir und besonders an der überwältigenden Blutmischung, die sich in meinen Adern vorfand, außerordentliches Interesse und sprach entzückt von den anthropologischen Untersuchungen, die er, wenn ich einmal drei Jahre alt wäre, durchzuführen beabsichtigte.

Aviaja war ein Fund. In der buchstäblichsten Bedeutung des Wortes. Sie wurde an einem höllisch kalten Wintertag von Jeobald und Onkel Sam gefunden, als sich beide nach einer Inspektion der Fuchsfallen auf dem Heimweg befanden. Sie saß auf einem schon fast haarlosen Hundefell weit draußen auf dem Eis und erwartete geduldig den Tod.

Jeobald erblickte als erster die einsame Gestalt. Er hielt die Hunde in passender Entfernung an, damit ihnen nicht plötzlich der Gedanke an eine kleine warme Mahlzeit kommen sollte. Onkel Sam stieg vom Schlitten und stelzte über das Eis zu der alten Frau hin. »Tigutitau? Wie geht es dir?« fragte er auf baffinländisch.

Aviaja blickte auf, antwortete aber nicht. Sie hatte sich die Kapuze des Anoraks fest vor den Mund gebunden, wie es die Sitte verlangt, wenn man den Tod im Eis sucht. Samuel kniete vor sie hin und befühlte ihre kalten Hände, die nackt und steif gefroren an den Kamikschäften herabhingen. Er löste die Kapuze von ihrem Mund und wiederholte seine Frage.

Aviaja sah verlegen auf ihre abgetragenen Seehundhosen. »Nakoravit«, antwortete sie. »Mich friert. Ein alter Mensch hat die Einsamkeit gesucht, friert dabei aber sehr.«

Sam nickte mitfühlend. Er wußte, daß ihre Kamikken ohne Stroh waren, denn sie hatte es aus den Stiefeln entfernen müssen, wie Sitte und Brauch es vorschrieben, wenn man auf diese Art zu sterben wünschte.

»Wie heißt du, und zu welchem Volk gehörst du?« fragte er.

Aviaja sah ihn verwundert an. »Kommt es wirklich einer armseligen Frau, die Aviaja heißt, zu, einem wissenden Mann auf Fragen zu antworten, die er selbst schon beantwortet hat? Wie kann es sein, daß man einen fremden Mann gerade jetzt, wo man unterwegs nach dem Wohnplatz der Hängeköpfe ist, die Sprache der Menschen reden hört?«

»Wer sind denn aber deine Verwandten?« fragte Sam.

»Odoniarssuaq hieß der Familienversorger.«

»Dann sind wir ja beinahe verwandt, denn Odoniarssuaq ist der Ziehbruder meines Freundes Pete.«

»Odoniarssuaq wurde vor zehnmal Schlafen vom Eis geholt«, sagte die Alte still. »Man selbst wünscht nicht, den Jungen und Unerfahrenen zur Last zu fallen.«

Sam rieb, ohne recht bei der Sache zu sein, die kalten Hände der Frau. Eine Idee war in ihm aufgetaucht, und nun saß er eine Weile da und ließ ihr Zeit, sich zu entfalten. Und als sie sich erholt hatte und zu sich gekommen war, sagte er: »Man wünscht Odoniarssuaq dort, wo er jetzt ist, viel Fangglück. Und dich wird man in vielen Häusern rühmen, weil du niemandem zur Last fallen willst.« Er holte ein paarmal tief Atem und setzte dann seine Idee in Worte um. »Nun ist es aber so, daß man sich ein wenig Frauenhilfe in Petes Haus wünschen könnte.«

Aviaja versuchte zu lachen, aber die Kälte hatte sich in ihrer Kehle festgebissen. Das Lachen wurde zu einer Reihe wiehernder Laute, ähnlich dem »Qroq Qroq« des Eistauchers. »Wer ist so töricht, sich ein altes, halbtotes Weib als Hausgenossin zu wünschen? Es ist zum Lachen zu alt geworden, Fremder, zu alt zu allem.«

Sam umfaßte ihr Handgelenk, um es zu erwärmen. »Es ist nicht die Absicht, dich zwischen den Fellen zu gebrauchen«, versicherte er ihr eilig. »Wir sind bloß in der schlimmen Lage, daß wir nicht die Kunst beherrschen, ein kleines Kind, das uns anvertraut wurde, richtig zu pflegen. Es wäre für das Kind und für uns recht vorteilhaft, wenn du noch eine Zeitlang leben könntest und uns auf Grund deiner großen Erfahrung belehren wolltest.«

Aviaja merkte, wie ihre Hände zwischen den Händen Sams aufzutauen begannen, und antwortete zaghaft: »Oh, man ist alt und ganz und gar unwissend über alles mögliche. Es ist so lange her, daß man ein kleines Kind in seinen Armen gehalten hat, und das wenige, das man einmal wußte, ist vergessen.«

»Er schreit nachts so schrecklich«, sagte Sam, ohne sich um die bescheidenen Worte der Frau zu kümmern. »Seine Verdauung gefällt uns nicht, es sind lauter kleine, trockene Klöße. Was kann daran wohl schuld sein?« Er sah Aviaja erwartungsvoll an, fuhr aber, als ihre Antwort auf sich warten ließ, fort: »Außerdem sind sein Hinterteil und die Innenseiten der kleinen Schenkel voll schorfiger Wunden.« In Aviajas erstarrtem Körper zuckte es schwach. Sie schüttelte vorwurfsvoll den Kopf. »Aus deinen Worten kann man verstehen, daß dieses Kind ordentliche menschliche Nahrung nicht kennt. Es bekommt natürlich keinen gekauten Speck, der die Därme gründlich schmiert«, sagte sie.

»Und die Wunden?« lockte Sam.

»Die kommen davon, daß es von Männern gepflegt wird, die keine warmen Hasenfelle zum Trocknen verwenden.«

Sam steckte den Zeigefinger in sein Ohr und kratzte sich gewaltig. »Wir sind ja so unwissend«, entgegnete er entschuldigend. »Es wird noch so weit kommen, daß uns der arme kleine Mensch stirbt. Das wäre sehr traurig und schade, denn er ist aus gutem Blut, seine Mutter war ein Tununerkiut-Mädchen.«

Aviaja drehte ihren Kopf von Sam weg und schaute aufs Eis. »Schade, daß die alte Frau einen fast unwiderruflichen Entschluß gefaßt hat«, sagte sie. »Vielleicht hätte sie noch ein wenig von Nutzen sein können.«

»Wir wollen ja nicht aufdringlich sein«, jetzt war Hoffnung in Onkel Sams Stimme, »aber wir haben den Jungen doch so gern. Er ist ja aus guter Familie, wie du verstehen kannst.«

»Die Tununerkiut sind dreckig und voller Läuse«, sagte Aviaja entschieden. »Und sie haben sich jetzt fast alle angesiedelt, weil es ihnen zu mühsam war, hinter den Rentieren herzuziehen. Ein Iglulikkind muß sorgfältig gepflegt werden, wenn man sich Hoffnung machen will, daß es am Leben bleibt.«

»Ja, genau das habe ich mir auch gedacht«, sagte Sam, »deshalb wäre es ja sehr wünschenswert, wenn du deine Abreise von hier noch eine Zeitlang aufschieben könntest.«

Aviaja saß lange da, Unverständliches vor sich hin murmelnd. Schließlich wandte sie sich wieder Sam zu, und er konnte sehen, daß neues Leben in ihre braunen Augen gekommen war. »Ein unnützes Weib muß sich wohl dem Willen eines starken Mannes beugen«, sagte sie. »Es hat soeben beschlossen, seinen Weggang zu verschieben und sich wieder in ein undankbares Dasein zu stürzen.« Diesen klagenden Worten und dem mutlosen Ton widersprach das frohe Lächeln, mit dem sie Sam ansah.

Jeobald wurde gerufen, und gemeinsam hoben sie Aviaja auf und trugen sie zum Schlitten. Dort packten sie sie in warme Rentierfelle, und ihr entkräfteter Körper begann bald vor Schmerzen zu zittern, während er langsam auftaute.

Sie lachte und stöhnte gleichzeitig und rief Jeobald zu: »Oh, zeig mir die Tauglichkeit deiner Hunde, langer Mann. Ein kleines Weib sehnt sich danach, ihren neuen Sohn in den Armen zu halten.«

Aviaja fand sich bei uns schnell zurecht. Ihre Pflichten waren im Vergleich zu den Strapazen ihres früheren Nomadenlebens gering und leicht. Sie war den Männern sehr zugetan und betrachtete mich als ihr eigenes Enkelkind. Zu dem Zeitpunkt, als Jeobald und Sam sie fanden, mochte sie gegen sechzig Jahre alt gewesen sein, ein damals ansehnliches Alter für eine Eskimofrau.

Onkel Sam war ihr Gott. Er beherrschte nicht nur ihre Sprache vollkommen, sondern konnte auch die Sagen und Mythen ihres Volkes ganz genau so wiedergeben, wie man sie früher in den Schneehütten erzählt hatte, während man um die Specklampe saß und darauf wartete, daß der Kessel zu kochen beginne. Selbst die Trommelgesänge, die sie zum letzten Mal als kleines Kind gehört hatte, konnte dieser wunderliche Mann mit der Halbbrille ohne die geringste Änderung vortragen.

Meine ersten Lebensjahre verbrachte ich teils auf den Knien meiner Väter und Onkel, teils in Aviajas Armen oder in ihrem Rückensack oder aber in einer Hängematte aus Segeltuch, die je nach Witterung und Jahreszeit im Haus oder draußen aufgehängt wurde. Solange ich mich noch nicht reinhalten konnte, pendelte sie nachts über dem Herd. Das war eine der vielen Ideen Onkel Sams, die meine Väter guthießen. Da man für mich natürlich nie Windeln verwendete, die in unseren Breitengraden unbekannt waren, hielt man es für praktisch, daß ich im Laufe der Nacht gründlich trocken werden konnte. Um diesen Trocknungsprozeß noch zu beschleunigen, hatte man die Hängematte mit vielen Löchern versehen, um ein ungehindertes Abtropfen zu ermöglichen. Erst als ich es gelernt hatte, meine Notdurft selbst anzuzeigen, wurde ich auf einer Nebenpritsche in Aviajas Raum untergebracht.

So wurde Aviaja meine Ziehmutter, und sie gab mir den Namen Agojaraq, was in der Sprache der Menschen soviel wie »mein neuer Sohn« heißt.

Im folgenden will ich noch mehr über Aviaja berichten.

Mehr über Aviaja

Für die Männer war ich ein großes Wunder. Sie konnten nicht aufhören, über meine kleinen Finger, die Form der Nägel oder über die noch nicht vorhandenen Knöchel zu staunen. Mein erstes Lächeln wurde, so erzählte man mir später, mit zwei Flaschen Sam-Su gefeiert, und die ersten Haarbüschel, die ich aus Petes Bart riß, rührten meinen glücklichen Vater zu Tränen.

Aviaja liebte mich. Sie hatte wohl ein deutliches Empfinden, ich könnte auch ihrem Bauch entsprungen sein, und sie behandelte mich nicht anders, als wäre ich ihr eigenes Kind.

Mit ihren abgenutzten Zähnen kaute sie geduldig zähes Fleisch weich, ehe sie mich damit in gleicher Weise nährte, wie eine Schneeammer ihr Junges atzt. Sie entwickelte wieder den fabelhaften Instinkt ihrer jungen Tage, mich stets rechtzeitig aus ihrem Rückensack hervorzuholen, und es kam nur sehr selten vor, daß ich durch einen warmen Strom über ihren nackten Rücken kundtun konnte, daß es nunmehr zu spät wäre.

Mein erstes Lebensjahr wurde von einem zweiten an der Hand genommen, ein weiteres reihte sich an, und ich wurde drei Jahre, ohne daß jemand in der Familie es recht begriff, wie das zugegangen war. Jedenfalls konnte ich damals gehen und reden und wie ein normaler Mensch vernünftige Erwägungen anstellen, und ich war neugierig wie ein junger Fuchs.

Meine Existenz stellte in unserem Haus alles auf den Kopf. Nicht nur mit den Männern und mit Aviaja war eine Wandlung vor sich gegangen, auch Patric McHuges' alter Hütte konnte man die Veränderung anmerken.

Die Stube wurde mit Schlafpritschen für die Männer ausgestattet und ihr ursprünglicher Schlafraum zu einer Kammer für Aviaja und mich umgewandelt. Ein kleiner Abstellraum wurde als Küche eingerichtet, und der Herd, der früher im Wohnraum gestanden hatte, wurde in der neuen Kombüse aufgestellt. Von der verlassenen Fangstation der Brüder O'Neil wurde ein offener Holzofen geholt und vor dem alten Schornsteinloch des Herdes aufgestellt, was die Heizmöglichkeiten um annähernd fünfzig Prozent erhöhte.

Man machte Aviaja das Leben so angenehm wie nur möglich. Nicht nur aus Rücksicht auf die fortgesetzte Pflege meiner Person, sondern ebensosehr auch, weil die Kameraden die kleine runzelige Frau im Lauf der Zeit wirklich liebgewannen. Ihr Schlafraum wurde ganz weiß ausgemalt, damit sie nicht die Schneehütten der früheren Zeit zu sehr vermissen sollte, und auf die beiden Pritschen häufte man ganze Schichten großer Schlafpelze aus Moschus- und Bärenfellen, so daß wir hoch oben, fast unterm Dach, schliefen.

Die Einrichtung der großen Stube war sehr einfach. Außer dem langen Tisch bestand sie nur noch aus den fünf Pritschen, aus sieben Stühlen und einem großen Schrank. An den Wänden gab es Haken aus Rentiergeweih für Gewehre und andere Jagdausrüstung sowie zwei Borde über Onkel Sams Schlafstelle für seine Bücher, Steine, Knochen und ein paar schöne Totenschädel, die er sich aus einem Grab am Qaviaq-Fjord geholt hatte. Außerdem hingen dort noch Felle von scheckigen Robben und Moschuskälbern und eine ganz schwarze Klappmütze. Oberhalb der Küchentür war ein halber Narwalzahn befestigt, und neben der Küche stand Small Johnsons Schrank, in dem neben anderem der wunderbare Destillierapparat des seligen Patric McHuges aufbewahrt wurde. Dieses Kleinod hatten die Männer seinerzeit von Donald Fourth erstanden, der an der Bestattung der McHuges-Familie teilgenommen hatte. Der Apparat war Small Johnsons teuerster Besitz und rangierte auf gleicher Stufe wie seine Biberfellmütze. Er war der einzige Bewohner des Hauses, der den Apparat zu bedienen verstand.

Aviajas Raum war wunderbar. Meine Väter hatten für sie eine große Pritsche und für mich eine kürzere Seitenpritsche gezimmert. Für einen kleinen Jungen war Aviajas Pritsche ein wahres Paradies, angefüllt mit aufgestapelten Schlafpelzen, zwischen denen sich eine Menge Herrlichkeiten verbargen. Wollte Aviaja mich beschäftigt wissen, so setzte sie mich einfach auf ihre Pritsche, wo ich unverzüglich meine Entdeckungsreisen begann. Ihre ganzen Habseligkeiten waren hier zu finden: die Holzschachtel mit den beinernen Nadeln und den Nähfäden aus Sehnen, der krumme Fellschaber und die Bänder für den Haarschopf, ein beinerner Griff für den Kamiutstock, mit dem sie unsere Kamikken weichklopfte. Neben ihrer Pritsche stand auf einem dreibeinigen Schemel eine Specksteinlampe, die sie in der dunklen Zeit oft anzündete, nicht etwa weil sie nennenswerte Wärme ausstrahlte, sondern weil Aviaja den schwachen gelben Lichtschein liebte, den die flackernden Flammen in den Raum warfen.

Zwischen den großen Fellen konnte man kleine Pelzstücke und Tierknochen finden, aus denen ich Tupilaks anfertigte, kleine Zaubertiere, die der alten Aviaja einen wahnsinnigen Schreck einjagen konnten, was mir mächtigen Spaß machte. Wenn aus irgendeinem Grund eine Belohnung fällig war, dann konnte ich mich darauf verlassen, daß zwischen den Fellen ein fettiges Säckchen mit wunderbar schmeckenden Speckklumpen lag. Diese herrlichen Stücke Speck waren die einzige Nascherei, die ich kannte.

Das Leben unter Miss Molly verlief behaglich und geruhsam. Einmal wöchentlich zogen die Kameraden aus, um nach den Fuchsfallen zu sehen und zu jagen. Die übrige Zeit verbrachten sie zu Hause mit dem Ausbessern der Hundegeschirre und der Schlitten, oder sie spielten mit mir und gingen Aviaja zur Hand, was meine Pflegemutter nicht wenig irritierte. Sie war ja durchaus nicht gewohnt, daß Männer ihr halfen, und meinte, Frauenarbeit zu verrichten sei für erwachsene Männer unpassend. Daß sie weder Hilfe noch Schutz brauchte, sondern mit jeder Situation selbst fertig werden konnte, wurde den Männern kurz nach meinem dritten Geburtstag klar.

Sie waren alle auf Jagd gezogen, und Aviaja und ich waren allein zu Hause. Ich hatte mich den ganzen Tag mit zwei Hundewelpen, die ich zum Geburtstag bekommen hatte, herumgebalgt und wurde erst am späten Nachmittag zu warmem Tee und aufgetautem Schiffszwieback ins Haus gerufen. Ich ließ es mir schmecken und ging dann in Aviajas

Kammer, wo ich auf ihre Pritsche kletterte. Bald danach war ich für die Umwelt nicht mehr vorhanden, was Aviaja sehr gut paßte, denn sie war eben dabei, eine kräftige Suppe zu kochen. Sie erwartete noch an diesem Tag die Rückkehr meiner Väter und Onkel und setzte ihre Ehre darein, den Männern bei der Heimkehr etwas Warmes und Stärkendes vorsetzen zu können.

Die Suppe begann eben zu sieden, als sie an der Tür ein Geräusch hörte.

»Welche Freude!« rief sie, in der Meinung, einer der Schlitten sei schon angekommen. »Die Frau ist zufällig bald fertig, eine Suppe zu kochen.« Da sie keine Antwort bekam, drehte sie sich leicht verärgert um und sah einen großen Bären, der seinen Oberkörper über die Haustür in die Küche hängen ließ und begehrlich in Richtung auf den duftenden Kessel schnupperte.

Es muß hier bemerkt werden, daß Aviajas Aufmerksamkeit beim Kochen ganz auf die Zubereitung der Speise gerichtet war. Irritiert langte sie zum Trockengestell hinauf, wo Petes Gewehre lagen. Aus der Jagdtasche, die am Türpfosten hing, nahm sie eine Patrone heraus und lud damit das Gewehr. Dann drehte sie sich um und erschoß aus der Hüfte heraus den Bären, der mit seinem Gewicht schon fast die Türfüllung eingedrückt hatte. Mit einem Schnaufen und einem häßlichen Husten sank der Bär vor der Tür zusammen. Aviaja holte die leere Hülse aus dem Gewehr, warf die abgeschossene Patrone durch die Halbtür ins Freie und legte das Gewehr wieder an seinen Platz. Sie war eben dabei, die Herdklappe einzustellen, als ich in die Küche gelaufen kam.

Bei dem Knall der alten Remington war ich von der Höhe des Fellberges heruntergepurzelt. Einen Augenblick wollte ich mich unter den Fellen verkriechen, doch dann siegte die Neugierde, und ich rannte zur Küche. Aviaja sagte, es sei nichts geschehen und ich solle wieder verschwinden, weil es für einen kleinen Knirps gefährlich sein könnte, sich dort aufzuhalten, wo eine Frau eine brühheiße Suppe zubereite.

Spätabends kehrten die beiden Schlitten heim. Die Männer hängten ihre Überpelze im Windfang auf und saßen bald alle rings um den Tisch, auf dem in der Mitte Aviajas vortreffliche Suppe stand. Sie war aus Möwenfleisch gekocht und durch Rentiertalg und enthäutete Seehundflossen verfeinert worden. Die Männer erzählten wie üblich vom Fang des Tages, und Aviaja berichtete von meinen Albernheiten und was es sonst noch gegeben hatte. Den Bären erwähnte sie nicht.

Nach dem Essen holte Small Johnson eine Flasche Sam-Su aus dem Schrank, und nach ein paar Gläsern mußte mein Vater Jeobald austreten gehen. Er schob die Haken der Küchentür hoch und wollte sie aufstoßen.

»An der Tür muß was gemacht werden«, rief er den andern in der Stube zu. »Sie geht immer so verflucht schwer auf.« Er drückte und stemmte sich mit aller Macht gegen sie, aber sie rührte sich nicht. Da nahm er die Küchenlampe und leuchtete in die Finsternis hinaus, um zu sehen, woran das lag. Er sprang mit einem Schrei zurück.

»Ein Bär«, brüllte er. »Vor der Küchentür liegt ein Bär auf der Lauer.« Er stolperte in die Stube. »Reich mir ein Gewehr, Gill. Ein Gewehr, zum Teufel!«

Da sagte Aviaja, die dabei war, die Teller einzusammeln, ganz still: »Es ergab sich, daß man mitten beim Suppekochen einen kleinen, neugierigen Bären erlegen mußte.« Sie lächelte entschuldigend Jeobald zu und huschte so schnell, wie ihre kleinen, geländegängigen Beine sie tragen konnten, aus der Stube.

Die Männer gafften hinter der kleinen Gestalt her, und Jeobald ergriff geistesabwesend das Gewehr, das Gill ihm reichte.

»So was Schlaues wie einen Bären findet man nicht wieder«, feixte Small Johnson. »Sich hinter der Küchentür auf die Lauer zu legen!«

Jeobald warf ihm das Gewehr an den Kopf und ging brummend zum Haupteingang hinaus und ums Haus herum, um Aviajas Jagdbeute in Augenschein zu nehmen.

Klein war der Bär nicht gerade. Er maß von der Schnauze bis zum Schwanzende gut seine zwölf Fuß, und es stellte sich später heraus, daß es der größte Bär dieses Jahres gewesen war.

So war Aviaja. Ein Fels an Ruhe und dabei von unvergleichlicher Bescheidenheit.

John Ehrlich

Für die Kameraden war Onkel Sams Eskimoforschung eine unnütze und etwas lächerliche Angelegenheit. Sie zogen ihn in aller Gutmütigkeit auf, wenn er ihnen seine Theorien von der Wanderung des Polarvolkes aus irgendeiner Gegend Nordchinas nach Ostgrönland vortrug oder eine Vorlesung über die bekannten Kulturen hielt. Und Aviaja fürchtete sich vor den Menschenknochen und Schädeln, die er aus alten Gräbern holte. Sie hielt es mit der Achtung vor dem Grabfrieden und erfaßte nicht im entferntesten die Bedeutung einer genau vermessenen Schädeldecke oder eines wundersam schmalen, zarten Nasenbeins.

Nur ich verfolgte die Forschungen meines Onkels mit lebendigem Interesse. Besonders gern hörte ich ihn von dem Volk erzählen, dem ich entstammte.

Bei einer Gelegenheit mußten die Männer aber doch anerkennen, daß Onkel Sams Wissen von Bedeutung sein konnte. Ich war damals noch zu klein, als daß ich an den Ausflügen der Männer hätte teilnehmen können, ich gebe deshalb die Geschichte so wieder, wie sie später erzählt wurde. Unser nächster Nachbar hieß John. Er war der größte Dieb, den man zwischen Downty City und dem Polarbassin finden konnte, und wurde deshalb John Ehrlich genannt. Er stand als Fänger in einem äußerst schlechten Ruf, da jedermann wußte, daß die Hälfte seiner Füchse aus Fallen kamen, die nicht er aufgestellt hatte.

Wie sich dies überhaupt machen ließ, ist noch heute unter dem Schleier tiefer Mystik verborgen, jedenfalls verschwanden plötzlich zwei meiner Hunde. Ich besaß vier Hunde, Zuchtprodukte meiner Väter, und war oft mit ihnen draußen, aber niemals weiter weg, als Aviajas Rufe mich erreichen konnten. Meine Hunde waren alle Weibchen, da man sie für ruhigere Zugtiere hält. Ab und zu konnte es natürlich vorkommen, daß ein Hund sich von der Kette losriß und hinter einer Rentierherde her in die Berge jagte. Aber gerade in der Nacht, in der Bodut und Komak verschwanden, hatten Pete und Jeobald genau nachgesehen, ob die Hunde auch gut angekettet waren. Und es war verdächtig, daß gerade zwei Weibchen weg waren. Das konnte nicht mit rechten Dingen zugehen.

Nach einigem Suchen fand man hundert Meter hinter dem Haus eine Schlittenspur, die durch den Gänsepaß und weiter in südöstliche Richtung, also in Richtung von Lock Bow und John Ehrlichs Fangstation führte. Jeobald zählte die Spuren der Hunde und stellte mittels einfacher Addition fest, daß dem Schlitten bei seiner Ankunft sieben, bei der Rückfahrt jedoch neun Hunde vorgespannt waren. Jeder wußte, daß der Fänger von Lock Bow nur sieben elendige Arschbackenkühe besaß – eine Bezeichnung, die Small Johnson Johns Hunden gegeben hatte. Bodut und Komak waren also ohne Zweifel weggeholt worden.

Hier ist zu bemerken, daß Hundediebstahl in der Arktis ein ebenso schweres Vergehen ist, wie es um die Jahrhundertwende in Texas der Pferdediebstahl war. Ein Fänger ohne Hunde ist ein Mann ohne Möglichkeiten. Mit Hunden ist er mobil und imstande, sich Fleisch und Felle zu beschaffen, ohne Hunde ist er auf seine Beine angewiesen, was soviel wie Hunger, Kälte und anderes Elend bedeutet. Hunde und Schneeschuhe sind zwei unerläßliche Voraussetzungen, um in der Arktis überleben zu können.

Niemand in der Familie zweifelte daran, wer der Dieb war.

»Eine Kugel vor die Stirn knallen und dann rein mit ihm in die Gezeitenrinne«, heulte Small Johnson. Er stampfte kriegerisch im Schnee umher, als übte er einen indianischen Schneeschuhtanz.

»Diese Sünde ist so schwarz, daß sich der Himmel über seinem Kopf verfinstern wird«, brummte Jeobald. Seine großen Hände öffneten und schlossen sich wollüstig.

»Ein Kind zu bestehlen! So ein Satan!« Pete fiel stöhnend an der Kette nieder. »Diese schönen Hunde! Zwei kostbare Perlen unter seinen Drecksviechern. Was ihnen da nicht alles passieren kann!«

Onkel Sam schob seine Halbbrille auf der Nase zurecht und nickte in die Richtung von Lock Bow.

»Man erzählt«, sagte er, »daß dieser John Ehrlich vortrefflichen Branntwein brennt. Unter Männern nennt man ihn Schwarzer Tod. Wäre es möglich, daß dieser unehrliche Ehrlich über ein Lager dieses Getränks verfügt?«

Small Johnson hielt mitten in einem schwierigen Tanzschritt inne. »Branntwein? Sagtest du Branntwein, Sam? Der Bursche hat davon eine Unmenge Flaschen in seinem Haus. Und zu brennen versteht dieses

Schwein auch, den Schwarzen Tod könnte man selbst dem Herrgott vorsetzen. Das ist aber auch das einzig Anständige, was dieser Hundsfott zuwege bringt. Weshalb willst du das wissen?«

»Es wäre denkbar«, sagte Sam, »daß man die Hunde des Jungen zurückholt und daß man sich dabei sozusagen als Gegenleistung für das Ausleihen der Hunde eine passende Anzahl Flaschen geben läßt. Sollte sich der Räuber widerspenstig zeigen, könnte Jeobald ihm eine Lektion erteilen, wie man Sünden solcher Art austreibt.« Sams Vorschlag wurde angenommen. Pete wollte sich sofort auf den Weg machen, doch als man die Hunde anspannen wollte, entdeckten wir, daß fast das ganze Riemenzeug in kleine Stücke zerschnitten in dem einen Schuppen lag. Diese Gemeinheit brachte Small Johnson in solche Wut, daß er sich seine Biberpelzmütze vom Kopf riß, sie in den Schnee warf, auf ihr umhertrampelte und dabei wie ein mondsüchtiger Fuchs heulte. Die Kameraden zogen ihn ins Haus und flößten ihm ein paar Gläser beruhigenden Sam-Su ein. Ich aber hob die Mütze auf und rannte mit ihr in den Schuppen, um sie zu probieren. Es war schon lange mein heißester Wunsch, eine solche Mütze zu besitzen.

Der Rest des Tages und die halbe Nacht vergingen mit dem Reparieren des Geschirrs. Ich spleißte Augen, daß mir die Finger vor Müdigkeit ganz steif wurden, und Aviaja nahm sich die Reiseanzüge der Männer vor und klopfte mit dem Kamiutstock ihre Kamikken weich.

Am frühen Morgen machten sich dann meine Väter und Onkel auf den Weg. Aviaja und ich sahen, wie sie sich durch den Gänsepaß hinaufarbeiteten und zwischen den Felsen der Willsonhills verschwanden. Ich hätte gern an dieser Expedition teilgenommen, aber Onkel Samuel erklärte mir, wie notwendig es sei, daß zumindest ein Mann daheim bleibe, um Aviaja, die Welpen und den übrigen Besitz zu beschützen.

Als erster ging Pete mit seinen langen, schmalen Schneeschuhen. Der jungfräuliche, nur durch die verräterischen Spuren des Diebes versehrte Schnee glitzerte in der Mitternachtssonne. Nach Pete kam Jeobald mit dem ersten Hundegespann. Er lief zwischen den hohen Streben am hinteren Ende des Schlittens (an denen meist der Schlittensack angebracht ist und die zur Sicherung der Last und zur leichteren Lenkung des Schlittens dienen) und ließ die Peitsche über den Kopf Onkel Sams, der auf dem Schlitten halb lag und halb saß, hinschnalzen. Jeobald auf den Fersen folgte das zweite, von Small Johnson geführte Gespann. Seine Hunde liefen so dicht hinter Jeobald her, daß er ab und zu mit den Fersen ausschlagen mußte, um dem Boß das Wünschbare eines genügenden Abstandes in Erinnerung zu bringen. Auch Small Johnson lief zwischen den Rückstreben, während Onkel Gill bequem zurückgelehnt auf dem Schlitten lag.

Die Kameraden verfolgten den ganzen Tag die Diebsspur: durch das Renland und über die großen Seen, wo man in Notzeiten ein Loch ins Eis hacken und magere, hungrige Lachse fangen konnte. Erst gegen Abend machten sie halt. Das Zelt wurde aufgeschlagen und die Schlitten hineingeführt, damit es Sitzgelegenheiten hatte. Die Felle wurden auseinandergerollt und der Primus angezündet. Als das Robbenfleisch eine Zeitlang gekocht hatte, verteilte es Gill unter den Kameraden. Das Wasser benützte man, um Tee zu bereiten, den Small Johnson mittels einer halben Flasche westindischen Rums trinkbarer machte.

Es war scheinbar ein Abend wie so viele andere, die sie auf ihren Reisen erlebt hatten. Aber die Stimmung war ganz anders. Die Worte, die sonst immer lebhaft zwischen den Männern hin und her gingen, ließen auf sich warten. Petes Gesicht hatte sich in unheilverkündende Falten gelegt, und Jeobalds mächtige Hände begannen wieder, sich bedrohlich zu öffnen und zu schließen.

Onkel Sam hielt eine kurze Vorlesung über die Sarqaqkultur, über die er eine Menge wußte, aber keiner der Freunde hörte ihm zu. Ihre Gedanken waren bei den gestohlenen Hunden und bei John in Lock Bow. Sam wollte eben die Kultur aus Sarqaq durch die ihr verwandte des Dorsetvolks ablösen, da sagte Small Johnson: »Vielleicht ist es dumm, daß ich frage, aber ist es nicht denkbar, daß die Köter dieses niederträchtigen Lock Bowians mit der französischen Krankheit verseucht sind?« (Das war die einzige Krankheit, die Small Johnson aus Erfahrung kannte.)

Gill zog die Flöte hervor und pustete ins Mundstück. »Ist ja doch gar nicht sicher, daß diese Krankheit bei Hunden vorkommt«, sagte er. »Weiß jemand von euch, ob ältere Schlittenhunde beim Wasserlassen Schwierigkeiten hatten?«

»Das weiß Samuel sicher«, sagte Jeobald. »Er weiß so viel.« Das

Schreckliche dieses Gedankens ließ die Adern seines Handrückens so anschwellen, daß sie sogar durch die dichte Haardecke zu sehen waren.

Onkel Sam riß sich, wenn auch ungern, von der Dorsetkultur los. »Ob die galante Krankheit bei Tieren vorkommt? Ja, das ist eine recht interessante Frage, der man noch nie einen Gedanken geschenkt hat. Eine ganz delikate Frage, von einem bestimmten Gesichtspunkt aus betrachtet, ein Problem, bei dem man kaum wagen würde, von einem Veterinär Auskunft und fachliche Beihilfe zu erbitten. Man kann sich lebhaft vorstellen, wie dich so ein um Rat gefragter Tierarzt inquisitorisch anschauen und dann anfauchen würde: ›Sodomit!‹ Leider, meine Freunde, weiß ich nichts darüber, ob ältere Hunde Urinierungsschwierigkeiten haben, was einerseits ja nicht ausschlösse, daß bei Tieren Gonorrhöe vorkommen kann, andererseits habe ich aber ein intuitives Gefühl, daß diese Krankheit in der Tierwelt unbekannt ist. Doch, wie gesagt, man weiß es nicht.«

Diese Antwort war klug und bedingt, wie eine meteorologische Wettervorhersage, und Sams Worte liefen den Kameraden wie ein kalter Schauer über den Rücken. Gill vergaß, in die Flöte zu blasen, und Pete goß, vor Schreck gelähmt, seinen rumdurchsetzten Tee über seine weißen Bärenfellhosen. Es sah ganz so aus, als hätte der Mann in die Hosen gepißt.

»Du weißt es nicht?« flüsterte er und starrte Sam an, als wäre er der Leibhaftige. »Aber, du guter Gott, das heißt ja doch fast, daß diese Krankheit bei den Tieren vorkommt. Hört ihr, Kameraden? Hört ihr?« rief er. Resolut knallte er sich die Schirmmütze mit dem blanken Schild auf den Kopf und schraubte das Ventil des Primus auf. Die Flamme verlosch unter dem zischenden Protest des Apparates. »Vorwärts!« brüllte er. »Wir haben keine Sekunde zu verlieren! Stellt euch vor, die Hunde unseres Jungen gemein verseucht! Vielleicht hat der Teufel noch nicht angefangen, unsere guten Hundegören paaren zu lassen. Los! Raus!« Er zog Small Johnson mit solcher Kraft aus dem Zelt, daß ihm die Bibermütze vom Kopf flog. »Jetzt heißt es handeln«, donnerte mein Vater, »aber nicht gemächlich daliegen und Tee schlürfen.«

Das Lager wurde eiligst abgebrochen, die Schlitten waren in Rekordzeit bepackt, und die Hunde wurden mit Geschimpf und Gefluche auf die Beine gebracht und vorgespannt. Und nun ging es unter der kalten, bleichen Nachtsonne in Richtung Lock Bow.

Am nächsten Nachmittag kam John Ehrlichs Haus in Sicht. Meine Familie fuhr mit lautem Gejohle das vereiste Flußbett hinunter. Man sollte nicht erzählen können, sie hätten sich wie eine Bande lichtscheuer Indianer angeschlichen.

Von seinem Fenster sah John Ehrlich sie kommen. Er wischte sich die Tabakssoße vom Unterkiefer und schnalzte sie vom Zeigefinger fort. Dann lief er mit seinem schwarzen Gewissen in einen kleinen Schlafraum, der im hintersten Teil der Hütte lag.

Einige Minuten danach langten die Kameraden vor dem Haus an. Sie sprangen von den Schlitten und trampelten lärmend durch den Windfang. »Leute auf Besuchsreise sind angekommen, John!« rief Pete mit der vollen Kraft seiner Lungen.

John Ehrlich breitete als Willkommensgeste die Arme aus und ging auf Pete zu. »So eine Freude«, sagte er verbissen. »Wir sind zwar Nachbarn, aber zwischen unseren Besuchsreisen vergeht viel zuviel Zeit.«

»Vor drei Tagen hättest du ja deine häßliche Nase bei uns reinstecken können«, knurrte Pete. »Was wolltest du denn in unserem Distrikt?«

»Da irrst du dich aber, Pete. Das muß jemand anders gewesen sein.« John steckte eine erstaunte Miene auf. »Zu Neujahr vor drei Jahren bin ich das letzte Mal in eurer Gegend gewesen ...«

»Und hast dabei fünf von unseren Fallen ausgeräumt«, brummte Jeobald. John Ehrlich überhörte diese Zwischenbemerkung und fuhr unangefochten fort: »Wie ihr vielleicht gehört habt, kann ich nicht mehr ordentlich umherkommen, seit mir im vorigen Herbst bei der Abfahrt vom Herchill-Gletscher alle meine herrlichen Hunde umkamen. Zwei Hunde, das ist alles, was ich noch habe. Wie könnte ich da mit diesen zwei Hunden bis zu euch kommen?«

»Da soll aber doch der Satan dreinfahren. Wenn meine Augen nicht lügen, dann sah ich mehr als zwei Köter an der Kette, als wir vorüberfuhren.« Pete hielt John sieben Finger unter die Nase. »Ich habe sieben gezählt, du Gauner. Aber das sind vielleicht deine toten Hundekadaver, die dort umhergeistern?«

»Richtig, ich habe von Fängern hier in der Gegend ein paar Hunde geliehen«, verteidigte sich John, »um nach und nach so einigermaßen ein Gespann zusammenzubekommen. Aber so gut wie das alte, das ich verloren habe, wird es nie werden.« Er schaute ganz traurig zu Boden. »Ich habe nie schönere Hunde gehabt.«

»Deine Hunde waren weit und breit als ein Haufen fauler, verhungerter Pißkaninchen bekannt«, gab Pete zurück. »Sie waren genauso verschrien wie du. Übrigens meine ich Lock Finemanns Boß an deiner Kette gesehen zu haben. Das ist, bei meinem Tod, ein besserer Hund, als es alle deine verreckten Ratten insgesamt waren.«

»Ja, der Hund kann angehen«, gab John zu. »War anständig vom Finemann, daß er ihn mir geliehen hat.«

Small Johnson, der beim Anblick John Ehrlichs nahe daran war, in einem gewaltigen Wutanfall zu explodieren, schrie: »Geliehen? Der hätte sich lieber den Arsch abgeschnitten, als dir den Hund zu leihen.«

»Aber die andern, die ich geliehen habe, taugen nicht viel«, fuhr John fort, ohne auf Small Johnsons Geschrei zu achten.

»Hau ihm eine runter«, heulte Small Johnson, »hau ihm eine runter, Pete, oder halt mich gut fest.«

Pete bekam Small Johnson an der Schulter zu packen und hielt ihn eisern fest. »So, die andern Hunde, die du geliehen hast, sind nichts wert, wie? Da kann ich dir bloß flüstern, daß Bodut und Komak, die unserm Sohn gehören, die besten und schönsten Hündinnen der ganzen Nordküste sind. Die verschwanden vor drei Tagen von der Kette, John. Wie willst du das erklären?«

John machte einen Schritt auf Pete zu. Er beugte den Kopf zurück und sah wie eine Schlange aus, die zum Schlag ansetzt. »Bin ich vielleicht angestellt, um auf deine Luder aufzupassen?« zischte er. »Kommt ihr bloß her, um einem ehrlichen Mann einen Diebstahl in die Schuhe zu schieben? Wie?«

»Du ein ehrlicher Mann? Du hast deinen Zunamen abbekommen, weil du mit Armen und Beinen stiehlst. Wir sind hier, um unsere Hunde heimzuholen und von dir eine Entschädigung für die Schande und den Schaden einzukassieren, daß sie mit deinen Schindludern in einem Gespann laufen mußten. Und wir haben auch den Verdacht, daß deine Köter die Hunde unseres Sohnes mit der französischen Krankheit angesteckt haben.«

Das Erstaunen, das sich über John Ehrlichs Gesicht ausbreitete, war diesmal echt. »Die französische Krankheit? Du großer Gott! Wer hat euch denn das aufgebunden, daß Hunde die französische Krankheit kriegen können?«

»Man kann nie wissen«, sagte Pete ernst. »Deinen Hunden kann man, was das angeht, alles zutrauen. Wo aber sind unsere Hunde, John? Und merk es dir gefälligst, ich frage nur einmal. Wenn du die Wahrheit sagst, wird dir nicht mehr geschehen, als was du leicht verschmerzen kannst. Wenn du aber lügst, dann reißen wir dir das Haus ein, verstanden? Die Hunde müssen her, und zwar gleich. Wir haben deine Spuren von unserer Kette bis hierher verfolgt. Rede schon, du Gauner!«

Pete ließ Small Johnsons Schulter los, packte den vermeintlichen Dieb beim Nacken, hob ihn hoch und ließ ihn eine Weile über dem Fußboden wie ein Lamm in Adlerklauen strampeln. »Heraus mit der Sprache, Freundchen, wo sind sie?«

John schlug mit den Armen wild um sich. »Laß mich los, du Strolch, ich weiß nichts von deinen verdammten Hundeludern.«

»Du willst also nicht?« brüllte Pete. »Schön, dann brechen wir also dein Haus ab.« Er schleuderte John Ehrlich auf den Boden. »Los, Kameraden, fangen wir an.«

Small Johnson und Onkel Gill nahmen sich voll Eifer die Schuppen vor, die am Haus angebaut waren. Sie waren von Wind und Wetter morsch und boten kaum Widerstand. Jeobald konzentrierte sich auf den Herd und den Schornstein, und Pete setzte seine ganzen Kräfte in der Vorratskammer ein.

Onkel Sam verhielt sich passiv. Er machte es sich in dem einzigen bequemen Sessel, den es im Haus gab, gemütlich und sah mit barmherzigen Augen auf John Ehrlich hinunter, der wie gelähmt auf dem Fußboden lag, wo Pete ihn hingeschleudert hatte.

»Auf der Fahrt hierher«, sagte Sam milde, »sprach man allen Ernstes davon, dich totzuprügeln und deine Leiche in einer Gezeitenrinne im Eis verschwinden zu lassen. Besonders Small Johnson war dafür Feuer und Flamme. Er kommt ja so leicht in Wut. Das wäre natürlich ein gewaltsamer Tod gewesen, andererseits war es aber auch recht ungeschickt, Hunde von Petes und Jeobalds Sohn zu stehlen.«

John kniff seine Augen zusammen, daß sie nur noch schmale Schlitze waren. »Mich kannst du nicht bange machen, Samuel. Du weißt genausogut wie ich, daß man einen Mann nicht so ohne weiteres erschlägt.«

»Sehr richtig, mein Freund. So was macht man nicht ohne weiteres. Aber ich möchte fast meinen, daß Hundediebstahl in gewissen Fällen mit dem Tod bestraft wird.«

John hörte das Hämmern und Klopfen der Kameraden und spuckte vor Sam höhnisch auf den Boden. »Das wird ihnen teuer zu stehen kommen. Für jede Planke, die sie kaputtmachen, werden sie ordentlich zu blechen haben.« Er wischte sich den Mund ab. »Bilde dir nur ja nicht ein, daß mich dein Gewäsch erschreckt.«

Sam fuhr unangefochten fort. »Hast du schon mal von dem uralten Eskimo-Gesetz gehört, das genau vorschreibt, wie ein Hundedieb zu töten ist?«

John zischte: »Du hörst nicht auf mit deinem Gequassel, was? Glaubst du vielleicht, daß wir uns hier um Eskimo-Gesetze kümmern?«

»Es ist eine recht interessante Anweisung«, erklärte Sam. »Der gefangene Dieb war der Länge nach so auf das blanke Eis zu legen, daß es dem Nacken eine gute Unterlage bot. Dann sollte man mit einer zurechtgefeilten Beinnadel so lange in seiner Stirn bohren, bis er das Leben aufgab. Durch Anwendung dieser Exekutionsmethode wurde, verstehst du, John, zweierlei erzielt. Erstens gab man damit dem bösen Geist, von dem der Dieb ja ohne Zweifel besessen sein mußte, die Möglichkeit, zum Loch hinauszufahren. Und zum andern wurde ja durch den Tod des Diebes eine Wiederholung der Dieberei wirksam verhindert.«

John sah Sam verächtlich an. »Du hältst dich, scheint's, für verdammt gescheit, was? Aber solches Ammengeschwätz kannst du dir für euren Bankert daheim aufsparen.«

Sam fuhr unverdrossen fort: »Es verhält sich nun so, daß Small Johnson von Aviaja eine solche beinerne Ahle auf die Reise für den Fall mitbekam, daß man ein solches eskimoisches Gerichts- und Exekutionsverfahren durchzuführen wünscht. Nun, du kennst ja selbst Small Johnsons schwieriges Gemüt und weißt ebensogut wie ich, daß es ihm nicht gerade Qualen bereiten würde, dir ein solches Loch ins Stirnbein zu bohren. Alles Böse, das man dem Bankert, wie du unser Kind fälschlich nennst, antut, das tut man zehnfach Small Johnson an.«

Sam nahm, wie es seine Gewohnheit war, seine Halbbrille von der

Nase, zog den Hemdzipfel hervor und fing an, die Gläser zu putzen. »Es ist natürlich keineswegs die Absicht, dir Angst einzujagen, mein Freund, und wenn du die Hunde nicht hast, dann kann man das Auftreten der Kameraden nur verurteilen. Solltest du dir aber unglückseligerweise Tiere angeeignet haben, die rechtmäßig anderen gehören, dann wäre dir bloß auf das nachdrücklichste zu raten, es sofort einzugestehen. Erzähl mir, wo die Hunde sind, und bezahle, ohne zu mucken, die Buße, zu der dich die Kameraden verurteilen. Ich gebe dir mein Wort, daß sie, verglichen mit dem schmerzvollen Tod durch ein in die Stirn gebohrtes Loch, recht annehmbar sein wird.«

John Ehrlich war, während Sam so redete, ungewöhnlich blaß geworden. Er leckte sich die Lippen und fragte im Flüsterton: »Du versuchst doch nur, zu bluffen, nicht wahr, Sam? Sagtest du was von einem Loch in der Stirn?«

Onkel Sam nickte: »Ja, genau, ein Loch in der Stirn. Den Nacken auf dem blanken Eis und ein kleines, feingebohrtes Loch mitten in der Stirn. So hat man es in älteren Zeiten häufig praktiziert.«

»Aber heutzutage läßt sich so was doch nicht mehr machen. Das war nur früher möglich, als die Zeiten noch so roh waren.« Die bisher gezeigte Verachtung war wie weggeblasen, statt ihrer konnte man in seiner Stimme einen flehenden Unterton hören. »Jetzt sind wir ja Gott sei Dank zivilisierter, wir wissen heute doch, was Gesetz und Recht ist.«

»Ja, eben.« Sam widersprach ihm nicht. »Ohne Gesetz und Recht hört alles auf, John. Meine Freunde und ich befolgen die Gesetze, die hier oben immer gegolten haben.«

John fühlte, wie sich seine Stirnhaut nervös zusammenzog. »Hundediebstahl ist doch nicht so was Schlimmes, wie, Sam?« versuchte er es. »Jedenfalls nichts, was man so ernst nehmen soll.«

»Das hängt ganz davon ab, ob man der Dieb oder das Opfer des Diebes ist«, antwortete Sam.

John schluckte nervös. »Wenn ich zufällig doch was von den Hunden des Jungen wissen sollte, versprichst du mir dann …«

Sam unterbrach ihn und deutete auf seine Stirn. »Ich will dir versprechen, daß man dir keine Gewalt antun wird. Aber dann mußt du auch auf der Stelle offen und ehrlich deine Schuld bekennen und gutwillig die Strafe zahlen, die dir auferlegt wird.«

John sah erbärmlich aus. »Ich wollte ja bloß Welpen haben«, sagte er. »Ihr hättet die Hunde wiederbekommen, ganz bestimmt, Sam.«

»Wo sind sie?« fragte Sam streng.

»Ihr hättet sie im Herbst wiederbekommen.«

»Wo sind sie?« wiederholte Sam.

»Unter der Falltür im Schlafraum. Ein Rentierfell ist darübergenagelt.«

Es war für Sam keine leichte Sache, die Kameraden in ihrer Tätigkeit zu stoppen. Die Zerstörungswut war in sie gefahren, und sie arbeiteten wie besessen. Small Johnson und Gilbert hatten den einen Schuppen bereits abgebrochen und waren mit dem anderen schon halb soweit. Jeobald war mit dem Herd zu Rande gekommen und hatte schon ein Stück Schornstein bewältigt, und Pete hatte sämtliche Borde und Schränke von den Wänden gerissen, er hatte sogar schon begonnen, die Trennwand zur Stube selbst zu bearbeiten.

Onkel Sam gelang es schließlich, sie in der Stube zu versammeln, wo John Ehrlich vor sie hintrat und den Diebstahl eingestand. »Ich wollte bloß Welpen haben«, jammerte er, »und ich dachte, daß der Junge die Hunde sowieso nicht braucht und daß ich sie mir deshalb ausleihen könnte. Ich wollte sie bestimmt nicht stehlen, ganz gewiß nicht.«

Der Zorn der Kameraden legte sich etwas, als sie ihn in seiner Jämmerlichkeit sahen. Nur Small Johnson fiel es schwer, sein kriegerisches Gemüt zu beruhigen. »Hau ihm trotzdem eine runter, Pete«, sagte er wild.

Pete holte die Hunde aus dem kleinen Keller, wo sie mit zusammengebundenen Beinen zwischen den vollen Flaschen lagen. Er befreite sie von den Stricken und setzte sie vor Sams Stuhl, wo er ihre steifen Glieder massierte.

»Und nun zur Buße«, sagte Onkel Sam. »Ich bin der Billigung meiner Kameraden sicher, wenn ich als der belesenste Bewohner von Fynes-Fjord in dieser Sache das Urteil spreche.« Sams Stimme klang feierlich, und die Kameraden nickten ihm Beifall zu. Keiner von ihnen konnte Sams Belesenheit bestreiten.

»Hiermit ist kundgetan, daß John Ehrlich als Strafe auferlegt wird, zwanzig Flaschen Schwarzer Tod sofort und in einem Zeitraum von zehn Jahren jährlich jeweils weitere zehn Flaschen davon zu liefern. Dafür versprechen wir, die Angelegenheit zu vergessen, ehe sie in allen Distrikten ruchbar wird.«

John rang die Hände und klagte: »Zwanzig Flaschen jetzt und zehn Jahre lang zehn Flaschen! Das muß ja eine Unmenge ausmachen.« Er faltete die Hände vor seiner Brust und fragte ganz verzweifelt: »Wie viel Flaschen sind das alles in allem, Samuel?«

»Genau einhundertzwanzig Flaschen Schwarzer Tod«, antwortete Sam mit schlecht verhohlenem Jubel in der Stimme. Und um ganz sicher zu sein, daß diese Zahl in Johns Bewußtsein eingedrungen war, wiederholte er: »Einhundertzwanzig Flaschen, mein Freund.«

»Bei Moses, so eine Menge!« John schloß die Augen und versuchte, diese gewaltige Anzahl Flaschen vor seinem Inneren vorbeimarschieren zu lassen. »Einhundertzwanzig Flaschen, das sind ja mehr, als ich in zwei Jahren produzieren kann«, lamentierte er. Er öffnete das eine Auge und schielte zu Sam hinauf: »Und wenn ich nicht ...«

Sam führte einen Finger an seine Stirn und drehte ihn hin und her. Diese Bewegung wurde von einem leisen »Bsss« begleitet.

Der zerknirschte Sünder kauerte sich mit untergeschlagenen Beinen, den Rücken an die Wand gestützt, auf den Boden und begrub sein Gesicht in den Händen. »Also gut«, seufzte er, »es soll geschehen, wie Samuel es will.«

Die Kameraden holten zwanzig Flaschen aus dem Lager unter dem Schlafraum und verließen still das Haus.

Small Johnson, der als letzter aus der Stube ging, sah, daß John Ehrlich immer noch mit dem Rücken an der Wand dahockte. »Zehn im nächsten Jahr, und zehn im folgenden, und zehn und zehn ...«, weinte er. Small Johnson zog die Tür ohne allen Lärm hinter sich zu. Er verstand Johns Schmerz, fühlte ihn plötzlich tief in seiner eigenen Seele und sandte einen stillen Dank zum Himmel, weil Pete seine Aufforderung, dem Sünder eine runterzuhauen, nicht befolgt hatte.

In dieser Nacht gab es ein festliches Zelten. Man aß gut und reichlich Fleisch und trank zwei Flaschen Schwarzer Tod. Onkel Gill gab auf seiner Flöte herrliche Musik zum besten, und Jeobald und Pete vergnügten sich auf der Proviantkiste mit Armdrücken. Der Kampf endete wie gewöhnlich unentschieden, weil keiner von ihnen in Wahrheit den Wunsch hatte, zu gewinnen.

Als sie in die Rentierschlafsäcke gekrochen waren, fragte Small Johnson Onkel Sam, wie er denn John Ehrlich zum Reden gebracht hatte, und Sam antwortete mit leichtem Lächeln: »Man erzählte ein wenig von Sitten und Gebräuchen der Eskimo in älteren Zeiten. Und wenn man auch etwas dicker als gewöhnlich auftrug, kann es euch vielleicht beweisen, daß selbst ein ungeschickter Mann mit seinen Studien von einigem Nutzen sein kann.«

Vier halb verlegene Gesichter tauchten in das warme Dunkel der Schlafsäcke.

Als Abschluß dieses Berichtes sei noch erwähnt, daß meine Familie jedes Jahr im Mai oder Juni eine Besuchsreise nach Lock Bow unternahm. Und zu John Ehrlichs Lob muß gesagt werden, daß jedesmal zehn Flaschen Schwarzer Tod auf den Tisch kamen. Diese Reisen wurden meiner Familie mit der Zeit sogar eine liebe Abwechslung, und in den letzten Jahren, die ich noch zu Hause verbrachte, durfte ich an ihnen auch teilnehmen. Und am Ende schloß man mit diesem sonderbaren, unehrlichen Geschöpf sogar eine Art Freundschaft.

Nikodemus

Onkel Small Johnson zeichnet sich durch zwei Dinge aus: durch seine Biberpelzmütze und durch Nikodemus. Die Mütze, die nur höchst selten von seinem Kopf kommt, wurde 1918 von einem Pelzjäger in Saskalon gekauft und nach Miss Molly mitgenommen. Sie hat mehr als 35 Jahre den Kopf meines Onkels geschmückt und tut es gewiß immer noch. Sie kleidet ihn nämlich, denn sein unschöner Eierkopf sieht bedeckt auf alle Fälle besser aus. Auf Fangfahrten hat Small Johnson die Mütze auch beim Schlafen auf, zu Hause hängt er sie jedoch nachts an einen Haken in den Schrank, wo er auch seinen Destillierapparat verwahrt. Man kann sich Onkel Small Johnson ohne Biberpelzmütze ebensowenig vorstellen wie Onkel Sam ohne Brille, Pete ohne Schirmmütze und Onkel Gill ohne Flöte. Von Nikodemus zu erzählen ist schon bedeutend schwieriger, denn niemand außer Small Johnson selbst hat Nikodemus je gesehen.

Der Wind pfiff durch eine Ritze im Bärenmagen, der in der Küche das Fensterglas ersetzte. Die ursprüngliche Fensterscheibe war in den dreißiger Jahren zur Verglasung eines Bildes verwendet worden, das die

Titelseite einer Illustrierten geziert hatte. Das Bild hatte eine bewegte Vergangenheit, von der ich noch berichten werde. Es zeigte eine nackte eingeborene Dame auf schneeweißem Sandstrand. In ihrem langen schwarzen Haar leuchtete eine riesige Hibiskusblüte, und in den Händen hielt sie eine Ukulele. Hinter ihr schwankten ein paar Palmen, und sie blickte auf einen blanken, von einem Silbermond beglänzten Ozean. Man hatte im Kreis der Familie oft davon gesprochen, daß man eine neue Glasscheibe als Ersatz für den Bärenmagen kaufen sollte, aber es war, wie bei so vielem anderen, beim Reden geblieben. In Wirklichkeit hätte wohl keiner von uns den heulenden Ton entbehren wollen, der mit unfehlbarer Sicherheit anzeigte, daß der Wind aus Südost kommt. Es war einer der vielen Laute des Hauses, die man liebgewonnen hatte und die man wie so viel anderes Altbekanntes vermissen würde, wenn allen Ernstes das Ausbessern und Instandsetzen beginnen sollte. Außerdem würde es einem auch schrecklich schwerfallen, sich an die neuen Laute zu gewöhnen, die sich unweigerlich einstellen würden.

Der Heulton breitete sich in der Küche aus und schlich dann wie Rauch unter der Tür hindurch. Der Nutzen einer Türschwelle war oft diskutiert worden, da sie vermutlich einen guten Teil der Fußkälte abgehalten hätte, doch auch diese Sache kam über das Diskussionsstadium nicht hinaus. Von der Tür glitt der Ton etwas unschlüssig durch den schmalen Gang bis zur Stube. Hier blieb er einen Augenblick hängen, zögerte eine Sekunde an der Türfüllung, als wünschte er nicht die Nachtruhe zu stören, nahm sich dann aber zusammen und vollführte eine vorbildliche Leistung, indem er mit einem Satz auf den Tisch sprang, und beschloß endlich seinen unvollendeten Kreislauf in einer Flasche, die eine halbe Armlänge entfernt vor Small Johnson stand und wo ihn der Tod des Ertrinkens ereilte, was ja für einen Heulton wohl als ein würdiger Abgang angesehen werden muß. Die Flasche enthielt chinesischen Sam-Su, dreimal gebrannt.

Die Männer in der Stube schliefen. Nur Small Johnson war noch auf und führte sich eine Flasche zu Gemüt. Ab und zu konnte es ja geschehen, daß ihn die Lust überkam, ein paar Tropfen Sam-Su in bekömmlicher Einsamkeit zu genießen. Das war in der Regel dann der Fall, wenn er ein Dutzend Liter Reisbranntwein destilliert hatte. Die Herstellung dieses Getränks hatte er von einem Ehrenmann namens Lee Fu gelernt, der am Morgen der Zeiten in Sandleville ansässig war, wo er neben einer Wäscherei auch eine unterirdische Brennerei betrieb. Seine Destillate waren in diesem Teil des Landes weit und breit bekannt. Small Johnson war eine Zeitlang bei diesem ehrwürdigen Brenner angestellt, und als er die Wäscherei verließ, war er zum Bersten voll von neuen Kenntnissen. Ein Verwandter des nun heimgegangenen Chinesen sandte jedes Jahr Reis und besondere Gewürze an ihn, der seinerseits die treue Freundschaft mit schönen Fuchspelzen vergalt.

Es wäre nicht richtig zu behaupten, daß Small Johnson ein Säufer war. Besoffenheit ist eine Angelegenheit der Jugend, pflegte er zu sagen. Nein, er trank sich Träume an, und er trank sich in ein Wohlbefinden hinein, das sich, wäre er eine Katze gewesen, durch lautes Schnurren kundgetan hätte. Aber mein Onkel war nun eben keine Katze, und sein Wohlbefinden äußerte sich in langen, milden Rülpsern und einem seligen Gemurmel. Small Johnsons Träume waren eigentlich recht realistisch, sie waren im Grunde nur eine genaue Wiederholung seiner Vergangenheit, die er wollüstig Revue passieren ließ. Große Unternehmungen in der Wildnis, die bewegte Jugend, die Lehrjahre und die Erinnerung an eine dahingegangene Liebe fanden sich ein, ohne daß er dabei etwas hinzutat oder abstrich.

Small Johnson saß leise lächelnd da. Er spürte die wunderbaren Formen der Lazarettgehilfin an seinen Handflächen, wenn er sie über die bauchigen Wölbungen der Sam-Su-Flasche gleiten ließ. Doch gerade als er in Gedanken ernstere und sehr männliche Dinge mit der Dame vornehmen wollte, hörte er vom Dachboden her einen Laut. Es klang wie ein Bums, gefolgt von leisem Rufen.

Nun gab es in unserem Haus etwas, was Onkel Gill mit dem Namen Hausgeist belegt hatte. Pete behauptete mehr prosaisch, es sei ein Tier irgendwelcher Art, das bei elendem Wetter oben Unterschlupf suchte. Aviaja war überzeugt, daß es ein Tupilaq war, den uns böse gesinnte Menschen auf den Hals geladen hätten, und sie erstarrte fast vor Schreck, sowie sie auch nur den geringsten Laut vom Dachboden her hörte. Aber ebensowenig wie bei dem Fenster in der Küche oder der Türschwelle zur Stube unternahm man hier wirklich etwas, um das Problem zu lösen beziehungsweise das Mysterium aufzuklären. Man sprach davon, man tippte auf das eine und auf das andere und nahm das Phänomen zum

Anlaß für vielfältigen, langen und guten Schnack. Und wir gewöhnten uns eben daran, abgesehen von Aviaja, die sich jahrelang den Kopf zerbrach, wer denn die böswillige Person gewesen sein konnte, die uns dieses erschreckliche Wesen im Haus gesandt hatte. Über eines waren wir uns jedoch alle einig: das Phänomen Nikodemus zu nennen. Wenn es auf dem Dachboden bumste, wenn sich im Schuppen Holzscheite in Bewegung setzten oder wenn in der Küche ein Kochtopf vom Nagel fiel, dann sahen wir einander an und sagten: »Nun treibt der verdammte Nikodemus wieder sein Spiel.«

Small Johnson hätte schwören können, er habe Nikodemus vom Boden rufen hören. Er preßte beide Hände hart gegen die Flasche und horchte so gespannt, daß ihm die Ohren waagerecht vom Kopf abstanden. Sollte man nicht doch ein für allemal den Grund dieser Störungen untersuchen? Es war doch nur recht und billig, daß man mit allen seinen Hausgenossen bekannt war, mochten sie noch so unter- oder überirdisch sein. Nachdem mein Onkel sich noch ein Glas Sam-Su durch die Kehle gejagt hatte, ergriff er entschlossen die Petromaxlampe, schraubte sie zu vollem Licht auf und schlich in den Windfang, wo die Leiter zum Dachboden stand.

Small Johnson verfügte über kein besonders mutiges Gemüt. Er hatte nichts dagegen, bei vollem Tageslicht oder in Gesellschaft seiner Freunde über unerklärliche oder übernatürliche Dinge zu lachen, aber wenn er in einer schwarzen, heulenden Nacht allein einem unerklärlichen Phänomen gegenüberstand, dann war ihm so bange, daß er sich wohl die Hosen vollmachen könnte.

Mehrere Minuten stand er zitternd vor Angst auf der obersten Stufe der Leiter, ehe er sich ganz auf den Dachboden wagte. Das Licht der Petroleumlampe flackerte über die dort aufgestapelten Sachen und warf groteske Schatten auf das schräge Dach. Die Knie Small Johnsons weigerten sich, seinen Körper zu tragen, und er sank, vom Schreck erschöpft, auf einer Kiste neben der Bodenluke zusammen. Er fuhr sich über die Stirn und merkte, daß die Hand von kaltem Schweiß ganz naß wurde. Er versuchte, sich mittels eines barschen Lächelns aufzumuntern, was jedoch nur zu einer jämmerlichen Grimasse gedieh.

Da hörte er von den Dachsparren eine piepsende Stimme: »Dein Mund sieht aus wie ein eingetrockneter Affenarsch, Small Johnson!«

Small Johnson sprang von seiner Kiste auf und wäre vor Schrecken fast durch die Luke gestürzt. »Wer da?« rief er. »Wer da? Wer redet hier?«

»Reg dich nicht auf, ich bin es bloß«, und vor die Füße Small Johnsons plumpste ein Männlein, das keinen halben Meter groß war.

»Ach du großer Gott!« rief mein Onkel erleichtert aus. »Bist du's bloß? Na, du hast mir aber eine Heidenangst eingejagt.«

»Du hast ein so komisches Gesicht gemacht«, grinste der Kleine. »Dein Mund war ganz verzerrt. Weshalb denn?«

»Das tut er immer von selbst, wenn ich Angst kriege«, gestand Small Johnson. »Und du hast mir, verdammt noch mal, angst gemacht! Das darfst du nie mehr tun. Ich dachte, es ist ein Troll oder so was Ähnliches.«

Der kleine Mann lachte dreckig: »Was ein Troll? Ich und ein Troll? Ich muß schon sagen, das ist allerhand!«

»Ja, das war natürlich blöd von mir«, entschuldigte sich Small Johnson. »Aber man denkt so konfus, wenn man Schiß hat. Aber sollten wir uns nicht ordentlich guten Tag sagen? Ich bin mordsfroh, daß ich mich zusammengerissen habe und heraufgestiegen bin, um dich aufzusuchen.« Er ergriff vorsichtig die Hand des kleinen Kerls. »Man möchte ja immer gern wissen, mit wem man unter einem Dach wohnt.«

Jeder setzte sich auf eine Kiste. Sie betrachteten einander etwas verlegen.

Small Johnson heuchelte Interesse für seine Lampe. »Man muß in einem fort aufpassen«, erklärte er, »sonst wird die Flamme zu groß.« Er blies den Ruß von der Lampe fort und schraubte die Flamme zurück, damit sie nicht rauchte.

Nikodemus räusperte sich kräftig und sagte dann mit klarer Stimme: »Mein Hals ist entsetzlich trocken. Und wie steht's mit deinem, Small Johnson?«

»Wie mit den Feldern Ägyptens nach den mageren Jahren«, bekannte mein Onkel.

Das Männchen nickte. »Ein schönes und sogar biblisches Bild. Meinst du da nicht, daß wir den Feldern Flüssigkeit zuführen sollten? Faktisch sitzt du ja auf einer ganzen Kiste neugebranntem Schnaps, Small Johnson.«

»Mensch, was sagst du?« Small Johnson fuhr in die Höhe, als hätte ihn eine Eisahle in den Hintern gestochen. »Und ich sitze so ruhig da?« Er fing mit größtem Eifer an, den Deckel der Kiste aufzukriegen. »Wo hast du denn diesen ganzen Schnaps her, kleiner Freund?«

»Man hat eben die Kunst gelernt, aus Reis Schnaps zu brennen«, antwortete der Kleine mit schlecht verhohlenem Stolz in der Stimme. »Ich habe oft beobachtet, wie du das machst.«

»So, du hast mir die Kunst abgeschaut, du kleiner Gauner«, lachte mein Onkel. Er langte in die nun offene Kiste und holte eine Flasche heraus. »Donnerwetter, noch ganz voll! Darf man mal kosten?«

Nikodemus breitete die Arme aus. »Trink, soviel du willst«, sagte er. »Es gehört alles dir. Alles, was ich besitze, gehört dir, Kamerad.«

Small Johnson biß den Pfropfen ab und begann zu trinken. Und er trank, als hätte er noch nie Sam-Su gekostet. Seine Augen schlossen sich halb vor Seligkeit. Und auf Nikodemus' rundem Gesicht breitete sich beim Anblick solcher Genußfreude ein glückliches Lächeln aus. Small Johnson setzte nur ungern die Flasche ab, um Atem zu holen. Dabei sah er freundlich zu dem Zwerg hinüber, der seine kleinen Hände über dem runden Bauch gefaltet hielt.

»Unsere Freundschaft, Nikodemus, macht sich ja prächtig«, sagte mein Onkel. »Das muß man schon sagen. So jung und schon so ergiebig. Wer hätte sich vorgestellt, daß so ein Dreikäsehoch Sam-Su brennen kann, noch dazu einen, der wirklich schmeckt.« Er führte die Flasche wieder zum Mund und trank.

Nikodemus flatterte vor lauter Gastfreundschaft mit seinen kleinen Händen in der Luft umher. »Jede Kiste, die hier oben steht, habe ich mit Sam-Su gefüllt. Ich wußte ja, daß du ihn so gern trinkst. Und alles gehört dir, ist ein Geschenk für dich, Small Johnson, zur Besiegelung unserer Freundschaft.«

Mein Onkel hätte beinahe Sam-Su in den falschen Hals bekommen. »Mein Bester«, hustete er, »hab ich recht gehört? Das ist ja genau wie im Märchen, in dem mit der Prinzessin und dem halben Königreich. Daß mir so was passieren kann!«

»Was du für eine Phantasie hast, Small Johnson!« lachte der Kleine. »Erst war ich ein Troll, und jetzt bin ich eine Prinzessin. Aber wenn du dich umsiehst, Kamerad, dann wirst du erkennen, daß hier alles reine und unverfälschte Wirklichkeit ist. Nimm die Flasche und befeuchte dir deinen trockenen Schlund mit dem Schnaps. Der ist doch wohl wirklich, was?«

Small Johnson nickte. Er spürte, wie dieses Naß durch die Kehle und bis in den Magen hinunterlief, und er verfolgte genauestens und bis hinab in die Tiefe die Wanderung dieses warmen Stroms und fühlte, wie er sich dann in Nebelbänke verwandelte, die wunderbar inspirierend wieder durch seinen Körper emporwogten und sich wie regenbogenfarbener Dunst um sein Gehirn legten.

»Oh, du mein allerbester kleiner Freund!« Sein Magen begann vor Wohlbehagen zu tanzen, und seine Zehen krümmten sich vor Freude. Begeistert rief er aus: »Kleiner, das ist mehr als Freundschaft, das muß Liebe sein. Ja, ich liebe dich, Nikodemus!«

Der kleine Mann sah Small Johnson mit großen, tränennassen Augen an. »Auch ich liebe dich, und ich habe dich mein ganzes Leben lang gesucht. Wir haben fürchterlich lange gebraucht, um zusammenzufinden. Du wolltest mich ja viele Jahre nicht kennen, und ich war sehr unglücklich, weil ich glauben mußte, daß du dich meinetwegen schämst.«

Small Johnson schaute seinen Freund erstaunt an. »Hör mal, mein Bester, das muß ein Mißverständnis sein. Hätte ich von deiner Existenz gewußt, wärst du nicht lange im Zweifel geblieben, wie sehr du mir gefällst.«

»Ich war davon überzeugt, daß du mich kennst, aber von mir als Kameraden nichts wissen wolltest.« Nikodemus weinte laut bei dem Gedanken an die schweren Zeiten, die diesem glücklichen Tag der Vereinigung vorangegangen waren. Sein runder Bauch hüpfte bei seinem Geschluchze komisch auf und ab.

»Wäre ich nicht so klein und so fix gewesen«, stieß er zwischen seinen Schluchzern hervor, »hätte ich leicht schon tot oder Invalide sein können. Weshalb hast du denn immer nach mir getreten, Small Johnson?«

»Na, nun mach aber mal einen Punkt!« rief mein Onkel aus. »Ich hätte nach dir getreten? Das wäre doch das gleiche gewesen, als wenn ich nach mir selbst getreten hätte. Wenn's aber wahr ist, dann habe ich jedenfalls keine Ahnung gehabt, was ich da tat. Das Ganze muß, wie gesagt, auf einem Mißverständnis beruhen.« Er stöhnte bei der Vorstellung, er hätte, ohne es zu wollen oder zu wissen, seinen kleinen Wohltäter tottreten können. »Hättest du dich bloß zu erkennen gegeben!«

»Ich habe hier oben ja genug Lärm gemacht, habe so gerufen und geschrien, daß ich manchmal ganz heiser war«, sagte Nikodemus, schon etwas ruhiger. »Aber das alles hat jetzt ja nichts mehr zu sagen. Daß wir endlich Freunde geworden sind, freut mich so, daß ich gar nicht mehr weinen kann.«

»Recht so, Nikodemus. Schluß mit aller Traurigkeit und allem Gekränktsein! Wir sind doch wirklich schon ganz vertraut miteinander. Fühlst du das nicht auch so? Und daß jetzt zwischen uns eine reiche und tiefe Freundschaft anfängt? Darauf wollen wir trinken.«

Und sie tranken zusammen.

»Sag mal«, fragte Small Johnson, als er nach ausgiebig langen Schlukken die Flasche wieder in Brusthöhe gebracht hatte, »du bist doch sicher ein verdammt kluger Kerl. Verstehst du was von der Kunst, in die Zukunft zu sehen und anderes von der Art?«

Nikodemus schüttelte den Kopf. »Nee, in der Richtung sehe ich nicht sehr weit. Aber so viel kann ich dir schon sagen, daß Frauenzimmer in deinem Leben keine Rolle mehr spielen werden, jedenfalls wird das kaum mehr der Rede wert sein.«

»Na, Gott sei Dank«, sagte Small Johnson erleichtert und sah den Kleinen dankbar an, als hätte er das persönlich so geregelt.

»Ich erinnere mich genau«, sagte Nikodemus, »daß du vor vielen Jahren einmal hoffnungslos verliebt warst, aber sie war eine böse Frau, und es ist doch ein Glück, daß dir so was nicht mehr passieren kann.«

»Ja, das war wirklich eine aufregende Zeit«, sagte Small Johnson träumerisch. »Und du mußt doch zugeben, daß sie ein schönes Weib und warmherzig war und zu lieben verstand. Aber lassen wir die alten Erinnerungen. Jetzt fängt eine neue Zeit an. Ich habe dich gefunden, und jetzt bist du meine große und wahre Liebe. In meinem ganzen Leben habe ich noch nie so was Freigebiges und Uneigennütziges wie dich getroffen. Wenn ich mir vorstelle, daß du mir so ohne weiteres mehr Sam-Su schenkst, als man bei aller Anstrengung in einem halben Jahr trinken kann. Ja, ich liebe dich wirklich, Nikodemus.«

Der Kleine fing vor Rührung wieder zu heulen an.

Da steckte Small Johnsons Neugierde den Kopf hervor.

»Wie lange, sagtest du, hast du dich schon hier oben aufgehalten?«

»Darüber habe ich kein Wort gesagt.« Der Kleine sah seinen neuen Kameraden gekränkt an. »Aber du kannst dir wohl ausrechnen, daß ich hier oben wohne, seitdem du in Petes Haus eingezogen bist.«

An dieser Antwort kaute Small Johnson eine ganze Zeit lang herum, ehe er erwiderte: »Da komme ich nicht ganz mit. Soweit ich mich erinnere, hat Pete dich schon viele Jahre, ehe ich herkam, hier oben herumrumoren hören. Du aber sagst, daß du ebenso lange hier im Haus gewohnt hast wie ich. Meinst du damit, daß wir gleichzeitig hier eingezogen sind, daß du Gill und mir sozusagen auf den Fersen gefolgt bist?«

Der Kleine saß auf seiner Kiste, ließ seine Beine über den Rand herunterbaumeln und sagte spitz: »Für das, was sich vor meiner Zeit hier oben abgespielt hat, bin ich nicht verantwortlich. Selbstredend kam ich zugleich mit dir her, Small Johnson. Gill kenne ich auch ausgezeichnet, aber er ist ein treuloser Kumpan.«

»Da will ich dir nicht recht geben, aber er kann vielleicht manchmal etwas merkwürdig sein.« Small Johnsons Protest war zaghaft. Er nahm Rücksicht auf die neue Freundschaft, auf die Empfindlichkeit des Kleinen und auf das enorme Quantum lagernden Branntweins.

»Aber er ist doch so, wie ich sage«, ereiferte sich der Kleine. »Ihm genügt seine Flöte und seine Schreiberei. Man hat keinerlei Chance, seine Freundschaft zu gewinnen. Deshalb habe ich mich auch ganz und gar auf deine Seite geschlagen, Small Johnson. Du bist und bleibst mein einziger Freund.«

Small Johnson nahm einen Schluck aus der Flasche. »Kann man sich darauf verlassen?«

»Der einzige Freund, den ich je gehabt habe, und der einzige, den ich je haben werde.« Die Stimme des kleinen Wichts klang ganz pathetisch.

»Da hast du dir aber auch einen treuen Kameraden angeschafft«, sagte Onkel Small Johnson fest.

»Wenn du so was sagst, machst du mich ganz glücklich«, antwortete Nikodemus mit einer Stirne, die vor Rührung zitterte. Später kam Small Johnson dahinter, daß die Tränen bei dem Kleinen recht locker saßen. »Ich bin immer fest in dir verankert gewesen.«

»So wie ich jetzt in dir.« Mein Onkel deutete mit der Flasche auf ihn. »Unsere Freundschaft ist fest, Kamerad.«

»Ist das ganz sicher?«

»So sicher, als würde sie unter Miss Molly liegen.«

»Oh, Small Johnson, ich bin so glücklich. Laß uns eins trinken!«

Und sie tranken abermals zusammen.

»Ja, da sitzen wir nun beide, du und ich«, lächelte mein Onkel, und sind die besten Freunde der Welt, aber viel voneinander wissen wir trotzdem nicht. Doch das, Nikodemus, ist ja gerade das Schöne an so einer neuen Freundschaft, daß jeder den andern still und friedlich hinter seine Fassade schauen und hinter seine Geheimnisse kommen läßt, weil beide sich nahekommen und kennenlernen wollen. Da ist zum Beispiel dein Status hier im Haus, Nikodemus. Wie ist der eigentlich? Bist du ein Hausgeist oder ein freundlich gesinnter Tupilaq? Der Statur nach bist du zwar, wie ich sehen kann, ein Knirps, aber nach deinem Sam-Su zu urteilen, mußt du allerhand wissen und können. Der Sam-Su ist so fein, daß du außerordentliche Fähigkeiten haben mußt, die fast ans Übernatürliche grenzen.«

»Nein, nein nicht doch?« Nikodemus schüttelte den Kopf. »Meine Fähigkeiten sind sehr menschlich.«

»Und ein Troll warst du ja auch nicht.«

»Laß mich in Frieden mit deiner Trollerei«, sagte der Kleine unwirsch. Er blickte meinem Onkel fest in die Augen und sagte: »Ich bin dein Delirium, Small Johnson!«

Danach geschah es ab und zu, daß sich Onkel Small Johnson zu einem Schnack mit Nikodemus und einer Flasche Sam-Su auf den staubigen Dachboden zurückzog. Meistens erwachte ich, wenn er sich draußen im Windfang mit der Leiter zu schaffen machte. Ich erfaßte aber natürlich nicht den Grund für diese so oft wiederkehrenden Dachbodeninspektionen. Die übrige Familie zog es vor, sein Interesse für diese nächtlichen Ausflüge nicht zu bemerken, und man redete erst nach meiner Rückkehr aus Europa offen von dieser Eigenheit Small Johnsons. Aber hat denn ein Mann nicht das Recht auf ein oder zwei Eigenheiten, die seine Hausgenossen nichts angehen?

Mr. Pickerins Hundekauf

Die Siedlung Ukusik lag fünf gemächliche Tagesreisen von unserem Haus entfernt. Dort herrschte Mr. Pickerin, ein guter Freund meiner Familie. Dort wohnte auch Mr. Pickerins unentbehrliche Stütze, der Jäger und Geisterbeschwörer Ivitaq, ein Verwandter Aviajas und ein Vetter von Petes verstorbenem Kameraden Odoniarssuaq.

Mr. Pickerin war ein gläubiger Mann – ehe er in die Arktis kam. Und er war es auch weiterhin, nur daß er von der presbyterianischen Kirche zum absoluten Heidentum überwechselte.

Mr. Pickerin war Lagerverwalter in Ukusik. Er trat diese Stellung an, als der Ort von den Behörden zur Siedlung erhoben wurde. Einmal im Jahr besuchte Mr. Pickerin uns am Fynes-Fjord, und zwar immer dann, wenn ihn das Verlangen nach unbegrenztem Alkoholgenuß überfiel.

Als Lagerverwalter des Distriktes nahm er eine Stellung ein, die fast der eines unumschränkten Monarchen gleichkam. Sein Wort war Gesetz, und seinem Gesetz mußte gehorcht werden. Leider hatte Mr. Pickerin vor vielen Jahren, als er noch jung und autoritätsgläubig gewesen war, für die Siedlung mitsamt ihrem Hinterland ein totales Alkoholverbot erlassen, das er selbst mit lobenswerter Charakterstärke einhielt. Nur einmal im Jahr verließ er seinen Distrikt, um sich mit Small Johnsons Sam-Su vollaufen zu lassen, dem einzigen Getränk, das bei ihm einen so schrecklichen Katzenjammer hervorrief, daß er sich ohne größere Schwierigkeiten ein ganzes Jahr lang nüchtern halten konnte.

Kurz nach seiner Ankunft in Ukusik heiratete Mr. Pickerin eine Eskimofrau und vermehrte im Lauf der Jahre die Bevölkerung des Ortes um vierzehn Prozent, zeugte also eine beträchtliche Anzahl von Kindern. Mr. Pickerin war klein und schmächtig. Er hatte graue, treuherzige Augen und war nie so recht über den Stimmwechsel hinweggekommen. Aber er war ein tüchtiger Kaufmann und deshalb bei der Handelsgesellschaft, die das Lager mit Waren versah, gut angeschrieben.

Daß dieser kleine Mann seine Kolonie mit milder Diktatorhand zu lenken vermochte, rührte daher, daß er die lokale Geistlichkeit für sich gewonnen hatte. Dem Geisterbeschwörer Ivitaq, dessen Brudertochter er geheiratet hatte, gelang es schnell, die kleine, bleiche Treuherzigkeit von der beschwerlichen Via Dolorosa des Christentums weg und dem breiten und vergnüglicheren Weg des Heidentums zuzuführen. Gestützt auf die Verwandtschaft mit dem Vertrauten der Geister und auf das Ansehen, das ihm die imponierende Kinderzeugung einbrachte, saß Mr. Pickerin unerschütterlich fest auf dem soliden Gipfel seiner Macht. Ein kleiner, grauer Mann, den die Jahre gefärbt und stark gemacht hatten.

So war es jedoch nicht immer gewesen. Die erste Zeit in der Arktis war sowohl für ihn wie für die Eskimo eine Prüfung. Mein Vater Jeobald erzählte mir einmal von Mr. Pickerins erstem Hundekauf und wie ihn seine Frau, die früher christliche Magdalena, betörte.

Mr. Pickerin? Jeobald kratzte sich an seiner großen Nase und lachte. Er gehörte damals zu den kleinen Kalibern, kannst du mir glauben. Weich im Abzug, viel Krach und wenig Wirkung. Der Herrgott hat Mr. Pickerin auf seinen neuen Posten sicher viel guten Willen, aber nicht viel Begabung mitgegeben.

Er kam eines Herbstes vor mehr als fünfundzwanzig Jahren nach Ukusik. Als das Schiff mit neuem Nachschub einlief, war das Neueis schon mehrere Zoll dick, und der Schnee lag in molligweichen Wehen um das Dutzend Häuser des Ortes. Während des Sommers hatte ein Handwerkertrupp die Verwalterwohnung, den Laden und den Lagerschuppen gebaut, und diese Bautätigkeit hatte umherziehende Eskimo angelockt, so daß sich die Einwohnerzahl des Ortes verdreifachte. In jenem Herbst zählte Ukusik fast hundert Seelen.

Mr. Pickerin zog in sein neuerbautes, hoch gelegenes Haus ein und sah von dessen Fenstern aus, wie die Leute unten Robbennetze und Hai-Schnüre auslegten oder in die Berge zogen, um sich Schneehühner und sommerfette Hasen zu holen. Mr. Pickerin war von Anfang an fest entschlossen, zwischen der Handelsstation und der lokalen Bevölkerung ein gutes Verhältnis herzustellen, wie es ihm in der Schule der Handelsgesellschaft beigebracht worden war, und um sich Popularität zu erwerben, entschloß er sich schon am zweiten Tag nach seiner Ankunft, ein Gespann Hunde zu kaufen, um sich wie andere anständige Leute per Schlitten fortbewegen zu können.

Bewaffnet mit einem Bündel von Guthabenscheinen, dem Zahlungsmittel früherer Tage, deren Wert den Eskimo bekannt war und deren

Erwerb ihnen erstrebenswert schien, stellte er sich zwischen den Häusern Ukusiks auf und gab bekannt, daß hier ein Mann sei, der Hunde zu kaufen wünsche.

Die Leute stürzten aus den Häusern und eilten zu den Hundeketten, um mit ihrem Angebot die ersten zu sein. Von überall her, vom Flußbett und von den Hügeln hinterm Ort, von Nord und Süd kamen sie angelaufen. Alle brachten sie alte, zusammengefallene Schlitten, magere, räudige Hunde, Schnurpeitschen und anderes für die Verwendung der Schlitten erforderliches Gerät mit.

Das alles wurde vor dem großen Lagerschuppen aufgestellt, wo Mr. Pickerin mit kundiger Miene die Herrlichkeiten in Augenschein nahm.

Vor allem anderen wünschte er einen Schlitten zu erwerben. Er besah die herangebrachten Exemplare, setzte sich auf sie, um die Elastizität der Querbretter auszuprobieren, rüttelte und drehte an den hohen Rückstreben, kontrollierte die Verschnürungen und wollte sich eben für ein stumpfnäsiges Exemplar entschließen, als man unter Lärm und Getöse mit dem Schlitten um die Ecke kam.

Was für ein Schlitten! Er schien so groß wie das Packhaus zu sein, und die Rückstreben überragten um mehrere Zoll den Kopf von Ivitaqs christlichem Bruder Josva. Mr. Pickerin und die Schar der Verkäufer zogen sich respektvoll zurück, als der Koloß angebraust kam. Ein bewunderndes Gemurmel stieg zum schneeschweren Himmel empor.

Fünf Männer schoben das mächtige Gefährt, Josva und seine vier Söhne. Die Tochter Magdalena folgte dem Aufzug mit zwei ausgehungerten armseligen Hunden, die an zwei Strängen festgebunden waren. Sie zog die Tiere hinter sich her über den Schnee, nicht etwa, weil sie böse oder widerspenstig, sondern weil sie zu schwach waren, um ihre Beine auf die vom Herrgott vorgeschriebene Weise zu gebrauchen. Josva war jener Fänger des Distrikts, der mit seinen Fütterungsexperimenten am weitesten gekommen war. Erst als ein besonders vielversprechendes Gespann zu seinem großen Ärger gerade da krepierte, als er den Tieren das Fressen ganz abgewöhnt hatte, gab er weitere Versuche auf.

Der Schlitten wurde vor Mr. Pickerin zum Halten gebracht, Gott mochte wissen, wie, denn das Terrain hatte hier ein recht starkes Gefälle. Josva trat aus seinem Versteck hinter dem Schlittensack hervor und trocknete sich den Schweiß von der Stirn. Dann wandte er seine unschuldigen braunen Augen Mr. Pickerin zu und sagte: »Da. Dieser Schlitten sehr stark. Kann nicht kaputtgehen.«

Mr. Pickerin nickte begeistert. Josvas Worte waren unwiderlegbar. Dieser Schlitten hatte etwas Erhabenes, beinahe Ewiges an sich.

»Josva machen Schlitten. Selbst machen«, fuhr der Mann fort. »Holz von Bauen und Eisen von Bauen.« Damit machte er dem Ortsvorsteher klar, daß die Materialien im Sommer von den Handwerkern gestohlen worden und deshalb von hervorragender Qualität waren. Mit Hilfe seiner gutgewachsenen Söhne vermochte Josva das Mammutgefährt umzukippen. Voll Begeisterung beklopfte er mit seiner Pfeife die Kufen.

»Das Eisen, da! Nummer-eins-Eisen!«

Mr. Pickerin hatte in den zwei Tagen, seit er in die Arktis gekommen war, noch nicht so schrecklich viele Schlitten gesehen, aber sein gesunder Menschenverstand sagte ihm, daß diese Kufen außerordentlich robust waren. Die Beschläge waren schwer, als wären sie durchgesägte Eisenbahnschienen, und wurden mittels enormer französischer Schrauben am Holz festgehalten. Diese Kufen würden generationenlang halten. Mr. Pickerin würde eine Familie gründen und mit einem solchen Schlitten Geschlechtertradition schaffen. »Schlitten des alten Mr. Pickerin« würde man ihn nennen, und man würde ihn mit den Pfeifenspitzen beklopfen, wie Josva es getan hatte. Jaja, damals konnte man bauen, daß es hielt. Er wußte genau, was er tat, als er dieses Fahrzeug erstand. Ein schlauer Kerl, der Alte.

Der Schlitten wurde wieder aufgerichtet, was den Vorratsspeicher erbeben ließ. Josva steckte die Pfeife zwischen seine Zahnstummel und murmelte: »Nie wieder solchen Schlitten machen. Nur ein Schlitten so. Ich kein Gewehr. Du viele Gewehre. Ich viele Schlitten, du kein Schlitten. Du gern haben mein Schlitten.«

Mr. Pickerin nickte langsam. »Bis zu einem gewissen Grad«, sagte er. »Ein recht solider Schlitten.« Inwendig kochte er vor Begeisterung. Sich vorzustellen, dieses herrliche Fahrzeug zu besitzen. Seinesgleichen war nicht mehr zu finden!

»Du mir geben Gewehr auf Papier«, sagte Josva und streckte ihm eine Hand entgegen.

Mr. Pickerin drückte seine Guthabenscheine fest zusammen. »Ein Gewehr ist wirklich zuviel«, sagte er und versuchte dabei, seiner Stimme einen abweisenden Ton zu geben. Als er aber den Schlitten wieder ansah, wußte er, daß die Schlacht für ihn verloren war.

»Einen Primusapparat, zwei eiserne Kochtöpfe und einen Kanister Petroleum«, schlug er vor.

Josva sah den neuen Lagerverwalter traurig an. »Du nicht viel verstehen von Schlitten. Der Nummer eins. Du mir geben Gewehr, ja?«

Mr. Pickerin schrieb einen Guthabenschein auf eine gebrauchte Winchester und fünf Patronen. Josva steckte den Zettel mit einem vergnügten Grinsen in einen Kamikschaft.

»Du sehr tüchtig im Geschäft«, sagte er bewundernd. »Du kaufen stark, schwer Schlitten.« Er legte sein Gesicht in ernste Falten und schüttelte den Kopf. »Sehr, sehr schwer, schwer Schlitten, nicht Hund. Mein Hund groß, geschwind. Du kaufen von mir Hund, ja?« Er ließ Mr. Pickerin nicht aus den Augen und streckte, ohne sich umzudrehen, eine Hand nach hinten aus. Die Tochter legte ihm die Stränge in die Hände.

Mr. Pickerin sah die Hunde an, die vor seine Füße gezogen wurden, und er sah Magdalena an, die warme, vielversprechende Augen hatte.

Josva sah das ebenfalls. Mit tränenvoller Stimme sagte er: »Ich nicht viel Hund. Du gut zu mir. Ich sehr arm. Neues Gewehr nur fünf Patronen. Du bekommen mein Hund ohne Schreiben«, und mit einem Seufzer voll Selbstaufopferung reichte er Mr. Pickerin die Stränge, die vom Hundedreck vieler Jahrzehnte ganz steif waren. »Nicht Schreiben«, wiederholte er mit Märtyrermiene.

Mr. Pickerin sah die Hunde und sah Josva an und schrieb aus freiem, gutem Willen vier Pakete Patronen aus. Ein Hund ist ja doch immerhin ein Hund, sagte er sich, und gute Pflege und reichlich Fleisch würde sie schon wieder auf die Beine bringen.

Josva, der nun nichts mehr zu veräußern hatte, sagte froh: »Du jetzt viel fein Schlitten, zwei viel fein Hund. Jetzt mehr Hund und Peitsche.« Er besah sich die Angebote seiner Ortsgenossen und wählte sechs Hunde aus.

»Josva sagen, wo bester Hund. Josva kennen, verstehen Hund von langer Reise.« Er ergriff Mr. Pickerins Hand und ließ sie über die Hinterteile der Hunde streichen. »Du spüren kein Speck, he? Viel hungrig Hund, viel schnell.«

Mr. Pickerin spürte wirklich nichts wie Haut und harte Knochen, und er mußte dem Alten recht geben. Das waren sicher leichte, schnelle Hunde.

Und nun wickelte der christliche Jäger für Mr. Pickerin die weiteren, wichtigen Geschäfte ab, wobei er sich selbst allerdings für jede Schachtel Patronen, die den Besitzer wechselte, zehn Prozent berechnete. Zuletzt handelte er für zwölf Patronen eine mächtige Schnurpeitsche ein.

Nun konnte Mr. Pickerin also losfahren. Josva und seine Söhne halfen bereitwillig beim Vorspannen und erklärten dem werdenden Schlittenkutscher, wie man den Hunden das Geschirr anlegte und die Stränge an das Vortau spannte. Schließlich erläuterte man dem neuen Lagerverwalter die Zurufe, mittels deren man die Fahrtrichtung des Schlittens bestimmte. Mr. Pickerin wiederholte etwas verlegen – zum großen Vergnügen und Spaß der Zuhörer und sich selbst zum Vorteil – die Laute seiner Lehrmeister.

Er war nun zu einer Probefahrt bereit. Mr. Pickerin rollte mit einem, wie er selbst meinte, recht eleganten Schwung die lange Peitsche aus. Er wollte es erst ein wenig auf dem Fjord versuchen und dann seine Dienstwohnung ansteuern. Frisch und mutig ging er an die Sache. »Uuh uh!« heulte er und schwang das schwere Tau. Seine anspornenden Rufe änderten blitzschnell ihren Charakter und wurden zu herzzerreißendem Schmerzensgeheul, als die Peitschenspitze bei dem unbeherrschten Zurückreißen seine Wange traf. Mr. Pickerin heulte, wie gesagt, laut, und die Hunde spitzten bei diesem ihnen unbekannten Signal die Ohren. Sie blieben jedoch liegen. Die Zuschauer zogen ihre Köpfe unter die Anorakkapuzen, wo sie vor unsichtbarem Grinsen schier explodierten.

Die acht Hunde lagen vor dem gigantischen Schlitten. Sie merkten, daß der Besitzer gewechselt hatte, was sie in ihrer Ruhe nur bestärkte; sie vergeudeten keinen Blick auf die Peitschenschnur, die hoch über ihren Köpfen ganz unmotiviert die Luft zerriß. Das Geheul, das der kleine, hart geprüfte Mann von sich gab, wurde immer kräftiger, und wie er so einen brennenden Striemen nach dem andern über seine Wangen zog, mischte sich ein Unterton von Hysterie hinein. Die Hunde rollten sich zusammen und legten sorgsam ihre Schwänze um die feuchten Schnauzen. Sie fühlten sich unantastbar wie Indiens heilige Kühe.

Da erbarmte sich Josva des schreienden Mannes. Er nahm die Peitsche und führte damit acht mächtige Hiebe aus. Die Hunde fuhren heulend aus ihren süßen Träumen von Mr. Pickerin empor und zogen wie besessen an, um aus der Reichweite der Hiebe zu kommen. Und den Anstrengungen Mr. Pickerins und eines Dutzends kräftiger Burschen gelang es wirklich, den Schlitten in Gang zu bringen. Josva gab mit einem Blick seiner Tochter Magdalena zu verstehen, daß sie sich an die Rückstreben anhängen und dem jungen, unwissenden Menschen behilflich sein sollte.

Der Schlitten glitt langsam den kleinen Hang neben dem Lagerschuppen hinunter, dann aber wurde die Neigung steiler, und das Tempo des Schlittens steigerte sich beträchtlich. Alle am Lagerschuppen hielten den Atem an. Dieser Schlitten war unüberwindlich und unaufhaltsam. Er sauste am Laden vorbei, dann weiter das Flußbett abwärts, quer durch einen Stapel leerer Specktonnen und in einem mächtigen Satz über den Eissockel auf den Fjord hinaus. Die Hunde rannten um ihr Leben. Die Angst machte den faulen Kötern Flügel, und die verhungerten, entkräfteten Hunde bekamen Bärenkräfte, als sie hörten, wie dieses Mahlwerk nur eine Stranglänge hinter ihnen das Eis zu Pulver zermalmte. Erst viele hundert Meter im Fjord draußen begann der Schlitten an Fahrt zu verlieren, aber da er nun einmal im Gleiten und das Eis auch weiterhin spiegelblank war, glückte es den acht Skeletten, den Koloß in Gang zu halten.

Mr. Pickerin vergaß seine schmerzenden Wangen und fühlte sich nach und nach stark und sogar übermütig. Er sah sein Fiasko mit der Peitsche ein, meinte aber doch, daß die Abfahrt perfekt verlaufen war und seiner Person einen gewissen Respekt eingebracht haben mußte.

Er schaute sich nach Magdalena um, die getreulich zwischen den zwei Rückstreben stand. Es war ihm unbegreiflich, wie sie den Satz über den Eissockel überlebt hatte.

Sie aber schwankte in ihren wasserfesten Kamikken dahin und lächelte unbeirrbar.

Mr. Pickerin lächelte seinerseits nach hinten und bekam sein Lächeln vergoldet zurück Da klatschte er einladend auf die Schlittenbretter neben sich, um dem Mädchen begreiflich zu machen, es gebe hier genügend Platz für zwei. Und tatsächlich und ohne zu übertreiben: Auf diesem

Schlitten hätte man einen Reigentanz aufführen können. Magdalena fügte sich gern und sprang auf. Und wie sie so dicht an seiner Seite saß, offenbarte sich Mr. Pickerin die arktische Schönheit. Er fuhr wirklich mit eigenen Hunden und eigenem Schlitten und mit einer Frau an seiner Seite durch diese große, wunderbare Natur. Spätnachts kehrte der Schlitten zurück. Und da war Mr. Pickerin verlobt.

Von Ivitaqs Trommelgesang und wie Onkel Gill sich verliebte

In dem Jahr, in dem ich gelernt hatte, meine erste lange Peitsche richtig zu gebrauchen, bekam ich einen Erwachsenenschlitten, und mein Gespann wurde durch weitere vier Hunde ergänzt. Ich war über die Maßen stolz und lud ohne alle Bedenken Aviaja zu einer Reise nach Ukusik ein. Sie hatte sich lange schon gewünscht, dorthin zu kommen, da sie sich noch ihr Gesicht tätowieren lassen wollte, ehe sie starb. Sie glaubte nämlich steif und fest, daß Frauen ohne diese Tätowierungen nach dem Tod in Noqumiut, dem »Land der Hängeköpfe«, endeten, einem Ort, der für eine lebhafte alte Frau nicht gerade am anziehendsten war. Nach einigen Tagen begab sich die ganze Familie auf diese Besuchsreise.

Ich freute mich sehr, Mr. Pickerin mein schönes Gespann vorführen zu können, aber Onkel Sam erzählte mir, Mr. Pickerin wäre gerade auf einer Reise südwärts, um das Krankenhaus in Downty City aufzusuchen. Er hatte schon seit geraumer Zeit eine schnell abnehmende Beischlaffrequenz an sich beobachtet, und da er gern imstand sein wollte, es diesbezüglich mit einem jeden Bewohner seines kleinen Reiches aufzunehmen, war er auf dem Weg in die Großstadt, um sich dort behandeln zu lassen. Die Regierungsgeschäfte hatte er bei seiner Abreise Ivitaqs sicheren Händen übergeben.

Wir waren mit drei Schlitten unterwegs, außer dem meinen die beiden üblichen Fängerteams mit Jeobald, Sam, Gill und Small Johnson. Pete lief auf seinen Schneeschuhen voran.

Aviaja fuhr mit mir. Sie saß quer zur Fahrrichtung und fühlte, wie sie sagte, große Freude, daß sie mit ihrem Pflegesohn fahren konnte.

»Man hört, daß dein Peitschenknallen lustig ist«, rief sie mir, der ich an den Rückstreben lief, lächelnd zu. »Es ist schön für eine alte Frau, auf dem Schlitten eines tüchtigen Kutschers zu sitzen.« Ich nickte glücklich und rollte die Peitsche zusammen. Man sollte sehen, daß hier ein Schlittenkutscher ankam, der während der Fahrt keine Peitsche benutzte.

»Ach ja«, seufzte Aviaja, »hier sitzt man und fühlt sich alt und ein wenig unnütz.« Sie lehnte sich zufrieden in die Schlittenlast.

»Schade, daß Mr. Pickerin nicht zu Hause ist«, sagte ich. »Aber vielleicht hat Ivitaq Lust, meine Hunde zu sehen. Pete sagt, daß er die besten Hunde in Ukusik hat.«

»Ja, das stimmt, und wenn er dir gute Ratschläge gibt, dann schreib sie dir hinter die Ohren. Ivitaq kennt die Hunde wirklich, denn er kann mit ihnen reden.«

»Das sagt Sam auch. Erzähl mir doch mehr von Ivitaq, Aviaja.«

Meine Pflegemutter drehte den Kopf zu mir. »Wenn wir heute abend im Zelt sitzen und darauf warten, daß es im Topf zu kochen anfängt, und wenn wir uns mit nichts anderem die Zeit vertreiben können, dann werde ich vielleicht von meinem Verwandten Ivitaq erzählen.«

Ich sprang auf den Schlitten und setzte mich neben sie. Wir sprachen lange über gleichgültige Dinge, und ich durfte mir ihren Kautabak leihen, bis wir zu dem steilen Herchill-Gletscher kamen, den wir überqueren mußten.

Als wir abends das Lager aufschlugen, war strahlender Sonnenschein. Sam und Aviaja stellten das Zelt auf und machten es schnell wohnlich, während wir anderen die Hunde an die Kette legten und dafür sorgten, daß sie zu fressen bekamen.

Als wir um den fauchenden Primuskocher versammelt ungeduldig darauf warteten, daß das Fleisch gar würde, erinnerte ich Aviaja an ihr Versprechen. Sie nickte: »Ja, ich will von meinem Verwandten erzählen.

Ivitaq heißt so, weil alle, die bei seiner Geburt dabei waren, meinten, daß die Laute, die der Vater des Kindes beim Anblick seines Erstgeborenen in seiner Freude hören ließ, auffallend an das Summen einer Hummel erinnert hätten. Da man einen Menschen aber nicht mit einem Summen benennen kann, gab man dem Knaben den Namen Ivitaq, das heißt Hummel.

Mein Verwandter Ivitaq ist weit gereist. Er ist mit Menschen zusammen gewandert, die das Jahr in ›halb Sonne‹ und ›halb Dunkel‹ einteilen, er ist quer durch Berge gekrochen, ist auf dem Mond und tief unten im Meer gewesen. Er ist ein großer Geisterbeschwörer.«

Onkel Sam bestätigte dies. »Ivitaq ist einer der größten Angakokker, von denen ich je gehört habe. Man weiß, daß er bei etlichen Gelegenheiten die ›Mutter des Meeres‹ besucht hat.«

Aviaja schaute forschend in den Topf, wo sich in dem kochenden Wasser das Fleisch zu rühren begann. »Er ist viele Male bei Arnarquarssaq, der Mutter des Meeres, gewesen«, sagte sie, »und dabei hilft ihm jedesmal der mächtige Geist Tornarssuq, durch die größten Berge hindurchzukommen.«

Ich kroch näher an die alte Frau heran und berührte ihren Ellbogen. »Hast du ihn dabei gesehen, Aviaja?« fragte ich.

»Als ich ein junges Mädchen war, ehe ich nach dem Süden reiste, hörte und sah ich ihn mit seiner Trommel tanzen. Und ich habe ihn einmal gesehen, als er von einer langen Reise im Meer zurückkam.«

Wir lagen rings um den siedenden Primus auf den ausgebreiteten Renfellen. Das Fleisch kochte sich langsam zu Wohlgeschmack, aber eine dicke Schicht Schaum und Fett schwamm schon oben im Topf.

Aviaja fuhr fort: »Erst wurde er ganz hart gewickelt. So hart, daß die Adern seiner Glieder und seines Halses anschwollen und wie fette Gedärme aussahen. Ein eiskalter Wind, den sein Schutzgeist durch den Hausgang wehen ließ, blies die Lampen aus. Und dann begann die Trommel zu poltern, ohne daß sie jemand berührt hätte. Es waren die Geister, die auf sie loshämmerten. Ihr Getrommel war so laut, daß man sich die Ohren mit den Händen zuhalten mußte, damit einem der Kopf nicht zersprang. Plötzlich aber hörte das Trommeln auf, und alle hörten die Stimme eines Fuchses. Er redete in der Sprache der Menschen, aber niemand verstand, was er meinte. Ivitaq schrie, wie wenn er in größter Not wäre, und er hörte nicht auf zu schreien, bis ihn seine Seele verließ und mit Tonarssuq an Orte reiste, die wir andern nicht kannten.«

»Aber weshalb wollte er denn ins Meer hinunter?« fragte ich. »Warum ertrank er nicht?«

»Man muß annehmen, daß eine Menschenseele nicht ertrinken kann. Ivitaq machte seine Reise, weil wir an unserem Wohnplatz hungerten. Es ist nämlich so: Sooft die Menschen sündigen, setzen sich ihre Sünden als Schande in Arnarquarssaqs Haaren fest. Dann wird sie sehr böse, und in ihrem Zorn hält sie die Meerestiere von unseren Küsten fern, so daß es bei uns nur Mißfänge gibt und wir hungern müssen. Nur ein tüchtiger Geisterbeschwörer kann sie milder stimmen. Er muß sie unter vielen großen Gefahren im Meer aufsuchen, und wenn er sie findet, muß er ihr langes schwarzes Haar kämmen, bis es wieder rein und glänzend ist. Dann erst ist sie zufrieden und läßt ihre Tiere wieder frei.«

»Es wäre doch leichter«, wandte ich ein, »wenn die Menschen nicht sündigen würden, dann brauchte Ivitaq ja nicht von Ukusik fortzureisen.«

»Du sprichst deinem Vater aus dem Herzen«, sagte Jeobald und streichelte mir freundlich übers Haar.

»Die Menschen haben alle Tage gesündigt«, fuhr Aviaja fort. »Mein ganzes Leben lang habe ich gesehen und gehört, wie Menschen sündigten. Als ich Ivitaq das erste Mal als Geisterbeschwörer sah, hatte man auf dem Wohnplatz lange Zeit Mißfänge gehabt. Viele Menschen waren gestorben, und man fing an davon zu reden, daß man seine toten Verwandten essen könnte. Da entschloß sich Ivitaq, die lange Reise zu unternehmen. Seine Seele begegnete unter großen Schmerzen Tornarssuq, der sich in einen Narwal verwandelt hatte, und auf dem Rücken dieses großen Geistes ritt Ivitaq in die Tiefe des Meeres. Er traf dort Arnarquarssaq und kämmte ihr schmutziges Haar. Sie war erst zufrieden damit, als er seine Arme vor Müdigkeit nicht mehr heben konnte. Als seine Seele wiederum seinen Leib bezogen hatte, begannen die Riemen abermals, sich zu spannen und weh zu tun. Er schrie laut, und man löste seine Riemen und legte ihn auf der Pritsche zur Ruhe: ›Man hat Tiere in die Bucht beschworen‹, sagte er den Fängern. ›Geht und holt sie.‹ Und die Männer zogen aus und fingen an diesem Tag viele Robben.«

Onkel Sam rief begeistert: »Habe ich es nicht immer gesagt. Dieser Ivitaq ist ein unvergleichlicher Geisterbeschwörer. Man erzählt, daß ein Hilfsgeist, den er aussandte, sogar einmal einen weißen Lagerverwalter unten im Süden getötet hat. Soweit ich mich erinnere, soll dieser Mann einen Verwandten von Ivitaq erschossen haben.«

Aviaja, die begonnen hatte, das Fleisch in Stücke zu schneiden, sah schnell von ihrer Arbeit auf. »Manchmal reden die Menschen, ohne zu wissen, was sie sagen. Es könnte ratsam sein, diesen Verwandten von Ivitaq nicht zu erwähnen.«

Small Johnson, der diesem Gespräch nur mit einem halben Ohr zugehört hatte, fragte neugierig: »Worum dreht es sich denn, Sam? Was ist das für ein Verwandter?«

Aber noch ehe Onkel Sam zur Antwort ansetzte, sagte Aviaja still: »Der Verwandte, der von dem weißen Verwalter getötet wurde, war mein Mann.« An diesem Abend sprach man im Zelt nicht mehr von Ivitaq und seiner Verwandtschaft.

Wir wurden in Ukusik herzlich empfangen, und man veranstaltete wie immer, wenn Gäste in den Ort kamen, ein gewaltiges Eßgelage. Alles, was gehen und kriechen konnte, fand sich in Ivitaqs Haus ein, und vom Hausgang rief man auch noch laut über den Ort hin, daß man jetzt anfangen wolle zu essen, damit auch die Nachzügler noch Gelegenheit hätten, schon von Anfang an dabeizusein.

Ungeheure Mengen wurden aufgetragen: Getrocknete Kapelane, gefrorene Lachse, Polarkabeljaus, Robbenfleisch, gefrorenes Renfleisch, Muscheln und schließlich in Speck gewickelte Krabbentaucher. Wir schlemmten und schmausten, und unsere Mägen waren viel zu klein für Ivitaqs große Gastlichkeit.

Als alle bis zum Bersten vollgegessen waren und in angenehmer Verdauungsmüdigkeit auf den Pritschen saßen, wurde Ivitaq aufgefordert zu singen. Und der große Geisterbeschwörer entzog sich nicht, sondern stellte sich gleich bereitwillig vor seine Gäste.

Die ersten Schläge gingen wie ein Sausen durch den Raum. Ich starrte begeistert auf die große Trommel, die, wie Aviaja erzählt hatte, von selbst zu trommeln vermochte. Und ich starrte Ivitaq an, der durch Berge kriechen konnte und der den Mondmann und auch Arnarquarssaq besucht hatte, ohne daß ihm dabei etwas zustieß. Dann begann er zu singen:

»Hört mein Lied,
ihr, die ihr auf Besuchsreise seid,
mein bescheidenes Lied
von meiner Verwandten,
Aijaija aija.

Hört das Lied,
das kleine Lied,
viel zu klein,
um sie zu fassen,
meine Verwandte,
die mir sehr teuer ist.

Hört mein Lied,
wie eine Frau
ihrem Mann, der sie versorgt hatte,
Achtung erwies.«

Er ging auf Aviaja zu und stellte sich leicht vorgebeugt vor sie. Die Trommelschläge wurden immer mächtiger, sein Körper begann zu zucken, als hätte er Krämpfe in den Lenden. Unter steifen, stoßartigen Bewegungen sang er weiter:

»Man lauschte den Winden,
und man hat gehört.
Man hörte, als man dem selbstgeschaffenen
Geist lauschte,
dem Geist, den man aus Fell
und Hasenfüßen und Knochen
von einer Robbenhütte schuf.
Man hörte es von dem Leben,
das man selbst mit seinen Händen erschaffen hatte.
Es wurde von dem Weib berichtet,
das schneller als der Geist war,
das stärker als der Geist war,
den man sandte.
Aijaija aija.
Man hat gehört,
wie mein Verwandter getötet wurde,
mein unkluger Verwandter,
der nicht des Getränks unverständige Kraft kannte
unten im Land am Qaqatoqberg.
Eh! Ah! Ah!

Man hörte von Niuvertoq,
der das Naß trank,
das verrückt macht.
Man kennt den Bericht,
der von Kamikken getragen zu uns kam.
Selber war man
auf Reisen im Meer,
als der Mord geschah,
man war fort,
als Niuvertoq dort unten
mit einer weitreichenden Waffe
eines Menschen Kopf wegschoß.
Eh! Ah! Ah!«

Ivitaq krümmte sich zusammen, und der Rhythmus der Trommel wurde immer langsamer, bis sie ganz verstummte. Aviaja hatte das Gesicht in ihren Händen begraben und schwankte hin und her.

Und ganz sachte, wie heranwehender Windhauch, fingen die Trommelschläge wieder an.

»Man machte einen Tupilaq,
hää, hää,
aus verschiedenen unüberwindlichen
Dingen, einen starken kleinen Tupilaq.
Man sandte ihn nach Süden,
bis nach Qaqatoq wurde er gesandt,
wo er den Totschlag vornehmen sollte.
Einen kleinen Rächer
sandte man von Ukusik.
Und die Menschen wußten zu berichten,
wie dieser kleine Geist
den Mörder zerriß
und ihn im Meer
weit umherbrachte,
südwärts und nordwärts,
und weit hinaus,

wo die Sonne aufsteht,
so daß er nicht wieder
zusammenfinden und
Mord mit Mord vergelten konnte.
Eh!

Das wurde von Menschen erzählt,
die es nicht besser wußten,
Menschen, die an Gerede glauben,
das von Weiberkamikken umhergetragen wird.
Hört mein Lied.
Lauscht diesem kleinen Lied,
das erzählen wird,
was damals
in Qaqatoq geschah.«

Aviaja stöhnte laut und warf ihren Kopf so hin und her, daß der kleine zerzauste Haarknoten gefährlich schaukelte.

»Ujuat hieß der Mensch,
der mein Verwandter war.
Ujuat hieß er,
dem der Kopf von Niuvertoqs Büchse
fortgesprengt wurde.
Aviaja hieß das Weib,
das auf seiner Pritsche schlief
und seine Frau war.
Aviaja hieß das Weib,
das eine Fängerharpune
durch die Brust des Mörders jagte.
Aviaja hieß das Weib,
das die schwere Leiche
weit aufs Eis hinauszog
und im Meer verschwinden ließ.
Aviaja hieß sie,
die früher als der Tupilaq Rache nahm,

den man als Rächer der Familie
angefertigt und ausgesandt hatte.
Hört mein Lied
von Ujuat und Aviaja,
hört, was sich wirklich zutrug,
damals vor vielen Jahren
am Berg Qaqatoq.
Aijaija aija.«

Ivitaq setzte sich schwer neben Aviaja. In der Hütte war völlige Stille. Er legte einen Arm um ihren Rücken und sagte, zu Onkel Sam gewandt: »Man konnte verstehen, daß du über die Stärke des ausgesandten Pupilaqs Bescheid wissen wolltest. Da man ein reisemüdes Weib nicht mit einer schwierigen Antwort beschweren wollte, trat man als ihr Stellvertreter auf.«

Alle begriffen, daß Ivitaq ein gewaltiger Geisterbeschwörer war, und das nächtliche Fest erwies, daß er auch ein unübertroffener Wirt war.

Als wir in Mr. Pickerins Haus zur Ruhe gehen wollten, entdeckten wir, daß sowohl Aviaja wie auch Gill verschwunden waren. Jeobald bekam bald heraus, daß Aviaja den Rest der Nacht benützen wollte, um sich die schon lange gewünschten Tätowierungen machen zu lassen. Dagegen war es ihm unmöglich, Näheres über Onkel Gill zu erfahren. Er war während des Trommeltanzes aus Ivitaqs Haus verschwunden, und die Erde schien ihn verschluckt zu haben.

Liebe kann eine wunderbare Sache sein, jedenfalls dort, wo sie wie ein Blitz einschlägt. Die Liebe kam plötzlich zu Onkel Gill. Sie war über ihn hergefallen, hatte ihn überwältigt, noch ehe Ivitaq mit seinem Trommeltanz so recht in Gang gekommen war. Sie lief ihm wie ein Fieberschauer am Rückgrat entlang, glitt vom Steißbein um die eine Hüfte, über seinen Bauch und stahl sich immer weiter hinunter, bis sie mit voller Stärke an einer Stelle einsetzte, die Onkel Gill für derlei Verrichtungen längst schon abgeschrieben hatte. Man mag sich vielleicht wundern, daß die Liebe, die seit mehr als dreißig Jahren still in meinem Onkel geschlummert hatte, jetzt plötzlich wieder aufwachen sollte. Noch dazu mitten während der Festlichkeiten in Ukusik, wo interessante Unterhaltung und Unmengen an Essen einen Menschen völlig in Anspruch nehmen mußten. Aber die Liebe ist unberechenbar. Sie kann wo immer und wann immer und bei wem auch immer einschlagen. Und man muß bei der Erklärung dieses Phänomens überdies im Auge behalten, daß in einem Haus von knapp sechzehn Quadratmetern, in dem sich ein halbes Hundert Menschen befindet, leicht Kontakte entstehen können, die zu obengenanntem Zustand führen.

Als mein Onkel, natürlich ein wenig ungläubig, da er bestimmt nicht damit gerechnet hatte, daß er gerade von diesem Körperteil nochmals etwas hören sollte, nach unten schielte, entdeckte er eine eifrige braune Hand, die sich höchst ungeniert innerhalb seines Hosenlatzes zu schaffen machte. Und als er von dort emporsah, konstatierte er, daß die Besitzerin der Hand eine jüngere, korpulente Frau mit braunen, lachlustigen Augen war, die sich zwischen den hübschesten Fettpolstern versteckten. Onkel Gill seufzte und gedachte seiner Jugendjahre, während er sich den neuen Gefühlen hingab. Als er instinktiv fühlte, daß er bei dieser liebevollen Behandlung bald den Punkt ohne Wiederkehr passieren würde, was bei so viel Anwesenden leicht etwas peinlich werden konnte, ergriff er mit einer bei Onkel Gill bemerkenswerten Entschlossenheit die Hand der Dame und zog sie so unauffällig wie möglich aus dem festlichen Haus. Eng umschlungen schwankten sie zum Strand hinunter, wo sie unter Mr. Pickerins Reiseboot, das kielaufwärts dalag, um die Winterstürme in Sicherheit zu überstehen, ihr Lager fanden.

Das alles erzählte uns Onkel Gill bei der Heimkehr nach Miss Molly. Seiner Stimme war zitternde Ergriffenheit anzuhören, und wenn er von besagter Dame sprach, die Kinguk hieß, was soviel wie Garnele oder Flohkrebs bedeutet, bebte seine Unterlippe, und die Kameraden meinten, er würde gleich anfangen zu weinen. »Sie ist die Poesie im wahrsten Sinn des Wortes«, eröffnete er seinen Freunden, die ihn groß angafften. »Wenn sie ihre Stimme erklingen läßt, meint man, die Engel des Himmels spielten Flöte. Und übrigens«, er richtete sich stramm auf und schob seinen schmächtigen Brustkasten vor, »muß ein Mann ja ab und zu eine Frau haben. Es ist eine gebieterische Notwendigkeit, daß ein Mann bei einer Frau das bekommen kann, was sein Körper verlangt. Ihr wißt ja doch, wie es Johnny Ninefinger damals erging, als er lange Zeit keine Frau gehabt hatte. Habt ihr die Qualen dieses armen Kerls vergessen?«

Das war ein logisches Argument, das die Kameraden nicht so ohne weiteres überhören konnten.

»Da kann was Wahres dran sein«, gestand Small Johnson. »Aber paß trotzdem auf, Gill. Geh nicht zu weit. Du bist solche Geschichten ja gar nicht mehr gewöhnt. Mit den Damen ist's genauso wie mit einem alten Fuchseisen. Klaps – und schon sitzt man fest, was verdammt weh tun kann.«

Onkel Gill saß mit einem glückseligen, etwas dummen Lächeln da. Er legte sorgfältig seine Fingerspitzen aneinander und sagte die schockierenden Worte: »Man beabsichtigt, Kinguk ein Geschenk zu machen.«

»Ein Geschenk?« echoten die Kameraden entsetzt. Small Johnson kletterte aufgeregt auf seinen Stuhl, auf den er sich hinkniete. Er deutete anklagend auf Gill: »Bist du ganz von Sinnen, Mann? Ein Geschenk? Du riskierst, daß sie solche Idiotie in den falschen Hals kriegt.«

Onkel Samuel mußte seine Brille abnehmen, um sie zu putzen. Er murmelte Worte wie: unpassend, Satyrius und Risiko.

Gill legte die Wange an seine Schulter und musterte seinen alten Reisegefährten. »Du hast keine Erfahrung, Small Johnson. Ein Geschenk kann zwischen zwei Verliebten nicht falsch aufgefaßt werden. Man kann es nur auf eine Weise verstehen.«

»Ja, eben. Sie kann leicht glauben, daß das die Einleitung zu dem einen und zu dem andern ist. Wo bleibt dein Verstand, Gill? Hast du gar nicht an deine Freunde gedacht? Hast du gar nicht daran gedacht, daß es Tod und Verderben für uns alle bedeuten kann, wenn du ihr ein Geschenk machst?«

»Man hat natürlich jede Situation durchdacht, die entstehen könnte«, verteidigte sich Gill. »Aber ich bin verliebt, Brüder, und sehe keine Gefahr.«

»Dann bist du, verdammt noch mal, blind wie eine Eule.« Small Johnson zitterte vor Zorn und Empörung. »Das ist viel gefährlicher, als du dir vorstellen kannst, Gill. Unvorstellbar gefährlich.«

»Dann muß ich eben versuchen, mit der Gefahr zu leben«, lachte Gill aufgeräumt, »denn das Geschenk ist schon bestellt. Mr. Pickerins ältester Sohn bringt es aus Downty mit.«

Jeobald bat den Herrgott, er möge ihm Kraft geben, und er überlegte einen Augenblick, ob er Gill mit ins Freie nehmen und ihm zeigen sollte, wie man Sündenvergebung erlangt. Small Johnson sank auf seinem Stuhl zurück, sah seinen liebeskranken Kameraden finster an und fragte mit seiner nie versagenden Neugier: »Willst du vielleicht so freundlich sein, deinen Kameraden die Art deines Geschenkes zu verraten?«

Onkel Gill antwortete geheimnisvoll: »Ich kann euch verraten, daß es ein Geschenk von sehr privatem, ja äußerst privatem Charakter ist. Es ist so beschaffen, daß man davon nicht laut spricht, auch nicht unter seinen besten Freunden. Ein Wort, und man hat die Dame intim entblößt. Solche Geschenke wollen diskret behandelt werden.« Ein weiteres Wort über diese Sache war ihm nicht zu entlocken.

Von Kinguk und was dann geschah

Einen Monat nach diesem Gespräch fuhr Onkel Gill nach Ukusik. Das geschah sehr gegen den Willen meiner Väter, da sie seine schlechte Fahrtechnik und seine Neigung kannten, sich von Ort und Zeit wegzuträumen. Da er aber steif und fest darauf bestand und schließlich doch ein erwachsener Mensch war, gaben sie widerwillig nach und versahen ihn mit Hunden und dem nötigen Schlitten.

Er hatte sich ausdrücklich jede Begleitung verbeten, aber Small Johnson folgte, nachdem er sich mit meinen Vätern und Onkel Samuel beraten hatte, schon am Tag nach seiner Abreise seiner Spur. Onkel Gill kam überraschend wohlbehalten und mit heiler Haut nach Ukusik. Dort suchte er Mr. Pickerins Sohn auf, der ihm eine schöne, kleine Schachtel, die mit roten und blauen Bändern umwickelt war, übergab. Mit dieser Schachtel in der Hand und einer schier unstillbaren Lust im Leibe fand er sich bei Kinguk ein und überreichte ihr sein sehr privates Geschenk.

Das Mädchen jubelte vor Begeisterung. Sie zog die übelriechenden Hundelederhosen aus und schlüpfte in den Inhalt der Schachtel. Dieser erwies sich als ein Paar kleiner, rosettenverzierter Seidenslips der Größenordnung »full house«, wie sie später von Pete beurteilt wurden. Nachdem Kinguk alle Möglichkeiten, die das Höschen darbot, ausprobiert hatte – Rosette vorn und Rosette hinten, Innenseite außen und

Innenseite innen –, hängte sie sich die roten und blauen Bänder um den Hals, knutschte Onkel Gill eifrig und nachdrücklich ab und sprang dann wie eine junge, leicht überfütterte Hündin durch den Hausgang. Sie lief im Ort zwischen den Häusern umher, um jedermann zu zeigen, daß hier eine Frau käme, die von ihrem Liebhaber mit etwas ganz außerordentlich Zierendem bedacht worden war.

Gill fand sich geduldig mit der etwas fremdartigen Freude des Mädchens ab. Er streckte sich, müde von der langen Reise, auf ihrer Pritsche aus, wo er sich wilden Träumen von der Rückkehr Kinguks hingab, während es in seinen Lenden vor Erwartung leise summte.

Wie man vielleicht weiß, gelten die Eskimo als überaus festesfreudig. Sie nehmen jede Gelegenheit zu festlichen Zusammenkünften wahr und feiern immer das »Erste von allem«. So feierte man meinen ersten Zahn, mein erstes fehlerfreies Wasserlassen, meine erste Peitsche, meine ersten Hunde, meinen ersten Fang und so weiter. Aviaja fand stets einen Vorwand, um mein »Erstes von allem« zu feiern, und meine Familie tat dabei natürlich aus vollem Herzen mit. Kinguks schwarze Seidenhöschen waren in der Siedlung einmalig, sie waren tatsächlich die ersten Seidenhöschen Ukusiks und mußten demnach gefeiert werden. Das Fest wurde bei Josva abgehalten, der Mr. Pickerins Schwiegervater und der letzte Christ des Ortes war. Sein Haus war nicht das größte des Wohnortes, aber es hatte hohe Räume, was für die später sicher stattfindenden Springtänze von einiger Bedeutung sein konnte. Außerdem besaß Josva ein knallrotes Reisegrammophon ohne Federn und vier Platten mit Walfängertänzen.

Das Fest wurde mit einer allgemeinen Besichtigung eingeleitet. Fast alles, was an dem Wohnort lebte, war hier versammelt. Die Stube war zum Bersten voll, und noch draußen im Hausgang standen die Menschen zusammengepreßt wie ein Schwarm Kapelane. Sie alle defilierten, einer nach dem andern, an Kinguk vorbei, die in der Mitte des Raums auf einem dreibeinigen Schemel stand. Man besah und berührte den schwarzen, glatten Wunderstoff, und die Begeisterungsrufe der Vorbeipassierenden waren süße Musik in Kinguks Ohren. Es ist hier vielleicht am Platz, zu bemerken, daß keiner der anwesenden männlichen Eskimo sich unartige Freiheiten herausnahm. Man war von dem fast zauberhaften Glanz der Höschen ganz benommen und überwältigt, und das Berühren galt ausschließlich dem Stoff und nicht dem, was den Stoff prall ausfüllte. Kinguks Formen waren übrigens den meisten anwesenden Männern wohlbekannt. Als die Augen gesättigt waren, kamen die Mägen dran. Das allgemeine Eßgelage begann mit Kinguk als gewissermaßen appetitanregendem Mittelpunkt. Man aß ununterbrochen sieben Stunden lang, genauso lange, wie Onkel Gill benötigte, um seine Müdigkeit loszuwerden.

Small Johnson kam in gehobener Stimmung nach Ukusik. Er war ein routinierter Schlittenkutscher und hätte Gill mit Leichtigkeit einholen können, wenn er seine Hunde nicht absichtlich zurückgehalten hätte. Er hielt auf dem Berg oberhalb des Ortes, damit er Gills Bewegungen und was sich sonst noch dort unten zutrug, verfolgen konnte. Um sich die Zeit zu vertreiben, begann er, den Kanister Sam-Su zu leeren, den er vor Petes und Jeobalds Augen unterm Hundefutter versteckt hatte, nicht etwa, weil sie jemals seinen Durst beanstandet hätten, sondern weil sie vielleicht meinen könnten, eine so wichtige Mission wie die seine erfordere einen nüchternen Mann. Small Johnson war der gegenteiligen Auffassung. Er lag behaglich zurückgelehnt im Schnee und ließ das Naß durch seine Kehle rinnen, ohne etwas anderes als ab und zu eine Schluckbewegung vorzunehmen.

Er hatte fast den halben Kanister geleert, als er auf dem Schlitten hinter sich ein leichtes Schnarchen hörte. Sein Leithund lag auf der Last und schlief ruhig. Small Johnson machte einen Schneeball und warf ihn auf den Hund, der mit einem erschrockenen Blaffen vom Schlitten sprang. Als der Kanister ein paar Stunden später völlig geleert war, drang das leichte Schnarchen abermals an Small Johnsons feinhörige Ohren. Er war auf dem Punkt angelangt, wo der Anblick des leeren Kanisters seinen Durst nur steigerte, und er warf ihn irritiert gegen den Schlitten. Der Kanister traf die hohen Rückstreben, und ein kleiner erschrockener Kopf tauchte aus dem Schlittensack auf.

»Was soll das denn heißen? Willst du mich vielleicht erschlagen, Small Johnson?«

Mein Onkel sprang in die Höhe. »Nikodemus, alter Freund! Bist du auch mitgekommen? Wunderbar. Hast du vielleicht was zum Trinken?«

»Ich sitze auf einem Kanister«, sagte der Retter in der Not mit breitem Grinsen. »Ich wußte ja, daß ein Kanister bei dir nicht lange vorhält, und in deinem Sack war ja auch genügend Platz für einen Reservekanister und für mich.«

»Ach du mein Herzensfreund«, sagte Small Johnson gerührt, »du mein allerbester Herzenskamerad! Jetzt will ich dir heraushelfen.« Small Johnson hob seinen Freund aus dem Schlittensack und tauchte dann nochmals in den Sack nach dem Sam-Su-Kanister. Die beiden Freunde setzten sich auf den Schlitten.

»War die Reise beschwerlich«, fragte Small Johnson in einem unterhaltenden Ton. Nikodemus war noch nie mit ihm auf Schlittenfahrt gewesen, und die Situation war doch etwas anders, als sie zu sein pflegte, wenn sich die beiden Kameraden trafen.

»Überhaupt nicht«, antwortete Nikodemus begeistert. »Es war wirklich ein Vergnügen, und man erlebt das Unglaublichste. Vielleicht sollte ich mich etwas öfter an deinen Expeditionen beteiligen.«

»Du bist herzlich eingeladen.« Small Johnson tätschelte dem Kleinen vorsichtig den Rücken. »Auf meinem Schlitten ist für dich immer Platz, Nikodemus, darauf kannst du dich verlassen.« Er genehmigte sich einen Schluck und fuhr fort: »Es ist nur schade, daß deine erste Reise nach Ukusik gehen sollte. Da unten ist nicht viel los. Wie ich dir erzählt habe, ist der Ort trockengelegt. Nirgends kann man auch nur einen Tropfen auftreiben, und daß man sich selbst was mitbringt, wär so gut wie ein Verbrechen. Nein, will man trinken, dann muß das geschehen, ehe man in den Ort kommt.«

»Merkwürdig, merkwürdig«, meinte Nikodemus. »Wie kann man sich nur ein so verrücktes Verbot ausdenken?«

»Ja, das muß man sich wirklich fragen. Freiwillig fahre ich auch nicht wieder hinauf. Der Besuch hier im letzten Monat war ein schrecklicher Alptraum. Du hast mir sehr gefehlt, Nikodemus.«

»Du verstehst es immer, mich froh zu machen«, lächelte der kleine Mann. »Mir scheint, unsere Freundschaft vertieft sich mit der Zeit immer mehr.«

»Ich glaube, nichts kann Kameraden so aneinander binden wie das da«, antwortete Small Johnson und beklopfte freundlich den Kanister. »Das taut einen auf, Nikodemus, daß man seine Krusten los wird, miteinander offen reden und einander hinter die Fassaden schauen kann!«

»Das hast du schon mal gesagt«, seufzte Nikodemus.

»So? Na ja, schon möglich.« Small Johnson reichte seinem Freund den Kanister. »So sollten wir auch mit Gill stehen, dann wäre er nie in diese tragische Geschichte hineingeschlittert.«

»Gill ist ein hoffnungsloser Fall. Sei froh, daß dir so was nicht passieren kann.«

»Ja, Gott sei Dank. Aber die Sache mit Gill ist doch verdammt traurig. Denk bloß, was dieses dumme Geschenk für Folgen haben kann! Vielleicht besteht sie darauf, nach Mount Fynes zu ziehen, und was sollen wir dort mit einem Frauenzimmer anfangen?«

»Sie könnte Aviaja zur Hand gehen«, schlug Nikodemus vor.

Small Johnson überhörte diesen Unsinn. »Das wäre wie Tod und Teufel für uns alle. Du weißt doch, Nikodemus, daß meine Kameraden keinen Vertrauten auf dem Dachboden haben, bei dem sie ihr Herz ausschütten und einen Tropfen trinken können. Du kannst Gift darauf nehmen, daß sie ihnen allen ohne weiteres den Kopf verdrehen würde. Das wäre ja furchtbar. Nein, Frauenzimmer sind mit das Gefährlichste, das einem in den Weg kommen kann. Wenn ich nur wüßte, was ich anfangen soll. Soll ich seinem Schädel Vernunft einbleuen oder vielleicht, noch besser, ihn niederschlagen und gebunden nach Mount Fynes führen? Dort könnte er dann eine Zeitlang auf dem Boden eingesperrt werden. Deine Gesellschaft täte ihm sicherlich gut.«

Nikodemus sah Small Johnson ganz erschrocken an. »Nein, nein, das dürft ihr mir auf keinen Fall antun, Small Johnson, das mußt du mir versprechen.«

»Aber was soll ich bloß tun?«

»Du sollst das Geschenk stehlen, Small Johnson. Ganz einfach stehlen, der guten Sache wegen!«

»Gill bestehlen? Er ist der einzige Mensch, dem ich noch nie etwas geklaut habe.«

»Der guten Sache wegen«, wiederholte Nikodemus. »Für deine Freunde und Aviaja und den unschuldigen Jungen mußt du es tun! Wo bleibt denn dein berühmter Mut, Small Johnson?«

Mein Onkel nahm den Kanister aus den Händen des Kleinen und sagte: »Das muß ich mir noch überlegen. Das wäre ja so gut wie regelrechter Diebstahl.«

Ungefähr zur gleichen Zeit, wie Josva die erste Walfängerplatte auf dem Grammophon auflegte und sie mit dem Zeigefinger in Gang brachte, schlug Onkel Gill die Augen auf.

Das süße Schnurren in seinen Lenden hatte sich in ein hungriges Rumoren im Magen verwandelt. Es war Abend, die Stube lag im Dunkeln, und es dauerte einige Zeit, bis es ihm aufging, wo er sich befand. Er tappte in dem Raum umher und fand schließlich den Weg durch den Hausgang ins Freie.

Noch schlaftrunken begab er sich hinauf zu Josvas Haus, weil sein Instinkt ihm sagte, daß sich seine Liebste dort aufhielt. Seltsame Klänge drangen aus den offenen Fenstern des Hauses. Josvas Zeigefinger drehte seine Platte mit souveräner Verachtung für die vorgeschriebene Umdrehungszahl, so daß sich die Töne der Walfängerpolka auf bezaubernde Weise hoben und senkten. Josva konnte mittels seines Zeigefingers eine Violine wie ein Waldhorn erklingen lassen und einem Waldhorn Vogelgezwitscher entlocken. Als Gill sich näherte, hörte er zwischen diesen fremdartigen Tönen die süße Stimme, die seinen Ohren so klang, als ob Engel Flöte spielten. Er drängte sich durch die Volksmenge im Hausgang, blieb einen Augenblick in der Stubentür stehen und blinzelte in das grelle Licht der Petromaxlampe. Kleine, breite Leiber hüpften um ihn her, und der Fußboden schaukelte und schwankte unter dem herrlichen Trampeltakt.

Kinguk hüpfte am eifrigsten. Sie bearbeitete, angetan mit Karnikken, den Seidenhöschen und den blauen und roten Bändern, mit feurigem Stampfen die abgetretenen Bodenbretter. Als sie Gill entdeckte, winkte sie freundlich und sandte ihm einen betörenden Blick zu. Gill strich mit der Hand durch seinen dünnen Bart und blickte wehmütig auf sein äußerst privates Geschenk.

Die Volksmenge drängte ihn in die Musikecke ab, wo Josva seinen Kampf mit den Platten führte. Man steckte ihm die Überbleibsel des Festessens in die Hand, was nicht eben viel war, da jeder mit hervorragendem Appetit gegessen hatte. Mißmutig knabberte er an dem trockenen Rentierfleisch, während er vergebens versuchte, Kinguks Aufmerksamkeit auf sich zu ziehen. Doch das Mädchen war von Tanzlust geradezu besessen. Sie lächelte ihm süß zu, wackelte für ihn mit ihrem üppigen Hinterteil, ja ging sogar so weit, daß sie ihm für einen

Augenblick auf den Schoß flatterte, aber nur, um gleich wieder zu entschweben und in einer neuen Polka davonzuhüpfen.

Die vielen Menschen verwirrten Gill. Von der Musik bekam er Kopfschmerzen, und das Essen und die warme Luft machten ihn schläfrig. Er beschloß, das Fest zu verlassen, um sich eben noch einem kurzen Nicker auf Kinguks Pritsche hinzugeben. Sie würde ja wohl einmal des Umherhüpfens müde werden, und dann war er an der Reihe, die feinen Höschen zu bewundern.

Small Johnsons Zustand war, als er den Berg herabtaumelte, milde gesagt, recht unausbalanciert. Er hatte Nikodemus im Schlittensack schlafen gelegt, denn der arme kleine Kerl vertrug nicht viel, und lenkte nun seine schwankenden Schritte zu Josvas Haus. Wo es Tanz und Musik gab, gab es möglicherweise auch anderes Gutes, trotz Mr. Pickerins Verbot. Man konnte nie wissen. Wackelig und singend betrat er das Haus und fiel Josva um den Hals, um sich dort festzuklammern.

»Du wohnst ja heute im Haus der Freuden, alter Knabe«, schluckte er. »Das ist ein Fest, das es in sich hat!«

Josvas Gesicht strahlte vor Glück, und sein Zeigefinger drehte krampfhaft den Plattenteller. »Sehr groß, fein Fest. Das Hosenfest. Erstemal Fest für Glanzhosen. Schau!« Und er deutete auf Kinguk, die schweißglänzend und in ihrer Fülle vibrierend umhersprang. »Hose ist Geschenk von Gill. Gill sehr gut zu Kinguk.« Small Johnson ließ Josvas Hals los und fand sein Gleichgewicht wieder. Die Art des Geschenks, so erinnerte er sich, würde etwas recht Intimes der Dame enthüllen. Er leckte sich die Lippen. »Ein tolles Geschenk, das muß man schon sagen.«

»Was?« Josva legte seine freie Hand hinters Ohr.

»Ich sage, solche Slips gibt's in der ganzen Welt nicht mehr«, antwortete Small Johnson. »Das ist mir wirklich ein Fest«, sagte er, und ehe Josva ihm noch antworten konnte, hatte er sich schon in den Tanz gestürzt.

Kinguk kam weinend in ihr Haus und zu dem schlummernden Onkel Gill. Sie setzte sich auf den Pritschenrand und schluchzte so herzzerreißend, daß mein Onkel erwachte. Es war Morgen, und in den Sonnenstrahlen tanzten kleine Staubkörnchen lustig umher, als wollten sie das zu Ende gegangene nächtliche Fest fortsetzen.

»Mein allerliebster kleiner Flohkrebs!« Mein Onkel richtete sich auf und versuchte sie an sich zu ziehen. »Was ist denn nur geschehen?«

Das Mädchen hörte nicht auf zu weinen, und Onkel Gill tröstete: »Ist das Fest vorüber? Meine Güte, ein Fest kann ja nicht ewig dauern. Wir wollen jetzt unser eigenes Fest feiern, Schatz, das süßeste von allen Festen. Wir wollen es zusammen dichten, nicht wahr? Und du sollst mein Zuckerbätzchen sein, mein kleines Gurretäubchen.« Seine Stimme war honigsüß.

»Die Hose«, heulte das Mädchen.

»Die Hose. Ja, mit der hast du wirklich Erfolg gehabt.« Onkel Gill ließ eine Hand rund um ihr Hinterteil gleiten, um sein Geschenk zu befühlen. Aber er spürte nichts anderes als Haut, die allerdings auch seidenweich und glatt war. Er fühlte noch einmal nach, fühlte fieberhaft da und dort nach, aber die Hose war weg.

»Die Hose«, weinte Kinguk. »Jemand die Hose genommen.«

Onkel Gill erhob sich vollends. »Wer hat die Hose genommen? Wer, zum Teufel, hat dir die Hose geklaut?«

»Er nicht sagen Namen. Bloß nehmen.«

»Aber, zum Teufel, du mußt doch wissen, wer es war.«

Kinguk hörte fast auf zu weinen. Sie sah Onkel Gill erstaunt an. »Warum wissen? Er nur lachen mit mir unter Niuvertoqs Boot. Dort sehr finster, schwarz. Ich sehen ihn nicht. Vielleicht Hose unter Boot.«

»Mit dir lachen? Hast du mit jemand zusammengelegen?« Gill sprang höchst entrüstet von der Pritsche. »Willst du sagen, daß du mit jemand zusammengelegen hast?«

»Ich bloß froh«, sagte das Mädchen und neigte den Kopf und versuchte, schamvoll auszusehen, da sie begriff, daß sie irgend etwas Verkehrtes getan haben müsse.

»Froh?« Gill stampfte auf den Fußboden. »Sagst du froh?«

»Ja, sehr froh. Großes Fest mit Hose. Du sehr nett zu mir, ich sehr froh. Du geben mir neue Hose, ja?«

»Froh?« Gill wiederholte das Wort mehrere Male. »Da soll doch der Satan dreinfahren. So, du warst also froh?«

Kinguk nickte eifrig. Sie bemerkte, daß sie das rechte Wort gesagt hatte. Sie ergriff Gills Hand. »Du geben mir neue Hose, weil ich so froh, ja?«

Gill sah auf sie hinunter. Die Wut war verflogen. Er schüttelte den Kopf.

»Keine Hose mehr«, sagte er. »Du hast dein Fest gehabt und ich das meine.« Er zog seine Hand von ihr fort und fing an, seine Sachen zusammenzupacken. Das Mädchen seinerseits fing zu heulen an, doch Gill hörte es nicht. Er dachte an das Wort »froh«, als er packte, er dachte daran, als er vorgespannt hatte und als er durch den schlafenden Ort in Richtung Miss Molly fuhr.

Small Johnson kam als erster nach Hause. Er erstattete der Familie ausführlichen Bericht, ohne jedoch zu erwähnen, daß Nikodemus ihm den richtigen Rat gegeben hatte. Er sprach überhaupt nicht von seinem kleinen Reisebegleiter. Die Familie erklärte sich im großen ganzen durchaus zufrieden mit dem Ergebnis, das er vorzeigen konnte, und sie kamen überein, Gill bei seiner Heimkehr den wahren Sachverhalt zu erklären. Doch es war keine von Skrupeln freie Männerschar, die vor dem Haus stand, um meinen Onkel zu empfangen.

Onkel Gill hatte während der Heimfahrt Zeit gehabt, die Dinge gründlich zu überdenken. Nunmehr sah er klar und betrachtete seine Verliebtheit als eine glücklich überstandene Krankheit. Nach einer kurzen Rekonvaleszenz würde er wieder ganz im Gleichgewicht mit sich selbst sein.

Als alle um den Tisch mit Aviajas großem Fleischtopf saßen, stand Small Johnson auf und bekannte, wie er in der Dunkelheit der Nacht das freudeberauschte Mädchen verführt und wie er nach dieser finsteren Tat mit ihren Höschen verschwunden war. Small Johnson sah seinen alten Kameraden mit flehendem Blick an. »Ich habe mich der Sache wegen sozusagen geopfert, Gill. Es war einfach notwendig.«

Gill nickte verständnisvoll. »Du bist ein treuer Freund«, sagte er still. »Und jetzt begreife ich auch besser eure Unruhe. Ja, ja, so war's schon richtig, Small Johnson, gewiß ganz richtig.«

Onkel Sam konnte es nicht lassen, eines seiner üblichen Sprichwörter anzubringen. »Wie die Eskimo sagen: Verleihe niemals Hunde, Schlitten, Waffen oder Kajaks. Die können leicht kaputtgehen. Aber deine Frau leih so oft wie möglich aus, sie wird davon jedesmal besser.«

»Ich habe keine Frau mehr«, sagte Onkel Gill. »Ich bin für eine ganz andere Art Liebe geschaffen.« Er streckte seine Hand Small Johnson entgegen. »Kann ich die Hose bekommen«, sagte er, »ich möchte sie einer anderen Frau schenken.«

Small Johnson konnte es Onkel Gills wehmütigen Augen ansehen, daß es mit keinerlei Risiko verbunden war, das Höschen abzuliefern, und legte es in Gills Hand. Gill stand auf und ging zu Aviaja hinüber, die beim Herd saß.

»Diese Hose soll dir gehören«, sagte er und drückte die Seide in die Hände meiner Pflegemutter.

Aviaja hielt sie, kurzsichtig, wie sie war, vor ihren Augen hoch und betrachtete sie. »Die ist dünn«, sagte sie, »können solche Hosen denn einen Menschen wärmen?«

»Sie sind eine Art Ziergegenstand«, erklärte Onkel Gill. »Aber man braucht sie nicht unbedingt zu tragen.«

»Es ist das Los einer alten Frau, daß sie nur annehmen kann.« Aviaja lächelte zu Onkel Gill hinauf. »Wenn sie nur zur Zier sind, will man sie über seine Pritsche hängen, um immer etwas Schönes zu sehen.«

Das Seidenhöschen wurde über ein Spannbrett gezogen, das man sonst verwendete, wenn Fuchsbälge getrocknet werden sollten, und Jeobald hängte sie nach Aviajas Anweisung über dem Fußende ihrer Pritsche auf. Die alte Frau freute sich jeden Tag über das Schimmern und Schillern des blanken Seidenstoffes, und es kam auch vor, daß Onkel Gill zu ihr hereinsah, um auf die frohe Hose, wie er sie nannte, einen Blick zu werfen.

Uleroqs Zehe

Den medizinischen Beitrag zu meiner Erziehung lieferte die Erzählung von Uleroqs Zehe.

Die Begebenheit trug sich zu, als ich noch fast ein Säugling war, wurde aber während meines Heranwachsens so viele Male erzählt, daß ich meine, sie in ziemlich korrekter Form wiedergeben zu können. Die Geschichte wurde im Lauf der Jahre selbstredend angepaßt und ausgebaut, so daß sie schließlich kaum wiederzuerkennen war – die letzte

Version, die ich hörte, war zum Beispiel ein recht einseitiger Bericht über den Fänger Persson aus Schweden, in dem Uleroqs Zehe bloß als Kuriosität erwähnt wurde. Dies hier ist also nicht die spätere Fassung des Berichtes, sondern hielt sich ganz an die Ereignisse ohne die überschwengliche Ausgestaltung durch die Kameraden.

Uleroq war ein Jäger, der die Mitte seines Lebens überschritten hatte und weiter südlich in einem Distrikt lebte, der wegen zweier Bäume von ein paar Metern Höhe Bananenküste genannt wurde. Er war kein guter Fänger, und Onkel Samuel nannte ihn einen Minusmenschen. Nicht etwa weil er faul wie die Brüder O'Neil oder untüchtig und diebisch wie John Ehrlich war; er hatte nur immer und ewig Pech. Uleroq war jedoch wohlgelitten, und seine Freunde halfen ihm oft aus den Notsituationen, in die er unaufhörlich hineingeriet.

Meine Familie besuchte ihn einmal im Jahr, nämlich auf der zwei Monate dauernden Besuchsreise, die man jeden Winter unternahm, um bei Freunden und Nachbarn einzukehren. Und Uleroq strengte sich trotz seiner Armut stets aufs äußerste an, um seine Gäste fürstlich zu bewirten. Und eben weil er von dem wenigen, das er besaß, so freigebig austeilte, war er überaus geschätzt.

Er wurde einmal, als er unterwegs zu seinen Fallen war, von einem fürchterlichen Unwetter überrascht. Der Sturm zwang ihn, zwei Tage lang im Kreis umherzufahren. Dabei zog er sich an dem einen Fuß starke Erfrierungen zu, da ihm von den aufgestauten Eisblöcken der eine Kamik weggerissen worden und im peitschenden Schneesturm verschwunden war. Erfrierungen waren bei Fängern eine stets wiederkehrende Angelegenheit, die man als nichts Besonderes ansah. Man behandelte sie durch kräftiges Einreiben mit Schnee und frische, warme Urinumschläge.

Uleroq dokterte fleißig an seinem Fuß herum, der fast ganz ausheilte. Bloß eine Zehe wollte nicht besser werden. Sie schwoll im Gegenteil stark an, wurde blauschwarz und begann ganz abscheulich zu stinken. Da keines der bekannten Heilmittel half, wurde er nervös und sandte einen Eskimo zu seinen Freunden mit der Bitte, sie möchten sich seine eigensinnige Zehe doch einmal ansehen kommen. Durch Johnny Ninefinger erfuhr auch meine Familie von Uleroqs Ersuchen, spannte unverzüglich die Hunde vor die Schlitten und begab sich auf Krankenbesuch.

Viele Leute hatten sich bei Uleroq eingefunden, denn er hatte ja eine Menge Freunde. Sie kamen mit vollkommen abgekämpften Hunden an, waren aber festlich gestimmt und zu allem, was es auch immer sein mochte, bereit.

Als letzter kam Persson, der riesenhafte Skandinavier, der wegen seiner merkwürdigen Meinungen und wegen seines nicht sehr gewinnenden Wesens bekannt war. Meine Familie war noch nie mit ihm in Kontakt gekommen, da er im südlichsten Teil der Bananenküste wohnte, aber sie waren über seine Muskelkraft und sein sonderbares Gemüt unterrichtet.

Als Persson ankam, war sein Bart voll Eis, und der Reif an seinen Kamikken dampfte. Er hatte noch nicht einmal die Tür hinter sich geschlossen, als er auch schon brüllte: »Kein anderer als ich wird ihm die Zehe abschneiden, Kameraden. Laßt euch das gesagt sein.«

Alle in der Stube verstummten. Das Gewicht von Perssons Worten schlug die ausgelassene Stimmung nieder. Man hatte sich lange Verhandlungen über Art und Verlauf der Krankheit erhofft, man hatte von tagelangen Diskussionen geträumt, wie man das Übel am besten anpacken sollte, ja man hatte sich in seinem Innersten sogar ein Vor- und Nachfest ausgemalt. Und da kam dieser massige, grobe Klotz von einem Schweden hereingetrampelt und steuerte ganz taktlos direkt auf die Sache zu.

Zu Onkel Samuel gekehrt, sagte Pete: »Ob überhaupt geschnitten werden soll, mußt du lieber entscheiden, Sam. Es ist vielleicht am besten, wenn du dir diese Satanszehe gleich ansiehst.« Und zu den andern in der Stube gewandt, sagte er: »Wie ihr sicher wißt, hat Sam ja die Universität besucht und ist eine Art Doktor.«

Da stand Persson nun und war überspielt. Was sollte man mit einem Mann anfangen, der die Universität besucht hatte? Er zog seine Kamikken aus und schleuderte sie unter Uleroqs Koje. »Wenn sie schwarz ist, muß man sie abschneiden, man braucht kein Examen, um das zu wissen.«

Onkel Sam legte Uleroq auf einen langen Tisch und besichtigte unter Assistenz aller Anwesenden die Zehe. Sie stank wie die Pest und war ein gut Teil größer, als sie zu sein hatte. Sie war grau-schwarz wie der übrige Teil des Fußes auch, auf Grund der Farbe ließ sich also nichts entscheiden, wenn man nicht das extremste Mittel anwenden und Uleroq waschen wollte.

Persson trat vor und packte den Knöchel des Patienten. Er hob das Bein in Augenhöhe. »Abschneiden«, grunzte er. »Oder meint die Wissenschaft was anderes?«

Sam nickte. »Man sieht keinen andern Ausweg. Wenn man nicht amputiert, wird sich die Krankheit auf andere Zehen und weit den Fuß hinauf ausbreiten. Also abschneiden.«

Persson wollte schneiden. Da er als ungewöhnlich tüchtiger Abspecker bekannt war, zweifelte niemand an seinen chirurgischen Fähigkeiten. Übrigens war, wie Small Johnson sehr vernünftig sagte, keine Zeit mit einem Wortstreit und einem einer solchen Bagatelle wegen eventuell entstehenden Boxkampf zu verlieren. Die Hauptsache war, daß Uleroq seine Zehe so schnell wie möglich los wurde.

Persson holte sein Messer aus dem Schlittensack. Es war ein acht Zoll langes Fangmesser mit einem fein aus Rengeweih geschnitzten Heft. Er stieß es hart in die Tischplatte, und alle starrten auf das zitternde Skalpell. Uleroq stöhnte vor Entsetzen und glotzte ganz gelähmt auf das Messer, das unerschütterlich fest, wie eine Bekräftigung von Sams und Perssons Beschluß, in der Tischplatte steckte.

Der Schwede stellte sich am schmalen Ende des Tisches auf. »Das Buch«, sagte er. »Wer hat das Buch mit?« Damit meinte er ein aus der Jahrhundertwende stammendes medizinisches Handbuch, das seit vielen Jahren zwischen den Fangstationen im Umlauf war.

»So bringt doch schon, verdammt noch mal, das Buch«, schrie er. Aufgeregt gab er Onkel Gill einen Stoß, daß dieser taumelte und mit seinem Kopf gegen einen Tragbalken der Hütte knallte. Er fiel auf Uleroqs Koje und schlief umgehend ein.

Das konnte Pete natürlich nicht unbeachtet hingehen lassen. Er packte Persson am Nacken und schüttelte ihn kräftig. »Was, zum Teufel, nimmst du dir heraus, du Schuft. Jetzt kommt Gill um die ganze Vorstellung!«

Onkel Sam zog ihn am Ellbogen langsam aus der nächsten Umgebung Perssons. »Später, Pete«, versprach er ihm, »später. Erst muß operiert werden.«

Persson war sichtlich nervös. Sein Gesicht leuchtete rot wie ein

Sonnenaufgang über dem Eis, und große Schweißperlen hingen ihm in den tiefen Stirnfalten. Die Gäste rückten enger zusammen und bildeten rings um den Tisch eine lebendige Mauer.

Der Humboldtfänger reichte Persson das Buch, und er blätterte fieberhaft darin. »Das ist es. Laßt mal sehen. Lampen, gekochtes Wasser, Leinwand, Alkohol und – was steht da? – zwei Glas Rum«, las er mit einiger Mühe.

Die Männer sahen ihn atemlos an. Was in aller Welt wollte er mit alldem?

»So holt es doch, zum Teufel«, bellte er. »Es steht ja im Buch, ihr Schafsköpfe.«

Man brachte eine Lampe mit geputztem Glas, die einigermaßen leuchtete. Leinwand und Alkohol waren nicht aufzutreiben, aber ein reines Hemd und eine ganze Flasche »Schwarzer Tod« wurden vom Arzt als Ersatz akzeptiert. Die zwei Glas Rum kamen auf den Tisch und verschwanden, zum großen Erstaunen der Zuschauer wie des Patienten, in Perssons Kehle.

Derart gestärkt, packte der barmherzige Samariter Uleroqs Zehe. Dann schielte er in das Buch, das aufgeschlagen auf dem Tisch lag.

»Man führe das Messer mit schnellem Schnitt … So … Nein, zum Teufel … hintenherum um die Zehe, hier muß es sein«, murmelte er, und während er eine Reihe von Sauge- und Schmatzlauten von sich gab, die manche der Männer für die Sprache seines Heimatlandes hielten, grub er das Messer tief in das frische Fleisch des Fußes.

Uleroq schrie ungewöhnlich laut. Die Stube füllte sich mit Lärm, und die Männer nickten einander vielsagend zu. Zweifellos wurde an der richtigen Stelle geschnitten. Persson schnitt und säbelte und feilte los, konnte aber mit dem Knochen nicht fertig werden. Er zog deshalb das Messer aus der Wunde, las im Buch nochmals den Text nach und verlangte dann zwei weitere Glas Rum.

»Der Knochen ist, Satan hole mich, stark wie eine Weidenwurzel«, sagte er und goß den Rum in die Gurgel. »Bringt mir eine Zange.«

Man brachte ihm eine angelaufene Beißzange, und mit diesem Instrument bewaffnet, stürzte er sich wieder auf den unnachgiebigen Knochen. Schließlich siegte aber doch die Zange. Die Zunächststehenden hörten einen Knacks, als Persson den Sieg davontrug, und von da an war es ein Kinderspiel, die Operation durchzuführen. Persson hielt triumphierend die stinkende Zehe empor. »Da schau her, Uleroq, da hast du dieses Teufelszeug.«

Aber Uleroq war weg. Da er während der Operation außer seiner Schreierei auch die Neigung gezeigt hatte, sich umherzuwerfen, wurde der Humboldtfänger, der außerordentlich fett war, auf seinen Kopf gesetzt. Nun herrschte Ruhe für die Arbeit. Später wurde eifrig diskutiert, ob es die Schmerzen oder der bloße Luftmangel gewesen war, die den Kranken für einige Zeit aus unserer Welt entrückt hatten.

Nach diesem wohlgeglückten chirurgischen Eingriff wurden die Flaschen hereingebracht. Die Spannung hatte sich gelöst, und alle brauchten etwas Stärkendes. Jeder hatte seine eigenen Trinkwaren mitgebracht, denn man kannte die materiellen Schwierigkeiten des Wirtes und wollte kein unnötiges Risiko eingehen.

Pete aber ging wütend auf Persson los, da er stur dabei blieb, der Schwede hätte Gill durch seinen Stoß um das ganze Vergnügen bei der Operation gebracht.

Persson war von seinem Erfolg als Arzt zu sehr umnebelt, als daß er hätte effektiven Widerstand leisten können. Er ging überraschend schnell zu Boden und wurde ausgezählt. Das war das Startsignal zu einer munteren Schlägerei, bei der sich zwei Parteien bildeten: die Perssons und die Petes.

Ich erinnere mich noch an eine von Onkel Sams Beschreibungen. »Eine große, lehrreiche Prügelei und ein positiver Streit.« Meine Familie kam mit folgenden Schäden davon:

Pete mit einem Riß im Gesäßmuskel. Er war von Dad Matthew zu kräftig in Uleroqs Lehnstuhl geworfen worden, wodurch sich zwei stark gespannte Federn frei machten und sich boshafterweise in seinen großen Gesäßmuskel bohrten. Jeobald bekam ein fingerdickes Loch im Schenkel ab, hervorgerufen durch ein Schüreisen, das vom Humboldtfänger zielsicher wie eine Harpune geschleudert worden war und dem ein Eisenring des Herdes unmittelbar nachfolgte, der Jeobald in wenigen Sekunden kampfunfähig machte. Onkel Samuel erhielt mit einem Eismeißel einen Schlag auf den Nacken und rollte unter den Tisch, wo man ihm keine weiteren Schäden zufügte. Gill mußte nach Hause getragen werden. Bei einem beabsichtigten Sprung auf Ninefingers Rücken beurteilte er die Lage verkehrt, fiel vom Herd auf den Boden und verstauchte sich den Fuß.

Nur Small Johnson blieb völlig unversehrt. Als der Tumult begann, schlich er, versehen mit einer Flasche »Schwarzer Tod«, in die Küche, und nachdem er ungefähr die Hälfte getrunken hatte, fühlte er sich kampftüchtig und suchte schließlich die Kämpfenden auf.

Zu diesem Zeitpunkt des Festes gab es nur noch einen Mann, der imstande war, sich aus eigener Kraft aufrecht zu halten. Persson war nach seinem Ringkampf mit Pete eben wieder auf die Beine gekommen, er stand etwas wackelig da und versuchte, sein Gleichgewicht wiederzuerlangen. Er konnte alles nur sehr verschwommen sehen. Small Johnson erging es nicht anders. Der »Schwarze Tod« arbeitet recht geschwind, wenn er in großen Mengen eingenommen wird. Dieses edle Getränk hatte Small Johnson in einen Schreckens-Johnson verwandelt, der nun mit dem Mut eines Löwen auf den großen Schweden losging.

»Persson«, heulte er, »dreh dich um, und schlag dich wie ein Mann.«

Und Persson wandte sich so schnell er konnte um, aber ehe er noch seinen Gegner wahrgenommen hatte, war dieser hochgesprungen und hatte ihm die Flasche auf den Kopf geknallt. Persson breitete in einer klagenden Geste die Arme aus und landete mit einem Krach auf dem Boden.

Nach Schreckens-Johnsons heldenmütigem Reflex folgte nun die recht jämmerliche Reflexion Small Johnsons. Seine Knie begannen ihm bei dem Gedanken zu zittern, was wohl geschehen wäre, wenn Persson sich gegen Schläge unempfindlich erwiesen hätte. Er küßte innig die Flasche, die ganz geblieben war, führte sie zum Mund und trank ihren Inhalt bis zum letzten Tropfen. Da erst fiel der letzte Held des Tages um.

Die Heimfahrt zu dem Haus bei Miss Molly dauerte ein paar Tage länger als gewöhnlich. Meine Familie reiste gewissermaßen betäubt von dem prächtigen Fest ohne Eile durch die mondbeschienenen Täler.

Johnny Ninefinger

Auch in einem anderen Fall mußte meine Familie einem in Not geratenen Nachbarn zu Hilfe eilen.

Johnny Ninefinger, der Johnny Piper hieß, ehe sich diese Geschichte zutrug, hatte den Polarkoller bekommen.

Die Ursache dieser Krankheit war dem Eskimo, der die Neuigkeit mitbrachte, nicht bekannt, doch es hieß, Johnny hätte auf Dad Matthew geschossen, so daß dieser Hals über Kopf aus dem Distrikt fliehen mußte.

Die Kameraden, die Johnny Piper immer gern gemocht hatten, entschlossen sich also zu einer Reise westwärts, um sich die Sache einmal näher anzusehen. Vielleicht ließ sich der Verstand des Mannes noch zurechtrücken.

Diese Reise gipfelte in einem bewegten Kampf um den Verstand eines völlig übergeschnappten Menschen und hatte zur Folge, daß wir in Mount Fynes Besitzer des ersten Pin-up im ganzen Nordland wurden.

Johnny liebte ein Mädchen. Das erzählte er offen den Kameraden, als sie nach ihrer Ankunft in seiner kleinen Stube saßen. Er zeigte ihnen auch den Gegenstand seiner heißen Gefühle.

Das Mädchen war nackt. Sie war braun und herrlich und hatte langes schwarzes Haar, in dem eine rote Blume steckte. Hinter ihr schwankten ein paar Palmen, sie spielte auf einer kleinen Ukulele, und ein großer, silberübergossener Ozean breitete sich hinter ihrem Rücken aus. Sie war das Titelbild eines illustrierten Wochenblattes.

Johnnys Augen brannten feurig, als er sie ansah. »Die da, versteht ihr, die verdient das Allerbeste. Wenn ich sie ansehe, wird mir ganz anders. Als krabbelten rote Ameisen auf mir herum. Wenn ich an alles denke, was wir beide miteinander anstellen könnten, krieg ich Fieber, und meine Hände fangen zu zittern an. Sie soll das Beste haben, was ich ihr geben kann.«

Jeobald nickte verständnisvoll. »Liebe und Freigebigkeit gehen oft in einem Gespann«, sagte er. »Du hast wirklich ein süßes Mädel.«

»Ich kann auch nicht mehr schlafen«, bekannte er ihnen. »Und ich werde erst wieder schlafen können, wenn sie neben mir liegt.«

»Das kann ich verstehen«, brummte Pete. »Hat sie erst eine Zeitlang neben dir gelegen, kannst du sicher wieder schlafen.«

Small Johnson fragte, ob Johnny mit ihr in Verbindung stehe, und Johnny antwortete: »Ich schicke mein Geschenk an die Redaktion des Blattes. Die Adresse steht hier. Und ich werde sie bitten, das Paket weiterzubefördern. Ich habe nämlich vor, sie hierher einzuladen, versteht ihr?«

»Sei bloß vorsichtig, guter Freund«, seufzte Onkel Gill in Erinnerung an eigene amouröse Abenteuer.

Johnny nickte. »Du hast recht, Gill. Diese Reise ist für ein so junges Mädchen recht gefährlich, und ich übernehme damit eine große Verantwortung. Ist sie aber erst mal hier, dann wird sie die Beschwerden der Reise so leicht vergessen.« Er schnippte mit den Fingern. »Dafür werde ich schon sorgen. Es muß hier nur ordentlich ausgemistet werden. Wenn nur diese verfluchten Lemminge nicht wären«, murmelte er. »Von überall kommen sie herein.«

Gill sah zu Boden. »Ich habe sie auch bemerkt, Johnny«, log er, »aber ich wollte nichts sagen. Ich dachte, du hältst sie dir zur Gesellschaft.«

Johnnys kummervolles Gesicht erhellte sich. »Kannst du sie wirklich sehen, Gill? Das ist schön von dir. Der Idiot Dad Matthew behauptete, es gebe hier drin keinen einzigen Lemming. Und selbst als ich drei von diesen verdammten Biestern erschossen hatte, war er nicht zu überzeugen. Im Gegenteil. Er sagte, ich beginne, total verrückt zu werden, und ähnlichen Blödsinn.«

»Selbstverständlich sind hier Lemminge«, stimmte Onkel Sam ihnen zu. »Es wimmelt ja geradezu von ihnen. Aber wenn sie dich nicht genieren, dann jage sie noch nicht fort. Es kann ja sein, daß das Mädchen diese kleinen Pelztiere gern mag. Sie soll doch selbst bestimmen, ob sie bleiben dürfen oder raus müssen.«

Johnny lachte froh. »Ihr ahnt nicht, wie ich mich freue, daß ihr gekommen seid. Ich habe in der letzten Zeit so viel gegrübelt, daß ich fast verrückt geworden bin. Und dazu kommt noch die verdammte Geschichte, daß man überhaupt nicht mehr schlafen kann. Man denkt wahrscheinlich zuviel an die da.«

»Sag mal, Johnny, wie lange ist es her, daß du zum letzten Male mit einem Mädchen zusammen warst?« fragte Onkel Sam.

»Neun Jahre, fünf Monate und drei Tage«, antwortete Johnny. »Sie hieß Carol und war eine Reisenutte in Downty.«

Onkel Sam nickte den Kameraden zu, und sie nickten zurück, daß sie begriffen hätten. Die Diagnose war gestellt.

Als die Mitglieder meiner Familie abends von ihren Schlafsäcken her eine flüsternde Beratung abhielten, wurden sie sich rasch über zwei Dinge einig: erstens, es mit dem altbekannten Mittel zu versuchen und Johnny stockbetrunken zu machen, zu welchem Zweck sie zwei Kanister Sam-Su mitgebracht hatten, und zweitens, falls so ein Mordsrausch nichts nützen sollte, ihn zu einer Frau nach Ukusik zu schleppen.

Johnny sinnlos betrunken zu machen war nicht schwer. Der Mann war vor Müdigkeit völlig erschöpft und stand schon nach den ersten Schlucken unsicher auf den Beinen. »Man ist doch ein glücklicher Mensch«, sagte er mit einem leichten Lispeln. »Man hat die besten Kameraden von der Welt und die da.« Er lehnte das Bild, den Inbegriff seines höchsten Traumes, an den Tragbalken, der quer durch die Tischplatte ging, und beugte sich bedrohlich darüber.

»Sieh mal, du sollst das Beste kriegen, das Johnny Piper besitzt. Du bist ja sein süßes Honigbätzchen. Das Allerbeste, darauf kannst du dich verlassen.« Er zog seinen Colt aus der Hosentasche, nahm ihn in die linke Hand und begann die Finger der rechten zu zählen. Die Kameraden saßen wie gebannt da und sahen zu. Das schien eine beachtenswerte Art von Koller zu sein.

»Na, Kleiner«, sagte Johnny, »du bist also der erste, was? Und du bist ja auch nicht wenig eingebildet. Hab ja gesehen, wie du dich spreizen kannst, wenn du einer feinen Tasse nahe kommst. Bist ja aber auch ganz ordentlich und sauber, weil du nie was tust.« Er beugte seinen kleinen Finger mit dem Revolverlauf zur Seite. »Und jetzt bist du dran, du Bandit! Bist ein eitler Laffe, möchtest gern 'nen goldnen Ring haben, wie? So einer tät dir ja auch ganz gut stehen, denk ich. Aber wir wollen erst mal abwarten, was sie dazu sagt, meine kleine Taube.« Und auch der Ringfinger wurde von dem kalten Stahl zur Seite gedrückt. Und Johnny machte weiter. »Ha, du da, du bist der häßlichste von der ganzen Bande«, sagte er zum Mittelfinger. »Groß und schief, aber verdammt stark. Bist eben Johnny Pipers Haken, ja!«

Small Johnson unterbrach den Monolog. Er hatte das beginnende

Drama gewittert und versuchte nun, die Gedanken des Verrückten in andere Bahnen zu lenken. »Nu komm mal her, Johnny, setz dich zu deinen Gästen, und trink eins mit.«

»Small Johnson soll 's Maul halten«, sagte Johnny zu seinem Mittelfinger. »Wir zwei finden, Small Johnson soll seine große Klappe zuhalten, nicht wahr?« Und nun drückte er die Mündung des Colts gegen den Zeigefinger. »Aber du da, du bist ein Mordskerl«, sagte er begeistert. »Bist immer sicher, immer der Beste. Du kannst alles, Kamerad. Keiner kann so weich und behutsam mit dem Abzug umgehen wie du. Hab ich was Besseres als dich? Kann sie einen bessern Beweis meiner Liebe kriegen?« Und ehe es die Kameraden verhindern konnten, zog er den Lauf etwas von dem hochbesungenen Finger zurück und drückte ab.

Der Knall klang noch lange in den Ohren der Männer nach. Sie starrten voll Bestürzung auf Johnnys Finger, wo das Blut aus der Wunde pulste. Johnny brüllte wie ein gereiztes Walroß. »Den soll sie haben. Den soll sie haben!« Er zog die Hand vom Bild weg, damit es nicht vom Blut besudelt würde. Das Mädchen auf dem Sandstrand spielte ruhig weiter auf ihrer Ukulele.

Die fünf Freunde packten den verrückten Menschen und warfen ihn zu Boden, wo Sam die Wunde mit einem Stück Stoff abbinden konnte. Erst als sie ein paar Tassen Sam-Su in den Hals des Unglücklichen gegossen hatten, verfiel er in einen todesähnlichen Schlaf.

»Verfluchte Geschichte«, murmelte Jeobald. Er nahm den Fingerstummel und warf ihn in den Herd. »Es bleibt wohl nichts anderes übrig, als ihn nach Ukusik zu fahren.«

»Gutwillig geht er von hier nicht weg«, antwortete Pete, »und ihn wie ein Vieh an Händen und Füßen zu binden geht wohl auch nicht an.«

»Ich glaube, ich hab's. Wie wär's, wenn man das Bild des Mädels stiehlt?« schlug Small Johnson vor. »Glaubt ihr nicht, daß er hinterherkommen würde?«

»Ich glaube, er würde dem Bild bis zum Nordpol nachlaufen, wenn's sein müßte«, meinte Gill. »Er wirkt ja unheimlich verliebt.«

Small Johnsons Vorschlag wurde angenommen. Nachdem sie die Schußwunde mit dem vorhandenen Alkohol gereinigt und sorgfältig verbunden hatten, packten die Kameraden ihre Sachen zusammen, rissen das Titelbild von der Illustrierten und gingen hinaus, um alles für die

Rückfahrt vorzubereiten. Eine halbe Stunde später waren sie unterwegs, während der vom Sam-Su Bewußtlose in seinem Haus zurückblieb.

Die Fahrt nach Ukusik war eine Rekordleistung. Man war sich darüber im klaren, daß der Verrückte notfalls seine Hunde zu Tode peitschen würde, um sie bloß einzuholen, und sie fuhren los, als wäre ihnen der Teufel auf den Fersen. Sie rasteten unterwegs nur so lange, als nötig war, um den Hunden etwas Trockenfisch und die unumgängliche Ruhepause zu geben. Die Kameraden kämpften sich mit verbissener Energie und Willenskraft durch die langen Bergschluchten und über die großen, tief zugefrorenen Seen. Wenn es sich um den Verstand eines Kameraden handelte, war nicht Zeit, an eigene Bequemlichkeit zu denken.

Ganz erschöpft erreichten sie an einem frühen Morgen Ukusik. Mr. Pickerin empfing sie erstaunt, als er aber den Grund ihres Besuches gehört hatte, wurde er von einer erstaunlichen Energie gepackt. Er ließ Ivitaq kommen, und bei der gemeinsamen Beratung fanden sie unter den vielen Möglichkeiten in der Siedlung die Dame heraus, die für menschenfreundliches und hoffentlich auch heilsames Tun am besten geeignet schien.

Die Betreffende hieß Papigujuk, was Papagei bedeutet, und war eine junge, ansprechende, aber auch recht redselige Witwe. Sie hörte Onkel Sam sehr aufmerksam zu, als er ihr das Krankheitsbild beschrieb, und willigte ohne alle Bedenken sofort ein, den Plan der Kameraden verwirklichen zu helfen.

Man wählte Mr. Pickerins Gästekammer als Schauplatz für die kommenden Ereignisse. Alles, womit man hart schlagen, schneiden oder brandstiften konnte, entfernte man aus dem Raum, und die Fenster wurden von außen sorgfältig verschlagen. Bald war alles bereit, um den Geistesgestörten aufzunehmen.

Und er kam! Er kam wie ein irrsinniger Sturmwind durch den Ort gefegt. Wie ein Wolf heulend fuhr er vor Mr. Pickerins Haus vor und trampelte, Schaum in den Mundwinkeln und mit vor Wahnsinn funkelnden Augen, hinein.

»Wo sind die hundsföttischen Frauenräuber?« schrie er den Lagerverwalter an. Er packte den kleinen, schmächtigen Mann bei den Haaren. »Heraus mit der Sprache! Wo sind sie?«

»Hier.« Pete kam ganz ruhig in der Türöffnung der Gästekammer zum Vorschein. »Wolltest du was von uns, Johnny?«

Mit einem unheimlichen Knurren ließ Johnny Mr. Pickerin los und stürzte sich auf Pete. Er war so blind vor Wut, daß er sein Gesicht mit voller Wucht direkt gegen Petes vorgestreckte Faust anrennen ließ und zusammenbrach, ehe er die Flüche, die ihm auf der Zunge lagen, loswerden konnte. Meine Väter trugen das unglückselige Geschöpf in die Gästekammer, wo Papigujuk ungeduldig ihren Patienten erwartete. Die Tür wurde sorgfältig geschlossen und versperrt, und die Männer setzten sich im Kreis davor und warteten.

Als erstes hörten sie Papigujuks Stimme. Sie klang weich und lockend wie das Gurren einer Taube. Dann registrierte man ein Gebrumm und Geschmatze, wie wenn ein Mensch eben dabei ist, aufzuwachen. Dann gab es eine Pause. Als nächstes hörte man den Laut von etwas Fallendem, gefolgt von einem aufgeregten Gebrüll und einem mit aller Wucht geführten Angriff auf die Tür. Abermals kam eine kurze Pause, dann hörte man wieder die Schmeichelstimme des Mädchens, Johnnys Knurren, die Stimme des Mädchens, Johnnys mürrische Fragen, die Stimme des Mädchens, Johnnys Stimme in fast normalem Tonfall, die Stimme des Mädchens, Johnnys Reden, das Schweigen des Mädchens, mehr Reden, eine Ewigkeit an Gerede.

»Jetzt ist er dabei, seinen Einsamkeitskoller zu überwinden«, flüsterte Onkel Sam, und die andern nickten mit frohen Gesichtern.

Noch eine Stunde nicht enden wollenden Redens. Dann hörte man das Lachen des Mädchens. Mr. Pickerin sagte sachkundig: »Das ist der Start. Noch einen Augenblick, und er lacht mit, und nach fünf Minuten wiehert er vor Lachen.«

Und genau so war's. Johnny fing an zu lachen, und kurze Zeit danach lachte er laut schreiend, wie wenn Papigujuk nicht aufhörte, ihn zu kitzeln.

»Und was geschieht jetzt?« fragte Onkel Gill und sah den erfahrenen Mr. Pickerin an.

»Ja, jetzt schlage ich vor, daß wir uns zurückziehen. Was sich jetzt zwischen den beiden abspielt, ist ganz privat.« Und wie zur Bestätigung der klugen Worte des Lagerverwalters drangen jetzt ein paar heisere Grunzlaute und einige erhitzte, grelle Schreie durch die Türritzen.

Die Kameraden zogen sich diskret zurück. Sie setzten sich an den Kaffeetisch, den Magdalena gedeckt hatte, und berichteten Mr. Pickerin noch einmal genauer die Geschichte von Johnnys Verliebtheit. Small Johnson zeigte mit flehentlicher Miene auf den Sam-Su-Kanister, den er für alle Fälle mit hereingeschleppt hatte, aber Mr. Pickerin schüttelte streng den Kopf.

Johnny wurde erst am folgenden Morgen aus der Kammer herausgelassen. Er war blaß und müde, aber glücklich. Die Kameraden umarmten ihn und gratulierten ihm auf das herzlichste zu der schnellen Heilung, während er seinerseits ihnen und Mr. Pickerin für ihren großartigen Einsatz dankte. Als er etwas zu essen bekommen hatte und frisch verbunden worden war, entschuldigte er sich höflich bei der Frau des Hauses, Magdalena, was deutlich zeigte, daß er ein Mann von guter Erziehung war. Dann marschierte er festen Schrittes wieder in die Gästekammer, wo Papigujuk noch den tiefen Schlaf der Ermatteten schlief. Die Kameraden fuhren noch am nämlichen Tag nach Hause, jedoch nicht ohne sich von Johnny durch die geschlossene Tür herzlich verabschiedet zu haben.

Als sie daheim waren, entfernten sie die Glasscheibe vom Küchenfenster und rahmten damit die junge, spielende Dame ein. Über das leere Fensterloch wurde vorläufig eine Bärenmagenhaut gespannt.

Und so ging es zu, daß wir ein herrliches Bild in der Stube und ein Fenster mit Heulton bekamen und Johnny seinen Spitznamen Ninefinger erhielt.

Der Tag vor der Abreise

Wie ich bereits erwähnt habe, wurde Onkel Gill schon in den Kinderjahren von der Musik tief ergriffen. Im Lauf der Zeit stellte er mit vielerlei Instrumenten seine Versuche an, kehrte aber immer wieder zu einer kleinen primitiven hölzernen Flöte zurück, die er sich selbst geschnitzt hatte.

Nichts vermochte ihn derart zu ergreifen wie die Töne, die den elf Löchern dieser Flöte entströmten. Wir verschwanden für ihn völlig, wenn er stundenlang, den Rücken an die Hauswand gelehnt, von Tönen berauscht, dasaß. Onkel Gill spielte, was er sah und fühlte. Das gewaltige Himmelsgewölbe formte er zu Tönen, er komponierte mit seiner Flöte die strengen, wilden Bergsilhouetten nach, und er ließ sein Instrument jubelnd die Freude über die Kameraden und die Tiere rings um ihn erzählen.

Onkel Gills Flötentöne werden mir mein Leben lang in den Ohren klingen. Ich werde immer imstande sein, mir wachzurufen, wie er den Fjord mit dem glitzernden Eis, die lauten Schreie der Eisenten und das gesellige Schnacken der Schneehühner wiedergab. Und ich kann mich auch noch an Fragmente aus seinen spätromantischen Gedichten erinnern, in denen er in Worten ausdrückte, was die Flöte schon erzählt hatte.

Von anderer Art ist das Gedicht, das er in den ersten Tagen nach seinem Abenteuer in Ukusik, von dem ja schon erzählt wurde, schrieb:

Unmöglich schier,
einem Menschen zu schildern,
wie schmuck sie ist,
meine Asassara.
Könnte ich es,
würdet ihr verstehen,
wie sehr ich sie mag,
meine kleine Herzliebste.
Qassaq bin ich, Singevogel,
und meine Seelen sitzen
wie Sperlingsjunge
in meiner Leiste
und in meiner Kehle
und weinen froh ein wenig;
so schmuck ist sie,
meine kleine Herzliebste.

Small Johnson ist Onkel Gills Herzensfreund. Seltsamerweise, müßte man wohl dazusagen, denn die beiden Männer sind absolute Gegensätze. Onkel Gill ist taktvoll und bescheiden, was man von Small Johnson nicht eben behaupten kann.

Onkel Gill ist mitfühlend wie ein Eskimo. Er lacht bei der Freude anderer und weint mit dem Schmerz anderer. Er kann rasend werden, wenn Raserei am Platze ist, und er ist sehr gerecht, wenn die Stimmung gerade für Gerechtigkeit ist. Man kann ihn ohne Übertreibung unselbständig, ja vielleicht sogar etwas willenlos nennen, aber wenn er einen mit seiner wunderlichen Art auch manchmal irritiert, so verzeiht man ihm doch gern, da er nun einmal so ist. Mit Onkel Gill ist es manchmal so wie mit alten Hunden. Er kann tagelang dasitzen, über den Fjord hinausstarren und tagträumen. Es ist nicht selten vorgekommen, daß meine Väter oder Small Johnson ihn aus den Bergen herunterholen mußten, weil er dort oben träumend gesessen hatte, ohne sich bewußt zu sein, daß es Nacht geworden war und er erfrieren konnte, wenn der Nordsturm plötzlich einsetzte. Es war Onkel Gill auf das strengste verboten, allein auf Jagd zu gehen – übrigens das einzige Verbot, das, soviel ich mich erinnern kann, je im Haus meiner Väter erlassen wurde.

Ich war vierzehn Jahre, als man mich nach Europa schickte. Die Familie hatte beschlossen, daß ich eine solide Schulausbildung erhalten und etwas, was Jeobald gute Manieren nannte, bekommen sollte. Was die Schule betraf, so stand ich zu diesem Zeitpunkt nur wenig hinter meinen Altersgenossen zurück. Onkel Sam war ein immer bereiter, eifriger Lehrer. Mit meinen Kenntnissen hatte es bloß den Haken, daß sie nicht allgemein genug und daher für ein Examen unzulänglich waren. Ich wußte eine ganze Menge über Eskimologie, besaß gute Kenntnisse in der Jagdbiologie und war in Mathematik und Physik ganz gut bewandert. An Literatur kannte ich nur Onkel Gills Gedichte und Aviajas Erzählungen, Musik aber hatte ich sozusagen seit ich in meiner Hängematte über dem Herd geschaukelt hatte, in den Ohren. Was jedoch die Kunst des Umgangs mit Menschen betraf, war ich ein unbeschriebenes Blatt.

Ich glaube, daß es meiner Familie sehr schwer fiel, mich in die Fremde zu schicken. Ich war im Lauf der Jahre ein nicht unwesentlicher Angehöriger ihrer kleinen Gemeinschaft geworden und war gewissermaßen das Glied, das diese so verschieden gearteten Männer zu einer Familie zusammenschloß. Und Aviaja muß unter meiner Abwesenheit sehr gelitten haben, sie war auch die einzige, die gegen den Beschluß der Kameraden protestierte. Ich selbst war sehr darauf erpicht, hinauszukommen. Europa lockte allein schon durch seinen Namen. Das Leben unter Miss Molly kannte ich ja bis in die kleinsten Einzelheiten, es konnte mir keinerlei Überraschungen mehr bieten, und ich lebte es, ohne darüber nachzudenken, ob es ein gutes oder schlechtes Leben war.

Ich entsinne mich noch genau an den Tag meiner Abreise von Mount Fynes. Ich war ein benommener Junge in Kleidern, die ihm zu klein geworden waren, mit Petes Rucksack auf dem Rücken und … Nein, ich will nicht, wie Pete sich ausdrückt, mit dem Schlitten fahren, ehe ich die Kufen beschlagen habe.

Der Entschluß stand fest. Ich sollte reisen. Wir sollten mit den Schlitten nach Sorrow Beach fahren und dort den Küstendampfer »Komak II« nach Downty nehmen. In Downty sollte ich dann an Bord des Frachters gehen, der damals zwischen Churchill und Liverpool verkehrte.

Am Abend vor der Abreise saßen wir alle an dem großen Tisch in der Stube. Mir war zum Brechen übel vor Spannung, es war doch schwerer, das Altbekannte zu verlassen, als ich mir vorgestellt hatte. Wenn es mir auch schwer war, dann war es den Männern und Aviaja nicht minder schwer. Pete, der mit dem Rücken zum Fenster saß, trommelte mit den Fingern nervös auf die Tischplatte, und Jeobald rutschte auf seinem Stuhl unruhig hin und her.

Er war der erste, der etwas sagte: »Ja, Junge, eigentlich hätten Pete und ich dir vor der Abreise eine Menge Dinge zu sagen gehabt. Als deine Väter haben wir ja die größte Verantwortung für deine weitere Entwicklung. Seit Tagen denke ich darüber nach, was man denn, verdammt noch mal, bei so 'ner Gelegenheit sagen soll, bin aber schließlich zu dem Resultat gekommen, daß es am gescheitesten ist, den Mund zu halten. Vielleicht könnte ich dir ein oder zwei Lebensregeln mitgeben, die würden aber aus deinem Kopf so schnell verdampfen wie ein Schneeball im Höllenfeuer.

Ich könnte dir einiges von den Ländern drüben in der Alten Welt erzählen. Wie du ja weißt, bin ich auf den Kanälen aufgewachsen. Aber ich habe eine Ahnung, daß dort alles anders geworden ist und daß die Welt, von der ich dir erzählen könnte, jetzt kaum mehr existiert. Es ist sicher am gescheitesten, daß du dir alles mit deinen eigenen Augen anschaust und deine eigenen Erfahrungen machst. Dann könnte ich dich auch bitten, daß du ein vernünftiger Junge sein sollst, was natürlich

Unsinn ist, weil's vernünftige Jungen nicht gibt. Lange Jahre und viele Erfahrungen brauchst du, ehe du ein bißchen Vernunft bekommst. Aber um eins möchte ich dich gern bitten: Laß dich ja nicht vom Glauben einfangen! Der Glaube ist ein schweres Kreuz, und ich möchte es nicht gern erleben, daß mein Sohn sich damit abschleppen muß. Mit dem Glauben ist es so wie mit einem nervösen Zucken im Gesicht oder mit einer chronischen Verstopfung: man wird ihn verdammt schwer los. Sei du selbst, und glaube nur an dich selbst.«

Er versuchte, mir zuzulächeln, seine herunterhängenden Mundwinkel erzählten jedoch mehr als genug von seiner Gemütsverfassung. »Aber für dich wird es jedenfalls eine mächtig spannende Geschichte sein, und alles wird sicher gutgehen«, sagte er zum Schluß.

Onkel Sam nahm die Brille von der Nase und fing an, fieberhaft die Gläser zu putzen. »Vergiß mir ja nicht die Bücher«, sagte er. »Es gibt nichts Wertvolleres als Wissen und Verstehen. Die werden dir helfen, Kraft und Sicherheit zu finden. Sei fleißig im Umgang mit den Büchern, dann wirst du dir selbst und deinem alten Onkel Sam große Freude bereiten.«

Small Johnson kniete sich auf seinen Stuhl und beugte sich weit über die Tischplatte. »An deiner Stelle tät ich alles, um mit den Behörden so wenig wie möglich zu tun zu bekommen. Sie sind verständnislos und unberechenbar. Außerdem ist die Zeit, die man im Knast sitzen muß, verdammt langweilig. Die Uhren dort gehen scheint's viel langsamer als alle übrigen Uhren.«

Pete gab mir keinerlei Ratschläge. Er redete an diesem Abend überhaupt kaum.

Ich hatte erwartet, daß er wie sonst als Sprecher der Familie auftreten würde, und es überraschte mich daher nicht wenig, als Onkel Gill diese Aufgabe übernahm. Er sagte: »Ich möchte dir gern was über die Frauen sagen, mein Junge. Nicht deshalb, weil ich von uns allen hier diesbezüglich die größte Erfahrung habe, sondern weil mir, wie ich glaube, meine Erfahrungen am teuersten zu stehen gekommen sind und weil ich noch in sehr frischer Erinnerung habe, was eine Frau bedeutet. Du wirst zum ersten Mal in deinem Leben weißen Frauen begegnen. Und du wirst drauf kommen, daß es nicht nur die Hautfarbe ist, durch die sie sich von ihren farbigen Geschlechtsgenossinnen unterscheiden. Du hast hier oben brave Frauen getroffen, Eskimofrauen und Indianerfrauen. Aber diesem seltsamen Geschöpf, das man die weiße Frau nennt, bist du noch nie begegnet. Vor allem mußt du dir im klaren sein, daß du und diese Frauen nicht dieselbe Sprache sprecht. Sie verwenden natürlich die gleichen Wörter wie du, aber der Sinn, der hinter diesen Wörtern steckt, ist immer unklar und zweideutig. Ihre Zungen sind gespalten wie die der Schlangen, und sie verwenden noch dazu mehrere Zungen zugleich. Leider ist es nicht, wie zum Beispiel bei den Eskimofrauen, möglich, einen Urtyp von ihnen zu entwerfen. Bei diesen weißen Frauenzimmern existieren mehr Typen, als es Sterne am Himmel einer Winternacht gibt. Und wenn noch hinzukommt, daß jeder Typ wiederum eine Unzahl unbegreiflicher Variationen haben kann, dann wirst du verstehen, wie wahnsinnig schwierig der Umgang mit diesen Geschöpfen ist. Wenn du dich in eine verliebst, verliebst du dich damit zugleich in viele. Was das für Folgen hat, kann sich jeder leicht vorstellen. Versuch nie, Frauensinn zu verstehen. Er ist ebenso tief und so unergründlich wie die Kluft zwischen Aviajas alten Brüsten.«

Onkel Gill schaute nachdenklich vor sich hin, und Onkel Small Johnson nutzte diese Unterbrechung, um einen kleinen Abschiedstrunk vorzuschlagen. Er holte aus dem Schrank eine Flasche Sam-Su, und Aviaja brachte aus der Küche Gläser. Als die Kameraden anstießen, wurde beim Klingen der Gläser Onkel Gill aus seinen Träumereien gerissen, und er fuhr fort: »Aber, mein Gott, schön kann es sein, sag ich dir, das mit den Damen. Es kann schöner sein, als was man sich in seiner wildesten Phantasie vorstellen kann. Du wirst hoch über die Erde hinausgehoben und …«

»Prost«, sagte Small Johnson etwas unpassend, und Gill nahm sein Glas in die Hand und nickte seinem alten Freund zu. »Und es kann teuflisch weh tun, wenn du wieder herunterfällst. Engagiere dich nicht zu sehr, bleib du selbst, wie dein Vater Jeobald so klug gesagt hat.« Er legte die Hände vor sich auf den Tisch. »Einmal habe ich ein paar schöne Gedichte für eine Frau gemacht. Small Johnson kann sich bestimmt an sie erinnern. Sie hieß Sylvia und war aus der Ukraine.« Er legte seine Handflächen aneinander und bewegte still den Mund, als würde er sich selbst seine Gedichte aufsagen.

Small Johnson trocknete mit einem Hemdsärmel seinen Mund und sagte: »Ja, das war ein Prachtmädel, Gill, abgesehen von ihren großen Ohren. Aber sonst war sie prima und fehlerfrei.«

Onkel Gill antwortete träumerisch: »Oh, ihr Haar war lang und golden. Sie trug es in zwei dicken Zöpfen wie eine Krone um den Kopf, und man konnte so ihren allerliebsten zarten Nacken sehen. Dieses Haar, mein Junge, war Gold, glänzendes Gold!«

Small Johnson schenkte sich noch ein Glas ein. »Ich bin aber doch der Meinung, Gill, sie hätte besser ihr Gold über ihre Ohren hängen lassen. Du mußt doch zugeben, daß sie phantastisch abstehende Ohren hatte.«

Gill sah seinen Kameraden mit traurigen Augen an. »Sylvia brauchte nichts zu verstecken. Was ihren Ohren an Schönheit abging, wurde von der Schönheit ihrer Seele reichlich aufgewogen. Sylvia hatte innere Werte, Small Johnson, ein Vermögen an inneren Werten.«

»Stimmt vielleicht. Die hat man ja nie so richtig zu fassen gekriegt«, gab Small Johnson zu.

»Onkel Gill, was ist denn aus ihr geworden?« fragte ich.

Mein Onkel sah mir fest in die Augen. »Sie sang im Kirchenchor in Gallaway, wo Small Johnson und ich eine Zeitlang in einer Fabrik arbeiteten. Sie hatte einen prachtvollen Alt, und meine Knie zitterten, wenn ich sie das Agnus Dei in der Missa papae macelli singen hörte. So sehr liebte ich sie, mein Junge. Ich schwebte damals über der Erde.«

Jeobald lehnte sich vor und sah Gill ganz überwältigt an. »Was, zum Teufel? Deine Knie haben wirklich gezittert, Gill?«

»Ja, so wahr ich jetzt hier mit euch Freunden zusammensitze und Sam-Su trinke.«

»Das ist wirklich nicht gelogen«, mischte sich Small Johnson wieder ein. »Er war damals in dieses Frauenzimmer ganz verliebt, besonders wenn sie zusammen musizierten. Ich hatte verdammte Mühe, ihn aus Gallaway fortzukriegen.«

Ich fragte noch mal: »Aber was wurde denn aus ihr, Onkel Gill?«

»Ich habe sie getötet«, antwortete mein Onkel still.

»Quatsch«, rief Small Johnson. »Sie ist auf ganz natürliche Weise gestorben, und im Grunde war ich dran schuld.«

»Du konntest gar nichts dafür«, antwortete Gill. »Es war ganz allein meine Schuld, daß es so kam, wie es kam. Niemand verleitete mich,

Small Johnson. Bloß mein weicher Charakter und meine Schwäche für Alkohol waren schuld an dem Tod dieser Frau.«

»Unsinn!« Small Johnson schüttelte mit allem Nachdruck den Kopf. »Aber es war schon eine traurige Angelegenheit. Und schade war es, denn das Mädchen war wirklich schön, also abgesehen von den großen Ohren.«

»Aber wie starb sie denn?« fragte Onkel Sam.

»Tja, sie ist da irgendwie übers Geländer an der Orgel gefallen, während Gill unten schön brav auf seinen Knien lag und zum Großen Steuermann betete«, erklärte Small Johnson.

»Lüge, nichts als Lüge!« rief Onkel Gill aufgeregt. »Die Wahrheit ist die, daß ich während des Hochamtes stockbesoffen in die Kirche kam und dabei die Melodie von ›Sweet Lucies sweet la la‹ spielte. Sylvia stürzte sich aus Scham und Kummer über mich von der Orgelempore hinab.«

»Och, Gill, du mußt die Dinge immer dramatisieren. Ist doch möglich, daß sie einfach neugierig war und sich zu weit vorgebeugt hat«, versuchte Small Johnson zu trösten.

Onkel Gill sank in seinem Stuhl zusammen und fing zu weinen an. Er weinte lange. Und er weinte auf eine wunderlich stille Weise, hauptsächlich mit den Schultern. Die Tränen strömten aus seinen Augen, bahnten sich ihren Weg durch den struppigen Bart und tropften schließlich auf den Tisch, wo sie einen hübschen kleinen See bildeten.

Jeder von uns begriff, daß Onkel Gill mir durch Heranziehung dieses Beispiels einen Wink hatte geben wollen, wie man weiße Frauen nicht behandeln soll, und die Kameraden lobten seine Klugheit und sein großes Wissen, was ihn nach und nach wieder aus seinen erschütternden Erinnerungen herausführte. Und dann begannen wir mit dem Packen.

Pete besaß einen Rucksack, der ihm viele Jahre treulich gedient hatte. Er roch recht kräftig nach Speck und Petroleum, war aber stark und geräumig. Ich habe ihn bis heute aufbewahrt und hole ihn hervor, wenn mich die Sehnsucht nach meiner Kinderzeit unter Miss Molly überwältigt. Wenn ich in diesen Jahren mit Pete im Winter draußen war, um die Fuchsfallen nachzusehen, steckten wir nachts unsere Füße immer in diesen großen Rucksack. Wenn man nur an den Füßen warm ist, dann muß schon, so sagte mein Vater, arger Frost und Wind einsetzen, ehe man an anderen Körperteilen friert. Pete liebte diesen Rucksack, aber ich war ja sein Sohn, und ich sollte in die Fremde reisen, deshalb bekam ich ihn.

Aviaja hängte mir ein Hasenfußamulett um den Hals. Sie drückte ihre kleine, zarte Nase an meine und weinte heftig. »Man lebte ein neues Leben mit seinem kleinen, neuen Sohn«, flüsterte sie. »Jetzt ist es, als ob man ein bißchen sterben würde.« Ich schmiegte mich eng an sie und fühlte intensiv, wie sehr ich meine Pflegemutter liebte.

Onkel Samuel umarmte uns beide. Er zog seinen Hemdenzipfel aus der Hose hervor und trocknete damit behutsam Aviajas Tränen ab. Dann reichte er mir seine Geschenke, behielt dabei aber weiterhin den einen Arm um Aviajas Schulter. Ich war ganz überwältigt. Ein Vergrößerungsglas und seine feine Zirkelgarnitur. Zudem noch Boas 1907 erschienenes Buch »The Escimoes of Baffin Land and Hudson Bay«.

Von Onkel Gill bekam ich einen karminroten Schlips, den ich nach einer Sitte, die Onkel Sam von den dänischen Besitzungen in der Arktis kannte, außen um meinen weißen Anorak band. Small Johnson bedachte mich mit drei Flaschen Sam-Su, und die fanden bei meinen Mitpassagieren auf dem Atlantikdampfer großen Anklang. Zu guter Letzt überreichte mir Jeobald namens der ganzen Familie ein dickes Bündel Banknoten, das in Zeitungspapier eingepackt und sorgfältig verschnürt war. »Damit müßtest du wohl ein Jahr auskommen können«, sagte er feierlich. »Später werden wir dir jedes Jahr einen gleichen Betrag zukommen lassen. Dieses viele Geld haben deine Väter und Onkel verdient, und das hat uns viel Schweiß gekostet. Komm du damit nun ebenso lange Zeit aus, wie wir benötigt haben, um es zu verdienen.« (Das war hoffentlich nicht sein ehrlicher Wunsch, denn die Pelzpreise waren gerade damals nach Beendigung des Weltkrieges turmhoch, und ich möchte vermuten, daß der Inhalt des Paketes den zusammengelegten Schweiß eines Monats ausmachte.) Dieses Paket wurde nun zu meinen übrigen Sachen im Rucksack verstaut, und damit war ich reisefertig.

Als ich mich auf meine Pritsche gelegt hatte, war es mir unmöglich, einzuschlafen. Ich dachte an Aviaja, deren Atem ich neben mir hörte, und ich mußte an Pete denken, der mir bei Tisch nichts zu sagen hatte. Nachdem ich mich lange Zeit in meinen Fellen hin und her gewälzt hatte, stand ich wieder auf und ging hinunter zu den Hunden am Fluß.

Dort saß Pete. Er saß auf dem großen Stein, an dem das Ende der Hundekette befestigt war. Die Pfeife steckte ihm im Mund, und die schwarze Mütze mit dem blanken Schirm hatte er bis an den Nacken zurückgeschoben.

Ich setzte mich ganz still neben ihn, und wir saßen lange da und schauten auf den Fluß, der vorüberströmte, und auf die Hunde, die in unruhigen Träumen an der Kette lagen. Mein Vater reichte mir seine Pfeife, und ich machte ein paar Züge. Er legte mir den einen Arm auf die Schulter, und bei dieser Berührung war es mir, als ob meine ganze Nervosität wegen der bevorstehenden Reise verschwand. Es ging mir mit einemmal auf, wie sicher und beschützt ich mich immer bei Pete gefühlt hatte und daß mich dieses Gefühl der Sicherheit auch in Europa nicht verlassen würde. So saßen wir vielleicht eine Stunde da, ohne ein Wort zu wechseln. Ab und zu hörten wir vom Fluß her ein Klatschen, wenn ein Lachs über den Wasserspiegel sprang, und wir hörten, wie das Gezeitenwasser das Festeis an der Strandkante zum Knacken brachte.

Mein Vater erhob sich als erster, und wir gingen zusammen zum Haus hinauf. In der Stube lächelte er mich an, griff dann in meine Haare und schüttelte mich, wie es seine Gewohnheit war. »Ja, nun hab ich's also gesagt«, sagte er. »Geh und leg dich wieder schlafen, wir haben eine anstrengende Reise vor uns.«

Downty City

Gut zwei Wochen nach unserer Abreise von Miss Molly kamen wir nach Downty City. Die Stadt war für die Kameraden eine riesige Überraschung. Was vor dreißig Jahren eine kleine Neusiedlung war, hatte sich enorm entwickelt und ein fast großstädtisches Gepräge bekommen, jedenfalls in den Augen der Kameraden. Ernesto Whitecooks Bar »Singapore« war zu einem Hotel mit anliegendem Restaurant ausgebaut worden, und die niedrigen Holzhäuser der Hauptstraße waren abgerissen, um Platz zu machen für eine Reihe hoher Steinhäuser, die, wie Onkel Samuel sagte, einer Zusammenrottung von Eisenbahnstationen glichen. Wir zogen in das »Hotel Singapore«, da es in der Stadt kein anderes gab.

Ernesto sah alles andere als froh aus, als er Small Johnson und Gill erblickte, er hatte ihren letzten Besuch in der Stadt noch in schmerzlicher Erinnerung.

Im Hotel wohnte auch eine Gruppe englischer Touristen. Es waren wohlhabende Leute, die von irgendwo in Neufundland nach Downty geflogen waren, um drei Wochen lang die Arktis zu erleben. Sie würden nun mit demselben Schiff, das auch mich nach Europa bringen sollte, wieder heimreisen.

Für mich war der Aufenthalt in einer Stadt natürlich besonders spannend. Der größte Wohnort, den ich bis dahin gesehen hatte, war Ukusik, das aus achtzehn Häusern, die Lagergebäude eingeschlossen, bestand. Es kam mir vor, als ob es in Downty von Menschen geradezu wimmelte, und ich konnte mich an den Läden in der Hauptstraße nicht satt sehen.

Den Gästen vom »Hotel Singapore« wurde das Essen an zwei langen Tischen im unteren Stockwerk des Hauses serviert. Meine Familie wurde schnell mit den freundlichen Touristen bekannt, und es dauerte nicht lange, bis sie Pete aufforderten, etwas von seinem Jägerleben nördlich des Polarkreises zu erzählen. Das Nachfolgende ist ungefähr mit den Worten meines Vaters wiedergegeben: »Tja, Freunde, mit einer eigentlichen Jagdgeschichte kann ich nicht aufwarten, aber ich kann von einer lustigen kleinen Begebenheit berichten, die mir zufälligerweise sieben Eisbären einbrachte.«

Die Touristen räusperten sich kräftig und lächelten einander zu. Da hatten sie, weiß Gott, einen von diesen ganz richtigen Polarhelden zu fassen bekommen. Mein Vater blickte bei diesen vielen Halsgeräuschen erstaunt umher.

»Ja, gewiß, wir wollen erst mal einen klaren Hals kriegen, ehe ich anfange. Es ist nämlich eine verdammt lange Geschichte.« Er erhob sein Glas und grüßte ringsumher. Da wurde es ruhig.

»Also: Mein Freund Odoniarssuaq und ich waren ausgefahren, um einen Dumpkiller, den ich in der Ross-Bay aufgestellt hatte, zu kontrollieren. Wir hatten ein ganz schönes Tempo, weil unsere Hunde ausgeruht und mager waren, und schon nach wenigen Stunden holten wir einen Trapper ein, einen verdammt sauren Kerl namens Pat Silvertop. Er hieß so, weil sein Haar wie ein Silberfuchsfell aussah. Er hatte die üble Gewohnheit, beim Fangen Gift zu verwenden, was bei uns anderen Fängern für gemein und schäbig gilt. Die Tiere leiden unnötig und haben, möchte ich sagen, keine Chance. Na ja, wir hielten einen Schwatz bei einer Tasse Tee, die ich draußen im Eis zusammenbraute, und er erzählte, daß er nach Süden unterwegs sei, um einen neuen Distrikt zu finden. Aber ich war ja nicht so dumm, als daß ich mir nicht ausrechnen konnte, daß er es auf das Jagdgebiet der Brüder O'Neil abgesehen hatte. Das waren zwei vom Pech verfolgte Brüder, die ein elendes Ende hatten. Und nun wollte sich Silberschopf dieses Elend zunutze machen. Die Brüder wohnten unten an der Dove-Bay in einem alten Haus, aber aus lauter Nachlässigkeit hatten sie es nie ordentlich zusammengebaut. Es waren keine üblen Burschen, aber eben weich, und sie hatten auch zuviel Freude am Glücksspiel. Waren sonst aber recht harmlos.

Ich will eben noch erklären, weshalb sie ein so elendes Ende hatten. In ihrem Haus, müßt ihr verstehen, gab es nur einen einzigen Raum, und die ganze Einrichtung bestand aus einem großen Doppelbett, in dem beide schliefen. Nun steckten sie aber bis über die Ohren in Spielschulden und wurden deshalb fortwährend von Gläubigern heimgesucht. Sie hatten es sich darum so eingerichtet, daß Joe, der in der linken Betthälfte schlief, immer einen scharf geladenen Revolver zur Hand hatte. Dieses Verteidigungssystem benutzten sie mit Erfolg viele Jahre lang – und zu ihrer Ehre muß gesagt werden, daß Joe niemals schoß, ehe Pat den Eindringling gewarnt hatte.

Einmal nun begab sich Joe auf Fangreise in die nächsten Distrikte, um sich da und dort aus den Fallen nachsichtiger Nachbarn einen Fuchs zu holen. Auf der Heimreise sah er eben mal bei Doc Speedy in Sheerncrake Corner rein, um einen Schluck Whisky zu kosten und ein ordentliches Spiel Karten hinzulegen. Nachts brach er wieder auf und kam in der nächsten Nacht heim.

Pat, der ja allein im Haus war, wachte auf, als er einen Menschen in der Stube umhertappen hörte. Er langte nach der Taschenlampe, da er aber beim Schlafen in die andere Betthälfte – die seines Bruders – gerollt war, bekam er dessen Revolver zu fassen. Der Schuß ging ab, ehe er sich im klaren war, was er in der Hand hielt. Er traf den Gast, der sich leider als sein Bruder Joe herausstellte, am Kopf, und Joe war auf der

Stelle tot. Was sagt ihr dazu? Das war doch eine verdammte Geschichte, wie?

Pat wurde vors Gericht in Downty geschleppt und wegen Brudermordes zu lebenslänglichem Gefängnis verurteilt. Man fand heraus, daß hinter dieser Geschichte Eifersucht stecken mußte, da sich beide Brüder um dasselbe Indianermädchen beworben hatten – beide allerdings ohne Erfolg. Diese Affäre lag zwar schon zweiundzwanzig Jahre zurück, aber das zeigt ja nur, wie gründlich diese Herren vom Gericht in einer solchen Sache zu schnüffeln verstehen. Pat O'Neil erschoß sich mit einem Revolver, den ihm Dad Matthew in die Zelle geschmuggelt hatte.«

An diesem Punkt seiner Erzählung wurde Pete von einem mißtrauischen Touristen gefragt, ob er sich nicht von dem, was er eigentlich erzählen wollte, entferne, nämlich von der Episode mit den sieben Bären.

Small Johnson antwortete für meinen Vater: »Man weiß ja nicht, wie ihr es dort, wo ihr herkommt, haltet«, sagte er, »aber bei uns hier oben haben wir die Gewohnheit, eine Geschichte gründlich zu erzählen, damit man alle Details und interessante Einzelheiten klar erkennen kann. Erst wenn das alles berichtet ist, kommen wir zur Haupterzählung.«

Und Small Johnson hatte recht. Je länger man eine Geschichte ausspinnen konnte, desto besser war sie. Vielleicht sind die langen, dunklen Winterabende daran schuld, mit denen man manchmal nur schwer fertig wird. Und es ist wirklich eine Kunst, eine Geschichte ins Endlose hinauszuziehen. Ein besonders tüchtiger Erzähler kann an einem noch so traurigen kleinen Bericht viele Abende lang sein Garn spinnen, ehe er an das Ende kommt, und ich weiß, daß man bei den Eskimo einem Erzähler erst dann wirkliche Qualität zuerkennt, wenn er imstande ist, mit seinem Redestrom Leute zum Einschlafen zu bringen. Der Mann, dessen Geschichte kein Mensch je zu Ende gehört hat, ist ein grandioser Erzähler.

Pete sah seinen Kameraden dankbar an. »Small Johnson sagt da wirklich etwas Wahres. Es ist keine Kunst, einfach von sieben Bären zu erzählen, das kann jeder Idiot, hätte ich bald gesagt. Aber eine Geschichte ordentlich ausfüllen kann nicht jeder. Also: Pat Silvertop war nach Dove-Bay unterwegs, um sich einen wertvollen Distrikt anzueignen.

Sein fettiger Schlittensack hing prall angefüllt mit vergiftetem Fleisch an der einen Rückstrebe.

Odoniarssuaq konnte Pat auf den Tod nicht ausstehen. Er haßte ihn, und dieser Haß stammte aus den Tagen, wo Odoniarssuaq sein Jägerhandwerk ohne Gewehr betrieb. Da hatte er einmal mehrere Tage lang einen alten Bären verfolgt, den er mit einer zusammengerollten Walbarte tödlich verletzt hatte. Das heißt, er hatte einen Streifen Walbarte zu einer Spirale zusammengerollt und sie in einem Klumpen Robbenspeck einfrieren lassen. Diesen Speck hatte er für den Bären ausgelegt, der mit dem Eis von Norden angetrieben war. Der Bär fraß den Köder, der in seinem Magen schnell auftaute, und als der Speck weich geworden war, entfaltete sich die Spirale mit fürchterlicher Kraft und zerfetzte mit ihren scharfen Spitzen den Magen des Bären. Odoniarssuaq verfolgte nun zwei Tage lang wie ein Schatten das Tier und beobachtete, wie es dem alten Burschen immer schlechter ging. Schließlich legte sich der Bär aufs Eis und hatte keine Kräfte mehr, um wieder aufzustehen. In diesem Moment tauchte Pat Silvertop auf und erschoß mit seiner Winchester das sterbende Tier. Es half Odoniarssuaq nichts, daß er als erster den Bären gesehen und ihn mit seiner Spirale tödlich verwundet hatte. Der Silberschopf hielt sich nicht an diese alten Spielregeln. In seinen Augen war Odoniarssuaq bloß ein frecher Eskimo, dem nicht zu trauen war. Und er gab auch nicht nach, als Odoniarssuaq den Bären aufschnitt und dem steifnackigen Trapper die Spirale zeigte. Nein, er – Pat – hatte den Bären getötet, das Tier gehörte demnach ihm. Punktum. Schließlich jagte er den Eskimo mit seinem Gewehr weg, und diese Schande konnte mein Eskimofreund nicht verwinden. Als Pat mit dem Fell und dem größten Teil des Fleisches verschwunden war, kehrte Odoniarssuaq wieder an den Tatort zurück, sammelte die Knochen des Tieres zusammen und versenkte sie in dem Atemloch einer Robbe ins Meer, damit sich die Seele des Bären nicht beleidigt fühlen sollte.

Diese Gemeinheit des Trappers vergaß der Eskimo nie, und er spielte ihm, wo er nur konnte, Streiche. So auch damals bei unserer Begegnung auf dem Eis. Ohne daß Pat oder ich es bemerkten, schlitzte er mit seinem Messer den Schlittensack des Fängers so weit auf, daß die vergifteten Fleischstücke ziemlich sicher herausfallen mußten, wenn der Schlitten übers Eis holperte. Es war kaum anzunehmen, daß Silvertop etwas merken würde, er war ja im ganzen Nordland dafür bekannt, daß sein Hintern auf Reisen an die Sitzbretter festgeleimt war.

Wir trennten uns, obwohl der Dumpkiller in der gleichen Richtung lag, die Pat auf dem Weg nach Dove einschlagen mußte. Odoniarssuaq und ich ruhten uns noch ein paar Stunden aus, ehe auch wir weiterfuhren. Aber schon nach einer Stunde bekamen die Hunde Witterung von Bären. Sie reckten die Köpfe in die Höhe und jaulten aufgeregt. Ich gab das Bärensignal Ye, ü, ü – und schon flogen wir übers Eis hin. Nach einer immer in Pats Schlittenspur zurückgelegten Meile fanden wir eine junge Bärin. Sie hatte keine Einschußlöcher und war auch, soviel wir sehen konnten, nicht an inneren Blutungen gestorben. Wir schlitzten sie auf und fanden in ihrem Magen einen halbverdauten Fleischklumpen.

Und jetzt gestand mir Odoniarssuaq grinsend den Streich, den er Pat gespielt hatte. Er war überzeugt, daß das eins der vergifteten Fleischstücke des Silberschopfs war. Wir zogen dem Tier das Fell ab und ließen das Fleisch den Füchsen und Raben zum Fraß liegen.

Ob ihr mir nun glauben wollt oder nicht, aber wir fanden am besagten Tag auf Pats Spur noch drei weitere Bären, die alle an Gift gestorben waren. Eine große Bärenmutter und zwei halberwachsene Junge. Das eine Junge war noch nicht ganz tot, und Odoniarssuaq jagte ihm seine Lanze ins Herz und drehte sie ein paarmal hin und her, damit das Tier nicht weiter leiden sollte.

Gegen Abend kamen wir zum Dumpkiller. Ich hatte ihn in einem Paß aufgestellt, den die Bären, wie ich wußte, oft benutzten. Wir fanden dort zu unserer großen Freude einen alten Bären, dem der Speck zum Verderben geworden war.«

Pete holte tief Atem, ehe er weitererzählte: »Ich kann mir ausrechnen, daß ihr keine Ahnung habt, was ein Dumpkiller ist, und will euch deshalb diese Vorrichtung kurz erklären. Man zurrt einen Trommelrevolver an einem Baum oder Pfahl fest, richtet den Lauf auf den ausgelegten Köder und führt eine Schnur vom Abzug um den Baum oder Pfahl herum zu dem Köder. Wenn nun ein Tier von dem ausgelegten Fleisch zu fressen beginnt, löst es, indem es an der Schnur zieht, selbst den Schuß aus. So war es eben auch diesem Bären ergangen. Aber wir entdeckten, so unglaublich das auch klingen mag, daß unter diesem Bären noch ein zweiter lag.«

»Ja, das klingt unglaublich, kann man wohl sagen«, sagte etwas indigniert ein kleiner, dickbäuchiger Tourist. »Wie war das denn möglich?«

Pete richtete sich auf, steckte die Hände in die Hosentaschen und sagte: »Das kann ich dir schon erzählen. Der erste Bär hatte an der Schnur gezogen, und die Kugel traf ihn gerade hinter dem einen Ohr. War auf der Stelle tot. Die Wärme des großen Tieres hatte den Schnee, der den Felsen bedeckte, geschmolzen. Kommst du mit? Schön. Dann wurde das Tier aber von dem Schneegestöber, das in diesen Pässen gegen Abend immer einsetzt, verweht. Bär Nummer zwei hatte sich nun an den Köder oder vielleicht – was weiß ich – an seinen Kollegen herangeschnuppert, hatte den leckeren Fleischklumpen gefunden und etwas an ihm herumgezerrt, um ihn loszukriegen – und bang. Mitten in die Stirn getroffen.«

»Überaus phantastisch«, sagte der kleine Dicksack.

»Aber auch verdammt ärgerlich«, sagte mein Vater, «daß wir nämlich den Dumpkiller nicht in einer zehn Fuß hohen Wehe aufgestellt hatten. Da wäre im Schnee noch für ein paar weitere Bären Platz gewesen.«

Der Dicke pfiff durch die Zähne. »Wunderbar«, sagte er. »Geradezu wunderbar. Daß man so eine Geschichte nach Hause mitbringen kann! Aber ich meine, Sie haben von sieben Bären gesprochen. Wo bleibt denn der siebente Bär?«

»Der siebente Bär«, lachte Pete, »war ein Bär vergangener Tage. Als wir uns nachts im Zelt den Bauch mit Bärenfleisch vollschlugen, begann Odoniarssuaq Lieder zu Ehren jenes Bären zu singen, den Pat ihm einmal gestohlen hatte. Er war davon überzeugt, daß die Seele dieses Bären ihm heute Fangglück gebracht hatte und seine Kollegen von Pats vergiftetem Fleisch fressen ließ. Auf diese Weise hatte der Bär, meinte Odoniarssuaq, kundtun wollen, daß er Odoniarssuaqs Fang war und daß es wünschenswert sei, sich von ihm fangen zu lassen. Deshalb rechnete er ihn auch mit, wenn er späterhin sein erlegtes Großwild aufzählte.«

Mein Vater setzte die Worte hinzu: »Es war ein ungewöhnlich gutes Bärenjahr, damals.«

Die Abreise

Eines Morgens wurde ich vom Tuten des Dampfers geweckt. Ich sprang aus dem Bett und lief zum Fenster. Dort lag er, groß und schwarz und mit fettem Rauch, der aus dem Schornstein aufstieg.

»Pete«, rief ich, »er ist da: Der Dampfer ist angekommen.« Ich lief zum Bett und rüttelte meinen Vater an den Schultern.

»Sei ruhig, Junge«, knurrte er. »Sie muß erst löschen und laden, ehe sie losfährt. Du hast massig Zeit.«

Ich hatte wohl eine Unmenge Zeit, trotzdem wäre ich fast zu spät an Bord gekommen.

Wie Pete sehr richtig gesagt hatte, sollte erst gelöscht und geladen werden, da aber das Schiff nicht das erste war, das in diesem Jahr hier anlief, hatte es für die Stadt nicht viele Lasten an Bord. Seine wichtigste Aufgabe war es, die Touristen und eventuelle andere Passagiere einzuschiffen.

Nachmittags durfte ich Jeobald und Sam an Bord begleiten, und der Kapitän versprach ihnen, auf mich aufzupassen, wie wenn ich sein eigener Sohn wäre. Wir gingen wieder von Bord mit der Zusage, in spätestens einer Stunde zurück zu sein, denn dann würde man mit dem Löschen fertig sein und in See stechen, ehe der Abendnebel draußen vom Treibeis angeweht wurde.

Im Hotel fanden wir Pete, Gill und Small Johnson im Speisesaal, umgeben von der sie bewundernden Touristenschar.

»Pete«, rief ich, »ich muß an Bord.«

»Ja, ja, Junge«, antwortete mein Vater. »Ich bin gleich soweit.« Er legte seine Hand auf das Knie des Dicken. »Sagtest du Moschusochsen, mein Freund? Ja, die gibt's bei uns oben im Allernördlichsten. Ich warf übrigens mal eine ganze Herde über den Haufen, ja, tatsächlich, bloß weil ich die Hunde nicht zum Stehen bringen konnte. Was sagt ihr dazu? Eine ganze Herde verdammter Ochsen, die in Keilformation aufmarschiert dastand. Der Leitbulle an der Spitze, die Flügelstiere an den Seiten und in der Mitte die Kühe und Kälber.«

»Und wie geschah nun dies wieder?«

»Geschah? Ja, ich war darüber gar nicht im klaren, daß es geschah. Das Ganze ging so verdammt schnell. Die Hunde sausten den Hang hinunter, direkt auf die Ochsen zu. Unmöglich, sie zu stoppen. Es war wie eine Lawine. Hu hei, mitten hinein in die Herde, nichts konnte uns auf der harten Eiskruste zum Halten bringen. Und, hol's der Teufel, wahrscheinlich rissen die langen Hundestränge die Beine unter den Ochsen weg, so daß der ganze Verein auf dem Hintern landete. Ihr hättet sie sehen sollen, wie sie im Schnee lagen und strampelten. Ein tolles Bild.«

»Vater«, rief ich über die Köpfe der Zuhörer hinweg. »Das Schiff fährt gleich ab!«

»Als ich noch jung und unreif war«, fuhr Pete fort, ohne mich zu hören, »war ich einmal mit Odoniarssuaq auf Ochsenjagd. Ihr könnt Gift drauf nehmen, daß ich damals noch ein Neuling war. Dumm und mutig. Ich ging an den Leitbullen so nahe heran, daß ich seinen schlechten Atem riechen konnte. Diese Tiere haben einen merkwürdigen Mundgeruch. Das Ungeheuer fing an, mit seinen Vorderbeinen Kratzfüße zu machen, und kriegte ganz blutunterlaufene Augen. Und mit einem Male setzte sich der Kerl in Bewegung. Ich verlor vor lauter Schreck die Flinte und rannte um mein Leben. Und die ganze Horde kam mit Getrampel hinter mir her. Großer Gott, wie ich rannte, ich komme heute noch ganz aus der Puste, wenn ich daran denke. Und wie ich so davonrannte, schrie ich Odoniarssuaq zu, er solle den Leitbullen erschießen, aber der Satan war auch meinem Kameraden auf den Fersen. Er spurtete den Berg hinunter, so schnell, wie ihn seine Kamikken nur tragen konnten. Glücklicherweise sah ich ein paar herabgestürzte Felsblöcke, hinter denen ich mich gerade noch im letzten Augenblick, ehe die Herde an mir vorüberdonnerte, in Sicherheit bringen konnte.«

»Aber weshalb schoß denn der idiotische Eskimo nicht?« fragte der Tourist unwillig.

»Ja, das habe ich auch gefragt«, antwortete Pete. »Aber ein totaler Idiot war er doch nicht, denn er sagte, ihm sei der lange Weg eingefallen, den die Ochsen zu schleppen gewesen wären, wenn man sie oben in den Bergen getötet hätte. Und es sei doch offenbar gewesen, meinte er, daß diese freundlichen Tiere die Absicht hatten, ihr Fleisch selbst zum Lager zu tragen, ehe sie sich erschießen ließen.«

»Vater«, rief ich ganz außer mir, »jetzt legt das Schiff gleich ab, hör doch, wie es tutet.«

»Ja, richtig. Gut, daß du mich daran erinnerst, mein Junge.« Er nahm die Pfeife aus dem Mund und deutete mit ihrer Spitze auf den korpulenten Touristen. »Nein, mein Lieber, einen Eskimo kannst du nichts lehren. Der Herrgott hat da prächtige Menschen erschaffen.«

»Aber die Bären, mein Herr?« fragte der Tourist. »Wollen Sie uns nicht etwas mehr von den Bären erzählen?«

Onkel Sam sah ein, daß man Pete fortführen mußte, wenn ich und die Touristen noch rechtzeitig an Bord kommen sollten. Er faßte meinen Vater an den Ellbogen und zog ihn aus dem Saal. Die Touristenherde folgte ihm, und alle waren begierig zu hören, was der alte Jäger noch zu berichten wußte. Seine Erzählungen hatten auf sie die gleiche Wirkung wie seinerzeit die Flöte des Rattenfängers auf die Ratten und Menschen aus Hameln. Selbst als der Bootsmann sie aufs Schiff gejagt hatte, drängten sie sich noch an der Reling zusammen, um Pete zuzuhören, der sich auf einen Poller gesetzt hatte und weiterredete. Erst als das Schiff von der Mole ablegte, entdeckte er mich.

»Agojaraq, erzähl du ihnen was von Bären«, rief er mir zu. »Erzähl ihnen davon, wie Aviaja einen Bären mit einem Fußtritt aus Sanis frisch gewaschener Wäsche davonjagte, weil sie glaubte, daß ich mich in meinen Bärenfellhosen dort herumtrieb und die Wäsche verdreckte. Erzähl ihnen, wie Onkel Sam Bären mit einer Schaufel aufhielt und dir zurief, du könntest ganz ruhig sein, er hätte ihn ja im Korn. Erzähl ihnen davon, Junge. Und gute Reise und viel Glück.«

»Grüßt Aviaja«, rief ich, und das Weinen saß mir im Hals. »Grüßt sie, wenn ihr wieder heimkommt.«

»Glückauf, Junge ...« Pete nahm seine alte schwarze Schirmmütze vom Kopf und schwenkte sie mit großen, runden Bewegungen. Jeobald und Onkel Sam und Gill und Small Johnson standen um ihn herum.

Die Gruppe auf der Mole wurde immer kleiner. Schließlich war sie nur noch ein winziger schwarzer Punkt – der Punkt hinter meiner glücklichen Kindheit.

Des Herrgotts Fuchsfalle

Wenn es auf dem Meer stürmt, verirren sich die hohen Dünungen oft bis weit in den Fjord hinein. Dann beginnen die Eisberge zu schaukeln, und es kommt vor, daß sie ihr Gleichgewicht verlieren, umkippen und wie Stehaufmännchen hochsteigen, während das Wasser an ihren blanken, violetten Seiten schäumend herabströmt. Die Dünungen reißen im ganzen Fjord das Neueis auf, so daß das alte sich unter großem Getöse ineinander schiebt und emportürmt.

An das alles dachte ich, als ich an Deck der »M/S Bogonia« stand, die mich nach Europa bringen sollte. Ich dachte an diese Dünungen im Fjord und an die langen, unbeirrbaren Dünungen, auf denen ich nun selbst ritt, und ich dachte an das Haus in der Nähe des Berges Miss Molly, wo meine Pflegemutter Aviaja auf die Rückkehr der Kameraden wartete.

Meine Väter Pete und Jeobald und meine Onkel Gill, Samuel und Small Johnson schrumpften immer mehr zusammen und wurden zu kleinen schwarzen Punkten auf dem langen Kai, der sich wie ein gekrümmter Finger ins Meer hineinschob. Und während ich mich mit dem so bekannten und oft genannten Klumpen im Hals (beinahe zum Hals hinaus) zu Schulwissen und guten Manieren verfrachten ließ, glitten die drei Schlitten meiner Familie wieder nordwärts.

Im folgenden will ich zu berichten versuchen, was sich in der Zeit, die ich in der Fremde verbrachte, bei Miss Molly und auf der Siedlung Ukusik zutrug. Da ich natürlich nur die Erzählungen der Beteiligten und Berichte aus zweiter und dritter Hand kenne, bitte ich wegen möglicher Ungenauigkeiten um Nachsicht. Im großen und ganzen ereignete sich folgendes:

Die Heimreise von Downty
Dad Matthew I

Im Herbst, wenn die Sonne in der Arktis tief steht, ist das Licht nicht ganz rosa, nicht ganz violett, sondern irgendwie zart, blaß, beinahe fleischfarben. Erfahrene Männer nennen es bordellrot. Jeobald sagte einmal, dieses Licht würde dem himmlischen ähnlich, sofern man also Gelegenheit hätte, es auf die Haut eines jungen, hübschen Mädchens aus Senegal oder eventuell auch aus Basutoland scheinen zu lassen. Es bestand kein Grund, an Jeobalds Worten zu zweifeln. Er war ein weitgereister Mann und wußte in tausend Dingen gut Bescheid. Nun waren jedoch junge, hübsche Mädchen aus oben genannten Ländern in den Polargebieten überaus selten anzutreffen, und darum hatte von den Männern auch noch keiner jemals das himmlische Licht geschaut.

Unter den Kameraden herrschte Schweigen, als ihre Schlitten über die Ebene eilten, die langsam zu den Bergen hinter Downty City aufsteigt. Jeder war in seine eigenen Gedanken vertieft. Vielleicht dachten sie an das gleiche, vielleicht waren es auch gar nicht Gedanken, die sie erfüllten, sondern das Gefühl von Wehmut, leichtem Überdruß, Selbstmitleid. Vielleicht hatten auch sie Klumpen im Hals, weil ich nicht, wie sonst immer, mit ihnen fuhr, und weil sie nicht wußten, wann wir wieder gemeinsam mit den Schlitten unterwegs sein würden.

Das Verlassenwerden ist schwerer zu ertragen als das Verlassen. Mit meinen vierzehn Jahren reiste ich nun dem großen Abenteuer entgegen, war ich unterwegs nach Europa, aber meine Familie hatte nichts Neues zu erwarten: lokale Geschehnisse, etwas Tratsch aus Ukusik, ein Fremder, der sich vielleicht in ihren Distrikt verirrte, das eine oder andere Fest mit Nachbarn. Ihr Dasein wurde – im Gegensatz zu dem, was mich erwartete – nicht reicher, sondern ihr Leben büßte durch meine Abreise etwas ein. Sie fuhren aus dem bordellroten Licht in das Dunkel, in die tiefe Nacht hinein. Diese Dunkelheit, diese schwarze Nacht, die die Hinterlassenen gleichsam in einen Trauerflor hüllte, war ihnen willkommen, denn sie machte ihr unnatürliches Schweigen weniger peinlich und gab ihm einen mehr privaten Charakter.

Je weiter sie auf die Ebene hinauskamen und je höher sie sich im schwach ansteigenden Gelände hinaufarbeiteten, desto kälter wurde es. Der Schnee, der untertags naß und pappig war, fror an der Oberfläche zu einer harschigen Kruste, auf der die Hunde fortwährend einbrachen. Das Neueis war scharf wie Glasscherben, und die Kameraden hielten an, um ihre vierbeinigen Freunde zu beschuhen.

Die Schlittenhunde lieben diese kleinen ungegerbten Kamikken. Sie schonen die Fußballen und schmecken noch dazu vortrefflich.

Während die anderen mit den Tieren beschäftigt waren, schmolz Onkel Sam über dem Primus Schnee. Er schob die zwei Schlitten zusammen, daß sie ein großes V bildeten, und er legte lange Stücke gefrorenes Renfleisch auf den Topfdeckel, um es aufzutauen.

Erst als sie nach dem Essen mit den warmen Teekrügen in der Hand dasaßen, kam der Schnack langsam wieder in Gang. Jeobald zog sich immer wieder an seiner langen Nase, was er zu tun pflegte, wenn ihm das Austreiben einer schweren Sünde bevorstand oder wenn er verlegen war.

Manche ziehen sich an den Ohrläppchen, manche kämmen mit den Fingern ihr Haar, während andere zwischen den Schneidezähnen Luft einsaugen. Jeobald zieht sich also an der Nase. Er schaute steif auf seinen Teekrug hinunter, als er sagte: »Seltsam, seltsam. Manche Tage wird bloß geredet. Nicht, daß man was Besonderes sagen würde, man schnackt bloß in einem fort. Es rinnt einfach aus einem heraus, ohne daß man sich dabei viel denkt. Hab ich nicht recht? Und dann gibt es wieder diese Tage, wo man eine Masse Wörter im Schädel hat, aber keinen Mucks sagen kann. Das kennt ihr doch?«

Pete nickte so energisch, daß ihm die Glut aus der Pfeife fiel. »Das ist so, wie wenn man Verstopfung hat«, sagte er. »Man möchte verflucht gern, man drückt und preßt …«

Onkel Sam deutete auf einen goldenen Bogen, der langsam über die flachen Berge im Norden aufstieg. »Da haben wir den Mond«, sagte er. Die andern nickten, ohne den Kopf zu drehen, um zu schauen, ob es auch stimmte.

Sam langte nach der Flasche mit Rum, die Small Johnson zwischen seinen Beinen hatte, damit sie nicht umfallen konnte. Und er fuhr fort: »Das war eine ganz überflüssige Bemerkung. Man sagt etwas, bloß um zu reden. Ich wußte, daß ihr wußtet, daß der Mond jetzt aufgehen wird. Trotzdem glaube ich, daß meine kleine Mitteilung wertvoll war. An einem Tag wie heute ist jede noch so kleine Bemerkung von Wert, wenn wir, falls ich so sagen darf, auch weiterhin Hand in Hand gehen wollen.« Er goß einen Schuß Rum in den Tee. »Man redet von dem Unwesentlichen. Vom Mond, von den Pfoten der Hunde, wie der Schnee ist, und was weiß ich wovon noch. Und das ist gut so, denn das Unwesentliche führt uns auf Umwegen zu dem Wesentlichen, nämlich zu der Abreise des Jungen.«

Sam hatte auf eine Weise recht, und seine Worte hätten ein lebhaftes Gespräch in die Wege leiten, hätten zu manchen Erinnerungen an Episoden aus meiner Kindheit hinführen und Vermutungen über mein künftiges Dasein als Europäer auslösen müssen. Man hätte sich selbst Vorwürfe machen müssen, daß man mich auf diese Reise schickte, oder daß man es nicht schon früher getan hatte. Aber nichts von all dem kam zur Sprache.

Onkel Sam versuchte es aufs neue: »Als man den Jungen zum Hafen begleitete, um dem Kapitän ein paar Anweisungen zu geben, wurden verschiedene Fragen gestellt, unter anderem, wo man enden würde, wenn man immer in derselben Richtung führe. Ich antwortete, daß man dann zu irgendeinem Zeitpunkt auf Land stoßen müßte. Da fragte der Junge, wo man hinkommt, wenn man dann auch über Land immer in derselben Richtung weiterwanderte, und ich erzählte ihm, daß man, wenn man sich immer geradeaus weiterbewegt und die Form der Erde berücksichtigt, wieder dort anlangt, von wo man gestartet ist.«

»Allerhand! Und Gott weiß, warum der Junge das wissen wollte«, sagte Pete.

»Vielleicht bereitete er schon seine Heimreise vor«, gab Small Johnson zu bedenken.

»Sagte er sonst nichts?« fragte Gill.

»Nicht viel mehr. Bloß noch ›Danke, Onkel Sam, das werde ich mir merken‹.«

Small Johnson langte nach der Flasche. Er zog den Pfropfen heraus und schnupperte lange an dem süßen Duft. »Das ist die letzte Flasche Branntwein, die wir mithaben«, verkündete er, als wollte er das Gespräch bewußt wieder auf das Unwesentliche hinlenken. Kannte man Small

Johnson jedoch so gut, wie es seine Freunde taten, dann begriff man, daß Worte wie »die letzte Flasche Branntwein« keineswegs unwesentlich waren. Für Small Johnson waren das Worte, die ebenso ernst und bedenkenswert waren wie meine Abreise.

»Wer wohnt am nächsten?« fragte Onkel Gill.

»Dad Matthew«, antwortete Small Johnson. »Ich habe eben an ihn und seine Experimente mit Barnaqschnaps gedacht.«

Da hatte man nun ein wesentliches Gesprächsthema gefunden, und die Kameraden kamen schnell überein, Dad Matthew einen Besuch abzustatten, ehe man sich auf die Heimreise nach Mount Fynes und zu meiner Pflegemutter Aviaja begab.

Dad Matthew hatte nie viel für Frauen übrig gehabt. Die Furcht, überrumpelt und gefangengenommen zu werden, war bei ihm immer größer gewesen als die Lust nach einer dauernden Verbindung. Natürlich lebte er nicht ganz und gar ohne weiblichen Kontakt. Zweimal des Jahres fuhr er nach Downty, um, wie er sich ausdrückte, seinen Kompaß richtig eingestellt zu bekommen; ein Werftsbesuch, der unbedingt abzustatten war, damit man rechten Kurs halten konnte.

Sein Aufenthalt in der Stadt dauerte nie lange. Nach einigen Tagen war er der Damen schon überdrüssig, und er fühlte sich jedesmal ungeheuer erleichtert, wenn er den Schlitten wieder in Richtung Corner Creek wenden konnte. Und dann brauchte er meist mehrere Wochen, um sich von dieser Roßkur ganz zu erholen, Wochen, wo er in der Nase immer noch betäubende Parfümgerüche spürte und ihm der Kopf von heißen Versprechungen und gurrendem Lachen brummte. In dieser Rekonvaleszenzzeit stieß er allerhand Verwünschungen und Flüche gegen das schöne Geschlecht im allgemeinen und gegen Downtys Reisenutten im besonderen aus. Er versprach Freunden und Nachbarn hoch und heilig, daß so ein Papagei niemals den Fuß über seine Türschwelle setzen dürfe, und in all den Jahren zweifelte niemand daran, daß er meinte, was er sagte. Eine Frau in Dad Matthews Stube würde mehr Aufmerksamkeit erwecken als eine Giraffe, was man schon daraus ersehen kann, daß weder seine Mutter noch seine kleine Schwester jemals in Corner Creek gewesen waren, obwohl sie nur zwei Tagesreisen außerhalb seines Distriktes lebten.

Dad Matthews Vater, Joe Spinningwheel (wie er post festum genannt wurde, weil er kurz vor seinem Tod die Äußerung getan hatte, er würde sich im Grab umdrehen, falls ihm seine Witwe untreu werden sollte), war ein kleiner Kaufmann in Downty. Er war einer von diesen sonderbaren Menschen, die rund um die Manege galoppieren können, ohne Pfui-Rufe oder Beifall auszulösen. Eines Tages traf ihn im Hinterzimmer seines Ladens der Schlag, und als er gefunden wurde, glich er einem gepuderten Sing-Song-Girl aus Kowloon. Er hatte nämlich, als er zu Boden und in den Tod fiel, das Pech, mit dem Kopf in einer Mehllade hängenzubleiben.

Dads Mutter, die man später »Nelly im Boot« nannte, kam sich während ihrer Ehe mit Joe wie das um ein Eis am Stiel gewickelte Papier vor. Sie entfaltete sich jedoch nach dem Tod des Mannes und wurde ein sogenanntes heißes Mädchen in Downty City. Eine Zeitlang war sie die gefährlichste Konkurrentin der Reisenutten, was auf ungewöhnliche Talente schließen läßt. Sie erblühte, drehte und wendete sich sozusagen wie ein schöner Hibiskus nach der Sonne, fühlte, daß sie Frau war, und ließ sich von den männlichen Bewunderern bedienen. Sie war derart von ihrem neuen Dasein eingenommen, daß sie den kleinen Dad Matthew ganz vergaß. Er lief, zehn Jahre alt, von zu Hause fort und landete in Corner Creek als Gehilfe des dortigen Fängers Oberst Pind, der einbeinig und damals schon recht hinfällig war. Nach Pinds Tod erbte Dad, der achtzehn geworden war, die alte Fangstation sowie ein kleines Boot, mit dem Pind vor Urzeiten ins Land gekommen war. Leider hatte vor Jahren ein gewaltiger Sturm das Boot auf den Felsen der Küste abgesetzt, und seitdem wurde es von den Reisenden als Nachtquartier benützt.

Dads Mutter wurde gegen Ende ihrer Vierzigerjahre wieder schwanger, was für ihre Bewunderer völlig überraschend kam, da sie der Meinung waren, sie hätte ihre fruchtbare Zeit längst hinter sich. Die späte Geburt veränderte die brave Frau völlig. Sie suchte die Einsamkeit und zog mit der Einwilligung ihres Sohnes in das zwei Tagereisen vom Corner-Creek-Distrikt an Land geworfene Boot ein. Für ihr tägliches Auskommen sorgte eine zahlungskräftige Klientel in Downty, die sich »Nelly im Boot« zum Dank für vergangene Zeiten und für ihre bemerkenswerte Diskretion erkenntlich zeigte.

Dad Matthew besuchte seine Mutter auf seinen halbjährlichen Gesundheitsreisen, und er fühlte tatsächlich eine Art Zuneigung für seine kleine Halbschwester, Jungfrau genannt, von der wir später noch hören werden.

Seit Oberst Pinds Tod hatte Dad das Haus allein bewohnt. Er war eine Einsiedlernatur und besuchte nur äußerst selten seine Nachbarn, war aber ungemein gastfrei, wenn er selbst besucht wurde. Die Jäger nahmen gern ihren Weg über Corner Creek, nicht nur, um Dad Matthew eine Freude zu machen, der ja nur wenige Freuden kannte, sondern auch, um sich über seine Branntweinexperimente auf dem laufenden zu halten.

Das Erstaunen der Kameraden war grenzenlos, als sie bei Dad ankamen und feststellten, daß er plötzlich einen Partner hatte. Dad saß in der Stube und war mit dem Ausspannen eines Fuchsbalgs beschäftigt, während sein neuer Partner zusammengerollt auf der Pritsche lag und schlief.

»Der da, der ist mein Partner«, sagte Dad, nachdem er die Gäste herzlich begrüßt hatte. »Hab ihn aufgegabelt, als ich das letzte Mal in Downty war.«

Pete trat an die Pritsche und besah sich den Burschen. »Ach so, hmm, das ist also der Partner. Man muß zusehen, daß man einen guten Partner bekommt, hab ich immer gesagt, einen, den man aushalten kann.« Er beugte sich über den Schlafenden. »Sieht aber etwas dürftig aus, wie?«

Die Kameraden kamen nun alle an die Pritsche.

»So 'ne kleine Portion!« kam's erstaunt von Small Johnson. »So einen kleinen Partner hab ich noch nie gesehen.«

»Heutzutage gibt's wahrscheinlich keine größeren«, meinte Onkel Gill, »aber es kann ja sein, daß er noch was wächst.«

Dad deutete mit dem Spannbrett auf die Pritsche. »Er heißt Tippy. Der beste Kamerad, den man sich denken kann«, sagte er. »Verdammt tüchtiger Fänger. Rascher Abspecker, zäh und ausdauernd. Kann alles und noch was obendrein. Wenn du ihn kennen würdest, Pete, würdest du ihn nicht dürftig nennen. Er ist stark wie ein Stier.«

»Was für Stiere meinst du?« fragte Onkel Gill.

Dad knallte irritiert das flache Brett auf den Tisch. »Du bist dumm wie 'ne Kuh, Gill, und hast ein Gehirn wie 'n Kalb.«

Tippy erwachte bei dem Aufschlagen des Spannbrettes, und schneller als es die Augen der Männer auffassen konnten, war er auch schon auf den Knien und hielt ein mörderisches Messer in der Hand.

»Soso, soso, nun mal ruhig, Tippy«, sagte Dad mit einer Stimme so mild und gütig, daß der Bursche das Messer unwillkürlich ein paar Zoll sinken ließ. »Das sind bloß ein paar Jungs vom Mount Fynes, ganz ungefährliche Leute.« Und zu den Kameraden: »Was, zum Teufel, glotzt ihr denn so? Man könnte meinen, ihr habt nie 'nen richtigen Fänger gesehen. Was für Manieren habt ihr euch bloß zugelegt?«

Pete kehrte der Pritsche den Rücken und setzte sich an den Tisch. »Kann sein, daß du recht hast«, sagte er. »Ihr müßt schon entschuldigen, daß wir so unfein waren.«

»Das tönt schon besser«, grunzte Dad Matthew.

Man setzte sich nun rund um den Tisch und fing an, die Schwarzbeerprodukte zu kosten. Es wurde aber allen sehr bald klar, daß Dad mit seinen Experimenten nicht recht von der Stelle gekommen war. Der Branntwein war ausgezeichnet, sogar ungewöhnlich fein, aber ihm fehlte noch dieses letzte: der Nachgeschmack nach Spätsommer, von dem jeder träumte. Small Johnson, dem es immer schwer fiel, den Mund zu halten, fragte Dad, was er denn seit ihrem letzten Besuch getrieben habe.

»Du hast deine Zeit verplempert, Dad Matthew. Das merkt man deinem Schnaps an.«

Er schüttelte traurig den Kopf und schob sein Glas von sich fort.

»Schade, daß du, wo du doch so talentiert bist, deine Naturbegabung nicht besser ausnutzt. Eine Masse Menschen würden gern ihren rechten Arm hergeben, wenn sie dafür deine Begabung erben könnten. Dad Matthew, du hast sie in der Tasche, sie sind, kann man sagen, von dir abhängig! Denkst du denn nie daran, was sie von dir erwarten? Und kannst du dir nicht vorstellen, wie enttäuscht deine Freunde sind, wenn sie dich wieder mal besuchen und merken, daß du mit deiner Forschung keinen Schritt weitergekommen bist?«

Dad schenkte sich ein Glas ein. »Ich hatte an andere Dinge zu denken«, murmelte er. »Es gibt auf der Welt noch was anderes als Branntwein.«

»Was?« fragte Small Johnson verwundert.

»Fang zum Beispiel«, antwortete Dad, »und dann 'nen Abstecher nach Downty. Dort kriegte ich meinen Partner, und der mußte ja im Distrikt herumgeführt werden. Kostet alles Zeit.«

Small Johnson langte nach dem Branntwein, der offenbar doch nicht so schlecht war, als daß man ihn nicht hätte trinken können. »Das mit dem Partner nimmt dir keiner ab. Ist ja doch nur Ausrede. Wenn er wirklich so okay ist, wie du sagst, könntest du deine ganze Zeit auf die Experimente verwenden.«

»Du weißt einen Dreck davon, was es heißt, einen Partner zu kriegen«, antwortete Dad heftig. »Es braucht verdammt viel Zeit, sich an einen Partner zu gewöhnen, wenn man so lange allein war.« Er zog mit einer heftigen Bewegung den Fuchsbalg über das Spannbrett und schrie beinahe: »Übrigens geht es dich einen Dreck an, wozu ich meine Zeit brauche.«

»Deswegen brauchst du doch nicht gleich zu schreien.« Small Johnson sah seinen Wirt kalt an. »Und außerdem geht es mich mehr an, als du denkst.« Er hielt das Glas gegen das Fenster, um etwaige Fremdkörper im Branntwein zu entdecken. »Genau besehen, geht mich das sogar sehr viel an. Und es geht alle deine Freunde an, wenn's mit dir bergab geht, Dad. Du mußt dich wirklich zusammennehmen!«

»Ich brenne präzise so, wie's mir paßt.« Dad hieb mit der Faust auf den Tisch. »Und ich will kein Wort mehr von meiner Begabung hören. Verstanden?«

»Ich halte schon den Mund«, redete Small Johnson weiter, »aber es ist doch wirklich 'ne Schande, wenn ein Mann, der berufen ist …« Weiter kam Small Johnson nicht.

Der Partner Tippy sprang ihm von der Pritsche weg direkt auf den Rücken, und beide fielen auf den Fußboden. Dieser Überfall aus dem Hinterhalt, wenn man so sagen darf, kam für Small Johnson völlig überraschend. Eine normale Diskussion mit Dad Matthew hatte sich in weniger als ein paar Sekunden zu einer unverständlichen Keilerei mit Dads Partner entwickelt, und es wurde ein höchst ungewöhnlicher Kampf. Sowie Small Johnson sich von dem ersten Schock erholt hatte, versuchte er, dem Partner die Kampflust mit ein paar gewaltigen Ringergriffen und Umklammerungen auszutreiben. Aber Tippy war glatt wie ein Stück Blasentang und schneller als ein Wiesel, er biß und kratzte und fauchte vor Wut. Schließlich mußten Pete und Jeobald die beiden trennen, und sie behaupteten später, daß Tippys Nackenhaare steif abstanden wie die Rückenhaare eines aufgeregten Luchses.

»Da könnt ihr's sehen! Genau, wie ich's gesagt hab«, rief Dad triumphierend. »Tippy läßt sich nicht unterkriegen. Ist zäh wie der Leibhaftige.« Er lächelte voll Begeisterung dem Partner zu, der sich knurrend auf die Pritsche zurückgezogen hatte. »Hat Mumm und Muskeln, wie, Small Johnson?«

»Muskeln?« schnaubte Small Johnson. »Ha … der kämpft ja wie ein Frauenzimmer, mit Kratzen und Beißen und solchen Tricks.« Er ließ sich von Onkel Sam ein Taschentuch geben, das er in Branntwein tauchte. »Schlägt sich vielleicht ein Mannsbild so? Das war kein ehrlicher Kampf von diesem Satanspartner, diesem weibischen Feigling. Aber ich werde schon mal die Gelegenheit kriegen, ihm den Hintern zu versohlen.« Small Johnson kochte vor Wut und reinigte mit dem Branntweintaschentuch eine mächtige Schramme über dem einen Auge.

Dad erhob sich bedrohlich. »Nun paß mal auf, was du sagst!« knurrte er. »Ich verbitte mir, verflucht noch mal, hier im Haus alles Gequatsche von Frauenzimmern. Ich will überhaupt nichts mehr von dir hören, hast du verstanden?«

Man konnte nicht gerade behaupten, daß der Besuch in Corner Creek einen glücklichen Verlauf nahm. Die Stimmung war im Eimer, und Dad Matthew wurde, je weiter man sich in seine Branntweinflaschen vertiefte, immer gereizter und gehässiger. Als die Kameraden, mehr aus Pflichtgefühl, ausgetrunken hatten, was auf den Tisch gekommen war, war die Nacht schon fast wieder Tag. Beim ersten grauen Morgenlicht brachen sie auf und verließen Corner Creek offenbar zur großen Erleichterung Dads, der sie in keiner Weise zurückzuhalten versuchte, wie es der Anstand an sich vorschrieb. Sie fuhren direkt bis zu Uleroqs Fangstation, die eine gute Tagereise von Dad Matthews Haus entfernt im nördlichen Teil der Bananenküste lag. Hier wurden sie, wie erwartet, festlich empfangen, und es war unvermeidlich, daß bei dem nächtlichen Geplauder auch Dad Matthew und sein Partner zur Sprache kamen.

»Ja, er ist wirklich ganz verrückt mit dem Jungen«, sagte Uleroq, »und ich muß zugeben, daß der Bursche ja recht sympathisch ist.«

»Ja, so sympathisch wie ein hungriger Luchs.« Small Johnson sah seinen Wirt finster an und führte seine Hand über die Wunde, wo sich vor kurzen noch eine hübsche Augenbraue befunden hatte.

»Er ist auf alle Fälle ein tüchtiger Jäger«, fuhr Uleroq fort, »ein Fänger mit einer Nase für die richtigen Stellen, das muß ich sagen. Die beiden haben den Distrikt unter sich so aufgeteilt, daß Dad Matthew im südlichen und Tippy im nördlichen Teil jagt. Manchmal, wenn ich südwärts unterwegs bin, treffe ich den Jungen, und ihr solltet sehen, wie er seine Eisen anbringt. Überall, wo sich ein anderer eher totlachen würde – und der Teufel hole mich, wenn er sie nicht jedesmal vollkriegt.«

Onkel Sam, der recht belesen war, nahm seine Halbbrille ab und unterzog sie einer Reinigung mit seinem Hemdzipfel. »Soweit man ohne eingehende Messungen hat feststellen können«, sagte er, »besteht der erwähnte junge Partner aus einem Teil Rentiereskimo und zwei Teilen Chipewyan. Die Rentiereskimo sind unermüdliche Jäger, und die Chipewyan-Indianer haben einen übernatürlichen Sinn für die Aufenthaltsorte des Wildes.«

»Sicher ist in ihm Indianerblut«, stimmte Uleroq zu, »und was du da von den Eskimo sagst, Sam – das wird schon stimmen. Er ist mächtig hilfsbereit, und ich habe nie ein böses Wort von ihm gehört, obwohl er sehr gut weiß, daß ich seine Fallen ab und zu mal um ein paar Füchse erleichtere. Vor allem natürlich, damit die Raben nicht die Felle verderben, versteht ihr. Aber er hat nie ein Wort darüber verloren.«

»Vielleicht kann er gar nicht reden«, meinte Gill. »Vielleicht hat er sich deshalb so an Dad Matthew angeschlossen. Stumme oder Taube, wißt ihr, gehen oft für Menschen, die zu ihnen mal freundlich waren, durchs Feuer. Vielleicht ist auch Dad zu ihm ab und zu mal freundlich gewesen.«

»Er ist nicht stumm«, wandte Uleroq ein. »Als ich mal unten in der Südostecke von Corner Creek war, ist er plötzlich ganz unerwartet aufgetaucht. Wir, die Hunde und ich, hatten nicht das geringste gehört, wie wenn er direkt aus dem Schnee gewachsen wär. Ich war grad dabei, den Primus aufzupumpen, damit ich mir Fleisch warmmachen konnte, und ich hab ihn natürlich zum Mitessen eingeladen. Und da hat er was gesagt! Wir knabberten jeder an unserer Renkeule, da steht er plötzlich auf und zeigt auf ein paar Felsblöcke, paar hundert Meter weit weg. Ich packe die Büchse und spring auf, weil ich glaube, daß er Wild gesehen hat, aber er schüttelt den Kopf und sagt: ›Du nicht schießen. Ich bloß pissen.‹ Was sagt ihr dazu? Und die Stimme war so dünn und fein wie die von einem Steinschmätzer.«

»Sonderbar«, murmelte Jeobald. »Wirklich sonderbar.«

»Na ja, so sonderbar ist das ja grad nicht, daß ein Mensch reden kann«, meinte Uleroq, »und ein Bedürfnis hat doch wohl jeder mal dann und wann.«

Jeobald sah Uleroq lange nachdenklich an. »Sag mal«, fragte er, »hat er das wirklich ganz genauso gesagt?«

»Wortwörtlich: ›Du nicht schießen. Ich bloß pissen.‹ Und dann flitzte er zu den Steinen hin. Genau so war's.«

»Da stimmt was nicht.« Jeobald knetete seine lange Nase. »Kein normaler Bursch rennt doch zum Pissen hinter ein paar Steinblöcke. Er stellt sich doch einfach, ohne große Geschichten zu machen, hin und pißt.«

»Vielleicht geniert er sich«, versuchte Gill zu erklären, und Onkel Sam unterstützte ihn. »Das kann schon sein. Die Chipewyan-Indianer sind recht scheu. Wenn sie nach Downty kommen, schleichen sie an den Hausmauern entlang, ohne daß sie auch nur einen Moment ihre Mokassins aus den Augen lassen.«

»Ich glaub nicht, daß er scheu ist«, sagte Jeobald. »Das ist es nicht. Aber irgendwas an dem Burschen kommt mir wunderlich vor.«

»Ja, er ist auch nicht wie die andern«, Small Johnson strich sich über seine zerkratzte Augenbraue, »und er rauft wie ein Frauenzimmer, das habt ihr ja selbst gesehen.«

»Jeder schlägt sich auf seine Weise, die eine kann so gut sein wie die andere«, sagte Pete. »Wir haben Tippy von der einen Seite zu sehen bekommen, und das war vielleicht nicht grad die beste. Aber er ist, wie Uleroq ja erzählt hat, ein guter Jäger und hat keine Angst, von seinem Fang was herzugeben. Und daß er sich beim Pissen hinter die Felsen stellt, zeigt, meine ich, bloß, daß er ein rücksichtsvoller Mensch ist. Wem von euch wär's schon je eingefallen, ein paar hundert Meter vom Lager wegzulaufen, um Wasser zu lassen?«

Small Johnson gab aber nicht nach. »Er ist wie 'ne Wildkatze. Total unberechenbar. Uleroq, kannst du dir vorstellen, daß man mitten im schönsten Schnack mit Dad Matthew plötzlich diesen tollen Kerl am Rücken hat?«

»Er ist völlig verrückt mit Dad«, sagte Uleroq. »Er war vielleicht eifersüchtig, oder du hast Dad irgendwas gesagt, was ihm nicht paßte.«

»Nicht ein einziges böses Wort«, beteuerte Small Johnson.

»Es war ein friedlicher Schnack, ja, durchaus friedlich und vernünftig.«

»Der Bursche liebt Dad«, sagte Uleroq still. »Er muß euer Gespräch in die falsche Kehle gekriegt haben. Er ist, das kann ich dir sagen, ganz verrückt mit Dad.«

»Was zum Teufel?« Small Johnson sah Uleroq mit runden Augen an. »Kann man wirklich in Dad Matthew verliebt sein?«

»Weiß Gott, ja«, antwortete Uleroq. »Ein Mensch kann in alles verliebt sein, was du dir nur vorstellen kannst.«

»Aber in Dad Matthew?«

»Ja, auch in Dad. Der Kerl hat sicher seine Qualitäten, die wir nicht kennen.«

»Dad Matthew ist ein verdammter Einsiedler«, sagte Small Johnson, »und als wir ihn aufsuchten, war er ein elender Wirt mit einem übergeschnappten Partner, und sein Schwarzbeerschnaps schmeckte schlimmer als Fuchspisse.«

»Das kann alles stimmen.« Uleroq nickte friedfertig. »Aber er hat sicher Seiten, die du nie gesehen hast, Small Johnson. An dem Mann muß irgendwas sein, was du noch nicht kennengelernt hast, was er aber seinen Partner merken ließ.«

Pete antwortete für Small Johnson. »Wenn man dich hört, wird man ganz neugierig und möchte wissen, was ihn dazu gebracht hat, Tippy diese geheimnisvollen Seiten zu zeigen, von denen du redest. Weiß Gott, was das für Seiten sind.«

Petes Neugier wurde beim nächsten Besuch der Kameraden in Corner Creek gestillt. Von diesem Besuch werde ich noch berichten.

Die »Civilisation« kommt nach Ukusik

Die »Civilisation« kam an einem späten Nachmittag nach Ukusik. An einem grauen Tag, wo die Menschen möglichst nahe an einem heißen Herd saßen und Harpunenschäfte schnitzten oder wo sie sich in Mr. Pickerins kleinem Laden zusammendrängten, der von ein paar siedenden Primuslampen einigermaßen lauwarm gehalten wurde. Mr. Pickerins Ladengehilfe Abile erblickte als erster das seltsame Schiff.

Mr. Pickerins Laden war der eigentliche Regierungssitz des Ortes. Hier wurden die Zusammenkünfte eines inoffiziellen Fängerrates abgehalten, hier wurden weitreichende Familienverbindungen arrangiert, hier wurden Gedanken verkauft und erworben, genauso wie man hier mit Kandis und Rosinen handelte, und hier konnten die des Lesens Kundigen die Verordnungen Mr. Pickerins, die mit blauen Reißnägeln an der Rückwand befestigt waren, den andern zu Gehör bringen. Die Frauen drückten ihre Kinder an die Brüste oder trugen die Schlafenden in ihrem Rückensack, während die Männer an der hohen Theke, die den Raum gerechterweise in zwei gleichgroße Hälften teilte, laut diskutierten.

An diesem grauen Nachmittag war Mr. Pickerin hinter der Theke eifrig beschäftigt, und zwar mit dem Sortieren eingehandelter Fuchsfelle. Sie wurden bewertet, gezählt und mit einem durch die Schnauzen gezogenen Stück Schnur zu A-, B- und C-Partien zusammengebündelt. Ab und zu gab er laut die jeweiligen Ergebnisse bekannt, damit die Leute über den Stand der Geschäfte Bescheid wußten. Vor vielen Jahren hatte Mr. Pickerin ein Guthabensystem eingeführt, das aber noch niemand richtig begriff. Man konnte zum Beispiel ein feines Nummereins-Fuchsfell abliefern und dafür einen eisernen Topf und fünf Liter Petroleum bekommen. Das konnte man begreifen. Aber man konnte dann überdies noch das unfaßbare Glück haben, daß Mr. Pickerin einem gegen Ende des Jahres, zu dem Zeitpunkt, wo die Sonne sich heimzusehnen begann, für genau das gleiche Fell zwölf Reinigungsnadeln für den Primus oder einen großen Klumpen Rohrzucker als eine Art Draufgabe zuteilte. Handel war etwas für gewöhnliche Menschen völlig Unbegreifliches, und die Bewohner von Ukusik bewunderten Mr. Pickerin, der sich gewandt und sicher in dieser mystischen Welt von Zahlen und seltsamen Berechnungen bewegte.

Mr. Pickerin hatte in seinem Geschäft als Helfer einen buckligen Mann namens Abel, der jedoch Abile genannt wurde. Er war hinter der Theke tüchtig und bei Frauen beharrlich und ausdauernd. Abile hatte überhaupt nur den einen Fehler, daß er es nicht lassen konnte, die Nase in die offenen Mehl- und Zuckerladen zu schneuzen. An jenem grauen Nachmittag, als fast die gesamte Bevölkerung Ukusiks bei Mr. Pickerin versammelt war und dieser mit seinen Fellen kämpfte, stand Abile am Fenster und blickte versonnen hinaus. Er starrte ohne etwas zu sehen, so wie ein alter Hund dasitzen und geistesabwesend auf das Eis hinausstarren kann. Nur langsam erfaßte Abiles Gehirn, daß das Bild auf der Netzhaut nicht so war, wie es zu sein hatte. Er sperrte die Augen auf, und plötzlich sah er.

»Umiarssuit!« schrie er. »Ein Schiff!«

Mr. Pickerin verlor bei seinem Nachzählen den Faden und sagte irritiert: »Schrei doch nicht so laut, Abile. Tu lieber was, anstatt dazustehen und zu träumen.«

Doch Abile setzte unverdrossen sein Geschrei fort. »Schiff!« rief er beinahe hysterisch. »Du selbst schauen. Umiarssuit! Umiarssuit!«

Die Eskimo strömten aus dem Laden, und Mr. Pickerin trat an das Fenster, um nachzusehen, ob es mit dem Geschrei seine Richtigkeit hatte. »Tatsächlich!« rief er überrascht. »Das sieht wirklich so aus wie ein Schiff. Renn mal hinunter und sieh nach, wer das ist, Abile.«

Abile zog sich seine Pelzmütze über die Ohren und eilte hinaus, ohne jedoch die Gelegenheit zu versäumen, seine Nase in eine Kiste getrockneter Pflaumen, die an der Tür stand, zu schneuzen.

Vater Brian war früh zu seiner Sendung berufen worden. Er war kaum zwanzig Jahre alt, als der Herr zu ihm sprach. Der Herr bediente sich eines gewissen Mr. Lewis als Sprachrohr, und mit dessen Hilfe tat er kund, daß sich der junge Brian an den dreizehnten Breitengrad begeben sollte, um die Anliegen des Herrn und die Geschäfte Mr. Lewis' wahrzunehmen. Der junge Brian verwandelte sich im Keller unter Mr. Lewis' Ex- und Importfirma, der als Tempel für die wenig bekannte Missionsgesellschaft »Die Hirten« eingerichtet war, zum Vater Brian. Die Mitglieder dieser Gesellschaft waren eine seltsame Mischung aus jungen Männern in gestreiften, doppelreihigen Anzügen und älteren gläubigen Damen, von denen ein Teil so alt war, daß sie längst schon pensionierte Hirtinnen hätten sein müssen.

Dergestalt tauchte Vater Brian also vor mehr als dreißig Jahren auf dem afrikanischen Festland auf, wo er an Bord des Flußdampfers »Lady Challense« auf dem Gambiafluß die Reise von Bathurst nach Yarbutanda begann. Ein Jahr lang versuchte er, die milde Lehre des Christentums den dunkelhäutigen Dickschädeln an den Ufern des Flusses einzubläuen, hatte damit aber wenig Erfolg. Die Muselmanen hatten sich hier eingenistet, und Vater Brian konnte gegen eine Religion nicht viel ausrichten, die es einem Menschen gestattete, sich vier Frauen zu halten, was das absolute Minimum für einen erfolgreichen Anbau von Erdnüssen war. Doch das konnte Vater Brian nicht entmutigen. Vielleicht, weil er zu den Auserwählten des Herrn und Mr. Lewis' gehörte. Er gründete im vollen Einverständnis mit den Hirten im Mutterland eine Handelsgesellschaft und tauschte für eine Zeit die Bibel mit gebrauchten Fahrrädern aus. Diese Fahrräder verlieh er an Häuptlinge gegen entsprechende Bezahlung in Form von jungen, geschlechtsreifen Mädchen. Sie wurden in die Küstenorte verfrachtet und an verschiedene Etablissements vermietet, die zur Erlustigung der Seeleute und anderer Vagabunden eingerichtet waren.

Die Jahre vergingen, und Vater Brian wurde immer fetter und tüchtiger. Die Geschäfte wickelten sich sozusagen von selbst ab und erbrachten, insbesondere nach Einführung der Tandems, gute und sichere Einnahmen.

In diesen Jahren war es nicht ungewöhnlich, daß man einen bunt bemalten Häuptling sehen konnte, der auf dem vorderen Sattel eines Tandems saß und sich von einer eifrig tretenden, schwitzenden Frau auf dem hinteren Sattel im Dorf umherfahren ließ. In den Berichten, die Vater Brian über seine erbauliche Arbeit an die Hirten sandte, unterließ er es jedoch nicht, hervorzuheben, wie er dank seiner Fahrräder imstande war, die von Natur aus faulen Einheimischen in Bewegung zu setzen. Er wurde in der christlichen Welt eine bekannte und angesehene Erscheinung und verblieb dies, bis ein kirchlicher Reichstag Mr. Lewis und seine jungen Hirten entlarvte.

Gerade auf dem Höhepunkt – Vater Brian hatte zu diesem Zeitpunkt einhundertzweiundzwanzig Fahrräder und achtzehn Tandems an den Ufern des Flusses in Betrieb – mußte er seine Geschäfte aufgeben und untertauchen.

Es vergingen drei Jahre, ehe Vater Brian abermals begann, unter den Fahnen des Herrn zu kämpfen. Er wurde von einer kleinen kalifornischen Sekte, die sich »Gottes Streiter« nannte und deren geistlicher Führer ein gewisser Mr. Lewis aus London war, mit einem Motorschiff namens »Civilisation« ausgestattet. Das Reiseziel hieß Arktis. Die Fellpreise waren in diesen Jahren ungewöhnlich hoch, und Vater Brian kam zu dem Schluß, daß die Felle um so billiger würden, je weiter er nach Norden führe. Außerdem erwartete er diesmal ungewöhnlich gute Resultate für die heilige Abteilung der Gesellschaft.

Diese Eskimo hatten noch nie etwas von Muselmännern gehört, und er war fest davon überzeugt, daß sie ihm als Dank dafür, daß er ihnen die Gnade des Herrn brachte, eine Unmenge feiner, weißer Fuchsfelle liefern würden. Deshalb steuerte also Vater Brian sein Schiff mit großen Erwartungen nach der Siedlung Ukusik. Und an einem grauen Nachmittag, als der Himmel sich wie eine ausgefranste Wolldecke auf die Küstenfelsen gesenkt hatte, kam der Ort in Sicht.

Als der Bug der »Civilisation« gegen den Anlegefelsen bumste, stand die Bevölkerung Ukusiks fast vollzählig da, um die Ankömmlinge zu begrüßen. Josva, der nicht nur Mr. Pickerins Schwiegervater, sondern auch der letzte Christ des Ortes war, deutete auf eine Person an Deck und erklärte seinen Stammesgenossen, wer Vater Brian war: »Der Kleine, Fette dort ist ein Geistlicher«, und Beifallsgemurmel stieg von der Menge hoch.

Vater Brian stand vor dem Schiffsschornstein in einem etwas mitgenommenen Ornat und mit einem breitkrempigen Krokodiljägerhut auf dem Kopf. In seinem Mund bewegte sich ein kalter Zigarrenstummel. Als er seinen Mund auftat, konnten die Eskimo hören, daß das ein Mann mit ungewöhnlicher Stimmkraft war. »Steck den Tampen raus, Nigger«, brüllte er einen nervösen Matrosen an, der Josva zitternd ein Ende Manila reichte. Vater Brian nahm die Zigarre aus dem Mund und winkte der gaffenden Menge zu. »Der Herr segne euch alle«, rief er. »Gibt's hier einen christlichen Menschen?«

Josva gab den Tampen an seinen ältesten Sohn weiter und hob die Hand zum Gruß an seine Robbenfellmütze. »Mich Christen. Sehr, sehr Christen«, rief er zurück, wobei er versuchte, seine Stimme ebenso voll klingen zu lassen wie die des Geistlichen.

»Ausgezeichnet!« Vater Brian stieg würdig, jedoch von zwei Matrosen unterstützt, von Bord, und das Menschenmeer von sechsundneunzig Seelen öffnete sich ebenso willig, wie sich seinerzeit das Rote Meer Moses geöffnet hatte.

»Führ mich zum Chef des Ortes, christlicher Mann!«

Josva bohrte nachdenklich in seiner Nase. »Tja, du sehen, ein Chef Mr. Pickerin, ein anderer Chef Ivitaq. Du vielleicht sprechen den Mr.

Pickerin, ist meine Familie.« Er betrachtete grübelnd das Resultat der Untersuchungen seines Zeigefingers. »Ivitaq auch meine Familie, großer Angakok, Nummer eins. Du gehen, ich zeigen.« Übermütig wie ein junger Hund lief Josva zu Mr. Pickerins Laden hinauf. Dabei mußte er, vor lauter Begeisterung über den Besuch des heiligen Mannes, Vater Brian ein paarmal umkreisen, um ihn aus allen Blickwinkeln zu betrachten.

»Ich Josva«, sagte er und deutete auf seinen Kopf. »Sehr tüchtig mit Christentum.«

Vater Brian nickte freundlich, sagte aber nichts. Viele Jahre Erfahrung in den Tropen hatten ihn gelehrt, daß man sich nicht ohne weiteres mit den Einheimischen einlassen soll. Drei Schritte vom Leib, hieß die Parole, oder zumindest so weit, daß man sie nicht riechen konnte. In Josvas Fall würde das eine halbe Meile bedeuten, denn er war ganz ungewöhnlich verdreckt.

Langsam schritt die Prozession den Hügel hinauf zum Laden. Zuerst kam der tanzende Josva, dann schweren Schrittes der geistliche Herr und schließlich die wogende Masse der gesamten Bevölkerung des Ortes.

Mr. Pickerin sah sie von seinem Ladenfenster aus. Der Anblick eines Geistlichen beunruhigte ihn. Er selbst hatte sich im Lauf der Jahre aus einem schmalbrüstigen Christen in einen ausgewachsenen Heiden entwickelt, und er wünschte aus ganzem Herzen, die Bevölkerung Ukusiks vor jedem christlichen Unwesen zu beschützen. Er entschloß sich, diesen christlichen Vertreter freundlich, aber bestimmt aus Ukusik zu verweisen.

Strenge Würde lag über Mr. Pickerin, als er Vater Brian empfing. Er nahm sich großartig aus, wie er in seinem fast weißen Anorak, in Segeltuchhosen mit roten Trägern und in Kamikken aus gesprenkeltem Robbenfell auf der hölzernen Treppe seines Ladens stand. Niemand konnte im Zweifel sein, daß hier der Chef der Siedlung Ukusik war.

Vater Brian machte am Fuß der Treppe halt. Alle machten halt. Einen Augenblick herrschte Totenstille, die Leute hielten gespannt den Atem an.

›Unterbegabter, eingebildeter Kolonieaffe‹, dachte Vater Brian.

›Halbschlauer, scheinheiliger Schinderarsch‹, dachte Mr. Pickerin.

Josva ergriff das Wort. Er deutete auf Mr. Pickerins elegante Kamikken. »Die Kamikka meine Frau machen«, sagte er etwas prahlerisch. »Mr. Pickerin, meine Familie.« Er lächelte sein Von-Ohr-zu-Ohr-Lächeln und faltete glückstrahlend die Hände vor der Brust.

»Danke, mein Sohn.« Vater Brian nickte freundlich und streckte seine Hand Mr. Pickerin entgegen.

Mr. Pickerin sah die Hand an. ›Wie ein Tintenfischarm‹, dachte er. ›Wenn ich sie ergreife, zieht er mich an seinen kleinen, fetten Leib und fängt langsam an, mich aufzufressen.‹ Er besah sich Vater Brians Gesicht, das rund wie ein Vollmond war, er besah sich Vater Brians Lippen, die wie zwei dicke, graublaue Würmer den Zigarrenstummel umschlossen, und er sah in seine Augen, was keineswegs erfreulich war.

Vater Brians Augen waren groß, schmutzigblau und hervorstehend wie die eines Basedowkranken.

»Mr. Pickerin«, sagte er und übersah die ausgestreckte Hand.

»Der Herr segne dich und dein Haus«, murmelte Vater Brian, der nicht recht wußte, was er mit seiner Hand anfangen sollte.

Mr. Pickerin versuchte, kurzen Prozeß zu machen. »Mr. Brian, es ist meine Pflicht, Sie aufmerksam zu machen, daß der Ankergrund in der Ukusikbucht schlecht ist. Ich muß Sie daher ersuchen, sich, solange es noch Tag ist, außerhalb des Eisgürtels zu begeben.«

Vater Brian ergriff mit der verschmähten Hand das Treppengeländer und hievte sich eine Stufe hoch. »ER bewacht das Schiff«, sagte er, und ER, der Größte der Großen, hat mir befohlen, Ukusik nicht zu verlassen, ehe Sein Licht über dem Ort leuchtet.«

Mr. Pickerins Würde begann zu wanken. »Unmöglich, Mr. Brian. Es würde Monate, ja Jahre dauern, um meine Bevölkerung zu bekehren.«

»Zeit spielt durchaus keine Rolle«, versicherte Vater Brian. Er zog sich noch eine weitere Stufe hinauf. »Der Herr arbeitet seit Jahrtausenden, was spielen da ein oder zwei Jahre für eine Rolle? Das einzige, worum wir bitten, ist ein wenig Zusammenarbeit, deshalb wende ich mich zuerst an Sie.«

»Die Leute hier haben nicht den Wunsch, Christen zu werden.«

»ER wünscht, daß sie Christen werden, und Sie müssen verstehen, daß man in einem solchen Fall wirklich keine Rücksicht auf die Wünsche einer Handvoll Nigger nehmen kann.« Noch eine Stufe wurde erobert.

»Ich muß auf das energischste protestieren.« Mr. Pickerin zitterte vor Entrüstung.

»Das dürfen Sie, soviel Sie wollen.« Die letzte Stufe wurde bezwungen, und Vater Brian stand nun auf gleicher Höhe wie Mr. Pickerin. »Aber ich beabsichtige, unter allen Umständen meinen Tempel zu errichten und Sein Wort zu verkünden, ob Sie nun dagegen protestieren oder nicht.« Vater Brian wandte sich an die Volksmassen, die sich um die Treppe drängten.

»Hört, Kinder! Bald wird der Tempel des Herrn dort hinter den großen Packhäusern erstehen, und ihr werdet mich in Sein Haus begleiten und Seine Gnadengabe empfangen.«

Josva übersetzte schnell und frei: »Er sagt, er baut einen großen Iglu, und wir bekommen viele Geschenke und Essen.«

»Tempel?« Mr. Pickerin blickte scharf in Vater Brians Pekinesenaugen.

»Ja, genau. Ich habe einen aufblasbaren Tempel mit. Eine Neukonstruktion, die den höchsten Segen von Bischof Lewis erhalten hat«, nickte Vater Brian.

Mr. Pickerin schnappte nach Luft. »Ein aufblasbarer Tempel in Ukusik?«

»Genau, mein Herr!« Vater Brian nahm seinen grünen Krokodiljägerhut vom Kopf und trocknete mit ihm seine verschwitzte Stirn. »Ich verlange nichts als etwas Zusammenarbeit. Wenn es nicht zuviel Mühe macht, guter Freund, möchte ich Sie bitten, mir dreißig junge Männer mit heilen Lungen zu beschaffen.« Er setzte den Hut wieder auf und stieg die Treppe hinunter zu der wartenden Bevölkerung. Unten angelangt, wandte er sich nach Mr. Pickerin um und sagte in unangenehmem, herablassendem Ton: »Ich erwarte von Ihnen alle nur mögliche Hilfe, Mr. Pickerin. Vergessen Sie die dreißig Männer nicht!«

Mr. Pickerin war wie gelähmt. »Dreißig Männer!« stammelte er.

»Dreißig oder vierzig, das spielt keine Rolle.« Vater Brian gestattete sich ein leichtes Lächeln. »Aber mit ordentlichen Lungen, wenn ich bitten darf.«

»Lungen?«

»Der Tempel wird von zwölf aufblasbaren Säulen getragen. Nicht wenige Kubikmeter schlechten Niggeratems müssen da rein, Herr Lagerverwalter.« Das Lächeln Vater Brians schlug in ein schallendes

Gelächter um, das die Bevölkerung im ersten Augenblick zurückweichen, das sie aber, als sie den ungefährlichen Charakter dieses Gebrülls erfaßt hatte, mitgrinsen ließ. Der einzige, der ernst blieb, war Mr. Pickerin. Er drehte sich auf den Fersen um und verschwand in seinem Laden. Das war ein unabwendbarer Angriff seitens des Himmels. Wie sollte er den Kampf gegen einen Mann aufnehmen können, der mit einem aufblasbaren Tempel ankommt? Sollte es diesem fetten, unsympathischen Gnomen wirklich möglich sein, seine kleine, gesunde Gemeinde zugrunde zu richten? Mit dem Christentum würde sich auch das Sündenbewußtsein einstellen, und das Sündenbewußtsein würde wieder als Vorwand dafür dienen, sich dem Alkohol hinzugeben. Und damit wäre dann alles aus. Fünfundzwanzig Jahre lang hatte Mr. Pickerin seinen Kampf geführt, um die kleine Gemeinde von Aberglauben und Alkohol rein zu halten. Und nun standen diese beiden Übel sozusagen an der Türschwelle und wollten herein.

Diese Vorstellung war so ungeheuerlich, daß sich Mr. Pickerin auf den Fuchsfellhaufen setzen mußte. Er war das konzentrierte Denken nicht gewohnt, es machte ihn schwindlig.

Französisch-Louis

Bald nach der Rückkehr der Kameraden aus Downty tauchte Französisch-Louis im Mount-Fynes-Distrikt auf. Er kam aus dem Westen, wo er die Eßgewohnheiten der Kupfer-Eskimo studiert hatte. Er kam mit langen, indianischen Schneeschuhen angetrampelt und hatte einen kleinen Lederkoffer am Rücken festgeschnallt.

Französisch-Louis war das Resultat eines hitzigen Verhältnisses zwischen dem Vierten Louis und einer Schwarzfußschönheit namens Kahn – und vor dieser Allianz das Ergebnis der Mischung zwischen dem Großvater Meschugge-Louis und dessen Cree-Frau. Meschugge-Louis war Schullehrer und Rebellenführer gewesen und hatte seine Wurzeln im Französisch-Irischen. Er hatte den Aufstand der Halbblutbevölkerung im Hudson-Bay-Gebiet angeführt und sich im damaligen Fort Garry als Präsident installiert. Meschugge-Louis beendete sein bemerkenswertes

Leben in einer Seilschlinge. Er wurde 1885 hingerichtet, in demselben Jahr, in dem sein Sohn Vierter Louis zur Welt kam. Vierter Louis lebte mit unversehrtem Hals, bis er sich aus lauter Liebe auf besagte Frau namens Kahn stürzte. Wenige Monate nachdem er dieses ergreifende Liebesverhältnis eingeleitet hatte, wurde er gefunden, als er mit einer klaffenden Halswunde den High River hinuntertrieb. Man muß vermuten, daß Kahns Familie diese Mischehe mit einer gewissen Mißbilligung betrachtet hatte. Die Frau floh in ein entferntes Holzfällerlager, wo sie das Kind des Vierten Louis gebar, einen kleinen Jungen mit struppigem Haar und lebhaften, schwarzen Augen. Der Knabe wuchs im Lager auf, den vielen einsamen Männern zur Freude. Man teilte ihn, als er dazu groß genug geworden war, dem Lagerkoch als Gehilfen zu, und es zeigte sich bald, daß der Junge eine wirkliche Begabung für die Kochkunst besaß. Er fing ganz von selbst an, der langweiligen Lagerkost mit Gewürzpflanzen, die er im Wald fand, mehr Geschmack zu geben, und wurde bald ein nützlicher und geschätzter Koch.

Diese Begabung brachte ihm großen Segen. Sie verschaffte ihm Ruhm und Wohlstand und ließ seinen Hals intakt. Seine unablässige Suche nach neuen Rezepten führte ihn weit in der Welt umher. Er kochte sich sozusagen über die sieben Weltmeere und quer durch fünf Erdteile, aber erst nach dreißig Reisejahren geriet die Arktis in sein Blickfeld. Gründlich wie er war, begann Louis mit seinen Forschungen im Süden, unweit der Gegend, wo er geboren worden war. Er zog im Zickzack durch das Land in nördlicher Richtung von dem einen eßfreudigen Volk zum andern. Waren die Variationen in der Kost der Eskimo auch recht begrenzter Art, so war dafür, wie er bald herausfand, ihre Freude am Essen enorm und umfassend.

In Notizbüchern, die er mitführte, brachte er seine Erfahrungen, die er später in dem Werk »Mahlzeit der Menschheit« zusammenfassen wollte, zu Papier. Dreißig Jahre Umherwandern von Kochtopf zu Kochtopf ergaben nach und nach mehr als fünf Kilo Rezepte.

Französisch-Louis reiste sehr einfach. Er hatte stets nur einen einzigen Koffer bei sich. Der enthielt seine in Bündeln zusammengefaßten Aufzeichnungen, zwei Kochuniformen mit hohen Hauben, ein paar Schweißtücher und einige Gewürzbriefe. Von einem Riemen außen am Koffer baumelten ein Primusapparat und zwei kupferne Kasserollen. Was

Französisch-Louis sonst noch auf seinen Reisen benötigte, wurde unterwegs angeschafft.

Louis' nächstes Ziel war Ukusik, und er nahm den kürzesten Weg über die fünf kleinen Seen, an den Willsonhills entlang und über den Gänsepaß. Zur gleichen Zeit wie Louis von der Südseite den Aufstieg zum Paß antrat, fuhr Small Johnson mit einem schwerbeladenen Schlitten an der Nordseite hoch.

Es ist merkwürdig, wie Zufälligkeiten oft das Leben eines Menschen bestimmen können. Hätte Französisch-Louis zum Beispiel seinen Tagesmarsch eine halbe Stunde später begonnen – was gar nicht so unwahrscheinlich gewesen wäre, da er den Schlaf am frühen Morgen besonders schätzte – oder hätte er die Pause eingelegt, um sich am Eingang des Passes eine Tasse Tee zu kochen – was er tatsächlich erwogen hatte –, dann wäre er Small Johnson und dessen Hunden unter ganz anderen Bedingungen begegnet.

Das gleiche gilt für Small Johnson. Auch er hätte zu einem anderen Zeitpunkt starten können, was in seinem Fall früher heißt, da er als Frühaufsteher bekannt war, oder er hätte hinter dem Berg Miss Molly haltmachen können, um die schöne Aussicht und ein paar Gläser abgekühlten Sam-Su zu genießen. Dann hätte er Französisch-Louis beizeiten entdeckt und ihn für nichts anderes gehalten als für einen Koch, der nach Norden unterwegs ist.

Der Zufall wollte es nun aber, daß diese beiden, einander fremden Menschen den Aufstieg zum Gänsepaß zur gleichen Zeit, jeder von seiner Seite, begannen, was zur Folge hatte, daß Small Johnsons Hunde, als sie halbwegs oben waren, unruhig zu kläffen und mit ihren blanken, schwarzen Schnauzen gegen den wolkenfreien Himmel zu schnuppern begannen.

Small Johnson lag halb dösend und müde von der ersten Mahlzeit des Tages, die er zusammen mit meiner früh aufstehenden Pflegemutter Aviaja eingenommen hatte, auf dem Schlitten. Als die Hunde hart an den Strängen zu rucken begannen, hob er den Kopf und sah zum Paß hinauf.

»Ein Bär?« murmelte er. »Ha, ha, ein kleiner Bär in aller Herrgottsfrühe!« Er zog sich am Zügel nach vorn, zog die beiden Bärenhunde an sich heran und löste ihre Beinschnallen von den Strängen. Dann streifte er ihnen mit einem schnellen Griff das Geschirr ab, und mit Small Johnsons gellendem Bärensignal »Yy-yyi« in den zottigen Ohren sausten sie wie ein peitschendes Schneegestöber davon und verschwanden hinter dem steilen Kamm des Passes.

Französisch-Louis war in strahlender Laune. Er besaß die für gewöhnliche Sterbliche rätselhafte Gabe, sich Düfte vorstellen zu können, wunderbare Düfte, die seine Nasenflügel vor Begehr erzittern ließen. Auf dem Weg zum Paß hinauf war es ihm geglückt, einen hinreißenden Suzukiyaki-Duft mit Zusatz von philippinischer Soya und gehackter Skorbutwurzel hervorzurufen. In seinen schmalen Schneeschuhen trabte er, die Augen seelig geschlossen und das Haupt vom Suzukiyaki-Duft umwallt, der Höhe zu. So begegneten dem völlig Unvorbereiteten, Blinden Small Johnsons Hunde.

Small Johnsons Bärenhunde waren überaus autoritätsgläubig. Trotz der Tatsache, daß die Witterung in ihren Schnauzen zweifelsohne von einem Menschen herstammte, gehorchten sie ohne Zögern Small Johnsons Bärensignal.

Der Urheber solcher Witterung war bestenfalls als etwas Bärenähnliches anzusehen und danach zu behandeln. Sie schritten daher, wie sie es gewohnt waren, zum Angriff auf das Opfer: der eine von vorn, der andere von hinten. Der von vorn war der Lockhund, er schnappte dahin und dorthin und zumeist ins Leere, denn er wußte aus Erfahrung, daß die Tatzen eines Bären lose saßen und ein Schlag von ihnen seinem Hundeleben für immer ein Ende bereiten konnte. Der hinten angreifende Hund hatte mehr Spielraum, und der Hund hinter Französisch-Louis war keinen Augenblick im Zweifel, wo er einzusetzen hatte. Er biß sich höchst präzise dort fest, wo Französisch-Louis am mächtigsten war, und schlug seine Kiefer in eine Keule von solcher Qualität, daß er sie sich selbst im Traum nicht saftiger hätte vorstellen können.

Französisch-Louis' fürchterliche Schreie gellten aus dem engen Paß an den steilen Felswänden empor und weit hinein in den unendlichen Raum. Sein Geheul war, was Tonart und Stärke anbetraf, so unheimlich und an den Nerven zerrend, daß sich der Lockhund vor dem gequälten Koch ganz verdutzt auf seinen Schwanz setzte, die Ohren flach an den Kopf preßte und die Zunge schlaff aus dem Maul hängen ließ.

Louis faßte mit den Händen nach seinem Hintern, bekam das Maul des Untiers zu fassen und versuchte, seine Kiefer auseinanderzuzerren. Der Hund hatte jedoch nicht die geringste Absicht, diesen Leckerbissen loszulassen. Er spürte, wie warmes Blut aus diesem frischen Fleisch sickerte, und fühlte, wie Französisch-Louis' ganzes Kotelett vor Angst zitterte. In seinem Eifer, diesem heißhungrigen Maul zu entkommen, stürzte Louis vornüber; der Angreifer hatte jedoch auf dem hintersten Teil der Schneeschuhe Stellung bezogen, was zur Folge hatte, daß Louis auf der Nase und sozusagen im Rachen des Fronthundes landete, der immer noch höchst erstaunt dasaß und ein wenig halbherzig seine sabbernden Kiefer in Louis' Schulter grub. Das Bild des derart am Boden Festgehaltenen sprang Small Johnson in die Augen, als er wie rasend über den Scheitel des Passes angefahren kam.

»Gottsverdammt«, murmelte er, als er den Kämpfenden daliegen sah. »Das war ein Mensch!« Er steckte den Peitschenschaft zwischen die Querbretter des Schlittens und bremste mit aller Kraft.

»Jetzt kommt Hilfe!« schrie er dem heulenden Mann zu. »Halt aus, Kamerad!« Er kam zum Stehen, kippte den Schlitten um und eilte, bewaffnet mit einem zwei Liter fassenden Tonkrug voll chinesischen Schnapses, dem Leidenden zu Hilfe.

Als der Fronthund Small Johnson ankommen sah, ließ er freiwillig Louis' Schulter los. Er wollte kein unnötiges Risiko eingehen.

Der Schulterbiß war auch eine große Enttäuschung gewesen. Er hatte nicht wie sein Kollege das Glück gehabt, zu kosten, wie Französisch-Louis schmeckte, denn was er zu fassen kriegte, war unglückseligerweise nur der Tragriemen von Louis' Koffer. Aber der hintere Hund, der mit Louis' Gesäß fast zusammengewachsen war, lag vor Wohlbehagen leicht knurrend da und schlürfte kleine Blutperlen ein. Kleine rote Appetitanreger vor der Festmahlzeit. Er war so mit seinem vergnüglichen Unternehmen beschäftigt, daß er es kaum merkte, als der Krug seinen Nacken traf und ihn mit einem dumpfen Schlag aus dem Alltag entführte. Langsam öffnete er seine Kiefer und schleckte sich im Schlaf sein geiferndes Maul.

Louis weinte. Er weinte zwischen seinen Schmerzensschreien und hämmerte mit den Händen vor Verzweiflung große Löcher in die harte Schneekruste. Small Johnson sagte sich im stillen, daß das Bärensignal fehl am Platz gewesen war, und begann vorsichtig, die blutigen Fäden zu entfernen, die in heilem Zustand Französisch-Louis' großes Gesäß zu bedecken vermochten.

»So, ja, ja«, sagte er mitfühlend, »ja, freilich, aber jetzt ist's gleich vorüber. Solche Satanswölfe, was?«

»Ooooh, au«, jammerte Französisch-Louis. »Ich bin … ooh … ich sterbe. Mein Gott! Rühr mich nicht an! Sie haben mich umgebracht!«

»Schnickschnack.« Small Johnson biß den Pfropfen des Sam-Su-Kruges ab. »Wollen mal sehen, was dein Hintern zu etwas Schmiere sagt«, und ehe Louis es verhindern konnte, goß er reinen, starken Branntwein auf das blutige Fleisch. Die Schreie waren kurz, kräftig und verzweifelt. Als ob der Gehörnte in eigener Person Louis langsam dem höllischen Feuer überantwortete. Er wurde ohnmächtig.

Als er wieder zu sich kam und klar sehen konnte, sah er einen kleinen, mageren Mann mit einem großen Tonkrug neben sich; er hob den Kopf ein wenig und sah einen Schlitten, dem acht friedliche Hunde vorgespannt waren.

»Die Wölfe?« flüsterte er. »Wo sind sie?« Er bekam Small Johnsons Bein zu fassen und hielt es eisern fest.

»Die Wölfe, wie? Ja, die sind wie die jungen Hasen davongesprungen, als ich ankam«, antwortete Small Johnson. »Diese Satansbiester erkennen gleich, wer ihnen überlegen ist. Die sind fast so gescheit wie Menschen.« Er sah verstohlen nach den beiden Bärenhunden, die er während Louis' tiefem Schlummer wieder angeschirrt hatte.

»Wegen denen mach dir keine Sorgen, Kamerad«, beruhigte er. »Die sind weg und kommen nicht wieder. Aber die hätten bald die eine Arschbacke von dir mitgenommen.«

Louis lag auf dem Bauch. Er zuckte versuchsweise ein paarmal mit dem Hintern und stöhnte dabei laut. »Oh, es ist ja nicht möglich, daß etwas so weh tun kann!« heulte er. »Du kannst nicht ahnen, was ich für Qualen ausstehe. Gütigster Jesus, warum hast du erlaubt, daß sie mir die Gedärme herausreißen. Ich glaube, ich falle in Ohnmacht.«

»Das war bloß, als ich dir Branntwein in die Wunde goß«, erklärte Small Johnson. »Wolfsbisse können gefährlich sein, man muß sie sofort desinfizieren. Du weißt ja, daß diese Biester ihre Schnauzen in alles mögliche stecken.«

»Ich falle in Ohnmacht«, erklärte Französisch-Louis, und man konnte seiner Stimme ein wenig Stolz anmerken. »Ich werde vor Schmerzen ohnmächtig. Das war ärger als ein Alptraum«, fuhr er fort. »Ich dachte an Suzukiyaki und war ganz selig, da überfielen mich diese Biester. Du kannst dir die Schmerzen nicht vorstellen, die ich ausstehen mußte, ehe du kamst.« Er versuchte, auf allen vieren hochzukommen, fiel aber gleich wieder schluchzend auf den Bauch. »Sie haben mich zerrissen, ich bin fertig … ich bin tot. Dahinten hängt ja alles in Fetzen. Sag mir ehrlich die Wahrheit, Kamerad, muß ich sterben?«

Small Johnson hielt ihm den Sam-Su-Krug unter die Nase. »Da, sieh mal! Der kann einen Toten wieder auferstehen lassen. Der hilft gegen alles.«

Französisch-Louis schnupperte mißtrauisch am Krughals. Erst ganz vorsichtig, dann kräftiger, und schließlich so, als wollte er den duftenden Branntwein durch die Nase in sich hineintrinken.

»Mein Gott«, rief er am Ende aus. »Wenn das nicht Sam-Su ist, dann hab ich meinen Fuß nie auf Chinas Boden gesetzt.«

Small Johnson bekam leuchtende Augen. »Kennst du Sam-Su? Bester Freund, kennst du wirklich Sam-Su? So eine Nase, das muß ich schon sagen. Aber der ist rein und unverfälscht.«

»Mit Seebarbenflossen?«

»Mit Seebarbenflossen!«

»Pulverisiert?«

»Ganz zu Staub.«

»Dann trink ich.« Louis beugte den Nacken zurück und führte, unterstützt von Small Johnson, den Krug zum Mund und trank. Er trank und trank und drehte den Krug langsam im Kreise herum, damit der goldene Fluß schneller rinnen konnte.

»Wundervoll«, stöhnte er, schnappte schnell nach Luft und trank weiter.

Small Johnson mußte milde Gewalt anwenden, um den Krug wiederzubekommen. »Nun paß mal auf«, sagte er. »Ist ja nicht gerade Kuhmilch, was du da in dich schüttest.«

»Oh, noch einen Schluck, einen ganz kleinen«, bat Louis, »um grad noch mal das Zäpfchen anzufeuchten.«

»Erst müssen wir dich auf den Schlitten kriegen, dann kannst du dein Zäpfchen begießen«, sagte Small Johnson. »Kannst es dann auch ertränken, wenn du willst.« Er entfernte den Krug aus Louis' Reichweite. »Und jetzt, Kamerad, müssen wir versuchen, dich unter Dach zu kriegen, sonst riskieren wir noch, daß dir die Arschbacke abfriert.«

»Nur noch ein paar Tropfen!« Französisch-Louis wippte demonstrativ mit dem Hintern auf und ab. »Da kannst du selbst sehen, wie das geholfen hat.«

Small Johnson schüttelte mit dem Kopf. »Erst mußt du auf den Schlitten«, sagte er streng. »Ich kann dich auf deinen Schneeschuhen hinziehen.« Er spannte sie von Louis' Füßen und schob sie ihm unter den Bauch.

»Nun halt mal gut fest, jetzt geht's los«, und er zog den Verunglückten langsam vom Schauplatz des Dramas weg. Als sie an dem Krug vorüberkamen, schnappte ihn Louis flink und führte ihn blitzschnell an den Mund. Erst als sie zu Small Johnsons Hunden kamen, senkte er ihn wieder und deutete auf die beiden Bärenjäger. »Die Satansbiester sahen genauso aus wie die da. Unglaublich, daß Hunde den Wölfen so ähnlich sehen können.«

Small Johnson stöhnte vor Anstrengung. Louis war ganz hübsch übergewichtig, und die Schneeschuhe glitten im losen Schnee schlecht von der Stelle. »Ja, wenn man's nicht besser wissen würde, könnte man sie verwechseln, Wölfe und graue Hunde sind beinahe das gleiche.« Er hatte jetzt Louis an die Seite des Schlittens bugsiert. »Mach noch 'nen Schluck und versuch dann, ob du auf den Schlitten kommen kannst.«

Louis trank lange, und er hielt den Krug noch an den Mund, als er sich auf die Schlittenlast hinaufzog. »Sam-Su«, prustete er, »das ist das Richtige. Der hilft.«

»Der hilft immer. Ganz rauf!« kommandierte Small Johnson.

»Wenn's nur genug gibt.« Louis legte sich mit dem Kopf an eine der Rückstreben und stemmte die Füße gegen das Vorderseil. Er starrte tiefsinnig auf die graue Leinwand des Schlittensackes und sagte: »Ich habe das Gefühl, du glaubst, daß ich vor diesen Teufeln Angst hatte!«

»Selbstverständlich hattest du Angst. Die hätten dich zu Hackfleisch zerfetzt, wenn ich nicht gekommen wäre.« Small Johnson versuchte, Louis den Krug zu entreißen.

»Das kann schon sein.« Louis verteidigte ihn tapfer. »Aber richtig

Angst hatte ich nicht. Ich meine vor dem Sterben. Wann und wie man stirbt, ist längst schon vorausbestimmt. Da können wir nichts ändern. Aber erschreckt haben mich die Luder, und ich war mächtig nervös, daß sie ein Loch in meinen Koffer beißen könnten.«

»In deinen Koffer?«

»Ja. Stell dir vor, sie hätten ihn aufgekriegt! Es sind ja unschätzbare Werte drin.«

Small Johnson ließ Louis den Krug behalten. »Unschätzbare Sachen? Was denn?« fragte er mit seiner unbezähmbaren Neugier.

»Ja, eben Sachen«, antwortete Louis geheimnisvoll. »Die Arbeit eines Lebens liegt in dem Koffer, verstehst du, eines ganzen Lebens.«

»Verdammt noch mal!« Small Johnson erwischte wieder den Krug. »Aber sehr fleißig kannst du nicht gewesen sein, wenn deine ganze Lebensarbeit in dem kleinen Koffer liegen kann.«

Louis ließ den Krug los und spannte mit viel Beschwer den Koffer vom Rücken. Er machte ihn auf und zeigte Small Johnson seinen Inhalt. »Na, was sagst du?« fragte er stolz.

Small Johnson war nicht im mindesten beeindruckt. Er sah nichts weiter als etwas Zeug und einen Haufen Papier.

»Das sind Rezepte«, erklärte ihm Louis. »Nach denen kann ich solche Sachen kochen, daß dir die Spucke wie kleine Bäche aus den Mundwinkeln rinnen würde.« Er beklopfte zärtlich den Papierstapel. »Und diese kleinen Briefe da sind Gewürze. Das Geheimnis aller Kochkunst!«

Small Johnson schüttelte verwundert den Kopf. »Bei uns im Haus gibt's beim Kochen keine Künste. Es wird ganz einfach gekocht und dann, wie's ist, gegessen.«

Louis drehte die Augen himmelwärts. »Barbaren!« stieß er hervor, »ihr lebt ja wie die Tiere.«

»Na, aber wir werden jedenfalls satt.« Small Johnson zeigte in den Koffer. »Was ist denn all das weiße Zeug?«

»Das ist die Uniform.« Louis zog behutsam eine feine, gestärkte Haube hervor und entfaltete sie sorgfältig. Er setzte sie auf und benützte Small Johnsons Verblüffung, um sich den Krug wieder zu sichern. Er leerte ihn bis zum letzten Tropfen und lieferte ihn dann wieder seinem Retter aus, worauf er sich auf der Last zurechtlegte.

»Dein Sam-Su hat mir alle Schmerzen vertrieben«, sagte er. »Wenn du so freundlich sein kannst, dann deck mein Hinterteil mit dem Fahrpelz zu. Ich möchte mit deiner Erlaubnis zu schlafen versuchen.«

Und ehe Small Johnson noch das Rentierfell über den geschundenen Hintern des Kochs gezogen hatte, war der schon in tiefen, heilsamen Schlaf gefallen.

Der Tempel I

Mr. Pickerin faßt einen Entschluß

Am Tage nach der Ankunft der »Civilisation« in Ukusik war die Einwohnerschaft früh auf den Beinen. Die Männer standen, die Pfeife im Mund, auf dem nackten Anlegefelsen und bibberten in der kühlen Morgenluft. Die Frauen saßen etwas weiter oben auf den schmalen Felsabsätzen wie schnatternde Schneehühner, und ihre Stimmen waren heiser und matt von den Festlichkeiten der Nacht. Natürlich hatte man das Fest für »das Erste von allem« feiern müssen. Vater Brian war der erste Missionar des Ortes und daher der selbstverständliche Anlaß zu diesem Fest – das übrigens keinen besonders festlichen Verlauf nahm. Die Freude zerrann den Arrangeuren sozusagen unter den Händen, denn keiner der Männer des heiligen Schiffes erschien, und das Fest ging ein wie ein Moosdocht ohne Tran.

Es war schon gegen neun Uhr, als Vater Brian auf Deck erschien. Sehr befriedigt begrüßte er die Menschenmenge, die sich eingefunden hatte, und rieb sich erfreut seine kleinen Hände bei dem Gedanken an die vielen frischen Lungen, die hier bloß darauf warteten, sich in die großen Plastiksäulen des aufblasbaren Tempels zu entleeren. Er hob die Hände über seinen Kopf und erteilte den Segen. In seinen Gedanken sah er schon die Mengen blauer und weißer Fuchsfelle, die diese wohlmeinenden Heiden als Gaben für den Allerhöchsten und für die Mission als solche unter dem Segeltuchdach des Tempels aufhäufen würden. Vater Brian schleuderte noch einen weiteren Segen zu den Felsen hinauf und eilte dann zum Frühstück wieder unter Deck.

Es war schon später Vormittag, als Vater Brian an Land ging. Er berief sofort die Stammesältesten zu einem Palaver zusammen, wie er es seinerzeit in Afrika zu tun pflegte. Mit Hilfe des dienstwilligen und christlichen Josva machte er die Bevölkerung mit ihren Pflichten gegenüber Gott und seinem Abgesandten auf Erden bekannt.

»Es ist Sein Wunsch, daß ihr alle bei der Errichtung des Tempels mithelft«, verkündete er und lächelte, wie ein Fuchs einer Herde flügelgestutzter Gänse zugelächelt hätte. »Wir wollen gemeinsame Arbeit leisten«, fuhr er fort, »und das Haus Gottes dort hinter die großen Lagerschuppen hinauftragen.« Er legte eine Kunstpause ein, um die Reaktion der Leute zu beobachten. »Wir wollen die Säulen mit Luft füllen, dann wird ER das Haus mit Seinem Geist erfüllen ...«

Hier wurde er von Josva unterbrochen, der mit erhobenem Zeigefinger sagte: »Ich nicht recht verstehen. Du selbst bauen das Haus, dann wir kommen alle und kriegen Geschenk. Du reden zu viel, du.«

Vater Brian sah verblüfft den dreckigen Nigger an, der sich da unterstand, ihn zurechtzuweisen. Er nahm seinen Krokodiljägerhut ab und schwenkte ihn unter Josvas Nase hin und her.

»Du bist mir ein verdammt frecher Nigger. Möge dich der Blitz des Herrn treffen.«

Josva fühlte sich jedoch in keiner Weise bedroht, in seinen Breitengraden hatte es noch nie gedonnert. Er grüßte militärisch, legte die Hand an seine Robbenfellhaube und antwortete: »Du Christenblitz Nummer eins. Viel Blitz, danke schön.«

Vater Brian biß fest in seinen Zigarrenstummel, und seine Stimme zitterte vor unterdrückter Wut. »Es geschieht, wie ich gesagt habe. Jetzt laden wir den Tempel aus.« Und dann schmetterte er wie eine Posaune des Jüngsten Gerichtes: »Und das kann gar nicht schnell genug gehen, verstanden! Palaver Schluß!«

»Palaver Schluß«, wiederholte Josva, der mit diesem fremden Wort nicht eben vertraut war und deshalb für alle Fälle ein frommes »Amen« hinzufügte.

Josva vermochte wirklich die Fänger dazu zu bringen, daß sie ihre Frauen aufs Schiff schickten, um den Tempel zu holen. Die Frauen schleppten die schweren Kisten an Land, wo Vater Brian die Nummern der ausgeladenen Kolli sorgfältig in ein Notizbuch eintrug. Nach dem Mittag war die ganze Last an Land. Sechsundvierzig Kisten lagen auf dem Anlegefelsen umher. Vater Brian rief Josva zu sich. »Sag den

Frauen, daß sie die Kisten hinter die Schuppen hinauftragen sollen«, befahl er.

Josva sah ihn traurig an. »Hu ha, allzuviel Arbeit heute. Die Frauen sehr müde und hungrig. Du wissen, viel müde und hungrig von stark Arbeiten. Nix essen, nix arbeiten, wie Hund.«

Josvas Worte waren ganz vernünftig, und Vater Brian wußte, daß er sie nicht überhören konnte. In Afrika hatte er ähnliches erlebt, und da hatten die Arbeiter frei bekommen, damit sie heimgehen und essen und in der ärgsten Hitze ausruhen konnten. »Schön«, sagte er. »Sag den Frauen, sie dürfen eine Stunde aussetzen, um zu essen und zu schlafen. Aber nur eine Stunde, verstanden!«

Josva drehte seine Pelzmütze auf dem Kopf umher. »Eine Stunde schlafen gut, aber nachher viel hungrig.«

»Sie brauchen ja zum Essen nicht viel Zeit«, sagte Vater Brian.

»Heute die Frauen arbeiten für dein Tempel. Also nicht holen Tang und Eier. Niemand hat Essen. Du geben Essen, ja?«

»Ihr habt doch sicher Fleisch gefangen, das ihr ihnen geben könnt.«

»Heute nix fangen, heute bloß gucken, wie gestern. Nix fangen, nix essen.«

»Ja dann fahrt doch, verdammt noch mal, raus und fangt was!«

»Hu ha, schlechte Worte. Wir passen auf. Gefährlich für Frauen, die Männer von Schiff«, sagte Josva, der Erfahrung hatte. »Wir viel, viel passen auf.«

»Den Teufel will ich euch etwas zu essen geben«, rief der Abgesandte des Herrn aufgebracht. »Wenn sie nichts zum Essen haben, müssen sie ohne Essen arbeiten. Oder sie müssen sich in zwei Gruppen teilen, die eine arbeitet, und die andere geht Tang und Eier sammeln. Teil sie in zwei Gruppen ein, Josva.«

Josva schüttelte bedenklich den Kopf. »Zusammen arbeiten besser besser. Schnell fertig.« Er deutete auf die »Civilisation«, die fast in gleicher Höhe mit dem Anlegefelsen schwamm. »Du nix verstehen Flut und Ebbe. Du geben Essen, sie Kraft bekommen, viel arbeiten. Sonst Gotthaus schwimmen weg mit Ebbe.«

Da Vater Brian nicht gern sehen wollte, daß sein Schiff wieder aufs freie Meer hinaustrieb, mußte er den Forderungen des Volkes nachgeben. Er befahl dem Schiffskoch, Essen für die Frauen zu kochen, und nach einiger Zeit wurden große, dampfende Kessel auf den Felsen getragen. Die Frauen bedienten sich reichlich und steckten gute Portionen für die Männer beiseite, die sich nun ihrerseits auf die Felsabsätze zurückgezogen hatten. Es war erfreulich zu sehen, wie diese Frauen nach alter Sitte erst für ihre Männer sorgten, um dann das zu essen, was übrigblieb. Vater Brian zeigte an diesem Tag jedoch nicht viel Verständnis für diese Tradition. Er beobachtete das immer höher ansteigende Wasser, das schon mit langen, dünnen Fühlern über den Felsen tastete. Die Arbeit wurde erst, als sich alle sattgegessen hatten, wiederaufgenommen. Angefeuert von den Zurufen der Männer, die nicht alle für geistliche Ohren geeignet waren, trugen die Frauen die Kisten hinter Mr. Pickerins Lagerschuppen, wo Vater Brian sie entgegennahm und auspackte.

Zwölf Säulen, von denen jede nach einem Apostel benannt war, wurden in einem Quadrat auf dem Boden angebracht. Das Dach und die Seitenwände wurden derart ausgerollt, daß sie leicht an den aufgeblasenen Säulen befestigt werden konnten. Der Tempel war seinerzeit im Garten der Missionsgesellschaft in Scobiesbeach aufgestellt worden, wo Bischof Lewis höchst persönlich als erster in eine der Säulen hineingepustet hatte. Man verwendete jedoch, nachdem alle Schwestern und Brüder ihren symbolischen Puster abgegeben hatten, für die erste Errichtung des Tempels einen transportablen Kompressor. Leider hatte der Bischof, zum Schaden für Vater Brian, darauf bestanden, daß der Kompressor im Missionshaus verbleiben sollte. »An der Front« sollten die Lungen der Lokalbevölkerung zur Anwendung gebracht werden, was nicht nur billiger kam, sondern den armen Heiden auch das Gefühl vermitteln sollte, daß dieses Haus Gottes wirklich ihr Tempel war.

Vater Brian hielt ein schlaffes Ventil in die Höhe und zeigte es der interessierten Bevölkerung. »Nun haben wir in gemeinsamer Arbeit die erste schwierige Etappe zurückgelegt. Jetzt laßt uns zusammen Sein Haus zu Seinen Ehren errichten«, sagte er im Gebetston. »Ihr, meine Kinder, sollt diesen Tempel bauen. Ihr sollt ihn als Gabe an Ihn füllen und dafür die größte aller Gaben, Seine Gnade, empfangen!« Und nun stülpte er feierlich seine dicken Lippen über das Mundstück des Ventils und pustete. Es wurde ein recht kläglicher Puster, denn er besaß, nachdem er ein ganzes Leben lang Zigarren geraucht hatte, nicht mehr viel Lunge. Andererseits war es ja auch nicht seine Absicht, daß sein Puster zur

Füllung der Säule tatsächlich irgendwie beitragen sollte. Er war, wie damals bei der Einweihung des Tempels, nur symbolisch aufzufassen, und so betrachtet war der seine ein von Herzen kommender, seelenvoller Puster.

Überaus zufrieden mit dieser Demonstration zog Vater Brian das Mundstück hinter seinen dicken Lippen hervor und sagte: »Tut nun wie ich. Und wenn ihr mit Eifer und ohne Unterlaß pustet, dann ist der Tempel bis morgen errichtet. Bitte.«

Er hielt dem erschrocken zurückweichenden Josva das Mundstück hin. »Hier, Bruder Josva, du als guter Christ kannst anfangen.«

Josva streckte jedoch abwehrend die Hände vor. »Ich viel viel husten«, stöhnte er und ließ ein paar furchtbare Brustlaute hören. Vater Brian nickte gutmütig und hielt das Mundstück einem andern Fänger hin. »Du da.«

Der Mann schüttelte verlegen den Kopf und sah ganz furchtbar krank aus.

»Der da nicht recht gesund«, erklärte Josva. »Der hat Tuberkel.« Und er wandte sich, wie um das Widerstreben des Mannes gegen das Mundstück zu rechtfertigen, an den Fänger: »Du bald sterben, ja?« Der Arme nickte und grinste dabei übers ganze Gesicht. Es sah aus, als sei er außerordentlich erfreut, das Elend dieser Welt bald verlassen zu können.

»Also der da!« Vater Brian deutete brüsk auf einen jungen und allem Anschein nach gesunden Burschen.

»Hu ha, der kein Christ«, sagte Josva. »Der da zu viel Heide, beinahe Nummer zwei Heide in Ukusik.«

»Wenn er fleißig pustet, mach ich ihn zum Christen«, versprach Vater Brian.

Das klang an und für sich verlockend, aber als Josva Vater Brians Worte übersetzt hatte, senkte der junge Eskimo den Blick und entfernte ihn nicht mehr von den Kamikspitzen.

»Der hat Angst«, flüsterte Josva Vater Brian zu. »Hat Angst vor Großvater Ivitaq.«

»Wer zum Teufel ist denn dieser Ivitaq?«

»Ich sage dir schon, Ivitaq Nummer eins Heide. Großer Geisterschwörer. Reist zum Mond und an alle Orte.«

»Der Teufel hole deine ganzen Geisterbeschwörer!« rief Vater Brian.

»Wer will in die Säulen pusten? Wer will gerettet werden?« Er hielt das Mundstück hoch, daß alle es sehen konnten.

»Du besser selbst pusten«, fand Josva. »Du Nummer eins pusten in Säulen. Wir geh'n fangen. Du pusten, wir fangen, und alle sind froh, ja?«

»Ihr Höllennigger! Ihr Satansbrut, ihr verdammte. Ihr pustet, wenn ich es befehle«, schrie Vater Brian und schüttelte drohend das Ventil.

Die Einwohnerschaft zog sich etwas von diesem zornigen Menschen zurück. Er riß sich die Zigarre aus dem Mund und deutete mit ihr auf die Frauen.

»Wenn ihr nicht den Tempel aufblast, und zwar augenblicklich, dann werde ich persönlich beim Allerhöchsten durchsetzen, daß euch sein Fluch trifft.« Man zog sich noch weiter zurück, und die Frauen versteckten sich hinter den Rücken der Männer.

Josva gab den Gedanken der Bevölkerung Ausdruck, als er sagte: »Groß Rufen braucht viel Luft. Du brauchen die Luft für Säule, wir gehen fangen und Frauen kochen Fleisch. Erst fangen und kochen und essen, dann Erlösung.«

Vater Brian mußte erkennen, daß das Brüllen, mit dem er in den Tropen Wunder bewirkt hatte, hier in der Arktis nicht verfing. Er änderte den Ton und sagte milde: »Die freiwillig an der Errichtung des Tempels teilnehmen, sollen reichlich belohnt werden; sag ihnen das, Josva!«

Der kleine, christliche Eskimo übersetzte, und nachdem er lange mit seinen Landsleuten diskutiert hatte, legte er deren Ansicht dar: »Die Leute sagen, besser du pusten in die Säulen. Kommen alle und du fertig, und kommen holen feine Geschenke im großen Iglu. Jetzt fangen und kochen und schlafen. Palaver Schluß. Amen.« Nach diesen Worten wandten Josva und die gesamte Einwohnerschaft Ukusiks Vater Brian den Rücken und begaben sich hinunter zu Mr. Pickerins Laden, wo man, wie alle beabsichtigten und erwarteten, eine interessante Diskussion über den Tempelpuster und sein Haus führen konnte.

Es bedurfte geraumer Zeit, bis Vater Brian sich abreagiert hatte, und als er wieder zu sich gekommen war, fühlte er sich müde und mutlos. Er sank erschöpft auf eine Kiste nieder und konnte mit seinen zittrigen Fingern nur mühsam seine Zigarre anzünden. Zunächst dachte er überhaupt an nichts, sein Gehirn war völlig leer und rein geblasen, wie es nach solchen Anfällen zu sein pflegt. Aber nach und nach begannen die

Gedanken den leeren Raum allmählich wieder auszufüllen. Reine, gute Gedanken, die nun viel Platz hatten, sich zu entfalten.

Der Tempel mußte aufgestellt werden, das war sein erster Gedanke – und der breitete sich aus. Ohne Tempel keine Christen – er gewann an Dimension. Ohne Christen keine Felle! Diese verdammten Nigger! Diese verdammten Satansnigger! Leichte Dünungen des überstandenen Sturms schlichen sich ein. Diese höllische Satansbrut! … Ja, ja, aber der Tempel mußte hoch. Fressen und feiern und schlafen können diese Satane, aber … Vater Brian blies ein paar giftige, graublaue Wolken aus … aber das wird anders werden. Wenn der Tempel erst mal aufgestellt ist. Vater Brian dachte an Mr. Pickerin, und bei diesem Gedanken wurde ihm fast übel. Es war ja deutlich, daß dieser bleiche Schwachkopf mit seiner halben Portion Hirn, dieser unverschämte Dreckskerl, seinen Eskimo genaue Instruktionen gegeben hatte. Er fluchte nicht sehr christlich und dachte an den Tag, wo der Tempel errichtet und der Ort zum Christentum bekehrt sein würde, an den Tag, wo dieser eingebildete Lager- und Kolonieverwalter den Distrikt wird verlassen müssen. Dieser Gedanke stieg geradezu bildhaft vor ihm auf: Er sah, wie Mr. Pickerin, entthronisiert von dem Abgesandten des Herrn und verhöhnt und verachtet von der Bevölkerung, mit seinem Ranzen auf dem Rükken zum Ort hinauslatschte. Dieser Gedanke war so erfrischend, daß er mit beachtenswerter Entschlossenheit das Mundstück aufhob und es an seine Lippen führte.

»Der Tempel muß hoch«, dröhnte es in seinem Kopf, »und wenn ich ihn selbst aufblasen muß.« Er sog seinen mächtigen Brustkasten voll und begann heroisch zu pusten. Als er eine halbe Stunde gepustet hatte und warm und schwindlig geworden war, die Säule jedoch noch immer schlapp und leblos auf dem Boden lag, spuckte er das Mundstück aus und begab sich zielbewußt zur »Civilisation«, wo er seine drei Mann große Schiffsbesatzung zu Hilfe holte. Vater Brians Entschluß war unwiderruflich, der Tempel sollte um jeden Preis aufgerichtet werden.

In Mr. Pickerins Laden schlug der Schwatz hohe Wellen. Man war für und man war gegen dieses Haus Gottes. Alle waren sich jedoch darin einig, daß Vater Brian mit seinem Trampeltanz hinter den Schuppen temperamentvolle und menschliche Seiten gezeigt hatte. Für den Tempel traten vor allem die Frauen ein. Sie redeten viel von den Geschenken, die es bei seiner Einweihung geben würde, Haarbänder in drei Farben, Perlen und vielleicht auch kleine Spiegel aus Metall, gar nicht zu reden von den Kaffeeströmen, die in einem solchen Tempel selbstverständlich fließen müßten. Und natürlich würden dort auch Berge von Backpulverkuchen vorhanden sein, den Menschen ein Wohlgefallen.

Josva, der im Christentum bewandert war, sagte, man dürfe keinen Kaffee erwarten, wohl aber einen ziemlich guten Wein, der jedoch so dünn war, daß man etliche Flaschen trinken müßte, um seine Wirkung zu spüren. Und zudem seien die Kuchen der Kirche nicht von der üblichen Art, sondern kleine Stücke Pappe, die so dünn sind und in so winzigen Mengen verteilt werden, daß es völlig ausgeschlossen ist, davon satt zu werden. Was das Christentum jedoch, seiner Meinung nach, wirklich so anziehend machte, sind die herrlichen Lieder, bei denen jeder mitsingen darf. Sie sind, was das Vergnügen betrifft, durchaus auf gleicher Höhe mit den Trommelgesängen Ivitaqs, und man hatte zudem noch, wenn einer laut genug sang, die Chance, daß seine Stimme gehört und von dem christlichen Gott höchstpersönlich verzeichnet wurde, der sich im Himmel niedergelassen hatte, was ja höchst bemerkenswert war, da doch jedermann weiß, daß der Himmel ein kalter und öder Ort ist, wo sich nur die Hängeköpfe nach ihrem Tod aufhalten. Alles das sagte Josva.

Man war sich ganz einig, daß Vater Brian selbst die Ehre und das Vergnügen haben sollte, seinen Tempel sozusagen auf die Beine zu stellen. Bei einer solchen Angelegenheit müßten sich die gewöhnlichen Menschen bescheiden zurückhalten. Einige gingen sogar so weit, den Frauen ihre Hilfe beim Ausladen des Tempels vorzuwerfen. Sie meinten bestimmt, Vater Brian hätte nur aus Bescheidenheit um Beistand gebeten.

Mr. Pickerin nahm an der Diskussion nicht teil. Er zählte Felle, sortierte und bündelte sie, hörte aber verstohlen und mit Ohren, die so lang wie die eines Esels waren, den Gesprächen zu. Und er begriff unschwer, daß die Stimmung für den Pfaffen und sein Haus günstig war, und dachte betrübt an sein Volk und an das Schicksal, das es erwartete. Bis zu diesem Tag war Ukusik ein reiner Ort gewesen; so bezeichnete Mr. Pickerin einen Ort ohne Alkohol und ohne Pfaffen. Nun würde Ukusik ein Ort wie andere werden, versoffen und sündig. Mr. Pickerin hielt sich ja selbst streng an das Alkoholverbot. Nur einmal des Jahres begab er sich außerhalb des Distrikts. Auf dieser Reise besuchte er meine Väter und Onkel beim Mount Fynes. Hier trank er sich dann an Small Johnsons Sam-Su einige Tage lang einen so enormen Rausch an, daß der darauffolgende Katzenjammer ein ganzes Jahr anhielt. Er dachte an Sam-Su, und ein Gedanke fuhr wie ein Blitz in ihn.

»Abile«, sagte Mr. Pickerin. »Du bist doch mein guter Freund und Mitarbeiter, nicht wahr?«

»Eh«, antwortete Abile, was als ein klares Ja ausgelegt werden konnte.

»Willst du für mich einen Brief an die Kameraden in Mount Fynes befördern? Du kannst für die Tour meine Hunde, mein neues Reisezeug und meine Nichte Ivnale leihen.«

»Eeh«, antwortete Abile, was soviel wie ein begeistertes Ja war.

»Wir sperren den Laden zu und gehen zu mir nach Hause. Ich gebe dir dann dort näheren Bescheid.« Mr. Pickerin klopfte Abile dankbar auf den Buckel und sah sich froh und erleichtert um. Er ordnete an, daß man an alle Frauen und Kinder einen Klumpen Kandis und an die erwachsenen Männer einen Zeigefinger Kautabak austeilen sollte. Und die Leute mußten sich wieder über ihren klugen und freigebigen Lagerverwalter wundern.

Die Botschaft
Aviaja faßt einen Entschluß

Es fiel Französisch-Louis ebenso schwer, sich von Aviajas Küche fernzuhalten, wie es seinerzeit Small Johnson schwerfiel, sich nicht mit den Reisenutten in Downty einzulassen. Der Küchenherd wirkte auf ihn wie ein Magnet, und wenn er vom Feldbett in der Stube, seinem provisorischen Krankenlager, das Klappern von Töpfen hörte, stemmte er sich stöhnend hoch und versuchte, aus dem Bett zu kommen. Es dauerte mehr als eine Woche, bis er wieder mobil war.

Anfangs beteiligte er sich nicht an der häuslichen Arbeit, was korrekt war und Feingefühl bewies. Nach zwei Wochen begann er, Aviaja auszufragen, und er schrieb ihre Antworten sorgfältig nieder und verleibte sie seiner umfangreichen Sammlung von Kochrezepten ein. In der dritten Woche nach dem Überfall komponierte er auf Aviajas Aufforderung für die Kameraden ein traumhaftes Mittagessen, und als ein ganzer Monat vergangen war, hatte er mehr oder weniger die Hauswirtschaft übernommen.

Man hätte von Aviaja kräftige Proteste erwarten sollen. Sie hatte nun seit fast fünfzehn Jahren für die Familie gekocht und in all der Zeit das uneingeschränkte Kommando über die Kombüse gehabt. Aber Aviaja ging in ihr fünfundsiebzigstes Jahr, sie war müde und erwartete kaum mehr etwas vom Leben. Meine Reise nach Europa hatte ihr die Lebenslust genommen, und sie fühlte sich eher erleichtert, als sie sah, wie Französisch-Louis die Leitung der Hauswirtschaft übernahm. Sie, deren Gemüt früher so leicht und hell wie ein Sommertag war, sprach nun kaum mehr etwas, lachte nur selten und verbrachte ihre meiste Zeit auf der Pritsche sitzend mit schweren Gedanken.

Einzig und allein Onkel Sam verstand wirklich, was in meiner Pflegemutter vor sich ging. Er sprach mit ihr von den Jahren, wo sie jung war und einen Versorger hatte, und er sprach mit ihr von den Jahren, wo ich im Hause heranwuchs, und von der Möglichkeit, daß ich eines Tages wiederkommen würde. Diese Gespräche taten ihr gut und verscheuchten ihr Gefühl, den Kameraden zur Last zu fallen.

Französisch-Louis hatte die Küche übernommen, und im Haus meiner Väter führte man ein Feinschmeckerdasein. Louis zauberte Gerichte hervor, deren Namen niemand aussprechen konnte, und jeden Tag stattete man sozusagen einen neuen Besuch in der Fremde ab, weit entfernt von Mount Fynes. Man schmauste italienische »Eintöpfe«, spanische »Paella«, nordische »Kroppkakot« und französische »Poulets«, die keineswegs Hühnchen, sondern besonders zubereitete Schneehühner waren. Man brannte sich Schlund und Magen an orientalischen Üppigkeiten, die zwar reichlich gewürzt, aber durchaus wohlschmeckend waren. Außerdem tat man sich an »heimischen« Ren- und Moschusbeefs, an Bären- und Robbenfleisch, gegrillten Mattakstreifen – Narwalhautstreifen – und vielen anderen arktischen Leckerbissen gütlich.

Louis war ein Zugvogel, und die Kameraden wußten, daß sein Aufenthalt bei ihnen von begrenzter Dauer sein würde. Er war ein rastloser Mensch, der große Aufgaben vor sich zu haben meinte, und nur das Interesse und die Neugier, mit der meine Familie seine Kochkünste begleitete, vermochten ihn so lange am Mount Fynes festzuhalten.

Eines späten Abends, als die Männer rings um den Tisch saßen und gespannt darauf warteten, daß Louis und Aviaja mit den ersten Gerichten ankommen sollten, begannen die Hunde draußen infernalisch zu heulen. Small Johnson stand auf und sah zum Fenster hinaus.

»Wir bekommen, scheint's, Gäste«, sagte er.

»Wie viele Schlitten?« fragte Jeobald.

»Einer. Ich glaube, es ist Mr. Pickerin. Es sitzt noch jemand mit auf dem Schlitten.«

»Pickerin?« Pete stand ebenfalls auf und sah zum Fenster hinaus. »Merkwürdig. Er war doch vor drei Monaten hier. Weiß Gott, was er wieder will.«

»Vielleicht ist es gar nicht Mr. Pickerin selbst«, sagte Small Johnson. »Vielleicht hat jemand seine Hunde geliehen. Es ist auch möglich, daß jemand mit einer Botschaft von ihm kommt.«

Es war tatsächlich eine Botschaft von Mr. Pickerin. Abile und die ausgeliehene Nichte Ivnale wurden an den Tisch gebeten und bekamen jeder eine dampfende Schale *Barma Goering* vorgesetzt. Sie stocherten mißtrauisch in dem merkwürdig riechenden Essen herum und blickten verstohlen auf die seltsame Erscheinung, die in weißes Zeug gekleidet und mit einer phantastischen Mütze auf dem Kopf das Essen auftrug.

Pete las Mr. Pickerins Brief. »Das ist ja doch stark!« rief er aus, als er damit fertig war. »Man traut seinen Augen kaum!«

»Was ist denn los?« fragte Jeobald und langte nach dem Brief.

»Ein missionarischer Teufel ist in Ukusik aufgetaucht«, antwortete Pete, »mit einem aufblasbaren Tempel samt Mundstück und allem Drum und Dran.«

»Mit einem aufblasbaren Tempel!« Gill schaute bei dieser Vorstellung ganz verwirrt aus. »Kann denn so was angehen?«

»Er, also Mr. Pickerin, fragt uns, ob wir nicht kommen können, um ihm zu helfen«, las Jeobald. »Er schreibt, es handelt sich nicht nur um die Einwohner von Ukusik, sondern um die ganze Nordregion. Sollte es diesem Phantasten, der, wie ich glaube, noch andere als nur eben die christlichsten Ideen im Schädel hat, gelingen, seine Lehre hier an den

Mann zu bringen, dann wird sie sich wie die Pest im ganzen Territorium ausbreiten ...«, Jeobald ließ die Hand mit dem Brief sinken. »Das ist ja, verflucht noch mal, die schwärzeste Sünde, die mir je untergekommen ist. Das heißt ja beinahe Völkermord begehen. Klar helfen wir Mr. Pickerin.«

»Was steht sonst noch drin?« fragte Small Johnson.

»Ja, wart mal ... ›Als Verteter der Behörden kann ich es mir nicht erlauben, den Kerl mit ein paar Fußtritten aus dem Ort zu jagen. Ich muß mich auf die Rolle des Beobachters beschränken ...‹«

»Was ja wohl so zu verstehen ist, daß er uns die Rolle als Rausschmeißer überlassen möchte«, nickte Onkel Sam.

Small Johnson kniete sich auf seinen Stuhl und hob die Hand hoch. »Ich hab einen Plan«, sagte er voller Eifer. »Wir trinken den Pfaffen mit Sam-Su ordentlich voll, daß alle sehen können ...«

»Ausgeschlossen!« unterbrach ihn Pete. »Pickerin will in Ukusik Branntwein ebensowenig sehen wie Pfaffen.«

Small Johnson hatte sofort eine andere Idee parat. »Wir lassen ihn ruhig den Tempel bauen, aber bei der ersten Predigt ruft einer von uns ›Nanok, Nanok, Bären!‹ In zwei Sekunden ist der Tempel leer.«

»Na und dann?« fragte Gill.

»Dann? Ja, dann hat er niemanden zum Bekehren«, antwortete Small Johnson.

»Der Plan ist nicht schlecht«, sagte Onkel Sam. »Das Wort Nanok hat auf die Eskimo eine magische Wirkung. Aber wenn sie draufkommen, daß kein einziger Bär da ist, laufen sie natürlich wieder in den Tempel.«

»Dann rufen wir halt immer wieder Nanok. Und sie fallen bestimmt jedesmal drauf rein.«

Pete lockerte seinen Leibriemen. »Es muß doch noch andere Methoden geben, um ihn davonzujagen.« Er setzte sich zurecht und fing an, eine neue Portion indonesischer Leckereien einzuschaufeln. »Ich meine, wir sollten diese Geschichte nicht allein durchführen. Bestimmt werden sich eine Menge von unseren Freunden und Nachbarn die Gelegenheit nicht entgehen lassen wollen, bei einem solchen Spaß dabeizusein. Ich meine also, wir sollten so schnell wie möglich die Kameraden in den Distrikten sammeln, die bereit sind, Ukusik und Mr. Pickerin zu helfen.«

»Wir machen einen Kreuzzug«, rief Französisch-Louis, der, obwohl er weder Ukusik noch Mr. Pickerin kannte, für die Idee sofort Feuer und Flamme war.

»Ja, so kann man's ja auch nennen«, nickte Pete. »Ein Kreuzzug, wo's aber nicht mit Gewalt zugehen soll, wir werden den Missionar mit Worten aus Ukusik vertreiben.«

Zum ersten Mal während dieses Gesprächs hob Abile seinen Kopf von der Eßschale hoch und sagte: »Der Pfarrer sprechen viel und viel laut. Viel stark in Wort.«

»Es kommt nicht auf die Kraft der Stimmen an«, antwortete Pete, »sondern auf die Wirkung der Worte.«

Small Johnson machte nochmals einen Versuch, diesmal allerdings schüchterner. »Wenn wir dem Kerl aber doch 'ne Portion Schnaps einflößen würden, damit sich seine Zunge verheddert, wenn ...«

»Keinen Alkohol, Small Johnson!« Pete sah seinen Kameraden ganz ernst an. »Merk dir das, absolut keinen Alkohol!«

»Man sollte doch meinen, daß Mr. Pickerin es in einem Fall wie diesem mit dem Verbot nicht so genau nimmt, aber natürlich, wenn ihr drauf besteht ...«

Small Johnson hatte ein ausgezeichnetes Gedächtnis, aber er verstaute dennoch ganz unten in der Schlittenlast – für alle Fälle – sechs Kanister Sam-Su, als man sich auf die Reise begab.

Ehe wir die Kameraden auf ihrer erlebnisreichen Reise nach Ukusik begleiten, wollen wir noch eben mal nach Aviaja sehen, die allein im Haus bei Miss Molly zurückgeblieben war.

Ich gebe zu, daß es für die nächsten Seiten dieser Erzählung keine Anhaltspunkte gibt, und daß sie nur entstehen konnten aus Einfühlungsvermögen und der inneren Verbundenheit eines kleinen Jungen zu seiner Pflegemutter.

Die Abreise der Männer empfand Aviaja als Erleichterung. Nun konnte sie sich ungestört ihren schweren Gedanken hingeben, die ihr in letzter Zeit viel zu schaffen machten.

Aviaja war müde. Sie war ebenso müde wie damals, als Samuel und Jeobald sie vor vielen Jahren weit draußen im Eis auf einem Hundefell sitzend fanden. Doch zu der Müdigkeit von damals ist noch anderes hinzu gekommen. Damals war sie müde vor Hunger und erschöpft von dem Bewußtsein, jungen, unerfahrenen Versorgern zur Last zu fallen, jetzt aber war sie müde vor Sehnsucht, müde auf etwas zu warten, von dem sie in ihrem Innersten überzeugt war, daß es nie kommen würde. Und zudem war sie sehr alt.

Niemand hatte von mir Nachricht erhalten, seit ich von Downty abgefahren war. Schuld daran war aber nicht ich, sondern das Packeis, das die Küsten nicht freigeben wollte. Dieser Winter war der längste in Aviajas ganzem Leben gewesen, weil sie zum erstenmal Ungeduld fühlte. Sie hatte sich die Zeit dadurch zu verkürzen gesucht, daß sie mit Onkel Samuel als Schreiber ihre Gedanken zu Papier brachte, und sie dachte an diese Wörter, die von Sams kratzender Feder in kleine Figuren verwandelt wurden und von besonders geübten Augen dann wieder in Worte verwandelt werden konnten. Sie grübelte darüber nach, ob ich mir wohl so viel Wissen erworben haben mochte, daß ich ohne weiteres diese kleinen, hingekritzelten Zeichen übersetzen konnte, ob es wohl möglich war, daß ich ihre Worte lesen konnte, ohne ihre Stimme zu hören oder ihren Blick zu sehen. Vielleicht war es doch möglich. Sie hatte sich jedenfalls, so sehr sie nur konnte, angestrengt, ihre Gedanken so einfach und klar wie möglich zu machen, damit ich leichter verstehen sollte, was sich in ihrem Kopf bewegte.

Aviaja lag schlaflos auf ihrer Pritsche. Sie hatte die Specklampe angezündet, die mitten im Zimmer auf einem Dreifuß stand, und die leicht flackernden Flammen erfüllten den Raum mit warmem, traulichem Licht. Ihre Finger spielten mit den weichen Haaren des Schlafpelzes, und sie betrachtete mit zärtlichem Blick die kurze Seitenpritsche, die vierzehn Jahre lang meine Schlafstätte gewesen war.

»Es wäre eine große Freude«, dachte sie, »wenn man noch einmal dort von der Pritsche Atmen hören könnte.« Diese Vorstellung war so überwältigend, daß sie die Augen schließen mußte.

»Es ist nun so, daß eine alte Frau sich bald entschließen muß«, flüsterte sie vor sich hin. »Man muß seinen Versorgern und seinem Pflegesohn zeigen, daß man immer noch etwas Würde besitzt.« Sie öffnete die Augen und wandte den Kopf so, daß sie in die siedenden Flammen der Lampe sehen konnte. »Man wäre für eine auch nur kleine Nachricht dankbar gewesen. Eine kleine Nachricht mit Uklas, wenn er aus Downty zurückkommt.«

Sie legte sich ganz in die Felle zurück und ließ sich von den Erinnerungen an die vergangenen Jahre völlig gefangennehmen. Sie hörte Gills Stimme, wie er mir einmal erklärte, das Glück sei etwas hinter dem Regenbogen, ein Ort mit unbeschreiblich schöner Natur, ein kleines Haus, das am Fuß eines häßlichen, aber geliebten Berges lag. Es ist aber auch Glück, faulen Hunden zuzuheulen, wenn man auf Fahrt ist, Glück ist, den Kautabak der Pflegemutter zu leihen, Rentierfleisch in einem Zelt zu essen, der Trommel des Geisterbeschwörers Ivitaq zuzuhören und, nicht zuletzt, dem Flötenspiel Onkel Gills zu lauschen. Glück war meines Vaters Jeobalds stille Freude, wenn er mit dem Austreiben einer beschwerlichen Sünde Erfolg gehabt hatte und nun mit einer Beule an der Stirn dasaß und seinen Freunden holdselig zulächelte. Glück war Petes schnurrende Pfeife und sein schwerer Arm um meine Schulter. Glück waren Onkel Samuels gelehrte Vorträge über die Dorsetkultur und Small Johnson, wenn er auf der knarrenden Leiter zum Dachboden hinaufstieg, wo er mit seinem Freund und Delirium Nikodemus plauderte und trank. Das Glück lag irgendwo hinter dem Regenbogen, weit weg.

»Jetzt ist es soweit, daß man etwas rappelig geworden ist«, murmelte Aviaja halblaut. »Man wünscht sich das ganz Unmögliche.« Sie schloß wieder die Augen und fuhr fort: »Man soll sich draußen im Eis auf ein Fell setzen und geduldig den Tod erwarten, statt ungeduldig auf etwas zu warten, was nie zurückkommen wird.«

Sie rief sich den Regenbogen wieder in Erinnerung, den sie einmal bei Qaqatoq gesehen hatte, damals, in dem Jahr, wo sie aus Rache für ihren ermordeten Versorger Niuvertoq tötete. Sie erinnerte sich, wie er, einer mächtigen, bunten Schneebrücke gleich, dagestanden hatte, den einen Fuß weit droben hinter den Bergen und den anderen unendlich fern im Meer, und sie wünschte sich sehnlich einen Regenbogen, der sich von dem fernen Europa bis zu dem kleinen Plateau vor dem Haus zwischen dem Fluß und dem Fjord wölbte. Sie wandte den Kopf und öffnete langsam die Augen. Durchs Fenster konnte sie ein paar schwache Nordlichter über den Himmel huschen sehen.

»Dort oben wohnen die Hängeköpfe«, dachte sie. Und sie ließ eine Hand über ihre Gesichtstätowierungen gleiten und fühlte sich beruhigt.

»Man hat sich eben entschlossen«, flüsterte sie. »Wenn die Väter des Jungen zurückkommen, geht man aufs Eis.«

Der Kreuzzug beginnt
Dad Matthew II

Sie fuhren an den fünf Seen entlang, die hinter den Willsonhills lagen und in der abenteuerlichen Einfassung der wilden Bergspitzen wie weiße Saphire funkelten. Der Schnee war schwer und ließ den kommenden Winter ahnen, und das Eis auf den Seen war von einer dünnen Wasserschicht bedeckt. Das Land rings um die Seen war trocken und mit Rentierflechte bewachsen; hier konnte man im Herbst Rausch- und Barnaqbeeren pflücken.

Onkel Gill holte die Flöte hervor und spielte, wie immer inspiriert vom Reisen, das Lied von Tulapieds Tod, während die Kameraden brummend mitsangen. Tulapied war ein durstiger Künstler, der sich vor vielen Jahren in einem der Distrikte niederließ und unter eskimoischen Freunden lebte. Er hatte derart die Lebensweise seiner Wohnplatzgenossen übernommen, daß ihm der Ehrenname »Der Menschenähnliche« gegeben wurde. Seinen Lebensunterhalt verdiente er damit, daß er aus dem angeschwemmten Treibholz Köpfe schnitzte; diese Kunstwerke wurden von dem Fellaufkäufer Uklas nach Downty gebracht, wo sie als eskimoische Heimarbeit an unwissende Menschen verkauft wurden.

Tulapied, der Menschenähnliche, hatte einen starken Charakter. Das wurde sein Schicksal. In einem leichtsinnigen Augenblick ging er mit dem spielfreudigen Joe O'Neil eine Wette ein, daß er die Whiskyflasche drei Monate lang unangetastet lassen könne. Diese Entalkoholisierungsperiode zehrte enorm an seinen Kräften. Und während einer Zecherei bei John Ehrlich, wo der Schwarze Tod in reichlichen Mengen floß, brach Tulapieds Herz. Der Durst machte ihm den Garaus. Er starb, ohne zweiundsiebzig Tage lang auch nur einen Tropfen Alkohol angerührt zu haben, einen grausamen Tod. Die Erinnerung an ihn lebte in Gills Lied weiter.

Das Lied hatte sechzehn Strophen, und als man damit zu Ende war, hatte die kleine Karawane die Seen bereits hinter sich gelassen und war auch schon ein Stück in die Bergschluchten hinein gekommen. Die mächtigen Bergwände stiegen zu beiden Seiten der schmalen Schlittenspur empor, und man fuhr jetzt ohne alle überflüssigen Laute, um keine Lawine in Gang zu setzen. Die Schlitten waren schwer beladen, denn man führte Hundefutter für drei Wochen mit. Deshalb wurde es später Abend, ehe man am nächsten Tag die Bananenküste erreichte, wo Uleroq wohnte. Einen Flintenschuß von Uleroqs Fangstation entfernt begegnete ihnen Uklas, der nach Süden unterwegs war, und er versprach, die Nachricht von dem Missionar in Ukusik an Donald Fourth und Johnny Ninefinger weiterzubringen, die sich beide bei Dad Matthew einfinden sollten, falls sie Lust hätten, an der Expedition teilzunehmen. Uleroq wurde aufgesammelt, und man schlug südöstlichen Kurs in Richtung Corner Creek und Dad Matthew ein.

Nun hatte keiner der Kameraden – Uleroq übrigens ebensowenig – einen herzlichen Empfang seitens Dad Matthews erwartet. Die Kamikpost hatte die Nachricht von Dads seltsamem Benehmen, nachdem er sich einen Partner zugelegt hatte, weit herumgetragen. Aber sie waren alle guter Laune und freuten sich schon auf die bevorstehenden Erlebnisse in Ukusik. Sie stellten auch keine größeren Forderungen an Dads Gastfreundschaft: ein Dach überm Kopf, ein wenig Essen, ein wenig Barnaqschnaps und eine – vielleicht zähflüssige – Diskussion, ob Dad und sein Partner sich an dem Feldzug beteiligen wollten; mehr erwarteten sie nicht. Sie kamen in friedlicher Mission und erwarteten einen friedlichen Empfang. Deshalb wurden sie von Dad Matthews ersten fünf Büchsenschüssen völlig überrumpelt. Ein Knall aus dem Fenster des Hauses, und Small Johnsons Biberfellmütze verlor den Schwanz.

»Er schießt! Verdammt noch mal, wenn der Kerl nicht schießt!« schrie Small Johnson und warf sich in Deckung hinter seinem Schlitten. Die Kameraden schauten verwundert auf Small Johnson und nach dem Haus, und sie erfaßten die Situation erst, als Dads nächste Kugel den Griff einer Kasserolle abbiß, die an einer Hinterstrebe von Petes Schlitten hing. Wie fünf Blitze ließen sie sich hinter den Schlitten hinfallen und beruhigten mit saftigen Ausdrücken die aufgeschreckten Hunde.

»Er ist übergeschnappt«, flüsterte Pete den anderen zu. »Das kommt davon, wenn ein Mann die Frauen haßt. Dafür wird man irgendwie bestraft.«

Gill arbeitete sich tiefer in den Schnee hinein und legte den Nacken gegen die Querbretter des Schlittens. »Ich glaub, das kann jedem passieren«, sagte er philosophisch.

»Zu viele Weiber und zu wenige Weiber, das ist derselbe Mist.«

»Schaut euch meine Mütze an«, jammerte Small Johnson. »Schaut nur, was der Idiot da angestellt hat.« Er hielt den Kameraden seine schwanzlose Pelzmütze hin, und sie nickten mitfühlend. Sie verstanden Small Johnsons Kummer. Sie hatte ihm treu gedient, seit er sie 1929 in Saskebon von einem pleite gegangenen Pelzjäger erstanden hatte.

»Der Satan soll mich holen, wenn ich nicht auch ihm die Haare ausreiße.« Er schwenkte die Mütze über seinem Kopf rasend hin und her und kläffte in einem weg wie ein mondsüchtiger Fuchs. Dad Matthew sah die über der Last hin und her schwingende Mütze und sengte mit einem wohlgezielten Schuß einen Streifen in den flachen Mützenkopf.

Onkel Samuel saß bequem, den Rücken gegen den Schlitten gelehnt und die Beine auf Eskimoart ganz vor sich hingestreckt. Er nahm seine Halbbrille ab und fing an, sie mit einem Hemdzipfel zu putzen.

»Man kann wohl davon ausgehen, daß diese Schüsse besagen, Dad Matthew wünsche uns nicht in seinem Haus zu sehen.« Er hauchte die Brillengläser an, polierte sie sorgfältig und hielt sie gegen das Licht, um das Ergebnis zu beurteilen. «Die Frage erhebt sich jetzt«, fuhr er fort, »ob wir weiterfahren sollen, wie Dad es offenbar wünscht, oder hierbleiben sollen, um den weiteren Verlauf der Begebenheiten abzuwarten und möglicher-weise herauszufinden, was der Grund für sein ungastliches Auftreten ist.«

Pete schob seine schwarze Schirmmütze in den Nacken und wischte sich den Schweiß von der Stirn. »Wenn der Mann wirklich verrückt geworden ist, was man fast annehmen muß, dann meine ich, daß wir die verdammte Pflicht haben, hierzubleiben und ihm zu helfen. Und wir können es uns auch nicht gefallen lassen, mein ich, daß er so mir nichts dir nichts den Schwanz von Small Johnsons Mütze abschießt. Da muß man doch protestieren.«

»Was, protestieren?« murrte Small Johnson. »'ne Tracht Prügel muß er kriegen. So 'n Protest wird er verstehen.«

Gill legte eine beruhigende Hand auf die Schulter seines alten Freundes. »Der ist hübsch groß, dieser Dad Matthew«, sagte er.

»Groß?« Small Johnson schüttelte irritiert die Hand von seiner Achsel. »Und wenn er auch drei Meter groß ist, so soll er trotzdem seine Hiebe kriegen. Keiner ist so groß, daß er nicht flach liegen kann.«

Die Kameraden entschieden sich für eine Belagerung der Fangstation Corner Creek. Französisch-Louis fischte unter Lebensgefahr einen Primusapparat aus der Kochkiste und braute eine starke Tasse Tee, den man zu Small Johnsons Verdruß in reinem Zustand trank. Die Stunden zogen sich langsam hin und wurden nur ab und zu von einem pfeifenden Projektil unterbrochen, das Dad Matthew über die Schlitten sandte, um an seine Existenz zu erinnern.

Onkel Gill, der, anders als die andern, Schüssen gegenüber nicht dickfellig war, wurde früher als diese der Belagerung müde. »Ist der Mann verrückt, dann ist er eben verrückt«, begann er vorsichtig. »Vielleicht mag er es sogar, und dann haben wir kein Recht zu versuchen, ihn wieder normal zu machen.«

Keiner der Kameraden antwortete, und er versuchte es abermals, von einem Schuß inspiriert, der das Horn der einen Hinterstrebe von Petes Schlitten abschoß. »Es ist ja auch sonnenklar, daß ein Mann, der die Frauen nicht mag, verrückt ist. Und Dad Matthew hat die Frauen nie gemocht, also ist er auch seit je verrückt gewesen. Und wenn er seit je verrückt gewesen ist, dann benimmt er sich eben jetzt ganz normal.«

»Ein Mann muß verrückt sein können, ohne seine Umgebung zu belästigen«, sagte Small Johnson verbissen, »oder er muß sich dreinfinden, daß sich die Umgebung in seine Verrücktheit einmischt. Weiter im Süden sperrt man solche Leute wegen weniger ein.« Er ließ die Finger durch die Rinne laufen, die Dads Kugel in seinen Mützenkopf gegraben hatte.

»Wenn wir noch lange hierbleiben«, schoß Gill nun in eine ganz andere Richtung, »dann wird ganz Ukusik christlich sein, ehe wir hinkommen.«

Das gab den Kameraden etwas zu denken, und Gill, der sah, daß er richtig gezielt hatte, führt fort: »Es wird, denk ich, gescheiter sein, einen einzigen Menschen seinem Wahnsinn zu überlassen, damit wir dem Wahnsinn eines ganzen Distriktes zuvorkommen können. Es ist doch klar, daß wir ihn die ersten Tage nicht aus seinem Haus rauskriegen werden.«

Das klang recht wahrscheinlich, und die Kameraden begannen, zwischen Aufbruch und fortgesetzter Belagerung zu schwanken. Aber ehe noch der endgültige Entschluß gefaßt war, erhielten sie Hilfe, sozusagen von höherer Warte.

Dad Matthews junger Partner Tippy war auf Jagd gewesen. Ohne die geringste Kenntnis von der Belagerung kam er auf seinen mit Seehundfell bezogenen Skiern den Berg heruntergesaust. Zu spät hörte er die Schüsse und sah er die Schlitten. Als er versuchte, einen großen Bogen um Jeobalds Schlitten zu schlagen, war sein Tempo zu groß, der Schnee zu lose und Petes Hundepeitsche zu lang. Gerade als Tippy mit den Hunden auf gleicher Höhe war, holte Pete mit seiner Peitsche aus. Die Schmitze wickelte sich um Tippys Bein, und als Pete anzog, fiel er vor Jeobalds Schlitten kopfüber in den Schnee. Es muß jedoch zum Lob des jungen Menschen gesagt werden, daß er mit dem Mut eines Löwen kämpfte, ohne jedoch die Kräfte eines Löwen zu besitzen. Pete legte ihn um und band ihn mit der Peitschenschnur an Händen und Füßen.

»Na, jetzt ist wohl Schluß mit der Schießerei«, rief Gill freudig aus. Er setzte sich auf Tippy, um den höchst aufgeregten Partner zu beruhigen. »Ja, jetzt sind wir faktisch obenauf.«

Dad Matthew, der wie gelähmt die Gefangennahme Tippys verfolgt hatte, riß das Fenster auf und schrie so laut, daß es in den Felsen vielfaches Echo gab: »Laßt den Partner los, oder ich schieß durch die Lasten.«

»Schieß mich am nackten Arsch«, kläffte Small Johnson zurück. »Aber wenn du noch einmal schießt, dann mache ich aus deinem Partner Hackfleisch.«

Ein Schuß pfiff über Small Johnsons Last hin und schlug gegen den Felsen hinter den Schlitten. Die Männer hörten, wie die Kugel ein paarmal rikoschettierte, ehe sie dicht vor den Füßen von Französisch-Louis in einer Schneewehe zur Ruhe kam. Small Johnson zog das Abspeckmesser aus der Scheide und schwenkte es über dem Kopf. »Du hast ja selbst darum gebeten, Dad Matthew. Du hast eben einen Mord begangen«, schrie er.

Dad sah das blinkende Messer, das ein paar Zoll über dem Fahrpelz hin und her schwang, und rief entsetzt: »Ich geb nach! Hörst du, Small Johnson, ich geb nach! Laßt den Partner los!«

Pete stand auf. »Schmeiß die Kanone aus dem Fenster, Dad, und mach die Tür auf. Wir bringen dir das Wildtier.« Er hob Tippy auf und warf ihn sich über die Schulter. Dann watete er ohne Schneeschuhe zum Haus hinauf, dicht gefolgt von den andern Kameraden, die so weit wie möglich seine tiefen Fußspuren benutzten.

Die Tür stand offen. Alle trampelten hinein, und alle sahen vorwurfsvoll Dad Matthew an, der, das Gesicht in den Händen versteckt, am Tisch saß.

Onkel Sam ergriff das Wort. »Es ist unfreundlich und ungewöhnlich, seine Gäste mit Gewehrkugeln zu empfangen, Dad!« sagte er. »Seit Johnny Ninefinger seinen Polarkoller bekam, hat man so was nicht gehört.«

»Kein Teufel hat euch gebeten herzukommen«, murmelte Dad hinter seinen Handflächen.

»Wir sind doch, wen immer wir auch besuchten, stets willkommen gewesen«, sagte Jeobald und schob seine Brust vor. »Das hat's ja noch nie gegeben, daß man auf uns geschossen hätt!«

»Hier ist niemand mehr willkommen, merkt euch das. Jetzt ist's aus mit der Gästerei.«

»Wir fahren schon weiter«, erwiderte Jeobald, »aber erst mußt du uns erklären, weshalb du den Schwanz von Small Johnsons Mütze abgeschossen hast. Das war eine schwarze Sünde, Dad Matthew, und die kann dich leicht einen verdammt wehen Rücken kosten.« Jeobald packte auf alle Fälle mit festem Griff Small Johnson, der sich, vor Kriegslust zitternd, vordrängte.

Pete setzte Tippy ab und löste die Schnüre. »Wir haben uns doch nie aufgedrängt, was? Und ich möchte dich auch nicht dran erinnern, wie oft wir dich, wenn du im Dreck gesteckt hast, wieder herausgezogen haben. Es hat eben Zeiten gegeben, wo du deine Freunde ganz gut leiden konntest, zum Beispiel damals, als dir ein Moschusochse mit seinem Horn den Arm aufgeschlitzt hatte, oder damals, als deine Hunde vor Hunger am Krepieren waren, weil Pat Silvertop dein Depot im Sheimoonpaß hatte mitgehen lassen, nicht wahr?«

Small Johnson wurde im Griff Jeobalds plötzlich schlapp. Er hob das Messer, das noch nicht in die Scheide gekommen war, hoch und deutete damit nach dem Herd.

»Was, Satan, soll das vorstellen?« fragte er höchlichst verwundert. Die

Kameraden folgten seinem Blick und sahen, daß über dem Herd Schnüre gespannt waren, an denen eine Menge weißer, viereckiger, ganz gleicher Stücke Stoff hingen, die weiß wie neu gefallener Schnee waren.

»Sollen das Schießschirme werden?« rief Pete überrascht aus. »Das ist ja eine Menge, die du da in Vorbereitung hast. Willst du sie vielleicht en gros fabrizieren? Dann könnten wir gleich ein paar Stück bestellen.«

Dad nahm die Hände vom Gesicht und schaute verdrießlich auf das Zeug, das dort zum Trocknen hing. »Das da hat nichts mit Schießschirmen zu tun«, sagte er. »Das gehört Tippy.«

»Ach so, Tippy?« erwiderte Pete. Er löste den letzten Riemen von dem Gefangenen. »Was machst du denn mit diesen Lappen, mein Lieber?«

Tippy war nun frei und sprang wie eine Katze in einen Winkel der Stube. Dort holte er aus einem Weidenkorb ein unförmliches, greinendes Bündel hervor. Die Kameraden hätten vor Verblüffung fast ihre Unterkiefer verloren.

»Wenn das kein Baby ist«, flüsterte Onkel Sam, »dann muß ich mir neue Brillen anschaffen. Ich muß schon sagen ...« Sie sahen, daß Tippy den Anorak über den Kopf zog und das eine Ende des Bündels an ein Paar kleine, aber sehr strotzende Brüste legte.

»Großer Gott!« rief Jeobald. »Er ist ja eine sie!«

»Die Göttin der Jagd«, sagte Gill begeistert, und das Gedicht von dieser jungen Diana begann in seinem Kopf Form anzunehmen.

Small Johnson versteckte das Messer hinter seinem Rücken. »Donnerschlag, Donnerschlag!« sagte er. »Da braucht sich kein Teufel wundern, daß letzten Herbst eine Augenbraue draufging. Ich hab mich ja mit 'nem Frauenzimmer rumgebalgt!«

Dad knallte eine Faust auf den Tisch und brüllte: »Frauenzimmer gibt's hier keine, verstanden!«

»Wie nennst du sie denn, verflucht noch mal?« fragte Small Johnson. Er trat auf Tippy zu, um sie richtig zu beäugen.

»Das ist mein Partner«, antwortete Dad. »Und ich warne dich, Small Johnson. Von einem Frauenzimmer will ich hier im Haus nichts hören.«

»Das Kleine ist vielleicht ein Findelkind?« fragte Onkel Samuel.

»Es war eben da«, brummte Dad mürrisch. »Es kam halt, und mehr ist darüber nicht zu sagen. Und macht euch nichts vor, daß es hier im Haus irgendwann ein Frauenzimmer gegeben hat. Ich hab meine Prinzipien.«

Die Kameraden sahen, daß Dad einen aufrechten Rücken bekam, als er seine Prinzipien nannte. Und sie sahen Tippy, deren Brüste vor Nahrung und Weiblichkeit strotzten, und sie sahen verlegen die braunen Warzen, die sie ihrerseits starr und anklagend ansahen.

Pete setzte sich Dad gegenüber, und seine Hand drehte die Mütze auf dem Kopf im Kreis herum.

»Ist ja doch recht überraschend, diese Sache da«, begann er stockend, »und ich weiß nicht recht, ob wir dir eine Entschuldigung geben sollen oder du uns. Die Schießerei haben wir schon vergessen (Small Johnson bekam einen strengen Seitenblick). Aber man kann sich 's eigentlich nicht vorstellen, daß jemand auf seine besten Freunde schießt. Das ist unmöglich, weil man's nicht weitererzählen kann, ohne daß einen die Leute für einen Lügner anschaun. Den Leuten zu erzählen, daß du auf uns geschossen hast, wäre ebenso unmöglich wie ihnen zu erzählen, daß du ein Frauenzimmer im Haus hast. Die Kameraden hier und Uleroq und Französisch-Louis wissen alle, daß du ein Mann bist, der um jede Frau einen großen Bogen macht, und wenn mir irgendein Idiot erzählen wollte, daß du dir in deinem Haus ein Frauenzimmer hältst, würde ich ihm eine ordentliche verpassen und ihn einen Satanslügner nennen. Ja, so ist es. Wenn Dad Matthew sagt, daß er kein Frauenzimmer in seinem Haus hat, dann ist es so.«

Dad blickte erleichtert auf Pete. »Genau. So ist es, Pete. Ganz richtig.« Er wandte sich um und sandte seinem Partner einen warmen Blick. »Da kannst du selbst hören, was mein Freund Pete sagt.«

Jeobald half. »Ich muß schon sagen, Dad, du hast da einen feinen Partner bekommen. Man lebt seine Jahre hin und hat sich schließlich selbst über. Und da nimmt man sich eben zum richtigen Zeitpunkt einen Partner. Das bringt Leben ins Haus, und das Dasein kriegt gewissermaßen einen helleren Ton, wenn du verstehst, was ich meine.«

Dad teilte freigebig sein warmes Lächeln aus. »Was war ich doch für ein Idiot«, sagte er gerührt. »Man hätte doch wissen müssen, daß ihr mich verstehen werdet. Ehrlich gesagt, mich gereut's verdammt, daß ich geschossen habe, und in Wirklichkeit hatte ich Hundeangst, daß ich einen von euch treffen könnte. Ihr müßt verstehen, ich wollte ja bloß, daß ihr abdampft, ehe Tippy zurückkommt. Ich konnt mir gar nicht vorstellen, daß ihr alles so richtig verstehen würdet.« Er sah Small Johnson an. »Das mit dem Schwanz tut mir ehrlich leid, Kamerad, aber ich hab auf dem Boden einen vierzehn Zoll langen Blaufuchsschwanz, den sollst du haben. Und ich geb noch fünf Flaschen Bamaqschnaps drauf, als Entschädigung und Schmerzensgeld.«

Das pazifizierte Small Johnson, und er steckte sein langes Messer wieder in die Scheide. »Ist ja viel zuviel, Dad«, sagte er. »Es war je ein alter, schon ganz schäbiger Fuchsschwanz, mit dem kein Staat mehr zu machen war. Eine liebe, aber schäbig gewordne Erinnerung an alte Zeiten.«

»Sieben Flaschen und den Schwanz«, sagte Dad, der wußte, worauf Small Johnson hinauswollte.

»Wie gesagt, es war ein schäbiger, ganz unbrauchbarer Schwanz, aber doch eben voll der schönsten Erinnerungen.« Small Johnson versuchte, träumerische Augen zu machen.

»Zehn Flaschen Branntwein und keinen Tropfen mehr.«

»Topp!« rief Small Johnson. »Ich hab dich immer für 'nen anständigen Menschen gehalten, Dad, und damit hast du auch für den Streifen Ersatz gezahlt, den du ins Fell der Mütze geschossen hast.«

Ein Geist der Versöhnung, des Verstehens und der Freundschaft war eingezogen und breitete sich auch auf Tippy aus, die lächelnd und bereitwillig ihr Baby bewundern ließ.

Onkel Gill hätte jedoch beinahe die gute Stimmung zunichte gemacht, als er Dad ganz naiv fragte: »Hör mal, das Kleine da ist wohl auf gut altmodische Weise fabriziert worden, oder nicht?«

Dad zog die Augenbrauen gefährlich zusammen. »Willst du andeuten, daß Tippy was anderes ist als mein Partner?«

Onkel Sam rettete die Situation. »Kinder«, sagte er, »können auf die verschiedenste Weise zur Welt kommen. Es ist eine Frage des Glaubens. Anderswo in der Welt leben Muselmänner, und ihr Prophet Mohammed sollte, wenn ich mich recht erinnere, von einem Mann wiedergeboren werden. Es gibt für alles eine Erklärung, wenn man nur den rechten Glauben hat.«

Dads Augenbrauen nahmen wieder ihren gewohnten Platz ein. Er klopfte Sam auf den Rücken und sagte bewundernd: »Du weißt beinah alles, Sam. Für uns, die nichts wissen, ist es sehr nützlich, einen so gelehrten Mann unter uns zu haben.«

Sam sah mit einem lustigen Funken im Auge auf. »Man hat ja wohl etwas unpraktisches Wissen«, sagte er, »aber von den mehr lebensnahen Dingen wie zum Beispiel Schwarzbeerbranntwein hat man so gut wie keine Ahnung.«

Dad lachte. »Du verstehst's, weiß Gott, es einem Wirt fein unter die Nase zu reiben, wenn er seine Pflichten vergißt. Ich hol jetzt den Schnaps.«

Man schwatzte und trank die ganze Nacht durch. Dad erzählte von Tippys Geschick für den Fängerjob, und er erzählte, daß das Kind eines Nachmittags ohne weiteres einfach ankam und daß es da schon einen Zahn im Mund hatte. Und meine Familie erzählte von mir, der ich ja jetzt in Europa war und von dem sie schon seit vielen Monaten nichts gehört hatten. Und Französisch-Louis berichtete von dem Wolfsüberfall und zeigte sichtlich stolz seine Wundmale her. Schließlich sprach man davon, wie man Mr. Pickerin am besten helfen könnte.

Ehe man sich – es war schon früher Morgen – in die Kojen begab, schenkte Tippy Small Johnson ein Paar schön bestickte Mokassins und sagte ihm sehr lieb: »Du nie mehr raufen mit Frau.«

»Hier gibt's keine Frauen!« brüllte Dad über den Tisch hin. »Du nie mehr raufen mit Mann.«

»Du bist doch, verflucht noch mal, auch kein Mann, Partner!«

»Du nie mehr raufen mit Partner, wie?«

Small Johnson schüttelte energisch den Kopf, zu bewegt, als daß er hätte antworten können.

Als Sam vors Haus ging, um für den Rest der Nacht sein Wasser zu lassen, ging Dad Matthew ihm nach. Sie stellten sich mit gespreizten Beinen und leicht vorgeschobenen Bäuchen an der Hauswand auf. Beide schauten nach dem schwachen Lichtschein am Himmel. »Du, äh, Sam … wie hat der geheißen, von dem du erzählt hast, daß er wiedergeboren werden soll?«

Sam steckte den Hintern vor und knöpfte sich den Hosenschlitz wieder zu. »Mohammed. Er war ein großer Prophet in Arabien. Eine Art arabischer Jesus, könnte man fast sagen.«

»Mohammed. Ja, so war's wohl. Hmm … da steckt ja Klang drin in dem Mohammed. Könnte man fast für das Kleine drinnen brauchen.«

»Ist's ein Junge?«

»Nicht so richtig. Ist zwischen den Beinen falsch konstruiert.«

»Aber das geht trotzdem. Die Eskimo brauchen ja die gleichen Namen für Kinder mit Zäpfchen und ohne Zäpfchen. Mohammed ist sicher ausgezeichnet.«

»Meinst du wirklich? Es wär ja ein recht schicker Name. Was übers Gewöhnliche, mein ich.«

Und so ging es zu, daß Onkel Small Johnsons Biberpelzmütze mit einem vierzehn Zoll langen Fuchsschwanz versehen wurde und daß Corner Creeks Fangstation ein Mädchen mit dem fremdartigen Namen Mohammed bekam.

Von der Reise nach Ukusik

Folgende Personen fanden sich im Lauf des nächsten Tages in Corner Creek ein: Donald Fourth von Sugarloaf, der Schwede Persson und Johnny Ninefinger. Mit meiner Familie, Uleroq, Dad und seinem jungen Partner zählte die Expedition insgesamt zwölf Teilnehmer oder einhundertundsechs Seelen, wenn man die Schlittenhunde und das Mädchen Mohammed mitzählte.

Da es wichtig war, die Reise schnell zurückzulegen, beschloß man, der Außenküste bis zum Herchill-Gletscher zu folgen. Von dort wollte man aufs Eis hinaus und in direkter Vogelfluglinie nach Ukusik fahren.

Das Land an der Außenküste war öde und ziemlich flach. Die Männer fuhren in gutem Abstand vom Meer, da es dort wegen des Unterschiedes zwischen Ebbe und Flut große Eisstauungen gab, die das Weiterkommen sehr erschwerten. In den Frühlingsmonaten, wenn die Robben mager waren und sanken, ehe man ihrer habhaft werden konnte, machten sich die Eskimo die Gezeiten zunutze. Sie ruderten in primitiven Fellbooten hinaus und schossen Robben, die sie später bei Ebbe aufsammelten.

Es war imponierend, die sieben Schlitten zu sehen, wie sie sich in Wellenlinien über das breite Vorland hinschlängelten. Wie gewöhnlich lief Pete mit seinen Schneeschuhen stapfend an der Spitze. Persson, der vor dem alten Riesen von Miss Molly nicht zurückstehen wollte, überließ Tippy seine Hunde. Sie steckte das Junge in den Schlittensack, knallte kundig mit der Peitsche und stieß dabei mit solchem Talent für Improvisation saftige Flüche aus, daß sie unwillkürlich die Bewunderung der Männer erregte. Daß Freunde und Nachbarn ihr etwas merkwürdiges Verhältnis zu Dad Matthew akzeptierten, hatte sie aus einer fauchenden Wildkatze in ein lächelndes, freundlich plauderndes Wesen verwandelt. Sie lud Onkel Samuel ein, sich zu ihr auf Perssons Schlitten zu setzen, und die beiden schwatzten nun eifrig miteinander auf Chipewayan, das Onkel Sam mit einiger Mühe sprechen konnte.

Persson holte Pete ein. Die beiden Männer trabten dahin, ohne ein Wort zu sagen. Sie saugten die kalte Luft in ihre Lungen und stießen sie wie Dampfstrahlen zu den Nasenlöchern wieder aus. Die Arme schwangen im Takt des leichten Trabs – was für jeden Schneeschuhgang typisch ist –, und beide suchten die Ausdauer des anderen zu erproben, indem sie, gleichgültig, ob es bergauf oder bergab ging, das gleiche Tempo einhielten.

Um die Kapazität seiner Lungen zu demonstrieren, begann Persson zu pfeifen, und Pete, den man nicht so ohne weiteres unterkriegen konnte, stopfte sich geschwind seine Pfeife und sandte einen Augenblick danach schwarzgraue Wolken zum Himmel.

Die Hunde hinter ihnen folgten ihrem gesetzten Trab, und von den Kutschern kümmerte sich keiner groß um die Fahrt, denn die Schlitten waren ja im Gang.

Und der Schnack ging hin und her. Man traf einander ja so selten, und es gab eine Menge Geschichten auszutauschen. Man hüpfte von Schlitten zu Schlitten, erzählte und hörte zu, und dann und wann machte man eben mal einen Besuch bei Perssons Schlitten, um in den Schlittensack zu gucken, wo Tippys Kind im Stehen schlief. Das eine um das andere Mal rief man Dad zu, sein Partner hätte sich da ein ungewöhnlich schönes Kind angeschafft. Und Dad strahlte vor Glück.

»Ja, das Kleine ist wirklich phantastisch«, sagte er bescheiden. »Und weiß der Satan, ob's nicht plötzlich da war, ehe es einem aufging, was sich da eigentlich tat.«

»Bist eben ein Bursche, der Glück hat, Dad Matthew«, rief man zurück.

»Glück? Das sagt gar nichts. Und der Name Mohammed. Ein richtiger Herrenname, wie?«

Das war ein Versuchsballon, den er da losließ, doch seine Freunde ließen ihn unangetastet zum Himmel steigen. Keiner schielte ihm auch nur nach.

»Sei du froh, daß du kein Frauenzimmer hast«, sagte Johnny Ninefinger. »Frauenzimmer taugen nur zu dem einen.« Man konnte es Johnny deutlich ansehen, was er damit meinte.

»Das Pack muß man von den Fangstationen weghalten«, meinte Small Johnson.

»Genau!« antwortete Dad. »Nein, ein guter Partner, das ist was anderes. So einen müßte ein jeder zünftige Fänger haben. Frauenzimmer, wißt ihr, so richtige Frauenzimmer, wenn ihr mich versteht, sind eine Satansplage, und dabei sind sie zu nichts nutz.«

Französisch-Louis, der der starken Kälte wegen seine hohe Kochhaube mit einem fabelhaften pelzgefütterten Gummihelm ausgetauscht hatte, lief zu Dad hinüber und setzte sich zu ihm.

»Du hast ewig recht, Kamerad. Frauenzimmer bringen mehr Schaden als Nutzen mit sich. Ich hab noch nie eine Frau getroffen, die dieses Etwas hatte, du verstehst, was man braucht, um Futter und Essen unterscheiden zu können. Ich hab mal gesehen, wie ein Frauenzimmer die Poren vom Fleisch auf einer heißen Pfanne schloß. Was sagst du dazu? So was Elementares wie das Schließen von Poren! Offenes Feuer, blaue Flammen oder Hitzewellen von Birkenholzglut! Aber eine heiße Pfanne aus Eisen! Pfui Teufel! Hast du übrigens was von deinem Bamaqbranntwein bei dir?«

Dad zog eine Flasche aus der Brusttasche seiner Hundefellweste. »Ja, zwischen 'nem Frauenzimmer und 'nem Partner ist ein himmelweiter Unterschied«, sagte er und reichte dem Koch die Flasche. »Ich red nicht davon, was man theoretisch mit beiden machen kann, das kann man im Grund ja auch mit einer Renkuh vornehmen, falls einem das Spaß macht. Nein, nein, du, ich rede von dem Unterschied zwischen so 'ner Puppenfee mit 'nem Hirn wie ein Schneespatz und 'nem Kameraden, der präzis so denkt wie du selbst.«

»Ich versteh genau, was du meinst.« Louis trocknete sich die Lippen und löste den Riemen unterm Kinn, um den Mund besser aufsperren zu können. »Du redest da so, ich möchte sagen, durch die Blume. Das ist prima, find ich, und es zeigt, daß du guten Verstand hast. Wenn du sagst, daß du kein Frauenzimmer im Haus haben willst, dann muß man sich das bloß richtig auslegen. Es gibt sicher nicht viele, die dich so gut verstehen wie ich, Dad, so tief, kann man fast sagen.«

Er trank wieder gierig und diesmal unbehindert vom Kinnriemen des Helms. »Und was ich sagen will«, sagte er, »dein Rezept muß ich unbedingt haben. Dein Schwarzbeerschnaps ist wie geschaffen für geräucherte Rentierzungen. Eine Ahnung Anis und mhm, superb.« Er küßte hingerissen die Flasche. »Krieg ich 's Rezept, Dad?«

Dad rieb sich das Kinn. »Ich weiß nicht recht«, antwortete er. »Ich hab's ja immer für mich behalten. Wenn ich 's hergebe, dann könnten ihn die Nachbarn ja selber brauen, und dann gäb's keine Überraschung mehr, wenn sie mich besuchen.«

»Ja, aber ich bin, das weißt du doch, jemand, der dich versteht.« Französisch-Louis legte vertraulich seinen Arm um Dads Rücken. »Ich versteh das alles mit dem Partner, und außerdem reise ich vielleicht bald weit weg. Kein Wort wird über meine Lippen kommen.«

»Kein Wort?«

»Ja, das versprech ich dir.«

Dad seufzte tief. »Du bist ein richtiger Kamerad, Louis, und deshalb kann ich dir's nicht gut abschlagen. Wenn du dich also entschlossen hast zu reisen, dann komm mal bei Corner Creek vorbei. Ich muß dann aber auch sicher sein, daß du aus den Distrikten verschwindest.«

»Dagegen läßt sich nichts sagen.« Louis schnupperte am Flaschenhals, um seine Geschmacksknospen zu kitzeln, ehe sie wieder mit dem wunderbaren Schwarzbeerschnaps begossen werden sollten. »Wunderbar«, stellte er fest. »Einfach wunderbar.«

Am dritten Tag der Reise, gerade als man am Fuß des Herchill-Gletschers angelangt war, bekam Donald Fourth Zahnschmerzen.

Nun sind Zahnschmerzen in der Arktis eine ernste Angelegenheit, weil man nur selten einen sachkundigen Mann bei der Hand hat. Zahnärzte sind in diesen Gegenden noch seltener als Schneeböen in Jerusalem.

Zahnschmerzen gibt es mancherlei. Es gibt verschiedene Grade des Schmerzes vermischt mit verschiedenen Graden psychischer Beschwerlichkeit. Es gibt erträgliche Zahnschmerzen. Ein leichtes Murren, ein unangenehmes Prickeln, kleine Stiche eines Schmerzes, der kommt und geht. Eine Art zerstreuter Zahnschmerz, bei dem man die Angst noch unter Kontrolle hat.

Dann gibt es die drohenden Zahnschmerzen. Ein kleiner Stich tief unten im Kiefer, und nach dem Stich starke Hitze, die bis hinauf zur Haargrenze Schweißperlen absetzt. Man spannt sich, wartet, wartet weiter und hat's schon beinahe vergessen, da setzt der zweite Stich ein. Diese Zahnschmerzen sind fürchterlich, weil man keine Ahnung hat, wie sie sich entwickeln werden.

Zwischen diesen beiden Formen und den Zahnschmerzen, die Donald Fourth angriffen, liegt eine reiche Variation von Schmerzen. Leichtere Entzündungen, Schmerzen bei Kaltem und Süßem, empfindliches Zahnfleisch, Schmerzen beim Kauen usw. Das alles ist auszuhalten, geht aber auf die Nerven und ist überaus ermüdend.

Donalds Zahnschmerzen waren von der schonungslosen, der überraschenden und totalen Art.

Sie setzten ein, als man gerade die Schlitten angehalten und zu diskutieren begonnen hatte, ob man noch vor dem Aufstieg zum Gletscher zelten sollte, und sie ließen ihn einen Schrei ausstoßen, der Menschen wie Tiere umgehend auf die Beine brachte. Alle sahen Donald höchst erstaunt an, und Donald glotzte ebenso erstaunt zurück.

»Plötzlich hab ich im Maul so 'nen Schmerz gehabt«, sagte er und zeigte auf eine Stelle im Vollbart, wo der Zahn vermutlich saß. Wenige Minuten danach fing der Schmerz wieder an. Er begann ganz schwach, irgendwo unter einem Zahn, an einer Stelle, die Donald nicht lokalisieren konnte. Dann breitete er sich über die ganze linke Seite des Mundes aus, sowohl im obern wie im untern, kroch zusammen und zog sich von der Spitze des Zahns als bohrender, nagender, surrender, kochend heißer Riesenschmerz durch den Kiefer und durch den Hals und weiter durch den ganzen Donald Fourth hinunter, bis er sich in seinen Zehen festsetzte, die er mit eisernem Griff zusammenzog.

»Ooooh!« heulte Donald. Und da war der Angriff auch schon vorüber.

»Donnerwetter, Donnerwetter!« murmelte Pete. »Tut's wirklich so weh?«

Donald sank auf seinem Schlitten in sich zusammen. »Unbeschreiblich, du kannst es nicht ahnen …«, und da fing's wieder an.

Ein verstärktes Ooohh ließ die Luft vibrieren, und die Hunde, die nicht gerade ein besonders feines Sprachgefühl haben, verwechselten Donalds Geheul mit dem wohlbekannten Startsignal Uuuuh. Sie legten sich sozusagen ins Zeug und eilten die Gletscherzunge hinauf. Und da Donalds mißdeutete Schmerzensheuler etliche Male wiederholt wurden, begriffen sie, daß es diesmal ernst war und daß man gerade bei diesem Start erhöhten Einsatz erwartete. Die Reaktion der Hunde beendete definitiv die Diskussion der Männer. Sie rannten zu den Hinterstreben, um die dahinholpernden Schlitten zu stützen. Donald jedoch blieb auf seinem Schlitten. Er lag knieend an den Hinterstreben, und sein Gesicht war begraben zwischen Primus, Kochtopf und Hundeketten, die vor dem Schlittensack hingen. Seine Heuler nahmen an Stärke ab und gingen in ein stoßartiges Jammern über. Gill, der die Lenkung von Donalds Schlitten übernommen hatte, sah, wie der Schweiß in kleinen Bächen in Donalds Bart lief, und daß die Augen des Unglückseligen voll der klarsten Tränen waren.

»Halt bloß fest, Donald«, sagte er ermutigend, »wir sind bald oben.«

Für Donald war die Fahrt den Herchill-Gletscher hinauf eine Niederfahrt zur Hölle. Es war mit seinem Zahn so weit gekommen, daß die Angriffe unverzüglich einsetzten, sowie er die kalte Luft einsog. Indes: die gellenden Schreie brauchten Luft, die Luft rief Schmerzen hervor, und die Schmerzen entluden sich in Schreien. Als man auf das ebene Eis kam, war es schwer, die Hunde zurückzuhalten. Sie rannten in scharfem Trab weiter über den zusammengepreßten Schnee, immer wieder angespornt durch Donalds falsche Signale. Erst als Persson resolut den Kopf des erbarmungswürdigen Menschen packte und ihn in den Schlittensack preßte, dessen Inhalt an dicken Socken, groben Sweaters inklusive eines Schlafsacks sein Geheul wirkungsvoll dämpfte, beruhigten sich die irregeführten Tiere.

Das Lager wurde sofort aufgeschlagen. In Eile wurden die Hunde an die Kette gelegt, gefüttert, die Zelte errichtet und die Primusse angezündet. Dann widmete man sich Donald. Die von Johnny Ninefinger vorgeschlagene Schock-Kur begann. Donalds Mund wurde – etwas gegen seinen Willen – mit Schnee angefüllt und die Kiefer zusammengepreßt, damit es ihm unmöglich wäre zu spucken. Da der Mann den Mund nicht öffnen konnte, konnte er natürlich auch nicht schreien, aber aus seinen kräftigen Bewegungen, den umherfechtenden Armen, den strampelnden Beinen und – nicht am wenigsten – den wild rollenden Augen konnte man darauf schließen, daß die Kur wirkungslos war. Nach kurzer Beratung wurde der Schnee mit brühheißem Tee ausgewechselt. Die Hitze legte sich mit kleinen, feinen Hämmern um Donalds Zahn und klopfte in immer schleunigerem Tempo auf den – wie Donald meinte – bloßliegenden Nerv. Der Tee sickerte aus Donalds Nase, und man gab schließlich seine Kiefer frei, damit er nicht ein Opfer des Erstickungstodes werde.

Nun war aber der Zeitpunkt für eine gründliche Untersuchung gekommen. Donald wurde, trotz sehr kräftigen Protesten, auf vier Proviantkisten solcherart angebracht, daß sein Kopf über diesen improvisierten Untersuchungstisch hinausragte und frei zum festgestampften Schnee hinunterhing. Persson sorgte dafür, daß die Kiefer aufgesperrt blieben. Dad Matthew assistierte mit einer Taschenlampe, und Onkel Sam stocherte mit einem Taschenmesser vorsichtig im Mund des Mannes herum.

»Was siehst du?« fragte Pete.

»Ja, möglicherweise ist's der Kerl da«, antwortete Sam und stach mit der Messerspitze in einen riesigen Krater. Der war jedoch ein erloschener Vulkan, und man konnte beim Patienten kein Anzeichen eines Ausbruchs feststellen.

Sam zog das Messer wieder an sich und begann, seine Halbbrille zu putzen. »Es wird erhebliche Schwierigkeiten haben, dort drin die Wurzel des Übels zu finden«, sagte er. »Es gibt da so viele Möglichkeiten.«

Die Männer reckten, einer nach dem andern, ihren Kopf über Donalds aufgesperrtes Maul und besahen sich diesen Friedhof, wo die Zähne schwarzen, eingesunkenen Grabdenkmälern für etwas glichen, was einmal gesund und lebendig war.

Sam begann abermals. Diesmal ging er jedoch systematisch ans Werk. Er steckte die Messerspitze der Reihe nach in jeden Zahn und drehte sie in allen Löchern und suspekten Vertiefungen hin und her, während die übrige Männerschar genau Donalds Reaktion überwachte.

Doch endlich gab's Erfolg. Die Messerspitze verschwand in einer schwarzen Tiefe, und Donald zuckte, und sein Leib streckte sich wie eine gespannte Violinsaite.

»Jetzt, Sam«, gab man Bescheid. »Das ist er.«

Sam merkte sich den Zahn, und Donald wurde eine Erholungspause gegönnt. Persson lockerte jedoch nur leicht seinen soliden Griff um Donalds Hals, damit er nicht die Gelegenheit benutzte, sich dünnzumachen. Small Johnson, der so vorsichtig war, seinen geheimen Vorrat an Sam-Su nicht zu verraten, beklagte es laut und innig, daß man dem Patienten keinen Drink einflößen konnte, was zur Folge hatte, daß Dad Matthew, der Mr. Pickerins Verbot nicht so tragisch nahm, eine Flasche Branntwein hervorzauberte. Sie ging von Mund zu Mund, durfte jedoch recht lange an Donalds Lippen haltmachen. Jeder hatte Mitleid mit Donald und erwies ihm viel Freundlichkeit. Man klopfte ihm ermutigend auf die Schulter, saß andächtig und ganz still da, wenn der Drang, ein paar Heultöne auszustoßen, über ihn kam, und Onkel Sam überließ ihm sein kariertes Taschentuch, damit er sich den Schweiß von der Stirn wischen konnte. Dad Matthews kleiner Partner lächelte ihm herzlich zu und hielt ihm ihr Kind in der Hoffnung hin, daß ein so schönes kleines Wesen seine Gedanken von dem Bevorstehenden ablenken könnte. Als die Flasche leer war, fühlten sich – von Donald Fourth abgesehen – alle zum Weitermachen bereit. Man holte aus den Schlittensäcken Werkzeug und brachte den nunmehr schluchzenden Donald wieder auf den Kisten an. Er benahm sich, das muß man sagen, ein wenig wild, aber die Übermacht und die unablässigen Schmerzen erschöpften bald seine Widerstandskraft. Persson, der einmal die Ehre gehabt hatte, Uleroq von einer Zehe zu befreien, gab glatt zu, daß er bezüglich Zahnziehens keine Erfahrung hatte. Deshalb wurde Sam, der soviel wußte, aufgefordert, die Operation vorzunehmen.

Während Persson Donalds Kopf zwischen seine massiven Schenkel nahm, wählte Sam sorgfältig unter dem aufgehäuften Werkzeug das Nötige: nämlich ein Stück Stahldraht, einen Schraubenzieher und eine Flachzange. Donalds Mund wurde mittels eines abmontierten Kochtopfhenkels, der hinter den Schneidezähnen hochkantig aufgestellt wurde, offen gehalten. Und Sam fing zu arbeiten an.

Er befestigte den Stahldraht so weit unten am Zahn, daß er unter dem Zahnfleisch ganz verschwand. Dann drehte er mit der Beißzange den Draht so fest zusammen, daß unter den Zuschauern mehrere bestimmt meinten, ein Geräusch wie von zerbröselndem Knochen zu hören. Doch Sam wußte, was er tat. Als der Stahldraht an seinem Platz und mit dem

Zahn fast eins geworden war, legte er den Schraubenzieher über die hintersten Backenzähne und unter das zusammengedrehte Ende des Drahtes.

Nun folgten ein paar erregende Augenblicke. Sam setzte beim Ziehen seine ganze Kraft ein. Die Flachzange hielt den Stahldraht gut fest, und Sam lockerte durch kleine, energische Rucke die Zahnwurzeln im Kiefer, wobei er den Schraubenzieher als Hebel benützte. Wenn man von den unangenehmen Lauten absah, die Donald trotz der Apparatur im Mund immer noch von sich zu geben vermochte, war der Augenblick, als der Zahn langsam, beinahe majestätisch, zum Schraubenzieher emporgeglitten kam und seinen Platz in Donalds Mund verließ, geradezu wundervoll. Es war einer der Augenblicke, in denen sich völlige Hilflosigkeit und Verzweiflung durch menschliche Klugheit und Hilfsbereitschaft in vollkommenes Glück verwandeln.

Munteres Geknirsche von Stahl an Bein ließ sich vernehmen, als Sam dieses Ungeheuer aus Donalds Dasein entfernte. Der Schmerz war enorm gewesen. Nun lag Donald ganz still in Perssons Schraubstock, und die Männer konnten sehen, wie sich in seinen Augen Ruhe ausbreitete. Persson lockerte versuchsweise seinen Druck und gab eines der Ohren Donalds so weit frei, daß er Gelegenheit hatte, das bewundernde Gemurmel zu hören, das über ihm zusammenschlug.

»Das hast du ja verdammt tapfer überstanden«, sagte Dad Matthew voll Hochachtung. »Was sagst du, kleiner Partner, ist dieser Donald Fourth da nicht ein mordszäher Kerl?« Er setzte sich neben Tippy und beklopfte ihrem Kind mit einem Zeigefinger, dick wie eine Leberwurst, den Bauch. Tippy nickte und seufzte begeistert, was bewies, daß sie ein guter Partner war.

»Das muß gefeiert werden«, rief Small Johnson. »So was wird immer gefeiert, und die Feste nach so 'ner Herumdokterei sind ja immer mächtig.« Nach vielen Tagen Schwarzbeerschnaps sehnte er sich wahnsinnig nach einem Glas Sam-Su. Er hockte sich vor Donald und tätschelte ihm die Wangen.

»Meinst du nicht auch, daß so ein Zahnziehen unbedingt gefeiert werden muß? Glaubst du nicht, daß deinem Loch im Maul etwas Sam-Su guttun würde?« fragte er.

Donald nickte, so gut es Perssons Schenkel zuließen, und Small Johnson strahlte vor Geberfreude. »So ein Glück, daß ich, zerstreut wie ich nu mal bin, 'nen kleinen Kanister Sam-Su in der Last verstaut habe. Hab wohl 'ne Ahnung gehabt, daß mit deinem Zahn was passieren wird.«

Pete fuchtelte mit einer Faust vor Small Johnsons spitzer Nase. »Du hast also, trotz deiner Versprechungen, doch Schnaps mitgenommen!«

»Ja, das muß ich wohl getan haben.« Small Johnson versuchte, reumütig auszusehen.

»Ich muß ihn ganz in Gedanken auf den Schlitten gelegt haben. Vielleicht hab ich vorausgeahnt, daß wir unterwegs eine Herzstärkung brauchen könnten. Zufällig war's nun also Donalds Zahn, es hätt aber ebensogut ein gebrochenes Bein oder 'ne Lungenentzündung sein können. Es gibt ja allerhand Möglichkeiten für ein Unglück auf so 'ner Reise.«

Pete betrachtete Small Johnson lange und ernst, ehe er sehr vernünftig antwortete: »Wenn du nun schon, trotz allem, das Vertrauen deiner Kameraden getäuscht hast, dann ist's wohl gescheiter, wir trinken den Schnaps jetzt, als daß wir ihn nach Ukusik mitschleppen. Ich muß aber mit allem Nachdruck sagen, daß deine Kameraden und ich sehr traurig sind, weil du dein Versprechen nicht gehalten hast.«

Small Johnsons Kameraden versuchten, traurig auszusehen, und Small Johnson antwortete mit einer Miene, die einem Vorbeter angestanden hätte: »Ich war sicher im Kopf nicht recht beisammen, als ich den Kanister mitnahm, aber ich geb zu, es war ein Fehler. Aber wir können ja, wie Pete sagt, dem Schnaps hier den Garaus machen, statt ihn mitzunehmen und Mr. Pickerin zu beleidigen.« Er entfernte sich mit weiteren Entschuldigungen durch den Zelteingang, sowie er aber ganz draußen war, sauste er wie eine hungrige Ratte zu seinem Schlitten, wo er eiligst einen der verborgenen Kanister hervorgrub.

Man hatte sich an Fleisch satt gegessen und den Durst mit Sam-Su und was sonst noch Trinkbares zum Vorschein kam gelöscht. Donalds Zahnschmerzen hatten sich zu einem behaglichen Schnurren im Krater verwandelt und waren schon eine fast verdrängte Erinnerung.

Lange und warm wurde von Mr. Pickerin gesprochen, ziemlich skeptisch und lau vom Missionar, den man ja nicht kannte und darum nicht verurteilen wollte, und lebhaft davon, wie man das christliche Unwesen aus Ukusik vertreiben könnte. Dann kamen die Pausen. Die langen, schönen Pausen, wo die eine träge Frage über den hartgetretenen

Schnee hinkullerte und gegen den einen oder anderen stieß, der sie dann ebenso träge mit einer Antwort parierte, die fast immer daneben ging.

So etwa fragte Uleroq Onkel Samuel: »Hör mal, Sam, wenn man so im Mund eines Mannes arbeitet, ich meine, wenn man zum Beispiel sein ganzes Maul mit einem Messer untersucht, wie du's getan hast, was für Gedanken macht man sich dabei? Woran denkt man da eigentlich?«

Sam saß da, als wäre er eingenickt. Ohne die Augen zu öffnen, antwortete er: »Meinst du so einen Mund wie den von Donald?«

»Ja, zum Beispiel.«

»Mit einem großen Bart drum herum?«

»Ja, zum Beispiel.«

»Tja, was denkt man da. Ich dachte, glaub ich, an meinen Vater.«

»Deinen Vater?«

»Ja, ich dachte gewiß an meinen Vater.«

»Ach so, an deinen Vater«, antwortete Uleroq. Er hatte keine Lust, mehr zu fragen, da er nicht riskieren wollte, sich zu blamieren.

Sam ließ sich wieder in seinen Halbschlaf sinken. Er ließ seine Gedanken träge um seinen Vater kreisen, der vor vielen Jahren in Warschau ein bekannter Gynäkologe gewesen war.

Vater Brian
Die Kameraden werden unterrichtet

Unendlich langsam erhob sich der Tempel der »Gottesstreiter« auf dem kleinen, fast schneefreien Fleck zwischen den zwei Lagerhäusern des Ortes. Vater Brian errichtete ganz allein, ohne irgendwelche andere Hilfe als die seiner Lungen, dieses mächtige Bauwerk. Die Besatzungsmitglieder der »Civilisation« hatten sich schon nach ein paar Stunden Blasarbeit fortgestohlen und waren seitdem nirgendwo mehr aufzutreiben.

Es war Vater Brians sehnlichste Hoffnung gewesen, dieses Projekt in sieben Tagen durchführen zu können – gleich einem andern Baumeister, der ehedem in dem gleichen Zeitraum ein weitaus umfassenderes Stück Arbeit zuwege brachte. Doch nach einer Woche strapaziösester Plage mußte er einsehen, daß seine Lungen nicht über die gleiche Kapazität verfügten wie die göttlichen. Am vierundzwanzigsten Tag nahm er den Kampf mit der vorletzten Säule auf.

Vater Brian hatte sich während des Aufenthaltes in Ukusik verändert.

Er war dünner geworden, und seine vorstehenden Augen hatten einen seltsamen Glanz bekommen. An die Tage, wo er durch eine Zigarre zu atmen pflegte, hatte er nur noch eine ganz schwache Erinnerung, wie ihm überhaupt die ganze Zeit vor den zehn Säulen nicht mehr so recht gegenwärtig war.

Vater Brian war berufen. Zum ersten Mal in seinem schäbigen Dasein fühlte er sich berufen. Und er lieferte die Luft, die zu liefern ihm von Gott aufgegeben war, ohne daß ihm diese Lieferung irgendwie lächerlich oder demütigend vorkam. Er war der Mann, der ohne alle Hilfe seinem Gott ein Haus errichtete, ein Haus, das für mehr als viertausend aufgehängte Fuchsbälge sowie für eine Unmenge Robben- und Bärenfelle Platz hatte.

Die Eskimo betrachteten Vater Brian mit Staunen. Es war zu einer Art Volksbelustigung geworden, den Hügel hinaufzusteigen und dem fleißigen Mann zuzusehen. Der versuchte immer wieder, ihnen eins dieser mystischen Mundstücke anzubieten, die nach Luft geradezu lechzten, aber man war natürlich – vor lauter Bescheidenheit – genötigt abzulehnen.

Zwei Dinge vor allem fielen den Bewohnern Ukusiks auf. Erstens, daß Vater Brian beim Gehen nicht die Arme bewegte, und dann, daß er sich durchaus abgeneigt zeigte, mit den Frauen zu liegen. Was das erste anging, so akzeptierte man es als eine Art körperlicher Anomalität des Mannes, die für ihn selbst wohl bedauerlich, aber ein großer Spaß für die Leute war. Die Eskimo haben eine befreiende Fähigkeit, über Dinge zu lachen, die in Wirklichkeit betrüblich sind. Als Ulaluk die Ladentreppe hinabfiel und sich einen Schenkelbruch zuzog, lachte man sich halbtot. Man war vor lauter Ausgelassenheit fast außerstande, die Alte aufzusammeln. Ganz krumm vor Lachen trugen die Fänger sie in Mr. Pickerins Haus, wo sie zu Bett gebracht wurde. Am lautesten lachte Ulaluk selbst. Monatelang lachte sie und war vor Lachen fast aufgelöst, sooft sie späterhin jemandem begegnete, der ihren komischen Fall auf den Hintern gesehen hatte.

Vater Brians Arme waren den Ukusikanern daher zur großen Freude, und etliche Kinder hatten es schnell gelernt, sich wie ein Alk leicht watschelnd und mit zu beiden Seiten schlaff herabhängenden Armen vorwärts zu bewegen.

Die andere Sache war aber ein Mysterium. Nicht wenige Frauen des Ortes hatten es bei Vater Brian versucht, alle jedoch ohne Erfolg. Die Unentwegteste war Qaqalaq – in der Sprache der Menschen der Ausdruck für Teenager.

Wochenlang hatte sie den pustenden Hirten belagert, und als er sie eines Tages bemerkt und die Qualität ihrer Hasenfellhöschen freundlich befühlt hatte, hielt sie ihre Zeit für gekommen. Sie ging nachts an Bord der »Civilisation«, fand aber die Kajütentür Vater Brians verschlossen. Qaqalaq war jedoch eine begabte junge Dame. Sie setzte sich auf den Anlegefelsen und wartete geduldig, bis die Flut das Schiff über die Höhe des Felsens heben würde. Die Zeit ging dahin, und schließlich befand Vater Brians offenes Bullauge sich gerade vor dem harrenden Mädchen. Qaqalaq zitterte vor Wollust, als sie ihren Kopf dort hineinsteckte. Da lag das Ziel ihrer Träume auf der Koje hingebreitet. Er atmete so leise und gesund wie ein Säugling, und ihr Herz hämmerte vor Verliebtheit. Was für ein Mann! Ein so fetter Mann mußte ohne Zweifel ein einzigartiger Versorger sein.

Sie bohrte sich weiter vor, zwängte die Schultern durch, dann die Arme und vermittels eines hervorragenden Manövers auch die mächtigen Brüste. Während sie so in der schmalen Taille hing, streckte sie ihre Arme aus und kriegte die hohe Kojenkante zu fassen.

Qaqalaq hatte nun aber einen ganz beträchtlichen Hintern. Sie zog und ruckte und versuchte, sich hinterseits so schmal wie möglich zu machen, aber nichts half. Nach vielen verzweifelten Versuchen mußte sie es aufgeben und den Rückzug antreten. Zu ihrem Schrecken zeigte es sich, daß ihre Brüste sich jedweder Art von Rückzug widersetzten. Vielleicht waren sie beim Anblick des schlafenden Mannes noch weiter angeschwollen. Vielleicht hatte Qaqalaq die fixe Art, wie sie sie hineingelockt hatte, vergessen. Auf alle Fälle waren sie jetzt für die schmale Passage zu mächtig, und sie saß hoffnungslos fest. Als sie eine Zeitlang, so ohne alle Ausweichmöglichkeiten, in dieser eingeklemmten Lage zugebracht hatte, packte sie panischer Schreck. Sie fing an zu kreischen. Der erste Kreischer scheuchte Vater Brian jählings aus der Koje, der nächste ließ ihn hellwach werden, und der dritte jagte ihn aus der Kajüte.

Vater Brian arbeitete wie rasend, um das Mädchen zu befreien. Er arbeitete mit der Flut um die Wette, die bereits so angestiegen war, daß Qaqalaq den festen Grund unter ihren Füßen hatte aufgeben müssen. Schließlich – er saß auf dem Felsen, ihre Beine um seine Hüften geschlungen und mit einem soliden Griff um ihre Schinken –, schließlich gelang es ihm, sie mit einem machtvollen Pflutsch loszukriegen. Sie sank auf den Steinen zusammen, und ihrem Mund entströmte alle Art Danksagung. Vater Brian jedoch kletterte schleunigst an Bord, wo er seine Tür sorgsam verschloß, das Bullauge zuschraubte und die Gardine vorzog, ehe er sich, zutiefst erschüttert, wieder in die Koje legte.

Als die Kamikpost den Leuten dieses Ereignis zur Kenntnis brachte, wunderte man sich höchlichst darüber, daß Vater Brian das Mädchen auf den Anlegefelsen hinaus- und nicht in die Kajüte hineingezogen hatte, wie es jeder rechtschaffene Mann getan hätte. Schließlich fand man dafür auch eine Erklärung: Das Mädchen hatte dummerweise als erstes den Kopf und nicht die Beine hineingesteckt und so Vater Brian vor Schreck fast um den Verstand gebracht. Qaqalaq hatte nämlich ein Paar ungewöhnlich hübsche Beine, aber ein überaus unschönes Gesicht.

Vater Brian hatte gerade seine Lippen an das Mundstück der Lukassäule geführt, als er vom Ort her einen ungewohnten Lärm hörte. Die Hunde fingen zu heulen an, und er sah, wie die Menschen aus ihren Häusern kamen und auf das Flußbett deuteten. »Das Gerücht hat sich also schon verbreitet«, dachte Vater Brian, als er die acht Schlitten erblickte, die in sausender Fahrt auf Mr. Pickerins Haus lossteuerten. Er schloß die Lippen um das Ventil und pustete, zog durch die Nase Luft ein und pustete weiter. Mehr Eskimo bedeuteten mehr Felle und somit bessere Bezahlung für diese kostbare Luft. Er schielte mit innigem Ausdruck in den Augen zum Tempel hinauf. Auf ihm allein beruhte dieses Haus. Der Herrgott hatte ihn zwar mit dem Blasebalg ausgestattet, aber er allein hatte die ganze Arbeit ausgeführt.

Die Säule Lukas hing wie ein leerer Darm zwischen Simon und Johannes.

Das Dach des Tempels lag, weil die Mittelsäule noch nicht aufgeblasen war, wie ein ausgebreiteter Bauch am Boden, und das ganze große Bauwerk bibberte in der schwachen Morgenbrise wie eine Riesenportion Gelee.

»Laß sie mal rankommen, diese O-beinigen Nigger«, dachte Vater Brian weiter. »Laß sie nur zu Tausenden kommen.« Dieser Gedanke erweckte in ihm so erfreuliche Perspektiven, daß er das Ventil einen Augenblick aus dem Mund nehmen mußte, um seine kostbare Luft an eine muntere Lache zu vergeuden.

War Vater Brians Freude auch groß, so war sie doch rein gar nichts im Vergleich zu der Freude Mr. Pickerins. Der Anblick der acht Schlitten hob eine schwere Last von seinen schmächtigen Schultern. Die Ankommenden erlebten deshalb das Einmalige, daß Mr. Pickerin sie auf der Treppe stehend willkommen hieß, was in der bisherigen Geschichte des Ortes noch nie vorgekommen war. Es war fast rührend zu sehen, wie dieser sonst so steife Lagerverwalter jeden Teilnehmer dieser Expedition umarmte.

»Euch war, scheint's, der Teufel auf den Fersen«, sagte er. »Ich hab euch frühestens in ein paar Tagen erwartet. Wie viele seid ihr?«

»Wir kommen in voller Stärke angerückt«, antwortete Pete, »abgesehen von John Ehrlich und Pat Silvertop, die sich jetzt sicher beeilen, uns die Füchse aus den Fallen zu klauen.«

Es war der ausdrückliche Wunsch Mr. Pickerins, daß die ganze Gesellschaft in der Verwalterwohnung einquartiert werden sollte. Johnny Ninefinger kam mit ein paar zahmen Protesten, weil er bei Papigujuk liegen wollte, jener jungen Witwe, die ihn vor ein paar Jahren von einer schweren Geisteskrankheit geheilt hatte, doch Pickerin schlug seine Proteste in den Wind und schickte statt dessen nach der Witwe, damit sie in seinem Haus die Freuden der Pritsche mit Johnny teilen konnte.

Magdalena, Mr. Pickerins Ehegespons, die einmal ernstlich auf Abwege, nämlich auf die dornigen Pfade des Christentums, geraten war, verwöhnte die müden Gäste. Sie verteilte Pritschen und Schlafstellen mit reinem Bettzeug, nahm sich der Pelzkleider und der Kamikke an und ließ zum Baden wahre Ozeane Wasser schmelzen. Man war in Mr. Pickerins Haus überaus reinlich und verlangte die gleiche Tugend von den Gästen.

Später, als alle wohlduftend, in reinen Kleidern und leicht verlegen auf den äußersten Kanten von Mr. Pickerins fein lackierten Stühlen wippten, wurden die Männer davon unterrichtet, was sich in letzter Zeit in Ukusik zugetragen hatte.

»Er stellt selbst den Tempel auf«, erzählte Mr. Pickerin. »Keiner von den Eskimo hat ihm dabei helfen mögen, nicht aus Unwillen, sondern weil sie meinen, er soll selbst die ganze Ehre haben.«

»Ja, wir konnten davon schon was sehen, als wir das Flußbett runterfuhren«, sagte Uleroq. »Hat ja mächtig ausgesehen.«

»Es ist auch wirklich enorm und allerhand, daß der Mann das ganz ohne alle Hilfe allein hochpusten konnte«, antwortete Mr. Pickerin. »Soviel Energie und Willenskraft macht mich immer bange.«

»Hat er denn wirklich geglaubt, daß er die Eskimo dazukriegen könnte, ihm zu helfen?« fragte Pete. »So ein gutgläubiger Satan. Ist er denn noch nie in der Arktis gewesen?«

»Nein, aber er war in Afrika«, erklärte Mr. Pickerin, »und er nennt die Eskimo Nigger.«

»Was, Nigger nennt er sie?« Persson fuhr hoch. Sein Gesicht sah aus wie ein Donnerwetter. »Wenn er sie Nigger nennt, dann geh ich gleich rauf und verdresche ihn.«

»Du kannst wohl noch was warten«, sagte Jeobald. »Erst woll'n wir mal Mr. Pickerins Bericht hören, danach könn'n wir den Schwarzrock verprügeln.«

Mr. Pickerin fuhr fort: »Irgendwie entspricht er so ziemlich dem Eindruck, den ich früher schon von Missionaren bekommen habe. Er redet wie sie und trägt das gleiche Zeug. Mir kommt's aber so vor, als ob hinter dem christlichen Aussehen irgendwas steckt. Und zwar nichts Gutes, meine ich.«

»Aber was unternimmt er denn sonst, wenn er nicht gerade Tempel aufbläst?« fragte Onkel Samuel.

»Tja, was macht er? Eigentlich gar nichts. Er pustet wie besessen vom frühen Morgen bis spät abends, und dann geht er direkt an Bord und legt sich schlafen. Er liegt nicht mit den Frauen und benimmt sich überhaupt höchst verdächtig. Die Eskimo erzählen, wenn sie hinaufgehen und ihm bei der Arbeit zusehen, dann fragt er sie immer nach Fellen aus. Alles dreht sich um Felle. Wie viele gefangen werden, wie die Preise liegen, wer der beste Fänger ist und ähnliches.«

»Du kannst mir glauben, er ist mehr an Fellen als an Gott interessiert«, nickte Jeobald vielsagend.

»Was will er denn mit den Fellen?« fragte Mr. Pickerin naiv.

»Was machst du denn mit Fellen? Er kann sie wohl ebensogut wie du im Süden verkaufen.«

»Aber er kriegt ja keine. Die Eskimo verkaufen ihre Felle nur mir. Das ist eine Abmachung zwischen uns. Ich kaufe auf, was sie fangen, und sie bekommen als Bezahlung Waren aus dem Laden. Er kann hier ohne meine Erlaubnis nicht einmal ein Lemmingfell kriegen.«

»Sag das nicht. Er kann die Eskimo mit Christentum beschwätzen, ihnen für ein paar Felle alle Herrlichkeiten versprechen.«

»Die Eskimo lassen sich nicht drankriegen.«

Jeobald lächelte. »Ein Mann mit einem aufpustbaren Tempel auch nicht. Haben deine Eskimo denn schon mal einen Pfaffen zu sehen bekommen? Haben sie schon mal 'ne Predigt vom Weltuntergang und Jüngsten Gericht gehört? Hat ihnen schon mal jemand die unglaublichsten und unwahrscheinlichsten Dinge versprochen?« Jeobald deutete auf seinen Wirt. »Du hast ihnen noch nie was anderes als Gußeisentöpfe, Gewehre und Schwarzpulver versprochen. Alles Sachen, die sie brauchen. Und wenn du ihnen was versprochen hast, hast du's auch immer gehalten. Deine Ehrlichkeit ist vor allem dran schuld, daß sie keine Erfahrung haben, wie man sie bescheißen kann.«

Mr. Pickerin sah verwirrt umher. »Glaubst du wirklich? Aber ein Pfarrer ist doch wohl ein ehrlicher Mensch und kein Fellaufkäufer? Ein Geistlicher kann doch nicht zugleich ein Händler sein.«

Da antwortete Small Johnson: »Ah ja. Diese Missionare kaufen auf, was sich nicht mal der Teufel einfallen ließe. Ich kannte 'nen Mann in Tampa, der einmal einen Missionar gekannt hat, der am Delifluß in Neuguinea sein Wirkungsfeld hatte. Der kaufte von den Papuas Penisfutterale auf. Und um 'nen guten Eindruck zu machen, ging er selbst mit so 'nem Dings, das so lang war, daß er sein Kinn drauf stützen konnte.«

»Ist das denn möglich?« wunderte sich Gill. »Was wollte er denn mit diesen Futteralen anfangen?«

»Sie verschachern, natürlich. Er verkaufte sie an die armen Burschen weiter, die von Natur aus armselig ausgestattet waren und die damit auf den Wohnplätzen herumstolzieren und sich großtun wollten.«

»Handel scheint's mancherlei Art zu geben«, seufzte Mr. Pickerin und sah sich im Geist selbst in Ukusik umherspazieren, angetan mit Seehundkamikken, Rentieranorak mit Schwanz und einem Penisfutteral, das ihm bis ans Kinn reichte. Er nahm an dieser Vorstellung keineswegs Anstoß.

Nach Magdalenas vorzüglichem Abendbrot, bei dem die feingeschnittenen, gekochten Seehundaugen die spezielle Begeisterung Französisch-Louis' erweckten, stattete man dem Platz zwischen den Lagerhäusern einen Besuch ab, der den Kameraden jedoch keinerlei weitere Aufschlüsse über Vater Brian und seine Tätigkeit erbrachte, da der Missionar, nachdem Lukas in Rekordzeit bewältigt worden war, sich an Bord der »Civilisation« begeben hatte, um Kräfte und Atem für die abschließende Aufgabe, die Mariensäule, zu sammeln.

Der Tempel II

Der Mond schien. Ukusik lag blank und schimmernd da, als ob geschmolzenes Silber über dem Ort ausgegossen sei. Die Schatten der Häuser waren lang und völlig schwarz, und die Trockengestelle fürs Fleisch standen vor dem schwach leuchtenden Himmel wie abstrakte Kunstwerke, die den Willen der Menschen zum Überleben symbolisierten. Sie waren leer.

Es war, wie schon erwähnt, ein ungewöhnliches Jahr. Der Winter und der kurze Sommer waren strenger und schneereicher als je zuvor gewesen. Das behauptete man zwar immer. Die Erinnerung der Menschen reicht ja nicht so schrecklich weit zurück.

Ukusik bedeutet Kochtopf, Kessel, und es lag auch wie ein versilberter Kessel eingeklemmt zwischen den hohen Bergen. Ehe der Mensch hierher kam, war es bloß eine Talsenke, die sich nach einem breiten Fjord hin öffnete. Der alte Geisterbeschwörer Ivitaq konnte noch davon erzählen, wie er mit den Seinen zum ersten Mal in dieses Tal kam und wie sie mit ihren Fellbooten einen langen, warmen Sommer Weißfischjagd betrieben. Angeblich war das seit Menschengedenken der längste und wärmste Sommer gewesen. Das Gerücht von der Weißfischjagd verbreitete sich bei seinen Stammesgenossen, und in den folgenden Jahren kamen immer mehr Menschen in das Tal, das sie Ukusik nannten.

Der Ort erhielt den Status eines Sommerwohnplatzes. In unendlich weiter Ferne gab es so etwas wie »die Administration«. Hier fand ein wacher Mann heraus, daß dieser Sommerwohnplatz erstaunlich viel Waren einhandelte, und man sandte versuchsweise einen jungen, unerprobten Verwalter mit einem kleinen Depot dorthin. Der Verwalter hieß Mr. Pickerin, und er wußte seinen Posten mit solcher Tüchtigkeit auszufüllen und sein Depot so gut zu führen, daß man nach einigen Jahren Ukusik den Status eines permanenten Wohnplatzes verlieh, nicht nur zu Nutzen der Handelskompanie, sondern auch der Eskimo, die es nach einem jahrtausendelangen Nomadendasein nach Seßhaftwerden verlangte.

Ukusik wurde der Nabel der Welt. Es war das Zentrum alles dessen, was in der Welt der Eskimo Interesse fand, und übertraf derart weit Downty City, das mit seinem Großstadtgepräge die Vorstellungskraft der Eskimo überstieg. Downty war zu groß und zu lärmend, und es gab dort viel zu viele Menschen. Den Bewohnern von Ukusik fiel es schwer, sich die Einstellung der modernen Welt zu Zahlen anzueignen. Bis zwanzig konnte jeder zählen, denn er hatte zehn Finger und zehn Zehen. Zwanzig ist ein ganzer Mensch, das war jedem klar. Fünfundzwanzig war ein Mensch und eine Handvoll Finger. Die Zahl von Ukusiks Einwohnern war unfaßbar, es waren eben viele. Wenn jemand aus Ukusik gefragt würde, wie viele Leute dort wohnten, würde er anfangen, jeden Mann, jede Frau und jedes Kind beim Namen aufzuzählen. Oder er würde mit einem großartigen »Viele« antworten.

Diese vielen Menschen lagen nun in dem Kessel, den der Mond mit seinem Silber bepinselt hatte, in tiefem, teilnahmslosem Schlaf untereinandergemischt auf ihren Pritschen, die schweren Schlaffelle bis unter die Nasen hochgezogen. Die Herdfeuer waren schon längst ausgegangen, und die Innentemperatur war ungefähr die gleiche wie die im Freien. Sie schliefen und träumten von verschiedenen Dingen, hauptsächlich von Essen. Die Fleischstative waren seit vielen Wochen schon leer. Es hatte in der letzten Zeit ja auch so viele interessante Dinge zu sehen gegeben, vor allem diesen einzigartigen Pfarrer und seine Arbeit.

Dieser einzigartige Pfarrer war in dieser Nacht das einzige Wesen in

Aktion. Josva hatte ihm von der Ankunft Petes und der Kameraden berichtet, und er wünschte, um die Bevölkerung zu überrumpeln, ehe Mr. Pickerins Freunde einen Angriff unternahmen, den Tempel allerschnellstens fertigzustellen. Er schuftete wie ein Wahnsinniger mit Maria, der mächtigen Mittelsäule, die das Dach tragen sollte.

Als die Nacht vorüber war, die Hunde sich erhoben und ihre steifen Glieder von sich zu strecken begannen, steckte der enorm schwitzende Vater Brian mit zitternden Händen den Pfropfen in Marias Mundstück. Er wankte wie betrunken zum nächstliegenden Lagerhaus, wo er sich, den Rücken an die rauhen Bretter lehnend, hinsetzte.

»Der Tempel steht«, sang es in seinem Kopf. »Der Tempel ist vollendet.« Und schon schlief Vater Brian.

Um siebzehn Uhr sollte die erste Tempelversammlung abgehalten werden. Und wenn die Menschen an diesem Tag auch ungewöhnlich lange schliefen und wenn sie auch ein gut Teil Zeit an eine mehr symbolische als wirkungsvolle Reinigung ihrer Körper vergeudeten, Stunden brauchten, um sich mit den besten Kleidern herauszuputzen, und literweise Kaffee tranken, so kam ihnen der Tag doch unendlich lange vor.

Früh am Morgen versuchte Ivitaq eine Protestversammlung aufzuziehen, bei der er diesen Pfarrer weit hinter den äußersten Eisrand hinaus bannen wollte. Aber niemand fand sich ein. Die Menschen waren offenbar an diesem sonntäglich gestimmten Dienstag für den wohlbekannten Geisterbetrieb nicht zu haben. Sie saßen in ihren kleinen Holz- und Erdhäusern und zitterten vor Erwartung der ersten spröden Töne von Vater Brians Schiffsglocke, die, wie sie wußten, über dem Eingang zum Tempel hing. Ihr Bimmeln würde ihnen erzählen, daß es jetzt siebzehn Uhr und für die Menschen der Zeitpunkt gekommen war, sich in das Haus des Herrn zu begeben.

Die Stimmung bei Mr. Pickerin war gekünstelt munter. Die Männer scherzten mit Magdalena, spielten mit den unzähligen Kindern des Hauses und erzählten alte Geschichten, die alle kannten und die deshalb nicht sehr erheiternd wirkten. Der Tempel und die große Versammlung wurden nicht erwähnt. Niemand konnte, wie Dad Matthew richtig gesagt hatte, etwas anderes tun, als zu beobachten, wie sich die Dinge entwickelten, um dann am rechten Ort und zur rechten Zeit einzugreifen.

Die Frauen des Ortes saßen überall auf den Pritschen und tuschelten zusammen von den zu erwartenden Geschenken. Die Kinder drückten ihre Nasen an den Fensterscheiben flach, und ihre strahlenden Augen starrten zu dem luftigen Bau hinauf, der im Lauf der Nacht zwischen den Lagerhäusern hochgestiegen war und wo Vater Brian dann und wann kurz zum Vorschein kam.

Im Innern des Tempels arbeitete Vater Brian fieberhaft. Mit Hilfe seiner drei Assistenten, die sich nach Vollendung des Tempels wieder eingefunden hatten, wurden nun die vielen Kisten in dem großen Raum zu Bankreihen angeordnet. Petroleumlampen mit Rußhütchen aus Marienglas wurden vor jeder zweiten Säule an Ketten aufgehängt und vor dem Altar und der Mariensäule mannshohe Kerzen aufgestellt. Vater Brian schwoll vor Stolz über sein vollbrachtes Werk noch mehr an. Er mußte ab und zu für einen Augenblick hinaus, um aus einiger Entfernung den Bau als Ganzes zu betrachten. Etwas wie ein Gefühl von Güte durchströmte ihn beim Anblick dieses leuchtenden, zitternden Hauses, das er selbst mit seinen eigenen Lungen erstellt hatte. In diesen Augenblicken, wo er hundert Meter vom Tempel entfernt auf einem kleinen, reifbedeckten Knollen Heidekraut mit eingezogenen Zehen – weil ihn an den Füßen fror – dastand, liebte Vater Brian. Er liebte die Welt und ihre Menschen, das Gute und das Böse. Am innigsten liebte er sein Haus und dessen Schöpfer.

Ungefähr eine Stunde vor der Zeit begann der Zustrom der Menschen. Es war den Leuten unmöglich, sich länger im Zaum zu halten. Vom Hügel her leuchtete der Tempel und übte eine Anziehung aus, wie man sie noch nie verspürt hatte.

Zunächst kamen die Frauen aus ihren Häusern. Manche klapperten ein wenig mit Eimern und anderem Hausgerät, das seinen Platz an den Hauswänden hatte, andere setzten sich hin und verrichteten ihr natürliches Bedürfnis, alle aber wandten ihr Gesicht dem seltsamen Licht am Lagerhaushügel zu. Dann kamen die Kinder. Etwas beklommen, etwas bange, jedoch über die Maßen neugierig, kamen sie in kleinen Gruppen angelaufen. Die Jungen hatten die Hände in den Hosentaschen und ließen zwischen ihren Schneidezähnen weite Bogen Spucke hervorschießen, um sich Mut zu machen. Die Mädchen hielten einander an den Händen und hüpften vor Ungeduld, daß ihnen die schwarzen Zöpfe um die Ohren schlugen. Dann kamen die alten Männer, die die neue Zeit noch nicht in sich hatten und die Gleichgültigkeit der Jugend den Dingen gegenüber nicht kannten. Sie kamen aus den Hausgängen und begaben sich humpelnd und ohne viel Getue auf den Weg hinauf. Die Frauen riefen ihnen zu, daß sie zu früh dran seien, und als die Alten ihnen mit piepsenden Stimmen antworteten, taten sie, als ob sie nicht hören könnten, und liefen näher hin, um ihnen die Mühe mit den Wiederholungen zu ersparen. Kurz darauf tauchten auch die Männer auf. Sie standen eine Zeitlang vor den Häusern und schnupperten mit himmelwärts gewendeten Nasen, hielten aber achtsam ihre Rücken dem Tempel zugewandt; schlenderten zu den Hunden am Flußbett hinunter, um die Ketten zu kontrollieren und mit den treuen Tieren einen kleinen Schwatz zu halten; standen da und fummelten an ihren Pfeifen und begrüßten einander herzlich, als hätten sie sich schon lange Zeit nicht gesehen. Einer blickte auf den Fjord hinaus, der fast eisfrei war, und fragte sich gerade so laut, daß es der Nachbar vernehmen konnte, ob es nicht vielleicht wünschenswerter wäre, hinauszufahren und etwas Fleisch für den Ort zu holen, während die andern dem Pfarrer zuhörten. Der Nachbar gab zu verstehen, daß ihm dieser Gedanke zusagte, aber gerade jetzt hatte er es ja mit der verdammten Gicht, die sich in der Schulter festgesetzt hatte, und der Zweitnachbar fluchte ausgiebig über das dämliche Boot, das leck geworden war und nun halb unter Wasser an der Vertäuung dümpelte. Das Fangzeug eines andern hing noch zum Trocknen über dem Herd, und ein Vierter hielt einen Speckfinger hoch, der recht angeschwollen war und, wie er sagte, ganz verdammt wehtat. Derart vom Pech verfolgt, blieb einem wohl nichts anderes übrig, als sich den Frauen, Kindern und Alten anzuschließen. Natürlich konnte ein erwachsener Mensch an derlei Kindereien kein Interesse haben, und man sprach mit Unwillen von der bevorstehenden Festlichkeit. Ein heller Kopf meinte, es wäre gewiß klüger, Ivitaq zu besuchen, den man ja doch kannte, aber Josva machte dem vielen Gerede ein Ende.

»Alle werden Christen und kriegen Geschenke«, rief er den Männern am Flußbett zu, und solchen Versprechungen konnte man ja schwerlich widerstehen.

»Gut, wenn Ukusik mehr Christen kriegt«, meinte er, »das gibt Wohlstand und Unterhaltung.«

Die Männer rückten einander näher. Josva fuhr fort: »Einmal wird der Christenchef ein riesiges Psalmensingehaus aus Stein bauen lassen und so was wie ein Grammophon aufstellen, das mit Armen und Beinen bedient werden muß, auf dem aber nur Eingeweihte spielen können. Und dann die Lieder. Die sind so schön, daß selbst Ivitaq Christ wird, wenn er sie hört. Folgt mir, werdet Christen.«

Dieser direkten Aufforderung konnte sich selbstverständlich niemand entziehen. Die Männer gingen mit Josva, der eines der schönen Lieder anstimmte, um etwaige Abtrünnigkeit unterwegs zu verhindern. Die Fänger mußten zugeben, daß diese seltsame, auf- und absteigende Melodie etwas Besonderes an sich hatte, etwas Unbekanntes, fast Zauberisches. Keiner konnte jedoch darin die versprochene Schönheit erkennen, und keiner fühlte sich dadurch überzeugt und bekehrt, als sie beim Tempel angekommen waren.

Um siebzehn Uhr ließ Vater Brian die Glocke läuten. Zu dem Zeitpunkt konnte sie jedoch nur noch die Gäste von Mr. Pickerin zum Tempel rufen, denn die gesamte Bevölkerung Ukusiks stand schon dicht gedrängt vor dem Eingang. Man lauschte hingerissen den spröden Tönen des Metalls, und ein starkes Bedürfnis, Christ zu werden, machte sich, besonders bei den Frauen, bemerkbar. Vater Brian stand zwischen den Eingangssäulen Simon und Petrus, und er ließ seine Gehilfen ununterbrochen die Glocke bearbeiten, bis alle unter Dach waren. Dann kehrte er sich um und schritt, die Hände über dem runden Bauch gefaltet, würdevoll durch den Mittelgang.

Das war ganz und gar Vater Brians Augenblick. Es war der Lohn für einen unfaßbaren Arbeitseinsatz, der Lohn für die unendliche Mühe vieler Tage, wo ihn nur der Glaube an die gute Sache und die vielen Felle aufrecht erhalten hatte. Er bestieg voll Würde seine Kanzel, die aus der umgebauten Kiste für die Mariensäule bestand. Dann blickte er forschend über die Gemeinde, die sich so ganz und gar von den Gemeinden unterschied, denen er früher gegenübergestanden hatte. Die Bewunderung der Afrikaner war stumm gewesen, die Nigger hatten Vertrauen und Respekt vor dem weißen Geistlichen. Die Bewunderung der Eskimo war überaus laut, fast lärmend, und es war kein Vertrauen, sondern frohe Erwartung, die ihm aus ihren Augen entgegenblickte.

Er hob die Arme hoch zum Zeichen, daß er sich Ruhe ausbat. Dann begann er.

»Schwestern und Brüder«, sagte er fast flüsternd. Die Erfahrung hatte ihn gelehrt, daß es um so stiller wurde, je leiser er sprach. Die, die nicht redeten, würden die andern auffordern zu schweigen, damit ihnen nichts entginge. Aber trotzdem wurde es im Tempel nicht still. Die Eskimo schwatzten unbekümmert weiter über alles, was sie sahen: die gewaltigen, glatten Säulen und das straff gespannte Dach, das blau und mit glitzernden Goldsternen übersät war. Sie tauschten ihre Meinung über das Madonnenbild aus, das an der Mariensäule hing, und über die Bilder der zwölf Apostel, jeder an seiner Säule, auf der sie sich ausbreiteten. Und sie wunderten sich lautstark über die mannshohen Kerzen, die mit fingerhohen Flammen brannten. Hier gab's wirklich was zu sehen und zu beschwatzen.

Vater Brian wiederholte etwas lauter: »Schwestern und Brüder«, was Josva sogleich mit voller Stimme übersetzte. Diese Worte lösten eine heftige Diskussion aus, was der Missionar damit wohl meinen mochte. Niemand konnte sich irgendwelcher Familienbande in dieser Richtung entsinnen. Und während dieses Thema gründlich behandelt wurde, begann in einer der vordersten Reihen ein hungriger Säugling zu brüllen. Die Kindesmutter zog den Anorak kopfüber vom Oberkörper und legte das hungrige Wesen an ihre Brust. Dies wiederum war Anlaß eines sofort einsetzenden, unruhig verlaufenden Streites zweier etwas älterer Knirpse um das Anrecht auf Mutters ledige Brust, und der Durst auf Muttermilch verbreitete sich die Reihen entlang auf andere Kinder, was alles einen fürchterlichen Lärm auslöste.

»Schwestern und Brüder«, rief Vater Brian, und seine Stimme war nicht mehr ganz so milde wie zuvor. »Meine lieben Kinder. Endlich sind wir hier versammelt ...«

Ebenda betraten Pete und seine Freunde den Tempel. Die Wiedersehensfreude war groß, und die Eskimo riefen den Kameraden frohe Willkommensworte zu. Ihre Anwesenheit im Tempel war Gewähr für einen festlichen Verlauf des Abends. Die Kameraden grüßten in die Runde und begrüßten kühl Vater Brian, der steif dastand und sich in den Handrücken biß, um seinen aufsteigenden Zorn zu zügeln.

Als die Kameraden und die Bewohner Ukusiks die letzten Neuigkeiten ausgetauscht hatten, entstand eine Art Stille, Vater Brians Zähne ließen den Handrücken frei, und er fuhr fort: »Endlich sind wir hier versammelt in Seinem Haus …« Er hielt inne, um Josva Gelegenheit zum Übersetzen zu geben. Der aber befürchtete eine jener endlosen Predigten, die ihm von früheren Aufenthalten bei den Christen sehr wohl bekannt waren, und er rief: »Du nicht viel schwatzen, nur diese schöne Lieder singen.«

»Wir sind hier versammelt, um die größte aller Gaben zu empfangen«, sagte Vater Brian. Er warf Josva einen sauren Blick zu.

»Und jetzt kommen die Geschenke«, übersetzte Josva frei.

»Die Gnadengabe, das himmlische Geschenk, das uns Gott in all seiner Güte zukommen läßt.«

»Und rotes Haarband für die Frauen«, sagte Josva und zeigte, indem er sich so in die Predigt mischte, seinen Landsleuten, daß er kein schlechterer Christ war als irgendein anderer.

»Wir wollen um diese Gnadengabe beten, und wir werden sie erhalten, wenn wir mit Herz und Seele seine Kinder werden.«

»Und etwas Tabak für die Männer«, bat Josva.

»Wir sind christliche Menschen«, rief Vater Brian. Die Adern an seinen Schläfen fingen an, lästig zu klopfen.

»Hä, das ist Lüge«, protestierte Josva. »Nur ich Christenmann, alle andere heidnisch. Nur ich kriegte Kopf gewaschen.«

»Alle werden getauft werden«, beruhigte Vater Brian und beeilte sich fortzufahren, um nicht wieder unterbrochen zu werden. »Alle werden Christen werden, und darum müssen alle die Gebote halten.« Er sah Josva streng an, der schon wieder eine Hand in die Höhe hielt.

»Josva, du bist ja Christ. Nenne die zehn Gebote!«

Josva kratzte sich am Nacken und blickte grübelnd zum blauen Plastikhimmel empor.

»Sehr schwer diese Gebote«, sagte er. Er sah sich unter seinen Ortsgefährten nach Hilfe um, doch diese waren selbstredend völlig unwissend, was Gottes Zehn Gebote betraf. Da erblickte er in der Schar eine dicke, kleine Frau, die er, sehr zu seiner Freude, vor einigen Wochen von einem Freund geliehen hatte, und er rief stolz: »Du nicht liegen mit der Frau von anderm Mann, wie?«

»Da hast du recht«, nickte Vater Brian. «Du sollst nicht begehren deines Nächsten Weib. Ein gutes Gebot, nach dem ihr euch richten solltet.«

»Gewaltig gutes Gebot«, räumte Josva ein, »aber vielleicht auch gewaltig dumm.«

»Die Gebote des Herrn sind zum Besten der Menschen gegeben«, erwiderte Vater Brian.

»Du aufpassen«, rief Josva belehrend. »Mein Frau jetzt viel krank. Also ich leihe Nachbarfrau für lange Schlittenreise. Du verstehst nichts von langer Reise. Keine Frau mit auf langer Reise, kein Essen, viel frieren. Immer nasse Kamikka. Die Frau tüchtig nähen Fell. Auch warm, wenn schlafen mit Frau«, sagte der alte Fänger.

Eine ältere Frau, die vor Ungeduld nahe am Zerspringen war, stand auf und schrie Vater Brian etwas zu.

Josva übersetzte. »Sie sagt, du schönes Lied singen, dann Kaffee und Kuchen und viele gute Geschenke.«

Vater Brian blickte zum Sternenhimmel empor, wie Josva es vor kurzem getan hatte. Er spürte, daß die innere Spannung sich Luft zu machen begann. Sein ganzer, dicker Körper fing zu zittern an, die Hände umklammerten krampfhaft die Predigtstuhlkiste, und die großen Augen sahen aus, als könnten sie jeden Augenblick aus ihren Höhlen herauskullern.

»Er ist nahe an einer Apoplexie«, flüsterte Onkel Sam Pete zu, und die Kameraden folgten gespannt der weiteren Entwicklung der Dinge.

Die Explosion war geradezu hinreißend. Unvergeßlich. Vater Brians Gesicht nahm die Farbe eines durchgebleuten Kinderpopos an, die wulstigen Lippen waren vor Wut eingezogen und enthüllten zwei Reihen langer, gelber Zähne, und er reckte den Hals so weit zur Halskrause hinaus, daß die großen Adern zu platzen drohten. Er schnappte ein paarmal nach Luft, nahm dann einen Anlauf und brüllte: »Ihr verdammte Satansbrut! Das Höllenfeuer erwartet euch. Der Schwefelpfuhl wird euer Geschenk sein!« Im Tempel wurde es ganz still. Selbst die Kinder hörten mit dem Heulen auf und sahen erschrocken auf ihn. Vater Brian schraubte sein Gebrüll zurück zu einem drohenden Flüstern.

»Ihr werdet für die sündhaften Gedanken, die ihr euch macht, büßen müssen. Ja, ihr werdet für die Begehrlichkeit, die in euch steckt, eine ordentliche Buße ablegen. Ihr habt Ihm dafür Felle zu bringen, feine

Fuchsfelle, große Robbenfelle und schneeweiße Bärenfelle. Ihr habt Ihm Unmengen solcher Felle zu bringen. Übersetz das, Josva.«

»Wie?« Josva legte eine Hand hinters Ohr und versuchte, konzentriert auszusehen. »Du besser brauchen die Stimme selbst. Danke.«

»Holt Felle für den Herrn«, schrie Vater Brian wütend. »Weiße Felle, Felle, Felle!« Jeder im Tempel wunderte sich darüber, daß all der mühsamen Bauarbeit zum Trotz in Vater Brian noch genügend Luft zu einem solchen Gebrüll vorhanden war.

»Das müßte Mr. Pickerin wohl überzeugen«, knurrte Jeobald. Und Persson legte eine Hand auf Petes Schulter. »Soll ich ihn jetzt nicht verdreschen?«

»Ich glaub, wir warten lieber noch was«, antwortete Pete.

Josva übersetzte Vater Brians Worte. Er gab ihnen jedoch eine kleine Drehung, die mehr seinen eigenen Wünschen entsprach. »Ihr sollt bloß paar Felle holen. Nummer drei Felle wären passend. Dieser Gott hat's kalt in seinem Himmel, und wünscht deshalb Felle. Und dann kommen die Geschenke und der Kaffee und alle die schönen Lieder.«

Daran hatten die Leute eine Zeitlang zu kauen. Eigentlich hatte keiner erwartet, daß ihnen irgendeine Art Gegenleistung abverlangt wurde, aber man konnte es immerhin verstehen, daß Vater Brian gut für seinen großen Geist sorgen wollte, der im Himmel hauste, wohin auch die Hängeköpfe nach ihrem Tod gelangten. Josva ermunterte sie überdies durch die Beschreibung der formidablen Gaben, die ihnen der Pfarrer zu schenken beabsichtigte, und als er weiter lockte und einen ungewöhnlich wohlschmeckenden Wein nach dem Kaffeetrinken in Aussicht stellte, kam man doch zu der Überzeugung, daß ein Nummer drei Fuchsfell pro erwachsene Person alle diese Herrlichkeiten wohl wert wäre. Die Fänger schickten ihre Frauen nach den Fellen, und die Kameraden verließen mit ihnen den Tempel, um Mr. Pickerin Bericht zu erstatten, der selbst nicht dabei zu sein wünschte, wenn sein Volk verführt wurde.

Vater Brian hatte zwischen Lukas und Johannes eine Schnur gezogen, an die er nun die einströmende Kollekte aufhängte. Für jedes empfangene Fell pritschelte er etwas Wasser auf die Köpfe des Gebers und seiner Familie. Er ließ ihnen durch Josva erzählen, daß sie sich von diesem Augenblick an als Christen betrachten konnten und nunmehr dem Herrn und seinen Abgesandten auf Erden, in diesem Fall also Vater Brian, zu gehorchen hätten. Die Leute fanden, daß sich dies alles ganz vernünftig anhörte, und setzten sich wieder auf ihre Kisten und warteten gespannt auf die Geschenke, die bald zum Vorschein kommen mußten. Manche behaupteten flüsternd, sie könnten Kaffee riechen, der möglicherweise in einer Abteilung des großen Hauses gekocht wurde, die sie noch nicht gesehen hatten.

Dreiundsechzig Fuchsfelle hatte Vater Brian einsammeln können, was für den ersten Gottesdienst als ein äußerst zufriedenstellendes Ergebnis betrachtet werden konnte. Diese Menschen waren also doch nicht so schwer zu handhaben. Er sah im Geist, wie nach und nach die Schnüre zwischen den Säulen ausgespannt und behängt würden, und stellte sich die Mariensäule ganz zugedeckt von enormen Bären- und Robbenfellhaufen vor. Vater Brians Zorn war verdampft. Ganz tief in seinem Herzen verspürte er ein gutes Gefühl für diese irregeleiteten Schäfchen. Er klatschte in die Hände und rief zum Singen auf. Mit voller Stimme machte er den Anfang mit einem der geistlichen Lieder von Bischof Lewis, dessen Thema die Worte waren: »Der Herr gab, der Herr nahm, der Herr sei gepriesen!« Schon nach dem dritten Vers sang die Gemeinde mit. Die Eskimo waren tief ergriffen von diesen herrlichen Tönen, die man ohne weitere Beschwer selbst hervorbringen konnte, und sie mußten zugeben, daß dieses Lied schöner war und einen mehr erfüllte als Ivitaqs monotone Trommellieder. Vater Brian ging, angeregt durch die gute Stimmung, in die zweite Stimme über, was im Saal große Verwunderung erregte.

Es war Vater Brians Absicht, mit diesem Lied abzuschließen. Er dankte herzlich für den guten Besuch und versprach für den kommenden Sonntag eine gleiche geistliche Feier. Er sprach eine Zeitlang von der Christenpflicht und verweilte da bei etwas, was er den Zehnten für die Kirche nannte, eine Sache, die die Eskimo nicht recht begriffen. Dann löste er die fellbehangene Schnur von Lukas und Johannes, warf sich die Beute über die Schultern und verließ so beladen den Tempel. Die Eskimo blieben sitzen. Sie waren völlig überzeugt, daß Vater Brian eben nur gegangen war, um den Kaffee und die Geschenke zu holen, und warteten darauf mit einer Geduld, die für das Volk der Arktis kennzeichnend ist.

Vater Brians Niederlage

Nachdem die Leute über eine Stunde gewartet hatten, kamen Pete und seine Freunde zum Tempel zurück. Diesmal war Mr. Pickerin auch dabei, um mit eigenen Ohren zu hören, daß der Missionar Felle haben wollte. Sie blieben draußen stehen und hörten sich die vielen Fragen an, die die Eskimo auf den gläubigen Josva niederhageln ließen.

»Das klingt fast so, als ob sich der Pfaff verdünnisiert hätte«, sagte Französisch-Louis.

»Vielleicht geht's ihnen jetzt auf, wie er sie geprellt hat.« Mr. Pickerin trat näher an den Eingang. »Jemand müßte ihnen erzählen, worum das Ganze geht.«

»Und jemand müßte dem Satanspfaffen 'ne ordentliche Tracht Prügel verpassen«, brummte Persson, dem es allezeit schwer fiel, sein kriegerisches Temperament zu zügeln.

Onkel Sam sagte: »Vor allem wäre es wohl wünschenswert, daß jemand anfinge nachzudenken. Ich habe ein Gefühl, als würde Vater Brian sich trotz allem als ein ganz freigebiger Mensch erweisen. Vielleicht entschließt er sich, ohne die Erlaubnis seiner Gesellschaft einzuholen, Ukusik eine großzügige Gabe zu vermachen.«

»Ich verstehe nicht recht. Welche Gabe sollte das denn sein?« fragte Mr. Pickerin.

»Der Tempel«, antwortete Sam ruhig.

»Kommt ja gar nicht in Frage. Ich will hier im Ort keinen Tempel haben. Die Leute werden von der Religion bloß verdorben.«

»Man könnte sich ja vorstellen, daß der Tempel als Versammlungshaus für Menschen verwendet würde.« Sam berührte die solide Plastikwand.

»Versammlungshaus?« Mr. Pickerin drehte das Wort im Mund herum. »Versammlungshaus, sagtest du? Hm, ja, warum nicht. Du meinst also einen Raum, wo man Feste feiern und Versammlungen über die Wildpflege und andere wichtige Dinge abhalten könnte?« Er schüttelte den Kopf. »Keine schlechte Idee, Sam. Aber ich bezweifle, daß Brian den Tempel hergibt.«

»Natürlich gibt er ihn nicht so einfach her«, antwortete Sam grinsend,

»ebensowenig wie es irgendeinen Grund gibt, daß die Eskimo ihre Felle hergeben sollen.«

»Du meinst also …«

»Ja, genau. Daß der Wert der Felle vielleicht nicht ganz den eines aufblasbaren Tempels aufwiegt, möchte unserer Unwissenheit zuzuschreiben sein. Keiner von uns hat ja eine blasse Ahnung, zu welchem Tagespreis ein mittelgroßer Tempel gehandelt wird.«

»Es wird gar nicht so leicht sein, ihn dazu zu überreden«, meinte Pickerin.

»Das überlaßt mal mir, ich krieg ihn schon dazu«, fiel Small Johnson ein.

Pete betrachtete seinen alten Kameraden mit munterer Miene. »Kannst du das, wirklich?«

»Na, und ob!« prahlte Small Johnson. »So leicht, wie man 'ne Filzlaus zerdrückt. Aber ich möcht dann nachher wegen meiner Methoden nicht beschimpft werden. Besonders nicht von dir, Pickerin.«

»Wenn du für den Ort ein Versammlungshaus organisieren kannst, dann werde ich, verlaß dich drauf, meinen Mund halten, selbst wenn du die ganze Einwohnerschaft stockbesoffen machst.«

»Ist ja mächtig«, rief Small Johnson lachend, denn ebendies hatte er vor. Ehe ihn noch jemand weiter ausfragen konnte, war er schon weg und galoppierte zu den Schlitten vor Mr. Pickerins Haus. Small Johnson stellte sorgfältig vier Kanister Sam-Su vor dem Predigtstuhl auf. Dann sprach er zum Volk: »Jetzt seid ihr Christen, und das ist sicher großartig, wenn's auch manchmal schwerfallen kann. Als Christen habt ihr die verdammte Pflicht, eurem großen Gott zu gehorchen, euch am Psalmensingort einzufinden, wenn's der Pfarrer wünscht, sonntags nicht auf Fang zu fahren, selbst wenn in der Bucht Tausende Weißfische liegen, vom Handelsschiff, wenn's mit neuen Waren kommt, oder aus Mr. Pickerins Laden oder von Fremden auf der Durchreise keine brauchbaren Sachen mitgehen zu lassen, keine anderen Frauen auszuprobieren als die, die ihr jetzt versorgt, und nie mehr bei freundlich gesinnten Fjordgeistern Hilfe zu suchen oder an interessanten Geisterbeschwörungen teilzunehmen.« Small Johnson hieb mit der Faust auf den Predigtstuhl. »Es ist satansschwierig, Mensch und zugleich Christ zu sein.« Die Fänger im Saal fingen an, auf ihren Hintern unruhig hin und her zu rutschen. Sie schielten einigermaßen mißmutig zu den Frauen hin, als wären die allein an all diesem Unglück schuld.

»Vater Brian versprach euch ein Geschenk, und es ist sein Wunsch, daß ich das Austeilen vornehme. Das Geschenk ist das sogenannte Blut Christi, ein Getränk, das alle Christen gern schlürfen. Es werden zwei Glas pro erwachsenen Mann, ein Glas pro erwachsene Frau und ein halbes Glas für jedes Kind über drei Monate ausgegeben.«

Das erste Glas gab Wärme und Stimmung. Die Eskimo, die dieses verwunderliche Blut zum ersten Mal schmeckten, bekamen Tränen in die Augen und kriegten rauhe Stimmen. Sie lobten geräuschvoll den Geschmack dieses Trunks, der so anders war als das Blut, das sie bisher genossen hatten, und sie wunderten sich höchlichst über die gewaltige Kraft, die ihnen geradezu durch den Leib rollte. Sie entdeckten, daß sich das Dach des Tempels hob, daß sich die Plastikwände ausweiteten und schönere Farben bekamen, und daß die Säulen anschwollen und höher wurden.

Die Frauen fingen zu kichern an. Nicht, weil es an und für sich etwas zum Kichern gab, sondern bloß, weil sie plötzlich der unwiderstehliche Drang überkam zu kichern. Sie sahen einander an und konnten ihre Kicherlust nicht unterdrücken.

Die Kinder fielen auf der Stelle in Schlaf und verursachten so keinerlei Mühe und Beschwer. Als die erwachsenen Männer das zweite Glas genossen hatten, das, womöglich, noch überwältigender war als das erste, da es nicht nur dem Kopf ein gesegnetes Schwindelgefühl beibrachte, sondern auch auf sehr wohltuende Weise die Zunge lähmte, so daß man kein unüberlegtes Zeug redete, schloß Small Johnson seine Rede.

»Freunde«, sagte er. »Das war also Jesu Christi Blut, und ich kann's euch ansehen, daß es euch geschmeckt hat. Wenn sich die Frauen zusammennehmen könnten, stillzusitzen und nicht andauernd zu kichern, dann würden sie entdecken, daß ihnen die vom Pfarrer versprochenen Geschenke, wenn sie nur fest an sie denken, eigentlich schon im Schoß liegen. Wenn ihr fest an ein rotes Haarband denkt, dann habt ihr das Haarband schon so gut wie im Haar, wenn ihr an den geblümten Baumwollstoff denkt, dann habt ihr ihn schon an. Diese Fähigkeit, euch Dinge zu beschaffen, habt ihr nun durch Jesu Blut erworben. Ihr könnt den starken Kaffee schmecken, und ihr fühlt euch vollgestopft mit Backpulverkuchen. Die kleinen Kinder, die bei euch sitzen, träumen herrliche Träume von den schönsten Spielsachen, die sie ebenfalls Jesu Blut verdanken. Ich bin überzeugt, alle Männer, die hier anwesend sind, fühlen sich unüberwindlich, fühlen sich wie mutige Bärenjäger, fühlen sich eng vertraut mit den alten Geistern, mit denen ein Christ keinen Umgang haben darf. Durch Jesu Blut seid ihr entbunden worden von euren Versprechen, die ihr dem Pfarrer gegeben habt, nichts kann eure Gedanken zurückhalten, sie strömen von euch weg und reißen alles mit sich fort wie der Fluß, wenn im Frühling sein Eis aufbricht.«

Die Männer starrten, verwundert über diese wohlgesetzte Rede, Small Johnson an und nickten eifrig, ohne antworten zu können. Schöne Gedanken schossen ihnen in solcher Fahrt aus dem Kopf hervor, daß es ihnen nicht möglich war, auch nur einen einzigen davon festzuhalten. Der Tempel wogte über ihren Köpfen, und der Fußboden schien so in Aufruhr, wie wenn ein Novembersturm über ein eisfreies Meer hinfegt. Small Johnsons Stimme drang nur mit Mühe durch diesen Gedankenstrom. Seine Worte arbeiteten sich an sie heran wie kleine, beharrliche Lachse, die gegen den Bergbach anschwimmen.

»Wenn es einen Gott gibt«, flüsterte Mr. Pickerin Jeobald zu, »dann wird er Small Johnson für das da segnen.«

»Wir gehen jetzt alle zu Vater Brians Schiff und danken ihm für die großartige Gabe.«

Josva, der früher schon das heilige Abendmahl, allerdings in gemäßigterer Form, genossen hatte, verstand als erster Small Johnsons Worte. »Was für Geschenk war das, Small Johnson?« lispelte er.

»Der Tempel«, rief Small Johnson. »Der Tempel ist Vater Brians Geschenk für Ukusik.«

War Josva zwar auch nicht hinlänglich klar im Kopf, um den vollen Sinn von Small Johnsons Erklärung zu begreifen, so erfaßte er doch das Wort Tempel. Er pflanzte einen Ellbogen in den Bauch seines Nachbarn und heulte begeistert: »Der Tempel, der Tempel!« Der Nachbar bohrte seinem Nebenmann einen Finger zwischen die Rippen und stimmte in das magische Wort mit ein. Und bald riefen es alle. Der vielstimmige Ruf drang durch die Plastikwände, eilte den Hügel hinab, stürzte über den Anlegefelsen und traf auf seinem Weg hinaus in den Fjord Vater Brians Ohr. Er blickte von den Fellen, mit denen er liebevoll beschäftigt war, hoch und lauschte ungläubig. Als die Rufe jedoch zu gefährlicher Wildheit anwuchsen, ließ er den Motormann kommen und befahl ihm, mit der Lötlampe den Zylinderkopf anzuheizen.

»Kommt, meine Freunde, geht mir nach«, schrie Small Johnson während einer der kurzen Pausen zwischen den taktfesten »Tempel«-Rufen. Er eilte durch den Mittelgang, gefolgt von einer wankenden, aber begeisterten Bevölkerung. Wirkte der Sam-Su innerhalb von vier Wänden betäubend, so hatte er draußen im Freien geradezu eine Knockout-Wirkung. Auf dem Weg den Lagerhaushügel hinab blieben viele auf der Strecke, und die Kameraden hatten alle Hände voll zu tun, um die Daliegenden aufzusammeln und zum Tempel zurückzutragen.

Small Johnson hatte sich während des Abendmahls Jesu Blut in reichlicher Menge zukommen lassen und fühlte sich gewaltig denkklar, als er auf dem breiten Felsabsatz, die halbe Einwohnerschaft hinter sich, Vater Brian anrief.

Das runde Missionarsgesicht kam in der Kajütentür zum Vorschein. »Was gibt's?« frage er nervös.

»Die Leute von Ukusik und ich möchten Ihnen, Mister Brian, gern die Haut abziehen«, sagte Small Johnson liebenswürdig. »Wenn Sie die Freundlichkeit hätten, auf den Felsen rüberzukommen, wird Ihnen die Haut abgezogen, ausgespannt und zum Trocknen aufgehängt werden, damit sie ein großes, seltenes Stück Menschenfell abgibt.«

»Ich bin ein Mann Gottes«, stotterte der Pfarrer, »ich habe ihnen einen Tempel errichtet ...«

»Da könnt ihr selbst hören«, rief Small Johnson den Eskimo zu. »Er hat euch einen Tempel errichtet, er hat euch einen Tempel geschenkt.«

Das Wort Tempel versetzte den Heulchor wieder in volle Aktivität. Vater Brian merkte die Erregung der Massen und rief Small Johnson zu: »Ich schicke sofort meine Leute an Land, damit sie den Tempel abmontieren. Sowie er an Bord ist, fahren wir ab.«

»Es ist gescheiter, ihr verschwindet sofort«, antwortete Small Johnson. »Der Tempel bleibt, wo er ist.«

»Aber das ist doch der mobile Tempel der Mission!«

»Es ist der stationäre Tempel der Eskimo. Sie, Mr. Brian, haben ihn errichtet, und die Eskimo haben ihn mit ihren Fuchsfellen bezahlt. Ich und alle meine Kameraden haben selbst gesehen, wie dieser Handel vor sich ging. Wir haben viele verläßliche Zeugen, Mr. Brian.«

»Unsinn!« Vater Brian streckte vor Aufregung seinen ganzen Oberkörper vor. »Die Felle waren ein Geschenk für den Herrgott.«

»Die Felle waren die Bezahlung für den Tempel«, bestand Small Johnson. »Und damit's nachher kein Mißverständnis gibt, schreiben Sie mal lieber gleich 'ne Erklärung, daß Sie den Tempel dem Ort schenken. Dafür schreiben wir Ihnen eine, die bestätigt, daß der Tempel bei einem Riesensturm zum Teufel gegangen ist.«

Vater Brian war ein Mann von großer Erfahrung. Er wußte, wann er das Spiel verloren hatte. Das Schicksal des Tempels war unabwendbar. Er trat aufs Deck hinaus.

»Noch dreißig Felle«, sagte er und schaute dabei schlau aus seinen kugelrunden Augen.

»Kommt nicht in Frage.«

»Zwanzig«, versuchte er's.

»Ganz ausgeschlossen.«

»Dann wenigstens zehn.«

»Fünf«, antwortete Small Johnson. »Sagen wir, sieben.«

»Also gut, noch sieben Felle.«

Und dabei blieb es. Small Johnson holte bei Mr. Pickerin sieben Felle, und Onkel Samuel fertigte eine Erklärung für die Missionsgesellschaft über das stürmische Ende des Tempels aus. Als er die Felle an Bord der »Civilisation« ablieferte, erhielt er ein Schreiben, demzufolge Vater Brian namens der Missionsgesellschaft dem Ort Ukusik diese großartige Gabe übermachte.

Als sich die beiden Männer die Hände drückten, sagte der Pfarrer: »Ich muß Ihnen gratulieren. Sie sind gewiefter als ich, und das will was heißen.« Er schaute hinauf zum Lagerhaushügel, wo sich der helle Tempel prachtvoll vor dem schwarzen Abendhimmel ausnahm.

»Höllisch viel Luft für siebzig Felle«, seufzte er.

»Was für Felle?« grinste Small Johnson. »Ich hab nichts von irgendwelchen Fellen gehört.«

Vater Brian gab ihm ein erleichtertes Lächeln zurück. »Ach so? Na ja, was hätten das auch für Felle sein sollen. Ich habe nie auch nur den Schwanz von einem Fuchs bekommen.«

Als die »Civilisation« vom Felsen ablegte, stand Vater Brian vor dem rußigen Schornstein. Er hatte sein nun schon recht mitgenommenes Ornat an. Der Krokodiljägerhut war in den Nacken geschoben. Er nahm die frisch angesteckte Zigarre aus dem Mund und winkte zum Land.

›Das heiße ich einen Kameraden‹, dachte er und meinte Small Johnson. ›Kleine, schlaue, verdammte Ratte, aber ein feiner Kamerad.‹ Er schaute über die schöne Bucht hin, sah die hohen, braunen Berge, deren Gipfel wie dicke Finger nach den zerfließenden Stratuswolken langten.

›Das ist Gottes Land‹, dachte er weiter, ›denn hier leben die Menschen wie Götter.‹ Er hielt sich die Zigarre unter die Nase und zog ihren feinen Duft ein. ›Hier braucht man keinem was zu predigen.‹ Versunken in tiefe Gedanken kletterte Vater Brian wieder in seine kleine Kajüte hinunter.

Small Johnsons Gespräch mit Nikodemus

Im Tempel kamen die Leute nach und nach wieder zum Bewußtsein. Mr. Pickerin schickte Magdalena und zwei ziemlich besäuselte Mädchen in sein Haus hinunter, um Kaffee zu kochen; er hatte beschlossen, eine große Tanzerei zu veranstalten, damit die Bewohnerschaft, wie er sagte, Gelegenheit bekäme, die Alkoholvergiftung wieder auszuschwitzen. Er ließ Josva, der nach Hause gegangen war, um zu schlafen, die Eilbotschaft zukommen, er solle sich mit seinem Grammophon und den Walfängerplatten im Tempel einfinden. Unter Mithilfe Petes, Jeobalds, meiner Onkel und unserer vielen guten Nachbarn wurden die Kisten an die Tempelwände geschoben, um für die Tanzenden Platz zu schaffen. Es wurde ein schönes Fest. Ein »das Erste von allem«-Fest, womit man meint, daß alles, was immer es sei, wenn es zum erstenmal eintrifft, gefeiert werden muß, hier also der erste Tempel und der erste Rausch.

Johnny Ninefinger eröffnete mit Papigujuk den Ball. Dann kamen Mr. Pickerin und Magdalena, Pete mit einem alten Mütterchen und Gill mit seiner ehemaligen Geliebten Kinguk. Und bald waren alle, Einwohner wie Gäste, eifrig beim Tanzen.

Der Tempel erwies sich als ein hervorragender Tanzsaal. Das einzige, was ihm abging, war die Elastizität eines Holzfußbodens. Mr. Pickerin gab sich selbst das Versprechen, dem Ort von der Handelsgesellschaft einen solchen Fußboden schenken zu lassen, da dies von großer Bedeutung für die so beliebten Springtänze war. Er beschloß auch, daß der Tempel das ganze Jahr lang im Freien stehenbleiben sollte. Man war, alles in allem, ja doch vornehmlich im Winter zu Geselligkeit aufgelegt, und darum wäre es töricht, den Tempel in den kalten Monaten einzulagern.

Small Johnson nahm am Tanz nicht teil. Er holte von seinem Schlitten den letzten Kanister Sam-Su und setzte sich, gut geschützt, unter Mr. Pickerins Boot, das an Land gezogen war. Er lehnte sich gegen die gewölbten Spanten und ließ sich das Getränk schmecken. Nach mehreren Stunden Enthaltsamkeit und nach dem vielen Reden und Rufen war der Durst groß, und er schaffte es, sich fast den halben Inhalt der Kanne einzuverleiben, ehe er Atem holen mußte. Und nun stellte sich auch bald die so bekannte und beliebte Wellenbewegung ein, er seufzte zufrieden und sah unter der Reling hinaus. Eine tiefe Liebe zu allem, was er sah, stieg in ihm hoch. Der dunkle, samtglatte Fjord, die schwarzen Silhouetten des Treibeises und der wolkige, leicht erhellte Himmel.

»Das sollte Nikodemus sehen«, dachte er, »Augenblicke wie diese möchte man gern mit seinen Freunden teilen.« Er stellte sich den Kanister auf den Magen und faltete die Hände hinterm Nacken. Zu seinem Erstaunen merkte er, daß der Kanister fortgehoben wurde und im Dunkeln verschwand. Er hörte einen glucksenden Laut, und als er die tastende Hand in Richtung des Lautes ausstreckte, kriegte er einen winzigen Kopf zu fassen.

»Nääh, das muß ich schon sagen … Nikodemus«, rief er überrascht. »Nikodemus, kleiner Freund, bist du's wirklich?«

»Na ja, wer denn sonst?« kicherte Nikodemus. »Du läßt dir's da gut gehen, Small Johnson, wie, und genießt die Aussicht?«

Die Stimme des Knirpses klang in Small Johnsons Ohren wie Lerchentriller. Er tastete umher, um die Hand des Kleinen zu finden, geriet aber an den Henkel eines Kanisters. Er hob ihn hoch.

»Du milder Moses, der ist schön schwer geworden. Hast du vielleicht in die Kanne gespuckt, du kleiner Satan?«

»Ich hab, wenn ich unterwegs bin, immer reichlich Alkohol mit«, antwortete der Kobold. »Ich weiß ja, daß du früher oder später auf dem trockenen sitzt.«

»Du bist ein rechter Schlingel«, Small Johnson lachte, »mein allerliebster kleiner Spitzbub. Wie, zum Teufel, hast du's bloß angestellt, auf dem ganzen Weg hierher unsichtbar zu bleiben?«

»Ha, das war keine Kunst. Wenn du nüchtern bist, bist du fast so blind wie ein Maulwurf. Viele Male saßest du da und starrtest mich an, ohne mich zu entdecken.«

»Ja, 's ist gefährlich, längere Zeit nüchtern zu sein«, stimmte Small Johnson ihm bei. »Dann hat's seine Not, die Sinne ordentlich zum Funktionieren zu bringen. Aber du verstehst es ja immer, deinen alten Freund zu finden, wie? Und du kommst auch immer im richtigen Augenblick, ein wahrer Retter in der Not«, spann er weiter, »du mein lieber, kleiner, guter Kamerad.« Er führte langsam und mit Genuß die volle Kanne an den Mund und zog mit den Zähnen den Pfropfen heraus.

»Unter diesem Boot«, vertraute er nach einer Geschmacksprobe seinem freundlichen Delirium an, »hab ich mal mit 'nem jungen, heißblütigen Frauenzimmer zusammengelegen.«

»Das weiß ich doch. Das war Kinguk, Gills Mädchen«, antwortete der Kleine.

»Hm. Aber sie war jung und willig. Ihre Haut am Bauch war glatt und weich wie der Bauch eines Otters.«

»Und du lagst mit ihr Gills wegen«, sagte Nikodemus voller Bewunderung. »Das hast du mir selbst erzählt.«

»Ja, hol's der Teufel, bloß um Gill aus seinem Schlamassel rauszuholen, es war meine verdammte Pflicht. Aber jung war sie und heißblütig wie ein Satansweib.«

»Ich glaub, du bist ein ungewöhnlich guter Mensch, Small Johnson.« Nikodemus' Stimme war mild wie der Frühlingswind, und Small Johnson war bereit, seine alte Biberfellmütze zu fressen, wenn es nicht stimmte, daß die Augen des kleinen Kobolds voller Tränen standen. »Du bist der beste Kamerad, den man sich wünschen kann«, sagte das kleine Delirium ganz selig.

»Ja, du hast hübsch Glück gehabt«, antwortete Small Johnson nicht eben bescheiden. »Es ist halt immer ein Glücksfall, wenn man jemand trifft, mit dem man sich versteht. Zum Beispiel den Pfarrer, den wir davonjagten. Hm ja, das war eigentlich ein feiner Kerl, ein feiner und ganz gewiefter Bursche. Du hättest ihn treffen sollen, Nikodemus.«

»Ne, Pfaffen hab ich nie ausstehen können«, antwortete der Kleine.

»Nun, ich bin in sie, hol's der Teufel, auch nie gerad vernarrt gewesen. Aber der hatte das Ganze kapiert. Kannte alle Tricks und dazu noch die Bibel aus dem ff.«

Small Johnson schob sich zurecht, um unter der Reling bessere Aussicht zu haben. Er deutete auf das Meer hinaus. »Das da, Nikodemus, das kennt auch alle Tricks und noch ein paar Stück mehr, die wir nicht kennen. Das spielt auch mit verdeckten Karten, so wie wir andern, guter Freund.«

»Glaubst du wirklich?«

»Na und ob! Schau dir doch bloß das Wasser an. Da liegt's so fein und glatt da wie 'n Paar seidne Unterbuksen auf Kinguks Hintern. Man könnt fast, ohne zu übertreiben, diszipliniert sagen. Und auf einmal, hol's der Böse, ändert sich's total, braust, geht hoch und schwillt an wie … wie …«

»Wie Kinguks Hinterteil«, schlägt Nikodemus vor.

»Ach, du verstehst nicht, was ich meine. Das Meer, weißt du, das hat alle diese verdächtige Heiligkeit in sich. Da fahren wir beide froh und unbekümmert über den Seidenhintern, wenn du so willst. Und da, hops, da liegen wir, die Nase unten und angefüllt mit Salzwasser. Verstehst du? Das kriegt dich dran, so wie der Pfaff die Eskimo drankriegte.«

»Aber du hast doch den Pfaffen drangekriegt«, wandte Nikodemus ein. »Hast's doch selber gesagt, Small Johnson.«

»Ja, bewahre. Freilich hab ich das gesagt. Aber manche verstehen's halt, auf dem Meer zu fahren«, sagte Small Johnson, und er reichte die Kanne seinem Kameraden.

»Da, mach mal 'nen Schluck, dann verstehst du vielleicht besser, was ich meine.«

Die Jungfrau Maria und Jeobald

Als das Fest vorüber und die Bevölkerung heimgegangen war, um zu schlafen oder Dinge privaterer Art vorzunehmen, begab sich Jeobald zurück zum Tempel, weil er hoffte, dort etwas von der Stimmung finden zu können, die er vor mehr als einem Menschenalter in einer kleinen Kapelle der Kohlengrubenstadt Jumet angetroffen hatte. Er blieb vor dem Eingang des Tempels stehen und versuchte, den langen Weg zu jener Kapelle zurückzufinden. Er erinnerte sich, wie sie zwischen zwei stattlichen Häusern eingeklemmt dastand und am ehesten noch einem langnasigen Bettlergör zwischen zwei breitbehinterten Bürgermadamen glich. Ihr Kalkverputz war vom Kohlenstaub ganz grau, und der Engel aus Zementguß, der über dem Eingang schwebte, hatte die Flügel eingebüßt und schien verzweifelt nach der löchrigen Dachrinne greifen zu wollen, um nicht auf dem Steinpflaster des Bürgersteigs zu landen.

Jeobald ging in den Tempel. Niemand hatte daran gedacht, die mannshohe Kerze zu löschen, die mit großer, ruhiger Flamme vor der Mittelsäule brannte, an der auch das gerahmte Bild der Jungfrau Maria hing, die ihren eingeborenen Sohn geopfert hatte, was, wie jeder Missionar wußte, auf primitive Völker stets großen Eindruck machte. Sie lächelte Jeobald zu, wie sie es auch vor vielen Jahren vom Altar der Kapelle getan hatte. Er sah verdrießlich zu ihr hinauf: »Was gibt's denn da zu grinsen?«

»Ich grinse durchaus nicht«, sagte Jesu Mutter, »ich lächele dir zu, Jeobald.«

»Oh, dieses Lächeln kenn ich schon.« Überaus mißtrauisch sah er sie an. »Nein, du, du hast gegrinst, weil ihr aus mir den größten Sünder der Welt gemacht habt.«

»Wenn du der größte Sünder der Welt wärst, würde ich wohl nicht grinsen«, antwortete Maria. »Dann würde ich weinen, Jeobald.«

»Ach! Die einen grinsen, die andern greinen. Kommt aufs gleiche raus.«

»Aber ich würde trotzdem weinen«, beharrte die Jungfrau. »Du weißt ganz gut, wie schnell mir die Tränen kommen.«

»Da weiß ich nichts von. Aber es heißt, du hättest keine einzige Träne geweint, als du vorm Kreuz standest.«

»Weshalb hätte ich da auch weinen sollen?«

»Na, normalerweise weint man wohl, wenn sein eigenes Kind ans Kreuz geschlagen wird.«

»In meinem Fall hätte ich vielleicht vor Freude weinen sollen«, antwortete Maria still.

Jeobald zog eine Kiste heran und setzte sich vor die Madonna. »Eigentlich sollte man dich wohl um irgendwas bitten«, sagte er. »Deshalb hängst du doch da?«

»Du sollst um gar nichts bitten, wenn du keine Lust dazu hast«, sagte Maria.

»Hab ich auch nicht.«

»Dann laß es eben bleiben.« Sie lächelte etwas breiter. »Es ist höchst wohltuend, jemanden zu treffen, der einen nicht gleich wegen irgend etwas anbettelt oder um Vergebung irgendeiner idiotischen Sünde bittet.«

»Kann nicht sehen, daß ich um was zu bitten oder mich wegen was zu entschuldigen hätte.«

»Sagtest du denn nicht, du seist der allergrößte Sünder der Welt?«

»Freilich. Und ich hab auch noch nie einen getroffen, der sich getraut hätte zu behaupten, er sei ein noch größerer. Aber eben deshalb brauch ich auch wegen nichts um Vergebung zu bitten. Das ordne ich ganz privat.«

»Wie denn, Jeobald?«

»Ja, verstehst du, sowie so 'ne Sünde auftaucht, päpple ich sie richtig hoch, hol sie erst mal ans Licht, damit sie ordentlich großwachsen und reifen kann.«

»Das klingt ja sehr spannend.« Maria vergaß zu lächeln und lehnte sich neugierig aus ihrem Rahmen. »Aber sag mal, ist es nicht etwas ungewöhnlich, seine Sünden selbst hochzuzüchten? Irgendwie verkehrt?«

»Weiß ich nicht. Misch mich nicht drein, was andre machen. Aber es ist wohl nicht ungewöhnlicher, als Beeren zu veredeln. Ich möcht eben die Sünde gern pflücken, wenn sie richtig groß und reif ist.«

»Dann bekommt sie dir wohl besser? Ich möchte das eine Art Selbstbefriedigung nennen.«

»So, das möchtest du? Aber vielleicht stimmt's. Hab keine Ahnung, was es ist, und 's ist mir auch ganz egal. Ich möcht bloß, verstehst du, die Sünde herauskitzeln und sie 'n bißchen in Behandlung nehmen und dann – bums, raus aus dem Schädel mit ihr. Aber bild dir nur nicht ein, daß das so leicht ist. Und 's kann auch verflucht weh tun.«

»Bißchen finstres Mittelalter, wenn ich meine Meinung sagen darf«, sagte die Jungfrau Maria. »Aber ich finde es wirklich spannend, einen Menschen zu treffen, der noch immer so barbarische Methoden verwendet, daß sie geradezu Schmerzen erzeugen.«

»Was zum Teufel hätt ich denn sonst tun sollen, wie? Vielleicht Psalmen singen?«

»Nun, nicht gerade Psalmen singen. Es gibt eine Menge anderer Mittel. So viele, daß man sich in ihnen kaum mehr zurechtfinden kann. Die Menschen sind im Verlauf der Zeit mächtig erfinderisch geworden, jedenfalls wenn es darum geht, die Sünden loszuwerden. Jetzt hat man sogar Austreibungspräparate in Pillenform.«

»Donnerwetter!« Jeobald lehnte sich erstaunt vor. »Hätte man bloß wissen sollen!«

»Ja, es ist bedeutend einfacher, eine Pille zu schlucken, als sich seine eignen Rückengegenden mit der Rute zu verprügeln«, nickte die Madonna.

»Mit der Rute? Ich verwende keine Rute«, erklärte Jeobald. »Ich treibe mir die Sünden mit Steinen, so von der richtigen Größe, aus.«

»Mit Steinen?«

»Mit ganz gewöhnlichen Steinen, aber möglichst nicht zu scharfkantigen. Werden in die Luft geschmissen, und dann hält man eins, zwei, drei den Schädel hin, wo sie wieder runter kommen. Mit den Jahren bin ich einigermaßen tüchtig geworden, mich richtig zu plazieren. Anfangs aber habe ich so 'nen Stein weiß Gott wie oft hochschmeißen müssen. Das gab ein verdammtes Gerenne.«

Die Jungfrau Maria betrachtete mit großem Interesse Jeobalds Kopf. »Wirklich phantastisch«, flüsterte sie. »Wie lange betreibst du denn schon diese freiwillige Steinigung, bester Jeobald?«

»Ja, so zirka vierzig Jahre«, antwortete Jeobald, und ein Zucken lief ihm übers Gesicht, als führen ihm sämtliche Steinniederschläge der letzten vierzig Jahre durch den Kopf.

»Wie viele Sünden hast du so ausgetrieben?« Die Stimme der Jungfrau klang etwas erhitzt.

»Schwer, richtig zu kalkulieren. Wenn ich aber mit zweien per Woche rechne, dann wird's so ungefähr hinhauen.«

»Und die Steine? Wie schwer waren die?«

»Tja, das hat sich etwas entwickelt. Erst konnt ich die allzu schweren nicht verkraften. Da ging ich aus wie 'ne Kerze, verstehst du. Aber jetzt können sie auch zwei Pfund haben. Das schaff ich noch gut. Bloß 'n paar Sekunden Schwindligsein, wo man alles wie durch Wasser sieht. Sonst aber keine weiteren Nebenwirkungen. Mit den Jahren ist's leichter geworden, die Sünden auszutreiben. Man hat ja, kann man sagen, 'ne gewisse Technik entwickelt. Anstatt den Kopf zwischen den Schultern einzuziehen, wie ich's viele Jahre gewohnt war, streck ich jetzt den Hals hoch und dem Stern entgegen. Und wenn ich mit ihm Fühlung krieg, brems ich auf diese Weise den Niederschlag schön ab.«

»Unglaublich!« Maria streckte ihre Arme aus, um die Form von Jeobalds Kopf zu befühlen. »Phantastisch!« sagte sie. »Vierzig Jahre, das sind mehr als neunzehnhundert Wochen, also ungefähr achtunddreißighundert Austreibungen und jede davon zu, sagen wir, anderthalb Pfund. Jeobald, weißt du, daß du mehr als drei Tonnen Stein für deine Austreibungen verwendet hast?«

»Wird wohl die obere Grenze sein«, antwortete Jeobald ganz unbeeindruckt, »aber so ungefähr dürft's stimmen.«

»Wirklich einmalig! Simon saß schön bequem auf seiner Säule, und Franziskus ging bloß umher und fütterte Vögel. Aber wieviel Menschen wissen was von deinen Austreibungen, Jeobald?«

»Ja, laß mal sehen. Da ist also Pete und Small Johnson und Gill und Sam und Aviaja. Und dann natürlich der Junge in Europa.«

»Und sonst niemand?«

»Ne, glaub ich kaum. Doch, vielleicht Mr. Pickerin. Hab ja damit nicht gerade Reklame gemacht«, brummte Jeobald. »Geht ja keinen andern was an.«

Maria nickte verstehend. Sie zog sich wieder ganz in ihren Rahmen zurück und legte ihre Arme gekreuzt vor die Brust. »Da kannst du jedenfalls froh sein, mein Freund.«

»Froh sein? Worüber?«

»Daß du keine Reklame gemacht hast. Das hätte gefährlich werden können.«

»Wieso?«

»Du wärst ein Heiliger geworden.«

»Donnerwetter!«

»Ein lebendiger Heiliger, der nicht vom Tod beschützt war. Man hätte dich zerrissen, hätte erst mal Millionen, Milliarden an dir verdient und dir dann die Haut über die Ohren abgezogen.«

»Verdammt noch mal!«

»Verstehst du, was ich meine? Ein toter Heiliger kann so was schaffen. Er ist ja bloß noch ein Haufen Knochen und ein paar Lappen Zeug. Aber ein lebender – oh, Jeobald, das ist ungefähr das Schlimmste, was einem Menschen passieren kann. Die hätten dich von oberst zuunterst gekehrt, denn sie warten ja schon seit unendlichen Zeiten auf einen lebendigen Heiligen.«

»Probier bloß nicht, mir weiszumachen, daß ich was Besonderes bin. Das ist wohl nicht so was Außergewöhnliches, daß einer seine Sünden loswerden will. Man muß sich doch ab und zu mal von seinen Sünden reinwaschen. Mit Sünden rumzulaufen ist grad so scheußlich wie mit 'nem verlausten Unterhemd.«

»Zweitausendachthundert Kilo Steine«, hielt ihm Maria, die nun Zeit gehabt hatte, ordentlich nachzurechnen, vor. »Kennst du in der Geschichte einen ähnlichen Fall?«

»Stephanus wurde gesteinigt«, antwortete Jeobald. »Und da hat sicher, darauf kannst du Gift nehmen, ein ordentlicher Haufen Steine um ihn herum gelegen, ehe er ausgezählt wurde.«

»Aber es waren doch andere Menschen, die ihn steinigten. Du tust es jedoch selbst. Siehst du denn diesen himmelschreienden Unterschied nicht ein?«

»Ich seh nicht ein, daß ich andre Menschen belästigen soll, wenn ich's selber kann.«

»Du hast ein recht mühseliges Leben geführt, mein Freund.«

»Hab gelebt, wie mir's eben gepaßt hat«, sagte Jeobald. »Und die Jahre mit den Kameraden, die waren verdammt gut.«

Maria stützte die Arme auf ihren Rahmen und blickte traumverloren zu den Draperien hinauf, die wie schwere Velourswolken über ihrem Kopf hingen. »Du mußt gute und verständnisvolle Kameraden haben.«

»Prima Kameraden«, antwortete Jeobald, »erstklassige!«

Maria seufzte und schloß träumerisch die Augen. »Wenn man bloß solche Freunde haben und in so einer kleinen, glücklichen Gemeinschaft mit wirklich lebendigen Menschen zusammen leben könnte«, sagte sie still. »Das wäre etwas ganz anderes als das, womit ich vorliebnehmen muß.«

»Mit was für Leuten hast du denn Umgang?« fragte Jeobald.

»Menschen, die sich immer nur ein bißchen zu leben getrauen.«

»Und was tun sie, wenn sie nicht leben, ich mein, so zwischen den Runden?«

»Dann existieren sie bloß.«

»Wahrscheinlich, weil sie's nicht besser wissen.«

»Weil sie bloß, von oben bis unten, nach ganz bestimmten Vorschriften leben.«

»Wie's der Herr des Herrn der Herren will?«

»Ja, so ungefähr.«

»Aber ganz oben, an der Spitze, du weißt schon, der Chef selbst ...?«

»Psst. Davon reden wir nicht, weil wir's doch nicht begreifen.«

»Aber du mußt doch 'ne Ahnung haben, mußt 'n bißchen vertraut sein mit der obersten Leitung?«

»Ich weiß gar nichts. Ich brachte der Menschen wegen das Kind zur Welt, so wie du deiner Sünden wegen Steine in die Luft wirfst. Aber keiner von uns beiden versteht irgend etwas.«

»Merkwürdig.« Jeobald schüttelte energisch den Kopf. »Man sollte meinen, du als Jesu Mutter müßtest doch allerhand verstehen.«

»Und ich hatte gehofft, du, Sankt Jeobald Steinwerfer, würdest zumindest dich selber verstehen.«

»Einmal verstand ich, daß ich der größte Sünder der ganzen Welt war.«

»Schon solches Verstehen enthebt dich dieser Bürde.«

»Ja so? Dann waren's wohl diese verdammten Zehn Gebote, die mich anfangs so nasgeführt haben.«

»Ja, der Umgang mit ihnen ist recht schwierig«, gab Maria zu. »Sie sind mit der Zeit nicht so recht mitgekommen. Denk zum Beispiel bloß an das Kind, das du gezeugt hast.«

»Ja, aber das war doch keine Sünde«, sagte Jeobald. »Pete und ich waren uns über das Arrangement ganz einig.«

»Das weiß ich sehr gut.« Maria blickte verlegen in ihrem Goldrahmen hoch. »Das war auch nur eine ungeschickte Bemerkung. Ich wollte ganz im allgemeinen auf das Thema Kinderzeugen zu sprechen kommen.«

»Jetzt komm aber ich nicht recht mit.«

»Ich bin selbst Mutter«, antwortete Maria und errötete leicht.

»Tapse immer noch im ungewissen.«

»Du sollst nicht begehren deines Nächsten Weib«, flüsterte Maria.

»Tat ich ja auch nicht. Sie war frei wie ein Vogel, und Pete und ich waren, wie gesagt ...«

»Sieh mich an, Jeobald!« Maria wandte ihren Blick vom Rahmen ab und schaute Jeobald fest in die Augen. »Du sollst nicht begehren deines Nächsten Weib. Und das hat ER gesagt.«

»Hat er das gesagt?« Jeobald kniff die Augen zusammen, auf einmal ging ihm ein Licht auf. »Ach so, darauf willst du hinaus. Ja, der Teufel hol's, muß 'n schwerer Schock für Joseph gewesen sein.«

»Es war der Heilige Geist.« Marias Blick wurde warm vor süßen Erinnerungen.

»Spielt für mich keine Rolle, wer's war. Wenn man aber solche Gebote macht, dann muß man sie, verdammt noch mal, auch selber halten. Mir scheint, dem einen oder andern tät's auch ganz gut, so ein paar Steine auf den Schädel zu kriegen«, sagte Jeobald mit leichtem Lächeln.

»An so was getraue ich mich gar nicht zu denken«, antwortete Maria. »Das alles ging über meinen Verstand.«

»Laß man, tut nichts«, tröstete Jeobald. »Geschehen ist geschehen. Und was bedeutet das schon nach hundert Jahren!«

»Jetzt sind es schon über neunzehnhundert Jahre her«, seufzte Maria.

»Traurig, daß die Menschen solcherlei kleine Seitensprünge nicht vergessen können. Pfeif einfach drauf! Glaubst du vielleicht, Pete und ich bereuen was?« Er lachte froh zum Bild hinauf. »Und du mußt doch zugeben, daß wir mit unseren Jungens unsere Freude hatten. Wir mit dem unsern und du mit dem deinen.«

»Wären bloß alle ebenso vernünftig wie du, Jeobald.«

»Ja, dann könnt's uns allen, glaub ich, ganz gut gehen. Aber ich möcht bezweifeln, daß es einem woanders ebensogut gehen kann wie am Fuß von Miss Molly.«

»Ihr müßt es da herrlich haben. So wo zu hängen«, sagte die Jungfrau, »könnte mir schon gefallen. Kannst du mich nicht nach Miss Molly mitnehmen?«

Jeobald sah sie verwundert an. »Dich mitnehmen? Ne, weißt du was, das geht denn doch nicht. Übrigens kann's ja sein, daß der Pfarrer dich holen kommt. Wir kriegten ja nur das Zelt, vom Inventar steht auf dem Papier, das er Mr. Pickerin gab, nichts.«

Maria machte eine komische Grimasse. »Och, dieser Pfarrer. Das war ja ein Schwindler. Wußtest du das nicht? Der war nicht mehr Pfarrer als du und ich. Und ein paar Kerle von seiner Missionsgesellschaft haben mich in der Seemannskirche von Sankt Barbara, wo ich seit 1902 im Querschiff gehangen hatte, einfach gestohlen. Du kannst mir glauben, daß ich es genossen habe, als dein Kamerad mit der komischen Mütze und den Schnapskanistern diesen Taschenspieler aus dem Ort jagte. Ich weiß, man soll nicht schadenfroh sein, aber in einem solchen Fall ist es schwer, die Schadenfreude zu unterdrücken.«

Sie streckte die Arme über den Kopf hoch, soweit es der Rahmen eben zuließ, und fuhr fort: »Ich habe es gründlich satt, von einem Ort zum andern geschleppt zu werden. Und ich halte es bald nicht mehr aus, daß man fortwährend zu mir betet und mich ununterbrochen um etwas bittet. Ich wünsche mir nichts mehr, als in einem stillen Winkel zu hängen, wo ich ich selber sein kann. Kannst du mich nicht mitnehmen, Jeobald? Du würdest mich damit sehr glücklich machen.«

»Ich weiß nicht recht.« Jeobald massierte seine große Nase. »Das kommt mir ja was überraschend. Bin ja, verstehst du, an keinem speziellen Glauben oder solchen Geschichten besonders interessiert.«

»Meinetwegen könntest du Schamane bei den Jakuten sein. Das machte mir nichts aus. In meinen Augen wirst du immer ein heiliger Mann sein.«

Maria lächelte mild.

»Aber bei uns ist so gar nichts los«, wandte Jeobald ein. »Wir leben ganz still, fast einförmig, besonders jetzt, wo der Junge in Europa ist. Du tätest dich da schrecklich langweilen.«

»Ich riskier's«, lachte Maria.

»Und manchmal raufen wir auch, und getrunken wird auch nicht grad wenig«, wußte Jeobald noch einzuwenden. »Es werden auch 'ne Masse saftige Geschichten erzählt, und wenn wir Damenbesuch haben, halten wir uns auch nicht zurück.«

»Das alles ist ja recht menschlich und hört sich gut an. Ich bekomme immer mehr Lust, bei euch zu hängen. Also nimm mich schon mit, Jeobald!«

»Ich glaub ja nicht, die Kameraden werden was gegen dich einzuwenden haben. Hast ja ein ganz akzeptables Gesicht und so weiter. Und wir haben auch keine andern Schönheiten an der Wand als Johnny Ninefingers Südseegirl.«

»Mit der werde ich schon zurechtkommen.«

»Meinst du?«

»Also, worauf warten wir denn noch, Jeobald?« Maria streckte bittend die Arme zum Rahmen hinaus.

Als Jeobald den Tempel verließ, hatte er Gottes Mutter unterm Arm. Und um seine Mundwinkel spielte ein leichtes Lächeln, weil er in einem fort dran denken mußte, daß sie ihn Sankt Jeobald genannt hatte.

Ivitaqs Geisterbeschwörung

An dem Morgen, an dem sich Ukusiks Bewohner geweigert hatten, an einer höchst notwendigen Geisterbeschwörung teilzunehmen, weil neue Götter auf dem Tapet waren, verließ Ivitaq den Ort. Er reiste zornigen Sinnes ab und kam deshalb schnell weiter. Er war dafür bekannt, daß er die besten Hunde des Distrikts besaß, und er fuhr nun mit kurzen Pausen eine Nacht, einen Tag, noch eine Nacht und das meiste eines weiteren Tages dahin, bis er bei dem Haus meiner Väter anhielt.

Er stieg vom Schlitten, ließ den Baas frei, brachte die Pfoten von zwei völlig verspielten Junghunden unter ihren Halsbändern an, kippte den Schlitten auf die Seite und ging zu Aviaja hinein.

Meine Pflegemutter saß auf ihrer Pritsche und nähte Verzierungen auf ein paar Kamikken, die sie mir nach England schicken wollte, weil es dort angeblich so schrecklich viel regnet. Sie hatte natürlich gesehen und gehört, daß sich ein Schlitten näherte, und von weitem schon ihren Verwandten erkannt, war aber im Haus geblieben, um nicht ihre Neugierde zu zeigen.

»Der Zufall wollte, daß mein Weg hier bei euch vorbeiführte«, grüßte Ivitaq.

»Ach, man ist ja so ein untaugliches Frauenzimmer, das nicht einmal deine Hunde hören kann«, antwortete Aviaja. »Was ist man doch für eine schlechte Wirtin.« Sie stand auf, Ivitaq faßte mit beiden Händen ihr Gesicht und drückte es gegen das seine. So blieben sie einen Augenblick stehen und spürten einander.

Aviaja kochte Kaffee, und die beiden Alten setzten sich an den Tisch, um von den Zeiten zu reden, die jetzt nur mehr Erinnerungen waren.

»Auf all das Neue versteht man sich nicht«, sagte Ivitaq traurig. »Das verändert die Menschen wie der Wind die Schneewehen. Den einen Tag gibts dies, den nächsten das. Man kann sich auf seine Wohnplatzgefährten nicht mehr verlassen.« Er berichtete bitter von dem Missionar und der Geisterbeschwörung, die wegen mangelnder Teilnahme nicht zustande kam.

»Niemand wollte mitmachen, weil keiner von Herzen wünschte, daß der Pfarrer hinters Eis hinaus gebannt werden sollte«, sagte er. »Und da geschah es, daß einem die Leber weiß wurde, und man ohne weiter zu denken hierherfuhr.«

Aviaja nickte. »Es ist so lange her, daß man bei einer Beschwörung dabei war«, sagte sie, »und man hat ganz vergessen, wie das einen packen kann. Vielleicht wär es schön mit so einer letzten Beschwörung, ehe man aufs Eis geht.«

»All das Alte ist schön«, sagte Ivitaq schwer. »Und all das Neue ist unschön. Der Mensch betet das Gute an und vergißt dabei ganz, mit dem Bösen Freundschaft zu halten. Man hat keinen Respekt mehr vor den überall anwesenden Seelen.«

Sie tranken Kaffee und ließen sich dabei Zeit. Als es keinen Kaffee mehr gab, holte Ivitaq seine große Trommel vom Schlitten. Er lehnte sie an Onkel Samuels Koje und reichte Aviaja ein paar Lederriemen. Sie band ihn sorgfältig an Händen und Füßen und half ihm von seinem Stuhl auf den Fußboden. Dann holte sie ihre Specklampe und ließ, als sie angezündet war, den starken Petromax ausgehen.

Ivitaq begann, seine Hilfsgeister anzurufen. Er verwendete dabei volltönende, meterlange Wortgebilde, so als ob die Länge des Lautes wesentlicher wäre als das Wort selbst. Er sang monoton zu den Tupilaqs und zu dem großen Hilfsgeist Tornarssuq, der ihm früher geholfen hatte, durch den Himmel, durch das Meer und durch die Felsen zu kommen. Er erwärmte sich schnell und sang inspiriert und sicher, ohne zu suchen.

Aviaja begann mitzusingen. Während Ivitaq konstant den gleichen Ton hielt, wechselte sie zwischen verschiedenen Tonarten. Sie hatte ihren Haarknoten gelöst, und das dünne schwarz-graue Haar hing ihr in kleinen, fettigen Strähnen um den Kopf.

Plötzlich lief ein eiskalter Wind durch den Raum. Der Moosdocht flackerte, und die gelbe Flamme verschwand. Vom Dachboden und von der Küche hörte man Geisterstimmen, und die Trommel, die an Samuels Koje lehnte, fing zu sausen an, als wäre der Nordwind selbst in ihr eingeschlossen. Ivitaqs Stimme verwendete nicht mehr menschliche Sprache. Er stieß hohe, vogelschreiähnliche Laute aus, sagte lange, unverständliche Sätze, lachte und weinte und brüllte vor Zorn. Ivitaq war bei den Geistern und dabei, Vater Brian von Ukusik weit weg zu bannen. Er wälzte sich auf dem Fußboden umher, und krampfhafte Zuckungen durchfuhren seinen Körper. Die Lederriemen schnitten ihm tief ins Fleisch ein, und Aviaja spürte, daß ihr Verwandter große Wärme ausstrahlte. Sie hielt ihre Hände an den Kopf gepreßt und versuchte, ihre Gedanken und ihre Botschaft dem Geist in Ivitaq zukommen zu lassen.

Nun hatte der Geist Ivitaq gepackt. Die Trommel dröhnte in dem kleinen Raum wild und mächtig. Sie hieb Ivitaqs Wortstrom in Fetzen, und das schwierige Lied begann den Charakter von Musik anzunehmen. Es war, als begännen die Wände in kräftigen Tonwellen mitzuschwingen. Vom Dachboden erklangen allerlei Vogelschreie. Ivitaq warf seinen Kopf von der einen Seite zur anderen, und Schaum spritzte ihm aus den Mundwinkeln. Seine leeren Augen waren starr auf Aviaja gerichtet, während er das Geisterlied zu Ende sang.

Tornarssuq hatte von Ivitaq plötzlich und ganz und gar Besitz ergriffen, beide waren nun eins, Tornarssuq mit Ivitaq und Ivitaq mit seinem Helfergeist. Der Geisterbeschwörer nahm nun die Gestalt des Geistes an, und sie reisten zusammen dorthin, wo ihnen kein gewöhnlicher Mensch zu folgen vermochte.

Auch Aviaja war völlig in Trance. Auch ihren Körper durchfuhren Zuckungen, auch sie warf den Kopf von der einen Seite zur anderen, während sie die Vogelschreie des Geistes nachahmte. Sie fiel auf ihre Hände und Füße, fegte mit ihrem zottigen Haar den Boden und wakkelte mit ihrem Unterleib wie eine läufige Hündin.

Die Trommelschläge steigerten sich zu einem phantastischen Crescendo, bei dem die einzelnen Schläge kaum mehr zu unterscheiden waren. Mit einem Mal hörten sie auf. Es wurde völlig still. Kein anderer Laut war zu hören als die mühsamen, pfeifenden Atemzüge meiner Pflegemutter und die heiseren Kehllaute des gequälten Geisterbeschwörers. Der Geist hatte Ivitaq verlassen, und die überirdische Lust, die ihn durchdrungen hatte, verwandelte sich mit einem Schlag in irdischen Schmerz. Die Specklampe, die während der ganzen Beschwörung nichts als eine winzig kleine Glut am Leben gelassen hatte, flammte wieder auf und gab dem Raum wieder Licht und Schatten. Aviaja kroch zu Ivitaq, der nun langsam ruhiger wurde. Sie trocknete ihm mit ihren Anorakärmeln das in Schweiß gebadete Gesicht und löste mit Hilfe dessen, was von ihren Zähnen übrig war, die einschneidenden Riemen.

Der alte Geisterbeschwörer war völlig erschöpft. Gestützt auf Aviaja legte er sich auf ihre Pritsche, um wieder zu Kräften zu kommen. Sie lagen zusammen, wie sie es in ihren Jugendtagen taten. Damals hatte es viel Lachen zwischen ihnen gegeben, wie ja überhaupt in jenen Tagen zwischen den Menschen überall Lachen erklang. »Nun ist der Pfarrer schon weit weg von Ukusik«, sagte Ivitaq, der keine Ahnung davon haben konnte, daß Vater Brian schon vor drei Tagen von dort abgefahren war.

»Man hat ihn hinters Eis hinaus gebannt und hat das Eis hinter seinem Schiff sich wieder schließen lassen, damit es ihm unmöglich ist zurückzukommen.« Er seufzte erleichtert. »Jetzt können die Menschen wieder anständig nach den alten Sitten leben.«

»Mhm«, antwortete Aviaja. Sie hielt vor ihrem Gesicht eine Hand hoch und besah sich den Nagel ihres rechten Ringfingers. »Man erinnert sich noch an damals, als man einen Tropfen Wasser unter diesem Nagel anbrachte«, ließ sie ihre Gedanken vernehmen. »An das erste oder das letzte Mal?« fragte Ivitaq freundlich. Er war mit seinem wohl überstandnen Unternehmen zufrieden und konnte sich nun auch für die Probleme anderer interessieren.

»An das letzte Mal«, antwortete Aviaja. »Einen kleinen Tropfen Wasser, den ich in den offenen Mund des Jungen fallen ließ. Und da nannte ich ihn mit dem Namen Agojaraq.«

»Ja, so macht es ein ordentlicher Mensch«, sagte Ivitaq. »Nicht dieses scheußliche Gewasche des ganzen Gesichts, wie's die Christen tun. Nur einen einzigen kleinen Tropfen zur Freude der Namensseele.«

Aviaja wandte den Kopf und schaute etwas verlegen auf ihren Verwandten. »Während du den Pfarrer wegbanntest, bat man Agojaraqs Namensseele, sich an ein altes, dummes Frauenzimmer zu erinnern.«

»Deine Gedanken waren bei mir«, sagte Ivitaq, »und störten eine ohnehin schon schwierige Beschwörung.«

»Man ist so alt und unbesonnen«, antwortete Aviaja, »man hat eine so große Sehnsucht in sich nach seinem Pflegesohn.«

»Du hast die Beschwörung gestört, und man erinnert sich nicht, ob Tornarssuq von deiner Sehnsucht unterrichtet wurde. Man erinnert sich an nichts und ist daher ohne Botschaft. Vielleicht kommt dein kleiner neuer Sohn, vielleicht nicht. Kommt er, dann ist es gut, und kommt er nicht, dann ist es sicher auch gut. Ich weiß es nicht.«

Aviaja zog sich das Schaffell bis unter die Nase und sagte: »Man hat vor, aufs Eis zu gehen, wenn die Versorger aus Ukusik zurückkommen.«

»Man wird alt«, antwortete Ivitaq, »und man fällt zur Last. Da ist es richtig, daß man sich aufs Eis setzt und das geschehen läßt, was geschehen soll. Man hat vielleicht länger gelebt, als man es verdiente, und man kennt selbst seine Zeit.«

Er tastete unter dem Fell nach Aviajas Hand und legte seine eigene wie eine schützende Schale über ihre kleine, fest geballte Faust.

»Man kannte längst schon seine Zeit«, sagte sie. Dann schliefen sie beide, erschöpft von der schwierigen Beschwörung.

Französisch-Louis wird gefressen

Die Heimreise von Ukusik, die man am Tag nach der Einweihung des Versammlungshauses antrat, brachte interessante Erlebnisse mit sich. Französisch-Louis wurde schon am zweiten Tag von einem Bären angefallen.

Man hatte zeitig das Zelt aufgeschlagen, um die Hunde zu schonen und weil man auch reichlich Zeit hatte. Französisch-Louis wollte das späte Nachmittagslicht noch ausnützen, um in einem der Bergseen ein paar Forellen zu fangen. Er machte sich, ausgerüstet mit Eisstichel, Angelhaken und, wie stets auf einer Reise, mit seinem phantastischen, pelzgefütterten Gummihelm auf den Weg.

Louis hatte des geborenen Kochs feine Nase für Fischgewässer. Es dauerte auch nicht lange, bis der erste fette Lachs neben ihm lag, und er war mit seinem Unternehmen so beschäftigt, daß er den Bären, der sich an ihn heranschlich, weder sah noch hörte. Der kleine Klaps des Bären war fast kameradschaftlicher Art. Ein leichter Schlag gegen den Kopf, und Französisch-Louis fiel auch schon in tiefen Schlaf. Der Bär schnupperte herum, tat sich an den feinen Lachsen gütlich und fing dann bei Französisch-Louis an. Und zwar von oben. Er schleckte zuerst den Gummihelm rein und sauber, tat dann einen kräftigen Biß, riß zu und hatte einen Streifen Helm zwischen seinen Zähnen. Er kaute lange an diesem Helmstück, setzte sich dann auf sein breites Hinterteil und kaute erstaunt weiter.

Wie war's nur möglich, daß dieses Wesen, das ja doch ganz vortrefflich roch, so abscheulich schmecken konnte? Außerdem war dieses Stück Fleisch von bisher nicht gekannter Beschaffenheit, zäher als frischer Mattak eines Narwals. Der Bär spie es aus und versuchte es etwas weiter unten in der Nähe des Kinnriemens und riß mit einem gewaltigen Ruck den halben Helm von Louis' Kopf.

Da erwachte Louis. Er schlug die Augen auf und blickte geradewegs in den Rachen des Bären. Noch benommen vom Schlag dachte er: »Das da träumst du, Louis, so was geschieht nicht in der Wirklichkeit.« Er lag da, ohne sich zu rühren, und sah den kauenden Bären an. »Wenn der nun aber wirklich lebt«, dachte er, schon etwas klarer, und da durchfuhr es ihn: »Wenn das ein richtiger, ein wirklicher Bär ist, der da meinen Helm im Maul hat!« Er spürte, wie ihm die Haut am Hals weh tat, wo ihm der Kinnriemen weggerissen worden war, und eine Woge von Angst schlug in ihm hoch, die gleiche Angst, die der Großvater, der verrückte Louis, gefühlt haben mußte, als man ihm den Strick um den Hals legte, und die gleiche Angst, die sein Vater, der Vierte Louis, gespürt hatte, als der kalte Stahl seinen Hals berührte. Und auf einmal hörte Louis auch den Bären, und, was ärger war, er konnte ihn auch riechen. »Mein Gott, ich sterbe«, dachte er voll Entsetzen, wurde aber bloß ohnmächtig.

Diese übel schmeckende Haut ging über den Verstand des Bären. Er kaute an ihr lange und nachdrücklich, um zu sehen, ob sich ihr denn nicht der geringste Wohlgeschmack abgewinnen ließe, und er kaute lange und energisch, um diesen Mundvoll kleinzukriegen.

Schließlich spuckte er dieses Stück Helm in den Schnee. Er schnupperte noch mal an ihm, schnupperte an Louis' Kopf, saß dann eine Weile da und glotzte verblüfft vor sich hin. Etwas so Wohlriechendes mit einem so entsetzlichen Geschmack. Er machte ein paar Runden rings um Louis, hatte aber nicht die geringste Lust, es nochmals an einer anderen Stelle zu versuchen. Schließlich entschloß er sich, Louis aufzubewahren. Er hob ihn auf und trug ihn über den Teil des Sees, der noch zugefroren war. Am anderen Ufer wurde Louis dann zwischen ein paar herabgestürzten Felsblöcken verstaut. Vielleicht gewann dieses Fleisch durch entsprechende Lagerung an Geschmack, oder man wurde möglicherweise eines Tages so hungrig, daß man es fraß, gleichgültig ob es gut oder schlecht schmeckte. Der Bär ließ Französisch-Louis liegen und setzte in tiefen Gedanken seine Wanderung in die Berge fort.

Als Louis nach langer Zeit wieder zu sich kam, war der Anblick wie der Geruch des Raubtiers verschwunden. Ganz benommen setzte er sich auf und versuchte, sich an das Geschehene zu erinnern. Und plötzlich erinnerte er sich. Mit einem lauten Schrei sprang er auf und lief und lief, wie er noch nie gelaufen war. Die Angst beflügelte seine Füße, und als er die Zelte sehen konnte, fing er an, um Hilfe zu rufen.

Persson war der erste, der aus dem Zelt kam. Louis sprang ihm geradewegs in die Arme und klammerte sich fest an den großen Schweden.

»Ach, Herre Jesus«, stammelte er. »Ich wurde gefressen, ein Bär fraß mich. Mein lieber, guter Persson, er fraß mich mit Haut und Haar.«

Persson hielt ihn etwas von sich ab und betrachtete ihn schnell und prüfend. »Du bist aber, soviel ich sehen kann, noch ganz«, sagte er.

»Mein Helm«, jammerte er.

»Ja, der ist bloß halb«, antwortete Persson lakonisch.

Die Kameraden umringten Louis, und nach und nach kriegten sie die

Geschichte aus ihm heraus. Pete und Persson brachen sofort auf, um den Bären zu verfolgen. Small Johnson und Dad Matthews Partner halfen dem schlotternden Koch ins Zelt. »Ich sterbe«, jammerte Louis.

»An was?« fragte Small Johnson.

»An irgendwas. Ich hab das deutliche Gefühl, daß ich sterben muß.« Louis faßte sich am Hals. »Hier sitzt es, dieses schreckliche Gefühl. In meiner Familie haben wir's immer hier merken können.«

»Du stirbst vielleicht am Schock«, nickte Small Johnson. »Man hat's ja schon öfters gehört, daß Leute am Schock gestorben sind.«

Louis nahm die warme Suppe, die Tippy ihm reichte. »Er fraß mich«, sagte er. »Er war so groß wie ein Haus und stand vor mir und fraß mich.« Er schaute leeren Blicks auf die Zeltwand. »Ich bin tot.«

»Rein theoretisch vielleicht.« Uleroq deutete auf Louis' Kopf. »Wo ist dein Helm?«

»Den hat der Bär gefressen. Er fing mit dem Helm an.«

»Da hattest du aber höllisches Glück. Stell dir vor, das Biest hätt mit den Kamikken angefangen.«

Louis' Hände zitterten so, daß Tippy ihm die Suppenschale halten mußte. »Dieses Land«, sagte er, »kann mich nicht leiden. Erst werd ich von Wölfen überfallen, die mir den halben Hintern abbeißen, und dann von einem Bären, der mich theoretisch umgebracht hat.« Er faßte Tippys Hände und führte so mit ihrer Hilfe die Suppenschale an den Mund.

»Ich fühle mich unerwünscht.« Als die Kameraden protestieren wollten, hob er eine Hand in die Höhe. »Ich weiß schon, daß ihr mich und mein Essen mögt. Aber die wilden Tiere hassen mich aus mystischen Gründen und tun alles, um mich zu vertreiben.«

»Sie sind bloß hungrig«, verteidigte Small Johnson die wilden Tiere. »Wenn sie hungrig sind, überfallen sie jeden. Der Bär hätte ebensogut mich anfallen können.«

»Hätt er's nur getan«, seufzte Louis. »Du verstehst's ja besser, dich zu verteidigen.«

»Unser Land ist da ohne alle Schuld«, sagte Gill. »Es ist das schönste und gastlichste aller Länder.«

»Mag schon sein, aber wie du weißt, gibt es ja immer eine Ausnahme. Und die bin in diesem Fall eben ich. Dein Land kann mich jedenfalls nicht leiden, und deshalb werde ich es verlassen.«

»Du kannst doch nicht wegen dem bißchen Bären so einfach davonfahren. Denk bloß an dein Buch, Louis.«

»Das Kapitel über die Arktis muß eben ausfallen. Ich kann doch wegen eines einzigen Kapitels nicht mein Leben aufs Spiel setzen. Erst Wölfe, dann Bären! Was wird das nächste sein?« Er wischte sich etwas Suppe vom Kinn. »Wenn Uklas wiederkommt, fahr ich mit ihm nach Downty und von dort in warme Länder, wo es nur Löwen und Schlangen und derartiges gibt.«

»Hätten wir bloß was Sam-Su«, mischte sich Small Johnson ins Gespräch. »Der hätt dir gleich wieder Mut gemacht. Nach 'n paar Glas Sam-Su schaut alles gleich ganz anders aus.«

»Oh ja, ein Glas Sam-Su wäre jetzt gar nicht schlecht«, sagte Louis, »aber das könnte meinen Entschluß auch nicht ändern.«

Onkel Sam fing an zu glucksen. Er lag ausgestreckt auf einem Rentierfell und war mit dem Putzen seiner Brille beschäftigt.

»Worüber lachst du denn?« fragte Louis.

»Ich mußte daran denken, daß du leicht im Magen eines Bären hättest landen können.«

»Ist das vielleicht so lustig? Gehört sich's, meinst du, daß man lacht, wenn ein Kamerad getötet und von einem Bären aufgefressen wird? Ist's hier oben vielleicht Sitte, daß man über das Unglück eines Kameraden lacht? Grinst man wirklich über einen Kameraden, der von wilden Tieren getötet und zerrissen wird?«

Sam setzte seine Brille auf und blinzelte Louis zu. »Nein, über das alles grinst man nicht. Ich mußte nur daran denken, daß du vielleicht mit einem Buch mit Eßrezepten für Bären anfangen solltest. Wie hättest du so ein Gericht genannt, wo du selbst die Hauptingredienz ausmachtest?«

Französisch-Louis überlegte lange. Er schloß die Augen und hielt den Kopf tief geneigt. Dann antwortete er ganz bewegt: »La joie de l'ours blanc.«

Pete und Persson erlegten den Bären ungefähr eine Meile vom Lager entfernt. Der Aufenthalt mußte um einen Tag verlängert werden, damit Tiere und Menschen sich an der mächtigen Fleischmenge gütlich tun konnten. Das Fell erhielt Französisch-Louis als Geschenk. Schließlich wurden die Zelte abgebrochen, und die Expedition löste sich am folgenden Tag allmählich auf. Man versprach einander baldigen Besuch, und jeder fuhr, geladen mit Eindrücken aus der Großstadt Ukusik, nach Hause.

Die Kameraden kamen spät abends nach Mount Fynes. Sie waren unterwegs Ivitaq begegnet, der nordwärts fuhr, und als sie ihm erzählten, daß der Pfarrer aus der Stadt gejagt worden war, antwortete der alte Fänger, daß er das schon längst gewußt habe, er hätte ihn ja selbst hinters Eis hinaus gebannt. Small Johnson, der gern die ganze Ehre für den Abzug des Missionars für sich beansprucht hätte, fing zu protestieren an, doch Onkel Sam konnte ihn bald wieder zur Ruhe bringen. Sam wußte, daß die Bevölkerung Ukusiks auf alle Fälle glauben würde, die jähe Abreise Vater Brians wäre Ivitaqs Geisterbeschwörung zu verdanken, weil sie die geistige Kraft Ivitaqs kannten, aber auch weil sie vom Sam-Su zu betäubt gewesen waren, als daß ihnen Small Johnsons wirklicher Einsatz aufgegangen wäre.

Die Kameraden wurden von Aviaja wie üblich mit einer glühend heißen Suppe und frisch gekochtem Robbenfleisch empfangen, und sie berichteten ihr von ihren Erlebnissen in Ukusik.

Sie ihrerseits erzählte ihnen von Ivitaqs Besuch und war recht erbost, daß die Leute von Ukusik einen Gottesdienst der Geisterbeschwörung vorgezogen hatten. »Man schämt sich über seine Verwandten«, sagte sie. »Die Lust einer alten Frau am Leben wird mit jedem Tag geringer.«

»Sie waren bloß neugierig«, sagte Pete. »Und jetzt ist ja alles wieder im Lot. Wenn wir nächstes Mal nach Ukusik fahren, mußt du mitkommen und das große leuchtende Haus sehen.«

»Man wünscht zu reisen«, sagte Aviaja leise. Sie preßte die gefalteten Hände in ihrem Schoß zusammen und sah Sam bittend an. »Man ist so müde und wünscht sich die letzte Reise.«

Sam sah sie voll Mitgefühl an. »Ich verstehe«, sagte er.

»Man hat das Unmögliche gewünscht«, flüsterte Aviaja, und ihre Augen waren blank vor Tränen. »Nun kann man nicht mehr länger warten.«

»Es soll geschehen, wie du's wünschst«, versprach Sam.

Er stand auf und nahm Aviajas Kopf zwischen seine Hände. »Ein Mensch kann selbst wählen«, sagte er. »Und ich werde dir helfen.«

Aviaja sucht abermals den Tod

Wie Aviaja es wünschte, begleiteten nur Samuel und Jeobald sie aufs Eis hinaus. Sie führten sie zu der Stelle, wo sie sie vor fünfzehn Jahren gefunden hatten. Während der Nacht hatte es gut gefroren, und die dünne Kruste über dem Festeis brach unter den schmalen Schlittenkufen scharrend und knirschend ein. Aviaja saß ganz still. Sie war für ihre lange Reise gut vorbereitet. Das Stroh hatte sie aus ihren Kamikken entfernt, die Anorakhaube war fest um das Gesicht zusammengezogen, und die wichtigen Tätowierungen waren schon so alt, daß die Formen unscharf und die Farben schon etwas verblaßt waren.

Sie glitten langsam über den Fjord, der sich in dem bleichen Abendlicht endlos weit zu erstrecken schien. Aviaja schloß die Augen und dachte an damals, als sie in umgekehrter Richtung fuhr, um bei den Kameraden als meine Pflegemutter ein neues Dasein zu beginnen.

Jeobald breitete das Hundefell auf dem Eis aus, Sam half ihr hin, und Aviaja setzte sich dort in der üblichen Haltung der Eskimo mit geradem Rücken und vor sich ausgestreckten Beinen nieder.

Sam kniete sich neben sie und lehnte seine Wange an ihr Gesicht. »Man wird sich lange an dich erinnern«, flüsterte er.

Aviaja wackelte mit dem Kopf. »Man hat etwas Angst«, sagte sie, »vielleicht weil man keine Würde hat.« Sie sah auf den weiten Fjord hinaus, wo die Berge mit dem Nebel in eins verflossen. »Das ist alles viel größer, als man's in Erinnerung hat.«

Sam hatte das gleiche Gefühl. Diese kalte Welt, dieser enorme, erstarrte Raum bewirkte, daß sich der Mensch klein und fürchterlich einsam fühlte. »Wir können dir eine Schneehütte bauen«, schlug er vor.

Aviaja schüttelte den Kopf. »Man möchte keine Ungelegenheit machen. Und man braucht ja bloß die Augen zu schließen.«

»Das ist doch keine Ungelegenheit«, sagte Sam. »Wir machen's gern.«

»Vielleicht ein kleines, winziges Schneehaus«, murmelte Aviaja, »ganz ohne Pritsche und die andern unnötigen Einrichtungen.« Nicht weit von Aviaja fanden sie Schnee von passender Konsistenz. Sam schnitt die Blöcke aus und reichte sie Jeobald, der die Schneehütte von innen aufbaute. Er legte Block auf Block, ungefähr wie eine große Spirale aus Schnee oder wie ein großes Schneckenhaus. Er verschmierte die Fugen, schnitt über dem Eingang ein kleines Viereck aus, in das er ein Stück Süßwassereis als Scheibe einsetzte. Es dauerte zwei Stunden, bis das Haus fertig war, aber da war es auch geräumig und so fest, daß man mit einem voll beladenen Schlitten über seine runde Kuppel hätte fahren können. Sie nahmen Abschied von Aviaja und brachten dann einen großen Schneeblock vor der Eingangsöffnung an.

Dann setzten sie sich auf den Schlitten und betrachteten das Iglu, das sich von den Schneewehen, die der Wind hinter dem Staueis hochgefegt hatte, kaum abhob.

»Ich wünschte, wir könnten mehr für sie tun«, sagte Jeobald.

»Hier gibt es für uns nichts mehr zu tun«, antwortete Sam. »Jeder hat das Recht, über sein Dasein zu verfügen.«

»Das scheint mir nicht so sicher zu sein. Man wird doch zur Welt gebracht, ob man will oder nicht.«

»Richtig.« Sam rieb sich seine kalten Ohren. »Aber gerade das gibt uns doch wohl das Recht, frei über unser Leben zu disponieren.«

»Wenn der Junge jetzt zu Hause gewesen wäre, wär sie nie auf diese verrückte Idee verfallen.«

»Sicher nicht.« Sam hielt über Mund und Nase eine hohle Hand und hauchte warme Luft hinein, damit das Eis in seinem Bart auftaute. »Aber nun ist's eben so, daß der Junge in Europa ist, und das allein genügte, um ihr allen Mut zu nehmen. Für Aviaja ist Europa ja ärger als der Vorhof der Hölle, ein Ort, von dem man nie wieder wegkommt, wenn man sich erst mal dorthin locken ließ.«

Jeobald nickte. Er kannte die Versuchungen Europas. »Da kann was Wahres dran sein«, sagte er und zog seine Pfeife heraus. »Du, Sam, wie lange Zeit braucht's eigentlich, um sich etwas Buchwissen anzueignen?«

Sam zog die aufgetauten Eiszapfen aus seinem Schnurrbart. »Wenn man erst richtig damit angefangen hat, dauert es ungefähr ein ganzes Leben.«

»Ja, das hab ich mir fast vorgestellt.« Jeobald nahm das Mundstück der Pfeife zwischen die Zähne und strich ein Zündholz an.

»Waren wir nicht Satansidioten, daß wir den Jungen hinüberschickten?« Er saugte wütend die Streichholzflamme in den Pfeifenkopf. »Es geht einem doch selbst so, daß einem der Junge fehlt. Man kann das alte Mädchen verstehen.«

Sam deutete auf das Iglu. »Nur eins könnte sie jetzt noch retten.«

»Aber so was geschieht nicht. Es kommt nur in den Märchen vor, daß die richtigen Personen gerade dann auftauchen, wenn man sie am nötigsten braucht«, sagte Jeobald. Er stand auf und schnalzte mit der Peitsche über die Hunde hin. »Fahren wir los, ich halt's nicht länger aus, dieses elendige Iglu zu sehen.« Noch ein scharfes Schnalzen, und der Schlitten setzte sich gemächlich in Gang.

Sam lag zurückgelehnt da und dachte an dies und das. Vor allem an Märchen. Doch sein gesunder Verstand sagte ihm, daß so was absolut nicht geschehen würde.

Grauwetter war in die Stube eingedrungen. Und in die Männer.

Pete und Jeobald spielten Schach, aber sie waren so zerstreut, daß die Partie zu einem Spiel ausartete, bei dem jeder als erster vom Brett weg sein wollte. Onkel Samuel blätterte in einer Statistik aus dem Jahr 1924 über das Fortpflanzungsvermögen der Randpygmäen in der Kalahari, und Französisch-Louis steckte mit der Nase in dem Haufen von Aufzeichnungen, die er noch vor seiner baldigen Abreise in Ordnung bringen wollte. Nur Gill und Small Johnson hingen auf ihren Stühlen, ohne den Eindruck irgendwelcher Beschäftigung vorzutäuschen. Gill saß dem Fenster am nächsten; er stand ab und zu auf und warf einen Blick hinaus.

»Schnee«, sagte er zu sich selbst.

»Wie, schneit es?« Sam blickte auf.

»Noch nicht, aber bei dem Himmel wird's bald so weit sein.« Gill starrte hinaus. Alles war grau. Die Hunde hoben sich kaum mehr vom Schnee ab, und die Spitzen der Berge rings um den Fjord waren von tiefhängenden Wolken wie abgeschnitten.

»Da oben hängt massenweise Schnee«, sagte Gill.

Sam klappte das Buch zu und fing an, in der Stube auf und ab zu marschieren. »Ich dachte doch daran, als wir heimfuhren«, sagte er. »Man hätte das Iglu natürlich mit einer kleinen Flagge markieren sollen. Jetzt riskieren wir, daß es ganz verweht wird und verschwindet.«

Französisch-Louis sah ganz erschrocken von seinen Notizen hoch. »Mein Gott, dann erstickt die alte Dame ja!«

»Sie stirbt vor Kälte, ehe es Luftmangel gibt«, sagte Pete barsch. »Aber das da, Kameraden, gefällt mir nicht. Fünfzehn Jahre lang hat sie für uns und den Jungen gesorgt, und jetzt lassen wir sie auf diese Weise abdanken. Schmeißen sie aufs Eis, als wär sie ein alter Hund, der zu nichts mehr nütze ist.«

»Ein Nackenschuß wär das Richtige gewesen«, rief Small Johnson dramatisch. »Warum haben wir ihr keinen Nackenschuß verpaßt?«

»Wir hatten keine Wahl«, sagte Samuel. »Aviaja wünschte zu sterben. Und die meisten alten Eskimo wollen auf dem Eis sterben.«

»Was ich meine«, sagte Pete, »ist, daß wir für sie viel mehr hätten tun müssen, dann hätte sie vielleicht gar keine Lust gehabt zu sterben. Wir haben ihr nichts anderes gegeben als das tägliche Essen, was zum Anziehen und einen Schlafplatz. Das Ärgste aber ist, daß wir ihr den Jungen in Obhut gegeben und ihr ihn dann wieder weggenommen haben.«

»Sie hat nie um etwas gebeten«, bemerkte Gill sanft.

»Ja eben. Da sagst du's.« Pete schlug eine Faust auf den Tisch, daß die Figuren auf dem Schachbrett umfielen. »Sie trippelte bloß bescheiden umher wie ein kleiner Uferläufer, ohne auch nur um das Geringste zu bitten. Und wir haben auf sie nicht mehr Rücksicht genommen als auf einen alten Stuhl oder einen rostigen Kohlenkübel. Sie funktionierte, und solang sie das konnte, verwendeten wir sie.«

»Solange sie Agojaraq um sich hatte, hat ihr, glaube ich, nichts gefehlt«, sagte Jeobald.

»Sie war auch als einzige gegen seine Reise.«

»Ja, sie hatte kein Fiduz zu diesem Europa.« Small Johnson zeigte anklagend auf Jeobald. »Was zum Teufel sollte er mit good manners« – er richtete den Finger auf Samuel – »und mit Bücherwissen? Für sie ist nur auf das hier oben Verlaß, das sie kennt und von dem sie weiß, daß es okay ist und jedenfalls gut genug für gewöhnliche Menschen. Ich sag wie Pete, das da mit dem Eis ist eine verdammte Schweinerei. Hätt sie sich wenigstens hier im Haus auf ihre Pritsche gelegt, da hätten wir ihr weiterhelfen können mit gutem, starkem Kaffee; und Louis hätte allerhand leckere Sachen für sie zusammenkochen können. Dann wär sie, mein ich, auf anständigere Weise abgetreten.«

Louis sammelte seine Notizen zusammen und legte sie in einen

Pappkarton. Danach stand er auf und ging in die Kombüse, wo der Wasserkessel auf dem Herd gemütlich summte.

»Ich kann da keinen Unterschied sehen«, rief er aus der Küche. »Weshalb sollte ich ihr denn nicht draußen in der Schneehütte was Ordentliches auftischen können? Vielleicht ist's ein noch größerer Genuß, in einem kalten Schneehaus eine gute Tasse Kaffee zu trinken als in einer warmen Stube.«

Man hörte ihn, wie er mit der Abzugsklappe rumorte, um das Wasser aufkochen zu lassen. »Heut abend werde ich für sie ein arktisches Meistergericht zusammenkochen, ein so himmlisches, daß sein herrlicher Duft und Geschmack sie für ewige Zeiten im Jenseits begleiten werden.«

Pete klatschte begeistert in die Hände. »Dieser Louis! Was sagt ihr dazu, Kameraden? Grad, als hätten wir uns selbst was ausgedacht, um ihr Freude zu machen.«

Sam unterbrach seine Zimmerwanderung.

»Der Verstand sagt nein. Es wäre ja Wahnsinn, ihr Sterben hinauszuzögern. Aber eine merkwürdige Vorahnung, daß etwas geschehen wird, und der Gedanke, ihr eine Freude zu machen, sagen ja. Die Frage ist bloß, ob wir überhaupt das Recht haben, in ihre Entschlossenheit einzubrechen. Sie sitzt in ihrem Iglu, weil es für sie wünschenswert ist zu sterben, und nicht, um Kaffee und fremdartige Delikatessen aufgewartet zu bekommen.«

»Etwas gutes Essen ändert vielleicht ihren Entschluß«, meinte Gill.

»Ein Mensch hat immer Lust auf Kaffee«, ergänzte Pete. »Selbst einer, der entschlossen ist zu sterben, wird sicherlich Lust auf eine Tasse frischgebrauten Kaffee haben.«

»Wir nehmen das große Zelt mit hinaus«, sagte Small Johnson, der die Diskussion für beendet ansah, »und Louis' Töpfe und Primusse. Das ist sicher leichter als die fertigen Sachen hinauszufahren. Und dann sind wir auch mehr bei der Hand, falls was geschehen sollte.«

Louis machte mit einem Fußtritt die untere Herdtür dicht und rief voller Eifer. »Das war 'ne goldene Idee, Small Johnson. Ihr wißt ja, ich koche am liebsten unter ganz primitiven Verhältnissen. Das ist Herausforderung, das gibt Inspiration. Und ich werde ihr die leckersten Plotus mit Mandeln braten, und ich hab hier noch zwei junge Kumlienmöwen … Oh, was für eine paradiesische Tafel ich der alten Dame decken werde, einer Königin würdig!«

Die Kameraden hörten, wie er danach seine Finger küßte und ein orgiastisches Uhm nach dem andern ausstieß.

»Und wir bleiben draußen«, sagte Pete ganz aufgekratzt. »Leisten ihr, ich möchte sagen, Gesellschaft auf dem ersten Teil ihrer Reise. Was sagst du dazu, Sam?«

Sam wackelte mit dem Kopf. »Man kann der Idee nicht eine gewisse Freundlichkeit und Wärme absprechen«, sagte er, »und ich will selbst gern das Meine dazutun, wenn es Aviaja Freude machen kann.«

»Ich kann ihr ein bißchen was auf der Flöte vorspielen«, sagte Gill, »und ich werde auf der Stelle ein Gedicht auf sie machen. Das hat sie allemal gern gehabt.«

»Und ich könnt ihr ein Glas Sam-Su anbieten«, setzte Small Johnson die Gedanken weiter fort, »der läßt einen Menschen mitten in der dunkelsten Zeit die Sonne sehen. Und dann gibt er auch innere Wärme und Glut.«

Der Aufbruch vom Haus bei Miss Molly zeichnete sich durch eine fieberhafte Geschäftigkeit aus. Man packte und schleppte und verstaute, als bereitete man eine Reise über den Nordpol und nicht nur eine kleine Tour von einer Meile aufs Eis hinaus vor. Louis trug unter seinem Pelz reines Küchenzeug, und seine hohe, weiße Kochmütze stand wie ein gekalkter Schornstein steif und grad in die Höhe.

Als sie die Schlitten bepackten, fing es aus ein paar Spalten in dem schweren Himmel zu schneien an, und als sie über die Eisstauungen des Fjords fuhren und sich in die richtige Spur legten, fiel der Schnee so dicht, daß man die vordersten Hunde kaum mehr sehen konnte.

Die Kameraden drängten sich in dem engen Schneehaus zusammen. Sie setzten sich, die warmen Kaffeebecher in den Händen, und sahen auf Aviaja. Sie saß noch in derselben Stellung, in der Sam und Jeobald sie verlassen hatten. Ihre Augen waren geschlossen, und dann und wann sang sie mit brüchiger Stimme ein kleines Stück eines fast schon vergessenen Trommelliedes. Sie wurde ihre Versorger nicht eher gewahr, als bis Samuel ihr mit vorsichtiger Hand die Kapuze des Anoraks vom Gesicht löste und den warmen Kaffee unter die Nase hielt. »Ein bißchen

Kaffee, Ningiualuk, bißchen Wohlgeschmack vor der großen Reise«, flüsterte er entschuldigend.

Es kostete Aviaja einige Mühe, ihre Augen aufzukriegen. Sie sah Sam lange an, dann sagte sie: »Man hat den Wunsch zu sterben.« Ihre Nasenflügel zitterten leicht bei dem lieblichen Duft. Sie blickte im Kreis der Männer umher, und die Männer nickten ihr lächelnd zu. »Kann sein, die Reise wird angenehmer, wenn man Kaffeegeschmack im Mund hat«, murmelte sie.

»Kann jedenfalls nie schaden«, sagte Französisch-Louis ermunternd, »er macht einen immer munter.«

Aviaja langte mit ihren steifgefrorenen Fingern nach dem Becher, führte ihn, von Sam unterstützt, an die Lippen und trank. Selige Wärme kroch ihr in alle Glieder, doch mit der Wärme folgte auch eine große Müdigkeit.

»Jetzt fühlt man sich richtig vorbereitet«, sagte sie matt, »und wenn's euch nicht beleidigt, möchte man gern seine Reise fortsetzen.«

»Wir haben das große Zelt neben deiner Hütte aufgestellt«, sagte Pete, »wenn du also irgendwas haben willst, brauchst du nur zu rufen.« Aviaja schloß wieder ihre Augen und gab damit zu erkennen, daß sie allein sein wollte, einen Wunsch, den die Kameraden, wenn auch ungern, eine Zeitlang respektierten.

In dem großen Zelt wurde der Kaffee mit Sam-Su verdünnt, um seinen Geschmack zu verbessern, und man half Französisch-Louis, seine drei Kochflammen in Gang zu bringen, die er für sein arktisches Diner benötigte. Gill setzte sich auf eine Lagerkiste und bereitete das Gedicht vor, das er während der Mahlzeit aufsagen wollte. Pete und Jeobald betätigten sich als Louis' Küchenjungen, und Sam trug zur Unterhaltung mit einem kleinen Vortrag über die Sadlermiut-Eskimo bei, die einzigen Eskimo, von denen er nicht viel wußte, weil sie ausstarben, ehe es ihm gelang, sie zu besuchen. Small Johnson trank erst Kaffee mit Sam-Su, ließ nach dem dritten Becher jedoch den Kaffee weg, weil es, wie er sagte, keine freie Flamme gab, um ihn warm zu halten. Derart waren sie alle beschäftigt, bis Louis ein paar Stunden später erklärte, daß das Essen fertig sei.

Louis war der erste, der zu Aviaja hineinkroch. Sein Gesicht strahlte vor professionellem Stolz. Ein Gericht nach dem andern wurde ihm hineingereicht, und er ordnete sie in einem Halbkreis um die Sterbende an. Als erstes zwei leicht gebräunte Krabbentaucher in einer schwarzen, geleeartigen Soße, dann eine Kasserolle mit drei gekochten Möwen, die in einer delikaten Suppe aus Kumlienfleisch, Rentiertalg und Garnelen schwammen. Dann kam eine kleine, ovale Schüssel mit Appetitanregern, bestehend aus Enteninnereien, mikroskopischen Stücken Niere, gebratener Entenleber, gekochten und gesalzenen Robbenaugen und papierdünnen Scheiben Renzunge. Als letztes reichten die Kameraden Louis einen brennenden Primusapparat, der das Hauptgericht warmhalten sollte.

Und dann kam noch ein Riesentopf, randvoll mit jungem, gargekochtem Robbenfleisch, das Aviajas Leibgericht war. Den Abschluß all dieser Herrlichkeiten bildete eine Schüssel mit Salat. Ihr Inhalt entstammte den Gedärmen einer großen Klappmütze. Gewöhnlich aß man dieses Gericht, indem man ein passendes Stück Darm abschnitt und dessen Inhalt ausdrückte, etwa so, wie man Schuhkrem aus einer Tube drückt. Louis hatte aber anläßlich dieses feierlichen Tages den Salat in einer kleinen Holzschüssel zurechtgemacht und diese Leckerei mit Barnaqbeeren und kleinen, glänzenden Stücken Blasentang garniert.

Nach den Gerichten erschienen die Kameraden.

Aviaja, die sich zu diesem Zeitpunkt dem Zustand völligen Steifgefrorenseins näherte, konnte den starken Duft der Gerichte merken und fragte mit kaum hörbarer Stimme: »Ist man schon im Land der Glücklichen?« Sie ließ ihre Zungenspitze über ihre blaugefrorenen Lippen gleiten. »Man riecht Fleisch in großen Mengen.«

Louis schob die Krabbentaucher zu ihr hin. »So, du kannst das riechen? Kannst es wirklich riechen?« Er hielt einen der kleinen Vögel an ihren Mund.

»Jetzt brauchst du bloß den Mund aufzumachen, dann fliegen sie von selbst hinein«, sagte er freudestrahlend.

Aviaja machte den Mund auf und merkte die braungebratene Vogelhaut an ihrem Zahnfleisch. »Beiß«, flüsterte Pete, »beiß zu, Aviaja.« Doch ihre Kräfte reichten dazu nicht aus.

Louis ließ enttäuscht die Hand sinken und sah Pete flehend an. »Was machen wir jetzt?«

»Ja, was machen wir? Sie möchte gern, aber sie kann nicht.« Sam langte nach dem Vogel. »Wir machen genau das, was sie getan hat, als Agojaraq noch ganz klein war«, sagte er. »Wir kauen ihr das Essen vor.«

Und das taten sie. Jeder füllte seinen Mund mit Fleisch an und begann zu kauen. Französisch-Louis nahm einen Löffel, um ihr etwas warme Suppe einzuflößen, Small Johnson aber schenkte einen Becher Sam-Su ein und reichte ihn Louis.

»Versuch's erst mal damit«, sagte er. »Das ist die pure Medizin. Kriegt sie erst 'nen Becher davon runter, kann sie ohne Schwierigkeiten 'nen ganzen Ochsen verzehren.«

Louis nahm den Becher und hielt ihn an Aviajas Lippen, und sie schluckte mit größter Mühe Small Johnsons Medizin. Zunächst merkte sie nicht, was ihr da so durch den Hals lief, als die Flüssigkeit jedoch bald danach den Magen erreichte, schlug sie erstaunt die Augen auf und sah sich um.

»Hier wurde es so hell«, sagte sie heiser.

Small Johnson blinzelte Louis zu. »Hab ich's nicht gesagt? Jetzt scheint die Sonne wie nur was auf unser altes Mädchen.«

Es dauerte geraume Zeit, bis Aviaja alle Gerichte durchgekostet hatte.

Sie aß unaufhörlich, und es gab die ganze Zeit genug zu essen, denn vier Männer kauten pausenlos für sie.

Als ihre Zunge, wie man so zu sagen pflegt, »hochkant stand«, war auch Leben in ihre Augen gekommen, und der Schweiß lag in kleinen Perlen auf ihrer Oberlippe.

»Man erwartete eine kurze traurige Reise«, sagte sie zu Sam, »aber sieht jetzt, daß sie lang und festlich wird.«

»Man wünschte dich auf dem Weg zu begleiten«, meinte Sam.

»Oh, jetzt ist man wahrhaftig unterwegs«, lächelte Aviaja. »Mit vollem Magen und mit großer Wonne im Leib.«

Gill schob sich vor. »Ich dachte, du hättest vielleicht Lust, ein paar Worte mitzubekommen«, sagte er. »Deshalb hab ich ein kleines Gedicht gemacht.«

Aviaja nickte und legte die Hände an die Kamikkschäfte. Gill hob den Kopf und sah zur Schneedecke hinauf, als stünde das Gedicht dort geschrieben. Dann sagte er:

»Ich bin ein Mensch
umgeben von aller Dinge
magischer Kraft.
Wo ich hintrete,
atmet ein Seehund,
brüllt ein Walroß,
plaudert ein Schneehuhn,
duckt sich ein Hase.
Ich kleiner Mensch
umgeben von aller Dinge
magischer Kraft.

Ein winziger Mensch,
untauglich zu allem,
unmöglich und lächerlich den andern.
Und doch muß ich selber lachen,
wenn ich mich erinnere
an die gesäuerten Rentiermagen,
die neugefangenen Mattaq,
die getrockneten Lodden,
das schäumende Ochsenblut
und das süße Fleisch der Bären.
Glücklich hin ich, kleiner Mensch,
umgeben von aller Dinge
magischer Kraft.«

Aviaja hatte die Augen wieder geschlossen, und es war den Kameraden unmöglich zu entscheiden, ob sie die Aufforderung, die in Gills Gedicht lag, verstand. Small Johnson unterbrach die Stille, die nach einem vorgetragenen Gedicht stets eintritt.

»So ein Gedicht kann einem, find ich, die Gedanken weit weg führen. Das war ein mächtiges Gedicht, Gill, gut gedrechselt für die Gelegenheit. Ich muß aber sagen, ich hab keinen Augenblick an Essen gedacht, als Gill sein Gedicht aufsagte, aber vielleicht bloß, weil wir grad soviel gegessen hatten. Nee, ich dachte an die kleinen Seen, ihr wißt schon, die dort hoch oben, mitten im Tugtup Qugtora, im Rentierkeulental, wie fünf kleine himmelfarbene Welten eingerahmt von den

Bergen daliegen, oder auch wie fünf große Perlen zwischen den vielen Niviersiaraq-Blüten und dem Wollgras und den Moosbeeren und wie das Zeug alles heißt. Und dann mußte ich an die erste Schlittenfahrt denken. Über die Seen weg. Das Knarren des Schlittens, der noch in den Zurringen steif ist, und das Klipp-Klapp der Hunde auf dem Eis. Dann sind die Seen nicht mehr Seen, sondern eine vom Grund bis oben festgefrorene Schlittenbahn. Sie verstecken sich in der Landschaft, aber uns können sie nicht drankriegen, wir wissen ja, daß sie da sind. Ja, und dann, dann mußte ich an unseren Jungen in Europa denken. Weit weg, ja, aber wir wissen ja, daß er da ist, und daß er eines schönen Tages zurückkommt.« Small Johnson klemmte seine Hände um den Henkel des Sam-Su-Kanisters und blickte etwas verlegen umher. »Ja, und an mehr hab ich sicher nicht gedacht.«

Pete nahm die Schirmmütze ab und legte sie auf sein Knie. »Ja, so kann man immer weiterdenken, Small Johnson. Ich kenn das. Das eine bringt das andere mit sich, und eh man's weiß, hat man eine schreckliche Menge zusammengedacht, von der man nie gedacht hätte, daß man sie denken könnte. Man kann ja an das Mohntal in Hume-Bay denken und an die Abendsonne im Fjord und an die Hunde und die Schlittentouren und an die Jagden. Man kann an die Rufe der Gänse denken, wenn sie ostwärts ziehen, und an das Trommeln der Lummen und nicht zuletzt an die ersten Schneeammern im Frühling. Und was haltet ihr von einem Sturm, der gegen die Nordwand anrennt, den klappernden Fensterläden und den knarrenden Dachsparren? Man selbst sitzt drinnen und läßt sich's beim Sturm draußen gutgehen. So kann man bis ins Unendliche weiterspinnen.«

Aviaja schlug die Augen auf und blickte von Mann zu Mann. Sie sagte: »Man ist satt und wünscht die Reise fortzusetzen.«

Abschluß

Sie hinterließen im Iglu den brennenden Primus, brachen das Lager ab und fuhren in bedrückendem Schweigen zurück zum Haus bei Miss Molly. Die Schlitten kamen in dem tiefen Neuschnee nur langsam von der Stelle, und erst nach langer Zeit konnten sie in den Fenstern ihres Hauses gelbes Licht erkennen.

»Wer hat denn die Lampe angezündet, ehe wir abfuhren?« fragte Pete.

Niemand antwortete.

»Irgendeiner muß es doch getan haben.« Pete gab nicht nach.

»Es war ja hell, als wir abfuhren«, antwortete Sam.

»Vielleicht haben wir Besuch bekommen.«

Ein fremdes Hundegespann stand vor dem Haus, und als sie näher kamen, konnten sie sehen, daß es der Schlitten des Fellaufkäufers Uklas war. Er war nicht entladen, was darauf schließen ließ, daß Uklas noch im Lauf der Nacht weiterfahren würde.

Der Abend schleppte sich dahin. Man hörte unaufmerksam auf die Neuigkeiten, die Uklas aus der Stadt und den Distrikten zu erzählen wußte. Pat Silvertop wäre von einem der Fuchseisen Perssons geschnappt worden, während dieser in Ukusik auf Abenteuern aus war. Persson hätte ihn halb tot geschlagen und ihn dann bei sich aufgenommen, um seine Wunden zu kurieren. Sie seien so was wie Kameraden geworden, meinte Uklas. Downty City hätte um Mittel für einen Atlantikkai nachgesucht, und Donald Fourth hätte sich eine Familie zugelegt, da er wie seinerzeit Dad Matthew in Downty gewesen sei, um sich einen Partner zu suchen, aber nur eine Witwe mit fünf Kindern finden konnte. Man sage sich, Donald sei geradezu häuslich geworden und seine halberwachsenen Stiefsöhne seien schon brauchbare Fänger.

Pete beantwortete Fragen nach der Ukusik-Expedition und erfuhr, daß sich Vater Brian, nachdem er sein Schiff an den Hotelbesitzer Ernesto Whitecook verkauft hatte, noch in Downty aufhielt.

Sam erzählte von Aviaja, die draußen auf dem Eis saß und auf den Tod wartete, und Uklas, der ein feinfühliger Mensch war, begriff, daß die Kameraden mit ihren Gedanken lieber allein sein wollten. Als alle Neuigkeiten ausgetauscht und die Felle aufgeladen waren, brach er auf, um zu Dad Matthew zu fahren.

Französisch-Louis, der seinen Entschluß nicht geändert hatte, verabschiedete sich von seinen Freunden und nahm, den Koffer in den Armen, auf dem hochbeladenen Schlitten Platz. Es war für die Kameraden schmerzlich, nun auch Louis zu verlieren, und es war schmerzlich für Louis, das kleine Haus zu verlassen. Doch die Angst vor den wilden

Tieren war größer als die Lust zu bleiben. Außerdem erwartete ihn im Süden gewiß viel Neues, und er würde auch jetzt, wo er das Land für immer verließ, von Dad Matthew das Rezept für den Barnaqschnaps bekommen.

Die Kameraden gingen früh schlafen. Sie lagen in ihren Kojen und überdachten die Ereignisse des Tages.

»Wieviel Petroleum war eigentlich noch im Primus, den wir bei Aviaja ließen?« fragte Pete ins Dunkle hinein.

»Ich füllte ganz nach, ehe wir weggingen«, antwortete Gill. »Ich glaube, es langt für vier Stunden.«

Jeobald seufzte tief. »Dann ist er jetzt wohl am Ausgehen. Jetzt wird sich die Kälte wieder in sie einschleichen.«

»Können wir nicht rausfahren und nachfüllen?« schlug Small Johnson vor.

»Man soll nicht versuchen, ihr Leben weiter zu verlängern«, meinte Sam. »Ich bin überzeugt, daß sie sterben will.«

»Es ist wohl am besten, wir lassen sie in Frieden«, war Petes Ansicht. Er drehte sich in seiner Koje so entschieden um, daß die Bretter laut knarrten. »Morgen können wir rausfahren und sie heimholen.«

»Aber dann ist es zu spät«, sagte Grill, »dann ist sie ja tot.«

»Ja, dann ist sie tot.«

Aviajas Schicksal schien unabwendbar. Sie konnten nichts tun, bloß schlafen. Pete lag lange wach und dachte sich eine Stelle aus, wo sie sie begraben könnten. Er dachte an den kleinen Hügel hinterm Haus, wo immer die kleinen, roten Blumen wuchsen, und er dachte, daß sie vielleicht schöner auf dem Hundeholm liegen würde, denn von dort könnte sie das Haus und das Tal überblicken und weit hinauf in den Gänsepaß sehen.

Plötzlich hörte er, wie die Hunde draußen unruhig wurden. Sie rasselten mit ihren Ketten und fingen zu winseln und zu jaulen an. Und kurz darauf kläfften die Welpen, und die größeren Hunde begannen zu heulen.

»Was soll denn das?« fragte er und erhob sich halb. »Draußen muß was los sein.«

»Sicher ein Bär!« Small Johnson schwang die Beine über die Kojenkante und sprang auf den Boden. »Ich geh raus und laß ein paar Hunde los.« Er zog Hosen und Stiefel an. Aber ehe er sich noch den Rentierpelz übern Kopf gezogen hatte, sprang die Tür auf, und sie hörten Französisch-Louis' Stimme: »Mein Gott, ich sterbe vor Schreck! Diese Satanswölfe!«

»Louis!« Small Johnson stolperte, den Pelz halb überm Kopf zur Tür hin. »Bist du vom Schlitten gefallen?«

Louis lachte. »Man sollte es fast glauben, wie? Neeeh, aber Uklas hatte vergessen, eine Nachricht zu überbringen, die übern Funk nach Downty gekommen war. Und da dachte ich, ich müßte sie euch lieber bringen.«

»Du, der immer solchen Schiß hat! 'ne drahtlose Nachricht?« Pete strich ein Zündholz an und machte Licht in der Lampe. »Das klingt ja sonderbar.«

»Vielleicht vom Jungen«, sagte Sam. »Man hatte so eine Vorahnung.«

Pete bekam das Papier und las laut: »Dimittiert Cottesmoore stop heimkomme erstes schiff stop Agojaraq. – Hmm, ja so. Dimittiert. Und Cottesmoore heißt wohl die Schule, in die er geht.« Pete reichte Samuel das Telegramm. »Was bedeutet das nun eigentlich?«

»Wollen mal sehen.« Sam setzte die Brille auf. »Man muß wohl vermuten, daß er nach einem Jahr keine höhere Staatsprüfung abgelegt hat, und kann deshalb dimittiert mit fortgeschickt übersetzen. Relegiert wäre wohl richtiger gewesen. Es bedeutet also kurz und gut, daß der Junge aus der Schule rausgeflogen ist und mit dem ersten Schiff ankommt.«

»Hab ich's nicht immer gesagt«, lachte Jeobald, »in dem Kerl steckt was. Er gerät seinen Vätern …« Er hielt inne und schlug sich gegen die Stirn.

»Aviaja!« rief er. »Nun kann sie den Weg ins Land der Glücklichen abkürzen.«

Mit zwei Hundegespannen vor dem einen Schlitten fuhren sie davon und pflügten sich, so schnell sie konnten, einen Weg zum Schneehaus.

Aviaja wurde aus ihrem Dämmerschlaf geweckt, als Pete den Schneeblock vom Zugang entfernte. Sie spürte den kalten Luftstrom und schlug mühsam die Augen auf.

»Aviaja«, flüsterte Pete. »Kannst du mich hören?« Sie nickte, und Pete jubelte mit lauter Stimme: »Er kommt! Agojaraq kommt mit dem ersten Schiff!«

Wieder daheim

Ankunft in Downty City

Im Jahr meiner Rückkehr brach das Eis spät auf. Man hatte sich schon darauf eingestellt, daß es in den mächtigen Fjorden Ganzjahrseis geben würde, als ein heulender Nordwest angefegt kam und das Eis aufbrach. Und wenige Tage später war das ganze alte Wintereis in die offene See hinausgetrieben.

Als ich in Downty City die »Bogonia« verließ – sie hatte mich im Jahr zuvor nach Europa gebracht –, bemerkte ich ein kleines Schiff mit Schonertakelung, das am alten Anlegeplatz aufgeholt war. An seiner Mastspitze leuchtete ein klobiges vergoldetes Kreuz, und auf dem Brett, das über dem Fenster des Steuerhauses festgeschraubt war, konnte ich seinen Namen – »Civilisation« – lesen. Es mußte ein ungewöhnliches Schiff sein. Ich hatte noch nie von einem Schiff gehört, an dessen Mastspitze ein Kreuz angebracht war und das einen so lächerlichen Namen wie »Civilisation« führte.

Als ich mich in Ernesto Whitecooks Hotel installiert hatte, fragte ich ihn danach aus.

»Ja, ja, das ist sozusagen ein sehr heiliges Schiff«, sagte Ernesto. Seine Stimme war dabei ganz feierlich, und es überkam einen unwillkürlich das Gefühl, dieses Schiff müsse aus dem Kreuzesholz von Golgatha gezimmert sein.

»Du hast ja doch das Symbol am Mast bemerkt? Ja, mein Lieber, es ist gewissermaßen Gottes eigenes Schiff, das sein Diener, Vater Brian, hierhergeführt hat – ein vom Herrgott sozusagen hart geprüfter Mensch, aber von einer Kraft, sag ich dir … Du hättest ihn sehen sollen, wie der Kahn unter Wasser stand: Im Gesicht war er aschgrau, aber sonst war er die Ruhe und Fassung selber, kann ich dir sagen. Ich hab mir übrigens erzählen lassen, daß es deine Väter und Onkels waren, die ihn mit Hilfe des Heiden Pickerins aus Ukusik vertrieben.« Ernesto sah mich vorwurfsvoll an, und ich merkte, daß er sich einen Augenblick versucht fühlte, mir ein paar Wahrheiten über meine Familie zu erzählen, etwa über jene längst verflossene Angelegenheit, bei der Gill und Small Johnson aus Ernestos erstem Wirtshaus »Singapore« Kleinholz machten.

Er hielt sich aber zurück. Vater Brians Geschichte war frisch und verlockend und lag ihm stark am Herzen.

»Eine großartige Erscheinung, dieser Vater Brian, das muß man sagen. Einer der letzten richtigen Streiter. Verflucht weit herumgekommen. Ei ja, ja – er ist bei den Schwarzen in Afrika gewesen und auch sonst überall, wo ein Heide aufzutreiben war. Und feinfühlig ist er, dieser Pater, wie einer von der Leichenbestattung. Da gibt's nichts, was Heiden heißt, nein, nein, Unwissende nennt er sie, ja Unwissende. Und Unterschiede kennt er auch nicht, er nennt sie alle durch die Bank Nigger. Ja, ja, ein feiner Mann, dieser Vater Brian.«

»Ist er tatsächlich in Ukusik gewesen?« fragte ich.

»Ja, und man muß sich wirklich wundern, daß er deiner Familie gegenüber so leicht aufgegeben hat.« Das Wort Familie kam mit einem höhnischen Lächeln aus seinem verzerrten Mund. »Aber Vater Brian ist eben ein geduldiger Mann. Er hat Zeit zu warten. Eines schönen Tages kommt er wieder in euren Kochtopf und macht aus allen schwarzen Seelen dort Suppe.«

»Und wo ist er jetzt? Warum liegt das Schiff unten am Aufholplatz?« fragte ich und überhörte die Spitze gegen meine Familie. »Wäre es nicht besser, wenn er zu Heiden fahren würde, denen nicht von einer Familie wie der meinen geholfen werden kann?«

»Schon möglich«, nickte Ernesto. »Schon möglich, daß sein Besuch anderen Heiden mehr nutzen würde und daß er seine Zeit nicht an die Schlingel von Ukusik vergeuden sollte. Aber Vater Brian hat eben seine Pläne.« Ernesto holte aus dem Schrank hinter der Theke ein Glas heraus und fing an, es zu polieren. »Pläne, kann ich dir sagen!«

»Was für Pläne?«

»Ich sag bloß Pläne. Mehr kriegst du aus mir nicht heraus. Mein Mund ist versiegelt.«

Da ich wußte, daß Ernesto das größte Tratschmaul zwischen der Staatsgrenze und dem Nordpol war, hörte ich mit einem resignierten »Ach so« auf, weiter zu fragen. Ich wußte, daß ein Siegel, das Ernestos Mund verschlossen halten könnte, noch nicht erfunden war, und zweifelte nicht daran, daß ich, ehe ich mich schlafen legte, alle heimlichen Pläne Vater Brians kennen würde.

Da es außerhalb der Saison und der Speisesaal des Hotels deshalb geschlossen war, aß ich mit Ernesto und seiner Familie in der Küche. Ernesto war mit einer Indianerin verheiratet und hatte elf Kinder, von denen er allezeit hartnäckig behauptete, es seien seine eigenen.

Schon beim ersten Fleischgericht nahm Ernesto den Faden von früher wieder auf. »Ja, siehst du, bei uns hier in der Stadt sollten wir, meine ich, einen Prediger wie Vater Brian haben«, sagte er, »einen, der, ich möchte sagen, richtige Donnerpredigten halten kann, das haben wir nämlich nötig.« Er warf einen inhaltsschweren Blick auf seine Frau, die strotzend und breit von den vielen Geburten am Tischende thronte.

»Hier in Downty gibt's zu viele, die sich nichts verkneifen können«, dachte er laut, und während ich mir die Bedeutung dieser Worte klarzumachen suchte, begann er schon mit der Enthüllung von Vater Brians Plänen.

»Ich habe ihn einen hart geprüften Mann genannt. Und das ist genau der richtige Ausdruck. Erst eine Menge Pech in Afrika, das ihn sozusagen ruinierte. Was da eigentlich los war, weiß ich nicht, aber es muß furchtbar gewesen sein. Und dann diese unglückselige Reise hier herauf, wo er aus Ukusik sozusagen mit Fußtritten davongejagt wurde, kaum daß er seinen Tempel errichtet hatte. Und nun zuletzt noch dieses Unglück mit dem Sinken der ›Civilisation‹.«

»Sinken?«

»Ja, genau. Aber Vater Brian ist ja ein heiliger Mann. Sein Kopf steckt voll von aller möglichen Heiligkeit. Wie wäre da in einem solchen Kopf noch Platz für Gezeitentabellen?« Ernesto sah mich nachsichtig an. »Ja, ja, Junge, was in der Birne von so 'nem heiligen Burschen vor sich geht, das ahnst du kaum. Die sind sozusagen nicht ganz von dieser Welt, bißchen daneben, milde ausgedrückt. Aber da läßt sich nichts gegen sagen. Denn die Bibel, verstehst du, die Bibel ist ein verdammt dickes Buch, und es gehört schon ein ordentlicher Kopf dazu, um sie zu fassen. Stell dir bloß vor, mehr als tausend Seiten! Das sagt Brian. Mehr als tausend eng bedruckte Seiten. Was sagst du dazu?«

»Aber die können sie doch gar nicht auswendig«, behauptete ich.

»Davon verstehst du nichts. Wenn ich sage, sie können sie auswendig, dann können sie sie auswendig. Du bist ja bloß 'ne Rotznase. Du glaubst, du kannst alles verstehen, weil du in Europa warst. Aber ich weiß, wovon ich rede, und wenn ich sage, daß Vater Brian die Bibel auswendig kann, dann meine ich damit jedes verdammte Wort und jedes verfluchte Komma. Verstanden?«

Als ich darauf nichts erwiderte, wurde er wieder milder gestimmt. »Ihr Jungen wißt immer so viel, wenn's aber drauf ankommt, wißt ihr 'nen Schmarren. Na, Vater Brian kann jedenfalls seine Bibel auswendig, und er versteht's, der Teufel hol mich, auch, sie auszulegen. Und er ist keiner von den Nachträgerischen. Nein, mein Lieber, das ist wirklich ein Mann Gottes, der die andere Backe hinhält und erst mal eins auf die Schnauze kriegt, ehe er selbst zuschlägt. Du hättest hören sollen, wie anständig er von deiner Familie gesprochen hat. Besonders von Small Johnson. Er nannte ihn einen Geistesverwandten. Das ging über meinen Verstand. Denn wenn ich meine ehrliche Meinung sagen soll – und wenn dich das nicht kränkt –, so ist Small Johnson der größte Bandit, der je eine gestohlene Biberfellmütze aufgehabt hat.«

»Aber das Schiff?« fragte ich. »Wieso ist es gesunken?«

»Ja, da hat eben seemännische Erfahrung gefehlt. Zu kurze Vertauungen waren dran schuld. Die Besatzung hatte es eilig, an Land zu kommen, um bei Mädchen zu liegen. Deshalb mußte Brian den Kahn selbst vertauen. Aber wie hatte er schon wissen können, daß hier in Downty City der Unterschied zwischen dem Wasserstand bei Flut und Ebbe elf Meter beträgt? Er hat das Schiff ganz einfach stramm am Kai vertäut und sich dann in seine Falle gelegt. Nachts wurde er dann wach, weil seine Matratze in der Kajüte umherzuschwimmen begann. Als er sich dann schließlich in Sicherheit bringen und Leute zu Hilfe holen konnte, war das Schiff schon so weit unter Wasser, daß nur noch die Mastspitze mit dem heiligen Kreuz herausschaute. Ja, das Kreuz war sozusagen immer noch im Trockenen, und das kann man ja, wenn man will, auch symbolisch verstehen.«

»Das war aber auch eine merkwürdige Art, ein Schiff zu vertäuen«, meinte ich, »das hätte sich dein vielgerühmter Brian doch überlegen müssen.«

»Was kann man denn schon von so 'nem heiligen Mann verlangen?« Ernesto lachte bei dem Gedanken. »Der Kahn war so dicht am Kai vertäut, daß man nicht mal ein Stück Klopapier als Fender hätte dazwischenschieben können. Und, man stelle sich das bloß vor, bei einer solchen Vertäuung legt sich Seine Heiligkeit schlafen. Hast du Worte?

Aber da muß man schon sagen, daß der Herrgott seine Schafe behütet. Und ich möchte hoffen, daß der Herrgott ihm seine Unwissenheit belohnt und segnet, denn ich habe mir den Kahn, so wie er dort hing, als Pfand geben lassen und einen Handel abgeschlossen, der sozusagen für uns beide, den Missionar und mich, vorteilhaft war.«

»Und was ist aus diesem Vater Brian geworden?«

»Ja, der war, wie gesagt, ein richtiger Streiter, der nicht aufgibt. Er besorgte sich durch meine Vermittlung die Ausrüstung für eine längere Reise in den Norden. Er wollte wieder zu den Eskimo, um Felle einzuhandeln und diese Nomaden zu bekehren. Und du mußt zugeben, daß man sich auf so was nur einläßt, wenn man eine Berufung in sich fühlt und dazu genug Lebenskraft in sich hat. Er konnte mit der ›Komak II‹ bis in die Hume-Bucht kommen. Von dort wollte er dann zu Fuß weiter, bis hinauf, wo er Nomaden ausfindig zu machen hoffte. Einen so mutigen, unerschrockenen Mann werden wir nie mehr wiedersehen.« Ernesto sah mich ganz traurig an. »Ein Unerfahrener kann in der Einöde dort oben ja so leicht verschwinden.« Bei dem Gedanken, daß mit Vater Brian auch der Pfandbrief für die »Civilisation« aus der Welt wäre, sah er ganz träumerisch über den Tisch hin. »Ich höre noch seine letzten Worte: ›Leb wohl, mein Bruder, du kannst ganz ruhig sein, der Messias lenkt meine Schritte!‹ Ja, das waren seine Worte, und die haben etwas in meiner tiefsten Seele angerührt. Solltest du ihn dort oben zufällig treffen, dann grüße ihn herzlich von Bruder Ernesto, und wünsche ihm jederart Glück und Erfolg.«

Ich versprach, den Missionar zu grüßen, falls ich auf ihn stoßen sollte, konnte aber von dem Gedanken nicht loskommen, wie Bruder Ernesto seinen geliebten Bruder Brian mit einer völlig unzureichenden Ausrüstung, ohne Begleitung und ohne arktische Erfahrung in die Eiswüste schicken konnte. Und ich wunderte mich nicht wenig, daß sich dieser tapfere Mann Gottes, der ja angeblich in der Bibel so bewandert war, vor der Abreise nicht an die Geschichte von Kain und Abel erinnert hatte.

Die Reise mit der »Komak II«

Der September ist ein geschäftiger Monat. Der kurze Sommer klingt aus, und die hektische Vorbereitung auf acht lange Wintermonate setzt ein. In dem Jahr meiner Heimkehr begann der Winter ungewöhnlich früh, oder, richtiger gesagt, es hatte im Grunde gar keinen Sommer gegeben. Es hatte schon geschneit, im Norden sogar ganz gehörig, und das Eis wurde von Stunde zu Stunde dicker. Ich hatte mich darauf gefreut, auf dem Weg nach Miss Molly alle die prachtvollen Farben der Pflanzen wiederzusehen, das starke gelbe Licht der Weiden, das tiefe Violett der Sumpfheidelbeeren und das Goldbraun der Zwergbirken. Aber überall gab es nur Schnee, Schnee in weichen, runden Wehen, noch unangetastet von den gewaltigen Herbststürmen.

Ich verließ Downty in der letzten Septemberwoche, wo Tag und Nacht gleich lang sind. Den ersten Teil der Reise legte ich auf einem Schiff zurück, das Ernesto Whitecook gehörte und »Komak II« hieß, was soviel wie Filzlaus bedeutet. Es war ein flachkieliges Fahrzeug, das schwer im Wasser lag und sich, wenn es in starke Strömung kam, wie eine flügellahme Eidergans aufführte. Die »Komak II« sollte mich bis zum dritten Teufelshorn bringen, einem Kap, das sich bei der Einfahrt in die Hume-Bucht hoch über das Wasser erhebt. Vom »Horn« bis zu Nelly im Boot war es zu Fuß eine gute Tagesreise, und von Nelly im Boot zu Dad Matthews Fangstation in Corner Creek waren es weitere zweieinhalb Tagesreisen. Ich hoffte, bei Dad Hunde leihen zu können oder zumindest doch eine Fahrgelegenheit bis zu Uleroq zu bekommen, die mich sicher zu John Ehrlich oder gar ganz nach Hause bringen würde. Alles in allem konnte ich mit einer leichten, angenehmen Heimreise rechnen.

Der Führer der »Komak II« hieß Alken. Er führte Ernestos Reiseboot schon seit dem Jahr 1936, nachdem er beim Untergang der »Komak I«, von dem man heute noch sprach, mit Mühe sein Leben retten konnte. Alken galt als ungewöhnlich »wetterfest«, was unter diesen Breiten nicht wenig besagen will. In jenem Frühling war der »Komak I« von einem unterseeischen Riff der Boden aufgerissen worden, und sie sank, ehe

Alken und sein Gehilfe, der Mulatte Gregoris, auch nur bis zehn hätten zählen können. Das Schiff war unter ihnen ganz plötzlich verschwunden, und sie standen einfach im eiskalten Wasser. Wie durch ein Wunder waren ihre Füße auf der zackigen Spitze des Riffs plaziert worden, wo gerade für vier Kamiksohlen Platz war. Das Wasser reichte ihnen bis an die Brust, und die beiden Kameraden hielten einander mit dem einen Paar Arme an der Schulter fest, während sie das andere als Flossen benutzten, um sich in der Strömung im Gleichgewicht zu halten. So standen sie da wie zwei griechische Tänzer, die darauf warteten, daß die Musik einsetzen sollte. Das Wasser hörte jedoch zu ihrer Besorgnis nicht auf zu steigen, und erst als es Alken bis zum Unterkiefer und Gregoris, der ja etwas größer war, bis zu einem Punkt am Hals ging, begann es zu sinken. Ein paar Stunden später standen sie auf dem trockenen Riff, steif und durchfroren, aber immerhin am Leben. Das Wasser fiel noch um weitere neun Meter, und sie kletterten von ihrem Felsen hinunter, um genießbaren Tang einzusammeln und sich die Zeit zu vertreiben. Als dann die Flut in umgekehrter Richtung einsetzte, kletterten sie wieder hinauf und stellten sich in Position. Viermal mußten sie bis zum Hals ins Wasser, ehe der Pelzaufkäufer Uklas mit seiner Jolle aus Sorrow Beach, wo er die Winterfelle der Humboldtfänger abgeholt hatte, angetuckert kam.

Man hatte Uklas seit je für einen ganz unmöglichen Fänger angesehen. Er war von Natur aus faul und eignete sich am besten dazu, auf einem Schlitten zwischen einer Ladung schön wärmender Felle oder hinter einem klopfenden Motor an der Ruderpinne zu sitzen. Außerdem war Uklas beim Umgang mit einem Gewehr eine ungewöhnlich große Niete. Wie er nun so, das Boot mit Fellen und den Bauch mit dem importierten Kornwhisky der Humboldtfänger angefüllt, die Hume-Bucht entlanggefahren kam, war er mit seinem Dasein jedoch leidlich zufrieden. Er besaß Freunde, eine gute Gesundheit und eine Menge Kinder, die späterhin für ihn würden sorgen können. Er fuhr unter einem hohen blauen Himmel mit einer klaren, warmen Sonne dahin. Da sein Motor recht lärmend ging, hörte er nicht die Hilferufe der Verunglückten. Dagegen sah er zwei schwarze Köpfe aus dem Wasser herausragen. Und da er sich, trotz seiner geringen Schießfertigkeit, seit je ungemein für die Jagd interessierte, riß er seine Büchse aus dem wasserdichten Futteral und feuerte ab, ehe er noch ordentlich gezielt hatte. Diese Reaktion war an und für sich ganz natürlich, obwohl sie diesmal nicht gerade am Platze war. Aber wenn man zwei schwarze Köpfe gerade vor sich aus dem Wasser herausragen sieht und wenn man bedenkt, daß die Köpfe, die üblicherweise aus arktischen Gewässern auftauchen, meist Wesen irgendeiner Seetierfamilie, also etwas Wohlschmeckendem, angehören, dann darf man Uklas wegen seines unbesonnenen Schießens nicht allzu hart verurteilen. Manche meinen, daß Uklas, hätte er sich mehr Zeit zum Zielen genommen, die Köpfe nie getroffen hätte. So aber, als er den Lauf mehr oder minder aufs Geratewohl in Richtung des Zieles hielt und voller Eifer losfeuerte, traf er Gregoris gerade unter dessen schwarzem Wollhaar. Gregoris' Kopf verschwand, und das Wasser ringsum färbte sich rot. Uklas streckte eine Hand aus und stellte den Motor ab.

»Heiheiei! Ich traf mitten in die Schnauze«, rief er aufgeregt und hüpfte, so gut es der Platz zuließ, vor Freude im Boot umher. Plötzlich erstarrte er aber mitten in seinem Fängertanz. Eine tiefe, wütende Stimme brüllte aus der Mitte des blutigen Wasserflecks: »Ja, da trafst du ausnahmsweise mal verdammt gut, du idiotischer Knallkopf!«

Wenn die Rede später auf dieses Ereignis kam, entschuldigte Uklas seinen Mannesmord damit, daß er jedenfalls den einen der Schiffbrüchigen rettete und daß einer doch wohl besser als keiner sei. Und wenn man ihm darin recht gegeben hatte, fuhr er fort, daß es natürlich ein außergewöhnliches Pech gewesen sei, daß er Gregoris für einen Seehund angesehen hatte, aber daß sein Schuß, wenn man bedenkt, daß er sozusagen aus losem Handgelenk abgefeuert worden war, wohl als meisterlich zu bezeichnen sei. Ich muß übrigens auch bemerken, daß er dem Toten seine Achtung erwies und dessen Witwe heiratete. Wenn diese Ehe auch ausschließlich auf Eskimoart gelebt wurde und daher weder von den Behörden noch von Gott sanktioniert und gesegnet war, so bedeutete sie dennoch ein Opfer, ja ein Martyrium. Uklas führte damit seinem ohnedies schon überstrapazierten Haus – er hatte selbst eine Frau und fünf Kinder – noch genannte Witwe mit ihren sechs kleinen Mulatten zu.

An all das mußte ich denken, während die »Komak II« durch den schmalen Clyde-Fjord vorwärts tuckerte. Vor mir ahnte ich das Dritte

Teufelshorn, das zu betrachten Alken und sein Kamerad volle vier Tage lang das Vergnügen hatten. Ich saß vorn am Steven, um Gregoris' ältesten Sohn von Zeit zu Zeit bei der Arbeit abzulösen. Wir hatten das Neueis vor dem Schiff in Stücke zu treten, damit der alte Zinkbeschlag des Stevens nicht allzusehr in Mitleidenschaft gezogen würde.

Klein Greg, der nie anders genannt wurde, obwohl er längst schon über die sechs Fuß seines verstorbenen Vaters hinausgewachsen war, war in jeder Beziehung ein anthropologischer Fund. Ein Leckerbissen, den Onkel Samuel während seines Heranwachsens mit großem Erfolg studiert hatte. In einem Alter von zehn Jahren übernahm er das freie Amt seines Vaters als Gehilfe Alkens, einen gewichtigen Posten, denn die »Komak II« war das einzige Schiff des Distrikts, das, allerdings inoffiziell, auch Passagiere beförderte. Sie brachte im übrigen allerhand alkoholfreie Getränke, Patronen, Petroleum und andere begehrte Waren aus der Großstadt in die Einöde. Die Waren wurden an der Küste entlang in Depots ausgelegt, wo die Fänger sich dann auf ihren langen Fangreisen das ihre holten. Diese Route hatte existiert, solange ich mich erinnern kann, und war an so mancher Meinungsverschiedenheit schuld, da es nicht ganz ungewöhnlich war, daß sich ein Fänger, der seinen eigenen Whisky allzu schnell in die Gurgel hatte laufen lassen, sich am Depot eines anderen Mannes ein Stück weiter oben an der Küste vergriff. Die Zwistigkeiten wurden immer von Mann zu Mann und ohne Einmischung des Polizisten in Downty ausgetragen.

Ich hievte mich wieder an Bord, streifte die Kamikken über die Füße und sagte: »Du, Klein Greg, war's nicht dort drüben beim Horn, daß dein Alter ausstieg? Wie?«

»Ausstieg? Na ja, wenn du's so nennen willst. Eigentlich wurde er mit einer zugefeilten 7,62er vom Riff runtergeblasen.« Klein Greg schwang sich über Bord und begann seinerseits mit dem Eisstampfen. Sein großer Wollkopf hüpfte vor der Reling auf und ab. »Alken sagt, daß der Alte umgeht«, sagte er. »Er sagt, daß er jedesmal, wenn er das Horn passiert, hören kann, wie der Alte Uklas seinen Segen zuruft.«

»Das ist aber ganz schön gelogen.«

»Nein, das stimmt. Du brauchst nur Alken zu fragen.«

Daß Gregoris noch reden sollte, schien mir zu phantastisch. Ich kletterte über das Deck, das mit Petroleumkanistern und Whiskykisten vollgestellt war, und verschwand im Steuerhaus.

»Du, Alk, Klein Greg sagt, daß du jedesmal, wenn ihr das Horn passiert, Gregoris hören kannst. Ist das wahr?«

Alken nahm eine Ummöblierung seines Priems vor, ehe er antwortete. »Ob das wahr ist? Ja, das ist, weiß Gott, wahr. Ebenso klar und deutlich, wie ich dich hören kann. Dieser Gregoris ist nämlich ein Satanskerl. Ha, ha.« Alken kehrte mir den Rücken zu und ließ das Steuerhausfenster herunter. »Schluß mit der Stampferei, Pißhase!« rief er Klein Greg zu. »Nimm deine Steckelbeine aus der Suppe, sag ich, sonst holt dich dein Alter noch zu den Krabben runter.« Klein Greg schwang sich wieder an Bord, legte sich bäuchlings auf eine Vertäuungsrolle und glotzte durchs Klüsgatt.

»Nimm mal das Ruder, Ago«, brummte Alken. »Ich geh eben mal raus, um Gregoris zu hören.« Er kantete sich zur Tür hinaus und schwankte mit einem ledernen Sprachrohr übers Deck. Dann lehnte er sich an den Ladebaum und hielt das Rohr an den Mund.

»Gregoris!« schrie er. »Gregoris! Schwarzer Satan!« Ich hörte ihn trotz der lärmenden Maschinen und steckte nun, damit auch ich Gregoris' eventuelle Antwort hören konnte, meinen Kopf zum Fenster hinaus, und wenn ich mich richtig anstrengte, konnte ich mir einbilden, daß vor dem Bug ein paar Gurgellaute zu vernehmen waren.

»Ho, ho, ho!« Alken lachte so, daß es von den Felsen widerhallte. »Wird mir ein Vergnügen sein, kannst dich drauf verlassen. Kriegt er Wort für Wort serviert!« Er nahm den Lautsprecher vom Mund und wackelte grinsend übers Deck zurück. Er lachte immer noch, als er mir das Ruder aus der Hand nahm; dann langte er hinauf zu den Kartenrollen unter der Decke, von wo er eine Flasche Rum hervorholte.

»Mach auch mal 'nen Schluck, Junge«, sagte er freundlich und biß den Pfropfen von der Flasche. »Der ist stärker als der, den man auf Kuba Alten Methusalem nennt.«

Ich trank einen Schluck und kämpfte tapfer, um das Husten zu unterdrücken. Der Rum war »Hausbrand« und schmeckte eigenartig nach Seife. »Was sagte Gregoris?« fragte ich. »Mir kam's vor, als hätte ich grade vor dem Bug was gehört.«

»Na klar, das war er!« Alken hieb den Pfropfen wieder in die Flasche, die er an ihrem alten Platz unterbrachte. »Was er sagte?« Er lachte wiederum aus vollem Hals. »Ja, das gleiche wie immer. Gregoris hat keine Phantasie. Er sagt immer das gleiche.«

»Was denn?«

»Daß ich Uklas, wenn ich ihn sehe, grüßen und ihm sagen soll, daß das Loch, das der alte, schwarze Gregoris in die Stirn verpaßt bekam, den geraden Weg ins Paradies bedeutete und daß das Loch, das Uklas bei seiner Witwe bekam, das Tor zur Hölle ist.« Alken blinzelte mir schief zu. »Kennst du dieses Weibsstück, das Uklas von Gregoris übernahm?«

»Ich habe sie nur ein paarmal gesehen«, antwortete ich.

»So eine Satanssau.« Alken spuckte zum Steuerhausfenster hinaus, war aber wieder ganz ruhig, als er sagte: »Wirklich gemein, daß ein Mensch so hart bestraft werden soll, bloß weil er einem andern den Kopf weggeblasen hat. Meinst du nicht auch?«

Da ich mehr Interesse für die Geisterwelt des Fjords als für die Qualifikationen der Witwe hatte, fragte ich: »Aber wie kann dir Gregoris denn antworten, wenn er unten auf dem Grund liegt und von den Krabben aufgefressen wird?«

»Das will ich dir erklären.« Alken schob sich einen frischen Priem unter die Oberlippe. »Ja, das will ich dir erklären, Freundchen. Wenn ein Mann so jubelnd glücklich ist wie Gregoris jetzt, dann kann ihm selbst der Tod nicht das Maul stopfen, wenn ihn die Lust ankommt, davon zu reden. Gregoris und ich sind viele Jahre zusammen auf See gewesen, aber er war nie so recht glücklich. Die Sau daheim hat ihm sein Leben verpestet. Aber das Loch, das ihm die 7,62er an der Stirn verpaßte, machte seinem Elend ein Ende. Ich hab ihn nie glücklicher gesehen als damals, bevor er seinen letzten Taucher machte. Er ging ganz still und ruhig, von allem Kummer und Ärger befreit, unter.« Alken drehte sich um und klopfte Klein Greg auf den Rücken. »Du hast, hol mich der Satan, ’nen ordentlichen Kerl als Vater. Schnackt immer noch mit, dieses alte Knochengestell …«

Sie grinsten zusammen, und Alken sagte seinem Gehilfen voll Wärme: »Ja, so was gibt Nimbus, Klein Greg, verstehst du, Nimbus, sag ich.«

Bei Nelly im Boot

Während die Vögel auf ihrem Weg nach Süden über den Fjord hinstrichen, wanderte ich in nördlicher Richtung heimwärts. Der September kann für Bergwanderungen ein herrlicher Monat sein. Unter normalen Umständen, wenn die Berge schneefrei sind, geht man über die verwelkende Pflanzenwelt wie auf einem großen, festlich gefärbten Teppich. Die Luft ist kalt und scharf und vom Heideduft gewürzt, und aus den langgestreckten Tälern hört man manchmal das brünstige Brüllen der Rentiere. Die Natur ist im Aufbruch. Die Vögel sammeln sich in großen Scharen und bereiten sich auf die große Reise nach sonnigen Himmelsstrichen vor. Die großen Walroßherden folgen der Strömung küstabwärts, voran die gewaltigen Stiere, grunzend und schreiend wie Schweine, dann die Weibchen mit ihren Jungen. Und das krabbelnde Gewimmel auf dem Boden nimmt vom Sommer Abschied und kriecht zum Winterschlaf in die Erde. Auch die Wale begeben sich auf südlichen Kurs. Aber sie ziehen den Aufbruch so lange wie möglich hinaus, ziehen ihn sozusagen an den Ohren, als ob sie nicht die geringste Lust hätten, die Gewässer zu verlassen, wo sie »übersommerten«.

Wie schon früher erwähnt, war der Sommer in diesem Jahr ungewöhnlich kalt gewesen. Schon im August waren die Fjorde zugefroren und gab es den ersten Schnee. Man hatte noch auf einen Wetterumschlag, auf einen kleinen, raschen Spätsommer, gehofft, der den Übergang zur strengen Winterzeit erträglicher machen würde, aber man wartete vergeblich. Eis und Schnee waren gekommen, um zu bleiben. Viele Blumen konnten nicht einmal mehr Frucht ansetzen und standen in ihrer Sommertracht erstarrt unterm Schnee. Die Schneehühner liefen erschrocken und braungesprenkelt auf den weißgepuderten Bergen umher, und der Fuchs konnte sich nicht genug darüber wundern, daß noch immer bloß sein Bauch weiß war und es ihm deshalb schwerfiel, von den sommerfetten Schneehühnern nicht entdeckt zu werden. Nur die Lemminge huschten unbekümmert über den neuen Schnee. Sie rollten wie kleine Silberbälle die Abhänge hinab und hinterließen dort die säuberlichsten Zickzackstreifen.

Die Moschusochsen fingen das Paaren an. Die Stiere waren mächtig fett und voll Kampfbegier. Die Rivalen stellen sich voreinander auf, sehen sich wütend an, schnauben, daß Dampf und Schnee um ihre Mäuler stieben, und schlagen hitzig mit ihren Vorderbeinen aus. Dann setzen sie ab und lassen ihre breiten Stirnknochen aneinanderkrachen, daß man es weithin hören kann. Und derart treiben sie es so lange, bis der eine genug bekommen hat und sich für besiegt erklärt, indem er vor dem nächsten Zusammenstoß zur Seite springt.

Wie herrlich war es doch, im heimatlichen Land auszuschreiten und sich, mit Petes gewaltigem Rucksack im Nacken, die niedrigen Hügel hinterm Horn hinauf- und wieder hinunterzuarbeiten. Ich atmete tief und spürte die reine, eiskalte Luft in der Kehle, als hätte ich Mentholbonbons gegessen, wie ich es an nebligen Wintertagen in England manchmal tat. Meine Muskeln waren vom Schulleben schlapp geworden, und es dauerte nicht lange, bis Schultern und Schenkel zu schmerzen begannen. Ich beschloß, die Tour zu Nelly im Boot in zwei Tagen zurückzulegen, und brachte deshalb die erste Nacht nach Verlassen der »Komak II« in einer kleinen Fanghütte zu, die dem Schweden Persson gehörte. Ich aß etwas vom Trockenfisch, der hinterm Herd lag, und hinterlegte dafür etwas Schokolade und einen Bericht für die anderen, die etwa auch hier hereinschauen mochten.

Während ich auf das Kommen des Schlafes wartete, dachte ich daran, wie es wohl sein würde, wieder nach Hause zurückzukehren. Das Jahr in England hatte mich gelehrt, daß draußen eine andere Welt existierte und daß es andere Menschen und andere Lebensweisen als die gab, an die ich gewöhnt war. Ich hatte mir, meine ich, neue Ansichten und eine sehr andere Philosophie angeeignet, und wenn ich mich selbst vielleicht auch nicht geändert hatte, so war es mir dort doch klargeworden, daß ein gut Teil Menschen in vollem Einverständnis damit leben, daß ihr Dasein sinnlos ist. Früher hatte ich nie darüber nachgedacht, wieweit mein eigenes Dasein einen Sinn und ein Ziel hatte. Mein junges Alter und die Enge der Welt, in der ich aufwuchs, waren wohl schuld daran. Ich hatte mit Mr. Boompleton, meinem Beschützer in England, darüber gesprochen, und unsere Gespräche führten immer zu einer gewissen Übereinstimmung unserer Ansichten, nämlich, daß das Leben in der Arktis zwar eingeengt und ebenso gewohnheitsgebunden war wie das in Europa, daß es aber ein gewisses »Etwas«, irgendeinen Magnetismus besaß, der die Menschen, die es kannten, wie Eisenspäne anzog. Mr. Boompleton hatte mir geraten, nach Hause zu reisen und den Aufenthalt in Europa einfach als eine kleine kuriose Erinnerung in einem Winkel meines Gedächtnisses aufzuheben, die man dann und wann hervorholen und betrachten könnte, wie man etwa eine Theaterkarte aufhebt, um sich ab und zu an eine festliche Vorstellung zu erinnern.

Aber der Aufenthalt in Europa lebte noch so frisch in meiner Erinnerung, daß ich mich, was mein Denken betraf, noch mehr in Europa als in der Arktis befand. Ich überlegte, welche Haltung beim Wiedersehen mit meiner Familie die richtige wäre. Sie sollten natürlich gleich merken können, daß hier ein weitgereister Mann ankam, der eine Menge über das moderne Dasein wußte und der darauf eingestellt war, sein künftiges Leben von diesen Kenntnissen mitbestimmen zu lassen. Eine Haltung, die zwar herzlich war, aber eine gewisse Nachsicht erkennen ließ, mußte wohl das richtige sein. Und eine gewisse Distanz war wohl auch notwendig. Während ich so in Perssons Jagdhütte auf den Schlaf wartete, versuchte ich mir vorzustellen, wie es möglich wäre, meinen Vätern und Onkeln gegenüber die entsprechende Distanz zu bewahren. Ich dachte auch an Aviaja, sah aber gleich ein, daß ihr gegenüber jegliche Distanz unmöglich sein mußte. Nach Hause zu kommen war offenbar schwerer, als ich mir's vorgestellt hatte, und ich schlug mich mit diesen Problemen herum, bis ich am frühen Morgen endlich einschlief.

Am nächsten Tag erreichte ich Nellys Boot. Es lag etwa fünfzig Fuß hoch oben in den Felsen und war irgendwann einmal von Fängern in einer Art von Wiegengestell aus Walkiefern angebracht worden. Es war ein kleines, stumpfnäsiges Fahrzeug und hatte mitschiffs eine überdimensionierte Kajüte. Ich sah, daß hinterm Heck ein Hundegespann hielt, Nelly im Boot demnach Besuch hatte. Als ich näher kam, erkannte ich die Hunde von Dad Matthew, Nellys einzigem Sohn mit dem Kaufmann Spinningwheel. Es war gegen Abend, und das Licht aus den kleinen runden Bullaugen blinkte mir festlich entgegen. Die Hunde kläfften wütend, und vom Deck oben rief eine Stimme: »Tier oder Mensch?«

»Mensch«, antwortete ich. »Agojaraq von Europa nach Hause unterwegs.« Das klang, meinte ich selbst, äußerst gut und mußte meiner

Person einen gewissen Respekt verleihen. Die erwartete Wirkung, ein »Nein, so was!«, blieb jedoch aus. Eine Leiter wurde über die Reling geworfen, und die Stimme, die Nellys Tochter Niviarsiaq – das bedeutet Jungfrau – gehörte, sagte gleichgültig. »Na, du bist's. Dann komm mal rauf.«

Die kleine Kajüte war zum Bersten voll. Außer Nelly im Boot und ihrer Tochter befanden sich hier noch Dad Matthew mit seinem Partner Tippy und ihrem gemeinsamen Kind, dem Mädchen Mohammed. Außerdem saß am Ende des feststehenden Kajütentisches noch ein kräftiger, man kann wohl sagen fetter, Mann, der sagte, er sei Vater Brian. Ich wurde zwischen Tippy und die Jungfrau geklemmt und bekam einen dampfenden Teller gekochten Rentierfleisches hingeschoben. Ein sechster Sinn hielt mich davon ab, an Dad Matthew irgendwelche Fragen bezüglich des Partners und des Kindes zu stellen, und ich beschränkte mich darauf, Vater Brians Frage, was es denn in Old England, dem Mutterland, wie er es nannte, Neues gebe, zu beantworten. »London«, sagte er, »das liebe alte London hat sich wohl kaum verändert?«

Obwohl ich nicht wußte, wie London zu seiner Zeit ausgesehen hatte, antwortete ich, daß das der Fall sein dürfte, und Vater Brian fuhr fort: »Man kann sofort sehen, junger Mann, daß dich die Zivilisation in ihren Klauen gehabt hat. Du bist ein höflicher, gesitteter junger Mensch und hast dir Kultur und Wissen angeeignet, wie es sich für einen jungen, vorwärtsstrebenden Menschen gehört.« Er schaute im Kreis umher. »Alle jungen Leute hier müßten für eine Zeitlang nach Europa, um einer Art geistiger Wehrpflicht nachzukommen.« Sein Blick ruhte auf Nelly im Boot. »Es ist nur ganz wenigen Menschen vergönnt, von Natur aus zivilisiert zu sein. Nur ganz wenigen Menschen, wage ich zu behaupten.« Nelly im Boot sandte ihm ein breites Lächeln und strich sich mit einer sehr femininen Bewegung übers Haar. Das Kompliment des Missionars hatte Adresse und Empfänger, was Dad Matthew ebenfalls sah. Er legte Vater Brians Worte jedoch nicht als Kompliment, sondern im Gegenteil als Kritik aus.

»An Nelly im Boot gibt's nichts auszusetzen, verstanden! Sie hat«, sagte er, »so gelebt, wie sie's selbst für richtig hielt. Kann ein Mensch was Besseres tun?«

»Deine Mutter, Dad Matthew, ist eine kultivierte Dame«, behauptete

Vater Brian. Er sandte Nelly einen warmen Blick und bekam ihn glühend zurück. «Sie hat Herzensbildung und läßt ein zivilisiertes Wesen erkennen.«

»Jetzt ist's aber genug!« schrie Dad. Die Adern an seinen Schläfen schwollen wie immer, wenn er sich aufregte, dick an. »Mach mir Nelly im Boot nicht zur Sau, hörst du. Kann sein, daß sie's verdammt eilig hatte, als der alte Joe abgeschnappt war, kann sein, daß sie mich vergaß, weil's auf einmal so viel zu unternehmen gab und sie 'ne Satansmenge einzuholen hatte. Aber komm mir nicht an mit deinem verdammten Quatsch von Kultur und Bildung und weiß der Teufel was noch. Nelly war die warmblütigste Hure von Downty, das kann ich dir erzählen.«

»Dad Matthew, deine Mutter ist eine anständige Person.«

»Ja, genau. Sie hat immer Laufzeit, sie ist brütig wie 'ne Glucke und ebenso anständig wie ein rotärschiger Gibbon.« Dad redete sich warm. »Sie war die beste Hure in Downty City, und sie war die einzige wirkliche Konkurrenz der Reisenutten.«

Als Vater Brian Einwendungen vorbringen wollte, hob Dad die Hand hoch und schrie so, daß die Spanten des Bootes knarrten: »Nelly im Boot, ja, du, so heißt sie. Aber damals hieß sie Knock-Out-Nelly, verstanden, und der Teufel soll mich holen, wenn eine vor ihr so geheißen hat.« Dads Stimme war voller Stolz, seine Haltung straffte sich, und sein Blick bekam einen eigenen Ausdruck.

»Knock-Out-Nelly?« Brian kostete das Wort auf der Zunge aus und schluckte es dann mit Behagen herunter, während er sich die Entwicklung vorstellte, die sein Verhältnis zu Nelly nehmen konnte, wenn … Statt dessen traf er einen schnellen Entschluß.

»Ein passender Name für eine Frau wie Nelly«, sagte er mild. »Ein schöner Name für eine reine und natürliche Dame, eine Dame mit reichen Talenten.«

»Ja, genau. Nelly im Boot ist keine Madam-wer-auch-immer, verstehst du!« Dad hieb eine Faust auf den Tisch. »Bei ihr gibt's nichts Frauenzimmerhaftes. Nelly ist einfach Nelly. Knock-Out oder im Boot, egal, sie ist immer die gleiche Nelly.«

Vater Brian erhob sich. Sein feister Leib hing über den Tisch in Richtung Dad Matthews, denn die Kajüte war zu niedrig, als daß er sich ganz hätte aufrichten können. Daß er etwas Besonderes auf dem Herzen hatte, konnten wir alle sehen, und ich hielt – gespannt und voll Erwartung dessen, was nun kommen würde – den Atem an.

»Dad Matthew«, begann Brian. »Wie du weißt, habe ich jetzt eine Zeit bei Nelly im Boot gewohnt. Diese Wochen haben meine Einstellung zum Leben umgekrempelt, haben meine Lebensgewohnheiten Purzelbäume schlagen lassen. Ich bin ein einfacher Mensch, ein Streiter des Herrn, ein einfältiges Lamm aus Gottes Herde. Ich habe mehr als einmal Schiffbruch erlitten, bin aber immer mit dem Leben und mit ungebrochenem Glauben davongekommen. Ich bin immer den gleichen Weg weitergegangen, um ans Ende des Wegs zu gelangen, und hier im Boot entdeckte ich plötzlich, daß ich an einen Scheideweg gekommen bin.«

Dad, dem es schwerfiel, solcher Rede zu folgen, sagte etwas verdrießlich: »Scheideweg? Was meinst du mit Scheideweg?«

»Ich bin dem dornenreichen Pfad gefolgt, bin auf der Via Dolorosa gewandert«, fuhr Vater Brian fort, »und stehe jetzt vor einem schöneren, weniger schmerzhaften Richtweg.«

»So 'n Quatsch«, grunzte Dad, »wovon redet er eigentlich?«

»Er sagt, daß er immer in tiefem Tauschnee gefahren ist«, flüsterte ich Dad ins Ohr, »und daß er jetzt draufgekommen ist, daß sich's auf Blankeis besser fährt.«

»Was, zum Teufel, das hätte er doch gleich sagen können. Na, und was dann, Pfaff? Jetzt geht's ja ordentlich weiter, was brauchst du da noch zu flennen, wie? Trinken wir lieber ein Glas Barnaqbeerenschnaps.«

»Einen Augenblick, mein Sohn, einen Augenblick.« Brian hob seine Hände zur Decke. »Du bist der einzige eheliche Sohn von Nelly im Boot, deshalb wende ich mich an dich.«

»Hmmm«, Dad schüttelte sich, ihm war ungut zumute.

Brian breitete die Arme mit aufwärts gerichteten Handtellern aus. »Ich bitte dich, Dad Matthew«, flüsterte er fast, »um die Hand deiner Mutter.«

»Verdammt noch mal!« Dad drehte sich hin und her.

»Ja, das ist mein Ernst.« Brian nickte mit Nachdruck. »Ich biete ihr an, zusammen mit mir in den heiligen Ehestand einzutreten. Ich verspreche ihr, daß ich unsere Gemeinschaft verteidigen, beschützen und versorgen will.«

Nelly im Boot ließ ein paar Schnaufer hören. Sie versuchte tapfer, ihre Rührung zu beherrschen, konnte es aber nicht bewältigen. Deshalb sprang sie auf, kletterte über den Tisch, sprang zwischen Tippy und mir auf den Boden und verschwand durch den Vorhang in die Vorpiek.

Dad drückte sich verlegen die Hände. Brians Feierlichkeit und die offenkundige Rührung der Mutter machten ihn nervös und lähmten seine Zunge.

»Das wwwar ja … hm, nnnicht wenig«, stammelte er.

»Du hast recht, mein Sohn. Das ist nicht wenig«, nickte Brian. Er legte seine Handteller auf den Tisch. »Das bedeutet aber noch mehr. Es bedeutet die Legalisierung der Jungfrau, wie deine Schwester heißt, und es bedeutet einen ehrenhaften Namen für sie beide, einen sozialen Aufstieg und ein geborgenes und beschütztes Dasein.« Seine Stimme bekam einen psalmodierenden Tonfall. »Es bedeutet ein Leben in Liebe und Verstehen, eine Wanderung Hand in Hand durch die zahllosen Gefahren und Versuchungen des Lebens, es bedeutet Schulung und gute Erziehung für die kleine Dame und Treue und segensvolle Liebe für deine Mutter.« Brian faltete auf seinem Bauch die Hände und neigte den Kopf. »Dad Matthew, ich bitte dich um die Hand deiner Mutter, ehe ich sie selbst frage. Ich weiß, daß sie dich liebt und daß sie deinem Befehl gehorchen wird.«

Dad Matthew blickte verwirrt auf.

»Ja, so ist es.« Brian schloß die Augen und machte eine Kunstpause. »Oh, noch etwas mußt du wissen. Ich bin ein Mann von Ehre und Würde, und ich bin nicht ganz unvermögend. Meine Referenz in diesem entlegenen Winkel der Welt ist der Hotelbesitzer und Schiffsreeder Ernesto Whitecook in Downty City, bei dem ich sechzig Fuchspelze dritter Klasse zugute habe sowie gültige Pfandbriefe für das Reiseschiff ›Civilisation‹, das vor einiger Zeit im Hafen von Downty sank. Ich habe außerdem Geschäftsverbindungen nach Afrika, wo ich in der Transportbranche beteiligt bin, ein Geschäft, das faktisch ganz von selbst weiterläuft, und ich habe nicht wenige Verbindungen zum Geschäftsleben in den Oststaaten Amerikas.« Vater Brian setzte sich mit den Worten: »Von meinen Verbindungen höheren Orts will ich nichts sagen.« Er schlug ein Kreuz und deutete mit aufwärts gerichtetem Daumen zur Decke, wobei er gleichzeitig nickte und blinzelte.

Die lange Erklärung hatte Dad unsicher gemacht. Er sah sich nach

Hilfe um. »Hör mal, Tippy«, sagte er, »was soll einer zu so 'nem Schwulst sagen?«

Tippy, die ein hervorragender Fänger, eine aufopfernde Mutter und ein guter Partner war, antwortete: »Eine solche Liebe ist nicht aufzuhalten. Sie ist wie die Eisschmelze in einem Fluß. Man kann sie eine Zeitlang zurückdämmen, aber sie gräbt sich dann neue Wege.«

»Du redest wie der Pfaff«, murmelte Dad. »Meinst du, daß er sie haben soll?«

Ehe noch Tippy antworten konnte, begann Brian wieder zu psalmodieren: »Die Liebe ist ein rollender Stein, ein fallendes Blatt, ein verheerender Taifun, ein donnerndes Meer. Die Liebe ist unüberwindlich, ist das Größte, ist das Stärkste.« Er schielte zu Dad. »Was sagst du?«

Dad kantete sich vom Tisch hoch und zog den Vorhang zur Vorpiek zur Seite.

»Du, Nelly«, rief er der Mutter zu, »könntest du dir denken, den Dicken da zu bekommen?«

Keine Antwort.

»Laß hören«, rief Dad, »willst du den Wanst haben?«

»Ja, ich will ihn haben«, kam's mit tränenerstickter Stimme irgendwo aus dem Dunkel.

»Gut, dann braucht man darüber ja nicht mehr zu reden.« Dad wandte sich Vater Brian zu. Er packte ihn an den Schultern und drehte ihn ganz zu sich hin. »Aber jetzt paß mal gut auf, was ich dir sage. Wenn du Nelly im Boot nicht so fein und behutsam behandelst wie ein frisch gelegtes Alkenei, dann komme ich und zieh dir deinen Balg ab. Verstanden, Kamerad? Vergiß es nicht: Wenn Nelly im Boot nicht wie eine feine Dame lebt, dann finden sich Dad Matthew und sein Partner bei euch ein und specken dich ab.«

»Mein Sohn, mein Sohn«, stöhnte der Pfarrer, »deine Liebe ist wahrhaftig groß.« Er wand sich aus Dads Griffen und klemmte sich durch das Loch zur Vorpiek, wo er vermutlich beabsichtigte, seine Werbung mehr privat zu wiederholen.

Daß Vater Brian Nelly im Boot dahin bringen konnte, ihrem früheren guten Namen immer noch Ehre zu machen, bewies ein mächtiges blaues Auge, mit dem er am nächsten Morgen bei Tisch erschien. Nelly im Boot, Knock-Out-Nelly oder Nelly Brian. Egal, dieselbe Nelly.

Zu Hause bei Miss Molly

Ich konnte mit Dad Matthew und dem Partner nach Corner Creek fahren. Auf der Reise bekam ich die ganze Geschichte zu hören, wie er sich seinen Partner in Downty geholt und wie ihn ebendieser Partner so ganz ohne weiteres mit dem Kind Mohammed bereichert hatte. Dad Matthew erzählte mir auch, daß sich meine Pflegemutter Aviaja wieder hatte aufs Eis hinausbringen lassen, weil sie müde geworden war und weil sie vermutete, daß ich nie mehr lebendigen Leibes aus Europa fortkommen würde. Dad sagte, es sei gewiß mein Telegramm gewesen, das ihr das Leben gerettet hatte, und ich sandte im stillen dem Funkdienst und der Hilfsbereitschaft von Französisch-Louis viele dankbare Gedanken.

»Wie geht es ihr jetzt?« fragte ich.

»Ja, ausgezeichnet, wenn's auch mit ihren Beinen nie mehr so werden wird, wie's früher war«, antwortete Dad. »Aber diesmal, Kamerad, wär's bald soweit gewesen, sie war schon halbwegs hinüber. Zwei Wochen lang lag sie auf der Pritsche und phantasierte von den wunderlichsten Dingen. Dein Onkel Sam wich nicht aus ihrer Kammer. Er schlief nachts auf deiner Pritsche, und er trug alle ihre Phantasien in ein Buch ein.«

»Was waren das denn für Phantasien?« fragte ich. »Die müssen schon sehr interessant gewesen sein, wenn Onkel Sam sie aufschrieb.«

»Ja, weißt du, ich hab's ja nur von Sam gehört und kann mich an das alles nicht so richtig erinnern. Aber sie fabelte jedenfalls davon, daß sie schon tot und bereits eine Zeitlang unterwegs war, als Pete und die andern sie wieder heimholten. Sie ging angeblich schon am Geist des Mondes vorüber, als sie sie wieder zum Leben erweckten.«

»War sie wirklich schon so weit gekommen? Erzähle mehr, Dad. Was sagte sie?«

Dad schob die Kapuze des Anoraks zurück und wühlte in seinen Haaren. Er hatte ja nur selten etwas von Bedeutung zu berichten, weshalb er meiner Aufforderung geradezu mit Genuß nachkam.

»Ja, du, da wurde was davon gesagt, daß sie auf einen Berg hinaufkam, auf dem ein Haus stand, das einem alten Weib gehörte …«

»Das muß Erdlarversissoq gewesen sein«, sagte ich.

»Kann schon stimmen. An den Namen erinnere ich mich nicht so genau, aber er bedeutet irgend so was wie ›das Weib, das die Eingeweide herausnimmt‹. Diese Madam stand also vor ihrem Haus und trommelte und tanzte mit ihrem eigenen Schatten«, Dad lächelte, »und dann sang sie was, was ich wörtlich behalten hab, weil's mir so auffiel, nämlich: ›Mein Hosenschritt, mein Hosenschritt, ja ha, ha, ha.‹ So hat's Sam zumindest erzählt. Als Aviaja an ihr vorüberkam, wendete sie ihr, also das Weib, den Hintern zu und ließ sie ihren großen, scheußlichen Schritt sehen, aus dem ein kleiner Fisch herunterbaumelte.« Nun lachte Dad laut.

»Die Eskimo kriegen scheint's verflucht komische Figuren zu sehen, wenn sie abkratzen. Bei uns gibt's ja doch nur den Herrgott und den Leibhaftigen, und über die kann man sich ja nicht grad totlachen. Na, das Weib kehrte Aviaja dann ihre Seitenansicht zu und zog dabei den Mund so schief, daß ihr Gesicht querhin ganz lang wurde, dann klappte sie zusammen wie ein Taschenmesser und leckte sich selbst ihren Hintern!«

»Aber wie ging's Aviaja?«

»Fein. Sie kennt sich ja mit solchen Narreteien aus, und sie wußte, daß man beim Vorübergehen eine ernste Visage zeigen muß. Hätte sie angefangen, über das Weibsstück zu lachen, wäre sie mit einem Fußtritt gleich wieder zu den Hängeköpfen befördert worden.«

»Nein, nein, soweit wäre es nie gekommen«, warf ich ein, »denn beim geringsten Grinsen hätte Erdlarversissoq ihr gleich den Leib aufgeschnitten, ihre Gedärme herausgerissen und in einen großen Trog gestopft.«

»Ja, du, diese Aviaja weiß mehr als wir andern. Sie kennt sich aus, wie du dich an solchen höheren Orten benehmen mußt«, sagte Dad, und ich konnte hören, daß ihm das Wissen meiner Pflegemutter imponierte.

»Kam Pete an, als sie gerade am Geist des Mondes vorüber sollte?« fragte ich.

»Ja, Sam behauptet das zumindest.«

»Das hätte sie auch noch geschafft. Aviaja weiß über das alles Bescheid«, sagte ich. »Und den zweiten Tod, den, wo es nichts mehr gibt, wird sie nie sterben.«

»Ja, ja, das alte Mädchen kennt sich aus.« Dad rief routinemäßig eine Reihe saftiger Flüche über die Hunde hin. Er knallte mit der Peitsche nach beiden Seiten, und das Tempo des Schlittens steigerte sich erheblich.

»Kumariaq ist übrigens im Winter gestorben«, sagte er so nebenbei.

»Wieso?« Kumariaq war ein Iglulik, der ab und zu mal in den Distrikt meiner Väter kam, ein lebenskräftiger Mann, der in erstaunlichem Grad unehrlich war.

»Er kam nach Ukusik, um den Tempel des Pfarrers, du weißt, meines Stiefvaters, zu sehen.« Dad blinzelte mir lustig zu. »Und dort lag er mit Apangas Frau, als Apanga auf Fang war. Und da Apanga das erst bei seiner Heimkunft zu wissen bekam, bestand doch kein Grund, sich aufzuregen, denn es war ja schon geschehen. Er bewirtete den Gast großzügig mit dem Fleisch, das er gefangen hatte, und er zeigte sich auch weiterhin großzügig, als er seine Frau bat, die Pritsche mit Kumariaq zu teilen. Alles war also bis zu Kumariaqs Abreise okay. Aber er verschwand mitten in der Nacht mit Apangas Hundegespann, und er hatte die Frechheit, auch noch die Frau und den jüngsten Sohn Apangas mitzunehmen. Der Verlust der Frau war zu verschmerzen, denn sie war ein schreckliches Reibeisen, aber der Verlust des Sohnes und der Hunde war mehr, als was Apanga ertragen konnte. Er lieh sich Ivitaqs schnelle Hunde, fuhr dem Räuber nach und holte ihn ein. Er schoß Kumariaq ein solches Loch in den Rücken, daß man quer durch den Rumpf hindurchschauen konnte.«

Ich sprang vom Schlitten und lief ein Stück zwischen den Rückstreben, um mich zu erwärmen. »Es war gut, daß er ihn umlegte«, sagte ich, »sonst hätte er ja große Schande über seine Familie gebracht.«

»Ja, genau. Du hast ganz recht. Jetzt ist er ein geehrter Mann, der irgendwo im Süden im Gefängnis sitzt.«

»Im Gefängnis? Wer hat ihn denn gefangen?«

»Die waren im Frühling hier oben und haben ihn geholt, zwei Kerle von der Schlittenpatrouille. Er wurde in Downty verhört, und, stell dir vor, die haben sich furchtbar darüber aufgeregt, daß er Kumariaq von hinten erschossen hatte.«

»Man kann aber einen Mann doch nicht von vorn erschießen«, sagte ich entrüstet, »dann ist man ja keine Spur besser als diese Soldaten drüben in Europa. Man kann doch nicht so grausam sein, einem Menschen zu zeigen, daß man ihn erschießen will.«

»Ja, das meinten wir andern auch«, Dad zog die Schultern hoch, »aber da unten wußten sie's ja besser und sagten, daß Apanga ein Feigling sei und deshalb von hinten geschossen hat.«

»Apanga ein Feigling!« Ich mußte lachen. »Da kann man sehen, wie wenig diese Südländer verstehen!« Ich dachte daran, daß der Name Apanga soviel wie Kleiner Chef bedeutet und daß er sich den erworben hatte, als er, noch nicht einmal sieben Jahre alt, eigenhändig einen Bären mit seinen Jungen fing und seine Familie so vor dem Verhungern rettete. Ich bekam das unangenehme Gefühl, daß alles, was ich in England erlebt hatte und was sie dort Zivilisation nannten, sich auch nördlich des Polarkreises einzuschleichen begann. Es war das unheimliche Gefühl, daß uns etwas Fremdes, Ungutes drohte.

Dad mußte sich die gleichen Gedanken gemacht haben, denn er sagte: »Den ganzen Humbug mit Polizei und Gesetz und Ordnung und was weiß ich was noch sollen sie sich dort unten behalten, wo sie so was so gern haben. Bei uns werden wir ohne ihre Hilfe fertig.« Er sah hinüber zu Tippys Schlitten, wo Mohammed im Schlittensack saß und der Welt vergnügt zulächelte.

»Stell dir bloß vor, sie kommen eines schönen Tages, um das Kind des Partners in ihre Bücher einzutragen«, seufzte er, »da gibt's eine elende Verwirrung. Ein Kleines ohne Zapfen, das Mohammed heißt, und ein Partner, der ein Frauenzimmer ist!« Er seufzte noch tiefer. »Man macht's einem immer schwerer, an seinen Prinzipien festzuhalten.«

Derart bekam ich unterwegs einen langen und guten Schnack mit Dad Matthew und wurde gründlich über alles unterrichtet, was sich während meiner Abwesenheit zugetragen hatte. Tippy, deren Schlitten nur leicht beladen war, fuhr voraus, und als wir Corner Creek erreichten, erzählte uns der Rauch, der aus dem Schornstein aufstieg, daß sie schon Feuer gemacht hatte und sicherlich dabei war, eine warme Mahlzeit zu bereiten.

Ein paar Tage später fuhr ich mit Tippy in Dads Norddistrikt, wo sie die Fuchsfallen nachsehen sollte. Der Zustand des Schnees machte ein ziemlich schnelles Weiterkommen möglich, und wir erreichten schon nach anderthalb Tagen Uleroqs Fangstation. Uleroq war nicht zu Hause, weshalb Tippy vorschlug, mich zur Allen-Ebene hinaufzufahren, von wo ich dann allein über die Willsonhills und durch den Gänsepaß weitermarschieren könnte. Mit Tippy zu reisen war eine leichte Sache. Sie redete nicht viel, lächelte und lachte dafür aber um so mehr. Als sie mir zum Abschied winkte, ging es mir plötzlich auf, daß ich keinen Augenblick daran gedacht hatte, daß sie in Wirklichkeit doch eine Frau war, und ich begriff, daß dieses Mädchen der einzig richtige Partner für Dad Matthew war, der ja seine eigene Einstellung zu den Frauen im allgemeinen und zu Frauenzimmern im besonderen hatte.

Ich begann meine Wanderung über die Allen-Ebene, jene denkwürdige Ebene, wo meine Väter vor beinahe zwanzig Jahren einander zum ersten Mal begegnet waren.

Petes Rucksack wurde mit jedem Kilometer schwerer, und als ich am Nachmittag den Gänsepaß erreichte, taten mir meine Schultern so weh, daß ich ihn vom Rücken nahm und an einem Tragriemen hinter mir herzog.

Der Schnee im Gänsepaß war tief und weich, und ich war ganz verschwitzt, ehe ich so weit hinaufkam, daß ich den Fynes-Fjord sehen konnte. Und dort unten, etwas links vom Fluß, lag auf einem kleinen Plateau unser Haus. Ich stand lange da, und der Kloß, der mir wohl schon seit meiner Abreise vor einem Jahr im Hals gesteckt hatte, schwoll an und drohte mich zu ersticken.

Aus dem langen schwarzen Schornstein stieg Rauch empor, und ich sah Pete, der zum Fluß und zu den Hunden hinunterging. Ich hatte mir vorgestellt, wie ich mit würdiger Haltung und weltmännischer Gelassenheit zum Haus hinuntergeschlendert käme, jedem Mitglied meiner Familie die Hand gäbe, mich höflich nach den Hunden und dem Fang erkundigte und sie überhaupt durch mein ganzes Auftreten verstehen ließ, daß da ein Mann aus Europa kam, ein Mann, der sich dort Bildung und Wissen angeeignet hatte. Unzählige Male hatte ich mich im Geist in dieser Rolle gesehen und erschrak deshalb beinahe, als ich, statt freundlichen Gleichmut zu bewahren, ein solches Freudengeheul ausstieß, daß die Hunde zu kläffen begannen und Pete mit einem Ruck stehenblieb.

»Ago!« hallte es zu mir herauf, und von den Felsen kam das Echo »Ago! Ago! Ago!« Ich ließ meinen Ranzen Ranzen sein und eilte hinunter, schneller, als mich meine Beine tragen konnten. Ich fiel hin und rollte und sprang auf und schrie vor Freude. Jeobald und meine Onkel kamen aus dem Hause gestürzt, und ehe ich mir klarwerden konnte, wie das zuging, war ich den Gänsepaß schon hinuntergekommen und lag in Petes weiter Umarmung.

»Verdammter kleiner Umhertreiber«, brummte mein Vater. »Verdammter Strolch.« Er ließ mich los und schob mich zu Jeobald hin. Jeobald sagte nichts, denn sonst hätte er sicher, so wie ich, losgeheult. Er drückte mich bloß an sich und klopfte mir mit der einen Hand wie wild auf den Rücken.

Ich war die ganze Reihe herumgekommen, ehe die Tränen aufhörten. Selbst Französisch-Louis, den ich ja noch nie gesehen hatte, war so gerührt, daß er sich immer wieder in sein Schweißtuch schneuzen mußte.

»Wo ist Aviaja?« fragte ich.

»Sie ist drinnen«, antwortete Pete und deutete aufs Haus.

Small Johnson holte meinen Rucksack, und wir gingen in die Stube. Aviaja saß auf ihrem Stuhl. Sie hatte die Festtracht an, und ihr Haarknoten war mit roten und blauen Bändern festgemacht. Ich legte meine Wange an ihre Nase.

»Kanok ipit? Wie geht es dir?« fragte ich.

»Man ist dankbar«, antwortete sie. »Ja, man ist sehr froh und dankbar, weil du nach Hause gekommen bist.«

»Jetzt reise ich nicht mehr weg, nein, nie mehr«, sagte ich.

Sie schüttelte energisch den Kopf. »Unsinn. Reisen ist des Mannes Beruf.«

»Aber ich habe keine Reiselust«, entgegnete ich.

»Ein Mensch bekommt immer wieder Reiselust«, antwortete sie. »Ein Mensch bekommt immer wieder Lust, die großen Weiten wiederzusehen und spannende Jagd zu betreiben.« Sie sah mich aufmerksam an. »Wer hat dir dein Haar so verrückt geschnitten?« fragte sie.

»Das taten sie auf der Schule, solchen Haarschnitt mußte man dort haben.«

»Es wäre wünschbar, daß du dich nicht auf Reise begibst, bis du wieder Haare wie ein Mensch bekommen hast.« Sie schüttelte den Kopf über die europäischen Modelaunen. »So, wie du jetzt aussiehst, werden meine Leute über dich lachen, und es ist nicht unmöglich, daß sie dir Namen geben, die du später nur schwer loswerden kannst.«

»Es wird jedenfalls lange dauern, bis ich wieder irgendwohin reise«, sagte ich. »Bis dahin wächst sich das Haar wieder zurecht.«

»Gut.« Aviaja strich zufrieden mit ihren Händen über ihre Seehundhosen. Dann fragte sie: »Wie waren die Menschen auf der anderen Seite des Meeres? Man hat sich die wunderlichsten Dinge erzählen lassen, so zum Beispiel, daß sie einander töten, wenn sie nicht einmal den Namen des anderen kennen. Kann das wirklich stimmen?«

»Ja doch, das taten sie vor ein paar Jahren«, antwortete ich, »und das tun sie in der Welt ringsumher gewiß immer noch. Wir lasen ein Buch über Geschichte, und da stand eine Unmenge über Krieg und dergleichen. Ja, das meiste handelte von Kriegen, das ist also gewiß etwas, was sie immer betrieben haben.«

»Man muß vermuten, daß sie mit diesen Kriegen glücklich sind«, sie schüttelte langsam den Kopf, »wenn man auch diese Art Glück nicht versteht. Aber man ist ja auch nur ein altes Weib, das gar nichts weiß!«

Aviaja und ich saßen zusammen und waren beinahe feierlich. Aviaja brannte darauf, mir eine Menge Fragen zu stellen, und ich brannte darauf, ihr von alldem, was ich erlebt hatte, zu erzählen. Aber wir waren verlegen, weil wir so lange voneinander fort gewesen waren, und wir wünschten, daß es wieder Alltag würde, damit sich das alte Losschnacken wieder einstellte. Aviaja erhob sich mit Mühe.

»Man schwatzt durchaus zu viel und vergißt ganz seine Pflichten«, sagte sie und wackelte in ihre Kammer. Sie kam mit dem Kamiutstock zurück und bat mich, die Kamikken meiner Väter und Onkel zu holen. Wir wollten gerade mit dem Weichklopfen beginnen, als Französisch-Louis kam und sagte, daß das Essen bereit sei und daß er es gern hätte, wenn wir äßen, solange es noch warm sei.

Mr. Boompletons Brief

Jeobald war's, der, als der Abend fortgeschritten war, meine Verweisung aus der Cottesmore-Schule zur Sprache brachte. Da ich mich nun schon viele Stunden daheim aufgehalten und meine Erlebnisse in der Fremde immer noch nicht berührt hatte, riß Jeobald die Geduld, und er sagte:

»Das Telegramm, mein Junge, das du uns vor einigen Monaten geschickt hast, war nicht leicht zu verstehen. Du hast dir eine Mengc Fremdwörter zugelegt. Gut, daß wir Sam zum Übersetzen hatten.«

Pete mischte sich ein: »Da war besonders dieses Wort delegiert oder demissiert, was also nichts anderes bedeutete, als daß man dich aus der Schule rausgeschmissen hat. Das hat uns fertiggemacht. Nein, versteh mich richtig, nicht der Rausschmiß, der war ja, meinten wir, was ganz Natürliches, sondern das Wort, verstehst du?«

Ich nickte. »Ja, das ist ein schweres Wort, aber auf dem Telegrafenamt sagten sie, daß es so am billigsten ist.«

Sam faltete die Hände hinter seinem Nacken und lehnte sich auf seinem Stuhl zurück. Mit einer Neugier, die bei Onkel Sam etwas Ungewöhnliches war, fragte er: »Man hat lange darüber nachgedacht, was einer heutzutage eigentlich anstellen muß, um relegiert zu werden. Zu meiner Zeit gab es dafür zwei Gründe: mangelnden Fleiß und mangelnden Respekt vor dem Lehrerstab. War das bei dir auch einer der Gründe, Ago?«

Ich sah meinen Onkel an und antwortete wahrheitsgemäß: »Ich glaube, sie nannten es unsittliches Benehmen oder so was Ähnliches. Aber Mr. Boompleton hat mir einen Brief für euch mitgegeben, der alles erklärt.« Ich stand auf und holte Mr. Boompletons Brief, der mit meinen anderen Siebensachen im Rucksack verstaut war.

»Und wer ist dieser Mr. Boompleton?« fragte Jeobald, als ich ihm den Brief reichte.

»Den kennt ihr gut. Das ist einer von den Touristen, die voriges Jahr in Downty waren, der kleine Dicke, der von Pete fortwährend neue Geschichten von Bären- und Moschusjagden hören wollte. Könnt ihr euch nicht an ihn erinnern? Jedenfalls war er, während ich in Europa war, immer mächtig nett zu mir, hat mir immer geholfen, wenn ich was verkehrt gemacht hatte, und sich um meine Geldangelegenheiten gekümmert, für die Bezahlung des Schulgeldes gesorgt und so weiter.«

»Ach so, mhm. Der kleine Dicksack war also Mr. Boompleton.« Jeobald öffnete den Brief mit dem Zeigefinger. »Ein gemütlicher kleiner Mann, soviel ich mich erinnern kann, und äußerst wißbegierig.« Er faltete den Brief auseinander und legte ihn vor sich hin. »Wollen mal sehen, was er zu sagen hat.«

Small Johnson sprang auf. »Augenblick, Jeobald, warte noch eben mit dem Vorlesen. Ich denke, wir sollten eine Flasche Sam-Su öffnen, um die Heimkunft unseres Jungen zu feiern und damit wir den Brief besser genießen können.« Er wandte sich mir zu. »Du bist jetzt doch wohl alt genug, um so 'n Glas Reisbranntwein zu kippen, wie?« Der Sam-Su wurde rasch geholt und in passende Gläser verteilt. Dann war Jeobald dran. Langsam und ungeübt las er:

London, im Juli

Meine Herren, ich nehme mir hiermit die Freiheit, mit Agojaraq einen Brief an Sie zu schicken, der seine schnelle Rückkehr erklären soll. Während des verflossenen Jahres habe ich den Jungen, wie ich glaube, recht gut kennengelernt, und es mag mir gestattet sein, meiner Bewunderung für die Erziehung Ausdruck zu geben, die er daheim genossen hat und die wahrscheinlich die eigentliche Ursache seiner unerwartet schnellen Heimreise ist. Die unmittelbare Ursache seiner Relegierung sind vier Schwäne und ein frustriertes Frauenzimmer. Drei Monate nachdem Ago auf Cottesmore begonnen hatte, veranstaltete die Schule für die Jungen einen Ausflug nach London. Während des Besuches im National Museum verschwanden Ago und ein Junge aus dem kleinen indischen Königtum Butan unbemerkt von der übrigen Gesellschaft. Man fand die beiden Jungen erst tags darauf etwas außerhalb von London am Themse-Ufer, als sie dabei waren, ein paar große Schwäne zu braten. Ein späteres Verhör ergab, daß die Jungen die Schwäne für legales Wild angesehen hatten, weshalb sie vier Exemplare dieser schönen Tiere erlegten. Daß der Kampf mit diesen Vögeln hart war, zeigten einige offene Wunden an den Armen der Knaben und ein blutunterlaufenes Auge Agojaraqs. Die Schulleitung löste die Jungen durch Hinterlegung einer erklecklichen Buße aus, deren Deckung zu übernehmen ich mir mit Freuden die Freiheit nahm, und es gelang mir mit einiger Mühe, den Rektor dahin zu bringen, daß er die beiden kleinen Jäger in der Anstalt behielt. Wegen dieser Episode hatte die Schulleitung ein wachsames Auge auf Agojaraq. Jeder Schritt, den er hinfort unternahm, wurde vom Lehrerkollegium genau kontrolliert, weil man Angst hatte, sein Auftreten könnte auf die anderen Schüler eine schädliche Einwirkung haben. Das nächste Halbjahr verstrich, ohne daß sich Agojaraq irgendeinen Fehltritt hätte zuschulden kommen lassen. Plötzlich aber wurde er eines sexuellen Überfalls bezichtigt. Ich muß zugeben, daß ich – bei meiner Kenntnis von dem Appetit eines fünfzehnjährigen Jungen – von der Richtigkeit der Darstellung, die Ago von der Angelegenheit gab, durchaus überzeugt bin. Eines Nachts wachte er mit riesigem Hunger auf, und da es bei den Schülern allgemein bekannt war, daß die Beschließerin die Schlüssel zur Vorratskammer immer auf einer Kommode vor dem Fenster ihres Zimmers liegen hatte, beschloß Ago, sich diese Schlüssel zu holen, um sich etwas Eßbares zu beschaffen. Er lief in den Küchentrakt hinüber, und es gelang ihm, das Fenster der Beschließerin zu öffnen. Unglückseligerweise hatte diese aber gerade eine ihrer schlaflosen Nächte. Sie war eine ältliche Jungfer. Plötzlich sieht sie, wie ihr Fenster leise aufgeht und eine nackte Mannsperson einsteigt. Sie schreit laut und springt auf … Der Lehrerrat legte diesen nächtlichen Besuch als unsittliches Benehmen aus und verwies den Jungen von der Schule. Ich habe Ago später gefragt, ob es stimmt, daß er bei seinem nächtlichen Ausflug nackt war, und er sagte mir, daß man dort, von wo er herkam, stets ohne Kleider schlafe und daß er es nicht die Ungelegenheit wert fand, sich anzuziehen, bloß um ein paar Sandwiches zu holen. Im übrigen war ihm die ganze Aufregung, die diese Angelegenheit verursachte, völlig unbegreiflich. Die Beschließerin versäumte keine Gelegenheit, um an dieser Geschichte weiterzudichten, und der unschuldige Einbruch wurde schnell zur vollzogenen Vergewaltigung. Ich holte den Jungen zu mir nach London, wo er seit ein paar Monaten wohnt, und ich habe große Freude an seiner Gesellschaft. Wir wurden uns aber nach reiflicher Überlegung einig, daß er in diesem Teil der Welt wohl nicht zu Hause sein kann, wo man ihm den Namen eines Lustmörders und Vergewaltigers angehängt hat, und daß es das beste sei, daß er wieder in seine alte Umgebung und zu den Seinen zurückkehre und uns arme Wesen hier unserem unsinnigen Leben überlasse. So verhält es sich also. Ich kann dafür einstehen, daß Ago ein guter Junge ist.

Schließlich füge ich hier noch eine Abrechnung bei, von der ich hoffe, daß Sie sie all right finden werden. Mit der Überfahrt nach Downty und der Anschaffung einiger notwendiger Bekleidung sowie dem Kauf eines Manlichergewehrs, das Agos größter Wunsch war, da er sich ja nun zum Jäger ausbilden lassen möchte, ist der Betrag, den Sie ihm mitgegeben haben, aufgebraucht, dazu noch zwölf Pfund, die ich mit größtem Vergnügen zugeschossen habe.

Hochachtungsvoll

Ihr B. B. Boompleton

PS. Herzlichen Glückwunsch an Mr. Small Johnson für seinen beinahe überirdischen Sam-Su-Branntwein, einen Nektar, den mich Ago während der Reise hierher kosten ließ und an dessen Geschmack sich mein Gaumen noch immer mit Sehnsucht erinnert.

Jeobald legte den Brief auf den Tisch und sah mich ernst an. »Da hast du ja einiges mitgebracht, mein Junge, und ich bin mordsfroh, daß du mit heiler Haut von dort davongekommen bist.«

»Und diese Schwäne«, fragte Pete, »wie schmeckten die eigentlich?«

»Sie waren zäh«, antwortete ich, »und geschmeckt haben sie auch nicht besonders.«

»Na, das kann ich mir denken. Schmeckten wohl etwas nach Schlamm?«

»Er schreibt, daß du Fänger sein willst.« Jeobald legte eine Hand auf den Brief. »Bist du sicher, daß du nicht erst noch eine andere Schule, vielleicht in einem anderen Land, versuchen willst?«

»Ich habe keine Lust mehr, in diese Länder zu reisen«, sagte ich fest. »Das ist zu beschwerlich. Man darf nicht jagen, wie man will, und man muß essen, wenn sie's einem sagen, selbst wenn man nicht hungrig ist. Und schlafen soll man auch, wenn's befohlen wird. Es ist zu beschwerlich, nach allen diesen Vorschriften zu leben. Außerdem trifft man jeden Tag Fremde, und das ist sehr verwirrend, weil man eine Menge sieht, aber keinen kennenlernt.«

Meine Väter sahen einander an, und Pete sagte: »Wenn der Junge beschlossen hat, Fänger zu werden, dann läßt sich daran wohl nichts ändern. Was für uns gut genug ist, kann wohl auch für ihn gut genug sein.«

Jeobald nickte. »Ich wollte mich bloß überzeugen, daß er es wirklich will.«

»Ja, ich will es wirklich! Ich habe keinen andern Wunsch. Diese

Büchergescheitheit ist vielleicht ganz gut, aber man kann sie nicht essen. Ich meine, daß mir das, was ich dort lernte, nichts nützen kann.«

»Wissen«, erklärte Onkel Sam, »ist nie unnütz. Es verhält sich nur so, daß man ein gut Teil unnützer Dinge lernen muß, ehe man die nützlichen versteht. Wenn du aber keine Lust hast, dir Buchwissen anzueignen, dann wollen wir dich auch nicht dazu zwingen. Man soll stets so handeln, wie man es selbst für richtig hält, denn dann gedeiht und entwickelt man sich am besten.«

Aviaja, die dem Vorlesen des Briefes und unserem Gespräch zugehört hatte, konnte daraus so viel entnehmen, daß ich Fänger werden wollte. Wie entschuldigend mischte sie sich in unser Gespräch. »Wenn ein Mensch in dem Land, das das unsere ist, leben will, dann wird es notwendig sein, daß er als Fänger lebt.« Sie schaute meinen Vätern und Onkeln der Reihe nach fest ins Gesicht. »Und wenn die Menschen alt werden, müssen sie von dem leben, was der junge Arm fangen kann. So ist es immer gewesen, und so wird es auch immer sein. Darum ist es wünschbar, daß Agojaraq die Tätigkeit seiner Väter aufnimmt.«

Sam nickte. »Aviaja hat recht. Wir sind nicht mehr die Allerjüngsten, und vielleicht werden wir hier im Haus bald ein paar junge, starke Arme nötig haben.«

Es wurde daraufhin beschlossen, daß ich von der Familie angelernt werden und dann auf gleichem Fuß mit meinen Vätern und Onkeln fangen sollte.

Mr. Pickerins Besuch

Die wichtigste Einnahmequelle des Hauses war der Fuchsfang. Meistens waren es weiße Füchse, die wir in den Fallen fingen, dann und wann war aber auch ein Blaufuchs darunter. Die Felle bereiteten wir selbst auf, indem wir sie auf einem Spreizbrett gründlich trockneten und dann die Innenseite mit Kartoffelmehl bestreuten. Sie wurden an Schnüren aufgezogen und bundweise auf den Boden gehängt und blieben dort, bis der Fellaufkäufer Uklas sie im Sommer mit seinem Motorboot oder im Frühling mit dem Schlitten abholte.

Außer Füchsen fingen wir aber auch Robben, Bären, Rentiere und ab und zu auch Wölfe. Auch Hermeline gingen in die Fallen, und wir schossen Walrosse und Weißfische, Klappmützen und manchmal auf langen Streifzügen nordwärts auch Moschusochsen.

Für mich begann jetzt eine spannende Zeit. Vor meiner Europareise hatte ich in der Regel entweder Pete oder Jeobald auf den Fahrten zu den Fallen begleitet, aber das war immer als passiver Teilnehmer gewesen. Jetzt war ich ein angehender Fänger und mußte den gleichen Anteil an den Strapazen übernehmen wie die anderen. Ich sollte Fänger sein, so wie es meine Väter und das Geschlecht meiner Mutter viele Generationen hindurch waren. Ich sollte das Töten lernen, nicht nur um zu töten, sondern um zu überleben, und darum mußte ich mir ein besonderes Verhältnis zu den Tieren aneignen. Ich mußte Ehrfurcht und Demut lernen, mußte lernen, den Tieren Freundlichkeit entgegenzubringen, und mußte lernen zu töten, ohne sie unnötig leiden zu lassen.

Pete brachte mir das Wissen von den Winden bei. In unserem Teil des Polarlandes ist der Nordwind der vorherrschende. Der Wind häuft den Treibschnee nach einem bestimmten System auf, so daß auf dem Eis in einer bestimmten Richtung Unebenheiten entstehen. Nach diesen Unebenheiten, die man Sastrugi nennt, kann man seine Fahrtrichtung bestimmen. Small Johnson lehrte mich, wie ich meine Augen im Frühling, wenn die Sonne unbarmherzig auf den weißen Schnee scheint, gegen Schneeblindheit schützen konnte und wie man es vermeidet, daß die Hornhäute im Winter gefrieren. Das kann nämlich sehr gefährlich sein, da gefrorene Hornhäute völlige Blindheit zur Folge haben und man so alle Orientierung verliert. Man ließ mich auf eigene Faust meine Erfahrungen in der gefährlichsten Finsternis bei schlechtem Winterwetter machen, und ich lernte, bei ärgstem Schneegestöber und dichtem Eisnebel meinen Weg zu finden.

Dieses Leben war mir keineswegs fremd. Aber jetzt nahm ich zum Unterschied von früher an dem Reiseleben aktiv und voller Interesse teil und sog alle die vielen klugen Ratschläge meiner Familie begierig auf. Auch Aviaja unterwies mich. Sie erzählte mir von den verschiedenen Fellarten, wie man sie aufbereiten und gerben soll und wozu man sie verwenden kann. Sie riet mir auch, viel Wasser zu trinken, um keine Gicht zu bekommen, was auf Schlittenreisen leicht geschehen kann, und sie erklärte mir auch die einzige Art, wie man den Unterschied zwischen Ren- und Moschusspuren sehen kann, der darin bestand, daß sich in Moschusspuren oft dünne Streifen befanden, die von den langen Deckhaaren herrühren.

Onkel Gill war ein Meister, wenn es die Stimmen der Fangtiere zu imitieren galt, und er gab mir viele Abende Proben seiner Kunst. Unsere kleine Stube bebte vor dem rasenden Gebrüll des Bären oder von dem langgezogenen klagenden Hooo der Robben. Er konnte wie ein Walroß grunzen und wie ein ganzer Schneehuhnschwarm lachen.

Französisch-Louis unterrichtete mich sowohl theoretisch wie praktisch in der schwierigen Kochkunst, und er ließ mich mit seinen vielen mitgebrachten Gewürzen Experimente anstellen.

Ein Jahr folgte dem anderen, und ehe ich mir dessen recht bewußt wurde, hatte ich meinen eigenen Distrikt mit meinen eigenen Fallen, die ich selbst besorgte. Als ich meinen neunzehnten Geburtstag hatte, kam Mr. Pickerin auf Besuch. Mr. Pickerins Besuche bereiteten uns immer große Freude. Er war recht unterhaltsam und brachte die letzten Neuigkeiten aus Ukusik und aus dessen weitem Hinterland mit. Einmal im Jahr wurde seine Sehnsucht nach Sam-Su stärker, als er es ertragen konnte, und dann schloß er seinen Laden und fuhr mit seinem treuen Gehilfen Abile zum Haus meiner Väter. Er blieb meistens nur ein paar Tage bei uns, während deren Small Johnson sein Bestes tat, um ihn nach allen Regeln der Kunst zu bewirten. Ehe Mr. Pickerin sich jedoch diesen Genüssen hingeben wollte, hatte er noch ein Geschäft zu erledigen.

»Ich habe mir oft Gedanken darüber gemacht«, sagte er, als wir alle um den Tisch versammelt waren, »daß es ja bis ganz oben im Norden viele Eskimo gibt, die nie meine Handelsstation besucht haben. Das ist für sie und für mich schade. Sie haben doch sicher viele gute Felle, die ich verwenden könnte, und ich habe ja eine Menge Sachen, die ihnen das Leben angenehmer gestalten könnten.« Er sah mich fragend an. »Ich hätte eigentlich Lust, einen jungen Menschen hinaufzuschicken, um für die Handelsstation ein wenig Reklame zu machen.«

»Das müßte eine herrliche Reise sein«, sagte Pete. »Man würde eine Menge interessanter Menschen treffen.«

Pickerin deutete auf mich. »Wäre das nichts für dich, Ago? Du hast ja, wie ich höre, gelernt, selbst mit den Dingen fertig zu werden. Vielleicht könntest du dir denken, eine solche Besuchsreise zu machen. Dabei wäre es ja auch möglich, daß du auf die Sippe deiner Mutter stößt.«

»Ich habe schon oft so was gedacht«, entgegnete ich, »aber ich habe keine Lust, eine so weite Fahrt allein zu machen.«

Pete lachte. »Du kannst auf keinen von uns rechnen. Aber vielleicht kann dir Mr. Pickerin in Ukusik einen Partner beschaffen.«

»Das ist gar nicht unmöglich.« Pickerin nickte. »Du hast dort ja viele Freunde aus deiner Kindheit, vielleicht hat einer von denen Lust, dir Gesellschaft zu leisten. Ich werde die Sache untersuchen, wenn ich wieder zu Hause bin.«

»Wann sollte es denn sein?« fragte ich eifrig.

»Ich meine, im kommenden Frühling, wenn dir die Unruhe ins Blut steigt. Vielleicht kannst du schon im März losfahren und dann beim letzten guten Eis zurückkommen. Da hättest du vier bis fünf gute Reisemonate, und in dieser Zeit könntest du weit herumkommen.«

Mr. Pickerin hatte das eine seiner Anliegen geordnet, und er ließ nun Small Johnson verstehen, daß er zur Abwicklung des zweiten bereit sei.

»Phantastisch, wie man sich nach etwas Wohlschmeckendem sehnt, wenn man ein ganzes Jahr nichts anderes als Schmelzwasser getrunken hat«, sagte er. »Dann und wann bin ich fast soweit, das Totalverbot, das ich in meiner Jugend erlassen habe, zu verwünschen.«

»Du hättest vielleicht nichts gegen ein Gläschen?« fragte Small Johnson höflich. »Ich glaube, ich hab ein paar Flaschen von dem, was du so wohlschmeckend findest, im Schrank.«

»Gut, aber nicht mehr als einen Fingerhut.« Pickerin deutete mit zwei Fingern an, wieviel er haben wollte. »Nur ein paar Tropfen, Small Johnson, um die herrliche, ach so herrliche Erinnerung wieder aufzufrischen.«

Der Blechkrug kam auf den Tisch, und Mr. Pickerin ging die Sache an. Wir anderen tranken auch eben mal ein Glas, waren aber hauptsächlich damit beschäftigt, Mr. Pickerin zuzusehen, der sich seinem alljährlichen Kanonenrausch entgegenarbeitete.

Die ersten vier Glas Sam-Su schluckte er schweigend hinunter. Er saß still da und genoß den Nachgeschmack, schüttelte wie eine Renkuh zur

Mückenzeit heftig den Kopf, atmete tief zufrieden und sagte: »Ihr, meine Freunde.« Er sah uns der Reihe nach an, und sein Blick war schon in leichterem Grad verschleiert. »Ihr, meine Freunde, habt euch oft die Frage gestellt, ihr habt daran gedacht, davon gesprochen, verschiedene Theorien darüber aufgestellt, aber aus Bescheidenheit nie gefragt.«

Small Johnson füllte sein Glas abermals an, und Mr. Pickerin schüttete den Sam-Su in den Schlund.

»Weshalb kam Pickerin in die Arktis?« Er sprach jedes Wort übertrieben deutlich aus. »So lautet also die Frage.«

Neuerliches Nachfüllen, neuerliches Hinunterschütten. Mr. Pickerins Augenlider fielen halb zu, und sein sonst so steifer, kleiner Körper begann wie Spaghetti in heißem Wasser zusammenzusinken.

»Was brachte Pickerin nach Ukusik? Ja, das kann man sich wohl fragen. War es eine Frau, ein gebrochenes Herz? War es Verfolgung seitens der Behörden oder allgemeiner Überdruß an der bestehenden Gesellschaft?« Ein weiteres Glas verschwand im Schlund, gefolgt von einem langgezogenen Aahhh! »Nein, meine Freunde, nichts von dem Genannten war die Ursache ...« Langsame Wiederholung. »Nichts von dem Genannten war die Ursache – oder doch?« Mr. Pickerins entspannte, nun auf dem Stuhl hingegossene Stellung, die herabgelassenen Augenlider und die übertrieben deutliche Aussprache jedes einzelnen Wortes in einem nasalen, fast affektierten Englisch ließen uns ahnen, daß wir vor der Aufklärung des Kriminalrätsels dieses Jahrhunderts standen.

Er fuhr nach einer entsprechenden Kunstpause fort: »Ist es mir gestattet, meinen Hintergrund zu skizzieren?«

»Bitte sehr«, sagte Pete, »wir sind ganz Ohr.«

»Mein Großvater war Barbier und Feldscher bei der Scharfschützenabteilung des Lancer-Regiments. Er hat englische Bärte und englische Glieder von Malta bis in das östliche Bengalen barbiert und amputiert, und er starb 1912 an der Grenze von Holländisch-Annam an den Folgen eines gegen ihn geschleuderten Messers – angeblich mit der amputierten Rechten seines Regimentschefs fest an die Brust gedrückt.«

Wieder eine Kunstpause, um uns Gelegenheit zu geben, dieses Bild vor uns zu sehen: den jungen englischen Barbier mit der losen Hand seines Chefs an seinem Herzen. »Wie schön«, flüsterte Gill. Pickerin richtete sich militärisch auf seinem Stuhl hoch, fiel aber gleich wieder zusammen.

»Guter Familientradition zufolge wurde mein Vater ebenfalls Barbier. Er kam mit einer Spezialausbildung jedoch nie weiter als bis zum Ansetzen von Schröpfgläsern mit Blutegeln auf Beulen und zum Wegbrennen von Warzen mittels Eisessigs, denn er war ein Mann mit einer Nase für Geld. Er traf mit dem städtischen Leichenhaus ein Abkommen, demzufolge er das alleinige Recht erhielt, den Toten die Haare zu schneiden und den Bart zu stutzen. Das entwickelte sich mit der Zeit zu einem glänzenden Geschäft, und wir lebten in meinem Elternhaus in beinahe herrschaftlichen Verhältnissen.« Mr. Pickerin schob das Glas Small Johnson zu und bekam es gefüllt. Er trank aus und schob es abermals hin.

»Ihr, meine Freunde«, sagte er, »wißt ihr, was es besagen will, der Sohn des Leichenbarbiers der Stadt zu sein? Nein, ihr wißt es nicht, das kann ich euch ansehen. Dann will ich es euch sagen. Es riecht übel, liebe Freunde, der Sohn des Leichenbarbiers zu sein, es stinkt. Man wird auf dieser Welt so einsam, allein mit seinen Allernächsten, die ja auch stinken. In der Schule hat man eine Bank für sich allein, und die Bänke davor und dahinter sind ebenfalls leer. Man hat keine Kameraden, denn der Sohn des Leichenbarbiers stinkt infam, und dieser Gestank könnte leicht ansteckend sein. Und man hat kein Mädchen, denn man riecht ja nicht gerade nach feinem Rasierwasser. Derart, liebe Freunde, ist man ein Ausgestoßener und von vornherein dazu verurteilt, in die Fußspur der Väter zu treten.«

»So wie der Henker«, bemerkte Onkel Sam. »Wie der Henker, eben. Deshalb kamst du also herauf?«

Mr. Pickerin nickte etwas übertrieben. Die vielen Gläser Sam-Su machten es ihm schwer, seine Halsmuskeln zu steuern. Er befeuchtete seine Lippen mit der Zungenspitze und fuhr leicht lispelnd fort: »Ich las irgendwo, daß die Eskimo nicht übertrieben reinlich wären, und zog daraus den Schluß, daß sie vielleicht auch nicht besonders empfindlich gegen schlechten Geruch wären. Außerdem wohnten sie so weit von allem entfernt, daß das Gerücht von der Tätigkeit meines Vaters unmöglich bis zu ihnen gedrungen sein konnte. Die Arktis mußte der rechte Ort für den Sohn des Leichenbarbiers sein.«

Onkel Gill stand auf, ging rund um den Tisch zu Mr. Pickerin hin und legte kameradschaftlich einen Arm um seine Schultern.

»Pickerin, wie war dieser Geruch eigentlich?«

Mr. Pickerin zog seine Augenlider hoch und sah meinen Onkel starr an. »Das weiß ich nicht. Ich habe ihn nie selbst riechen können.«

»Das dachte ich mir.« Gill ergriff den Sam-Su-Krug. »Wunderlich, wie's in der Welt zugehen kann«, sagte er philosophisch. »Man hat ihr, ich meine der Welt draußen, viel zu danken. Was für ein Glück, daß sie dich riechen konnten, Pickerin, denn sonst wärst du ja nie hier aufgetaucht.«

»Du sagst da was.«

»Und hättest nie ein so glänzendes Amt bekommen.«

»Nie im Leben.«

»Oder ein Mädchen wie Magdalena.« Gill schenkte ein.

»Meinen kleinen Schatz«, murmelte Mr. Pickerin ins Glas hinein.

»Denk an deine Prachtkinder.« Gill füllte wieder nach.

»Ich denke.«

»Denk an deine Freunde.« Neuerliches Nachfüllen.

»Ja, meine Freunde.«

»Die dich lieben.«

»Die mich lieben.«

»Denk an den Geruch, Pickerin, an den Geruch des Leichenbarbiers, der dir das alles eingebracht hat, Amt, Frau, Kinder, Freunde.«

»Dieser gesegnete Gestank.«

»Was sagtest du?« Gill schüttelte die letzten Tropfen aus der Sam-Su-Kanne.

»Dieser gesegnete Gestank«, wiederholte Pickerin mühevoll.

»Ja, so soll's heißen.« Gill stellte die leere Kanne auf den Tisch. »Jetzt können wir den alten Depotverwalter Pickerin wiedererkennen.«

Mr. Pickerin versuchte, sich aufzurichten, aber diesmal ging's nicht. Er sank über dem Tisch zusammen und ließ den Kopf auf seinen Armen ruhen.

»Was für Freunde!« murmelte er in die Tischplatte. »Aber nun wißt ihr, was Mr. Pickerin nach Ukusik geführt hat.«

Wir legten Mr. Pickerin auf Onkel Sams Koje, und Jeobald stellte am Kopfende einen Eimer auf den Boden. Für alle Fälle.

Pete holte Eisklumpen, die er in einen leeren Pulverbeutel füllte. Es war gut, etwas Schmerzstillendes bei der Hand zu haben, das man auf Mr. Pickerins Stirn legen konnte, wenn er im Lauf des morgigen Tages wieder zu sich kommen würde. Er stellte den Beutel in den Windfang, wo sich das Eis die Nacht über halten würde.

Onkel Gill fragte Abile, der der Erzählung seines Arbeitgebers nur mit halbem Ohr zugehört hatte: »Wie oft seid ihr nun schon hier gewesen?«

Abile begann zu rechnen. Als er fertig war, schneuzte er sich die Nase in die Kohlenkiste und sagte: »Mr. Pickerin voll gewesen zweiundzwanzigmal.«

»Haben wir wirklich zweiundzwanzigmal den Sohn des Leichenbarbiers serviert bekommen?« Gill schüttelte verwundert den Kopf. »Wie die Zeit doch schnell vergeht!«

Aviaja

Aviaja verließ unser Haus ebenso still und bescheiden, wie sie vor vielen Jahren gekommen war. Die letzte Tour auf dem Eis hatte Aviaja einen guten Teil ihrer Gehfähigkeit gekostet, so daß sie die meiste Zeit, die seit meiner Heimkunft vergangen war, auf ihrer Pritsche oder auf einem Stuhl vor dem Stubenfenster zubrachte. Sie war aber keineswegs untätig. Denn Louis war, obwohl er dem Haushalt vorstand, im Grunde doch nur am Kochen interessiert. Die Fellaufbereitung, das Kleiderausbessern und das Weichklopfen der Kamikken waren nach wie vor Aviajas Arbeit. Sie war also immer noch unentbehrlich, was wir ihr auch so oft wie möglich erzählten.

Sie schien mit meiner Entwicklung zufrieden zu sein und freute sich von Herzen, daß ich mich entschlossen hatte, Fänger zu werden. Die alte Vertraulichkeit zwischen uns war schnell wiederhergestellt, und ich saß oft bei ihr und hörte dem zu, was sie von dem Volk, dem ja auch ich zur Hälfte entstammte, zu erzählen und zu berichten wußte, oder ihren spannenden Berichten aus ihren jungen Jahren. Eines Abends bat sie mich, ihr in die Kammer zu helfen, da sie schlafen wolle. Sie verwendete das Wort sinigpalerpok, hinschlafen, aber in diesem Augenblick achtete ich nicht weiter auf diesen seltsamen Ausdruck.

Als sie unter die Felle gekommen war, setzte ich mich auf die Pritschenkante und zog mein Messer hervor, um mir einen Schaft für eine neue Peitsche zu schnitzen.

Aviaja betrachtete mich eingehend. »Man sieht, daß du jetzt ein Mann bist«, sagte sie. »Es wäre wünschbar, daß du auch bald uvit, Versorger, wirst.«

»Das eilt nicht«, antwortete ich.

»Frauenhilfe könnte hier im Haus wünschenswert werden.«

»Wieso? Wir haben doch dich«, sagte ich, »und es ist ja doch keine so tüchtig wie du.«

Sie antwortete nicht, lächelte bloß leicht.

»Man kennt auch niemand, der hierherziehen wollte«, fügte ich hinzu.

»Ein Mann reist fort und nimmt sich eine Frau«, antwortete meine alte Pflegemutter, »ein richtiger Mann hat seine eigene Pritschenwärme bald satt.«

»Das ist nicht der Rede wert«, sagte ich und schnitt eine tiefe Kerbe, wo die lange Peitschenschnur festgemacht werden sollte. »Und es gibt doch keine, die die Felle so aufbereiten könnte wie du.«

»Alte Frauen kauen die Felle besser, weil ihre abgebrauchten Zähne keine Löcher mehr beißen können. Als ich einen Versorger bekam, war ich auch ganz unwissend. Uff! Das war eine Zeit!«

Sie lachte glucksend tief unten in der Brust.

»War dein Mann, Aviaja, Großfänger?« fragte ich interessiert.

»Mein allererster Mann war ein Junge wie du«, antwortete sie. »Er war ein tüchtiger Fänger, aber noch kein Großfänger. Man erinnert sich, wie er durch meines Vaters Hausgang kroch, als er kam, um mich zu holen.«

»Hatte er gar keine Angst vor deinen Brüdern? Was tat er?«

Sie lachte. »Ach, er war ein großes Leckermaul, deshalb tat er als allererstes einen ordentlichen Schluck aus der Specklampe.«

»Und dann?«

»Dann packte er mich bei den Haaren und schleppte mich hinaus, trotz der Proteste meiner Familie. Ich schrie und strampelte und gab Fußtritte und machte viel Widerstand.« Sie schloß die Augen, und ein Lächeln blieb um den kleinen, eingefallenen Mund liegen. »O ja, man machte ordentlich Widerstand, und man war ganz erhitzt vor Glück, weil man gewünscht war und einen Versorger bekommen hatte. Zusammen reisten wir weit hinein ins Renland, wo ich drei Kinder gebar.«

Ich legte den Peitschenschaft zur Seite und trocknete das Messer an den Hosen ab. »Und wo sind deine Kinder jetzt?«

»Der, der Atdlutak hieß, wurde vom Schärenvolk geholt. Er wurde kajakschwindlig und ertrank bei Uiarpa. Der andere bekam den einen Arm von fremden Hunden abgebissen und wurde deshalb ein schlechter Fänger. Er ging aus Scham darüber in die Berge und ist jetzt entweder ein qivitoq, ein einsamer Umherstreifer, oder er ist im Land der Hängeköpfe, wo es nur untüchtige Fänger und Frauen ohne Tätowierungen gibt.«

»Und das dritte? War das auch ein Sohn?«

»Das dritte war Najaq, die kleine Schwester. Sie heiratete einen Mann aus dem Iglulikstamm und reiste mit ihrer Familie so weit nach Norden, daß man nie mehr etwas von ihnen gehört hat. Sie sind vielleicht bis ganz auf die andere Seite der Erde gekommen, wo es warm und gut ist und viele Fangtiere gibt.«

Ich sah ihre Hände an. Sie lagen alt und verbraucht auf der Felldecke. Ich wußte, daß diese Hände einen weißen Depotverwalter bei Qaqatoq und alle möglichen Fangtiere getötet hatten. Es waren Hände, die ein langes und spannendes Leben gelebt hatten.

»Wenn du dir eine Frau genommen hast«, sagte Aviaja, »dann sollst du ihr das geben, was in der Kiste unter der Pritsche liegt. Dort drin sind Nadeln und viele Meter Sehnenzwirn und mein Ulo und mein Speckklopfer. Und du sollst ihr meine Specklampe geben, damit ihr nie das Licht fehlt, wie es die Menschen brauchen, und du sollst ihr meine grünen und roten Haarbänder schenken.« Sie deutete auf den Spreizrahmen über dem Fußende der Pritsche, auf dem ein Paar schwarze Seidenhöschen ausgespannt waren. »Und die Hosen da, die man von deinem Onkel Gill bekam, sollst du ihr auch schenken. Vielleicht steckt in ihnen nicht viel Wärme, aber sie sind doch auf sonderbare Weise begehrenswert für eine kleine Frau. Und unter der Pritsche, ganz an der Wand, findest du auch Töpfe mit Tran, die sie zum Einmachen von Kvanstengeln verwenden kann.«

Aviaja dachte angestrengt nach, ob sie mir noch mehr zu sagen hatte.

»Weshalb sagst du mir das alles? Ich denke gar nicht daran, eine Frau zu nehmen«, protestierte ich.

»Das tust du doch. Frauen zu nehmen ist immer die Lust des Mannes, und jetzt bist du ein Mann, Agojaraq.«

»Solange du hier im Haus bist, brauchen wir keine anderen Frauen.«

Aviaja sah mich an. Etwas wie tiefe Sehnsucht lag in ihrem Blick.

»Man hat eben ein Haus entdeckt, das man bisher noch nicht gesehen hat.« Ihre Stimme war unklar, und ich mußte mich über die Pritsche beugen, um zu hören, was sie sagte.

»Man sieht viel Wild vor dem Haus, und es ist starker Sonnenschein. Unter der Pritsche gibt es faulige Robbenköpfe, die nie ausgehen.«

Ihr Gesicht erhellte sich, und ich hatte das Gefühl, als sähe sie durch mich hindurch, als sie flüsterte: »Ago, man wünscht so sehr zu sterben. Es ist mein Wunsch zu sterben.« Sie drehte ihr Gesicht der Wand zu, und einen Augenblick später war sie tot.

Sie wurde am Ausgang des Gänsepasses an einer Stelle begraben, von wo man Aussicht auf unser Haus und über den Fynes-Fjord hat. Sie wurde auf das Hundefell gelegt, das sie zweimal mit sich aufs Eis genommen hatte, und wir schichteten über ihr ein Steinmal auf, damit Hunde und umherstreifende Wölfe ihren Leichnam nicht fressen konnten. Als das Mal errichtet war, setzten wir uns davor und schauten über den Fjord hinaus. Keiner hatte richtig Lust, wieder hinunterzugehen, und jeder fühlte den Drang, irgend etwas Gutes über meine Pflegemutter zu sagen.

Sam gab dem Ausdruck, was uns allen am Herzen lag. »Ja, das war's«, sagte er, »und nun steht dieses Mal da bis ans Ende aller Dinge, denn es liegt inmitten der Natur und weit außerhalb der Reichweite der Menschen.« Er kehrte sich um und sah auf das Grab. »Und man meint, zu viel Gerede über sie ist unnötig. Sie ist nun unterwegs zu dem Ihren und wir zu dem Unseren, es wird nicht anders.« Er nahm die Brille ab, und ein paar verräterische Tränen glänzten an seinen bleichblauen Augen.

»Man könnte bloß ein paar Worte über Sila sagen, denn Sila hatte für Aviaja große Bedeutung. Sila war ihr Leben. Alles, was draußen ist, ist Sila, das Wetter, die Luft, der Verstand und die Seele in allen Dingen. Es ist nützlich, mit Sila auf gutem Fuß zu stehen, und es ist deutlich, daß es Aviaja verstand, mit Sila auf beste Weise Umgang zu haben. Ihr Leben war lang und nicht ohne Schwierigkeiten, aber es war auch ein gutes und ereignisreiches Leben. Denn Sila war mit Aviaja.« Er deutete mit der Brille auf das Steinmal. »Da liegt sie, die alte Frau, umgeben von Sila. Silamio, Mensch, war sie selbst, lebendig und herzensgut, und als Silamio wird sie für immer hier liegen.« Mehr sagte Sam nicht.

Als die Abendbrise durch den Paß zu wehen begann, gingen wir zum Haus hinunter. Louis bereitete das Essen, und den Rest des Abends sprachen wir eifrig von den Jahren mit meiner Pflegemutter.

Vom Besuch in Ukusik

Als ich im Frühjahr nach Ukusik reiste, begleiteten mich Pete und Small Johnson. Französisch-Louis hatte an seinem nun schon mehrjährigen Entschluß, in die Länder des Südens zu reisen, festgehalten und war mit Uklas zu Dad Matthew gefahren, wo er Abschied nehmen und gleichzeitig auch das Rezept für den Barnaqbranntwein holen wollte, das er in sein Lebenswerk »Mahlzeit der Menschheit« aufnehmen wollte.

Jeobald und Gill waren zur Skelettbucht gefahren, um Treibholz zu holen. Wozu sie es brauchen wollten, hatten sie nicht gesagt, und mich nahmen meine Reisevorbereitungen viel zu sehr in Anspruch, als daß ich danach gefragt hätte. Onkel Sam verzichtete auf die Reise. Etwas Gicht, die ihm im Lauf des Winters zugesetzt hatte, mußte als Vorwand herhalten, der wahre Grund für sein Daheimbleiben war jedoch, wie ich später herausfand, daß er Miss Molly näher untersuchen wollte.

Es war Mitte März. Wir waren in den letzten Wochen eifrig damit beschäftigt gewesen, in den Seen Forellen zu fangen, denn es war höchste Zeit, die alten Fische, die in die Fuchsfallen gelegt waren, durch frische auszutauschen. Die ersten Schneehühner hatten ihre Ankunft gemeldet, und mit jedem Tag kamen ihrer mehr. Sie suchten das Hochland auf, wo es schon schneefreie Flecke gab. Sie waren hungrig und mager und erstaunlich furchtlos. Es war immer noch hundekalt, und wir hatten uns nicht getraut, die schweren Pelze zu Hause zu lassen. Wir mußten stets noch damit rechnen, so manchen Tag während eines wütenden Schneesturms im Freien liegenbleiben zu müssen.

Trotzdem ist der März ein herrlicher Reisemonat. Die Sonne ist schon täglich mehr als elf Stunden über dem Horizont, und die Hunde traben willig und gut aufgelegt durch den langen, lichten Tag. Meine Hunde waren die besten, die ich je gehabt hatte. Hauptsächlich dreijährige Tiere, die ich bei meiner Rückkehr als Welpen bekommen hatte. Der Führerhund hieß Aput, ein schönes, weißes Weibchen, das die intuitive Gabe besaß, schlechtes Eis zu spüren. Der Baas war ein Merqujoq, ein langhaariger Hund, der das Gespann vermittels seiner scharfen Eckzähne die guten Manieren nicht vergessen ließ. Er war der stärkere, und die langen Haare hatten den Vorteil, daß ein Gegner, der ihn anfiel und biß, meist keinen anderen Gewinn davontrug als ein Maul voll Wolle.

Wir ordneten unterwegs die Fallen im Norddistrikt und hatten bei unserer Ankunft in Ukusik acht weiße Füchse auf den Schlitten. Ich war natürlich überaus gespannt zu erfahren, welchen meiner Kameraden Mr. Pickerin als meinen Reisebegleiter für die lange Schlittentour ausersehen hatte. Mr. Pickerin verstand offenbar meine Spannung und erlöste mich schon von ihr, als wir unsere Reisekleider abgelegt hatten und beim Kaffee saßen, den Magdalena servierte. Er tat dies, indem er sich über meinen Kopf hin an Pete wandte.

»Ja, Pete, stell dir vor, man wäre selbst noch jung und stünde vor einer langen Reise in neue, unbekannte Gegenden. Welches Glück müßte es sein, sich auf eine solche Langfahrt zu begeben und auf die gute, alte Art reisen zu können: bloß zwei Menschen, ein Gespann Hunde und sonst nichts als die Natur in ihrer ganzen Frühlingspracht!« Er breitete die Hände aus und sprach mit einer Stimme weiter, als wollte er ein feierliches Gedicht vortragen. »Ach, und dann aus dem Frühling in den Sommer hineinzufahren, in den langen Lebenssommer!«

Mein Vater schlug etwas Asche aus seiner Pfeife auf die Untertasse und drückte dann mit dem kleinen Finger den restlichen Tabak fest. »Ja, verdammt noch mal, Pickerin, es lohnte sich, so was noch mal zu erleben.« Er wischte sich den schwarzen Finger an einem Hosenbein ab und steckte sich die Pfeife wieder an. »Aber du bist ja selbst noch gut beisammen. Was könnte dich hindern, selbst loszufahren?« fragte er zwischen kurzen, hitzigen Zügen. »Kenne ich dich recht, dann bist du wohl immer noch imstande, Magdalena zwischen den Fellen warm zu halten.«

Mr. Pickerin lachte munter. »Was diesen Teil der Reise betrifft, könnte ich es schon noch schaffen, aber sonst bin ich in das Alter gekommen, wo das gleiche Bett dem Rücken am besten schmeckt. Für mich würde das, glaube ich, eine Reise aus einem schönen Spätsommer in den Winter sein.«

Small Johnson schlürfte vorsichtig ein paar Tropfen Kaffee ein und versuchte aus Rücksicht auf die Wirtin bei dem unverdünnten Kaffeegeschmack keine Grimassen zu schneiden.

»Das stimmt, Pickerin«, sagte er. »Du hast das Alter erreicht, wo du zu Hause bleiben und die Vorräte richtig genießen sollst, die du dir im Laufe des Sommers zugelegt hast. Du sollst dich überhaupt nur auf einen warmen, behaglichen Winter in deinen vier Wänden vorbereiten.«

Mr. Pickerin nickte geistesabwesend. »Der Frühling, der explosive Frühling, wo alles aufbricht, wo sich alles entfaltet!« Er sprach langsam, singend. »Die Knospen der Blüten öffnen sich wie die jungen Mädchen, bekommen Farben und Düfte, das Meer kommt nach dem langen Winterschlaf wieder in Bewegung, und der Himmel ist erfüllt von Gesang und Flügelrauschen. Man kann fast sagen, daß alle Gedanken und Gefühle wie kleine, singende Bergbäche über die Hänge herabgelaufen kommen und sich dann in einem brausenden, donnernden, alles mit sich fortreißenden Fluß vereinen.«

Ich war verwirrt. Da saß der sonst so steife, korrekte Mr. Pickerin und redete wie Onkel Gill, wenn er einen seiner inspirierten Augenblicke hatte. Ich versuchte, obwohl ich natürlich den Mund halten und den anderen nicht in die Rede hätte fallen sollen, das Gespräch auf die Sache hinzumanövrieren, der mein ganzes Interesse gehörte.

»Hast du übrigens Nukara gesehen?« fragte ich. »Oder Tutyiq oder Qashaq?« Das waren meine engen Freunde, und ich nahm an, daß zumindest einer von ihnen mich gern begleiten würde.

Mr. Pickerin richtete seinen Blick auf mich. »Ach, Frühling des Lebens, die süße, süße Zeit … Was sagst du?« Etwas Fernes, man kann fast sagen etwas Wollüstiges, lag in seinen Augen. »Nukara? Ja, mit dem sprach ich vor einiger Zeit. Er fährt mit seiner Familie aufs Festland, um Rentierjagd zu treiben. Tutyiq sollte ihn übrigens begleiten.«

Er nahm ein Stück Zucker und steckte es in den Mund. »Es ist eine merkwürdige Sache mit den beiden Familien, sie werden nie richtig ansässig. Sie können sich höchstens für ein halbes Jahr hier niederlassen, aber dann müssen sie wieder ins Binnenland.«

»Aber Qashaq?« beeilte ich mich zu fragen.

»Qashaq ist ein wunderlicher Kerl. Gott sei Dank gibt's heutzutage bei uns nicht mehr viele dieser Art. Er hat es sich in den Kopf gesetzt, daß er nach Downty will, um zivilisiert zu werden. Armer Junge, er ahnt nicht, welchen Strapazen und Enttäuschungen er entgegengeht.«

»Zivilisiert? Das ist doch eine dumme Idee von diesem Qashaq. Er hat ja eine gute Ausbildung bekommen und ist ein tüchtiger Fänger«, sagte Pete kopfschüttelnd. »Was ist das denn für eine Jugend, die du hier aufziehst, Pickerin?«

»Aber Jushu? Hast du den gefragt, ob er mit will?«

»Wohin mit, mein Junge?«

»Auf diese Schlittenreise – nordwärts, du weißt doch ...«

»Ach so, die. Ja, ja, ich bin bei allen denkbaren Nichtversorgern gewesen, aber bei allen hat es irgendein Hindernis gegeben.«

Das war ein harter Schlag. Ich konnte natürlich nicht allein losfahren. Ich sah schon, daß aus dieser Reise, auf die ich mich den ganzen Winter gefreut hatte, nichts wurde. Aber allein wäre das eine zu riskante Sache. Das Frühlingswetter ist launisch, und gegen Sommer bekommt das Eis Risse, und das Hochland würde vielleicht schneefrei, ehe ich wieder nach Hause käme. Ich mußte und wollte einen Reisekameraden haben.

Mr. Pickerin lächelte mir ermunternd zu. Als hätte er meine Gedanken erraten, was in der gegebenen Situation ja auch nicht so schwer war, sagte er: »Aber du sollst natürlich losfahren. Ich habe nämlich selbst mächtiges Interesse, mit den Nomaden dort oben in Verbindung zu kommen. Du brauchst den Kopf nicht hängen zu lassen, ich habe dir einen Partner verschafft.«

»Wen?« rief ich voller Spannung.

»Ja, dieser Partner ist vielleicht nicht so alt, wie du es wünschen könntest, faktisch erst im siebzehnten Jahr, aber auf einer Reise geboren, auf Reisen aufgewachsen und erst seit einem halben Jahr bei uns so einigermaßen fest ansässig.«

»Wer ist es, Mr. Pickerin?«

Pete klapperte mit der Tasse, was Magdalena umgehend in die Küche nach der Kaffeekanne eilen ließ. Er blinzelte Mr. Pickerin zu und lachte leise: »Na, dann laß schon mal hören, wer der auserwählte Partner ist.«

»Es ist eine ausgezeichnete Person«, fuhr Mr. Pickerin fort, »die von Akakutaq geboren wurde und gewiß den Großfänger Atdlutaq zum Vater hatte, aber vor ungefähr einem Jahr von hilfreichen Menschen nach Ukusik gebracht wurde. Man hatte sie unter ihren toten Wohnplatzgenossen liegen sehen. Sie war die einzige Überlebende.«

»Sie?« rief ich. »Ist es eine Sie?«

»Möglicherweise hat der Kontakt mit einem Walfängerschiff den Leuten eine ansteckende Krankheit zugeführt, denn man fand in den Gruben noch Fleisch, und von den Hunden war offenbar noch keiner gegessen.«

»Ist es eine Sie?« wiederholte ich meine Frage.

»Ja, tatsächlich. Und, wie gesagt, eine ausgezeichnete Person, die große Erfahrung mit Langreisen hat.«

»Ich glaube, ich weiß, wen du meinst«, sagte Small Johnson. »Ich sah sie gleich, nachdem sie in den Ort gebracht wurde. Sie war nur ein Haufen Knochen, den man in einen Ledersack gestopft hatte, und man konnte sie in ganz Ukusik riechen. Ist aus ihr wirklich ein Mensch geworden?«

»Nicht nur ein Mensch, Small Johnson, sondern ein schönes kleines Menschenkind«, behauptete Mr. Pickerin. Er seufzte tief. »Wäre man im Frühling seines Lebens, könnte man mit so einem kleinen Stumpen bis ans Ende der Welt reisen.« Magdalena kam mit dem Kaffee herein, und Mr. Pickerin ließ sich nicht weiter darüber aus, was er während der Reise mit diesem Stumpen machen würde.

Ich war ganz verwirrt. Vielleicht wollten sie mich bloß zum Narren halten. Es war ja ganz unbegreiflich, daß keiner meiner alten Kameraden in Ukusik mich auf einer solchen Reise begleiten wollte. Es war doch gerade so eine Fahrt, wie sie sich jeder Eskimo wünscht und die man bestimmt nicht ausschlägt. Der Gedanke, daß Mr. Pickerin ein Mädchen als meinen Reisepartner ausgesucht hatte, schien mir ungeheuerlich. Nicht etwa, weil es ungewöhnlich wäre, daß ein Eskimo mit einer Frau auf Fahrt geht, das ist durchaus üblich, sondern weil ich einem Mädchen noch nie nähergekommen war als jener japanischen Nutte, die ich bei einem Ausflug mit meinen Schulkameraden nach Soho getroffen hatte. Ich hielt sie für einen richtigen Menschen und redete sie deshalb in der Sprache der Menschen an. Aber sie antwortete statt dessen mit piepsendem Japanisch, und die Sprachverwirrung, die dabei herauskam, war total. Und ehe ich mich's versah und es mit einer anderen Sprache versuchte, hatte sie ein älterer Kamerad, der sich hier offenbar besser auskannte, schon weggeschnappt. Von diesem Abenteuer abgesehen, das ja zu Ende ging, ehe es begonnen hatte, besaß ich keinerlei Erfahrung, wie man sich jungen Frauen gegenüber verhält.

Small Johnson sagte: »Eigentlich kann man gegen ein solches Arrangement nichts einwenden. Früher oder später wird er sich ja doch den dunklen Seiten des Daseins stellen müssen, und je früher er damit beginnt, desto früher kriegt er das notwendige dicke Fell.«

»Dunkle Seiten?« Mr. Pickerin sah meinen Onkel verständnislos an. »Was meinst du eigentlich damit, Small Johnson? Was weißt du davon?«

Pete schob seine Tasse weg und lehnte sich in seinem Stuhl zurück, der unter seinem Gewicht knarrte. »Es kann dem Jungen doch nicht schaden, daß er mit einem Mädchen auf Fahrt geht. Das hat er noch nicht probiert, und das kann für ihn lehrreich sein.«

»Ich glaube aber, daß ich lieber bis zum nächsten Jahr warten will«, sagte ich.

»Warum?«

»Weil es so besser ist. Und vielleicht hat dann auch einer meiner Kameraden besser Zeit.«

»Willst du nicht fahren, weil dein Partner ein Mädchen sein wird?« fragte Mr. Pickerin. »Bist du nicht alt genug, es mit einem Mädchen aufzunehmen?«

»Nein, das gerade nicht. Weshalb sollte ich vor einem Mädchen bange sein? Aber ich habe einfach keine richtige Lust mehr.«

Pickerin lehnte sich vor und legte eine Hand auf meinen Arm. »Du könntest doch zumindest mit ihr mal 'n bißchen reden. Und es wäre jedenfalls das richtigste, daß du ihr mitteilst, daß die Reise aufgegeben ist. Sie hat sich nämlich den ganzen Winter darauf gefreut, kann ich dir erzählen.«

»Soll ich ihr's sagen?«

»Ich meine schon. Und dabei kannst du sie dir gleich etwas ansehen, das ist ja nicht weiter gefährlich.«

Ich mußte das Ungefährliche einer solchen Unterredung zugeben und erklärte mich dazu bereit, teils weil ich neugierig war, diesen Sack Knochen zu sehen, teils weil ich bei dieser Begegnung einen stichhaltigen Grund für den Aufschub der Reise zu finden hoffte. Nächsten Vormittag ging ich durch den Ort zu dem Haus der Witwe Papigujuk, wo das Mädchen Aqa einquartiert war.

Das Mädchen Aqa

Ich schob die Tür zum Haus der Witwe auf und grätschte über das Türbrett, das ungewöhnlich hoch war, um die Kälte von den Füßen fernzuhalten. Papigujuk war Johnny Ninefingers Mädchen in Ukusik, eine ansprechende, aber äußerst redselige Frau. Sie war nicht zu Hause.

In der Hütte war es halbdunkel. Papigujuk, die keinen festen Versorger hatte, mußte mit Darmfenstern statt des von allen Eskimo so begehrten Glases auskommen. Ich hörte vom Herd her Klappern und war so von der Anwesenheit lebender Wesen unterrichtet. Die Pritsche befand sich gleich neben der Tür, ich setzte mich darauf und sagte nervös: »Man kam ganz zufällig an diesem Haus vorbei und merkte plötzlich, daß man durstig war.«

Keine Antwort, nur noch mehr Klappern.

»Tingutitaq, wer bist du?« fragte ich mit dem üblichen Gruß. Die Ringe der Herdplatte wurden aufgehoben, und in dem schwachen roten Schein konnte ich den Umriß eines jungen Mädchens sehen. Ich räusperte mich.

»Es ist nicht möglich, Papigujuqs Stimme zu hören, vielleicht ist man in ein falsches Haus gekommen. Vielleicht ist man mit jemand ganz Fremdem unter dem Dach?«

Ein paar Schaufeln Kohle wurden in den Herd geschüttet und die Ringe wieder an ihren Platz gebracht. Die Konturen der Gestalt verschwanden. Ich entsann mich der Worte Mr. Pickerins. »Es ist jetzt Frühling«, sagte ich, um doch irgend etwas zu sagen. »Einem Menschen wird warm, wenn er draußen geht.« Das war weit entfernt von der Wahrheit, denn obzwar die Temperatur in den letzten Tagen von minus 28 Grad auf minus 25 gestiegen war, so war es doch immer noch bitter kalt.

Langes Schweigen. Es war offenbar schwierig, mit einem weiblichen Wesen zu sprechen, selbst wenn es die Sprache, die man spricht, versteht.

»Aqa«, erklang es endlich leise vom Herd her, so ruhig und fein wie das Piepen einer Schneeammer. Ich war also mit der Richtigen zusammen im Haus, und ich eröffnete ihr mutig unsere Verwandtschaft.

»Aqa?« sagte ich fragend. »Man hat von einer Aqa sprechen gehört, die die Sohnestochter von meines Vaters Bruder Odoniarssuaq war. Ist es so, daß man mit einer Blutsverwandten des Verstorbenen spricht?«

Ein ansteigendes »Mmm« war die Bestätigung.

»Welche Überraschung«, rief ich mit gespielter Begeisterung aus. »Ist es nicht wunderlich, daß man zufällig in ein Haus geht und dort eine weit entfernte Verwandte trifft? Einzigartig und ein bißchen verrückt.«

Gekicher war die Antwort. Sie stellte einen Kessel auf den Herd. Dann trat sie aus dem Dunkel und kam mit einer Tasse gut duftender Suppe zu mir hin.

»Man war eben dabei, eine Suppe zuzubereiten«, sagte sie und hielt die Tasse hin, »vielleicht hilft sie gegen Durst?«

Ich nahm die Tasse entgegen und trank ein paar Schlucke. Es war eine vortreffliche Suppe. Aqa stand im Licht des Fensters vor mir.

Ich fürchte, wenn ich sie beschreiben sollte, ergäbe das eine zu farbenreiche und zu lange Schilderung. Darum ist es am besten, daß ich mich an Onkel Sams Beschreibung halte, die exakt ist und den Eindruck eines kundigen Beobachters wiedergibt.

Folgendermaßen beschrieb Onkel Sam also Aqa, nachdem er sie kennengelernt hatte: »Eine außerordentlich schöne Vertreterin ihres Geschlechts und ihres Volkes. Die gefalteten Augenlider, der lange, schmale Schädel und das reizendste Tuberoccipitale (Nackenbuckel) – ja wahrhaftig, eine große Schönheit.« Er veranschlagte den Rauminhalt ihrer Gehirnschale auf 1600 Kubikzentimeter, und er war begeistert von ihren kräftigen schwarzen Haaren, von denen man jedes einzelne sehen konnte und die, wie er sagte, so grob waren »wie die Drähte eines

Knäuels Stahlwolle«. Außerdem war er voll Lob für ihre Farben, die am Körper leicht olivbraun, in den Augen aber rotbraun wie ein Eichhörnchenpelz waren, und er verbreitete sich in begeisterten Wendungen über das reduzierte Nasenbein und den schweren Unterkiefer mit den kräftigen Kaumuskeln.

Aqa war, sofern man ein solches Ideal hat, eine Schönheit. Ich hatte mir früher nie Gedanken darüber gemacht, ob es ein Ideal gab und wie es aussehen müßte, aber jetzt, wo ich plötzlich vor ihr stand, ging es mir mit solcher Stärke auf, daß es mir fast den Atem verschlug. Meine erste Assoziation war ein Wiedererkennen. Sie war aus meiner eigenen Welt, war wie ich selbst, fast ein Teil meiner selbst. Niemals, weder früher noch später, habe ich den Teil des Blutes in meinen Adern, an dem meine Väter Pete und Jeobald schuld waren, so intensiv verleugnet. Sie war Mensch, und ich war Mensch in der echten Bedeutung des Eskimowortes.

Sie strahlte all die Schönheit aus, die für Eskimofrauen eigentümlich ist. Die goldene Haut, das glatte, blauschwarze Haar, die lachfrohen Augen mit den kleinen Falten in den Augenwinkeln. Sie hatte zarte, aber starke Glieder, eine kleine, gerade Nase und einen breiten Mund mit herzförmigen Lippen. Sie lachte verlegen bei meinem hungrigen Blick.

»Bist du Agojaraq?« fragte sie, und ich nickte stumm. »Man hat über deine Ankunft von Mr. Pickerin Bescheid erhalten.«

Ich sagte: »Es war Mr. Pickerins Wunsch, daß man dich hier in Papigujuqs Haus besuchen sollte.« Ich schaute in die Tasse und konnte merken, wie in meinem Gesicht das Blut hochkam.

»Mr. Pickerin erzählte, daß du eine Langreise vorhast«, sagte sie, »und vielleicht eine Begleitung aus Ukusik haben möchtest.«

»Man hat andere, wichtigere Dinge vor«, murmelte ich, »und es ist nicht unmöglich, daß die Reise eine Zeitlang ausgesetzt wird.«

»Oh.« Ihre Stimme klang enttäuscht. »Das ist schade. Es ist eben so, daß eine Frau den ganzen Winter Kamikken genäht hat, Watkamikken, wie man sie auf Frühjahrsreisen braucht.« Sie nahm mir die Tasse aus den Händen und ging zum Herd.

»Eine Menge Speck wurde geklopft und in Ledersäcke gefüllt«, kam es aus dem Dunkel.

»Aber ich habe einen Primus und Petroleum«, beeilte ich mich zu erwidern.

»Ein Primus macht den Frauen die Arbeit leicht.« Sie brachte die mit Suppe angefüllte Tasse wieder. »Aber manchmal geschieht es, daß das Petroleum ausgeht.«

»Das kann ebenso leicht mit dem Speck in den Ledersäcken geschehen«, antwortete ich.

Sie trank selbst einen Schluck aus der Tasse, um zu kosten, ob die Suppe genügend warm war. »Speck geht einem tüchtigen Fänger nie aus«, sagte sie und lächelte fein.

Und ich saß ohne Antwort da und begrub die Nase in der Tasse. Aqa setzte sich neben mich. Sie legte ihre Hände in den Schoß und neigte den Kopf so, daß die langen Haare den größten Teil ihres Gesichtes verdeckten.

»Man hat lange eine große Sehnsucht in sich gehabt und wollte gern in den Jagdgebieten des Vaters reisen«, sagte sie still, und ich wunderte mich, daß eine Stimme so sanft und fein klingen konnte. »Aber ein jämmerliches Weib kann sich nicht ohne fremde Hilfe auf den Weg machen.«

Ich stellte die Tasse an den Rand der Pritsche und ließ meine Hände auf den Schenkeln ruhen. Wenn ich meinen kleinen Finger steif seitwärts ausstreckte, konnte ich ihre Robbenfellhosen fühlen. Die Kohlen im Herd knisterten anheimelnd, und in der Kaffeekanne sang es leise.

»Mr. Pickerin berichtete von dem Unglück deiner Familie«, sagte ich, »darum ist es nicht unmöglich, deine Reiselust zu verstehen. Nichts taugt schweren Gedanken so, wie auf Reisen mitgenommen zu werden.«

»So ist es wohl«, antwortete sie. Mein kleiner Finger wurde etwas mutiger, die Seite des äußersten Gliedes ruhte nun an ihrem Bein, und ein wunderbares Gefühl breitete sich in meinem ganzen Körper aus. Und dieses Gefühl steigerte sich zu einem ganz neuen, herrlichen Glück, als ich plötzlich merkte, daß ihr kleiner Finger den meinen berührte. Dieser allererste Kontakt sandte seltsame Schauer bis in meine Haarwurzeln. Eine starke Wärme verbreitete sich von meinem Gesicht über die Brust hinunter zu den Lenden, wo sie sich eben unter dem Hüftbein festsetzte. Die beiden Finger begannen zögernd übereinander umherzuwandern, und nach kurzer Zeit krümmten sie sich zusammen und hielten einander fest.

»Es ist nicht ausgeschlossen, daß man sich dennoch zur Reise entschließt«, sagte ich. »Ja, es ist so, daß man den Wunsch hat, ein passender Begleiter würde die Reise mitmachen, ein Begleiter, der große Sehnsucht hat, die bekannten Gebiete im Norden wiederzusehen.«

Aqa flüsterte: »Papigujuq hat mir eine Specklampe aus rotem Metall zur Verwendung auf Reisen geschenkt.«

Da sagte ich, berauscht von dem wundervollen Glück unserer kleinen Finger: »Ja, so ist es. Man hat sich eben entschlossen, mit einem Begleiter nordwärts zu fahren.« Ich kehrte ihr mein Gesicht zu und legte ihre Wange an die meine.

»Nach zwei Nächten«, sagte sie, »kann der Begleiter fertig sein.« Sie rieb ihre Nase sanft an meinem Hals.

»Nach zwei Nächten ist gerade der Zeitpunkt, an dem ich die Reise beginnen wollte«, antwortete ich.

Und eben da kam Papigujuq mit großem Lärm zur Tür herein.

Eine Unterredung mit Pete

Am Abend hatte ich in Magdalena Pickerins Küche eine Unterredung mit Pete. Die Bewohner des Hauses hatten sich schlafen gelegt, und Small Johnson war hinausgegangen, »um auf dem Schlitten eben mal was zu suchen«.

Ich saß auf der Kohlenkiste am Herd, und mein Vater reinigte am Küchentisch sein altes Remingtongewehr.

»Ich glaube, ich fahre doch los«, sagte ich.

»Na also.« Pete wickelte ein ölgetränktes Stück Werg um den Putzstock und klemmte das Gewehr zwischen den Beinen fest. »Na also«, wiederholte er, »selbstverständlich fährst du los.«

Er schnippte mit den Fingern, um das an ihnen hängengebliebene Öl abzuschlagen, und fuhr mit dem Putzstock in den Lauf. »Du bist gerade in dem Alter, wo solche Reisen Spaß machen. Wenn ich nachdenke, dann war ich wohl auch nicht älter, als ich mich auf meine erste Langtour begab.«

»Vater«, fragte ich, »das da, mit einem Mädchen, hast du das auch versucht, ich meine, ein Mädchen auf dem Schlitten mitzuhaben?«

Mein Vater nickte ruhig. »Na und ob, mein Junge, das kann ich dir sagen, wer weiß wie oft. Viele Jahre fühlte ich mich gar nicht recht wohl, wenn ich nicht ein Mädchen auf dem Schlitten hatte.«

»Aber macht das nicht zuviel Mühe? Sie können doch nicht jagen«, wandte ich ein. »Und sie halten so lange Tagesreisen wohl auch nicht so gut aus. Sie werden doch sicher schnell müde?«

Pete schüttelte den Kopf. »Du würdest staunen, was die alles aushalten können und wie zäh diese Dinger sind. Nicht unterzukriegen. Fast so unverwüstlich wie Kamiksohlen aus Bartrobbenhaut. Und selbst wenn sie vor Erschöpfung fast umfallen, hörst du von ihnen kein Wort der Klage.«

Das ließ ich mir eine Zeitlang durch den Kopf gehen. Dann sagte ich: »Als ich Aqa anrührte, wurde mir ganz anders.«

»Ja natürlich, mein Junge.« Pete ließ den Putzstock im Lauf hin- und hergleiten.

»Mir wurde so anders, überall so warm, und dann war's fast so, als ob ich Gänsehaut kriegte«, fuhr ich träumend fort. »Ist es nicht wunderlich, daß mir so was geschehen kann?«

»Nein, das ist durchaus nicht wunderlich. Solche Gefühle bekommt man immer, wenn man in ein gewisses Alter kommt.« Pete hielt den Lauf mit beiden Händen fest und drehte sich mir zu. »Einmal, Ago, als kleiner Knirps, fragtest du uns, wie du zustande gekommen bist. Damals konnte dir keiner von uns richtig antworten, denn wir hatten ja keine Erfahrung, wie man einem kleinen Jungen auf derlei Fragen antworten soll. Ich weiß nicht, was Sam dir sagte, aber seine Antwort muß dir offenbar genügt haben, denn du hast später nie mehr irgendwelche Fragen in dieser Richtung gestellt.« Er zog den Stock aus dem Lauf und deutete mit ihm auf mich.

»Jetzt ist das viel leichter, denn du bist jetzt erwachsen. Dieses Gefühl ist mächtig angenehm, und ein solches kam auch in mir hoch, wenn ich deine Mutter anrührte.«

»So, wirklich? Und Jeobald auch?« fragte ich.

»Ja, er bekam akkurat das gleiche herrliche Gefühl und Gill und Small Johnson auch. Ich denke, sogar der alte Sam.«

»Onkel Sam?« fragte ich.

»Sam sicherlich auch.«

Zum ersten Mal in meinem Leben bekam ich mächtigen Respekt vor meiner Mutter. »Meine Mutter«, sagte ich, »muß ja eine großartige Frau gewesen sein.«

»Weit über Durchschnitt«, antwortete mein Vater. »Sie war in diesen Tagen das lebhafteste und lustigste Mädchen des ganzen Nordwestterritoriums.«

»Aber weshalb behieltet ihr sie dann nicht bei euch?«

»Ja, siehst du, mein Junge, es gibt Mädchen, die haben diese Lust in sich und sind damit sehr freigebig. Andere haben sie auch, aber sie sind knauserig damit und möchten sie in Frieden gelassen haben und nur mit dem immer gleichen Mann teilen. Es ist ziemlich zufällig, welche Art von Mädchen einem übern Weg läuft.«

Ich mußte eben an Aqa denken, und ich konnte die Vorstellung nicht leiden, daß sie vielleicht herumlief und anderen solche Gefühle machte. Das sagte ich Pete.

»Tjaa«, mein Vater legte das Gewehr auf den Boden und holte die Pfeife hervor. »So geht es wohl den meisten von uns Mannsbildern. Wir möchten sie am liebsten ganz allein für uns selbst haben. Und wenn sich dann bei ihnen auch nur leise Lust zu Seitensprüngen zeigt, dann stellen wir uns wie Idioten an und möchten sie am liebsten einsperren, statt die Stränge schießenzulassen. Denn, ich kann dir sagen, die Frauen sind ebenso froh, die Freiheit spüren zu können, wie wir andern. Lebt man mit einem solchen Apparat zusammen, muß man immer daran denken, daß ja auch sie ihr eigener kleiner Mensch ist. Das einzige, was uns von ihnen unterscheidet, ist die Verteilung der verschiedenen Aufgaben, denen wir hier im Leben nachzukommen haben. Und jeder soll, soweit es geht, die Art und Weise, wie er leben will, selbst bestimmen dürfen. Man soll sich ja nicht zu sehr in die Freiheit des andern einmischen.«

»Wenn aber irgendeiner kommt, der's auch mit ihr zusammen gut haben möchte«, fragte ich, »was macht man da, wenn sie selbst dazu Lust hat?«

»Hmm, ja, was macht man da? Man geht eine lange Tour.« Pete

zündete sich die Pfeife an. »Man geht eine mächtig lange Tour und denkt über die Sache nach. Und es ist dann gar nicht unmöglich, daß alles wieder im Lot ist, wenn du nach Hause kommst. Und wenn nicht, dann hat man jedenfalls Zeit und Gelegenheit gehabt, darüber nachzudenken, weshalb man, zum Teufel, nicht mehr taugt. Das kann man sich dann hinter die Ohren schreiben – fürs nächste Mal.«

»Wenn es ein nächstes Mal gibt«, sagte ich voller Zweifel. Es kam mir undenkbar vor, daß es zwei Mädchen von Aqas Art geben sollte.

Pete paffte ein paarmal an der Pfeife, ehe er antwortete. »Es gibt immer ein nächstes Mal, Ago, immer ein nächstes Mal für uns alle.« Er stieß mit dem Pfeifenmundstück leicht gegen seine Hose, um die Soße loszuwerden. »Sag mir, Junge, bist du dir ganz klar darüber, was man tun muß, wie man's anstellen soll, wenn man so ein Geschöpf unter den Fellen hat?«

Ich nickte. Ein Jahr in einem englischen Internatsschlafsaal hatte mir genügend detaillierte theoretische Anweisungen vermittelt. »Und schließlich ist das ja auch etwas, was ganz von selbst kommt«, fuhr mein Vater fort. »Der einzige Rat, den ich dir geben kann, ist der, daß du nichts übereilst und nicht drauf losfährst, sondern die Dinge sich ruhig entwickeln läßt. Die Mädchen brauchen da ihre Zeit, sie sind oft schwer in Gang zu bringen. Aber nach und nach lernt man das alles.«

»Ja«, sagte ich, »so wird's wohl sein.« Aber ich schrieb mir den Rat meines Vaters doch hinter die Ohren, was später, wie sich erwies, Aqa und mir zu großer Freude gereichte.

Die Entdeckungen

Der eigentliche Grund, warum Onkel Sam im Haus zurückblieb, war sein Wunsch, Miss Molly zu untersuchen. Und während ich mich mit meinen Hunden und mit Aqa auf dem Schlitten langsam nordwärts weiterarbeitete, machte Sam den Fund seines Lebens. Er hatte allezeit das Gefühl gehabt, daß er eines Tages einen solchen ungewöhnlichen Fund machen würde, und dabei zutiefst gehofft, daß dies auf dem Gebiet der Anthropologie geschehen möge, etwa das Auffinden des absolut unbestreitbaren Missing Link oder die Erbringung des Beweises, daß die Eskimo vor der übernommenen syllabischen eine eigene Schriftsprache hatten. Aber es kam ganz anders.

Wie schon erwähnt, gab sich Onkel Sam neben seiner Eskimologie auch mit Geologie und Paläontologie, der Lehre von den Fossilien, ab, und es geschah beim Ausgraben eines Stumpfs arktischer Elefantenversteinerung, die jahrmillionenlang friedlich im Bauch von Miss Molly geruht hatte, daß er ein graublaues Vorkommen fand, das er nach einer eiligen Untersuchung als Blei bestimmte. Als er allein im Hause zurückgeblieben war, versuchte er, die vorhandenen Säuren auf das mitgebrachte Stück einwirken zu lassen, und es erwies sich Salzsäure gegenüber als widerstandsfähig, nicht aber gegen Essigsäure. Ferner zeigte es sich gegenüber Schwefelwasserstoff und Gips widerstandsfähig, was die Sache entschied: Miss Molly enthielt Blei.

Er begab sich also mit einem Zelt und verschiedenen Geräten zu einem längeren Aufenthalt auf Miss Molly, wo er mehrere Tage lang arbeitete und ansehnliche Klumpen des Metalls aus dem Berg herausholte. Er haute sich erst in südöstlicher Richtung, dann in südwestlicher Richtung durchs Gestein, begab sich dann mit seinem Zelt auf die andere Seite des Berges, die dem Fjord zugewandt war, und haute dort lotrecht im Gestein drei verschiedene kleinere Gruben aus.

Sam machte auch an der Nordseite eine etwa vier Fuß tiefe Grube, und dort wie auch überall sonst, wo er durch die dünne Erdrinde kommen konnte, blinkte ihm Bleiglanz entgegen. Es dauerte fast eine Woche, ehe Onkel Sam mit Sicherheit feststellen konnte, daß Miss Molly sozusagen von Kopf bis Fuß aus Blei bestand und daß sich ohne allen Zweifel auch unter ihr und im weiten Umkreis rings um sie ansehnliche Mengen dieses Metalls finden müßten.

Bei dieser Entdeckung wurde Onkel Sam von panischem Schrecken gepackt. Er bekam leichtes Fieber. Er lag in seinem Zelt, schwitzte und hatte die merkwürdigsten Visionen. Er sah sich selbst vor einer Versammlung sachkundiger Wissenschaftler die phantastische Behauptung vertreten, daß Miss Molly aus Blei bestände, und je wirklicher er sich in dieser Situation sah, desto panikartiger wurde sein Zustand. Es war ihm ein Greuel, Mittelpunkt dieser Schar von ehrlichen und unehrlichen, gelehrten und ungelehrten Bewunderern, Phantasten und Schlingeln zu sein. In der hintersten Reihe dieses Ringes fremder Menschen sah er auch seine alten Kameraden von Mount Fynes stehen, die ihn mit vorwurfsvollen Blicken ansahen.

Sam schätzte den Wert des Berges auf mehr als 100 Millionen Dollar. Das war auf alle Fälle die unterste Grenze, denn er hatte bei seiner beiläufigen Schätzung nur den Wert des Bleis selbst veranschlagt und nicht die möglichen Nebenprodukte in Betracht gezogen. Er begann energisch Pläne für einen regelrechten Minenbetrieb mit Verschiffungsmöglichkeiten und den entsprechenden Anlagen zu entwerfen. Schließlich hatte er sich so tief in das Projekt verbohrt, daß er kaum mehr schlafen konnte und deshalb auch nie richtig wach war. Das Blei lastete schwer auf Onkel Sam. Er sehnte sich unsagbar nach der Heimkehr seiner Freunde, um andere an seiner Entdeckung und an seinen Berechnungen teilhaben zu lassen.

Onkel Sam war reich geworden. Er, der bislang nie anderes besessen hatte als seine karierten Hemden, seine Segeltuchhosen, die im Winter mit Bärenfell ausgekleidet werden konnten, und seine stählerne Halbbrille, war nun durch einen Zufall enorm reich geworden. Er konnte sich Unterzeug und Hosen aus Samt und Seide und eine Brille aus echtem Gold leisten. Aber Onkel Sams Gedanken liefen in ganz anderen Bahnen.

Er wurde im Grunde immer hilfloser, je weiter er in seinen Berechnungen kam. So als hätte der Reichtum einen dunklen, kalten Schatten über die schönen, blinkenden Stücke Bleiglanz gebreitet, die er auf einem Bord über seiner Koje zwischen dem Schädel und den Knochenstümpfen von den Ausgrabungen am Qaviaq-Fjord liegen hatte.

Die schlaflosen Nächte waren angefüllt mit Vorstellungen, wie sich die Zukunft für Mount Fynes gestalten würde. Wenn es ruchbar würde, daß es am Fjord große Bleivorkommen gab, und bewiesen werden konnte – was es ja tatsächlich schon war –, daß Miss Molly aus Blei bestand, würde der ganze Distrikt in allerkürzester Zeit von Metalljägern überschwemmt werden. Sam hatte noch die letzten Todeskrämpfe des Goldrausches in Alaska erlebt und wußte, was das bedeutete. Es stand ihm klar vor Augen, daß sich die gleichen Männer über Mount Fynes ergießen würden, die früher Alaska überspült hatten, und dieser Gedanke trieb ihm den Schweiß aus allen Poren. Arbeiter für die Bleimine und

Prospektoren mit tickenden Instrumenten auf der Suche nach Uran würden angereist kommen – und Gold- und Silberjäger, denn diese beiden Metalle waren sozusagen Nebenprodukte des Bleis. Vor den Augen Sams entwickelte sich Ukusik in Windeseile zu einem Schandfleck des Ostens, er sah, wie die unschuldige Natur niedergetrampelt, mit menschlichen Hinterlassenschaften übersät werden und schließlich einem riesigen Müllhaufen gleichen würde. Und Sam konnte am äußersten Rand aller dieser Bilder seine alten Freunde sehen, wie sie ihn ernst, stumm und vorwurfsvoll ansahen. Eines Nachts sah Onkel Sam Aviajas Grab im Rachen eines lärmenden Bulldozers verschwinden.

Ein merkwürdiges Zusammentreffen wollte es, daß ungefähr zum gleichen Zeitpunkt, als Onkel Sam seine graue Goldmine entdeckte, auch Gill etwas entdeckte, nämlich das Singen. Das geschah auf höchst überraschende Weise und ganz zufällig. Er erschrak darüber ungefähr so wie seinerzeit Newton, als der Apfel auf seinem Kopf landete.

Es war Gill natürlich nicht unbekannt, daß man singen konnte. Gesang hat seit je einen bedeutenden Teil seines musikalischen Lebens ausgemacht, aber es war immer das Singen anderer. In seiner Kindheit war es das seiner Eltern und der Gäste im Wirtshaus »Zum fröhlichen Zecher«, und unter den nördlicheren Himmelsstrichen waren es die Lieder meiner übrigen Familie und der Nachbarn bei festlichen Anlässen. Onkel Gill war dabei immer die Rolle des begleitenden Musikers zugefallen, und deshalb hatte er sich selbst immer für ein des Singens unfähiges Wesen gehalten. Beinahe sechzig Jahre lang hatte er mit Singen, vornehmlich aber mit seinen Gedichten und seinen Kompositionen zusammengelebt. Natürlich hatten diese beiden Disziplinen sein Dasein in höchstem Maß bereichert, ja man könnte sagen, in einem solchen Grad, daß er seinem eigenen Singen geradezu mit Verwunderung und Unglauben begegnete.

Es geschah, als er sich mit einer Ladung Holz auf dem Schlitten von der Skelettbucht auf dem Heimweg befand. Das Holz sollte für kleinere Bauarbeiten am Haus verwendet werden, die die Kameraden vor meiner Abreise nach Ukusik beschlossen hatten.

Onkel Gill war müde, verschwitzt und leicht irritiert. Die Hunde zogen nur unwillig, sie waren abgekämpft, aber streitsüchtig.

Als er sich durch den Gänsepaß hinaufarbeitete, geriet die rechte

Schlittenkufe auf einen schneefreien Stein, und der Schlitten begann gefährlich zu krängen. Die Last verschob sich und war nahe daran, vom Schlitten zu gleiten. Onkel Gill stieß einen Schrei aus, um die Hunde im Gang zu halten, und dieser Schrei prallte von den steilen Felshängen des Passes zurück und schlug über ihm zusammen. Es war ein feiner, wohlklingender Schrei, spontan und unüberlegt, es war, könnte man sagen, eine neue Art Schrei.

Der Schlitten kam zum Stehen. Selbst die Hunde ließen sich von Gills Klangwellen überraschen. Sie waren an Brüller gröberer Art gewohnt, Brüller, die aus müden, rauhen Kehlen hervorgehustet wurden, Brüller, die aus den Vokalen und Konsonanten von Flüchen geformt und nicht im geringsten wohlklingend waren. Aber Gills Schrei war ein Gesang. Er entstand irgendwo in seinem Unterleib, wurde von den Muskeln des Zwerchfells komprimiert, durch den Brustkasten emporgepreßt und zudem noch durch einen reißenden Luftstrom verstärkt. Dann quoll er durch den Hals, erhielt von den Stimmbändern Töne und kam irgendwo zwischen dem Schädeldach und dem Nasenbein zur vollen Ausformung, ehe er zum offenen Mund hervorströmte. Das war ein Schrei, der zugleich der reinste Menschenton war. Der wort- und melodielose Gesang des Neugeborenen.

»Nun habe ich aber doch …« Erstaunt lauschte Gill seinem Echo. Er versuchte es nochmals. Versuchte, die Tonhöhe zu variieren, sie anzupassen, so wie er früher den Ton der Flöte durch die Plazierung seiner Finger über den Löchern angepaßt hatte. Und da – da ging ihm plötzlich die Idee des Gesanges auf. Er entdeckte, daß er sang. Onkel Gill entdeckte seine Stimme und sein Talent. Ein warmes Glück erfüllte ihn. Er hatte früher wohl auch gesungen, das heißt bei besonderen Gelegenheiten mitgegrölt. Aber dabei waren immer auch Worte, und er hatte dabei stets auf die Worte geachtet. Niemals auf die Töne, die Klänge. Das Dasein erhielt mitten im Gänsepaß, mit einer auf einem schneefreien Stein festgefahrenen Schlittenkufe und einer krängenden Holzlast auf dem Schlitten, wundervolle Perspektiven. Gill fühlte, daß er durch das Singen unübertroffen reich und sein Leben und seine Zukunft so verlockend geworden waren wie ein Samstagabend im Paradiesgarten, und er bekam eine unwiderstehliche Lust, sich andern lebenden Wesen mitzuteilen. Sein Blick fand die Hunde. Diese treuen Tiere saßen auf ihren

Hinterteilen und wandten ihre Köpfe Gill zu. Tiefste Überraschung spiegelte sich in ihren Augen. Gill setzte sich als Gegengewicht auf die Holzlast und betrachtete froh seine vierbeinigen Freunde.

»Aha, ihr lieben Pißkaninchen, ihr wollt mich wohl noch mehr singen hören, was?« Er lachte und schnalzte begeistert mit der Zunge. »Na, wir wollen sehen ...« Gill machte seinen Brustkasten weit und ließ das Zwerchfell arbeiten. Er rundete den Mund und spitzte die Lippen, wie er sie seit den an Kinguk ausgeteilten Schmatzküssen nicht mehr gespitzt hatte, und legte los. Die Töne rasten aus seinem Mund, gerieten aber schnell unter seine Kontrolle. Versuchsweise stülpte er die Lippen ein, und der O-Laut glitt in einen E- oder I-Laut über, wobei die Stimmbänder gleichzeitig gestrafft und die Töne gehoben wurden. Und volltönend strömte das Lied hervor, der Gesang von Tullapieds Tod. Gill kehrte sein Gesicht dem hohen, klaren Himmel zu und gab sich ganz hin. Er sah dabei ungemein dumm aus, wie es wohl bei allen Sängern der Fall ist. Nach der dritten Strophe schon streckten mehrere Hunde ihre schwarzen Schnauzen himmelwärts, und nach der fünften begleiteten ihn alle mit klagendem, kummervollem Geheul. Das Echo weinte mit, und die ganze schöne Natur schwang und bebte gerührt von Tullapieds fürchterlichem Ende. Als die sechzehnte und letzte Strophe beendet war, weinte auch Onkel Gill. Seine schmalen Schultern zuckten krampfartig, und die klarsten Tränen liefen über die scharfen Ränder seiner Backenknochen und verirrten sich im grauen Gestrüpp seines Kinnbartes. Onkel Gill liebte das Singen wie noch nie, und er hatte den Wunsch, möglichst schnell nach Hause zu kommen, um Onkel Sam seine Entdeckung vorzuführen.

Man kann also verstehen, daß sowohl Onkel Sam wie Onkel Gill glücklich waren, als sie einander wiedersahen.

Gill und Sam saßen auf dem kleinen Plateau vor dem Fluß auf dem Schlitten und sahen zum Haus hinüber. Das Wetter war freundlich, still und ohne allzu aufdringliche Frostgrade. Die Sonne war nahe daran, sich hinter den Willsonhills zu verstecken, sie färbte den zugefrorenen Fjord mit ihren roten und violetten Tönen so phantastisch, daß selbst Onkel Sam überwältigt seufzte. Gill und Sam saßen jeder mit seiner phantastischen Entdeckung da und warteten auf eine Gelegenheit, sie offenbaren zu können. Die Hunde lagen dampfend vor dem Schlitten und waren zu müde, um aneinanderzugeraten, ja selbst zu müde, um ans Fressen zu denken. Und sie waren, obwohl Bedut läufig war, auch dazu zu müde.

Und da geschah es. Ebenso plötzlich und ebenso überraschend wie das Aufbrechen des Flusses vor wenigen Tagen. Es war einer der wunderlichen Fälle, wo zwei Menschen gleichzeitig zu reden beginnen und wie aus einem Mund ganz genau das gleiche sagen. Vielleicht war Onkel Gills »Ich« eine Ahnung früher zu hören als das »Ich« Sams, aber dann handelte es sich, wie gesagt, um einen so geringfügigen Zeitunterschied, daß er in diesem Zusammenhang gar nicht auffiel. Beide sagten: »Ich habe eine Entdeckung gemacht.« Und dann sahen sie einander verblüfft an.

»Sag du's zuerst«, sagte Onkel Gill.

»Nein, du«, antwortete Onkel Sam.

»Kommt nicht in Frage.«

»Also sag schon, was du entdeckt hast.«

»Singen«, antwortete Gill, »und du?«

»Blei.«

Lange herrschte dann zwischen beiden tiefes Schweigen. Jeder ging die Entdeckung des anderen gründlich durch.

»Bist du über deine Entdeckung glücklich?« fragte Onkel Gill schließlich.

Sam überlegte lange, ehe er antwortete. »Ein paar Tage war ich glücklich, doch dann wurde ich bedenklich.«

»Ich bin glücklich.« Gill klemmte seinen Kinnbart, als wollte er Wasser aus ihm winden. »Ich bin so glücklich, wie es ein Mensch nur sein kann. Weshalb bist du nicht glücklich, Sam?«

»Das ist eine viel zu große Sache«, antwortete Sam. »Sie würde eine ganze Menge im Gefolge haben und hier in Mount Fynes alles auf den Kopf stellen.«

»Erzähl doch«, bat Gill. Er lehnte sich gegen eine Rückstrebe und bereitete sich auf eine schwierige wissenschaftliche Erklärung vor. Aber Sams Bericht erwies sich als überraschend einfach. Er sprach nicht von Blei an sich, ging überhaupt nicht auf dessen Entstehen oder auf das Konzentrat des Bleierzes ein, sondern erzählte bloß, wie er das Vorkommen fand, zu welchen Resultaten er bei seinen Berechnungen gekommen war und von den unleidlichen Visionen, die ihn plagten. Als er mit seinem Bericht fertig war, nahm er seine Brille ab und putzte sie mit einem Hemdzipfel.

»Du kannst dir also vorstellen, daß ich bedenklich wurde. Auf der einen Seite, kann man sagen, haben wir das Blei, aber auf der anderen Seite haben wir auch alles, was dieser Fund nach sich ziehen kann.«

Gill nickte nachdenklich. »Das kann eine gefährliche Geschichte werden, mit all dem Blei, Sam«, sagte er. »Wären es bloß kleinere Mengen, so Portionen zum Hausgebrauch, dann wäre alles leichter zu übersehen. Aber wenn es sich um solche Mengen handelt, wie du sagst, dann besteht ja die fürchterliche Gefahr, daß wir aus dem Distrikt verjagt werden, denn bei der Masseninvasion von Menschen, die du erwartest, und all den Maschinen möchte ich das Fangtier sehen, das sich hier in die Nähe wagen würde.«

»Und die Eskimo«, ergänzte Sam, »vergiß nicht die Eskimo. Die würden in diesen ganzen Trubel hineingewirbelt werden und dies und das lernen und vielleicht zur Arbeit gezwungen werden.«

»Das kann aber doch nicht angehen!« Gill sah ganz entsetzt aus. »Dann sind sie ja bald ebenso fertig wie wir andern.«

»Was soll ich nur machen?« Sam seufzte. »Es ist schon so lange her, seit ich richtig geschlafen habe, daß ich mich gar nicht mehr sammeln kann, um einen Entschluß zu fassen.«

Gill legte eine Hand auf die Schulter seines alten Kameraden. »Du, Sam«, sagte er, »hast du an dem Fund große Freude, ich meine, ist er für dich von großer wissenschaftlicher Bedeutung?«

»Das möchte man meinen, sowohl von wissenschaftlicher wie von wirtschaftlicher Bedeutung«, antwortete Sam.

»Aber recht besehen«, fuhr Gill fort, »ist es ja doch gar nicht deine Wissenschaft, umherzuschnüffeln und Blei zu finden, nicht wahr? Du machst doch mehr in Schädeln und Knochen und Gehirnmessungen.«

»Ja, ich bin Anthropologe«, gab Sam zu, »die Geologie ist nicht mein Fach. Es war auch ganz zufällig, daß ich das Blei fand.«

»Wenn man es nun dahin drehen könnte«, sagte Gill, »daß du im Grunde gar kein Recht hast, Blei zu finden, daß du diesen Steinsammlern damit irgendwie ins Handwerk pfuschst, dann könnte man ja ganz still deine Löcher wieder zudecken und das Blei, das du mitgenommen hast, weit draußen in den Fjord werfen.«

»Das könnte man wohl.« Sam setzte sich die Brille auf die Nase. »Ich habe selbst schon daran gedacht, andererseits finde ich aber, daß man es kaum verantworten kann, solche Werte einfach liegenzulassen. Man könnte ja für all das einkommende Geld einen Fonds errichten, vielleicht einen Fonds zu Nutzen der Eskimologie.«

»Oder einen Fonds zu Nutzen der zivilisationsgeschädigten Eskimo«, schlug Gill vor. »Wenn ich ehrlich sein soll, Sam, dann glaube ich nicht, daß diese Gelder irgend etwas Gutes zuwege bringen werden. Du sprichst von wirtschaftlicher Bedeutung und meinst damit wohl von Bedeutung für die Nation. Das klingt schön und gut. Aber dann müssen wir uns lieber anstrengen, ins klare zu kommen, welcher Nation wir angehören. Hier oben kümmert sich niemand groß um die Staatsgrenze. Das Land hier ist gewissermaßen etwas für sich, liegt außerhalb aller Grenzen, und es hat wohl auch noch niemand etwas für uns hier oben getan. Unten im Süden macht diese besagte Nation alles für die dort wohnenden Leute, aber wir müssen sehen, wie wir selbst zurechtkommen. Dein Blei, Sam, ist für die da unten und ihre Ökonomie eine Mordssache, für uns bedeutet es aber den reinen Ruin.«

Sams Gesicht erhellte sich. »Du verstehst es eben, all das zu sagen, wozu man zu müde ist, um es in klare Gedanken zu fassen. Aber sagtest du nicht, daß wir die Löcher einfach zudecken und das Ganze vergessen sollten?«

»Genau das habe ich gesagt.«

»Ja, auf was warten wir dann noch?« Sam stopfte den Hemdzipfel in die Hose und stand auf. »Los, fangen wir gleich damit an.«

Onkel Gill konnte es seinem Kameraden ansehen, daß er darauf brannte, die Sache möglichst schnell hinter sich zu kriegen, und auch er stand trotz seiner Müdigkeit ohne Protest auf. Die beiden Freunde luden den Schlitten ab, banden die Hunde fest und gingen zum Haus hinüber, um Spaten und Schaufeln zu holen.

Es dauerte den größten Teil der Nacht, bis Sams Gruben zugedeckt waren, als sie aber damit fertig waren, sie mit Grassoden bedeckt und die Erde festgestampft hatten, war es unmöglich, zu entdecken, daß Miss Molly aus Blei gemacht war.

Dann gingen sie wieder nach Hause, holten die Bleiklumpen, die auf Sams Bord lagen, füllten sie in einen Sack und senkten sie durch das

Atemloch einer Robbe in den Fjord. Mit dem herrlichen Gefühl, eine gute Arbeit gut ausgeführt zu haben, setzten sie sich an der Strandkante nieder und blickten über den zugefrorenen Fjord.

»Ja, ja, Sam«, sagte Gill mit frohem Lächeln, »jetzt ist dieses Abenteuer überstanden. Wie fühlst du dich dabei?«

»Man fühlt sich wie neu geboren«, antwortete Sam, »wie geläutert. Das ist so wunderbar, daß man Lust hätte zu singen.«

»Singen?« Gill griff sich an die Stirn. »Du meine Güte, meine Entdeckung!«

»Ja, richtig, du hast ja auch etwas entdeckt.« Sam sah Gill nervös an. »Doch wohl kein Metall irgendwelcher Art?«

»Singen«, sagte Gill.

»Ja, das stimmt, du hast was vom Singen gesagt. Was hat es denn mit dem Singen auf sich?«

»Ich habe das Singen entdeckt.« Gill schlug sich auf die Brust. »Das lebt hier in mir, in meiner Brust, Sam. So was von Singen hast du noch nie gehört.«

»Ist das denn möglich?« Sam betrachtete seinen Kameraden mit Mißtrauen. Er hatte noch nie Gills Singstimme gehört, und es wunderte ihn, daß sie so viele Jahre verborgen in ihm hätte liegen sollen.

»Ich entdeckte es im Gänsepaß«, erklärte Gill. »Hör mal zu.«

Er wackelte mit seinem Bauch etwas hin und her, um die Muskulatur des Zwerchfells anzuwärmen, saugte dann die kalte Nachtluft ein, preßte dann so, daß sein Kopf feuerrot wurde, und legte los. Er wandte sein Gesicht dem Mond zu und sah deshalb nicht, daß Sam seine Hände diskret an die Ohren hob, als ob er sie wärmen wollte. Gill sang von »Sweet Lucies sweet la la«, ein munteres Lied, das vor Zeiten einmal einer russischen Dame das Leben gekostet hatte, und es dauerte nicht lange, bis sein vierbeiniger Chor jenseits des Flusses in den Gesang einfiel. Als er fertig war, kehrte er sich Sam zu, der sich seine Ohren nachdrücklich rieb. »Na, was sagst du jetzt?«

»Einmalig, wirklich einmalig«, gab Sam zu. »Etwas derartiges hat man tatsächlich noch nie gehört. Ein wahres Naturtalent.«

»Ist das dein Ernst?« fragte Gill glücklich.

»Ein Naturtalent sondergleichen. Ich muß schon sagen, eine solche Stimmbildung, ein so perfektes Vibrato findet man äußerst selten.«

»Dann kannst du wohl mein Glück verstehen?« Gill setzte sich wieder neben Sam hin. »Und du verstehst dann sicher auch, daß mein Leben durch das Singen seine Vollendung gefunden hat?«

»Natürlich, selbstverständlich«, Sam entfernte versuchsweise seine Hände von den Ohren. »Ja, du bist durch und durch ein glücklicher Mensch, Gill. Du verfügst über sämtliche musikalischen Voraussetzungen, um einer der ganz Großen zu werden. Das hat aber auch seine überaus betrübliche Seite, so wie das Geld aus meiner Entdeckung eine traurige Angelegenheit machte.« Er legte sein Gesicht in ernste Falten und sah über den mondbeschienenen Fjord hinaus. »Überaus betrüblich«, wiederholte er.

»Was ist denn so betrüblich?« fragte Gill flüsternd.

»Daß du uns verlassen wirst. Man wird dich von uns und von Mount Fynes, wo du so tief verwurzelt bist, fortreißen. Eine solche Stimme wird immer entdeckt. Wo immer du dich in der Welt versteckst, wird man deine Stimme entdecken. Man kann sich tief im Dschungel, im höchsten, unzugänglichsten Gebirge oder, wie du, hier oben im Polarland verbergen, es nützt nichts, sie finden einen. Es ist nur eine Frage der Zeit. Eine Stimme wie die deine, Gill, ist weiter zu hören, als du es dir vorstellst. Sie fliegt mit dem Wind, möchte ich sagen, von Distrikt zu Distrikt, von Stadt zu Stadt, von Land zu Land, um schließlich über die ganze Erde zu kreisen.«

»Ist sie so wunderbar?« hauchte Gill, »ist sie wirklich so wunderbar?«

»Ja, so wunderbar«, antwortete Sam. »Aber wenn du bei deinen Kameraden zu bleiben wünschst, dann würde ich an deiner Stelle mörderisch achtgeben und sie nicht allzuoft hören lassen. Die Burschen, die mit Menschenstimmen handeln, sind stets gerade um die Ecke, und wenn sie erst einmal ein Auge auf dich geworfen haben, dann bist du verkauft.«

Gill zupfte sich verzweifelt am Bart. »Aber ich will doch nicht weg von euch. Meinst du, ich soll das Singen sein lassen, Sam?«

»Ich würde jedenfalls mit dem Singen sehr vorsichtig sein, wenn andere Leute in der Nähe sind«, antwortete Sam. »Wir möchten ja auch nicht, daß du uns verläßt.«

»Meinst du, daß ich Pete und Jeobald gar nichts vorsingen soll? Oder vielleicht Small Johnson?«

»Ich weiß nicht recht …« Sam steckte seinen Finger ins Ohr und schüttelte ihn energisch, als jucke es ihn dort gewaltig. »Ich bin mir nicht ganz sicher, ob das klug wäre«, sagte er. »Je weniger Menschen deine Stimme gehört haben, desto sicherer wirst du sein.«

Gill schüttelte den Kopf. Es ging ihm nicht recht ein. »Daß man so eine Prachtstimme hat: Man stelle sich bloß vor, sie hätte sich geoffenbart, während Small Johnson und ich die Staaten abklapperten. Dann wäre ich ja nie hier heraufgekommen. Und dann hätte ich euch auch nicht kennengelernt!« Das war ein fürchterlicher Gedanke, weshalb er eiligst fortfuhr: »Du, Sam, es ist wohl am gescheitesten, daß ich künftighin meinen Mund halte. Ich werde keinen Ton hören lassen. Und wenn ihr das nächste Mal singt, dann werde ich meine Zähne fest an der Flöte zusammenbeißen.«

»So wird es wohl am sichersten sein«, antwortete Sam erleichtert.

Bei dem Gedanken, daß ein Talentjäger ihn entdecken könnte, begann Gill zu schwitzen. Er kannte sich und wußte, wie leicht er zu etwas überredet werden konnte und daß es die leichteste Sache der Welt wäre, ihn zu kaufen und von Mount Fynes fortzulocken. Er wischte sich mit dem Anorakärmel den Schweiß von der Stirn.

»Puh, Sam, es war gut, daß wir miteinander über unsere Entdeckungen redeten. Es war doch ein Mordsglück, daß noch kein anderer was von deinem Blei und meinem Singen weiß.«

»Und es ist vielleicht am besten, daß sie es auch in Zukunft nicht zu wissen bekommen«, antwortete Sam.

Und ehe die beiden Freunde aufstanden, um zum Haus hinaufzugehen, versprachen sie einander feierlich, daß sie schweigen würden.

Daß ich davon erfuhr, ist einer kleinen Leckage bei Onkel Gill zuzuschreiben, und daß ich die Sache hier weitererzählen kann, hat seinen Grund darin, daß Onkel Gill auf einer Party bei John Ninefinger seine Singstimme einbüßte und daß die Lage von Miss Molly nur einer ganz kleinen Anzahl von Menschen bekannt ist, die jetzt alle von dieser Geschichte wissen und darum aus Sicherheitsgründen wie ein Grab schweigen werden.

Vater Brians Glaube und Französisch-Louis' fürchterliches Geschick

Vater Brian hatte seinen Gott gefunden. Oder vielleicht war es in diesem Fall so, daß Gott Vater Brian gefunden hatte. Dieser verließ an einem klaren, aber kalten Apriltag zusammen mit Nelly und Niviarsiaq – das heißt Jungfrau – das Boot seines Schwiegersohnes Dad Matthew. Mehr als drei Jahre hatte er mit Nelly in schöner Ehe gelebt, und drei Jahre lang hatte er die kleine, reizende Jungfrau in der Kunst des Schreibens und Rechnens sowie in seinem durch die Liebe umgemodelten Evangelium unterwiesen. Diese neue Religion, denn eine solche mußte man sie wohl nennen, war bis in die weitestmöglichen Details erprobt worden. Sie war nun stark und flügge, und es war nach Vater Brians Meinung höchste Zeit, daß man sie verbreitete. Es gab im Distrikt natürlich keinen, der nicht wußte, womit sich Vater Brian in der engen Kajüte beschäftigt hatte, und es wunderte alle, daß Nelly nicht nochmals durch sichtbare Zeichen dargetan hatte, daß das Unmögliche möglich war und daß die Bekehrung zu dem neuen Glauben Früchte getragen hatte. Man fügte jedoch zu Vater Brians Ehren stets hinzu, sie hätte eine wohltuende, fast gefährliche Ausstrahlung bekommen, und etliche der älteren Fänger und Umherstreifer frischten alte Erinnerungen an entschwundene Zeiten auf, wo Nelly in Downty ein heißes Mädchen gewesen war.

Diese kleine, glückliche Familie verließ, getragen von einem brennenden Glauben und von Eskimoschiern, die mit Seehundfell bezogen waren, das Boot. Vater Brian hatte sein Ornat in etwas Anorakähnliches umnähen und innen mit weißen Hasenfellen füttern lassen. Außerdem hatte ihn der Stiefsohn Dad Matthew mit Renlederhosen und warmen Kamikken ausgestattet. Der Krokodiljägerhut hatte warme Ohrenklappen und einen soliden Kinnriemen bekommen, und die Zigarre, die ihm früher immer zwischen den dicken Lippen hing, war gegen eine krumme Pfeife ausgetauscht worden, die schon seit vielen Jahren in der Lade eines Schranks gelegen hatte und vom ersten Besitzer des Bootes, Oberst Pind, stammte.

Nelly, der es schwerfiel, ihre städtische Herkunft zu verleugnen, trug über ihrer warmen Eskimotracht unzählige Schals und Umhängtücher mit Quasten und Fransen, was natürlich auf den Schiern mancherlei Beschwerden bereitete, aber unter diesen arktischen Breitengraden auch einen fremdartigen und imponierenden Anblick darbot. Die Jungfrau war von ganz innen bis außen in Blaufuchsfelle gekleidet und glich ganz und gar einer kleinen Prinzessin. Ihre großen, blauen Augen leuchteten und strahlten und verkündeten die Botschaft der Liebe, was von manchen dahingehend ausgelegt wurde, daß die Jungfrau tatsächlich noch Jungfrau sei, was sich unglaublicherweise später bestätigen sollte. Sie war in ihrem sechzehnten Lebensjahr und sehnte sich unsagbar nach dem Unbekannten. Ihr Stiefvater hatte sie jedoch verstehen lassen, daß dieser Zustand der Dinge nicht von langer Dauer sein würde. Etwas würde sich in absehbarer Zeit ereignen.

Ihr erster Besuch galt Dad Matthew. Nicht etwa, um diesen nahen Verwandten zu bekehren, denn er hatte lange schon in bester Übereinstimmung mit der Botschaft der Liebe gelebt, sondern um von ihm ein paar Hunde zu leihen, die den kleinen Schlitten mit ihren Siebensachen, den sie jetzt gemeinschaftlich hinter sich herzogen, weiterbefördern könnten. Nachdem sie einige kalte Nächte in der Einöde überstanden hatten, gelangten sie zu der Fängerhütte in Corner Creek.

Sie wurden freundlich empfangen, und Vater Brian weinte beinahe, als er sah, daß Tippy wieder vor Liebe schwanger war.

»Möge es ein starker Junge werden, der dereinst das Evangelium seines Großvaters in der Welt verbreiten kann«, sagte er begeistert. »Du bist ein Mann, der weiß, wie die Dinge zu handhaben sind.«

Dad brummte verlegen. Wenn man ihn lobte, fühlte er sich nie recht wohl. »Da ist doch nichts dabei«, sagte er bescheiden. »So was geht ganz von selbst.«

»Ich weiß das, mein Sohn.« Der frischgebackene Evangelist lächelte schmalzig. »Das ist die unüberwindliche Kraft der Natur, ihre sogenannte Wildheit. Aber es ist das Glück, Dad Matthew, ja das Glück, das in deinen Partner eingedrungen ist.«

»Kann schon sein, ich weiß nicht, wie man so was nennt«, sagte Dad. »Aber Tippy ist ganz närrisch danach, und wenn man mit 'nem Partner unterm gleichen Dach wohnen will, muß man sich, der Teufel hol's, auch etwas anpassen.«

»Du bist ein Mann von Kraft und gesunden Prinzipien«, sagte Vater Brian, und Dad strahlte, als er seine wohlbekannten Prinzipien genannt hörte.

Das Mädchen Mohammed, das vier Jahre alt geworden war und schon gelernt hatte, mit einem kleinen Vogelspieß umzugehen, wurde eifrig bewundert.

»Wenn dem kleinen Ding da nicht der notwendige Zapfen fehlte«, erklärte Dad Matthew, »dann wär sie fast perfekt.«

Derart war in Corner Creek alles eitel Freude und Verstehen, und es gab geräucherte Rentierkeule und Barnaqschnaps. Während des Familienfestes fand sich auch Französisch-Louis als Schlittenpassagier des Pelzaufkäufers Uklas ein.

Ich bin zum Verständnis des Folgenden genötigt, Französisch-Louis etwas eingehender zu beschreiben, als das bisher geschehen ist. Wie andere vor ihm war auch Louis das gelungene Produkt eines französisch-irisch-indianischen Vaters und einer Frau aus dem Blackfoot-Stamm, die Kahn hieß. Die exakte Jahreszahl seiner Geburt ist nicht bekannt, aber als Louis Miss Molly verließ, würde ich ihn auf Ende der Dreißig geschätzt haben. Besonders bemerkenswert an Louis waren, natürlich neben seiner angeborenen Begabung für die Kochkunst, seine schönen, schwarzen Augen. Sein Rumpf war auf zwei etwas verkürzten Beinen angebracht, aber von diesem kleinen Fehler abgesehen, den man ja nicht bemerkte, wenn er saß oder lag, und abgesehen davon, daß er rings um sein Hinterteil vielleicht eine Spur zu fett war, war Louis ein wohlgestalter Mann. Und er war weit gereist, kenntnisreich und von fröhlichem Wesen. Er war tüchtig in seinem Fach, bis ins Absurde hilfsbereit und besaß die für einfache Menschen ganz natürliche Vorsicht, die oft mit Feigheit verwechselt wird. Louis hatte viel gesehen, viel gehört und viel erlebt, trotzdem wirkte er aber seltsamerweise etwas einfältig. Er rühmte sich seines dreißigjährigen Reiselebens über die sieben Weltmeere und quer durch die fünf Erdteile, und wenn wir zehn Jahre als einfache Erinnerungsverschiebung abziehen, dann dürfte ich sein Alter richtig eingeschätzt haben.

Nun kam also dieser unermüdliche Forscher nach Corner Creek, teils um Abschied zu nehmen, teils um das unschätzbare Rezept für Barnaqbranntwein in Empfang zu nehmen.

Ich bin der letzte, der behaupten möchte, Louis wäre, hätte er in die Zukunft schauen können, in einem großen Bogen um Corner Creek herumgefahren. Ich möchte aber doch meinen, daß er sich, sofern er neben seinen vielen anderen Gaben auch die der Hellsichtigkeit besessen hätte, nicht so freimütig und beherzt Dads Haus genähert hatte, wie es nun der Fall war.

Als er in die Stube trat, strahlte er übers ganze Gesicht vor Reiselust. Er umarmte Wirt, Wirtin, Vater Brian samt Frau, das reizende Kind Mohammed und schließlich die sehnsuchtsvolle Jungfrau. Diese abschließende Umarmung wurde für ihn unheilschwanger. Die Jungfrau klammerte sich mit großer Kraft an den Koch und saugte sich mit der Wildheit eines Wiesels an seinem Hals fest. Nun war Louis' Hals sein absolut wunder Punkt. Nichts konnte ihn derart in einen Zustand panischer Erregung versetzen wie die Berührung seines Halses. Sein Großvater war nämlich von den Engländern gehenkt und seinem Vater war von den Indianern der Hals durchschnitten worden.

»Mein Gott«, jammerte er voll Entsetzen und riß mit größter Kraftanstrengung das Mädchen von sich los. Es stürzte, tief beeindruckt von dieser rohen Muskelkraft, zu Boden.

Nelly half ihrem gefallenen Kind wieder auf die Beine und sah Louis streng an. »Die Jungfrau ist ein zartes, liebevolles Wesen«, sagte sie, »und muß deshalb zart und liebevoll behandelt werden.«

Vater Brian lachte lärmend: »Die Hitzigkeit der Jugend sieht man ihr doch gerne nach, nicht wahr, Louis?«

Französisch-Louis blickte scheu um sich her, als fürchte er einen Angriff aus dem Hinterhalt. Er nickte zustimmend und merkte, daß sein Hals intakt war. »Ja, natürlich«, sagte er mit breiiger Stimme, »man muß selbstverständlich nachsichtig sein. Aber, versteht ihr … nur nicht, wenn es um den Hals geht.«

Die Jungfrau schrieb sich diese Worte hinter die Ohren, und die anderen nickten verständnisvoll. Die kleine Jungfrau betrachtete heißhungrig Louis' Erscheinung und ließ dabei lustvoll ihre Phantasie spielen.

Dad Matthew war nun damit beschäftigt, Uklas seine Felle zu zeigen, und der Nachmittag und der lange Abend vergingen mit der Beurteilung des winterlichen Fanges.

Vater Brian erzählte Louis begeistert von seinem neuen Gott und seinem Geschäft als Evangelist, und Louis, der ein geduldiger Mensch war, ließ sich etwas geistesabwesend bekehren. Er beobachtete die ganze Zeit scharfen Auges die Bewegungen der Jungfrau, aber je mehr der Abend, unterstützt von etlichen Flaschen Branntwein, fortschritt, desto schwerer fiel es ihm, sie in seinem Blick festzuhalten. Die kleine Jungfrau wechselte im Lauf des Abends mehrmals ihre Kleider. Sie bestand darauf, Tippys ganze Garderobe zu probieren, angefangen von den minimalen Hasenfellhöschen bis zu dem durchsichtigen Darinhautanorak, und das Blut Französisch-Louis' kochte und schäumte beim Anblick des kleinen reizenden Körpers mit einigen halb erstickten Kehllauten über.

Louis bekam den rechten Seitenschuppen des Hauses als Schlafplatz zugeteilt, Uklas den linken. Louis' Raum hatte dem des Pelzaufkäufers den Vorteil voraus, daß man ihn durch eine Luke in der Küche erreichen konnte, während man, um in Uklas' Raum zu gelangen, das Haus verlassen und eine Öffnung in der Giebelwand benutzen mußte. Beim Licht einer Talgkerze breitete Louis das Fell des Bären aus, der ihn einmal aufgefressen hatte, dann zog er seine Hosen aus und wickelte sie sich um den Hals. Und schließlich zog er ein paar zusammengenähte Renfelle über sich und schloß die Augen.

Jeder hätte nun wohl erwartet, daß die kleine Jungfrau jetzt die Luke öffnen und sich zu dem schlafenden Louis einschleichen würde. Das ist aber verkehrt. Nicht die kleine Jungfrau steckte den Kopf in den Seitenschuppen hinein und strengte die Augen an, um den schlummernden Koch zu finden, sondern Nelly, die, angeregt von den Erinnerungen an die Knock-Out-Nelly-Zeit und von den langen Textauslegungen ihres Gemahls, Lust bekommen hatte, dem Koch ein paar Privatlektionen in dem einzig richtigen Glauben zu erteilen. Vater Brian war infolge zu vielen und zu starken Branntweins eingeschlafen, ehe er auch nur zum Anfang des Abendgebets gekommen war, und Nelly, die stark im Glauben war, merkte bei dieser schändlichen Vernachlässigung Gottes eine prickelnde, erregende Unruhe in ihrem Körper.

Sie weckte Louis mit einem gierigen Kuß und bereitete so äußerst wirksam seinen hervorgemurmelten Protesten ein Ende. Louis kämpfte wie wild, um freizukommen. Aber Nelly lag wie ein schweres Brett auf ihm und hielt seine Handgelenke mit eisernem Griff fest. Louis wand und rollte sich umher, was nicht ohne Lärm abging, und biß sich in ihrer Unterlippe fest, was sie gellende Schreie ausstoßen ließ.

Wie eine gereizte Löwin riß sie die Felle von ihm und schrie: »Louis, Louis, wo ist dein Glaube?« Die eine ihrer Hände suchte wie wild, aber Louis' Glaube war nicht zu finden.

Während Nelly so fieberhaft Louis' verschwundenen Glauben zu erwischen suchte, tauchte in der Lukenöffnung Vater Brian auf.

»Was plagt dich denn, mein Sohn?« fragte er ängstlich ins Finstere hinein.

»Deine Frau!« stöhnte Louis.

»Nelly!«

Brian brachte mit viel Mühe die Lampe durch die Lukenöffnung und beleuchtete das Innere des Schuppens.

»Nelly!« brüllte er mit seiner einstmals so wohlbekannten Weltgerichtsstimme, die vor Jahren auf die Wilden Afrikas ungeheuren Eindruck gemacht hatte. »Liegst du bei Louis?«

Nelly hob den Kopf und sah ihren Mann wild an. »Auf Louis, wie du wohl sehen kannst!«

»Und was machst du da auf Louis, wenn man fragen darf?«

»Seinen Glauben suchen«, antwortete sie.

Vater Brian drängte sich weiter vor und erwischte Nelly an den Fußknöcheln. »Komm, mein Süßes, dann werde ich dir den rechten Glauben zeigen.« Er zog fest an Nellys Füßen, bis sie von Louis herunter und langsam durch die Luke glitt.

Nun gab es ein paar lärmende Augenblicke, eine heftige Diskussion, der einige kräftige Klatschlaute folgten. Danach einen kleinen Freudenschrei, begleitet von einem sehr männlichen Brummen. Dann ein klares »Ruhe, zum Teufel« von Dad Matthew, begleitet vom Gekicher seines Partners. Woraufhin sich endlich wieder Ruhe auf das Haus in Corner Creek legte. Louis lag nach dem unfairen Kampf zitternd angespannt da. Er verfolgte alle Geräusche sozusagen mit nackten Nerven. Der Glaube hatte sich nicht eingefunden, und seine Gedanken liefen auf verschlungenen Pfaden zu den Zeiten zurück, wo er noch die Damen und sich selbst erfreuen konnte. Louis fühlte nach und seufzte tief.

Der Glaube war und blieb verschwunden.

Vater Brian hatte die Lampe zurückgelassen, die den Schuppen hell und klar erleuchtete. Louis hatte nicht die geringste Lust, sie auszumachen. Er kroch aus den Fellen, um den Lukenverschlag wieder an seinen Platz zu bringen, und fand ein halbes Querbrett eines kassierten Schlittens, das er zwischen den Verschlag und den Lukenrahmen klemmte.

Als er sich rücklings zu seinen Schlaffellen zurückzog, merkte er zu seinem Entsetzen, wie sich zwei Arme um seinen hosenbekleideten Hals schlangen. Seine Nackenhaare sträubten sich, sein Herz stand still, und er wurde steif wie ein Stock.

Die Jungfrau hatte sich während Nellys Kampf für den Glauben durch die Luke hineingeschlängelt und in einem Winkel des Schuppens die Wiederherstellung der Ruhe abgewartet. Während Louis den Lukenverschlag mittels des Schlittenbrettes sicherte, war sie, vor Erregung und Erwartung zitternd, zwischen die warmen Felle geschlüpft.

Louis ergab sich ohne Kampf. Willenlos ließ er sich auf die eigenartigen Gedankenbahnen der Jungfrau leiten, und der Glaube, den er für immer verloren wähnte, wurde von der Jungfrau mühelos zutage gefördert.

Diese Nacht im Seitenschuppen hatte in Louis etwas hervorgerufen, dessen er sich früher nicht bewußt war. Er entdeckte, daß es eine Schönheit gab, die man einer javanischen Reistafel mit siebzig Gerichten nahezu an die Seite stellen konnte, und daß ein kleiner Frauenkörper über Düfte verfügte, so schön und berückend wie das cognacflambierte Unterschwanzstück eines Moschuskalbes. Er hörte Laute, so wohlklingend wie das Geraspel eines Hornlöffels auf dem Boden einer Kupferkasserolle, und er fand, daß der Anblick eines kleinen, weißen Körpers ebenso einladend war wie der eines Stückes wohl abgehangener Ochsenbrust.

Louis war verloren. Ehe die Nacht vorüber war, hatte er der Jungfrau dies und das versprochen, und als die Sonne durch die Ritzen des Schuppens sickerte und verkündete, daß es wieder Tag geworden war, hatte Louis ganz andere Gedanken im Kopf als sein Lebenswerk »Mahlzeit der Menschheit«.

Der Ordnung wegen sei noch angeführt, daß man Louis noch heutzutage in Downty antreffen kann, wo er in der Küche von Ernesto Whitecooks Hotel »Singapore« regiert. Die Jungfrau zog nach einem Jahr wundervollen Zusammenlebens mit Louis in die weite Welt hinaus, um das Liebesevangelium ihres Stiefvaters zu verbreiten.

Wir verlassen Ukusik

Aqa und ich verließen Ukusik bei Nacht. Sie saß auf dem Schlitten, und ich lief hinter den Rückstreben und lenkte die Hunde. Es war Mondschein, und der Ort war in matten Silberglanz getaucht. Der Schnee knirschte unter den Kufen, und die Hunde waren nach der langen Winterruhe mit Energie geladen. Sie zogen willig die schwere Last. Wir fuhren so schnell wir konnten aus dem Ort, weckten aber dennoch viele Leute. Die Hunde, die vor den Häusern angekettet waren, begannen anzuschlagen, und die Lampen, die eine nach der anderen hinter uns angezündet wurden, erzählten uns, daß wir doch nicht so unbemerkt fortgekommen waren, wie wir es gewünscht hatten.

Wir folgten dem gewundenen Flußbett, das mit hartem Schnee angefüllt war, und hatten den Ort bald hinter uns. Das Land hinter dem Ukusikberg senkte sich leicht abwärts, ich sprang also auf den Schlitten und setzte mich neben Aqa.

Nun sollte ich ihr wohl irgend etwas sagen, dachte ich, etwa, daß es gut war, wieder auf Fahrt zu sein oder daß wir doch nicht so unbemerkt aus dem Ort gekommen waren. Aber bei näherem Nachdenken kamen mir diese Einfälle recht dumm vor, und ich hielt den Mund. Wir saßen quer zur Fahrtrichtung. Die Hunde hielten guten Trab und unverändert nördlichen Kurs. Ab und zu sprangen wir vom Schlitten, um nicht zu frieren, und wenn wir uns warmgelaufen hatten, nahmen wir wieder unsere alten Plätze ein.

Aqa brach als erste das Schweigen. Sie holte einen kleinen Fellbeutel hervor, den sie an der Brust trug, und reichte mir ein Stück Mattaq.

»Da nimm«, sagte sie.

Ich steckte es in den Mund und saugte energisch daran. Es schmeckte herrlich nach unreifen Haselnußkernen oder nach frisch gefangenen Austern. Ich kaute und kaute und schluckte schließlich, als kein Geschmack mehr in ihm war, den Bissen hinunter.

»Ist's vielleicht so, daß du schon einmal mit einer Frau auf Fahrt warst?« fragte Aqa.

Ich schüttelte den Kopf: »Ich bin nur mit meiner Familie und zweimal mit dem alten Ivitaq gereist.«

»Eine Frau ist sicher zu große Beschwer«, sagte sie seufzend. »Vielleicht ist es am besten, daß sie vom Schlitten steigt und zu Papigujuqs Haus zurückgeht.«

Da wurde es mir plötzlich klar, daß sie mein Schweigen als Enttäuschung über Pickerins Wahl des Reisegefährten deutete.

Ich zog meinen Fäustling aus und steckte meine Hand in den ihren. »Man fährt mit dir, weil man große Lust dazu hat«, sagte ich. »Man war still, weil der Mund voller Worte steckte, die bloß dumm waren.«

Lange Zeit saßen wir so da und hielten einander an der Hand. Wir gelangten an die Abfahrt zum Lille-Fjord und hielten an, um die Reisekette an der vordersten Kufe anzubringen. Die Abfahrt war recht steil, und wenn der Schlitten in zu schnelle Fahrt kam, bestand die Gefahr, daß die Hunde nicht schnell genug laufen konnten und daher überfahren würden und zu Schaden kämen. Im schlimmsten Fall konnte es geschehen, daß sie die Beine brächen oder daß der Schlitten an dem harten Fjordeis kurz und klein geschlagen würde.

Aqa stellte sich an die Rückstreben, um den Schlitten zu lenken, und ich ging vor die Hunde, um sie hinter unser Gefährt zu treiben. Dann setzten wir uns in Gang. Ich knallte in einem fort mit der Peitsche, um die Hunde zurückzuhalten, und Aqa kämpfte brav, um den Schlitten nicht außer Kurs kommen zu lassen. Langsam pflügten wir uns hinunter, und ich sprang erst, als es nur noch etwa fünfzig Meter bis zum Fjord waren, zur Seite und ließ Hunde und Schlitten losfahren. Sie sausten in einer Schneewolke davon. Aqa war auf das hinterste Querbrett gesprungen und schrie begeistert.

Wir hatten erst wenige Stunden Fahrt hinter uns und hätten wohl den größten Teil der Nacht noch weiterfahren sollen. Die Hunde waren »zugwild«, wie man das nennt, das heißt, voller Lust, den Schlitten noch viele Kilometer weit zu ziehen.

Als wir die Stränge wieder in Ordnung gebracht hatten, sagte Aqa: »Es ist immer noch Nacht. Jetzt schlafen die Menschen in Ukusik.«

»Sicherlich«, sagte ich. Ich begriff nicht, worauf sie hinauswollte.

»Um diese Zeit des Jahres«, fuhr sie fort, »ist es wohl das üblichste, daß die Menschen nachts schlafen, wie?«

»So ist es wohl.«

»Vielleicht ist es auch besser, am Tag zu reisen. Dann ist es hell, und man hat besser Gelegenheit, das Land zu erleben, als in der Nacht.« Sie saß auf der Last und fummelte an dem Fuchspelz herum, mit dem ihr Anorak eingefaßt war.

»Bist du vielleicht müde?« fragte ich.

»Nicht richtig müde, aber ein Mensch kann immer schlafen.«

Ich mühte mich fieberhaft mit den Strängen ab. Das Lager aufzuschlagen bedeutete diesmal mehr als ein gewöhnliches Zelten. Es bedeutete, daß ich mit Aqa in demselben Schlafsack liegen sollte. Ein anziehender und erschreckender Gedanke.

»Wenn du nicht müde bist, sollten wir lieber noch ein Stück weiterfahren«, sagte ich. »Ich habe die Stränge wieder in Ordnung gebracht, und die Hunde wollen gern weiter.«

Wir starteten abermals. Aqa hatte ihre Hand in meinen Fäustling gesteckt, und das freute mich mächtig.

»Ein Becher Tee würde jetzt gut schmecken. Ich könnte hier auf dem Schlitten Tee kochen«, schlug sie vor.

»Dann ist es gescheiter, daß wir wieder haltmachen«, sagte ich. »Wir können ja das Zelt aufschlagen, in einem Zelt schmeckt Tee besser. Wir können es ja wieder abbrechen, wenn wir den Tee getrunken haben und warm geworden sind.«

Während Aqa das Kochgerät hervorsuchte und Schnee schmolz, errichtete ich schnell das Zelt. Wir rollten die Fahrpelze aus und legten den großen Doppelschlafsack aus Renfell darüber, um weich zu sitzen. Aqa holte den Primus herein und tat Teeblätter ins Wasser. Es wurde im Zelt schnell warm, und sie zog ihren Anorak über den Kopf aus. Ihr langer schwarzer Zopf fiel über die eine Schulter zur Brust hinunter. Ich fand, daß ihre Haare sehr schön waren, und sagte es ihr. Sie löste den Zopf und kämmte das Haar mit den Fingern aus.

»Hast du Läuse?« fragte sie plötzlich.

»Nein«, antwortete ich, »und du?«

»Dieses Jahr habe ich keine. Oh, wir werden eine herrliche Reise haben, ganz ohne Läuse.« Sie goß den Tee in einen Becher und reichte ihn mir. Dann ergriff sie den Stiel der Kasserolle und führte diese zum Mund.

»Warum nimmst du nicht auch einen Becher?« fragte ich.

»Man ist nicht Besitzer eines Bechers.«

»Dann nimm meinen.«

»Man kann zusammen mit dir aus deinem Becher trinken«, antwortete sie. Sie stellte die Kasserolle wieder auf den Primus und setzte sich neben mich auf den Schlafsack. Wir tranken abwechselnd aus dem Becher. Es wurde recht warm im Zelt, und ich zog meinen Anorak ebenfalls aus.

Sie sah ihn an und rümpfte die Nase. »Dein Anorak ist sehr schmutzig.«

»Es ist der Anorak eines Fängers«, antwortete ich stolz. »So ist er schon viele Jahre gewesen.«

»Er ist schmutzig, weil du keine Frau gehabt hast«, sagte sie.

»Aber jetzt reise ich mit einer Frau, und er ist immer noch genauso schmutzig.«

»Die Reise ist noch nicht zu Ende«, sagte sie lächelnd.

Als wir den ganzen Tee getrunken hatten, legten wir uns auf die Felle, um etwas auszuruhen. Erst lagen wir nebeneinander auf dem Rücken. Etwas später drehte ich mich auf die Seite, um sie anzusehen, und meine Hand begann sehr bald auf Wanderung zu gehen. Als sie fast überall gewesen war, sagte ich: »Vielleicht ist es trotzdem am besten, daß wir nachts schlafen und bei Tag reisen.«

»So ist es meistens Brauch.« Sie kicherte leise, weil ich das nun selber vorschlug.

»Ja, weil ich vor dem da bange war«, sagte ich und klemmte ein wenig ihre eine Brust. »Ich habe es noch nie getan.«

»Ich war auch bange«, gestand sie, »aber ich fand, es ist am besten, es so schnell wie möglich zu überstehen.« Sie schlang die Arme um meinen Hals und drückte ihre Nase gegen meine Wange. »Jetzt bin ich nicht mehr bange«, flüsterte sie, »weil ich jetzt etwas spüre, was ich früher auf dem Schlitten nicht spürte.«

Ich machte mich von ihr frei, um hinauszugehen und die Hunde festzubinden. In der Zeltöffnung sagte ich, ohne mich umzudrehen: »Ich spüre auch etwas, aber es ist genauso, wie ich es in Papigujuks Haus spürte.«

Ich pflanzte die Schier tief in den Schnee und spannte die Reisekette zwischen ihnen aus. Dann band ich die Hunde an und gab jedem einen halben Trockenfisch.

Aqa hatte den Primus ausgelöscht und war in den Schlafsack gekrochen. Im Zelt war es jetzt so dunkel, daß ich eben noch den Umriß ihres Kopfes ahnen konnte. Ich kam schnell aus meinen Kleidern und kroch zwischen die Felle.

Ich erinnere mich noch an den Schock, den ich bekam, als ich als kleiner Junge in ein Eisloch fiel. Das eiskalte Wasser ließ mich nach Luft schnappen, mein Herz blieb stehen, und mich ergriff eine fürchterliche Angst, die mich erst verließ, als Jeobald mich wieder hinaufgezogen hatte und an sich drückte. Einen ähnlichen Schock bekam ich, als ich nun Aqas Körper berührte. Sie war, wie es in der Arktis Sitte ist, nackt in den Schlafsack gekrochen, und die Berührung dieses warmen, weichen Frauenkörpers ließ mein Herz stillestehen, ich mußte nach Luft schnappen und wurde vor Schreck fast starr.

Aqa beruhigte mich aber. Sie schmiegte sich an mich und hielt mich mit den Armen fest umschlungen. Mein Herz fing wieder zu schlagen an, und meine Zähne, die nahe daran waren zu klappern, kamen wieder zur Ruhe, als ich meinen Mund in ihre Achselhöhle preßte. Herrlicheres hatte ich noch nie gefühlt.

Es war so phantastisch, daß ich mich mit meinen Händen von ihrer tatsächlichen Existenz überzeugen mußte. Ich hatte gewußt, daß es zwischen Männern und Frauen einen Unterschied gibt, daß der Unterschied aber so groß ist, wie mir meine Hände erzählten, hatte ich nicht geahnt. Der Gedanke streifte mich, daß ich mich, wenn ich gewußt hätte, wie schön es mit den Mädchen ist, schon zu einem viel früheren Zeitpunkt mit diesen Herrlichkeiten beschäftigt hätte.

Aqa lachte. Und ich lachte. Es war herrlich, und es war lustig. Ihre Hände begannen nun auch auf Entdeckung zu gehen, und das Lachen änderte nach und nach seinen Charakter. Wir wurden eifriger, konnten nicht dicht genug zusammenkommen und wurden, ohne daß wir eine Ahnung hatten, wie das vor sich ging, eins. Aqa wurde ganz steif und bohrte ihre Nägel in meinen Rücken. Vielleicht tat es ihr weh, ich wußte es nicht, merkte nur, wie es über den Lenden spannte und preßte und wie ich ein Teil von ihr wurde.

Wir lagen dann da und sahen zur grauen Zeltwand hinauf. Ich konnte fühlen, wie ihr Herz unter meiner Hand hämmerte, und sie schob ihren Kopf in meiner Achselhöhle zurecht. Es war ganz still. Es war so still, daß es in den Ohren brauste, wenn man an die Stille dachte. Nur ab und zu wurde sie vom Krachen des Eises unterbrochen oder von einem Hund, der mit seiner Kette rasselte, wenn er die Stellung veränderte. Ich öffnete den Mund und hörte den Laut meines eigenen Herzens. Dieser Augenblick war der wundervollste meines ganzen Lebens. Ich hatte ein Mädchen erlebt. Obwohl ich ihren Körper noch nicht gesehen hatte, meinte ich doch, selbst den kleinsten Teil von ihm zu kennen. Ich war in ihm, war in ihrem Körper gewesen. Der Gedanke machte mich vor Entzücken schwindlig. Mit meinen Fingerspitzen strich ich über ihre Wangen, ließ sie den Flügeln ihrer Augenbrauen folgen, der Linie der kleinen, geraden Nase, und hinlaufen über ihre warmen Lippen. Was für ein phantastischer Mensch sie doch war. Was für ein ganz unglaublicher, schöner kleiner Mensch!

»Man hat so viel darüber gehört«, flüsterte sie, »und auch gesehen, wenn andere im Haus meines Vaters zusammen gelacht haben, aber man hat nicht erwartet, daß es so war.«

»Es ist das Beste, was es gibt«, sagte ich.

Sie kuschelte sich ganz an mich. »Es macht auf eine neue Art müde. Vielleicht sollte man schlafen.«

Wir schliefen, bis das Licht uns weckte. Dann versuchten wir das Neue abermals und entdeckten, daß es immer noch neu war. Danach schliefen wir abermals, und als wir erwachten, wurden wir uns schnell darüber einig, daß es doch trotz allem wünschbar war, nachts zu reisen, wo es am kältesten war und die Hunde sich am wohlsten fühlten. Aber als es wieder Nacht geworden war, waren wir von den Anstrengungen des Tages so müde, daß wir uns abermals schnell einig wurden, wir sollten uns lieber ordentlich ausruhen, um für die Reise des folgenden Tages in guter Verfassung zu sein.

Derart gelangten wir in den ersten achtundvierzig Stunden unserer Reise nur bis zum Lille-Fjord, der eine halbe Tagereise von Ukusik entfernt ist.

Die Rentierjagd

Der Anorak, den ich über meinem Innenpelz trug, war aus Segeltuch und, wie Aqa schon festgestellt hatte, fabelhaft schmutzig. Viele Jahre lang hatte er der Wäsche nach Onkel Sams Methode widerstanden und war nach und nach von Speck und Blut ganz steif geworden. Und er stank ganz abscheulich. Aber ich war ja ein so neugebackener Fänger und meinte deshalb, ein dreckiger Anorak sei so etwas wie ein Adelsbrief. Und ich dachte natürlich nicht daran, ihn auszuwechseln.

Ich war mir jedoch im klaren, daß Aqa den Zustand des Anoraks durchaus mißbilligte. Sie hätte ihn gern mit altem Urin ordentlich durchgewaschen, um ihm die ärgste Steifheit zu nehmen, aber da ich ihn ja immer an und sie auch keinen alten Urin bei der Hand hatte, mußte sie eben resignieren und sich mit diesem Kleidungsstück abfinden.

Eines Tages sahen wir ein Stück weiter im Westen eine große Schar Raben, und Aqa rief ihnen nach Eskimobrauch zu: »Wo sind die Rene? Wo sind die Rene?« Jeder wußte, daß man dort, wo Raben sind, oft auch Rene antreffen kann, denn diese Vögel lieben es, sich an den warmen Exkrementen der Tiere gütlich zu tun.

Wir hielten an und hinderten die Hunde, indem wir ihre Vorderpfoten in die Halsbänder steckten, daran, uns zu begleiten. Dann zog ich mein Gewehr aus seinem Segeltuchfutteral, und wir beide eilten den Berghang hinauf. Aqa hielt sich hinter mir, wie es sich für eine Frau schickt.

Der Berghang war ziemlich steil, und ich begann zu schwitzen. Die so entstehende Wärme taute den Anorak auf, und ein fast unerträglicher Gestank zog an meiner Nase vorbei. Ich sah mich nach Aqa um und stellte fest, daß sie einen übertrieben schicklichen Abstand von mir eingenommen hatte. »Tipigtoq, er ist stinkend«, flüsterte ich ihr über die Schulter zu.

»Tipigtoqssuaq, er ist großstinkend«, antwortete sie und hielt sich die Nase zu. Aber dieser Gestank erinnerte mich an die Jagden der letzten Jahre mit dem Zerteilen und Abspecken der Tiere und steigerte bloß meine Jagdlust.

Nach einer halbstündigen Kletterei gelangten wir über den Bergkamm und hatten Aussicht auf ein Tal, das sich weit nach Westen erstreckte. Und draußen, etwa zwei Kilometer von uns, äste eine große Renherde. Es waren hauptsächlich männliche Tiere, die weiblichen waren aus dem Süden, wo sie mit den Kälbern überwintert hatten, noch nicht eingetroffen.

Wir legten uns, vor Anstrengung zitternd, in den Schnee und konnten uns nicht sattsehen an dieser Fleischmenge. Hier gab es für Mensch und Tier Nahrung für viele Wochen. Hatte ich nur bei vier Tieren Glück, so war der Reiseproviant für viele Tage gesichert. Wir konnten zudem noch Depots für die Heimreise anlegen, so daß sie sich dann leicht und angenehm gestalten würde.

Als ich ordentlich zu Atem gekommen war, sagte ich zu Aqa: »Ich denke, von hinten an die Herde heranzukommen. Es wäre wünschbar, wenn du hier oben bleiben würdest und versuchtest, die Tiere durch Schreien zu erschrecken, wenn sie sich nähern.«

Sie nickte. Es war offenbar leichter, als ich mir vorgestellt hatte, mit einem Mädchen auf Jagd zu gehen. Sie begriff meinen Manöverplan sofort und hatte nichts dagegen einzuwenden.

Nun begann eine beschwerliche Kletterei über den Bergkamm. Ich beabsichtigte, einen guten halben Kilometer an der Herde vorbeizukommen, ehe ich den Abstieg begann. Ich hängte das Gewehr über den Rücken, um beide Hände frei zu haben. Der Kamm war an vielen Stellen schneefrei, und es dauerte daher nicht lange, bis mir die Hände bluteten. Ein paarmal trat ich mit den Füßen Steine los, die mit fürchterlichem Lärm über den steilen Hang hinunterrollten und hüpften. Atemlos drückte ich mich an den Fels und lag unbeweglich da. Die Rene sahen empor und schnupperten nervös gegen den Wind, aber glücklicherweise kam es zu keiner Panik. Sonst wären sie entsetzt davongerast.

Es dauerte geraume Zeit, bis ich den gewünschten Abstand erreicht hatte und abzusteigen wagte. Meine Hände waren von Blut klebrig, und ich trocknete sie wie üblich an meinem Anorak ab. Der Abstieg war mühsam und beanspruchte eine Menge Zeit. An manchen Stellen war es mir unmöglich, mich unsichtbar zu halten, und da galt es, sich unendlich langsam und völlig lautlos zu bewegen. Als ich den Talboden erreicht hatte, legte ich mich auf den Bauch und bewegte mich robbend auf die Herde zu. Das Gewehr lag quer vor mir in der Beuge der beiden

Ellbogen, mit deren Hilfe ich mich ja vorwärtszog. In England hatte ich in einem abscheulichen Kriegsfilm gesehen, wie diese Robbtechnik angewendet wurde, und ich hatte sie selbst, zum großen Gaudium meiner Kameraden, auf dem Rasen vor der Rektorswohnung in Cottesmore ausprobiert.

Nach und nach war ich so nahe an die Tiere herangekommen, daß ich die Augen der nächststehenden sehen konnte. Vorsichtig schob ich das Gewehr an die Wange und hielt es auf einen großen Sechsender gerichtet. Als mir das Tier einen Augenblick danach seine ganze Seite zukehrte, zielte ich und drückte ab. Die Wirkung war enorm. Der Stier machte einen hohen Sprung und war tot, ehe er wieder auf den Boden gelangte. Die übrige Herde begann eine wilde Flucht, ehe ich den nächsten Ladegriff tun konnte. Mit einem aufs Geratewohl abgegebenen Schuß traf ich noch einen Stier, dann war die Herde außer Schußweite. Ich sprang auf und setzte den Flüchtigen nach. Ich bin niemals mehr so schnell gelaufen wie damals. Das Herz hämmerte in meiner Brust, und ich spürte einen scheußlichen Eisengeschmack im Mund. Das Gedröhn der vielen hundert Hufe auf der gefrorenen Erde war wie das Hämmern des Meeres gegen die Felsen in einem stürmischen Oktober oder wie das Gelärm eines kalbenden Gletschers. Dann drangen plötzlich ein paar gellende Schreie durch das Donnern der Hufe. Aqa war vom Berg in das östliche Ende des Tals geklettert, hatte also genau die gleiche Gratwanderung, bloß in entgegengesetzter Richtung, unternommen und stand nun am Ende des Tales und schwang, unter Gefahr, niedergetrampelt zu werden, ihren roten Anorak.

Die vordersten Tiere erblickten sie rasch. Sie bäumten sich auf und schlugen wild mit ihren Vorderbeinen aus, dann kehrten sie um und bohrten sich entsetzt einen Weg durch die entgegenstürmende Herde. Die Verwirrung war unbeschreiblich. Die Rene liefen hierhin und dorthin, und Aqa suchte Schutz hinter gewaltigen Felsbrocken, die eine entschwundene Eiszeit freundlicherweise hier im Tal hinterlassen hatte.

Nun war es eine leichte Sache, einzelne Tiere aus den verwirrten kleinen Rudeln, die an meinem Versteck vorüberrasten, herauszuschießen. Ich erlegte acht Rene, ehe ich das Schießen einstellte. Mit den zweien, die ich schon erlegt hatte, war das Fleisch genug für die ganze Reise. Ich war ganz verrückt vor Freude, die Jagd war über Erwarten gutgegangen, und ich jauchzte und schrie vor Begeisterung. Auf einmal schien sich jedoch die ganze Herde über den einzuschlagenden Weg einig geworden zu sein. Alle wandten die Köpfe ostwärts und brausten brüllend das Tal entlang, um zum Fjord hinauszukommen. Ich dachte voll Entsetzen an Aqa und betete zu allen Göttern, die ich mir eben denken konnte, daß Aqa ihr Versteck nicht verlassen habe. Der Gedanke, daß sie von den vielen scharfen Hufen niedergetrampelt werden könnte, war furchtbar, und ich rannte abermals hinter den Renen her. Als die Herde weit im Osten nur noch eine Wolke war, kam Aqa zum Vorschein. Ich lief auf sie zu und fiel mit weit ausgebreiteten Armen und Beinen auf den Rücken. Ich atmete heftig, um Luft zu bekommen.

Aqa setzte sich an meine Seite. »Zehn Rene«, sagte ich mit fest geschlossenen Augen. »Man hat wahrlich einen tüchtigen Jagdkameraden bekommen.«

»Der Fall trat ein, daß eine unwürdige Frau die Fangidee eines erfahrenen Jägers übernahm«, antwortete sie bescheiden.

»Wenn du nicht deinen Anorak so geschwenkt hättest, wären sie, glaube ich, nicht stehengeblieben.«

»Es ist auch möglich, daß Totoq den Wunsch hatte, sich durch den sicheren Schuß eines bekannten Fängers erlegen zu lassen«, sagte sie. »Es ist ehrenvoll und war vielleicht der Grund, weshalb sie sich zu dem Ort zurückbegaben, wo der Großfänger stand.«

Ich öffnete die Augen und sah ihr frohes Lächeln. Ihre Augen brodelten geradezu vor Glück und Stolz, und sie brachte mir das Gefühl bei, viel bedeutender zu sein, als ich es in Wirklichkeit war. Ich begann, die erlegten Tiere zu partieren, und Aqa kletterte wieder über den Berg zurück, um die Hunde zu holen. Dieses Zerteilen ist eine mühsame Arbeit, mühsam, aber herrlich. Während ich dabei war, die leckeren Zungen herauszunehmen, mußte ich an Französisch-Louis denken, der Zunge fast noch mehr als alles andere leiden konnte. Jeobald hatte einmal einen Moschusochsen von einer Fangreise heimgebracht und Louis versprochen, er dürfe die Zunge ganz allein essen, wenn er sie selbst herauslösen würde. Der Kopf des Ochsen lag gerade vor dem Haupteingang, und wir verfolgten alle vom Fenster aus Louis' Kampf, um sich diesen Leckerbissen zu sichern. Zunächst kreiste er mit erhobenem Küchenmesser um den Kopf des Tieres. Dann fiel er über ihn her und versuchte, das Maul aufzukriegen. Mit Anspannung aller Muskeln und unter Aufbietung aller Kräfte gelang es ihm, das Maul eine Idee weit zu öffnen. Er steckte den Schaft des Messers hinein und versuchte es abermals. Aber die Kiefer gaben keinen Millimeter nach.

Louis legte sich auf die Knie und schaute in die verheißungsvolle Öffnung. Er konnte den begehrenswerten Bissen hinten im Gaumen mehr ahnen als sehen, und er konnte ihn, wenn er die Fingerspitzen hinter den Zähnen auf Suche schickte, sogar spüren. Er stürzte sich neuerlich auf den Kopf, kämpfte und ächzte, stöhnte und schwitzte, aber alles war vergebens. Das Maul des Ochsen war mit sieben Siegeln verschlossen. Nach einem mehr als einstündigen Kampf wurden seine Anstrengungen mit einer papierdünnen Scheibe Zunge belohnt, die er sich aus dem ungebärdigen Maul herauszuschnipseln vermocht hatte.

»Willst du denn nicht mehr haben?« fragte Jeobald erstaunt, als Louis mit dem bißchen Zunge zwischen den Fingern durch die Stube ging.

»Ich habe keinen rechten Hunger«, erklärte Louis, »und ich habe, wenn ich ganz ehrlich sein soll, Zunge ein wenig über.«

Das tat Jeobald natürlich sehr leid, und er ging zu dem Ochsenkopf hinaus. Er schnitt zwischen den Knochen des Unterkiefers ein Loch und holte die Zunge sozusagen durch die Hintertür heraus. Bei Tisch aß er dann die Zunge vor den Augen des gaffenden Louis.

»Schade, daß du so satt bist, Louis«, sagte er grinsend, »aber andererseits bist du ja nicht mehr so wild auf Zunge.«

Louis bekam an diesem Abend keine Zunge, aber er erhielt die Lehre, daß in der Arktis niemand zu erhaben und zu gescheit ist, um Rat einzuholen, wenn ihm selbst die nötigen Kenntnisse fehlen.

Ich war eben damit fertig, die zehn Zungen durch die Hintertür herauszufischen, als Aqa mit dem Schlitten ankam. Die Hunde hatten frisches Fleisch gewittert und fuhren wie wild drauflos. Aber ein paar überzeugende Peitschenhiebe Aqas genügten, um sie vom Fleischberg abzuwenden. Wir spannten gemeinsam die Reisekette aus und banden die Hunde fest. Wir fütterten sie mit den Eingeweiden, nachdem wir erst einen Teil des Inhalts der Magensäcke in ein Kochgeschirr geleert hatten. Diese Suppe war ungemein lecker und sollte gegessen werden, solange sie noch die natürliche Temperatur der Tiermägen hatte.

Ich partierte das Fleisch in passende Stücke, und Aqa stellte unterdessen das Zelt auf und machte es mit Fahrpelzen und Schlafsack wohnlich. Als ich das Fleisch auf den Schlitten geladen hatte, war ich todmüde. Es war dunkel geworden, und ich entschloß mich, ein Nickerchen zu machen, während Aqa Fleisch kochte. Müde zog ich meinen stinkenden Anorak über den Kopf und kroch in den Schlafsack.

Als ich erwachte, schwebte im Zelt ein wunderbarer Duft. Der Primus summte lustig, und Aqa saß mit gekreuzten Beinen daneben und schäumte den Talg vom kochenden Wasser ab.

Ich langte nach meinem Anorak, den ich nach alter Gewohnheit über die Trockenschnur gelegt hatte, aber meine Hand suchte vergebens. Ich blickte auf. Der Anorak war tatsächlich verschwunden.

»Hast du meinen Anorak gesehen?«

Aqa lächelte voll Charme und nickte.

»Wo ist er?«

»Es ist nicht unmöglich, daß ein Anorak verwendet wurde«, sagte sie.

»Verwendet? Was soll das heißen?«

»Man hat einen anderen, ganz unbrauchbaren Anorak als möglichen Ablöser für den verschwundenen mitgebracht.« Aqa reichte mir ein Kleidungsstück, das sie hinter ihrem Rücken versteckt gehalten hatte. »Er ist von einer Frau mit zehn Daumen genäht worden«, sagte sie entschuldigend, »und die Felle sind elend gekaut und voller Löcher. Vielleicht ist es gar nicht möglich, sich darin warm zu halten.«

Ich nahm den Anorak und breitete ihn aus. »Ein Vogelhautanorak!« rief ich begeistert. »Hast du mir wirklich einen Vogelhautanorak gemacht?«

»Es ist nicht unmöglich.« Aqas Stimme klang gleichgültig. »Niemand hat so genau darauf geachtet, von welchem Tier die Haut stammte.« Sie schraubte den Primus zurück. »Das Fleisch ist gar«, sagte sie.

»Hast du mir wirklich einen Anorak aus Krabbentauchern gemacht?« wiederholte ich voll Bewunderung meine Frage. Vogelhäute aufzubereiten und sie zu einem Pelz zusammenzunähen war ein phantastisches Stück Arbeit.

»Man wünschte mit einem wohlgekleideten Fänger zu reisen, damit das Gerede anderer von einem schlecht riechenden Anorak nicht über das Haupt einer Frau kommt«, antwortete Aqa ernst.

Ich zog den Anorak über den Kopf. Er war wunderbar weich und leicht, und ich spürte, wie die Wärme meines Körpers von der dicken Federnschicht aufgefangen und wieder an die nackte Haut zurückgegeben wurde.

Aqa hatte für mich einen Vogelhautanorak genäht. Nun wußte ich, daß sie mich sehr liebte. War der größte Liebesbeweis eines Eskimomädchens nicht ein Vogelhautpelz? Ich drückte mich am Primus vorbei und ging vor das Zelt. Die Nacht war klar und voll klingendem Frost. Ich sah zu den grünen und eisblauen Sternen hinauf.

»Wo ist mein alter Anorak?« fragte ich.

»Er wurde zufällig an hungrige Hunde verfüttert«, klang es aus dem Zelt.

Ich ließ die Finger über die weichen Daunen gleiten und schwang die Hände über dem Kopf, um zu sehen, wieviel Bewegungsfreiheit man in einem solchen Anorak hatte.

»Es ist nicht unmöglich, daß man mit seinem neuen Anorak zufrieden wird«, sagte ich. »Es ist gar nicht unmöglich, daß man mit dem Nähen seiner Frau zufrieden ist und wünscht, daß sie einen weiterhin mit schönen Kleidern versieht.«

Ich hockte mich nieder und sah hinab ins Tal. Die Bergwände standen wie schwarze Silhouetten da, und der Schein der Sterne leuchtete mit schwachem lila Glanz den Talboden aus. Die Hunde lagen satt und entspannt an der Kette, und der Schlitten war mit Fleisch vollgeladen. Und wie ich so dasaß, fühlte ich eine große Liebe zu diesem Land und zu Aqa.

Aguajaralik und seine Verwandten

Wie fast alle Eskimo dichtete auch Aqa gern. Sie konnte in Gedanken vertieft auf dem Schlitten sitzen und mit einem Mal anfangen:

Hinter den Horizont
zum Besuch Dortwohnender.
Hinter den Horizont
mit neuen Landschaften.

Es kommt über einen,
ist eines Menschen Lust,
seinen Hunger nach
Erlebnissen zu stillen.

Oh, wie mager wurde man
von dem Leben auf der Pritsche,
oh, wie sehr sehnte man sich
hinter den Horizont.
Oh, wie hungrig wurde man
nach neuem Land.

Eine Spur zu ziehen
in frisch gefallenen Schnee
nach dem Ort dort drüben
hinterm Horizont.
Aja, Ajaja.

Ich selbst versuchte nach bestem Können, Worte zu etwas Wohlklingendem zusammenzusetzen:

Glück war es,
und großes Fangglück hatte man,
als die Rene sich fangen ließen,
während sie zusah.
Welches Glück für einen Menschen,
Mittelpunkt der Jagd zu sein.

Oh, so iß doch, sagte man
zu der naschhaft Hungrigen,
iß von dem kleinen Ren,
das sich anbietend
mit offenem Bauch daliegt.
Bediene dich, denn
was gibt es Besseres
als den warmen Inhalt

eines Renmagens
und dazu Krähenbeeren
mit kleinen Klumpen Speck.
Was kitzelt die Zunge stärker
als solcher Sauermilchgeschmack.

Ja, so redete man,
iß doch, iß, sagte man,
und nimm dir etwas Fell
für Hosen und Reisedecken.
Bediene dich,
damit die Beute aufgebraucht wird,
ehe man wieder jagen geht.
Weil man Mittelpunkt war,
redete man zu viel,
zu prahlerisch.

Und man wurde,
weil man zusah,
ganz verwirrt von diesen süßen Augen,
die versteckt zwischen den lieblichsten
Fettpolstern lagen
und einen anlachten.

Darum redete man
und vergaß alle Bescheidenheit.

So vertrieben wir uns auf dem Schlitten die Zeit, während die Hunde uns nach Norden zogen. Die Sonne wurde mit jedem Tag stärker, und nachdem wir einen Monat unterwegs waren, mußten wir es aufgeben, bei Tag zu reisen, weil der Schnee zu weich wurde und es für die Hunde mühsam wurde, die schwere Last zu ziehen.

Ganz oben bei Brown Sound fanden wir Spuren von Stammesgenossen. Vier kleine Kuppeln ragten über die weite Schneefläche auf vier verlassene Menschenwohnungen. Wir konnten sehen, daß sie vor nicht allzu langer Zeit noch bewohnt waren, denn die Spuren rings um die Häuser waren noch nicht ganz verweht. Hier verbrachten wir die erste

Nacht zusammen unter einem Dach, und als wir auf der Schneepritsche lagen, führte ich ein langes, nützliches Gespräch mit Aqa. Ich erzählte ihr von Europa, und wie Aviaja drückte auch sie große Sympathie und tiefes Mitgefühl für ihre dortigen Schwestern aus. »Man kann verstehen«, sagte sie, «daß diese armen Frauen ein ganz unzufriedenstellendes Leben führen. Wie kann ein Mensch an einem Versorger Freude haben, der nicht imstande ist, Fleisch und Felle ins Haus zu bringen? Was kann eine Frau denn mit der Zeit anfangen, wenn sie nicht mit dem Reinkratzen der Häute und anderen lebenswichtigen Arbeiten beschäftigt ist?« Sie schaute nachdenklich zum Dach hinauf.

»Kann man in dem Land, von dem du sprichst, auch nicht mit Hunden reisen?« fragte sie. Ich erzählte ihr von den verschiedenen europäischen Reisemöglichkeiten, die so unglaublich klangen, daß sie mir schief zulächelte.

»Man hört deine Worte«, sagte sie, »aber versteht nicht ihre Bedeutung. Die vom Menschen geschaffenen Spuren, die du Straßen nennst, können doch nur in eine Richtung führen?«

Ich versicherte ihr, daß sie in alle möglichen Richtungen führten und daß man auf ihnen fast zu jedem gewünschten Ziel fahren konnte.

Da sie jedoch nicht verstehen konnte, was ich ihr erklärte, ließ sie die Straßen liegen, wo sie lagen, und fragte: »Wie merkwürdig, daß diese Menschen nie die Stille hören. Sind ihre Ohren denn so geformt wie die unseren?« Ich nickte bejahend, und sie fuhr fort: »Ihr Land ist sehr arm, da ja niemand jemals Fang bekommt. Weshalb übersiedeln sie nicht zu uns herauf, wo es so vortreffliche Möglichkeiten gibt, um schnell und bequem zu reisen?«

»Sie würden vor Langeweile sterben«, antwortete ich.

Aqa lachte. »Langeweile? Wieso sollten sie denn vor Langeweile sterben können?« fragte sie, die in einem fort etwas vorhatte, deren Tag mit Tätigkeit so ausgefüllt war, daß sie oft auch noch die Nacht zu Hilfe nehmen mußte, um mit allem fertig zu werden.

Im Grunde verstand ich es selber nicht, wie man hier oben vor Langeweile sollte sterben können. Aber in England hatte ich oft dieses Argument gehört, wenn die Rede darauf kam, in der Arktis zu leben. »Aber du kannst«, sagte ich, »froh sein, daß sie dort unten bleiben. Wir würden schwer mit ihnen zusammenleben können.«

Sie nickte. »Es könnte vielleicht beschwerlich werden, mit Menschen umzugehen, die sich immer langweilen.«

Ich kehrte mich ihr zu und ließ meine Finger an dem Rand des schwarzen Haares, das ihr Gesicht einrahmte, hingleiten.

»Vielleicht würdest du mit einem von ihnen davonlaufen«, lachte ich, »vielleicht würdest du lieber mit einem von ihnen lachen als mit mir?«

»Das ist möglich«, antwortete sie mit großem Ernst. »Wenn du es so haben wolltest, würde ich es wohl tun.«

»Nein, nie!« antwortete ich heftig. »Ich würde nie wünschen, daß du zusammen mit jemand anderem als mit mir lachst. Ich will dich ganz allein für mich haben.«

Sie sah mich erstaunt an. »Ich verstehe, daß es nicht erlaubt ist, auch anderen Menschen Freude zu bereiten. Und wenn man das auch nicht begreift, so beugt man sich dem Willen seines Versorgers.«

»Ja, eben«, sagte ich erleichtert, ohne ihr meine seltsamen Theorien näher zu erklären.

Sie schloß die Augen und sagte still: »Der Fall kann eintreten, daß gewisse Menschen wegen deiner Kleinlichkeit über dich lachen werden.«

»Sie können sich meinetwegen zu Tode lachen.«

»Dann bleibt es so, wie du es wünschst«, antwortete sie und legte mir ihre Arme um den Hals.

Es war mir natürlich klar, daß sie mein Verlangen sonderbar, ja lächerlich fand, aber sie schrieb es wohl der Tatsache zu, daß ich gemischten Blutes war und während meines Aufenthaltes in der Fremde diese sonderbaren Ideen bekommen hatte.

Eine Woche später stießen wir auf eine kleine Gruppe Eskimo, die mit Aqa über deren Mutter ziemlich entfernt verwandt waren. Bei dieser Gelegenheit gab Aqa zu erkennen, daß sie meine Frau war, und sie benahm sich durchaus so, wie ich es mir gewünscht hatte.

Aguajaralik, »der Bärenverderber«, war ein bekannter Großfänger und Massenmörder. Er kam mit seinen vier Söhnen, seinen Schwiegertöchtern und seiner Frau aus Südwest herauf. Aguajaralik hatte in seinen jungen Jahren großen Appetit auf Liebe gehabt und hielt sich viele Jahre lang zwei Frauen. Die erste hatte er sich auf traditionelle Weise erworben: Er entführte sie aus der Schneehütte der Schwiegereltern, verprügelte ihre Brüder, die sich der Entführung widersetzen wollten, und brachte sie zu seinem eigenen Volk, wo er mit einem Messer Schnitte in ihren Fußsohlen anbrachte, um eine Flucht wenig anziehend zu machen. Sie hieß Matoqun und war Mutter von neun lebenden Kindern. Seine andere Frau hatte er sich verschafft, indem er ihren ersten Mann, als er über dem Atemloch einer Robbe auf der Lauer lag, harpunierte. Er war als ein Mann bekannt, der alles über die Fangtiere wußte, und er hatte seine Söhne zu großen Jägern ausgebildet. Aguajaralik war ins Alter gekommen und hatte nur mehr eine Frau. Die letzte Frau, die er sich nahm, war, während sie an der Eiskante saß und ihre Notdurft verrichtete, von Hunden überfallen und aufgefressen worden. Aber der alte Fänger war immer noch aktiv und vermochte immer noch mehr große Fangtiere zu erlegen als seine Söhne. Aqa und ich zogen in das große Schneehaus dieses Mannes.

Aqa wurde von Aguajaraliks Söhnen mit freudigen Willkommensworten begrüßt, und der Alte lobte ihre runden Wangen und die feine Speckschicht unter ihrer Haut. Ich hatte meinen Rentieranorak ausgezogen und mit meinem neuen Vogelpelz vertauscht, der sehr bewundert wurde und Aqa viel Lob einbrachte.

»Man sieht, daß sie die geschickten Finger ihrer Mutter hat«, grunzte Aguajaralik und ließ seine Hände über die Vogelfedern gleiten. Er blinzelte mir zu und sagte: »Man kann sehen, daß auch alles andere anziehend ist.«

Nach dem Essen, das sich bis weit in die Nacht hinzog, berichtete Aguajaralik von seinen Bärenfängen.

»Bären zu erschießen ist was für Weiber und dünnhäutige Menschen«, sagte er. »Das verrät wenig Ehrfurcht vor dem Bären und ist für einen Jäger beschämend.« Er steckte zwei Finger in den Mund und versuchte mit größtem Eifer, einige Fleischfasern zu erwischen, die sich zwischen ein paar Mahlzahnstümpfen festgeklemmt hatten. »Bären sind«, darauf bestand er, »mit Messer oder Harpune zu jagen.«

»Hast du Bären mit dem Messer getötet?« fragte ich verwundert. Ich hatte von diesem Verfahren wohl gehört, meinte aber, es gehöre einer fernen Vergangenheit an.

»Ja, ich hatte das Glück«, sagte der alte Mann, »daß sich mehrere Bären von meinem Messer töten lassen wollten. Es kann sogar sein, daß noch Fleisch von einem mit dem Messer getöteten Bären aufbewahrt ist.«

»Wie machst du es?«

»Ach, man umarmt den Bären. Man umarmt ihn ebenso herzlich wie eine Frau. Man dreht den einen Arm in seinen Mund, damit er einen nicht beißt, und dann sticht man das Messer in sein Herz und wrickt mit ihm ein paar Augenblicke.«

»Aber der Bär. Der wird doch wild?«

»Es kommt vor, daß der Bär ein bißchen zudrückt, und es kann auch geschehen, daß er einem ein paar Löcher in die Haut reißt.« Der Alte lachte vergnügt und zog sich den Anorak über den Kopf. »Wenn viele Menschen in einem kleinen Haus versammelt sind, wird's schnell warm.« Er blinzelte Aqa zu. »Einem alten Menschen wird warm von zu vielem Essen und zu vielen Gedanken an die kommende Nacht.« Er drehte sich ganz herum, so daß er das Gesicht Aqa und den Rücken mir zuwandte. Ich konnte sehen, daß die Bärenklauen lange, jetzt fast verwachsene Wunden in seine Lenden gerissen hatten.

Aqa mißdeutete sein Lachen nicht. Sie sah mich an und wurde vor Scham rot, als sie sagte: »Es kam so, daß man eines anderen Mannes Frau wurde, und man wünscht, ihm zur Freude zu sein.«

»So spricht eine richtige Frau.« Aguajaralik lachte wieder, und man konnte es seinem Lachen anhören, daß ein fixer kleiner Frauentausch nicht gerade unfreundlich aufgenommen würde.

Aqa fuhr fort: »Agojaraq ist in den Ländern gewesen, wo die Sonne das ganze Jahr jeden Tag wiederkommt, und er hat neue Sitten aufgenommen, die er nicht so ohne weiteres wieder loswerden kann. So ist es auch sein Wunsch, jede Nacht mit derselben Frau zu schlafen.«

»Hm!« Das Lächeln um Aguajaraliks Mund erstarrte, und er sah sich ratlos um.

»Mein Versorger wünscht nicht, daß andere und an Besseres Gewöhnte sich dafür schämen sollten, mit einer so erbärmlichen Frau wie der seinen zu schlafen.«

»Hm! In einem langen Leben hört man so manches«, murmelte der Alte. »Ist es wirklich so in den Ländern, in denen du umhergereist bist?«

Ich nickte bejahend. »Ja, so ist es. Und so wünsche ich auch, daß es sein soll!«

Aguajaralik zog die Brauen zusammen und starrte mich an. Einen Augenblick streifte mich der Gedanke, daß er vielleicht Lust hätte, mich zu erschlagen, um Aqa als Nebenfrau halten zu können. Ohne daß es jemand bemerkte, führte ich die Hand an den Kamikschaft, wo mein Messer steckte.

Doch der alte Großfänger hatte nichts Böses im Sinn. Er saß wie aus den Wolken gefallen da, seine Söhne ebenso. »Diese Sitten kommen mir etwas dumm vor«, sagte er. »Und sie sind vielleicht auch unpraktisch.«

»Es bleibt aber dabei.« Ich versuchte, meine Stimme fest klingen zu lassen.

»Natürlich«, seufzte Aguajaralik. »Du bist der Sohn Petes und Jeobalds und hast den Willen deiner Väter. Aber hast du auch daran gedacht, daß der Fall eintreten kann, daß Aqa krank wird? Oder daß sie ein Kind kriegen soll. Wen willst du dann auf deinen Reisen mithaben? Du willst vielleicht frauenlos reisen, wie es die elendesten Fänger tun müssen? Hast du daran gedacht?«

»Nein«, antwortete ich der Wahrheit gemäß.

»Uff, was du für beschwerliche Reisen haben wirst! Immer nasse Kamikken und immer schlechtes Pelzzeug. Deine Reisen werden kurz sein, Ago, weil du keine Frau leihen willst, wenn die deine unbrauchbar ist.«

Einer der Söhne sagte: »Sein Leben wird wie eine Lampe ohne Speck sein.«

»Ja, so wird es sein«, gab der Alte dem Sohn recht. »Man braucht viele kleine Stücke Speck, damit die Lampe leuchtet. Aber du, Ago, hast nur ein einziges Stück, und so ein kleiner Klumpen brennt nicht lange.«

Ich schaute auf meinen kleinen Speckklumpen, der furchtbar verlegen dasaß. »Aqa ist genug für mich«, sagte ich. »Sie ist mir alles, sie ist die beste und die liebste …«

Aguajaralik sah mich bestürzt an. »Du mußt wirklich lange weg gewesen sein! Wie kann man nur so herabsetzend von einer Frau reden?«

Aqa sagte rasch: »Er meint nur, daß ich auf dieser Reise so bin, wie er es gesagt hat, weil keine anderen Frauen mit waren. In der Fremde hat er gelernt, nur mit dem zu rechnen, was im Augenblick geschieht, und sich nicht um das Morgen zu kümmern. Deshalb bin ich so, wie er eben sagte, und in ein paar Tagen ist es vielleicht eine andere. Es ist gar nicht unmöglich, daß er eine Nebenfrau haben möchte.«

Aguajaraliks Gesicht erhellte sich. »Aha, nun versteht man das.«

Ich protestierte, aber Aqa schnitt meine Proteste ab. Sie rief lachend: »Vielleicht geschieht es, daß er sich drei Frauen wünscht, denn er ist in der Fremde draußen ein großer Mann geworden. Er ist übers Meer gereist und mit Schlitten gefahren, die von Dampf auf einem Weg gezogen werden, der kein Ende hat. Und er hat gelernt, gewisse Zeichen zu deuten, so daß seine Erinnerungsgabe unter Menschen ohnegleichen ist.«

Das alles imponierte natürlich dem Alten. Er sah mich an und sagte: »Kann das denn wirklich wahr sein?«

»Auf den weiten Reisen hat man vielleicht auch einige unnütze Sachen gelernt.« Meine Worte überzeugten Aguajaralik. Ich war trotz allem etwas anders, und daher konnte ich schon gewisse Eigenheiten haben.

Plötzlich lachte er. »Wie seltsam doch alles geworden ist. Du sagst, daß du nur eine einzige Frau haben willst, und Aqa versucht, das wegzureden, aber ein alter Mann hört die ungesagten Worte. Wie seltsam doch alles geworden ist. Man erinnert sich, daß man einmal einen Mann tötete, der aus Süden kam. Ein Mann mit dünner Haut, der nicht die Sprache der Menschen sprach. Ja, ein durchaus merkwürdiger Mann. Er hatte beim Jagen wohl nie Glück gehabt, denn er ging nie auf Fang und tat überhaupt nicht das geringste, um sich Fleisch zu beschaffen, von dem er auch austeilen könnte.«

»Hast du ihn getötet?« fragte ich neugierig.

»Er wurde getötet, weil er nicht mit Matoqun liegen wollte«, grinste der Alte. »Wie seltsam alles geworden ist. Das war eine so große Schande, daß man ihn notwendigerweise töten mußte, um anderen Menschen in die Augen schauen zu können.«

Wir lachten alle über diesen Vorfall, und bei dem vielen Gerede waren unsere Mägen wach geworden und wünschten Essen.

»Es ist möglich, daß man ein mageres, kleines Ren auf dem Schlitten hat«, sagte ich. »Willst du es hereinholen, Aqa?«

Aqa ging hinaus, und bald danach wurde das Ren durch den Hausgang geschoben. Aguajaraliks Söhne banden eine Schnur um die Vorderbeine und zogen unter großen Anstrengungen, um das enorme Gewicht meines Geschenkes zu unterstreichen, den feinen Braten in den Raum herein. Ich zerlegte den Leib mit meiner Axt, und Aqa ging herum und bot an. Sie entschuldigte sich vielmals wegen des schlechten Fleisches, das von ihrem unmöglichen Mann gefangen worden war, und sie bat alle um Verzeihung, daß sie derart ihre Mägen mit etwas füllen sollten, was nicht einmal die Hunde fressen mochten.

Zum zweiten Mal im Lauf dieses Abends wurden wir satt und waren so angefüllt, daß niemand mehr darüber spekulieren mochte, warum ich Aqa für mich allein behalten wollte.

Die Geburt

»Man könnte dich vielleicht dazu kriegen, etwas mehr vom Ausland zu erzählen«, bat Aguajaralik. »Ich kannte in meinen jungen Tagen einen Dünnhäutigen von dort unten und möchte gern wissen, ob alle dort Wohnenden so sind wie er.«

»Ich weiß natürlich nicht, wie er war«, antwortete ich, »aber etwas merkwürdig sind sie schon alle. Sie sind ganz verschieden von uns, und vielleicht finden sie uns ebenfalls merkwürdig.«

»Man erinnert sich«, sagte Aguajaralik, »daß dieser seltsame weiße Mann, den man nicht beim Namen nennt, weil er einen gewaltsamen Tod starb, einen Bart hatte, obwohl er ein ganz junger Mann war. Er hatte auch Haarwuchs dort, wo gewöhnliche Menschen nackt sind.«

Wir hatten eben einen Utoq, eine Robbe auf dem Eis, geschossen, und ich war dabei, sie aufzuschneiden. Sie hatte eine feine, kleine Leber, und wir setzten uns auf den Schlitten, um sie zu genießen, während sie noch warm war.

»Ich erinnere mich ebenfalls«, sagte Aguajaralik, »daß dieser seltsame Mann nie so recht freundlich war. Er lebte ganz in sich selbst, wie ein Mann, der bei Sila eine Rechnung zu begleichen hat, oder wie einer, der öffentlich verhöhnt wurde und in die Einöde der Berge davonzugehen gedenkt.«

Ich leckte meine Finger sorgfältig vom Blut rein. »Sie können es nicht richtig genießen«, sagte ich. »Wenn sie mit anderen zusammen sind, müssen sie sich immer anstrengen. Sie müssen sich anstrengen, wenn sie arbeiten, sich anstrengen, wenn sie bei Frauen sind, sich immer anstrengen, um das Richtige zu tun und zu sagen. Wenn sie sich nicht die ganze Zeit anstrengen, laufen ihnen die Frauen davon, oder sie werden arbeitslos, oder ihre Freunde und Bekannten kehren ihnen den Rücken. Die dort unten leben recht beschwerlich.«

Aguajaralik sah mich erstaunt an. »Man hat das Gefühl, daß sie sich mit den verkehrten Dingen anstrengen«, sagte er, »denn man kann ja nicht sagen, daß sich der bewußte Mann mit Matoqun anstrengte.«

»Das ist etwas anderes.« Ich reinigte das Messer mit etwas Schnee. »Er strengte sich auf seine Weise an. Das hängt von etwas ab, was sie Volk nennen, und wir gehören zu einem anderen.«

»Wie soll man das verstehen?«

»Wir sind Inuit oder Eskimo, wie sie uns nennen. Sie sind Weiße, und wir sind Farbige, da hast du den Unterschied.«

»Wieso Farbige, Agojaraq? Ich bin ein alter Mann und habe nicht mehr die schnelle Auffassungsgabe der Jugend. Wie soll man dieses Farbige verstehen?«

»Ja, wir sind braun, dann gibt es auch noch Rote und Schwarze und Gelbe. Und also auch diese Weißen.«

»Dieser seltsame Mann, von dem ich erzählt habe und in den man mit seiner Harpune ein Loch machen mußte, gehörte also dem roten Volk an?«

»Er war wohl ein Weißer.«

»Keine Rede davon.« Aguajaralik schüttelte verneinend den Kopf. »Ich weiß, daß er überall rot war.«

»Das ist möglich, aber sie nennen sich dennoch Weiße, wenn sie auch rot sind wie der Mittagshimmel im Februar.«

»Wenn ein dummer, alter Fänger das sagen darf, dann klingt das so, als ob sie die weiße Farbe als etwas Besseres ansehen als die rote.«

»Ja, eben. Und deshalb wollte er nicht mit Matoqun liegen«, sagte ich, »weil er weiß war und sie nur braun.«

»Hmm. Ist Braun geringer als Rot?«

»Das ist ungefähr dasselbe, wenn sich ein Roter auch etwas besser vorkommen dürfte.«

»Und ein Gelber und ein Schwarzer?«

»Im Verhältnis zu einem Weißen werden die Gelben wie die Schwarzen als geringer angesehen, jedenfalls von den Weißen.«

Aguajaralik kratzte mit seinem langen Abspeckmesser getrocknetes Blut von seinen Robbenfellhosen. Er blickte über das eisbedeckte Meer hin, wo sich die hochgestemmten Eisflächen vor dem Himmel wie zackige Drachenrücken ausnahmen.

»Es ist möglich, daß es ein Fehler war, den erwähnten Qavdlunak zu töten. Man tötete damit einen Menschen mit dem Verstand eines Schneehuhns.« Er kniff die Augen zusammen. »Andererseits hatte er alle die Kennzeichen eines erwachsenen Menschen an sich, man muß ihn also als qasunainartoq, als etwas zurückgeblieben, ansehen. In diesem Land ist es für die Zurückgebliebenen wohl am besten, getötet zu werden, am besten für sie selbst und für uns andere, die sie ernähren sollen.«

»In seiner Heimat war er sicher ein vernünftiger Mann«, meinte ich, »aber hier oben wurde er wunderlich.«

»Sonderbar, daß man so unbescheiden sein kann, sich selbst für das Beste zu halten.«

»Das hat er schon von ganz klein an gelernt«, sagte ich. »Dort unten erzählt man ihnen immer wieder, daß sie die Besten sind, und zum Schluß glauben sie es wirklich.«

»Wie hieß das Land, von dem er kam?«

»Nach dem, was du erzählt hast, war es wohl Amerika.«

»Ist das ein großes Land?«

»Wir wohnen selbst in einem Teil davon, wenn unser Teil auch einen anderen Namen hat.«

Aguajaralik stand auf. »Man bedauert nicht, daß man ihn getötet hat«, sagte er, »denn man begreift jetzt, daß er seinen Nachkommen ein schlechter Erzieher gewesen wäre. Es muß wahrlich ein großes Land sein, dieses Amerika, da es so ganz verschiedene Menschen hervorbringen kann.«

Gegen Abend begegneten wir Aguajaraliks Söhnen, die, jeder für sich, auf Utoqfang gewesen waren. In gesammeltem Trupp fuhren wir zu den Schneehäusern zurück, wo die Frauen und Kinder uns erwarteten.

Als ich in Aguajaraliks Qaggi kam, das der größte der vier Iglus war, sah ich, daß sich ein besonderes Ereignis vorbereitete. Ulivkakaungamik,

»der Vollgestopfte«, war mit einem jungen Mädchen namens Ivnalik verheiratet. Sie lag auf der Hauptpritsche und schrie wie eine Robbe in der Brunstzeit. Niemand schien sich um sie zu kümmern. Zwei der Schwiegertöchter waren mit dem Essenkochen beschäftigt, eine gab die Brust, und die alte Matoqun war dabei, im Schneefußboden des Hauses ein Loch zu graben.

Aqa kroch zu mir hin und flüsterte mir zu, daß Ivnalik dabei sei zu gebären. Das arme Mädchen schrie und wälzte sich auf der Pritsche herum. Mir war nicht wohl zumute, und ich antwortete: »Wozu macht die Alte das Loch?«

»Wenn es soweit ist, daß man den Kopf des Kindes zwischen Ivnaliks Beinen sehen kann, wird sie sich auf das Loch setzen und das Kind dort hinein zur Welt bringen.«

Aguajaraliks Blick, mit dem er seine Schwiegertochter betrachtete, war von etwas erfüllt, das man als Entsetzen deuten konnte. Er zog die Kapuze seines Anoraks über den Kopf und murmelte undeutlich, daß er vergessen hätte, draußen etwas zu ordnen, worauf er sich rasch bücklings durch den Hausgang zurückzog. Die Söhne folgten ihm, und ich war bald der einzige Mann im Raum.

»Du auch«, sagte Aqa laut, und ihre Stimme war von einer bisher unbekannten Bestimmtheit, die mich gleich gehorchen ließ.

Die Männer saßen nun alle vor der Hütte und lehnten ihre Rücken an die Schneewand. Ich setzte mich neben dem Vollgestopften hin, der diesen Namen in den Kinderjahren bekommen hatte, weil er bis zu seinem zehnten Jahr an der Mutterbrust saugte. Er lächelte mir zu.

»Nun dauert's nicht mehr lang, bis die Walrosse kommen.«

»Hör doch, wie deine Frau schreit«, rief ich aufgeregt, »willst du ihr denn nicht helfen?«

»Sobald das Eis aufgebrochen ist, kommen sie angeschwommen«, fuhr er unbeirrt fort, »und dann folgen wir ihnen an der Küste entlang.« Seine Augen glänzten bei dem Gedanken an die großen Fleischmengen, die dann eingelagert würden.

Ich packte ihn am Arm. »Geh doch hinein und hilf deiner armen Frau.«

»Meiner Frau?« Er sah mich erstaunt an. »Womit sollte ich ihr denn helfen?«

»Sie schreit«, antwortete ich. »Hörst du nicht, wie sie schreit?«

»Man hat an seinem Gehör nie etwas auszusetzen gehabt, man hört fast wie ein alter Seehund auf dem Eis.« Er kehrte zu den eifrig erwarteten Walrossen zurück. »Wenn du Lust hast, kannst du mit uns nach Tunudluarfik fahren, dort kennen wir einen Platz, wo es Austernbänke gibt. In manchen Jahren sind dort so viele Walrosse, daß man das Wasser beinahe nicht sehen kann.«

Sein Vater fiel ein. »Es gibt wirklich nichts Vergnüglicheres als Walroßjagd. Du solltest mit uns fahren, Agojaraq.«

Das Mädchen schrie nun in einem fort, und ich schaute den Alten wild an. »Weshalb tut ihr denn nichts? Weshalb sitzt ihr hier, anstatt ihr drinnen zu helfen?«

Aguajaralik lachte. »Man hört und sieht, daß du unter Fremden warst und vergessen hast, wie bei uns alles zugeht. Es ist so, daß man hier draußen sitzt, weil man drinnen unerwünscht ist. Man möchte nicht einer kleinen Frau mit neugierigen Blicken lästig fallen, während sie einem ein Enkelkind gebiert.«

»Man kann ihr wohl irgendwie helfen.«

»Womit?« fragte der Vollgestopfte.

Ich dachte desperat nach, um etwas zu finden, mußte mir aber gestehen, daß ich mit gebärenden Frauen keine Erfahrung hatte. »Das weiß ich nicht«, gab ich kleinlaut zu.

Es war unerträglich, einfach dazusitzen und zu warten, ich stand auf und begann, vor der Reihe der ausgestreckten Beine hin und her zu marschieren. Die Männer vertieften sich in ein Gespräch über kommende Jagden und ignorierten, soweit ich sehen konnte, vollständig die geplagte Frau.

Plötzlich wurde es still. Einen Augenblick völliger Stille, der uns alle erstarren ließ. Als ob die Welt stillstünde. Ich hielt in meinem Hinundherlaufen jäh inne, das Reden verstummte. Da drang plötzlich ein neuer, unbekannter Schrei durch die Schneewand. Der erste Schrei eines Kindes. Ulivkakaungamik sprang auf und raste wie ein Komet durch den Hausgang, gefolgt von seinem Vater und den Brüdern. Das Wunder war geschehen. Als ich hineinkam, sah ich, wie Matoqun das nackte Neugeborene mit beiden Händen dem Vater hinhielt. Er nahm das Kind mit einer Zartheit an sich, die ich dem unbeteiligten Mann draußen vor dem

Haus nicht zugetraut hätte. Er rief voll Freude: »Igg! Igg! Du süßer, kleiner Kerl.«

Matoqun tauchte einen Finger in den Kochtopf und fing einen Wassertropfen unter ihrem Nagel ein. Den ließ sie dann in den offenen Mund des kleinen Jungen tropfen und wiederholte die ersten Worte seines Vaters. Igg, du lieber kleiner Kerl, wurde der Name des Kindes. Der Vollgestopfte zeigte ihn umher, und als wir alle den Neugeborenen bewundert hatten, eilte er mit ihm durch den Hausgang ins Freie und hielt den Jungen hoch, damit er die weiße Welt sehe, in der er nun leben sollte und die so anders war als die im Bauche der Mutter.

»Sieh dir das Land an, Sohn«, rief Ulivkakaungamik. »Sieh dir das schöne Land an, das so reich ist, daß du dich jeden Tag satt essen kannst.« Das Kind blinzelte der Mitternachtssonne zu und fing fürchterlich zu brüllen an.

»Oh, hört doch diese starken Lungen!« lachte der Vollgestopfte und schwenkte seinen Erstgeborenen viele Male in der Runde umher und brüllte selbst vor lauter Freude.

Der Rest der Nacht verging mit Essen und Reden. Der süße, kleine Kerl wurde wiederholte Male vorgezeigt, und die Mutter wurde von Aguajaralik gelobt, daß sie ihm einen so schönen Sohnessohn geboren hatte. Aqa durfte den Kleinen eine Zeitlang halten, und sie erfand auf der Stelle ein kleines Kinderlied, das der Kleine zu eigen bekam.

An der kleinen Stromstatt
sollst du eine Weile
mit ausgelegter Pagaie liegen,
sollst die weichen Berge sehen,
die von einem Tal,
von einer Kluft geteilt sind,
die runden, nackten Berge,
von einer Kluft geteilt.
Ihhhhia.

Wenn du Mann bist,
wirst du hineinrudern,
wirst dich in die Kluft legen,

in den Berg hineinsehen.
Mitten in der Kluft
in duftender Heide wirst du liegen,
und wirst die Wärme des Berges spüren.

An der kleinen Stromstatt
sollst du eine Weile
mit ausgelegter Pagaie liegen.
Ihhhhia.

Die junge Mutter erwies sich als stark und würdig, sie stand ein paar Stunden nach der Geburt von der Pritsche auf und bot das hereingeholte Bärenfleisch, das für diese Gelegenheit aufbewahrt war, umher. Sie bat, wie es der Brauch war, wegen des ganz und gar elenden Fleisches um Nachsicht, aber jeder wisse ja, was für ein durchaus schlechter Fänger ihr Mann sei, so daß sich nur die am schlechtesten schmeckenden Bären von ihm erlegen ließen. Sie hoffte aber, daß wir sie in einigen Jahren besuchen würden, wenn der neugeborene Sohn herangewachsen sei, denn dann werde sie ganz andere Leckerbissen anbieten können, die von dem gefangen wurden, der jetzt den Namen Igg trug.

Als die Nacht fast vorüber war, gingen Aqa und ich hinaus. Die Sonne hinter uns stand tief, und wir wanderten mit unseren langen Schatten von den Schneehäusern fort.

»Es ist nicht unmöglich, daß man sich einmal ein solches kleines Kind, wie es Ivnalik gebar, wünschen könnte«, sagte Aqa leicht verlegen.

»Das kommt ganz von selbst«, antwortete ich, »das sagt zumindest Dad Matthew.«

»Wer ist Dad Matthew?«

»Ein Bekannter meiner Familie. Er wohnte eine gewisse Zeit mit seinem Partner zusammen, und da kam das kleine Kind ganz von selbst.«

»Bin ich dein Partner?« fragte sie.

»Ja, das bist du.«

Sie setzte sich in eine Schneewächte und zog mich zu sich nieder. »Man kann beinahe nicht warten. Man bekam plötzlich eine solche Sehnsucht nach dem Kind, das ganz von selbst kommt«, flüsterte sie mir ins Ohr.

Von der Custer-Expedition

Eine der seltsamsten Begebenheiten, die sich, das muß man schon sagen, in der ganzen Geschichte Ukusiks ereignet hatte, trug sich ungefähr zu dem gleichen Zeitpunkt zu, als Aqa und ich auf unserer Rückreise in den Ort kamen.

Wenn ich mit dem Anfang anfangen soll – und das gehört sich wohl so und würde in unserem Fall überdies das Verständnis des weiteren Ablaufs erleichtern –, dann müssen wir bis ins Jahr 1909 zurückgehen, bis zu dem Jahr, in dem Admiral Peary mit Hilfe seiner Kameraden aus Thule den Nordpol erreichte.

In demselben Jahr wurde eine andere arktische Expedition von einem Walfänger ungefähr 100 Kilometer südlich des heutigen Ukusik an Land gesetzt. Die Aufgabe dieser Expedition war es, das Landgebiet rings um den magnetischen Nordpol zu erforschen. Man kann nicht behaupten, daß die Teilnehmer an dieser Expedition besonders ausgewählte Leute gewesen wären. Sie bestand aus einem vermögenden Kaffeegrossisten, einem Varietédirektor und einem Amateurethnographen, der lange Zeit schon den Traum von unerforschten Gegenden in sich getragen hatte. Leiter der Expedition war eine abenteuerliche Gestalt namens Custer. Er sprach oft, jedoch in ziemlich vagen Wendungen, von seiner Verwandtschaft mit dem alten Indianermörder. Custer, der Oberst in einem Regiment gewesen war, von dem niemand je etwas gehört hatte, behauptete, in den verschiedensten Einöden der Vereinigten Staaten ein Einsiedlerleben als »wilder Mann« geführt zu haben, und war dergestalt der Gegebene, um die Expedition der International Explorers Society zum magnetischen Nordpol zu leiten.

Den Plänen zufolge sollte die Expedition an der jetzigen Rentierbucht an Land gesetzt werden und von dort mit Hunden und Schlitten in das Hinterland vordringen. Nachdem sie den magnetischen Nordpol sozusagen in Besitz genommen hatte, sollte sie wieder an die Küste vordringen und dort auf bestmögliche Weise überwintern. Anfangs verlief alles planmäßig. Der Walfänger brachte die kühne Expedition an Land, wünschte viel Glück, guten Fang und fröhliche Weihnachten und dampfte, arg verspätet, in Richtung der großen Gelder, die ihn in der Baffins-Bay erwarteten, davon.

Oberst Custer musterte seine Truppen, brachte die Hunde vor den zwei Schlitten an und fuhr los. Bis zum Nordpol war es ein weiter Weg, und selbst bei gutem Reisewetter stand nur wenig Zeit zur Verfügung. Die Jahreszeit war vorgeschritten, und es stand nur noch ein Monat zur Verfügung, um einen Ort zum Überwintern zu finden.

Oberst Custer war ein phantastischer Optimist. Sein Wahlspruch war allezeit gewesen: »Etwas wird sich zeigen«, und daß dieses Etwas gerade Ivitaq werden sollte, erstaunte den Oberst keineswegs. Die Expedition traf in ziemlich aufgelöstem Zustand bei Ivitaq ein. Der Kaffeegrossist hatte sich nach dreimaligem, unfreiwilligem Bad in Gezeitenrinnen in ein besseres Jenseits begeben, und über die Hälfte der Hunde war an Überanstrengung gestorben. Es sei eben noch bemerkt, daß die mitgebrachten Hunde afghanische Windspiele waren, die, Oberst Custer zufolge, die richtigen Eigenschaften als Schlittenhunde besaßen. Langhaarig, schnell und von geringer Freßlust.

Langhaarig waren die Hunde allerdings. Aber die Haardecke befand sich vor allem an den falschen Stellen. Sie besaßen entzückende Stirnlocken und die schönsten Mähnen, und an den Beinen hatten sie fein gewellte Haarfahnen. Aber an den Bäuchen waren sie nackt und ungeschützt. Und es waren schnelle Hunde, die beim Hüten von Schafherden ausgezeichnete Dienste leisteten. Aber nach ein paar Tagesreisen vor den schweren Schlitten war ihre Schnelligkeit nur noch eine Sage. Schon am ersten Abend waren sie völlig erschöpft, und mehr als die Hälfte spuckte Blut, weil ihre Lungen gefroren waren. Und das mit der geringen Freßlust, die Oberst Custer erwähnt hatte, stimmte auch. Sie hatten so geringe Freßlust, daß sie sich einfach weigerten, den ausgezeichneten Pemmikan, den man in ihrem Heimatland als Nahrung für Tier wie Mensch empfohlen hatte, auch nur zu kosten. Man muß also sagen, daß diese afghanischen Windspiele ein großes Mißverständnis waren, das leicht sämtlichen Expeditionsteilnehmern das Leben hätte kosten können.

Als Ivitaq die Expedition erblickte, hatte sie ihr Lager in einem Tal aufgeschlagen, an dessen Sohle sich ein kleiner Schmelzwassersee befand. Das Zelt war recht schlampig errichtet. Unten war es weder mit Schnee noch mit Steinen beschwert, und der Rücken war schlimm geschweift, weil die Oberleiste vergessen wurde. Unweit vom Lager stand ein kleines, zusammengebundenes Kreuz, das Ivitaq später einsammelte, da es ja unnötig war, so wertvolles Holz verrotten zu lassen. Ivitaqs Hunde witterten die Afghanen, die noch vor ihrem Schlitten angebunden waren, und er hatte die größte Mühe, seinen Schlitten zu bremsen.

Er blieb sitzen, wo er saß. Es war am sichersten, eine gewisse Zurückhaltung zu üben. Man konnte ja nie wissen, was das für Menschen waren, deren Zelte aus einem Stoff waren, den man sich aus dem Süden für Frauenanoraks beschaffte. Außerdem konnte es anmaßend wirken, sich näher heranzumachen. Vielleicht waren diese Zeltbewohner am liebsten allein unter sich, vielleicht waren es Menschen ohne Freude an Besuchen.

Oberst Custer hörte das ängstliche Jammern seiner Afghanen, als sie die Eskimohunde sahen, er steckte den Kopf durch die wunderliche Reusenöffnung des Zeltes und bemerkte Ivitaq.

»Eingeborene!« schrie er heiser den Halbtoten hinter sich zu. »Meine Herren, wir sind gerettet.« Mit großer Mühe schlüpfte er durch die Reuse und bewegte sich mit dem taumelnden Gang eines ausgehungerten Menschen auf Ivitaq zu.

Die Custer-Expedition war zu diesem Zeitpunkt mehr als einen Monat unterwegs gewesen. Viel hatte sich zugetragen, so viel, daß alle den Sinn für Zeit und Ort völlig verloren hatten. Wäre der stolze Oberst gefragt worden, welcher Tag, welche Woche oder welcher Monat es jetzt sei, wäre es durchaus möglich gewesen, daß er die Gegenfrage nach dem Jahr, in dem sie sich befanden, gestellt hätte. Die Zwischenfälle mit unerträglichen Strapazen waren zahllos gewesen, und die Expedition war, wie der Oberst später andeutete, vom Start an von Unglück verfolgt. Zum Lob des Leiters muß jedoch bemerkt werden, daß es nicht viele Liegetage gab. Tag für Tag hatten sie sich weitergekämpft, durch wütendes Schneegestöber, über eisige Wehen weichen Neuschnees, durch endlose Weiten der Tundra, unausgesetzt weiter dem magnetischen Nordpol zu. Erst als der Grossist vor Kälte und Überanstrengung gestorben war, wurde ein Lager aufgeschlagen, um Steine für ein anständiges Grab zu sammeln. Nach Wochen wahnsinniger Schinderei waren die Männer völlig am Ende ihrer Kräfte. Der Oberst führte kein Logbuch mehr, das ihn bezüglich der Zeit auf dem laufenden gehalten hätte, und erwies sich auch bei der Beobachtung von Sonne und Sternen als wenig tüchtig, was sich auf die Positionsbestimmungen auswirkte. Er verließ sich lieber auf seine Nase und seinen sechsten Sinn und war davon überzeugt, daß ihn diese beiden Hilfsmittel geradewegs zum beschwerlichen Pol führen würden.

»Wo sind wir?« rief er dem Eskimo zu.

»Soooe«, antwortete Ivitaq. Er sprach nicht die Sprache des Mannes und konnte es sich daher erlauben zu antworten, wie es ihm gerade paßte.

Custer ging bis an den Schlitten heran. Er langte nach Ivitaqs Hand, aber mit seinen steifen Fingern merkte er gar nicht, daß er nur den Peitschenschaft zu fassen bekommen hatte, den er nun schüttelte.

»Magnetischer Nordpol, verstehst du? Sind wir dort angelangt?« fragte er, vor Erregung und Kälte zitternd.

Ivitaq, der die Erregung des Mannes bemerkte, versuchte sich an dessen letztes Wort zu erinnern. »Angelangt«, wiederholte er und schüttelte seinerseits den Peitschenschaft.

Custer deutete auf den Schnee vor sich und schrie: »Magnetischer Nordpol, magnetischer Nordpol?«

Ivitaq nickte eifrig und zeigte auf dieselbe Stelle. Er nahm abermals das letzte Wort auf, um das Gespräch in Gang zu halten. »Nordepul«, schrie er aus der vollen Kraft seiner Lungen. »Nordepul, Nordepul.«

Das war eines der lustigsten Gespräche, die er je erlebt hatte. Hier waren, in der Tat, schwere Worte und großer Stimmenaufwand am Platz.

Bei den Worten des Eskimo fiel der lange, dünne Mann kopfüber in den Schnee. Er stieß seltsame Laute aus, gewiß irgendwelche Zauberformeln, und er wand sich wie ein hart geschnürter Geisterbeschwörer. Nach und nach kehrte er von seiner Reise zu den Geistern wieder zurück. Er kroch auf den Schlitten neben Ivitaq und betrachtete seine Kameraden, die nun auch aus dem Zelt angekrochen kamen.

Ivitaq kochte Fleisch für die Expedition und hörte mit Interesse dem fremden Gerede zu. Er fragte sich, ob diese Leute wohl die gleiche Form von Zungen hätten wie richtige Menschen, und kam zu dem Ergebnis, daß deren Zungen wohl dicker sein mußten, denn ihr Reden klang so, wie man selbst redete, wenn man ein großes Stück Speck im Mund hatte.

Im Verlauf einer Woche waren die überlebenden Expeditionsteilnehmer so einigermaßen wieder zu Kräften gekommen. Von den Afghanen war nur noch einer übrig. Ivitaqs Hunde hatten an den andern eine Art von Barmherzigkeitsmord begangen und sie mit Haut und langen Haaren verzehrt. Überlebt hatte nur eine läufige Hündin, die später die Stamm-Mutter eines Teils der Merqujokker wurde, von der vermutlich auch mein Baas seinen langhaarigen Pelz geerbt hat.

Als Oberst Custer wieder aufgetaut war und einen Teil seiner alten Stärke wiedergewonnen hatte, ging er aus dem Zelt, um »die Sonne zu schießen«. Seine Observationen stimmten in erstaunlichem Grad mit der von Ivitaq festgestellten Position des magnetischen Nordpols überein, und er beglückwünschte seine Kameraden und sich zu der vollbrachten wissenschaftlichen Leistung der Expedition.

Wir wollten nicht behaupten, daß Custer ein gemeiner Schwindler gewesen sei, wie es zum Beispiel Dr. Cook behauptete. Aber man darf bei der Beurteilung nicht vergessen, daß er müde und erschöpft und außerdem ein schlechter Navigator war. Meines Wissens wurden auch von keiner Seite die Ergebnisse der Custer-Expedition angezweifelt. Niemand in der zivilisierten Welt ist je mit einer Andeutung aufgetreten, daß die Expedition den Pol nicht erreicht hätte. Wer allerdings von Ivitaqs Bericht über den Ort der Begegnung ausgeht, kommt leicht zu dem Ergebnis, daß Custer & Co. bis zu dem gesuchten Platz noch ungefähr 900 Kilometer hätten zurücklegen müssen.

Aber nun war also das Ziel der Reise erreicht, der Kontakt mit den Einheimischen hergestellt, und man hatte nur noch dafür zu sorgen, durch den Winter zu kommen und die Rückkehr des Walfängers abzuwarten. Von dem Rest der Custer-Expedition wäre nur noch zu berichten, daß sie mit Ivitaq irgendwo an der Außenküste, genauer gesagt auf Desert Island, überwinterte und daß der Amateurfotograf unter geheimnisvollen Umständen auf einer Schlittenreise mit einem Eskimo umkam, der nie bei seinem richtigen Namen genannt wird, weil er noch am Leben ist. Und da der Tote nie gefunden wurde, kann auch niemand seine Todesart angeben. Vielleicht fiel er in eine Gletscherspalte, vielleicht fraßen ihn seine Hunde, oder er wurde möglicherweise ebenfalls ein Opfer Aguajaraliks. Außer dem alten Großfänger weiß das niemand.

Der Walfänger holte die Überlebenden ab, die in ihrem Heimatland den herzlichen Empfang erhielten, wie er allen Polarhelden zuteil wurde. Ihre Forschungsergebnisse wurden in gelehrten Werken aufgezeichnet und in arktischen Instituten verwahrt, und die Erinnerung an sie war noch viele Jahre bei den Eskimo lebendig.

Doch nun zurück zu dem denkwürdigen Tag, wo Aqa und ich Ukusik in Sicht bekamen.

In den letzten Wochen waren wir mit dem Sommer um die Wette gefahren. Das war für uns recht beschwerlich und für die Hunde recht peinsam gewesen, da sie mit ihren Pfoten die ganze Zeit in eiskaltem Wasser laufen mußten. Selbst wenn wir nachts fuhren, war das Fjordeis überall mit Wasser bedeckt, und an manchen Stellen war es von der Strömung unten so angenagt, daß wir fast eingebrochen wären.

Als wir endlich auf den Höhen oberhalb Ukusiks haltmachten, sahen wir, daß das Eis draußen auf dem Meer zu treiben begann. An der Küste gab es einen breiten eisfreien Gürtel, und Aqa packte mich am Arm und rief das wohlbekannte: »Umiarssuit tikipoq, dort liegt ein Schiff!«

Ich schaute hinunter und sah ein Flugboot, das am Anlegefelsen vertäut war. »Tingmissartoq«, sagte ich besserwissend. »Das ist kein Schiff, sondern ein Flugzeug.«

»Dann ist es vielleicht tot?« Aqa kniff die Augen zu zwei schmalen Schlitzen zusammen. »Oder es ist vielleicht müde geworden wie andere Zugvögel und will sich in Ukusik etwas ausruhen?«

Eine Menschenschar war unterwegs zu den Häusern des Ortes. Wir konnten eine Person sehen, die in vollem Galopp die Schar umkreiste, und wir tippten darauf, daß dies Josva sein müsse.

»Sind das vielleicht Missionare, die den Tempel holen kommen?« sagte ich.

»... oder welche, die mit den Geschenken kommen, die Vater Brian uns einmal versprochen hat?« Aqa strich das Haar von den Wangen fort und steckte es unter die Kapuze des Anoraks.

Wir sausten in wilder Fahrt den Hang hinab. Das Flußbett war nicht mehr zu befahren, da das Eis des Flusses aufgebrochen war und die Wasser dem Fjord zustürzten.

Als erstem Menschen begegneten wir der immer umherstreifenden Papigujuk. Ein einziger Blick genügte der Witwe, um zu wissen, wie die Reise verlaufen war.

»Man ist nach einer kleinen Reise mit seinem Versorger wieder heimgekommen«, sagte Aqa mit großer Würde. Sie schob die Kapuze vom Kopf, so daß man sehen konnte, daß sie ein Haarband von der Farbe trug, wie es sich für verheiratete Frauen schickte.

Papigujuk strahlte. Sie wandte sich an Aqa, weil sie wohl annahm, daß derartige Kleinigkeiten mich nicht interessieren konnten. »Oh, wie gut. Man hat lange schon Gesellschaft in seinem Haus entbehrt. Viele Male hat man zu andern Leuten von den Reisenden gesprochen und sich gewundert, wo sie so lange blieben.«

»Das weiß man«, antwortete Aqa. »Es hat oft in meinem Herzen Stiche gegeben.«

Papigujuk lud uns ein, ihr Haus zu benützen, solange wir in Ukusik zu bleiben gedächten. Zu mir sagte sie: »Mr. Pickerin ist auf Besuchsreise bei deiner Familie auf Miss Molly. Wenn ihr also mit meiner elenden Hütte vorliebnehmen wollt, dann seid ihr herzlich willkommen.«

Aqa dankte. »Vielleicht dürfen wir etwas schlechtes Fleisch anbieten, wenn wir auch wissen, daß du besseres gewohnt bist, denn du hast ja bedeutende Beschützer. Aber es ist nicht ganz unmöglich, daß man ein paar Renzungen übersehen hat und sie jetzt so abgelagert sind, daß sie möglicherweise wohlschmeckend wurden.«

»Was ist das für ein Flugzeug?« unterbrach ich den Weiberschnack.

»Ach, die kamen aus der Luft und wollten mit Ivitaq reden. Man erlebt alles mögliche, wenn man einen großen Geisterbeschwörer im Ort wohnen hat. Vielleicht ist es ein Hilfsgeist, der ihn besuchen kam, man weiß das nicht.«

Wir drei gingen zusammen hinauf zum Tempel, um die Sache genauer zu untersuchen. Wir setzten uns auf ein paar Kisten und lauschten.

Zwei weiße Männer waren da. Sie hatten prächtige Uniformen an, die eine prächtiger als die andere. Sie sprachen über Josva zu Ivitaq.

»... Die Resultate der Custer-Expedition wären ohne den Beistand dieses unerschrockenen Eskimo nicht möglich gewesen«, sagte der, der die meisten bunten Bänder an der Brust trug. »Deshalb wünschen wir, am Jahrestag der Heimkehr dieser Expedition, Ivitaq zu ehren, wobei wir zugleich auch jene Teilnehmer an der Expedition ehren wollen, die dabei, in dieser unbarmherzigen Natur, ihr Leben einbüßten.«

Es wurde noch ein gut Teil mehr schöner Worte gemacht, wie es bei solchen Anlässen üblich ist, und die Rede endete folgendermaßen: »Die International Explorers Society hat beschlossen, die Erinnerungsmedaille dieses Jahres dem Fänger Ivitaq als Dank für seinen Einsatz zu verleihen. Mit der Zuerkennung dieser ehrenvollen Medaille ist ein bedeutender Betrag als Ehrengabe verbunden, den wir dem Lagerverwalter Mr. Pickerin angewiesen haben.«

Der mit weniger Bändern Geschmückte reichte nun dem Redner eine kleine Schachtel hinauf. Ivitaq wurde von seinem Bruder Josva vorwärts gepufft, und der Fremde heftete nun feierlich die Medaille an Ivitaqs Anorak. »Dieser Augenblick bewegt mich tief. Mich verbinden nämlich starke persönliche Bande mit der einstigen Custer-Expedition, da deren Leiter, Oberst Custer, mein Großvater war. Es ist deshalb für mich ergreifend, den gleichen Boden zu betreten, über den sich mein Großvater vorwärts kämpfte und den er besiegte. Ich kann meiner Freude darüber nicht genug Ausdruck geben, dem Menschen gegenüberzustehen, den mein Großvater stets als seinen einzigen wahren Freund ansah, dem Eskimo Ivitaq.« Und um zu beweisen, daß der Custerschen Familie diese Freundschaft am Herzen lag, umarmte er Ivitaq. Es war allerdings nur eine eilige Umarmung, denn Ivitaq war, als das Flugboot landete, unterwegs zum Eisrand, um Robben zu fangen, und hatte sich deshalb die Augenlider mit altem, rußuntermischtem Tran eingeschmiert, um sich gegen das Sonnenlicht zu schützen.

Die Feier war nun überstanden, und Ivitaq lud als Dank für die Medaille zu Fest und Essen in sein Haus ein, was die beiden Herren vom Flugboot mit einigem Zögern annahmen. Wir gingen alle mit zu Ivitaqs Hütte, die auf dem Hügel etwas außerhalb des eigentlichen Ortskerns lag. Die Gäste wurden eingeladen, auf der Hauptpritsche Platz zu nehmen, während wir anderen uns dort unterbrachten, wo wir am besten Platz finden konnten.

Ivitaq begann: »Ja, man ist alt und ein elender Fänger«, sagte er in klagendem Ton, »man kann gar nichts anbieten, was für so vornehme Gäste eßbar wäre. Man hat außerdem ein altes Weibsstück zur Frau, die es nie gelernt hat, ordentlich zu kochen.«

Ich hatte für eine Weile die Rolle des Dolmetschers übernommen, da Josva heimgelaufen war, um sein Grammophon zu holen. Dies hier würde sich, wie er meinte, zum Fest aller Zeiten entwickeln. Und zu einem Fest gehörte Musik.

Ich kam schnell dahinter, daß der vornehmere der beiden Herren wie sein Großvater Oberst war und der andere sein Adjutant.

Er hatte von der Society den Auftrag bekommen, Ivitaq zu ehren, und war von hilfsbereiten Kollegen der Luftwaffe in die Arktis befördert worden. Mit der üblichen amerikanischen Gastfreundschaft lud er mich ein, ihn in den Staaten zu besuchen, und war äußerst erstaunt, ja fast gekränkt, daß ich durchaus nicht beabsichtigte, mein Land zu verlassen.

Nun wurden die Gerichte aufgetragen. Oberst Custer bekam eine Schüssel zwischen die Beine gestellt und ein Abspeckmesser in die Hand gedrückt, und es soll zu seinem Lob gesagt sein, daß er das Bestmögliche aus der Situation zu machen suchte. Er zerschnitt das Robbenfleisch in winzige Stücke, die er hinunterschluckte, ohne daß er es wagte, durch Kauen auf ihren Geschmack zu kommen. Eine Schüssel mit rohen Därmen brachte ihn allerdings aus dem Gleichgewicht. Sie stammten von einer frisch gefangenen Robbe und waren noch warm. Der Adjutant des Obersten erbleichte, als er sie sah, und der Oberst selbst bekam eine interessante grünliche Gesichtsfarbe.

»Bitte schön«, rief Ivitaq eifrig. »Oh, bitte schön, saugen.« Er langte selbst nach einem Stück Darm und drückte dessen Inhalt in seinen Mund. Er schloß vor lauter Wonne seine Augen und grunzte: »Uh, marmarpoq, wie gut das doch schmeckt.«

Die rohe Robbenleber ließ der Oberst passieren. Ebenso die delikaten Schneehuhndärme. Er sah sie nicht, konnte sie aber riechen, als sie ihm unter die Nase kamen. Denn er hielt die Augen ebenfalls geschlossen, was von allen als der Ausdruck höchsten Genusses gedeutet wurde. Ivitaq nahm dankbar eine so sichtbare Äußerung gastronomischen Wohlbehagens entgegen, ergriff ein Robbenauge und preßte es zwischen die zusammengebissenen Lippen des Obersten.

»Ist noch nicht richtig reif«, sagte er entschuldigend, »hätte noch einen Monat abliegen müssen.«

Ich übersetzte, und meine Worte machten großen Eindruck auf Custers Magen. Er begann sich zusammenzuziehen, so daß uns allen klar vor Augen stand, was wir zu erwarten hatten. Der Oberst sprang auf und stürzte mit halb unterdrücktem Gestöhn ins Freie. Sein Adjutant folgte ihm auf den Fersen.

»Oh, welche Ehre wird dem Haus doch heute erwiesen«, sagte Ivitaq begeistert. »Es ist lange her, daß man Gäste hatte, die hinausgingen, um sich zu erleichtern und mehr Platz für weiteres Essen zu schaffen.«

Der Alte hob Custers ausgespucktes Robbenauge auf, wischte es an seinen Hosen rein und steckte es mit allen Zeichen des Wohlbehagens in den Mund.

Den Obersten und seinen Begleiter sahen wir nie mehr wieder. Ehe wir uns zum zweiten Mal an die Schüsseln herangemacht hatten, hörten wir das Gebrumme der Flugbootmotoren, und wir stürzten hinaus, um seinen Start zu sehen. Josva kam von seinem Haus angelaufen und winkte mit der Uniformklappe des Obersten, die er sich im Gedränge zu sichern gewußt hatte. Er war tief enttäuscht, daß dieses Fest so im Sande verlief, tröstete sich aber mit der goldbetreßten Kopfbedeckung, die überall stark bewundert wurde.

Die Medaille bekam für Ivitaq große Bedeutung. Er sagte selbst: »Weil ich in meiner Jugend die Bekanntschaft einiger Reisender gemacht hatte, bekam ich ein kräftiges Amulett geschenkt.«

Und das Amulett erwies sich als kräftig. Wenn er nach Mr. Pickerins Rückkehr in den Laden kam und sein Amulett sichtbar an dem Anorak trug, bekam er soviel Tabak, wie er wollte, ohne daß er sofort mit einem Fuchsfell oder einem Guthabenschein zu zahlen brauchte. Er bekam ihn von Mr. Pickerin geschenkt, der offenbar großen Respekt vor diesem Amulett der Weißen empfand.

Als aber das Amulett nach einigen Jahren seine Kraft einbüßte, überließ Ivitaq es Josva für die Hinterpartie einer Fjordrobbe und eine trächtige Hündin.

Das neue Haus und die Heimkehr

Mr. Pickerin war nach Miss Molly gereist, um seinen Freunden beim Neubau behilflich zu sein. Unterwegs begegnete er Vater Brian und Nelly, die sich mit großer Mühe in Richtung Ukusik vorwärtsarbeiteten, um dort das einzige Schiff des Jahres zu erreichen. Es war ein herzliches Wiedersehen, bei dem die beiden ehemaligen Widersacher den Geist der verständnisvollen Verträglichkeit und Hilfsbereitschaft walten ließen.

Ein Zelt wurde aufgeschlagen, und Mr. Pickerins Begleiter Abile kochte für sie alle Tee und Fleisch. Vater Brian legte dem Lagerverwalter den neuen Text aus und fand in ihm einen erstaunlich interessierten Zuhörer. Wie bekannt, war Mr. Pickerin immer mit ganzem Herzen für die Liebe zwischen den Geschlechtern eingetreten, was seine stets wachsende Kinderschar beweisen konnte. Es dauerte nicht länger als ein paar Becher Tee, bis er Brian verstand.

Vater Brian redete sich warm. Er saß mit übergeschlagenen Beinen auf dem Schlittenfell und sah wie ein fetter, arktischer Buddha aus. Das Gesicht glänzte vor Speck, und seine Augen leuchteten verklärt. »Der Liebe«, sang er, »pflegt man allerwege. Die Liebe ist der stärkste Trieb, ist gnadenlos, ist Gott. Ich glaube an die Liebe, die allmächtige.«

Mr. Pickerin tauchte eine Gabel in den Kochtopf und harpunierte sich ein Stück Fleisch. Er hatte sich trotz seiner vielen Jahre in der Arktis nie daran gewöhnt, mit den Fingern zu essen, ganz im Gegenteil zu Brian, der innerhalb einiger Jahre alle zivilisierten Eßgewohnheiten vergessen hatte.

»Wirklich? Da muß ich sagen, Brian, daß deine Gedanken in nicht wenigem mit dem, was ich lange schon gedacht habe, übereinstimmen.«

Vater Brian saugte einen kleinen, delikaten Speckklumpen in sich. »Der Mensch«, sagte er, »verbringt mehr Zeit mit Nasebohren als mit Beten. Und du mußt zugeben, daß er, wenn wir das weiter ausführen wollen, mehr Zeit auf die Liebe als aufs Nasebohren verwendet. Tatsächlich ist es doch so, daß der Mensch die meiste Zeit damit zubringt, an die biologische Funktion zu denken oder sie auszuüben, die man mit dem Wort Liebe bezeichnen kann.«

Pickerin nickte. »Zugegeben. Zumindest wenn man mich als Beispiel nimmt, dann muß ich gestehen, daß sie nie völlig aus meinen Gedanken ist.«

Brian sah den kleinen Lagerverwalter voll Bewunderung an. »Ich glaube auch, daß du ein ungewöhnlich religiöser Mensch bist, Pickerin«, sagte er. »Du müßtest in Wirklichkeit deinen Job in Ukusik aufgeben und mit Nelly und mir in die Welt hinausziehen.«

Mr. Pickerin schüttelte den Kopf. »Leider, alter Freund, ist mir Ukusik ins Blut gegangen. Aus diesem Grund und zudem wegen einer Sache, die mir in meiner Jugend passiert ist, habe ich nicht die geringste Lust, diesen Ort und meine vielen Freunde am Platz hier aufzugeben. Aber weshalb laßt du und Nelly euch nicht bei uns nieder?«

»Möchtest du das wirklich?« Brian sah den Herrscher über Ukusik erstaunt an.

»Warum nicht? Ich habe beileibe nichts dagegen. Die Religion, die du mir jetzt dargelegt hast, ist ungefährlich. Ich glaube übrigens nicht einmal, daß sie auf die Eskimo Eindruck machen wird, die kennen den Text ohnehin von vorn und von hinten.«

Nelly betrachtete ihren Mann. »Könntest du dir wirklich denken, in Ukusik zu wohnen, Brian?« fragte sie.

Vater Brian saß eine Zeitlang in tiefen Gedanken da. »Ja und nein. Jetzt, wo ich etwas Vernünftiges zu verkünden habe, könnte ich mir denken, von Ukusik aus zu missionieren. Doch das wäre mit Rücksicht auf die Pläne, die wir gemacht haben, unpraktisch. Etwas in meinem Inneren heißt mich in die Welt hinauszuziehen, Pickerin. Ich bin der einzige Lehrer, und das verpflichtet.«

»Das mußt du natürlich halten, wie du willst, aber du wirst in Ukusik immer willkommen sein.«

Nelly warf sich einen ihrer zahlreichen Schals um die Schultern und sagte voll Würde: »Wir danken dir, Mr. Pickerin, für dein edelmütiges Angebot. Aber du verstehst, daß wir die Pflicht haben, Brians Botschaft zu verbreiten?«

»Natürlich, jeder muß seinem Hang und Drang nachgeben«, antwortete Pickerin verständnisvoll. »Das habe ich selbst seit vielen Jahren mit überwältigenden Ergebnissen praktiziert.«

Nelly lächelte Mr. Pickerin wissend zu. »Es ist jammerschade, daß du keine Möglichkeit hast, einen der Tempel, die wir zu errichten gedenken, zu besuchen. Vielleicht würdest du ganz neue Neigungen entdecken.«

Bei dem Wort Tempel wurde Pickerin ganz starr. Er hielt ein Stück Fleisch auf halbem Wege zum Mund an und fragte: »Tempel? Ihr habt wohl nicht im Sinn, unseren Tempel zu holen?«

Brian lachte. »Sei mal ganz ruhig. Nelly spricht von den neuen

Tempeln, die wir errichten lassen wollen. Tempel der Liebe. Gotteshäuser, wo die Menschen hingehen und dort um dies und jenes beten können.«

»Das heißt also, ihr wollt Hurenhäuser errichten?« fragte Mr. Pickerin interessiert.

»Simpler Sprachgebrauch nennt das wohl so«, antwortete Vater Brian, »aber der rechte Name ist Liebestempel, Pickerin, Tempel für die Liebe.«

»Ja, das habe ich verstanden.« Pickerin blickte träumend vor sich. »Ich muß schon sagen, ihr beide seid ein Segen für die ganze Menschheit.«

»Wir tun unser Bestes und leben nach dem Gebot unseres Gottes.« Brian versuchte, bescheiden auszusehen.

»Sag mal«, fragte Pickerin, »diese Tempel, kann da jeder hinkommen und eine Nummer kriegen?«

»Alle, die Lust haben, sollen dort willkommen sein.«

»Großartig. Wird's teuer sein?«

»Ja«, antwortete Nelly.

»Nein«, antwortete Vater Brian. »Ich sage nein, weil man alles in Betracht ziehen muß. Bei einem solchen Tempel sind Abschreibungen zu machen und ist Personal notwendig, das entlohnt werden muß, jedenfalls so lange, bis wir Freiwillige bekommen können, und Kapital zur Errichtung neuer Tempel muß zurückgelegt werden. Dies alles in Betracht gezogen, werden unsere Preise durchaus moderat sein.«

»Ach so, ihr gedenkt, so eine Art Kettenläden zu errichten?«

»Unsere Botschaft gilt für alle«, antwortete Vater Brian. »Für alle Völker und alle Hautfarben. Diese Tempel werden überall, wo man sie benötigt, aus dem Boden schießen. Der Mensch muß sich vom Aberglauben befreien und sich selbst zuwenden, wenn du verstehst, was ich damit meine.«

Mr. Pickerin verstand gut, was er meinte, und für einen Augenblick schien es ihm, als könnte er den alten Vater Brian wiedererkennen, der seinerzeit Ukusik christlich machen wollte.

Tags darauf trennten sich die beiden Schlittenteams wieder. Brians reisten nach Ukusik, um das Schiff zu erwischen, und Pickerin und Abile fuhren in gerader Richtung zu den Kameraden auf Miss Molly weiter.

Das Bauholz, das Gill und Jeobald an der Skelettbucht geholt hatten, war bei dem neuen Haus verwendet worden. Die Kameraden hatten fleißig gearbeitet. Sie hatten ein kleines Stück Land östlich des Flusses planiert und große Steine für ein solides Fundament zusammengetragen. Das Fundament hatten sie mit kleinen Steinen vom Strand ausgefüllt, damit das Wasser im Frühjahr ungehindert unter dem Haus durchlaufen konnte. Die schweren Balken hatten sie ausschließlich mit Hilfe ihrer Äxte zusammengefügt.

Es wurde kein großes Haus, aber es wurde ein solides Haus in guter Lage und mit großartiger Aussicht. Die Fenster, für die Mr. Pickerin die Rahmen mitbrachte und die, sowie das Schiff Ukusik angelaufen haben würde, mit Glas versehen werden sollten, gingen alle nach dem Fjord. Von dort hatte man freien Blick auf die hohen Willsonhills und die schönen Mohntäler, die sich hinter den Bergen, die Jungfernbrüste genannt wurden, weit ins Hinterland erstreckten. Von diesem Punkt war es möglich, alle Reisenden, die vom Fynes-Fjord kamen, zu sehen, und es war ein Haus, vor dem den ganzen Sommer lang unmittelbar vor der Tür Wasser floß. Ein in jeder Hinsicht treffliches Haus!

Mr. Pickerin bewunderte das Werk der Kameraden. Er äußerte sich in den anerkennendsten Wendungen über die fast professionelle Zusammenfügung der Balken und entwarf auf der Stelle eine Methode, wie ein Teil des Flußwassers abgezweigt und mittels einer Wasserleitung direkt unter das Küchenfenster geführt werden konnte. Small Johnson entwickelte mit seiner üppigen Phantasie Mr. Pickerins Idee noch weiter und entwarf einen Plan, dieses Wasser direkt in die Küche zu befördern. Man sollte über dem Fluß eine Konstruktion mit einem Flaschenzug und einem Einholersystem, ähnlich wie Onkel Sams Waschanordnung, errichten. Derart könnte das Wasser direkt zum Fenster hereinfließen, ohne daß man sich ins Freie zu bemühen brauchte. Diese Ideen waren vortrefflich, und ihre Durchführung wurde auf der Stelle beschlossen.

Onkel Gill, der nicht zurückstehen wollte, entwarf am selben Abend noch die Skizze zu einem Klo, das an den Windfang der Küche angebaut und über dem künstlichen Bach liegen sollte, so daß der Stuhlgang – natürlich hinter der Stelle, von wo man das Wasser holte – im Sommer von der Strömung sofort weggespült und im Winter gleich zu

Eis gefrieren und somit geruchfrei würde. Jeobald fand diese Idee hervorragend, wollte jedoch nicht glauben, daß auch nur eine einzige Portion Kot gefrieren würde. Nach seiner Erfahrung mit Toiletten hatte man dort, wo es Schlittenhunde gab, noch nie gefrorene Exkremente gefunden.

Der Abend, an dem Mr. Pickerin ankam, wurde überhaupt der Abend der guten Vorschläge. Nach Small Johnsons üblichem Vorschlag, sich zusammen eine kleine Flasche Sam-Su zu genehmigen, und nach Verteilung ihres Inhaltes regnete es nur so Erfindungen. Jeobald stellte fest, daß es in dem Haus nur eine Stube gab und daß die geplante Pritsche fast die Hälfte des Raums einnehmen würde. Er konstruierte deshalb eine an vier Ketten montierte Pritsche, die untertags an die Decke hochgehievt werden konnte, so daß genügend Bodenraum blieb. Onkel Gill machte jedoch darauf aufmerksam, daß dann Sitzplätze für eventuelle Gäste fehlten, woraufhin Jeobald seiner Skizze sofort eine U-förmige Pritsche einfügte. Die gab Sitzplätze für die Gäste und auch eine solide Unterlage für die herabgelassene Pritsche ab. Alle waren mit dieser Lösung zufrieden, zumal Mr. Pickerin, der schwere Bedenken wegen der Schwingungen hatte, denen die Pritsche bei Ausübung gewisser ehelicher Funktionen ausgesetzt werden könnte.

Der prächtigste Vorschlag war jedoch der Onkel Samuels. Er hatte, wie er sagte, in arktischen Häusern stets einen offenen Kamin vermißt, weshalb er vorschlug, daß man einen solchen Kamin in Verbindung mit einem außenseitigen Schornstein einrichtete. Man könnte dafür die alten Rohre verwenden, die in der aufgelassenen Fangstation der Brüder O'Neil herumlagen. Dazu würde es zwar einer Reise von zehn Tagen bedürfen, aber ein solcher Kamin verliehe dem Haus auch eine einmalige Gemütlichkeit.

Mr. Pickerin war für diese Idee sofort Feuer und Flamme. Er wies nach, daß ein solcher offener Kamin viele Gäste ins Haus locken und Aqa darum nie Zeit haben würde, sich einsam zu fühlen, wenn ich auf langen Fangtouren wäre. Ein solcher Kamin würde die ganze Küste entlang ein bevorzugtes Gesprächsthema abgeben, und das Gerücht davon würde sich bis zu den feinsten Stämmen, bis nach Downty City und möglicherweise noch weiter nach Süden ausbreiten. Die Leute würden an den Mount-Fynes-Fjord wallfahrten, um Gelegenheit zu haben, vor einem großen flackernden Feuer zu sitzen, das über den praktischen Vorteil hinaus, daß es nämlich beitrüge, das Haus warm zu halten, auch noch eine einzigartige, unübertroffene Stimmung verbreiten würde. Der Kamin wurde einstimmig gutgeheißen. Small Johnson und Abile sollten sich zu dem Haus der O'Neil-Brüder aufmachen, um bewußte Rohre zu bergen.

In jenem Jahr geschah schrecklich viel. Wenn ich daran denke, kommt es mir vor, als wäre alles ungefähr zur gleichen Zeit geschehen. Aqa und ich kamen knapp vor Sommerbeginn nach Ukusik. Der Besuch Oberst Custers fand gleichzeitig mit unserem Einzug in den Ort statt, und das Haus, das meine Familie für uns baute, war ungefähr zu demselben Zeitpunkt fertig geworden, als Aqa und ich auf der letzten Schneedecke Ukusik verließen.

Wir fuhren, solange wir konnten, auf dem Eisrand und überquerten dann die Hume-Bay, in deren innerstem Teil noch etwas schmutziger Schnee lag. Über lange Strecken mußten wir die Last tragen, da die Hunde die größte Mühe hatten, den leeren Schlitten über den nackten Fels zu ziehen. Als wir endlich den Fynes-Fjord erreichten, stand dort so viel Wasser über dem Eis, daß es oft über die Schlittenlast hinschwabbte, und wir mußten uns jeder an dem einen Horn des rückwärtigen Streben festhalten, damit wir uns wieder hochziehen konnten, sooft wir mit einem unserer Beine in dem brüchigen Eis eingebrochen waren. Alles auf dem Schlitten war völlig durchnäßt. Die Hunde und wir selbst waren, seit wir Ukusik verließen, nicht mehr trocken gewesen. Wir waren todmüde, weil wir versuchten, so lange Tagesreisen wie nur möglich zurückzulegen, um nach Hause zu kommen, ehe das Eis auf dem Fjord ganz verschwand.

Ich erinnerte mich an Petes Worte und gab ihm recht. Von Aqa war keine Klage, kein Seufzer zu hören. Sie war, wie er gesagt hatte, aus zähem Stoff, und selbst wenn sie oft vor Müdigkeit fast umfiel, so hatte sie immer ein Lächeln und ein liebes Wort für mich übrig oder ein paar ermunternde Zurufe und ein lustiges Peitschenknallen für die Hunde. Ich war einigermaßen gespannt, wie sich meine Familie zu Aqa stellen würde. Ich hatte eine Art Verteidigungsrede vorbereitet und war für den schlimmsten Fall dazu entschlossen, weiter nach Norden zu ziehen, falls sie sie nicht bei sich wohnen haben wollten. Im tiefsten Herzen hatte ich jedoch das bestimmte Gefühl, daß sich alles aufs beste würde ordnen lassen. Wenn ich mir's überlegte, so waren sie es ja selbst, die mich aufgefordert hatten, das Mädchen auf die Reise mitzunehmen, und da konnten sie wohl nicht erwarten, daß ich sie nun wieder weggeben würde.

Aqa schien sich keinerlei Sorgen dieser Art zu machen. Sie war meine Frau und würde mich überallhin begleiten, wohin immer ich reisen würde. Ob wir in Ukusik oder auf Miss Molly wohnen würden, war ihr völlig gleich. Wenn wir bloß zusammen wohnten. Sie hatte ja schon ein gut Teil über meine Familie gehört und fürchtete sie nicht.

Nach vieler Mühe kamen wir schließlich so weit, daß wir Miss Molly sehen konnten, und schon am nächsten Tag erblickten wir in der Ferne auch das Haus. Oder richtiger gesagt die Häuser. Es dauerte aber eine gewisse Zeit, bis ich das neue Haus sah. Meine Augen waren darauf eingestellt, das alte Haus und nur das alte zu sehen, und wenn mein Blick vielleicht auch ein paarmal über das neue hingeglitten war, wurde ich doch erst darauf aufmerksam, als Aqa mich fragte, ob wir wirklich zwei Häuser besäßen.

»Zwei Häuser? Nein, wir haben nur eines.«

»Dann sind wir vielleicht falsch gefahren. Vielleicht sind wir in einen anderen Fjord gekommen«, sagte sie. »Dort hinten liegen jedenfalls zwei Häuser.«

Ich schaute nun selbst genau hin und entdeckte, daß sie recht hatte. »Das ist aber doch sonderbar! Als ich abfuhr, lag da nur eines.«

»Ist das vielleicht eines von diesen aufblasbaren?« fragte sie. »Hat vielleicht ein neuer Missionar neben dem Haus deiner Väter einen Tempel errichtet?«

»Brian kann es nicht sein«, antwortete ich. Wir hatten Vater Brian in Ukusik getroffen, wo er ungeduldig die Ankunft des Schiffes erwartete. Ich zog das Gewehr hervor und feuerte über dem Kopf ein paar Schüsse ab. Ein paar Minuten später wurde von der Küste her mit einer wahren Kanonade geantwortet, und die Hunde begannen uns entgegenzuheulen. Und da bekamen unsere eigenen Hunde Flügel. Sie vergaßen ihre Müdigkeit, kümmerten sich den Teufel um Wasser und brüchiges Eis und galoppierten in solcher Eile dem Strand zu, daß Aqa und ich die größte Mühe hatten, uns an den Hinterstreben festzuhalten.

Sie standen alle am Strand, Pete und Jeobald und Gill und Small Johnson. Auf ein paar Specktonnen saßen Onkel Sam, Abile und Mr. Pickerin.

Small Johnson winkte mit seiner Biberfellmütze und juchzte. »Hallo, hast du das Mädchen mit?«

»Das kannst du wohl sehen, du Ochs«, rief Jeobald. »Willkommen, willkommen ihr beide!«

Wir fuhren auf den Strand. »Sie heißt Aqa«, sagte ich. »Ich nahm sie mit nach Hause.«

»Du kannst dem Herrn dafür danken«, sagte Jeobald. »Das wär ein schöner Aufstand gewesen, wenn du allein gekommen wärst.«

»Kann sie hier wohnen? Ich wußte ja nicht so sicher, ob ihr damit einverstanden wäret.«

»Damit einverstanden?« rief Mr. Pickerin von seiner Specktonne. »Glaubst du vielleicht, ich hätte wie ein Luder geschuftet, um dann nicht einverstanden zu sein, daß alles wie geplant abläuft?«

»Da ist ja doch das Haus da oben«, sagte Pete. Er legte einen Arm um meine Schulter und deutete auf das neue Haus. »Mr. Pickerin sagte, verstehst du, daß du mit einem Mädchen ankommen wirst, und da meinten wir, es wäre am besten, wenn ihr ein Haus bekämet, wo ihr sozusagen 'n bißchen für euch selbst zu Hause sein könntet.«

»Soll das für uns sein?« Ich schaute ganz begeistert auf das Haus. »Hörst du, Aqa, sie haben uns ein Haus gebaut!«

Aqa nickte. »Der Fall ist eingetreten, daß man zu einer vorbedachten und tüchtigen Familie gekommen ist«, sagte sie still. Sie warf einen schnellen Blick auf die Mitglieder meiner Familie, und ihre tränenden Augen entdeckten rasch, daß es hier Kamikken gab, die es nötig hatten, weichgeklopft zu werden, und Zeug, das repariert werden mußte.

»Es ist schade, daß man selbst ein ganz untaugliches Weib ist, das in keinerlei Richtung Fähigkeiten besitzt.«

Ich stand in der Nähe Onkel Sams, und es war unvermeidlich, daß ich ihn flüstern hörte: »Was für ein wohlerzogenes Mädchen, Pickerin. Deine Wahl macht dir Ehre.« Laut sagte er dann zu Aqa: »Man hat noch einmal die Freude, die Tochter eines Großfängers zu treffen.

Ich kannte deinen Vater gut und bin mit seinem Vater gereist, ehe du entstandest.«

»Dann bist du Tagpikujugtoq«, antwortete Aqa. »Der Halbblinde, den mein Vater sehr achtete.«

»So wurde man von deinem Volk genannt«, antwortete Onkel Sam, und ich konnte sehen, daß er sich auf einen richtig langen Schnack mit Aqa freute.

Es wurde beschlossen, daß wir noch am Abend dieses Tages ein kleines Fest feiern sollten, um unser neues Haus einzuweihen.

Das Fest

Onkel Small Johnson hatte das Pech, das Fest ein paar Stunden vor uns anderen zu beginnen. Das geschah, als er dabei war, Sam-Su in das neue Haus hinüberzutragen, eine Arbeit, die er unter gar keinen Umständen anderen anzuvertrauen wagte. Er hatte, eben im Hinblick auf dieses Fest, zehn große Tonkannen dieses chinesischen Branntweins gebraut, und die Kruken wurden nun zwei und zwei hinübergebracht. Small Johnson stellte sie in einem Halbkreis vor dem Kamin auf und setzte sich auf einen Stuhl ebenfalls dorthin, um nach den Anstrengungen zu verpusten.

»Na, das wär's. Zehn Kruken, laß mal sehen ... wie viele werden wir sein?« Er rechnete. »Neun Menschen.« Er rechnete abermals und kam zu dem gleichen Fazit. »Neun! Aber dann ist ja eine Kruke zuviel da, oder sollen wir sagen, ein Mensch zu wenig?« Er zählte noch einmal, um ganz sicher zu sein. »Nein, das geht nicht, nein wirklich nicht«, murmelte er, »aber wie, wenn ich nun ...« Er stand von seinem Stuhl halb auf. »Man könnt die eine ja auch auf den Dachboden stellen ...« Er landete wieder auf seinem Hintern. »Ja, die kann auf den Dachboden gestellt werden, da wird sich Nikodemus freuen.«

Small Johnson drehte nervös seine Biberfellmütze auf dem Kopf herum. Der Gedanke, eine ganze Kanne Sam-Su wegstellen zu sollen, war unerträglich. »Im Grunde könnt man sie ja jetzt gleich austrinken, dann kriegten beim Fest alle das gleiche. Auf diese Weise bekomme ich zwar mehr als die anderen, aber das gilt ja nicht richtig, denn das Fest hat noch nicht angefangen.« Diesmal kam er ganz von seinem Stuhl hoch und trat bis an den Kamin heran. »Ich nehme die kleinste Kruke«, dachte er. »Die schaff ich am schnellsten« – und wie stets dauerte es auch diesmal nicht lange vom Gedanken bis zu dessen Ausführung. Er nahm sich die kleinste Kruke vor, drehte den Pfropfen ab und setzte zum Trinken an.

Small Johnson kam in gehobene Stimmung. Er summte die Melodie des Liedes von Kipok, dem Mann, der vor Sehnsucht nach Sinnenfreude, die er nicht erlangen konnte, starb, also eine Eskimo-Ausgabe von Tullapieds Tod, legte die Beine übereinander und wippte mit den Zehen den Takt. Als die Kanne geleert war, saß Nikodemus neben ihm, und die beiden Freunde lächelten sich holdselig zu, während Small Johnson die Flasche entkorkte, die der kleine Kerl mitgebracht hatte.

»Schau, schau, kleiner Gauner«, grinste er, »du verstehst's, mich aufzuspüren, was? Du läßt einen alten Kameraden nicht im Stich, wenn Not im Anzug ist. Bist und bleibst halt eben mein lieber, kleiner Bruder mit dem goldnen Herzen.«

Der Kleine kicherte bei dieser Lobhudelei verlegen. »Ich bin ja bloß dein Delirium, Small Johnson«, sagte er, »an mir ist nichts Besonderes dran.«

»Hör mal, das hab ich dich schon oft fragen wollen«, Small Johnson kam ganz in Eifer, »also nach diesem Delirium. Ich hab mit allerlei Leuten darüber diskutiert, aber alle bleiben steif und fest dabei, daß ein Delirium etwas Furchtbares ist, vor dem sie Hundeangst hatten, so was, weißt du, mit verteufelten Grimassen oder mit Ratten und dergleichen. Verstehst du, was ich meine?«

»Ich verstehe dich sehr gut«, nickte der Dreikäsehoch, »aber es gibt doch wohl mehrere Arten von Delirium.«

»Es wird behauptet, es gibt davon nur eine Sorte«, sagte Small Johnson. »Wußtest du, daß man daran sterben kann, daß es recht gewöhnlich ist, daß man dran stirbt?«

»Nee, darüber war ich mir nicht im klaren. Glaubst du wirklich an so was? Könntest du, Small Johnson, vielleicht vor Schreck über mich sterben?«

Mein Onkel überlegte sich die Antwort gründlich. »Nein. Nein, das glaub ich nicht. Du bist ja mein allerliebster kleiner Kamerad. Ich kann doch, Gott bewahre, vor dir keine Bange kriegen, Nikodemus.«

»Wenn ich ehrlich sein soll«, antwortete Small Johnson, »dann glaub auch ich nicht im Ernst daran, daß du mein Delirium bist. Bei meinen Diskussionen mit einer Menge gescheiter Leute ist mir's immer mehr aufgegangen, daß du kein Delirium bist.«

»Aber was bin ich dann?« Nikodemus sah meinen Onkel an, als würde er jeden Augenblick losheulen. »Sag mir, was ich bin, Small Johnson?«

Small Johnson ergriff die Flasche und streckte dabei den kleinen Finger etwas affektiert zur Seite. »Sam sagte, daß du sicherlich mein Alter ego bist.«

»Das klingt ja nach allerhand.«

Nikodemus schaute gedankenvoll vor sich. »Aber darum bin ich ja du, Small Johnson, oder du bist ich?«

»Sagen wir halt, wir sind einander.« Small Johnson legte eine Hand auf Nikodemus' kleine Schulter. »Hast du nie bemerkt, daß wir beide einander zum Verwechseln ähnlich sind? Ist's dir nie aufgefallen, daß wir beide genau die gleichen Gewohnheiten haben, genau die gleichen Bewegungen und genau den gleichen Durst?«

»Ja schon, jetzt, wo du's sagst.«

»Ich meine, Sams Alter ego ist korrekt«, sagte Small Johnson. »Du und ich, Nikodemus, sind dasselbe. Wir sind einfach ich.«

Nikodemus kroch auf einem Stuhl Small Johnson gegenüber in sich zusammen, und die Tränen begannen über seine kleinen runden Wangen herunterzurollen. Er schüttelte den Kopf, als Small Johnson ihm die Flasche reichte.

»Nu hör mal, mach 'nen Schluck, und sei gemütlich. Brauchst doch deswegen nicht zu heulen, weil du ich bist.«

»Ich weine vor Freude«, schluchzte der Knirps. »Ich bin so glücklich, mir kommt's vor, ich hab was gefunden.«

»Gefunden? Was zum Teufel hast du denn gefunden?«

»Meine Identität.«

»Na, das ist ja gut. Dann verlier sie mal nicht, alter Knabe. Übrigens kann es ja ganz egal sein, wer du bist oder wer ich bin. Hauptsache, du, ist das da!« Er schüttelte die Flasche vor Nikodemus' Nase hin und her.

Onkel Small Johnson war in die Spendierhosen gekommen. »Wir biegen uns noch 'ne Kruke bei und feiern unsere Vereinigung«, sagte er. »Diese kleine Dame, die Ago mitgebracht hat, findet sicher wenig Geschmack an so 'nem richtigen Freudenspender, und der Abile verträgt ja nichts.«

Die beiden Freunde, die jetzt einer waren, leiteten nun ein Fest ein, das sie in einen unbeschreiblichen Glückszustand versetzte.

Sie rückten die Stühle dicht zusammen, so daß sie die Kruke ohne Mühe einander reichen konnten.

»Sieh dir bloß dieses Haus an«, sagte Small Johnson und breitete dabei seine Arme aus, als hätte er es allein bauen lassen, »das hat alles. Alles, mein Freund. Fließendes Wasser, das zum Fenster hereinkommt, ein Klo mit Ablauf und dann das da.« Er deutete mit einer Zehenspitze auf den offenen Kamin.

»Der macht sozusagen erst das Haus aus. Denn als wir den Kamin da fertiggekriegt hatten, war das Haus nicht mehr ein x-beliebiges Haus. Es hatte mit einem Male Persönlichkeit bekommen, war ein Haus, von dem man sprach, das Haus mit dem Kamin, ein Haus, das nicht nur ein Schutz gegen Wind und Wetter war, sondern zugleich auch etwas ganz Persönliches, wie, wie ...«

»Wie ich«, schlug der Kleine vor, »und du natürlich mit«, ergänzte er schleunigst.

»Du hast mir das Wort aus dem Mund genommen.«

Nikodemus nickte nach dem Kamin hin. »Ist ja ein Riesending. Da drin läßt sich schon ein ordentliches Feuer anmachen!«

»Eben. Das wird das größte Feuer, das je in der Arktis gebrannt hat.«

»Und was wollt ihr denn da brennen lassen?« fragte Nikodemus.

Small Johnson sah das mächtige Feuer schon vor sich. »Sagtest du brennen?« fragte er schläfrig. »Ja, verstehst du, wir haben uns vorgestellt, daß ...«, er sah Nikodemus ganz verwirrt an. »Brennen? Ja, was haben wir uns eigentlich vorgestellt?«

»Gewöhnlich verwendet man dafür, soviel ich weiß, Holz«, erklärte Nikodemus. »Habt ihr denn Holz, Small Johnson?«

»Gill und Jeobald haben 'ne Masse von der Skelettbucht heimgebracht«, antwortete Small Johnson, »aber das wurde ja fürs Haus verwendet. Und die ganzen alten Whiskykisten, die noch aus McNees

Zeiten auf dem Boden lagen, haben wir, fürchte ich, ebenfalls verbaut. Ich glaube nicht, daß wir noch mehr Holz haben.« Small Johnson dachte nach.

»Nikodemus, es schaut fast so aus, als hätten wir diesen herrlichen Kamin für nichts und wieder nichts aufgebaut.«

»Ja, denn man kann ja schwerlich behaupten, daß hier ringsumher in der Gegend Wälder wachsen«, sagte Nikodemus kichernd. »Der größte Baum, von dem ich gehört hab, wächst unten an der Bananenküste. Er ist zwei Meter hoch.«

»Ja, es ist der größte und der einzige«, antwortete Small Johnson finster. Er lehnte den Nacken an die Rückenlehne seines Stuhls. »Jetzt muß nachgedacht werden, Kamerad. Es muß doch noch anderes geben, was brennen kann.«

»Kohle«, schlug Nikodemus vor.

»Wär gar kein schlechter Vorschlag, aber es gibt erst Kohlen, wenn das Schiff in Ukusik war.« Small Johnson atmete tief. »Ich glaub, ich hab was gefunden.«

»Was denn, Small Johnson?«

»Die Eskimo verwenden in ihren Lampen Speck. Und diese Lampen sind doch so was wie offene Kamine, nicht?«

Nikodemus nickte, und Small Johnson fuhr fort: »Stellen wir uns also vor, daß unser Kamin eine riesige Specklampe ist. Na also, kleiner Mann, was macht man dann?«

»Ja, was macht man dann, Small Johnson?«

»Wir brennen eben Speck, Massen von Speck. Ja, Kleiner, was sagst du jetzt?«

»Genial.« Nikodemus schloß die Augen und sah die große Specklampe vor sich. »Aber ich habe auch einen Vorschlag.«

»Spuck aus!«

»Ja. Wenn wir die Speckklumpen mit Schießpulver einreiben, dann würden sie sicher festlicher brennen. Auf die Weise kriegt man Flammen, die fast ebenso gut wären wie die von einem richtigen Holzfeuer, so richtig knisternde, springende Flammen, verstehst du?«

Jetzt war Small Johnson an der Reihe, die Augen zu schließen, um sich Nikodemus' springende Flammen vorzustellen. »Man kann hören, daß du mein Alter ego bist«, sagte er. »Dein Vorschlag ist so gut, daß ich ebensogut selbst hätte draufkommen können. Versuchen wir's, kleiner Mann.«

Small Johnson hob die Kruke hoch. »Sobald wir die geleert haben, sollten wir, glaub ich, mal 'nen kleinen Versuch machen. Es ist gescheiter, wir wissen im voraus, wie das Ganze funktioniert, ehe wir unser Feuer heute abend beim Fest vorführen.«

Mit diesen Worten nahm er sich die Sam-Su-Kruke vor, um sie zu leeren. Was ihm nicht im geringsten schwerfiel.

In dem alten Haus ging der Schnack lebhaft hin und her. Den größten Teil des Nachmittags berichtete ich der Familie von unseren Erlebnissen, und später ging Aqa mit Onkel Sam in die Küche, um das Abendessen vorzubereiten. Wir sollten Schneehühner bekommen, die, wie Jeobald sagte, eigentlich hätten aufbewahrt werden sollen, denn sie waren so tranig, daß sie, hätte man ihnen einen Docht in das eine Ende gesteckt, den ganzen Winter lang gebrannt und Licht gegeben hätten. Ich blieb in der Stube sitzen und plauderte mit meinen Vätern.

»Sag mal, habt ihr Moschusochsen gesehen?« fragte Jeobald.

»Zwei Herden«, antwortete ich. »Aguajaralik sagte, es sei für die Ochsen ein schwerer Winter gewesen, weil es um Weihnachten zu warm war.«

»Das wird schon stimmen, sie vertragen ja keine Wärme. Wenn es zu tauen anfängt, bekommen sie gleich Frühlingsgefühle und ziehen in die Berge. Und wenn der Frost dann wieder einsetzt, werden die Felshänge so spiegelblank, daß sie nicht wieder runterkommen können.«

»Und wie war's mit Wölfen?« fragte Jeobald. »Waren sie euch unterwegs lästig?«

»Wir haben keine gesehen, aber manchmal konnten wir sie heulen hören.«

»Es war ja für sie ein gutes Ochsenjahr«, meinte Pete. »Dann sind sie nicht so zudringlich.« Er stand auf und trat ans Fenster. »Weiß Gott, was Small Johnson vorhat? Jetzt rennt er schon zum zweitenmal zwischen dem Schuppen und dem neuen Haus hin und her.«

Jeobald lachte. »Er hat so viele wunderliche Dinge im Kopf. Er ist eben ein Mann der Überraschungen. Er ist sicher dabei, etwas ganz Außergewöhnliches vorzubereiten.«

»Soll ich rübergehen und mithelfen?« fragte ich.

»Nein, laß ihn um Himmels willen selbst seine Vorbereitungen treffen, damit er uns überraschen kann. Du könntest aber in der Küche helfen und Wasser holen.« Jeobald riß mich leicht an den Haaren. »Du bist so dreckig, Junge, daß einem die Augen weh tun. Wie wär's mit einem Bad?«

Pickerin, der in Sams Koje gelegen und ein Mittagsschläfchen gehalten hatte, öffnete die Augen und sagte: »Ich schlage vor, daß wir uns alle baden und für den Abend fein machen.« Er schwenkte seine Beine über die Bettkante und langte nach seinem Schlittensack. »Wenn Ago Wasser holt, spendiere ich eine feine französische Seife.«

Der Rest des Nachmittags verging mit Wasserholen. Ich hatte eben wieder zwei gefüllte Eimer abgesetzt, als das Unglaubliche geschah.

Small Johnson und Nikodemus hatten, nachdem sie mit der Kruke fertig geworden waren, fleißig gearbeitet. Sie hatten Speck geholt, der in einem großen Haufen am Strand lag, und aus dem Schuppen einen Fünfkilosack Schwarzpulver. Die Speckklumpen waren in passend große Stücke zerschnitten und mit ungleichen Mengen Pulver »paniert« worden. Erst hatten sie es mit ganz wenig Pulver versucht, doch das hatte weiter keinen Effekt ergeben. Das Pulver flammte eben mal auf und erzeugte einen zischenden Laut. Das war aber auch alles, also keineswegs spannend. Da versuchten sie, in die Speckstücke Löcher zu bohren, die sie mit Pulver ausfüllten. Das ergab gleich eine bessere Wirkung. Das Pulver fuhr mit wildem Fauchen in langen Flammen heraus, und wenn das natürlich auch noch lange kein knisterndes Freudenfeuer ergab, so war es zumindest doch ein Feuer, das bei den Zuschauern Staunen erregen mußte.

»Ich glaube, wir sollen uns an die Methode mit den Löchern halten«, sagte der kurzatmige Small Johnson. Er schwitzte stark und glänzte vor Ruß und Speck. Nikodemus reichte ihm einen faustgroßen Speckklumpen, und Small Johnson bohrte mit dem Schaft seines Dolches Löcher hinein.

»Dem geben wir bißchen was extra«, sagte er und nahm die spitze Tüte mit dem Pulver, die Nikodemus ihm reichte.

»So, nun werden sie aber, verflucht noch mal, sehen, daß da Leben drinsteckt.« Er füllte die Löcher und rieb den Speck mit einer Menge Pulver ein. Dann legte er alles mitten in den Kamin.

»Es ist sicher gescheiter, daß wir uns in Deckung begeben.« Er streute einen dünnen Streifen Pulver bis an den Rand des Kamins und zündete ein Streichholz an. »Bist du bereit, Kamerad?« fragte er. Dann hielt er das Streichholz an den Pulverstreifen und begab sich schleunigst hinter seinen Stuhl.

Die Flamme fraß sich erstaunlich schnell in Richtung des Speckklumpens. Rauchend und spritzend gelangte sie ans Ziel. Die Wirkung war überwältigend! Der Speck kam nie zum Brennen. Er verschwand ganz einfach in einer weißglühenden Flamme, die ihre langen, heißen Arme bis zu Small Johnsons Stuhl ausstreckte. Da es aber unmöglich war, an den Erzeuger heranzukommen, bog die Flamme, dem Luftzug im Haus folgend, ab und bohrte sich in die Seite des Fünfkilosackes, der einen halben Meter neben dem Kamin stand. Der Sack verschwand in einer Feuersäule, die tatsächlich das Hausdach hochgehen ließ, wie Small Johnson versprochen hatte, und ehe Small Johnson und sein Alter ego begriffen hatten, was eigentlich geschehen war, stand das neue Haus in hellen Flammen. Die Sam-Su-Kruken sprangen bei dem Luftdruck entzwei, und ihr köstlicher Inhalt vereinigte sich mit den Flammen des Pulvers.

Small Johnson konnte später keine vernünftige Erklärung geben, auf welche Weise er aus dem Haus gekommen war. Wahrscheinlich hatte ihm die Druckwelle dabei geholfen. Er hatte von all dem nichts erfaßt und kam erst einigermaßen zu sich, als er in dem künstlichen Bach lag und wie eine Speckseite auf einer heißen Pfanne kochte. Sein Haar und Bart waren verschwunden, und über seinen Augen gab's keine Brauen mehr, man sah bloß die leuchtende Narbe der Wunde, die er sich bei einem Kampf mit Dad Matthews Partner Tippy zugezogen hatte. Im Bach neben ihm lag Nikodemus, ebenso versengt wie er, und an seinem Arm, den er über das Wasser hielt, hing eine halbleere Sam-Su-Kruke, die auf unerklärliche Weise die Explosion überstanden hatte.

Ich hörte den Knall und schaute zur Halbtür der Küche hinaus. »Es brennt!« rief ich. »Das neue Haus brennt!« Ich packte meine zwei Wassereimer und rannte hinunter. Mir auf den Fersen folgten meine Väter und Onkel Gill, und zum Schluß kamen auch Aqa und Abile.

Das Haus brannte. Das heißt, als wir hinkamen, war es schon fast niedergebrannt. Es glühte so mächtig, daß ich es nicht der Mühe wert fand, meine Eimer in diese Gluten zu schütten. In weniger als zehn

Minuten war alles vorüber. Nur der große offene Kamin stand wie unberührt da.

Onkel Gill fand Small Johnson. Er zog ihn aufs Trockene und rettete die Kruke aus seiner Hand. Small Johnson erbrach Wasser. Er schaute auf die Ruine und auf seine Kameraden.

»Es hätte nur ein kleines Feuer sein sollen«, sagte er zu seiner Verteidigung. »So ein kleines Feuer, der Gemütlichheit wegen.«

Pete holte tief Atem und sah Aqa und mich an. »Tja, nun habt ihr also gesehen, was aus eurem Haus geworden ist. Weil Small Johnson ein kleines, gemütliches Feuer machen wollte, habt ihr jetzt kein Haus.«

Small Johnson sagte unglücklich: »Ich wollte nur eben mal versuchen, ein Feuer zu machen. Holz gab es ja nicht, und da mußte man eben was anderes erfinden.« Er war äußerst verzweifelt, außerdem peinigten ihn seine Brandwunden.

Gill reichte ihm die Kanne mit Sam-Su. »Muß ja ordentlich weh tun, wie? Da, nimm mal 'ne Herzensstärkung.«

Small Johnson sah uns fragend an. Pete nickte und sagte: »Ja, dann trink doch 'nen Mundvoll. Heute gibt's ja doch nichts mehr zum Brennen.«

Ich sagte zu Onkel Small Johnson: »Nimm's nicht gar zu tragisch, denn, wenn ich ehrlich sein soll, dann möchte ich schon lieber richtig zu Hause wohnen als in so ein neues Haus einziehen.«

Aqa unterstützte mich: »Möglicherweise ist es besser, mit allen zusammen unter einem Dach zu wohnen. Das ist gemütlicher, und man spart noch dazu Heizung und Essen.«

Jeobald stimmte dem bei: »Wenn ich mit meinen Gedanken herausrücken soll, dann hab ich die ganze Zeit etwas gegen diese Hütte gehabt. Der Junge und sein Mädchen sollen bei uns im Haus sein. Dann ist es wieder so ähnlich wie damals mit Aviaja.«

Mr. Pickerin und Onkel Sam, die nun auch bei der Brandstatt angelangt waren, packten jeder Small Johnson unter einem Arm.

»Wir müssen wohl zusehen, die Wunden da ein bißchen zu reparieren«, sagte Onkel Sam. »Man hat gehört, daß Wasser ein unvergleichliches Mittel gegen Brandschäden sein soll.«

Small Johnson sah ihn flehentlich an: »Nicht mehr Wasser, Sam, nicht mehr Wasser nach dieser Badetour.«

Sie begannen langsam zum Haus hinaufzugehen, und wir hörten Small Johnson heulen: »Und ich hab das Ganze verdorben, das Haus und das Fest und alles.« Er schluchzte laut. »Und acht Kruken Sam-Su. Acht Kruken, Samuel, und jetzt haben wir gar keine, um zu feiern.«

Onkel Sam legte sich Small Johnsons schlaffen Arm über die Schulter.

»Selbstverständlich gibt's ein Fest«, sagte er. »Wir haben noch nie so viele Gründe gehabt, ein Fest zu feiern, wie gerade jetzt. Wir müssen Aqas Ankunft feiern und das erste Fest ganz ohne Sam-Su. Und wir müssen das erste Feuer feiern, das im Kamin brannte, gar nicht zu reden von dem Fest für den großen Freiluftkamin, den wir jetzt bekommen haben.«

»Das wird ein Fest wie noch nie«, fuhr Mr. Pickerin fort, »ein Fest, von dem man in allen Distrikten reden wird.«

Ich nahm Aqas Hand, und wir gingen zusammen über den Bach und hinauf zum Haus meiner Väter.

Jørn Riel: Aus meinem Leben

»Mein Leben ist eine Erzählung. Eine Erzählung ist eine wahre Geschichte, die geradesogut eine Lüge sein könnte. Wenn es nicht sogar genau umgekehrt ist …«

Ist er ein Abenteurer, ein Ethnologe, ein Schriftsteller, ein Weiser oder ein Verrückter, mit seiner natürlichen Eleganz, dem erstaunlich klaren und reinen Blick – dieser schalkhafte und verführerische Däne, Autor von vierzig Werken? Mit achtzehn Jahren hat sich der junge Riel in Richtung Nordost-Grönland eingeschifft, um sich von seiner Familie und seinem Land zu befreien, denn das alles war für seinen Geschmack allzu konservativ.

An diesem verlassenen und eisigen Ende der Welt macht er meteorologische Erhebungen, mit dem kaum älteren Eskimo Ugge als einzigem Gefährten. Zwischen den beiden Jungen wächst eine Freundschaft, gebaut auf Stille … Sehr schnell lernt Riel die Sprache der Eskimos und übersetzt für Ugge einige technische Zeitschriften, die in ihrer Hütte herumliegen. Doch schon bald gibt es nichts mehr zu lesen, und so beginnt er zu seinem Vergnügen, die verrückten und seltsamen Geschichten zu übersetzen, die sich die Bären- und Robbenjäger seit jeher bei ihren seltenen Besuchen zu erzählen pflegen.

»Zuerst waren die Fallensteller still, sie mußten die Sprache wieder erobern. Nach einigen Tagen in der Gemeinschaft waren sie dann nicht mehr zum Schweigen zu bringen. So sind meine Geschichten entstanden. Am Samstagabend las ich sie Ugge immer vor. Wir nannten das unseren literarischen Salon!«

Er erzählt etwas wehmütig von seiner ersten Erfahrung absoluter Einsamkeit: »Auf dem Qaqatoqaq bin ich elf Monate allein mit fünf Hunden geblieben, um die Bewegungen eines Gletschers zu studieren. Die ersten drei Monate ging alles gut. Dann kam der Winter, Tage so schwarz wie die Nacht. Nach und nach hatte ich den Eindruck, Stimmen zu hören, hatte das beängstigende Gefühl, belauert zu werden.

Ich habe mich mit den Hunden unter dem Zelt vergraben, habe mein Radio umgebaut und Kontakt hergestellt zu einem Zahnarzt in Hawaii.

Ihm erzählte ich von meinen Halluzinationen. ›Komm in zehn Minuten wieder zu mir‹, befahl er, ›und sag mir, was du draußen gesehen hast.‹ Ich rannte rund um mein Zelt herum wie ein Verrückter, begleitet vom aufgeregten Gekläffe meiner Hunde, bis ich außer Atem und geheilt war. Ich hatte begriffen, daß Einsamkeit nicht das ist, was einen umgibt, die Unermeßlichkeit, die Stille. Einsamkeit ist etwas, was man in sich drin trägt. Zähmt man sie, erlangt man Frieden und Freiheit.«

Obwohl er heute in Malaysien lebt, bleiben die Arktis und deren Einwohner die unerschöpfliche Quelle seiner Erzählungen und Romane. »Ich habe viel gelernt bei den Eskimos. Sie meistern ihr Leben stolz und beharrlich. Sie haben mich ihre Fröhlichkeit, ihren Optimismus, ihren Sinn für Feste und die Kunst des Teilens gelehrt. Ihre Kultur verändert und entwickelt sich und bleibt trotzdem stark.« *Télérama*

Der hohe Norden im Unionsverlag

Anne Cameron *Töchter der Kupferfrau*
Die Entstehung der Menschen nach den Überlieferungen der Nootka-Indianerinnen auf Vancouver Island: Die Kupferfrau ist die Urmutter, ihre Kinder zeugen die Menschen. Frauen planen und bauen das Haus, entwickeln die Gemeinschaft. Dann kommen die weißen Eroberer.

Joan Clark *Der Triumph der Geraldine Gull*
Am Rande der Hudson Bay, zwischen der Baumgrenze und den Eisbergen, liegt verloren und vergessen das Indianerdorf Niska. Ein Fluch scheint über ihm zu liegen, bis die rätselhafte, unbezähmbare Geraldine Gull mit ihrer Vision den Bann bricht.

Stan Jones *Weißer Himmel, Schwarzes Eis*
Als sich in Chukchi, einem kleinen Städtchen im nördlichsten Alaska, die Selbstmorde häufen, wird Nathan Active neugierig. Bald steckt er bis zum Hals in einem Umweltskandal, der ihn Kopf, Kragen und Karriere kosten kann.

Farley Mowat *Der Schneewanderer*
Mowats Geschichten erzählen von Leben und Natur in der Arktis, von den Überlieferungen der Inuit. Immer tiefer taucht er ein in die Tundra, in die herbe Lieblichkeit des Sommers, wenn winzige Blütensterne die Steppe wie ein Teppich bedecken.

Juri Rytchëu *Die Reise der Anna Odinzowa*
Anna heiratet den jungen Tschuktschen Tanat, um als Ethnographin aus nächster Nähe das Leben der Nomaden erforschen zu können. Sie lernt nach den uralten Gesetzen der Tundra zu leben und wird zur Nachfolgerin des alten Schamanen.

Amélie Schenk/Galsan Tschinag *Im Land der zornigen Winde*
Das persönlichste Buch des tuwinischen Erzählers Galsan Tschinag: Im Austausch mit der Völkerkundlerin Amélie Schenk ist eine Liebeserklärung an das Nomadenleben, ein tiefer Blick in die Geheimnisse einer untergehenden Kultur entstanden.